AVERIL KENNY
Sonne über Lake Evelyn

AF203091

GOLDMANN

Buch

Queensland 1958: Um ihrer arrangierten Ehe zu entgehen, flüchtet die quirlige Vivienne in die Lodge ihres Onkels im tropischen Regenwald. Dort schwimmt sie jeden Tag im idyllischen Lake Evelyn und freundet sich mit der in der Nähe lebenden Josie an. Von ihr erfährt sie, dass seinerzeit eine berühmte Schauspielerin im See ums Leben kam und dieser seither mit einem Fluch belegt sein soll. Fasziniert von der tragischen Geschichte beschließt die umtriebige Josie, ein Theaterstück über den Fall zu inszenieren – mit Vivienne in der Hauptrolle. Doch damit rütteln die beiden Frauen an Geheimnissen, die nicht ans Licht kommen sollen …

Weitere Informationen zu Averil Kenny sowie zu lieferbaren Titeln der Autorin finden Sie am Ende des Buches.

Averil Kenny

Sonne über Lake Evelyn

ROMAN

Aus dem australischen Englisch von
Sylvia Strasser

GOLDMANN

Die australische Originalausgabe erschien 2022 unter dem Titel
»The Girls of Lake Evelyn« bei Echo Publishing, Sydney, Australien.

Penguin Random House Verlagsgruppe FSC® N001967

2. Auflage
Deutsche Erstveröffentlichung Januar 2025
Copyright © 2022 by Averil Kenny
Copyright © der deutschsprachigen Ausgabe 2025
by Wilhelm Goldmann Verlag, München,
in der Penguin Random House Verlagsgruppe GmbH,
Neumarkter Str. 28, 81673 München
produktsicherheit@penguinrandomhouse.de
(Vorstehende Angaben sind zugleich
Pflichtinformationen nach GPSR)

Umschlaggestaltung: UNO Werbeagentur, München
Umschlagmotive: Artie Photography (Artie Ng) / Getty Images
Dave Porter / 500px / Getty Images
© FinePic®, München
BH · Herstellung: ik
Satz: KCFG – Medienagentur, Neuss
Druck und Bindung: GGP Media GmbH, Pößneck
Printed in Germany
ISBN: 978-3-442-49554-2

www.goldmann-verlag.de

*Für meinen Dad – Milchbauer, Geschichtenerzähler, Mentor
Und für meine Mum – Geschäftsfrau, Sängerin,
beste Freundin*

ERSTER TEIL

Sie flieht, verfolgt von einem Bären.

(nach William Shakespeare)

Kapitel 1

✳

Da geht die Braut

Juni 1958

Eine Bergstraße in Far North Queensland
Die einsamen Scheinwerfer eines weißen Jaguar Roadster rasten in der hereinbrechenden Dämmerung bergauf wie Sterne auf dem Weg zurück in den Himmel. Zwischen der Felswand auf der einen und dem Abgrund auf der anderen Seite jagte der Roadster mit hochtourigem Motor über die Piste und schleuderte dabei hin und her. Kies spritzte nach allen Seiten. Die Straße wies sechshundertdreizehn Kehren auf und war so schmal, dass sie immer nur in einer Richtung und zu bestimmten Zeiten befahren werden durfte. Wärter an den Schranken setzten diese Regel um.

Brotpalmfarne und riesige Eukalyptusbäume klammerten sich an die Felsenschlucht. Leitplanken gab es nicht. In schwindelerregender Tiefe kräuselten sich Gipfel und Täler, verwoben wie in einer schier endlosen Patchworkdecke.

Eine junge Frau saß über das Lenkrad gebeugt, starrte angestrengt blinzelnd durch einen Tränenschleier auf die Straße und stemmte sich in jeder Haarnadelkurve gegen die Fliehkraft. Der Etuirock ihres Reisekostüms war zerknittert und dreckig, ihren buttergelben Haaren, vor drei Tagen so sorgfältig in Wellen gelegt, hatten die Luftfeuchtigkeit und billige Hotelkopfkissen derart zugesetzt, dass sie ihr am Kopf klebten. Ihre Ohren protestierten gegen den Anstieg, ihr Magen rebellierte, aber sie setzte ihre Fahrt fort, angetrieben von einer inneren Stimme, die drängte: *Fahr weiter, fahr weiter, fahr weiter.*

Es gab kein Zurück für Vivienne George. Sie hatte alles kaputt gemacht.

Im Fußraum vor dem Beifahrersitz lagen zerknüllt unzählige Briefe, die sie unterwegs angefangen, aber nie zu Ende gebracht hatte. Alle drehten sich um dasselbe Thema:

Liebe Mutter, verzeih mir ...
Ich werde die Suppe, die ich mir eingebrockt habe, nicht auslöffeln.
Du kannst mich nicht zwingen, ihn zu heiraten, und ich werde mich auch nicht dazu zwingen.
Ich will frei sein, herausfinden, was ich wirklich möchte.
Überlass dieses eine Mal bitte mir die Entscheidung ...

Neben dem Köfferchen mit ihrer Flitterwochengarderobe lag ein einziges Hochzeitsgeschenk auf dem Beifahrersitz, das letzte noch nicht ausgepackte. Das einzige, das ihre Mutter nicht zurückzugeben brauchte.

Vivienne warf einen flüchtigen Blick in den Rückspiegel und richtete ihr Augenmerk auf die dunklen Schatten hinter sich. Fröstelnd schlug sie den Kragen ihrer Jacke hoch.

Sie wurde das Gefühl nicht los, dass ihre Vorstellung vom Heiraten sich in ein Monster verwandelt hatte, das sie brüllend und fauchend verfolgte.

Unmöglich. Niemand konnte sich an ihre Fersen geheftet haben. Ihr Auto hatte als letztes die untere Schranke passiert, bevor sie für den Verkehr hinauf für mehrere Stunden geschlossen worden war. So absurd ihr Plan anfangs geklungen hatte, jetzt war sie fast am Ziel.

Ein halber Kontinent und eine bewachte Bergstraße lagen zwischen ihr und dem Bräutigam, den sie sitzen gelassen hatte – Howard Woollcott III, Spross der Woollcott-Winzerdynastie. Sie konnte vielleicht vor *ihm* weglaufen, aber vor der Schande, die sie über alle gebracht hatte …?

Vivienne sah die goldgeprägten blütenweißen Hochzeitseinladungen vor sich, die an die australische Prominenz aus Wirtschaft, Politik und akademischer Welt verschickt worden waren.

Mrs P.M. George bittet Sie, ihr die Ehre zu erweisen, der Hochzeit ihrer einzigen Tochter Vivienne Aster beizuwohnen …

Das kehlige Stöhnen, das sie ausstieß, erschreckte sie selbst. Zwölf Monate Hochzeitsvorbereitungen nach Howies verwegenem und derart öffentlichem Antrag auf dem Woollcott-Winterball, und jetzt lag, was *das* gesellschaftliche Ereignis des Jahres hätte werden sollen, in Scherben, zerstört am Abend vor dem großen Tag.

Ihr ganzes Leben lang war Vivienne zu Benehmen und Anstand angehalten worden und dazu, den guten Ruf zu wahren, und hatte diese Ermahnungen auch stets befolgt, bis sie buchstäblich im allerletzten Moment ihres Junggesellinnendaseins erkannte, dass sie nicht bereit war, auch nur einen Tag, eine Stunde länger zu gehorchen …

Kapitel 2

Der Verlust des Anstands

Drei Tage vorher

Centennial Park, Sydney

An ihrem letzten Tag als unverheiratete Frau versuchte Vivienne George, sich durch bloße Willenskraft in Luft aufzulösen.

Nach einem späten, aus dünner Suppe und gezwungener Unterhaltung bestehenden Abendessen hatte sich Geraldine, ihre Mutter, in ihr Ankleidezimmer zurückgezogen, um ihre festliche Garderobe für den großen Tag zurechtzulegen und sich schön zu machen.

Der große Tag für die *Mutter der Braut*, dachte Vivienne grimmig, als sie auf Zehenspitzen an der geschlossenen Tür vorbeiging. Eigentlich stand ihr Geraldines Tür kaum jemals offen. Sie stellte sich vor, wie ihre Mutter, die Haare auf Lockenwickler drehte, diverse Cremes und Salben auftrug und ihre Antifaltenpflästerchen anfeuchtete, um sie auf das Gesicht zu kleben, das sich erdreistete, ihr ihren großen Auftritt zu verderben. So viele Stunden Lebenszeit, geopfert für einige wenige Minuten der Selbstpräsentation.

Vivienne huschte weiter in den Salon, wo auf langen Tischen die Hochzeitsgeschenke aufgebaut waren, alle sortiert und in Geschenkpapier verpackt und mit von Mrs Howard Woollcott unterschriebenen Dankeskärtchen versehen.

Sie war noch nicht einmal verheiratet und hatte ihre eigene Identität bereits aufgegeben.

Langsam ging sie die Reihen der vornehm eingedeckten Tische hindurch, strich mit den Fingerspitzen über Silber, Gold und Bleikristall, über Muranoglas, schimmernde Perlmuttgriffe und goldgerändertes feinstes Porzellan. Sie kam sich fast vor wie von einem Piratenschatz umgeben, so intensiv funkelten und glitzerten alle diese Kostbarkeiten im Schein des edlen Kronleuchters an der kunstvoll gepressten Blechdecke.

Und warum hatte sie bloß das Gefühl, dass sie im Begriff war, alles zu verlieren, was ihr Leben lebenswert machte?

Panik stieg in ihr auf, in ihrem Kopf drehte sich alles so vehement, dass sie fürchtete umzukippen. Gläser klirrten, als sie sich an die Tischkante klammerte und auf das Abklingen des Schwindelgefühls wartete.

Diese Attacken – ihre »Anfälle« – traten immer häufiger auf und dauerten jedes Mal länger. Sie führe sich unmöglich auf, wenn sie sich so einen Anfall nehme, hatte ihre Mutter sie das letzte Mal scharf zurechtgewiesen. Sie hatte tatsächlich »sich einen Anfall nehmen« gesagt und nicht etwa »einen Anfall erleiden«.

Das sei unschicklich, hatte ihre Mutter gesagt.

Unschicklich? Viviennes Körper wehrte sich schlicht dagegen, Mrs Howard Woollcott zu werden. Könnten sie die

Hochzeit denn nicht verschieben, bis sie sich absolut sicher sei? Doch ihre Mutter hatte ihr nur ihren schlanken Rücken zugedreht und Viviennes verzweifelter Bitte ihren eisernen Willen entgegengesetzt. Statt Verständnis hatte sie ihrer Tochter ein Fläschchen Dr. Williams' Pink Pills angeboten mit den Worten: »Für deine nervösen Kopfschmerzen.«

Es waren jedoch nicht Viviennes Kopfschmerzen, die Geraldine zu bekämpfen versuchte.

Diese Attacke nun war die bisher schlimmste. Vivienne fürchtete, sie werde stürzen. Sie tastete blind nach einem Stuhl, ließ sich darauf fallen und presste beide Hände an die Stirn.

»Alles gut«, murmelte sie zwischen kurzen, harten Atemstößen. »Alles in Ordnung. Das ist gleich wieder vorbei.«

Aber das stimmte nicht. Der morgige Tag war nur der Anfang. Danach würde es niemals vorbei sein; erst der Tod würde sie erlösen.

Ein leises Rascheln riss sie aus ihren Gedanken und den Worten, mit denen sie sich selbst gut zuredete, ein Rascheln, das nichts Beruhigendes hatte: Es war der Morgenmantel ihrer Mutter.

Langsam hob sie den Kopf. Obwohl sie wusste, was sie in den blassblauen Augen ihrer Mutter sehen würde – Kälte und Härte –, hoffte sie, wenn schon nicht auf Mitgefühl, dann wenigstens auf gütiges Verständnis.

Vielleicht musste es so sein, dass ihre bislang schlimmste Attacke Geraldine in nie gekannte, rasende Wut versetzte. Die Ränder ihrer fest zusammengepressten Lippen traten weiß hervor.

»*Steh auf*«, zischte sie durch aufeinandergebissene Zähne hindurch. »Ich werde mir das nicht länger mitansehen. Du bist eine gebildete junge Dame und heiratest in eine der vornehmsten Familien des Landes ein. Benimm dich gefälligst entsprechend.«

Vivienne begann zu keuchen.

»*Steh. Auf.*«

Vivienne stemmte sich vom Stuhl hoch, klammerte sich jedoch hinter ihrem Rücken an die Tischkante.

Mit gebieterisch wippenden Lockenwicklern durchquerte Geraldine den Raum. Der Duft von Arpège hüllte Vivienne ein wie eine Umarmung – die einzige, die sie jemals von ihrer Mutter bekommen würde. Sie blinzelte.

Aus der Nähe betrachtet, wurde Geraldines große Schönheit, die sie nur ungern an ihre Tochter weitergegeben hatte, lediglich durch feine Fältchen und einige silberne Haare in den glänzenden blonden Wellen beeinträchtigt – beides unvermeidliche Alterserscheinungen, die sich ohne ihre Erlaubnis eingestellt hatten.

Vivienne starrte ihre Mutter unglücklich an.

Geraldines Wangen wurden noch eine Spur verkniffener. »Du sollst aufhören, hab ich gesagt.«

Dann hilf mir! Ich brauche mehr Zeit zum Nachdenken, bevor ich mich bereit erkläre, auf mein Leben zu verzichten.

Vivienne griff sich an den Hals, dorthin, wo eigentlich ihre Stimme herkommen sollte, wäre da nicht die Panik, die ihr die Kehle zuschnürte.

Mach den Mund auf, befahl sie sich.

»Ich … bin nicht glücklich.«

»Sprich deutlicher!« Doch im Grunde ging es Geraldine nicht um Lautstärke oder Verständlichkeit, sondern darum, ihre Tochter zum Schweigen zu bringen.

»Ich bin nicht glücklich, Mutter.«

Geraldines Blicke huschten auf der Suche nach eventuellen Lauschern durch den Salon. »Nicht *glücklich*?« Ein ungläubiges Schnauben.

Vivienne schüttelte kaum merklich den Kopf. »Ich bin schrecklich unglücklich.«

»Undankbar, meinst du wohl! Du hast *alles*, was eine Frau sich nur wünschen kann, alles, wofür du erzogen worden bist.«

»Nein, nicht alles.«

Geraldine ließ den Blick über die Hochzeitsgeschenke schweifen. »Was denn noch?«

»Ich … weiß es nicht«, flüsterte Vivienne.

Ich weiß nur, dass ich es nie bekommen habe. Nicht von dir, nicht von dem Mann, den ich heiraten soll, nicht vom Leben selbst.

»Was redest du nur für einen Unsinn! Dir fehlt es an Klasse.« Geraldines Blick kannte keine Gnade. »Howard ist ein anständiger Mann.«

Das war er vermutlich. Vivienne fand nichts an ihm auszusetzen – empfand allerdings auch keine Spur von Zuneigung mehr für ihn.

»An seiner Seite wirst du alle erdenklichen Privilegien haben. Er wird dir eine sichere Zukunft bieten und deinen Kindern auch. Er wird dich zur Frau machen.«

»Aber ich liebe Howie nicht!«

»Was bist du nur für ein naives Ding! Sich verlieben kann jeder, aber nur sehr wenige haben Gelegenheit, in bessere Kreise einzuheiraten. Die Ehe ist eine taktische Entscheidung, bei der es auf Cleverness und Ehrgeiz ankommt. Und *du* hast dich für eine Zukunft entschieden, die jede andere in den Schatten stellt. Du wirst Howard mit der Zeit lieben lernen, so wie ich deinen Vater lieben lernte.«

Nein, mein Vater starb, bevor du solche Gefühle für ihn entwickeln konntest. Ist das alles, was ich zu erwarten habe – einen Mann zu überleben? Konservierte Schönheit?

Als könnte sie ihre Gedanken lesen, verzerrte sich Geraldines Gesicht höhnisch. Vivienne schlug die Augen nieder angesichts der Grausamkeit, die ihre Züge spiegelten.

Dennoch unternahm sie einen weiteren Versuch. »Ich kann Howard nicht heiraten, Mutter. Du kannst mich nicht ...«

»Halt den Mund!«, zischte sie. »Du hast Lampenfieber, das ist alles. Du *wirst* morgen vor dem Altar stehen, das Ehegelübde ablegen, für die Fotografen lächeln und von allen Frauen in dieser Stadt beneidet werden! Das ist mein letztes Wort. Die Kosmetikerin kommt um sechs – also sieh zu, dass du ins Bett kommst.«

Sie rauschte hinaus, der Saum ihres Morgenmantels wirbelte um ihre Knöchel.

Vivienne unterdrückte einen gequälten Aufschrei und flüchtete auf die Dachterrasse.

Von hier oben betrachtet, funkelten die Lichter von Sydney in ihrer ganzen Pracht. Doch am Himmel leuchteten keine

Sterne. Es hatte fast ununterbrochen genieselt, und der morgige Tag würde noch trostloser werden. Regen am Hochzeitstag sei ein gutes Omen, behauptete ihre Mutter. Und was kündigte eine wahre Flut von Tränen an?

Ein mit Wolle gefülltes Holzfass hatte den Platz ihrer Lunge eingenommen. Jedenfalls kam es Vivienne so vor. Sie presste eine Hand auf die Brust, wie um sich zu vergewissern, dass ihr Körper noch funktionierte und sie nach wie vor mit Sauerstoff versorgte.

Ihre sonst so unbekümmert flatternden Gedanken hatten sich in einen strudelnden Sog verwandelt. Warum hatte sie nicht früher versucht, die Verlobung aufzulösen? Wie hatte sie nur so dumm und feige sein können! Sie hatte so lange gegrübelt, dass sie den Zeitpunkt für einen Richtungswechsel verpasst hatte. Fünf vor zwölf war längst vorbei. Es war grausam, Howie in diesen fürchterlichen Schlamassel hineinzuziehen. Ihre Ehe würde eine Katastrophe werden, eine Lüge sein. Sie würde den Rest ihres Lebens eine Rolle spielen müssen, die sie schon jetzt verabscheute. Der Gedanke jagte ihr Angst ein.

Nein, sie würde die Sache auf keinen Fall durchziehen. Komme, was wolle, sie würde morgen nicht zum Altar schreiten und danach am Hochzeitsempfang teilnehmen. Sie *konnte* es einfach nicht! Sie musste Howie anrufen, jetzt gleich, und ihm sagen, dass es vorbei war! Ihn anflehen, er möge es ihrer Mutter beibringen, während sie selbst sich zitternd in ihrem Zimmer versteckte.

Geraldine würde sie auf der Stelle wieder herauszerren. Der Frosthauch des mütterlichen Zorns, der sie treffen würde, würde vollauf genügen. Vivienne hatte ihm noch nie etwas entgegenzusetzen vermocht.

Es gab keinen Ausweg.

Unten auf der Straße schmatzten Autoreifen über den nassen Asphalt, als ein Jaguar Roadster schlingernd zum Stehen kam. Der Fahrer, eine glimmende Zigarette in der Hand, sprang leicht schwankend heraus. Er war zum Abendessen erwartet worden und hatte sich wie üblich hoffnungslos verspätet.

Vivienne rannte von der Dachterrasse und die Treppe hinunter.

Sie konnte es kaum erwarten, ihn nach so vielen Monaten wiederzusehen. Da war er! Er schälte sich aus seiner Jacke und drehte sich mit dem liebevollen Grinsen, das sie durch ihre ganze Kindheit hindurch begleitet hatte, zu ihr um.

Onkel Felix. Der Bruder ihrer Mutter. Ein eingefleischter Junggeselle und für sie Vaterersatz.

Leider hielt er sich häufig wochenlang im Ausland auf, wo er mit Kunst handelte und sich mit aufregend schönen Frauen umgab. Doch bei seiner Rückkehr galt sein erster Besuch seiner einzigen Nichte. Seine Fürsorglichkeit war eine Wohltat in einem Zuhause, in dem es so sehr daran mangelte. Hätten sie sich nicht so ähnlich gesehen, hätte man Geraldine und Felix niemals für Geschwister gehalten, so sehr unterschieden sie sich in ihrem Wesen. Niemand hatte Vivienne jemals so verwöhnt wie ihr geliebter Onkel, und es war ihr völlig egal, dass sie eigentlich schon zu alt für seine Hätscheleien war.

An diesem Abend jedoch blieb sie beim Anblick seines

Mitbringsels abrupt stehen. Es war ein Hochzeitsgeschenk, elegant eingepackt in rot-goldenem Brokatpapier. Vivienne konnte sich denken, was es war: das Brautfoto, das Felix selbst vor einigen Monaten in seinem Atelier aufgenommen hatte. Würden von nun an alle Geschenke ihres geliebten Onkels so vorhersehbar und langweilig sein?

Felix verging die gespannte Vorfreude, als er die Bestürzung auf dem Gesicht seiner Nichte sah. »Was hast du denn, mein Mädchen?«

Oh, dieser mitfühlende Ton! Sie öffnete den Mund zu einem stummen Schrei. Fassungslos führte Felix sie eilig in den dunklen Innenhof, dabei hielt er mit einem hastigen Blick über die Schulter nach seiner Schwester Ausschau. Behutsam drückte er Vivienne auf einen Bistrostuhl und ging vor ihr in die Hocke.

Sie weinte und weinte unaufhörlich, was wohl kein schöner Anblick und obendrein geräuschvoll war. Ihr Gesicht fühlte sich wie zersplittert an, und es wollte ihr einfach nicht gelingen, es wieder zusammenzusetzen.

Felix ergriff ihre Hand und sprach beruhigend auf sie ein. »Erzähl. Was ist passiert?«

Vivienne wandte das Gesicht ab, so unerträglich war der Kontrast dieser warmen und besorgten Stimme zur unerbittlichen Härte ihrer Mutter.

»Soll ich raten?«, sagte Felix. »Du machst dir Sorgen wegen der Hochzeitsnacht. Du hast ein paar Dinge darüber gehört und bist nicht gerade begeistert.«

»Onkel Felix!« Das Blut schoss ihr in die Wangen. Rasch zog sie ihre Hand zurück.

Er zwinkerte ihr zu. »Keine Bange, Howard hat genügend Erfahrung, um es ganz leicht für dich zu machen.«

Sie wollte aufstehen, aber er ließ es nicht zu. »Jetzt komm schon, tu nicht so verschämt und jungfräulich mit deinem Lieblingsonkel.«

»Das ist es nicht«, murmelte sie stockend. »Ich will Howie nicht heiraten. Ich glaube, das wollte ich nie.«

»Na, da hast du dir ja einen prima Zeitpunkt ausgesucht. Bisschen spät, oder?«

»Ich durfte ja nie über meine Bedenken sprechen. Nicht einmal der Mann, den ich heiraten werde, interessiert sich für meine Gefühle. Er hält das für normales ›jungmädchenhaftes Lampenfieber‹ – aber das ist es nicht! Howie … widert mich an, Felix. Ich empfinde nicht das Geringste mehr für ihn. Wahrscheinlich habe ich nie wirklich etwas für ihn empfunden, sondern in ihm nur die beste Option gesehen.«

»Das ist er auch.«

»Das heißt aber nicht, dass ich ihn will.«

»Das ist auch nicht nötig. Du musst nicht ihn als Mann wollen, aber sein Name und sein Geld und die damit verbundene Freiheit – das ist doch eine wunderbare Sache.«

»Freiheit? Ich werde in einem goldenen Käfig eingesperrt sein!«

Felix wagte es, erneut ihre Hand zu ergreifen. »Die Mittel und das Ansehen zu haben, sich alles kaufen zu können, was dein Herz begehrt, mit Respekt behandelt zu werden, wo immer du hingehst, die Hälfte des Jahres ins Ausland reisen zu können, sodass du deinen Mann kaum zu Gesicht bekommen wirst – *das* ist Freiheit. Wer weiß, vielleicht

kannst du mich sogar auf meinem nächsten Trip begleiten?«

Sie spürte, wie die Enge in ihrer Brust zunahm. Mit der
freien Hand umklammerte sie das filigrane weiße Metall
des Stuhls, während sie zitternd Luft holte.

Felix fasste sie an den Schultern. »Mein armes Mädchen!« Er streichelte ihre Wange. »Herrgott, du bist ja wie
versteinert!«

Minutenlang saß sie starr und stoßweise atmend da.
Felix beobachtete sie mit wachsender Betroffenheit.

Nach einer ganzen Weile stellte er brummend fest: »Gut,
das war's, du kannst ihn nicht heiraten.«

»Das sage ich doch!«

»Schon gut.« Er schaute kurz zu dem hell erleuchteten
Fenster im zweiten Stock hinauf. »Wir gehen zusammen zu
Geraldine und sagen es ihr. Jetzt gleich.«

»Das habe ich versucht, erst vor einer Stunde. Sie will
nichts davon wissen. Ich komme einfach nicht gegen sie an!«

Felix stieß ein bitteres Lachen aus. »Ich auch nicht, mein
Mädchen. Deine Mutter ist ein richtiger Drachen. Aber dir
wird nichts anderes übrig bleiben, als mit ihr zu reden,
wenn du die Hochzeit tatsächlich absagen willst. Komm,
machen wir es jetzt sofort, wir überrumpeln sie beim Aus-
zupfen ihrer Bartstoppeln. Außerdem sind wir in der Über-
zahl.«

»Ich kann nicht! Lieber geh ich zu Howie und sag es ihm
selbst!«

»Am Abend vor der Hochzeit darfst du den Bräutigam
nicht sehen.«

»Es gibt keine Hochzeit!«

Felix lachte leise. »In dem Fall kannst du ihn wohl besuchen, wann und wie oft du magst.«

Vivienne war nachdenklich geworden. Die Hochzeit absagen – brachte sie das wirklich fertig? Hatte sie den Mut dazu?

»Ich werde es tun. Ich werde zu Howie fahren.« Nach Rose Bay, wo er eine Villa besaß, in die sie nach ihren Flitterwochen in den Blue Mountains hätte einziehen sollen.

»Und anschließend wirst du Geraldine alles beichten?«

»Auf keinen Fall! Ich muss weg von hier. Ich will nicht da sein, wenn Mutter herausfindet, dass die Hochzeit ins Wasser fällt, und noch viel weniger in der Zeit danach, mit allem, was die Absage nach sich ziehen wird. Sie wird mich verstoßen oder, schlimmer noch, fesseln und zur Kirche schleifen.«

»Aber hast du eine andere Wahl? Deiner Mutter zu entkommen, war doch einer der Gründe, warum du Howard heiraten wolltest.«

Da hatte Felix allerdings recht. Es war sogar ihr erster Gedanke gewesen, als Howie in dem prächtigen Ballsaal unter dem tosenden Beifall der anderen Gäste vor ihr in die Knie gegangen war und ihr einen Antrag gemacht hatte.

Panik packte sie. »Wo soll ich denn bloß hin?«

Felix tippte sich mit dem Zeigefinger an die Lippen. »Fahr irgendwohin, wo du ein paar Tage bleiben kannst, bis sich die Wogen geglättet haben. Was ist mit deiner Brautjungfer?«

»*Deirdre?*« Sie gab ein ersticktes Geräusch von sich. Die

wenigen Bekannten aus ihrer Internatszeit, die Vivienne als Brautjungfern vorgeschlagen hatte, hatten keine Gnade vor Geraldines Augen gefunden. Stattdessen hatte sie ihre eigene Patentochter zur Brautjungfer ernannt. »Wenn ich auch nur die geringste Kleinigkeit an den Hochzeitsplänen ändern wollte, ist sie sofort zu Mutter gerannt und hat ihr alles brühwarm erzählt.«

»Und deine Freundinnen?«

»Da ist keine dabei, auf die ich in dieser Situation zählen könnte. Wer will schon in eine solche Affäre hineingezogen werden?« Die Hochzeit von Vivienne George und Howard Woollcott III würde vom gesellschaftlichen Ereignis des Jahres zum Skandal des Jahrhunderts verkommen. Ein Woollcott war *abserviert* worden! Man stelle sich das vor!

»Ich muss verschwinden«, fuhr sie fort, »irgendwohin, wo mich niemand zu irgendetwas überreden kann. Ich brauche Abstand, vor allem zu Mutter.«

»Ich würde dir ja anbieten, bei mir zu wohnen, aber du weißt, dass Geraldine dich da zuallererst suchen würde. Ich müsste die Tür verbarrikadieren, und dann würden wir im Belagerungszustand leben. Außerdem werde ich demnächst wieder verreisen, ich könnte mich gar nicht um dich kümmern.«

Vivienne schluchzte auf. »Dann bleibt mir nichts anderes übrig, als ins Auto zu steigen und zu fahren, bis der Tank leer ist, und am Straßenrand zu campieren!«

»Vielleicht gar keine schlechte Idee. Ich hab doch gewusst, dass es nicht schaden kann, dir das Autofahren beizubringen. Und wenn du auftankst, anstatt zu warten, bis du kein Benzin mehr hast, findest du möglicherweise ein Hotel.«

»Das ist es! Genau das werde ich tun! Ich werde nach Süden fahren ...«

»Fahr lieber nach Norden, Richtung Brisbane.«

»Gut, dann nach Norden. Ich werde mir etwas suchen, wo ich eine Weile bleiben und in Ruhe über alles nachdenken kann.«

Felix lachte leise. »Lass das mit dem Denken lieber sein und konzentrier dich aufs Leben.«

Vivienne hatte sich stets von vorsichtiger Zurückhaltung leiten lassen. Jede Entscheidung hatte sie bedächtig abgewogen und, war sie einmal getroffen worden, auf ihre Richtigkeit hin analysiert. Wie viel anders wäre ihr Leben verlaufen, hätte sie spontaner gehandelt?

»Ich werde weglaufen.«

»Hört sich ganz danach an.«

»Und komme vielleicht nie mehr zurück.«

»Du wirst bald genug haben von schäbigen Hotels und dem ganzen Pöbel dort.«

»Dann muss ich mir eben eine private Unterkunft suchen.«

Felix' Hand zuckte ein wenig. Vivienne spürte es, weil er ihre Finger liebkost hatte. Er legte den Kopf schief, als hätte er in weiter Ferne etwas gehört und lauschte. »Verdammt! Ich will dir keine Hoffnungen machen, aber ich wüsste da vielleicht etwas ...«

Dieses Mal war es *ihre* Hand, die leicht zuckte.

»Es ist weit genug weg von deiner Mutter und dem

Bombenkrater, den du hinterlassen wirst. Ein Ort, wie geschaffen für deine *Grübeleien*.« Er machte ein widerwilliges Gesicht.

»Wo?«, stieß sie, atemlos vor Aufregung, hervor.

»Immer langsam! Ich muss erst ein bisschen rumtelefonieren, ein paar Dinge klären. Ich will nicht, dass du enttäuscht bist, falls nichts daraus wird.«

Auch wenn er ihr keine Hoffnungen machen wollte, wie er gesagt hatte – ein Fünkchen Hoffnung glomm bereits in ihr.

Felix musterte sie, als wolle er sie auf Herz und Nieren prüfen. Er schien etwas in ihr zu sehen, das sie selbst nicht fühlte. Schließlich nickte er kurz und sagte mit Bestimmtheit: »Also gut. Versuchen wir's. Ich werde raufgehen und Geraldine ablenken. Das alte Mädchen mit meinen berühmten Absackern ein bisschen locker machen. Du packst inzwischen ein paar Sachen zusammen ...«

»Mein Flitterwochenköfferchen ist seit Wochen gepackt.«

»Dann nimm das.« Er betrachtete sie von Kopf bis Fuß in ihrem Seidenpyjama. »Das sieht zwar sehr süß aus, aber hast du noch was anderes für unterwegs?«

»Mein Reisekostüm liegt neben meinem Brautkleid.« Was für eine Ironie!

»Fantastisch. Du kannst mein Auto nehmen, es ist vollgetankt.«

Sein geliebter Roadster? Das konnte sie unmöglich annehmen!

»O doch, du nimmst den Jaguar«, beantwortete er die

stumme Frage in ihrem Blick. »Oder hast du etwa vorgehabt, Geraldines Auto zu entwenden?«

Vivienne lief rot an. Ihre Mutter hatte recht: Sie war unglaublich naiv.

»Ich leihe ihn dir, dann wird er ausnahmsweise einmal sanft gefahren, und ich muss mir um dich und ihn keine Sorgen machen.«

Während Felix ihre Flucht plante, spürte Vivienne, wie ihr Mut und ihre Entschlossenheit wuchsen.

»Du wirst sofort zu Howard fahren und dem armen Kerl das Herz brechen, und dann geht's weiter nach Brisbane. Ich werde versuchen, dir eine Stunde Vorsprung zu verschaffen, bevor deine Mutter merkt, dass du weg bist.« Felix tat, als schlottere er am ganzen Leib. »Ruf mich an, sobald du morgen über der Grenze und in Queensland bist. Bis dahin habe ich alles Weitere organisiert.«

Er richtete sich auf, zog Vivienne auf die Füße und drückte ihre kalten Hände. »Bist du dir wirklich sicher, mein Mädchen?«

Sie war sich noch nie in ihrem Leben so sicher gewesen.

Kapitel 3

Spätes Check-in

Juni 1958

Atherton Tablelands
Die Dunkelheit hatte den Roadster eingeholt. Die Straße
führte in eine nebelverhangene, üppig bewaldete Region
hinauf, wo der Ruf von Wippflötern durch die kühle Berg-
luft schallte.

Ganz oben auf dieser scheinbar endlosen Straße würde
Vivienne erneut eine Schranke passieren und danach das
Gaspedal durchtreten, bis sie ihren Zufluchtsort erreicht
hätte. Dort würde sie bleiben, bis der Zorn ihrer Mutter
verraucht wäre und ihre eigene tiefe Scham überwunden.
Eins von beiden würde ja hoffentlich eintreten.

Sie kurvte um einen Vorsprung in der Felswand und sah
die obere Schranke endlich vor sich. Eine Reihe Fahrzeuge
wartete gegenüber mit eingeschalteten Scheinwerfern darauf, talwärts fahren zu können.

Vivienne nahm den Fuß vom Gas, als sie sich dem Wärter an der Schranke näherte, und setzte ein geübt freundliches Gesicht auf.

Gleich geschafft.

Doch der Wärter trat vor die Motorhaube, schlug sein Notizbuch auf und trug ihr Kennzeichen ein. Ihr Herz hämmerte wie wild, als er ihr bedeutete, das Fenster herunterzukurbeln.

O mein Gott, was will er denn?

Vivienne zupfte ihren Rock bis zu den Knien und straffte die Schultern. Der Wärter beugte sich herunter und warf einen Blick ins Innere des Cabrios. In dem Wachhäuschen hinter ihm lief im Radio »Catch a Falling Star« von Perry Como.

Vivienne schluckte kräftig, während sie den Oberkörper so weit wie möglich in den Schatten drückte.

»'n Abend«, sagte der Mann.

»Guten Abend, Sir.«

»Sie sind als Letzte heraufgefahren.«

Und um ihr *das* zu sagen, hatte er sie angehalten?

Die Stimme ihrer Mutter in ihrem Kopf: *Die Höflichkeit verbietet es, Verärgerung zu zeigen.* »Sieht ganz so aus.«

»Hatten Sie unterwegs irgendwelche Probleme?«

»Nicht die geringsten, danke.«

»Haben sich aber Zeit gelassen. Alle diese Leute haben nur auf Sie gewartet. Ich wollte schon meinen jungen Kollegen runterschicken, damit er Ihnen hilft, falls der Motor überhitzt hat. Ihr Frauen am Steuer!«

Die glänzende Oberfläche lässt den Pfeil abprallen. »Das tut mir leid.«

Der Wärter wippte auf den Fersen. »Hab Sie hier noch nie gesehen. Das wüsste ich.«

»Ich will Angehörige besuchen«, schwindelte sie. An ihrem Ziel wartete niemand auf sie, am allerwenigsten Angehörige.

Er stieß einen leisen Pfiff aus. »Hier oben in den Bergen kriegen wir nicht oft so ein Luxuskätzchen zu sehen.«

Vivienne streckte schon empört die Hand aus, um das Fenster wieder hochzudrehen, als ihr klar wurde, dass er gar nicht sie, sondern das Auto meinte. Er tätschelte nämlich das Faltdach und rief über die Schulter:

»He, Bob! Komm her und sieh dir diesen Roadster an!«

Eine massige Gestalt trat in den Scheinwerferkegel.

Vivienne blinzelte die Tränen fort, ihr Atem ging schneller. »Sie müssen mich jetzt wirklich entschuldigen. Ich werde zum Abendessen erwartet.«

Der Mann nagte an seiner Unterlippe. »Woher kommen Sie, haben Sie gesagt?«, fragte er, den Blick auf sie geheftet.

Sie rutschte ein Stückchen tiefer und hob die Schultern.

Der Wärter starrte sie an.

Lassen Sie mich einfach gehen – bitte!

Ein Hupen in der Reihe der wartenden Fahrzeuge unterbrach seine Gedankengänge. Er brummte mürrisch, richtete sich auf und gab dem Autodach einen letzten liebevollen Klaps.

»Hier sind eine Menge wilde Tiere unterwegs, Ma'am, fahren Sie vorsichtig. Wir wollen doch nicht, dass ein großes Känguru so ein Hollywood-Auto verbeult, nicht wahr?«

Er trat zur Seite, sodass der Roadster weiterschnurren konnte. Vivienne blickte starr geradeaus, das Kinn in die

Höhe gereckt, die zitternden Hände am Lenkrad, und fuhr an.

Im Rückspiegel sah sie die Rücklichter der anderen Fahrzeuge nacheinander langsam um die erste dieser unzähligen Kehren verschwinden. Jetzt war sie für mindestens ein paar Stunden vor etwaigen Verfolgern sicher.

Und niemand außer Felix wusste, wo sie sich versteckt halten würde.

Vivienne hatte keine Gelegenheit gehabt, mit Howard zu sprechen. Als sie in Rose Bay ankam, war er nicht zu Hause gewesen. »Er ist zum Feiern ausgegangen«, hatte Wilma, seine Haushälterin, ihr mit einem Ausdruck tiefsten Missfallens mitgeteilt, denn Vivienne hatte es gewagt, am Abend vor ihrer Trauung aufzutauchen.

Wilma hatte sie nicht hereingebeten, um auf Howie zu warten, ihr aber einen Schreibblock mit Monogramm der Woollcotts gebracht, damit sie ihm eine Nachricht hinterlassen konnte. Mit knapperen Worten war wohl noch nie eine Verlobung aufgelöst worden …

Ich kann dich nicht heiraten, Howie. Ich weiß, dass du spürst, wie ich mich in den letzten Monaten verändert habe, auch wenn du es dir nicht eingestehen willst. Ich bin nicht die richtige Frau für dich. Ich würde uns beide nur unglücklich machen und den Namen Woollcott besudeln. Was ich tue, ist erbärmlich und feige, aber es wird uns beide vor einer Katastrophe bewahren. Und bitte sag, dass du mir verzeihst …

Sie fragte sich, ob Wilma mit dem Öffnen des gefalteten Blatts überhaupt so lange warten würde, bis der Roadster aus der Einfahrt gedonnert war.

Seitdem kam es Vivienne so vor, als würde sie von Bluthunden verfolgt. Selbst nach drei Tagen und fünfzehnhundert Meilen Entfernung hatte das kribbelnde Gefühl, erbarmungslos gejagt zu werden, nicht nachgelassen.

Vivienne steuerte den Sportwagen rasant eine kurvenreiche unbefestigte Straße hinauf und wieder hinunter, über schmale Flussbrücken, an erleuchteten fernen Farmen vorbei. Einmal musste sie sogar einem Känguru ausweichen, das im Licht der Scheinwerfer plötzlich mit großen Sätzen die Fahrbahn querte.

Wo war nur dieses Barrington Downs, von dem Felix gesprochen hatte? Hatte sie sich verfahren? Oder hatte er vielleicht Barrington Tops nahe Sydney gemeint, und sie hatte ihn einfach falsch verstanden?

Das Telefonat mit ihrem Onkel, den sie Stunden nach dem ausgefallenen Hochzeitsfrühstück von einem an der Straße gelegenen Hotel in Brisbane angerufen hatte, war das schlimmste ihres Lebens gewesen. Zum Glück hatte sie ihn zu Hause erreicht. Ihr war fast das Herz stehen geblieben, als er abgenommen hatte.

Felix hörte sich ihre schluchzenden Selbstvorwürfe eine Weile an und brachte sie dann mit einem trägen verhaltenen Lachen zum Schweigen. »Du bereust es doch nicht, oder?«

Nein, sie bereute es nicht. Sie schämte sich zutiefst, war jedoch entschlossen, die Sache durchzuziehen. Der beste

Beweis dafür war, dass sie sich weder nach ihrer Mutter noch nach Howard erkundigte und schon gar nicht nach den Reaktionen auf die abgesagten Feierlichkeiten. Auch wenn sich Fragen über Fragen in ihrem Kopf drängten – *Sind sie schrecklich wütend auf mich? Werden sie mir jemals verzeihen können? Werden sie kommen und mich nach Hause zerren?* –, so formulierte sie nur eine einzige: »Was hast du für mich gefunden?«

Seine Antwort schockierte sie so sehr, dass es ihr die Sprache verschlug: die *Atherton Tablelands*? Ein hügeliges Hinterland im äußersten tropischen Norden des Landes, eine Region, die nur für Zinnabbau, Holzfällerei, Landwirtschaft und Kühe bekannt war? Konnte das ein Ort für ein waschechtes Stadtkind wie Vivienne George sein?

»Sei froh, dass ich dir das anbieten kann«, sagte Felix. »Ich musste meine Beziehungen spielen lassen.«

»Du ahnst nicht, wie dankbar ich dir bin … Wie soll ich das je wiedergutmachen?«

»Mach dir deswegen keine Gedanken, mein Mädchen. Ich bin doch für dich da. Hör zu, du fährst in die Berge nach Barrington Downs, einem kleinen, abseits gelegenen Milchbauerndorf. Dort habe ich eine im Regenwald versteckte Lodge an einem See für dich gefunden. Sie ist auf keiner Karte verzeichnet, es gibt keine Nachbarn, und sie ist nur über eine einzige schmale Schotterpiste erreichbar.«

»Klingt verlockend«, log sie. Aber schließlich brauchte sie ja nur einen Ort zum Nachdenken, bis sie wusste, was sie mit ihrem Leben anfangen wollte.

»Die Schlüssel findest du in Barrington«, sagte Felix.

»Niall Jeffries aus dem Gemischtwarenladen an der Main Street wird sie für dich unter die Fußmatte seines Ladens legen. Er ist der Verwalter der Lodge.«

»Er legt die Schlüssel einfach unter die Fußmatte?«

»Auf dem Land haben die Menschen noch Vertrauen zueinander. Niall wird dir auch einen Korb mit Lebensmitteln hinstellen. Die sollten für ein paar Tage reichen. Weißt du was? Er soll dir wöchentlich welche liefern, dann musst du nicht zum Einkaufen in die Stadt. Ich kümmere mich darum.«

Felix schien an alles gedacht zu haben. Am meisten jedoch beschäftigte sie die Frage, wie lange sie in ihrem Versteck bleiben könnte, bevor sie nach Hause zurückkehren und Rede und Antwort stehen musste.

»Wer weiß sonst noch, dass ich dort bin?«

»Außer mir nur Niall. Er sieht seit vielen Jahren nach dem Rechten in der Lodge, er versteht unseren Wunsch nach Diskretion nur zu gut. Niemand wird dich dort finden, versprochen.«

»Das ist ein echter Glücksfall. Und wie hast *du* die Lodge gefunden?«

»Oh, das ist eine lange Geschichte. Ein alter Freund von mir, der heute in Übersee lebt, hat sie vor dem Krieg gebaut. Rudy Meyer heißt er …«

»Doch nicht etwa der Musical-Rudy-Meyer?«

»Doch, genau der. Wer so gern singt wie du, ist natürlich mit dem Namen vertraut.«

»Woher kennt ihr euch?«, fragte sie verwundert, obwohl sie eigentlich nicht überrascht sein sollte – Felix Brinsleys

Beziehungen reichten weit und in alle Gesellschaftsschichten.

»Rudy hat mich während des Kriegs in seine Lodge eingeladen. Damals hat er die in der Region stationierten australischen und amerikanischen Truppen mit Theaterstücken unterhalten.«

Vivienne erinnerte sich vage, davon gehört zu haben. »Ist die Lodge so etwas wie eine Attraktion? Ich möchte nicht an einem Ort wohnen, der Schaulustige anlockt.«

»Schaulustige? Da gibt es weit und breit überhaupt nichts. In den letzten zehn Jahren hat meines Wissens niemand dort gewohnt. Es rankt sich eine Geschichte um den Ort, deshalb wird er von den einfältigen Einheimischen gemieden.«

»Was für eine Geschichte?«

»Das ist unwichtig, Vivienne. Für dich und deine Zwecke ist die Lodge genau richtig.«

»Eine verlassene Bruchbude im Urwald.«

Felix musste lachen. »Du wolltest doch untertauchen! Das kannst du jetzt.«

Vivienne fand das Städtchen Barrington Downs genau dort, wo Felix gesagt hatte, und es war so hinterwäldlerisch, wie sie es sich vorgestellt hatte. Ein brummender Pub, eine Milchbar, aus der Jazzklänge drangen, und sonst nur leere Straßen. Der kleine Laden an der Ecke war geschlossen, aber auf der Veranda stand ein mit einer Schleife verzierter Korb mit Grundnahrungsmitteln. Auch der Schlüssel lag an der beschriebenen Stelle. Vivienne sah keine Menschenseele, als sie aus dem Auto schlüpfte und alles einlud, und war dankbar dafür.

Minuten später hatte sie den Staub schon wieder von den Füßen geschüttelt und ließ Barrington Downs hinter sich.

Und wo ist jetzt diese Lodge? Angeblich lag sie versteckt im Regenwald, aber im letzten Tageslicht sah sie nichts außer endlosem hügeligem Land und Stacheldrahtzäunen. War der Wald gerodet worden, um Platz für Viehweiden zu schaffen? Als sie über eine weitere Hügelkuppe schoss und etwas Weißes, Massiges erblickte, schrie sie unwillkürlich auf. Aber es war nur eine Kuh, die über die Weide trottete.

Endlich begann auf der rechten Seite, parallel zu den Zäunen auf der Linken, sich dichter Regenwald zu erstrecken.

Vivienne hätte die Abzweigung beinah verpasst. Kein Schild wies darauf hin; urplötzlich tat sich eine schmale Bresche zwischen den Bäumen auf, und eine steinige Piste führte in den Wald hinein.

Sie hielt unwillkürlich den Atem an, als das Auto über den Schotterpfad holperte. Zweige klatschten gegen das Blech; die Schlaglöcher waren teilweise so tief, dass die Räder komplett hineinpassten. Durch das dichte Laubdach drang kein Mondlicht.

»Das ist ja grauenvoll!«, murmelte sie vor sich hin.

Die Lodge tauchte wie aus dem Nichts auf, tiefschwarze Umrisse in der Nacht. Vivienne erahnte das dreistöckige Holzhaus mehr, als dass sie es wirklich sah. Das steile Dach schien sich nach den Bäumen strecken zu wollen, die sich über ihm wölbten.

Der Roadster kam zum Stehen. Vivienne spähte durch die Windschutzscheibe zu den Balkonen hinauf. Nirgends brannte Licht, es gab keinen Pagen, der ihr mit dem spärlichen Gepäck geholfen, keinen Empfangschef, der ihr einen angenehmen Aufenthalt gewünscht hätte.

Als sie die Autotür öffnete, geriet sie in einen Hinterhalt aus Geräuschen. Durchdringende nächtliche Schreie und Rascheln im Unterholz, das plumpe Tapsen eines Säugetiers. Irgendwo in der Nähe rauschte Wasser.

Stolpernd schleppte Vivienne Koffer und Korb die Treppe hinauf. Als sie die Veranda erreichte, hüpfte ein Tier – eine übergroße Ratte oder ein Miniaturkänguru – an ihr vorbei. Sie stieß einen spitzen Schrei aus und blieb stocksteif stehen, während das Wesen ins Dickicht flüchtete. Das Knacken und Krachen der Zweige wurde in dieser von Urwaldriesen gesäumten Lichtung um ein Vielfaches verstärkt.

»Sylvan Mist« stand auf einem geschnitzten Holzschild über dem Eingang. Vivienne schob den Schlüssel ins Schloss. Sie musste ihn kräftig herumdrehen, bevor die Tür ihren Widerstand aufgab. Drinnen wurde sie von einem scharfen Modergeruch empfangen. Sie tastete nach dem Lichtschalter und wartete mit angehaltenem Atem darauf, dass die Wandleuchten angingen.

Schwaches gelbliches Licht sickerte in die Eingangshalle, von der eine elegante Treppe nach oben führte. Das Tropenholz schien das Licht regelrecht aufzusaugen, und der finstere Wald, der jenseits der vielen mit Lamellenläden geschlossenen Fenster lauerte, verstärkte das Halbdunkel noch.

Rechts zweigte ein Gang zur Küche ab. Vivienne folgte ihm und wuchtete ihren Korb auf die Kochinsel, über der Töpfe und Pfannen hingen. Zum Auspacken war sie schlicht zu müde. Sie wollte sich nur noch hinlegen.

Auf der Suche nach einem Schlafzimmer verfolgte sie der Gestank von Fäule ebenso wie das beunruhigende Gefühl, die kahlen Fenster würden ihr entgegenstarren. Ihre von den Scheiben gespiegelte blasse, schmale, gespenstische Erscheinung war mehr, als sie ertragen konnte.

Während sie langsam umherging, fielen ihr die vielen Taschenlampen auf, die in überall herumlagen. In der Eingangshalle lagen einige auf dem Ascherberg-Piano, zwei weitere auf der eichenen Grammophontruhe, und eine dritte lehnte an einer prächtigen Pfauenfedervase. Fiel hier regelmäßig der Strom aus? Und was konnte schon da draußen sein, wovor sie sich im Dunkeln zu fürchten hatte?

Ein banges Gefühl legte sich wie ein Eisenreif um ihre Stirn.

Eine Hand auf dem Geländer, ging sie die Treppe hinauf tiefer in die Lodge hinein. Ihr Verlobungsring kratzte über das Holz. Sie riss die Hand zurück.

Eine Bibliothek voller wohlriechender, schwerer Bücher nahm fast den gesamten oberen Stock ein. Normalerweise hätte sie sich vermutlich über diese Entdeckung gefreut. Aber hier fühlte sich gar nichts normal an.

Auch hier oben starrte der Wald durch die Fenster herein.

Der verzierte Kamin und der türkische Teppich wirkten fehl am Platz in dem feuchten Mief. Seufzend verließ Vivienne das Zimmer. Kein einziges Fenster hatte Vorhänge. Sie war dem Wald schutzlos ausgeliefert – ein ängstliches kleines Wesen in einem Glaskasten. Vielleicht ergaben die vielen Taschenlampen doch einen Sinn.

Im obersten Stock befand sich ein großes Schlafzimmer. Dankbar blieb sie einen Augenblick vor dem Himmelbett stehen: Es hatte Vorhänge. Wenigstens *ein* Ort, an dem sie sicher war vor dem gaffenden Wald.

Sie schälte sich aus ihrem zerknitterten Reisekostüm, das sie einfach auf dem Boden liegen ließ, wusch sich und schlüpfte in ihren Pyjama. Wozu sollte sie das Kostüm auf einen Bügel hängen und im Badezimmerdampf glätten? Ihre lange Reise war zu Ende, und sie hatte nicht die Absicht zurückzukehren.

Auf ihre Gesichtspflege verzichtete sie, sie war viel zu abgekämpft. Ihren Kosmetikkoffer ließ sie auf dem Frisiertisch stehen, huschte in die Küche hinunter, schnappte sich das erstbeste stoffumwickelte Päckchen aus dem Korb, lief wieder nach oben und verkroch sich in das schützende Himmelbett. Den Rest würde sie morgen auspacken.

Vivienne hatte mit einem schlichten Sandwich gerechnet, doch stattdessen wickelte sie handgemachten Käse aus. Absolut kein Abendessen für Vivienne George, die schon sehr früh gelehrt worden war, einen großen Bogen um fettreiche Milchprodukte zu machen. *Eine Frau muss rank und schlank sein.*

Sie schnupperte an dem Käse. Wie er duftete! Sie probierte. Er war dezent im Geschmack und so cremig, dass er ihr auf der Zunge zerging. Fröstelnd saß sie im Dunkeln und verputzte das ganze Stück.

Kapitel 4

Star light, star bright

Juni 1958

Barrington Downs

In einem schiefen kleinen Farmhaus inmitten sanfter grüner Hügel erwachte eine junge Frau, um vom Starruhm zu träumen.

Josephine Monash hatte das ganze unerträglich lange Wochenende dem Montag entgegengefiebert, weil an diesem Tag, der so unendlich langsam heraufdämmerte, die Theaterkritiken in der *Tablelands Sun* erscheinen würden. Josie Monashs Inszenierung von *Nora oder Ein Puppenheim* würde von keinem Geringeren als dem renommierten Kritiker Hugo Bernard besprochen werden, der das ferne Sydney verlassen hatte, um sich das regionale Theaterangebot anzusehen. Josies ganze Hoffnungen und Träume ruhten auf diesem einen Mann, diesem einen Tag und dieser einen hoffentlich wohlwollenden Rezension.

Sie wollte in Barrington am Zeitschriftenladen sein, wenn dieser öffnete. Hätte ihr Vater es erlaubt, hätte sie mit Freuden die Nacht vor dem Laden campiert, um nur ja gleich die Erste zu sein. Es war nie ihre Stärke gewesen, ein Nein zu akzeptieren, deshalb war sie auch stolz darauf, dass sie das Wochenende durchgehalten hatte, auch wenn sie dafür ihre ganze Geduld – und das war nicht besonders viel – hatte zusammennehmen müssen.

Bevor sie in die Stadt bretterte, musste Josie erst noch das Haus putzen, ihrem Vater bei seiner Rückkehr vom Melken honiggesüßten Porridge servieren und belegte Brote für ihre drei älteren Brüder Reg, Ernest und Owen zubereiten. Verärgert über die Verzögerung, widmete sie sich mürrisch den Broten, schnitt sie in Dreiecke und stopfte das Corned Beef ohne das Relish, das sie alle so gern mochten, hinein. Dann wickelte sie die Sandwiches in Wachspapier.

Sie hätte das alles auch Regs junger Frau Daphne überlassen können, die jetzt ebenfalls in dem übervollen Haus wohnte, aber Josie delegierte grundsätzlich keine Aufgaben an ihre Schwägerin. Daphne musste nicht erst ermutigt werden, die beleidigte Märtyrerin in einem Haushalt zu spielen, in dem Josie sie nie hatte haben wollen. Je eher Reg mit dem Bau seines eigenen Hauses fertig war – sofern er irgendwann einmal damit anfing – und mit Daphne dort einzog, desto besser. Josie ließ keine Gelegenheit aus, darauf hinzuweisen. Sie fragte sich oft, warum Reg das Haus nicht einfach nur für Daphne baute und sie dann allein dort einquartierte.

Josie hatte sich immer gewünscht, dass ihre Brüder, wenn schon nicht Jungs, dann wenigstens Junggesellen blieben. Auch wenn sie es manchmal anstrengend fand, anstelle ihrer längst verstorbenen Mutter für vier Männer zu sorgen, würde sie ihren Platz niemals für eine andere Frau räumen. Und schon gar nicht für Daphne West, diese Klette. Attraktiv war sie ja, aber sie trug viel zu kurz nach der Hochzeit schon einen riesigen Bauch zur Schau und stellte schlicht einen Störfaktor in Josies Idylle dar.

Josie wusste, wo ihr Platz in der Welt war: mitten im Zentrum. Ihre Brüder verspotteten sie oft als größenwahnsinnig. Doch das störte sie nicht – sie dirigierte fröhlich ihre Männer zu Hause, ihre lustige Truppe von Laienschauspielern und scheinbar auch den Rest der Stadt.

Sie versäumte es nicht, einen selbst gebackenen Keks und einen handgeschriebenen Witz in die Lunchtüten ihrer Brüder zu packen. Daphne konnte vielleicht demonstrativ seufzend Butterbrote in Dreiecke schneiden, aber Sinn für Humor hatte sie nicht. Josie kritzelte ihren Namen auf jeden Zettel, damit ihre Brüder nicht vergaßen, wer hier seit jeher für gute Laune sorgte.

Die rechtmäßige Ordnung wurde also aufrechterhalten, und Josie lief ins Bad, um zu duschen. Aufgeregt pfeifend, schlüpfte sie in ihr Lieblingskleid, fuchsiarot mit U-Boot-Ausschnitt; es war das einzige, das sich für einen Ausflug in die Stadt eignete. Um den Hals, verborgen unter dem Stoff, trug sie das kunstvoll gearbeitete herzförmige Goldmedaillon ihrer Mutter.

So lange Josie zurückdenken konnte, lag das Schmuckstück auf dem Nachttisch ihres Vaters, und als sie es mit ihren klebrigen kleinen Fingern erreichen konnte, stibitzte sie es heimlich, um damit zu spielen. Seit einigen Jahren war aus dieser schamlosen Aneignung so etwas wie ein

Spiel geworden, aber aus Respekt für ihren trauernden Vater legte sie die Halskette abends immer an ihren Platz auf seinem Nachttisch zurück.

Der Ford-Coupé-Pick-up rumpelte die lange, von Kiefern gesäumte Zufahrt zur Farm hinunter, vorbei am alten Monash-Farmhaus, das nur noch eine von hohem Gras halb überwucherte Wellblechruine mit einem hohen Steinkamin war. Hier berührte Josie jedes Mal ihr Medaillon, um Geister abzuwehren. Vor allem einen.

Als das alte Dach noch nicht eingestürzt und ihre Brüder noch klein waren, hatten sie Josie immer Angst gemacht mit ihrer Geschichte von dem langhaarigen Gespenst. Obwohl sie bis heute schworen, dass ihnen diese Erscheinung auf ihrem frühmorgendlichen Weg zum Melkstall gelegentlich immer noch begegnete, war Josie schon lange klar geworden, was wirklich dahintersteckte. Der Tod ihrer Mutter hatte die Jungs mehr traumatisiert, als es irgendein Dämon könnte, der sein Unwesen auf den Viehweiden trieb.

Dennoch hielt Josie jedes Mal, wenn sie an dem verfallenen Haus vorbeikam, unwillkürlich nach bestrumpften Beinen und rubinroten Hausschuhen Ausschau. Könnte es sein, dass sie die Spukgeschichten ihrer Brüder mit ihrem Lieblingsfilm aus Kindertagen, *Der Zauberer von Oz*, durcheinanderwürfelte? O ja, keine Frage. Es gab fast nichts, das Josie nicht noch dramatischer ausgestalten könnte.

Das Auto holperte über das Viehgitter und durch das idyllisch grüne, sanft hügelige Land, über dem vulkanische Aschekegel thronten, weiter nach Barrington. Es war Gottes eigenes Land, so nah am Himmel, dass sie oft in den Wolken zu leben schienen. Und obwohl es offiziell Winter war, hatte bisher die gelegentliche Strickjacke ausgereicht.

Josie stellte den Wagen auf der Main Street ab, die um eine große Verkehrsinsel herumführte und von farbenfrohen Ladenfronten gesäumt wurde. Die Häuser im Cottage-Stil wurden mit ihren Veranden von mehrjährigen Pflanzen in Hängekörben geschmückt. In jedem Garten blühten tropische, großblättrige Blumen in leuchtenden Rot- und Pink- und Orangetönen. Pastellfarbener Fahnenschmuck zog sich an der Straße entlang.

Werbeplakate für Illustrierte und Zeitungen hingen an der Veranda des Zeitschriftenladens. In dieser Woche war auf fast allen Titelbildern eine vor Mutterglück und unleugbarer Schönheit strahlende Fürstin Gracia Patricia mit ihrem Baby Albert zu sehen.

Josie blieb einen Augenblick stehen und betrachtete die platinblonde Makellosigkeit der Fürstin, die sich so sehr von ihrem eigenen glänzenden mahagonibraunen Pferdeschwanz und dem dicken Pony unterschied. Verglichen mit der Fürstin, war Josie eine Audrey Hepburn vom Lande. Ihre braunen Augen, die auch ohne Mascara ausdrucksstark waren, hatten nie neckisch geflattert – sie blitzten offen und ehrlich. Angesichts der auf Nase und Wangen großzügig verteilten Sommersprossen war es sinnlos, Parallelen zwischen ihrer und der Alabasterhaut der Fürstin zu ziehen. Die Kombination aus sommersprossigem Gesicht, hypermobilen Brauen, einem Lächeln, bei dem sich die Nase kräuselte, und der kleinen, zierlichen Figur verlieh ihr etwas

Puppenhaftes. Josie sorgte schon dafür, dass niemand auf die Idee kam, sie so herablassend zu beschreiben.

Da sie nicht hergekommen war, um die Fürstin anzuhimmeln, sondern ihren eigenen großen Moment im Rampenlicht zu genießen, betrat sie mit vor Vorfreude geschwellter Brust den Laden.

Bei ihrem Anblick wischte der Mann hinter der Ladentheke, der chronisch nervöse Clarence Reece, schnell mit dem Taschentuch über seinen glänzenden, kuppelförmigen Glatzkopf. Und dann fing er zu quasseln an. Clarence war zwar ein liebenswerter Mensch, neigte aber dazu, einem in den Ohren zu liegen, und irgendwann konnte man sein hektisches Gefasel nicht mehr ertragen. Trotzdem war Josie stolz auf ihn, weil er den Platz hinter der Ladentheke nicht mit seiner Frau Elsie tauschte und ins Lager verschwand.

»Hast du es schon gelesen?«, fragte Josie und kramte eilig Kleingeld aus ihrem Handtäschchen.

»Hab ich … gleich als Erstes«, stieß Clarence abgehackt hervor. Sein weißes Taschentuch fuhr von der Schläfe zur Oberlippe.

»Nichts sagen!«, rief Josie. »Ich will es selbst lesen!« Sie hob ihren Stapel Zeitungen vom Ladentisch und wünschte, sie hätte das Geld, um sich weitere Ausgaben kaufen zu können.

»Dein Roman ist auch gekommen«, sagte Clarence und griff nach dem Titel von Mary Stewart unter der Ladentheke. Josie schnappte das Buch und wollte sich schon umdrehen, als Clarence' gekränktes Stirnrunzeln sie daran erinnerte, dass sie nicht ihre gewohnte aufgeregte Freude gezeigt hatte.

»Danke, Clarence«, sagte sie und tätschelte seine Hand. »Darauf warte ich seit *Monaten*!« Sie beugte sich zu ihm, damit Elsie, die sich garantiert irgendwo hinten herumtrieb, nichts mitbekam. »Das Schaufenster sollte übrigens mal geputzt werden«, flüsterte sie. »Die ganze Scheibe ist mit Fingerabdrücken verschmiert.«

Clarence warf einen schnellen Blick Richtung Hinterzimmer. »Mach ich, danke, Josie.«

In diesem Moment tauchte Elsie Reece, die Lippen bereits grimmig für den Tag gespitzt, in der Tür zum Hinterzimmer auf, als wäre sie gerufen worden. Josie nannte sie im Stillen nur Yellsie, weil sie andauernd keifte. Der arme Clarence! Sie eilte hinaus, klopfte an die anstößige Fensterscheibe und winkte Clarence fröhlich zu.

Obwohl sie es kaum erwarten konnte, widerstand sie der Versuchung, sich einfach auf den Boden zu setzen und die Zeitungen rings um sich herum auszubreiten. Ihr Triumph würde umso süßer schmecken, je geduldiger sie darauf wartete.

Schnellen Schrittes lief sie die Main Street hinauf. Josie war zwar klein, konnte aber die größten Frauen locker abhängen – sie hatte doppelt so viel Energie wie die meisten und ging dreimal so schnell. Ihr ansteckendes Lachen, warm wie Sonnenschein, erfrischend wie der Wind, eilte ihr voraus, als sie jetzt ein Geschäft nach dem anderen betrat.

Zuerst steuerte sie Niall Jeffries' Gemischtwarenladen

an, um Zucker und Mehl zu besorgen. Niall, ein Mann mittleren Alters und ein Windbeutel, hatte die Rolle des Torvald Helmer in Josies letzter Theaterproduktion ergattert. Deshalb war ein Dankeschön das Mindeste, was er ihr an diesem Montagmorgen schuldete. Doch Niall war nicht da. Wahrscheinlich stolzierte er durch die Stadt, um Anerkennung einzuheimsen. Dafür brauchte es nicht einmal eine Rolle in einem Theaterstück.

Josie musste ihre Einkaufsliste seiner wunderschönen Verkäuferin Laura geben, die einem weder in die Augen schauen noch sich auf ein Gespräch einlassen wollte, so sehr Josie auch ihren Charme spielen lassen mochte.

Laura war ein frustrierendes Rätsel. Nachdem ihr nichtsnutziger Vater das Haus der Familie beim Glücksspiel verloren und sich kurz darauf zu Tode gesoffen hatte, hatte Niall der jungen Frau Arbeit und Unterkunft angeboten, und Laura hatte angenommen. Das war eine kluge Entscheidung gewesen, aber Laura eignete sich nicht für den Umgang mit Kunden, weil sie zu schüchtern war. Vor ein paar Monaten hatte sie sich, wohl auf Drängen ihres Arbeitgebers, Josies Theatergruppe angeschlossen. Vielleicht hoffte Niall, das werde ihr mehr Selbstvertrauen geben. Josie war zwar gut, Wunder konnte allerdings auch sie keine vollbringen.

Nach einer ziemlich einseitigen Unterhaltung verließ sie den Laden wieder, stocksauer, weil sich Laura nicht einmal nach der Theaterkritik erkundigt hatte.

Als Nächstes steckte sie den Kopf für eine schnelle Portion Tratsch aus der glamourösesten Quelle der Stadt in

Peggy Wests Blumenladen. Hörte Josie besonders begierig zu, schenkte Peggy ihr manchmal eine voll erblühte Rose – heute jedoch nicht. Josie trat eilig den Rückzug an, als sie Peggys leuchtend kastanienroten Schopf über die Zeitung gebeugt sah. Mit ihren rot lackierten langen Fingernägeln fuhr sie Zeile für Zeile über die Seite. Josie hatte keine Lust, sich eine Zusammenfassung der Besprechung anzuhören, nicht einmal in Peggys eigenwilligen Worten. Sie wollte den Artikel zur Gänze selbst lesen und genießen.

Zurück auf der Main Street, machte sie ein böses Gesicht, als sie den vertrauten Bedford-OB-Bus entdeckte. Er parkte quer über mehrere Parkplätze hinweg vor der Butterfabrik und spie seine Passagiere aus.

»Wie oft habe ich Athol schon gesagt, er soll nicht alle Parkplätze mit Beschlag belegen?«, brummte sie vor sich hin und marschierte auf den Bus zu.

Athol Harford, der Reiseveranstalter, fuhr Barrington seit den Dreißigerjahren an. Sein Bus wurde nur Chook Chaser genannt – obwohl mit dem »Hühnerjäger« eigentlich Athol und nicht sein Vehikel gemeint war.

Der Mann hinter dem Steuer war mittleren Alters und trug eine Safariuniform samt Schulterklappen und Socken. Als er Josie erspähte, beugte sich Athol aus dem Fenster und wedelte mit seiner Zeitung. »Ist das zu fassen, Josie? Was sagt man denn *dazu*?«

Josie schwenkte hastig seitwärts. »Ich will es selbst lesen! Park gefälligst, wie es sich gehört!«

Sie überquerte die Verkehrsinsel und rief auf dem Weg zur anderen Straßenseite einem Freiwilligen, der gerade die höchst ungewöhnliche Stadtbücherei aufsperrte, ein fröhliches »Guten Morgen!« zu. Es war Josies Idee gewesen, den ehemaligen Luftschutzbunker, einen rechteckigen Betonklotz, in eine Selbstbedienungsbücherei mit ausschließlich gespendeten Büchern zu verwandeln. Die Stadt hatte sich mit überwältigender Mehrheit dafür und somit gegen eine öffentliche Toilettenanlage entschieden, die ebenfalls zur Diskussion gestanden hatte. Josie hatte den Verdacht, dass es sich bei den Büchereigegnern um Analphabeten und Leute mit Blasenschwäche handelte.

An dem einstmals kahlen, hässlichen Bunker rankten sich jetzt magentafarbene Bougainvilleas hinauf, üppige rosarote Keulenlilien schmückten den Eingang. Josie war Mitglied 001, wie auf ihrem Leihausweis zu lesen war. Außerdem hatte niemand so viele spannende Liebesromane gespendet wie sie.

Ihr letzter Anlaufpunkt war Rita Caracellas Antiquitätengeschäft, vor dem sie die Schaufensterauslage nach Schätzen absuchte und sich vergewisserte, dass Rita *ihre* Schreibmaschine nicht irgendeinem undankbaren Trottel verkauft hatte. Josie sparte sich seit Monaten jeden Penny vom Mund ab, um sich die korallenrote Smith-Corona Silent Super kaufen zu können. Eines Tages würde ihr Traum in Erfüllung gehen, und sie würde ihre Bühnenstücke auf genau dieser Maschine tippen.

Aber jedes Mal, wenn sie dachte, sie habe genug zusammen, musste irgendeine dringende Anschaffung für die Familie gemacht werden. Und dass sie ständig Romane kaufte, was sie vor sich selbst damit rechtfertigte, dass sie

sie ja später spenden würde, riss ebenfalls ein Loch in ihre Finanzen. So viele Menschen, die sie liebte, waren von Josie abhängig, wie konnte sie da Geld für etwas so Überflüssiges wie eine Schreibmaschine ausgeben? Trotzdem pilgerte sie jede Woche hierher, hielt den Atem an und hoffte, einen Blick auf ihre Silent Super zu erhaschen.

Sie atmete wieder aus. Da war ihr korallenrotes Schätzchen. Geduldig wartete es auf seine zukünftige Besitzerin.

Der Anblick ihrer Smith-Corona war ein gutes Omen. Regelrecht beflügelt, lief Josie freudestrahlend zum Café. Eine gute Rezension zu bekommen, genügte nicht, man musste beim Lesen *gesehen* werden, und Josie wusste, dass montagmorgens das ganze Café voller Farmersfrauen und anderer nützlicher Nachrichtenverbreiter sein würde.

Als sie sich zwischen den vollen Tischen hindurchschlängelte, bewunderte sie ihr Kleid und ihre flotte Erscheinung in den verzierten Wandspiegeln. Von allen Seiten wurde sie gegrüßt, alle hatten sie hereinkommen sehen. Ihre Nase kam mit dem Kräuseln kaum nach, so breit und anhaltend lächelte sie. Sie steuerte auf einen Tisch am Fenster zu, in der gleißenden Morgensonne, wo sie aufgeregt ihre Zeitung ausbreitete.

Jetzt war Josie bereit für die kritische Besprechung, dieses Festmahl für die Augen, auf das sie sich das ganze Wochenende gefreut hatte. Mit zitternden Händen sortierte sie den politischen Teil und die Gesellschaftsnachrichten aus und wandte sich dem Kulturteil zu. Sorgfältig überflog sie auf der Suche nach Hugo Bernards Verfasserzeile Spalte für Spalte.

Etwa in der Mitte der Seite legte sie eine Vollbremsung hin.

LOKALES TALENT AUF NATIONALER BÜHNE lautete die Artikelüberschrift. Darunter die kleine Porträtaufnahme eines honigblonden selbstbewusst lächelnden jungen Mannes. Es war ein hübsches, vertrautes Gesicht, das in Barrington sehr beliebt war.

Miles Henry.

Josie blickte sich verstohlen um und berührte dann mit den Fingerspitzen das Foto. Verdammt, er sah sogar noch besser aus als vor fünf Jahren, als sie gemeinsam ihren Abschluss auf der Barrington Highschool gemacht hatten. Der spitzbübische, heitere Ausdruck seiner leicht schräg stehenden gelbbraunen Augen war noch ausgeprägter, die markanten dunklen Brauen besser gepflegt; Züge, wie geschaffen, um Witz und Komik rüberzubringen. Das war es, was sein Publikum – vor allem das schöne Geschlecht – so an Miles liebte: seinen mit bissigem Humor veredelten Charme des Jungen vom Lande. Josie amüsierte sich köstlich darüber, dass sein Talent zum Blödsinnmachen, das ihm früher so viel Ärger vom Schulleiter eingebracht hatte, ihm heute zu Lob und Anerkennung verhalf.

Die Glocke über der Eingangstür bimmelte, und Josie riss hastig ihre Hand von dem Foto zurück und legte sie schuldbewusst in den Schoß. In ihrem Herzen regte sich etwas, als sie den Begleitartikel las.

Zum einen verspürte sie Sehnsucht nach dem frechen Freund aus Kindertagen, der auf einer Nachbarfarm aufgewachsen und mit ihr auf Mr Henrys Milchwagen – den

»Milchbus« hatten sie ihn genannt – zur Schule gefahren war. Bei mehreren Theateraufführungen der Barrington High war er ganz groß herausgekommen, in Josie hatte er aber nie etwas anderes als einen Kumpel gesehen.

Zum anderen beneidete sie ihn um das Leben und die Chancen, die sie niemals haben würde. Nach der Highschool hatte Miles – finanziert von seinen stolzen Eltern – eine renommierte Schauspielschule in Sydney besucht und danach große Erfolge auf der Bühne gefeiert. Zuletzt hatte er eine Hauptrolle in *Gumtree Gully* gespielt, in einem alten Theater, vor ausverkauftem Haus und von den Kritikern hochgelobt.

Josie und Miles hatten bei vielen Produktionen des Theaterclubs zusammengearbeitet – oder besser gesagt, miteinander konkurriert. Das Theater war ihrer beider Leidenschaft, aber während Miles den nächsten Schritt getan und die Schauspielerei zu seinem Leben gemacht hatte, saß Josie immer noch hier, im bescheidenen kleinen Barrington, wo sie Kühe melkte und versuchte, auch den letzten Tropfen aus ihrer Begabung für das Laientheater herauszupressen. Ob Miles Henry sie mitleidig belächeln würde, wenn er wüsste, dass sie nach einem dürftigen Artikel in ihrem lokalen Käseblatt lechzte, wo doch alle wussten, dass Rosa Henry Berichte über ihren Sohn aus großformatigen überregionalen Zeitungen ausschnitt?

Nein, so etwas würde Miles nie tun. Er war ein anständiger, liebenswerter Mensch und verehrte das Theater viel zu sehr, als dass er eifersüchtig darüber wachen würde – er gönnte jedem die gleiche Begeisterung dafür. Er war Josie nur ein Stück voraus, das war es. Zuerst einmal war er ein Mann, unbelastet und aus einer wohlhabenden Familie und obendrein gut aussehend. Es war nicht Miles' Schuld, dass er so viel Glück hatte, und Josie gönnte es ihm.

Außerdem war es durchaus möglich, dass Rosa Henry beim Ausschneiden des heutigen Artikels aus der *Tablelands Sun* versehentlich Josies Theaterkritik mit ausschnitt und an ihre Feature-Wand heftete. Und dann, wenn Miles irgendwann zu Besuch kam, würde er von Josies sensationellen Erfolg lesen und in ihr endlich das sehen, was sie schon immer in sich gesehen hatte. Und dann würde er sie bitten – nein, er würde sie *anflehen*, nach Sydney zu kommen, damit alle Welt in den Genuss ihres Talents kam …

Josie tat nichts lieber, als ihrer Fantasie freien Lauf zu lassen. Doch jetzt war es Zeit, sie zu zügeln, schließlich hatte sie Wichtigeres zu tun. Mit einem entschlossenen Nicken löste sie sich von dem Artikel über Miles und ließ ihren Blick weiterwandern. Sie hob die Hand und berührte ihren Talisman, das goldene Medaillon, unter dem fuchsiaroten Stoff ihres Kleids.

Da! Da war es. EIN GRAUENVOLLES HAUS lautete die Überschrift von Hugo Bernards Rezension.

Clever, dachte Josie, obwohl sie nicht wusste, inwiefern das clever war, aber jede Kritik von Hugo Bernard galt als clever – das sagten alle, die Ahnung und Geschmack hatten.

Sie überflog den Artikel. Einige Sekunden lang weigerte sich ihr Gehirn, die Worte für ihr aufgeregt hüpfendes Herz zu erfassen und zu interpretieren.

Nein, Herz, das willst du nicht hören. Das ist gemein und beleidigend, und auch wenn das eine oder andere stimmt, solltest du das nicht hören.

Widerstrebend begann ihr Gehirn, den Sinn der Worte zu deuten.

»Bei einem Laientheater muss man immer Zugeständnisse machen«, schrieb Hugo Bernard, »aber Josephine Monashs provinzielle Produktion verlangt mehr Zugeständnisse, als einem Theaterbesucher zugemutet werden sollte, und wird vom Gewicht ihrer eigenen Humorlosigkeit nach unten gezogen. Die Aufführung ist nicht so sehr unreif als vielmehr tollpatschig.«

Josie ließ das goldene Herz los und legte die Hand auf jenes in ihrer Brust. Wie Pfeile zischten die Worte heran.

»Miss Monash hat Ibsens Meisterwerk völlig missinterpretiert ...«

»Ihre Schauspieler sind bestenfalls farblos und agieren insgesamt lethargisch ...«

»Man muss sich fragen, was eine so unbegabte Regisseurin veranlasst haben mag, sich an ein so grandioses Stück heranzuwagen ...«

Die Pfeile prasselten nur so auf Josie herab, und jeder traf.

Sie schaute auf, starrte die Tische in dem voll besetzten Café an; das Klappern und Klirren von Besteck und Geschirr wurde plötzlich unerträglich.

Volle Cafés interessierten Mr Bernard jedoch nicht. Unbeirrt fuhr er fort: »Miss Monashs Aufführung wird in ihrer Abscheulichkeit nur noch von dem sogenannten ›Theater‹

selbst übertroffen, einem heruntergekommenen Schuppen aus dem Zweiten Weltkrieg mit dem einfallslosen Namen The Igloo.«

Heruntergekommen? Barrington war verdammt stolz auf sein Igloo! Der Wellblechschuppen war ursprünglich als Lager für Militärmaterial benutzt worden, als hunderttausend australische und amerikanische Soldaten in den Tablelands stationiert waren, um ein Dschungeltraining zu absolvieren. Nach dem Krieg hatte das Igloo als Gemeindezentrum gedient. Heute fand eine Vielzahl von Veranstaltungen dort statt – der jährliche Dairy-Queen-Ball ebenso wie samstägliche Tanzveranstaltungen, Hochzeitsempfänge und die immer turbulenten Bürgerversammlungen. Und nur damit Mr Bernard es wusste: Das Igloo mochte vielleicht ein unscheinbares Gebäude sein, aber es war das einzige, das sich für eine Theateraufführung eignete!

Na ja, das stimmt nicht so ganz, aber das tut nichts zur Sache.

Den schmerzhaftesten, grausamsten Pfeil – obwohl eine Steigerung kaum noch möglich schien – hatte Mr Bernard sich für den Schluss aufgehoben.

»Man sagt, ein Fluch liege auf dem See nahe Barrington, der deshalb von den Einheimischen ängstlich gemieden wird. Angeblich zieht er die schönen jungen Frauen der Stadt in die Tiefe, sodass sie ertrinken. Aber meiner Meinung nach ist das Einzige, was in dieser Stadt untergehen wird, die Barrington Theatre Company, sollte sie noch lange unter Miss Monashs unfähiger Leitung agieren müssen.«

Mit einem Aufschrei der Empörung sprang Josie auf, wobei sie das Milchkännchen umstieß, zerknüllte die Zeitungsseite und flüchtete aus dem Café.

Kapitel 5

Lake Evelyn

»Das ist der Urwald.«

Henry Wadsworth Longfellow

Vivienne wachte mit einem steifen Genick und schmerzenden Hüften im Morgengrauen auf. Es war kühl geworden in der Nacht, und das Bettzeug hatte sich als viel zu dünn erwiesen. Eine dicke falsche Wimper verlor sich auf ihrem Kopfkissen. Vivienne schob sich behutsam aus dem Bett, als schliefe noch jemand darin, der nicht gestört werden dürfe.

Obwohl das Tageslicht hereingesickert war, blieb der Wald immer noch voller Schatten. Trotzdem war es eine Erleichterung, undurchdringliches Grün zu sehen anstatt klaffender Schwärze und ihres gespenstischen Spiegelbilds. Sie trat dicht ans Fenster und suchte mit den Augen den Wald ab. Keine Menschenseele. Etwas wie Erleichterung überkam sie. Ihr Atem beschlug die Scheibe.

Sie drehte sich zum Frisiertisch um und wollte nach ihrem Kosmetikkoffer greifen. Erst einmal frisch machen! Doch dann hielt sie mitten in der Bewegung inne, als ihr Blick auf das elegante messingverzierte Frisierset fiel, das auf einer Kristallplatte lag. Das elegante Accessoire einer Frau. Es passte ganz und gar nicht zu der maskulinen Ausstattung der Lodge. Vivienne nahm die Bürste in die Hand und drehte sie um. Lange rabenschwarze Haare hingen in den Borsten.

Die Haarbürste war offensichtlich in Gebrauch.

Vivienne verzog angewidert das Gesicht. Sie hatte im Schlafzimmer einer anderen Frau geschlafen? In aller Eile schnappte sie ihr Gepäck und verließ das Zimmer, um sich ein anderes zu suchen.

Überall im Haus hatte sie das Licht brennen lassen, und als sie jetzt leise die Treppe hinunterging, löschte sie es nach und nach. Im gedämpften Morgenlicht wirkte die Lodge nicht ganz so imposant. Vivienne tappte von Zimmer zu Zimmer und ertrug es kaum, sich allzu lange in einem von ihnen aufzuhalten.

Ihr fielen Details auf, die ihr gestern entgangen waren, zum Beispiel die Fotografien an den Wänden, alle zeigten dieselbe Frau, eine hinreißende Schönheit mit tiefschwarzen Haaren und langen Beinen. In einem Badeanzug aus den Vierzigerjahren nahm sie verführerische Posen vor verschiedenen künstlichen Hintergründen ein. Ein Pin-up-Girl, sinnlich und erotisch. Vivienne vermutete, dass es sich um Rudy Meyers Frau oder Tochter handelte; sicher war sie sich nicht.

Auf der breiten Haupttreppe blieb sie einen Moment stehen und blickte auf das Erdgeschoss von der Größe einer Hotellobby hinunter. Sie rechnete fast damit, dass von irgendwoher zahlende Gäste auftauchten.

Sie reckte den Hals, um das große Gemälde über dem Treppenabsatz zu betrachten, glamouröse Badenixen in rüschenbesetzten Badeanzügen und geblümten Badekappen, die in einen nebelverhangenen See eintauchten. Unter dem Bild eine riesige Standuhr, stumm und starr; ein massiges, antiquiertes Etwas. Vivienne beäugte es voller Abscheu. Was würde sie als Nächstes entdecken – eine Ritterrüstung? Einen Tierschädel an der Wand? Ah ja, genau, *das* war es, was ihr die ganze Zeit im Hinterkopf herumgespukt hatte: Sylvan Mist kam ihr wie eine Jagdhütte vor.

Vivienne ging weiter in die Küche, wo der Korb mit den Lebensmitteln immer noch auf der Küheninsel stand. So müde, wie sie gestern Abend gewesen war, hatte sie nicht daran gedacht, nachzusehen, ob irgendetwas davon in den Kühlschrank gelegt werden musste. Jetzt stellte sie entsetzt fest, dass sich in dem Korb auch ein paar Scheiben rohes Fleisch befanden. Der blutige Saft war ausgetreten und bildete eine kleine Lache auf der Arbeitsfläche.

Vivienne kämpfte gegen den Brechreiz an. Sie aß kein rotes Fleisch, besser gesagt, sie aß gar nichts, was blutete, und diese Brühe war durch sämtliche Lebensmittel gesickert. Wann würde sie die nächste Lieferung bekommen?

In der Vorratskammer fand sie einen Sack Mehl, ein Glas Zucker, einen Topf Kartoffeln und verschiedene, nicht beschriftete Kräuter. Im Kühlschrank entdeckte sie reichlich Butter, eingelegte Zwiebeln und Rotwein in einer Kristallkaraffe, außerdem Äpfel und Eier. Zufrieden ließ sie die Tür zufallen. Das reichte, um eine Woche zu überleben, wenn sie ihre Kochkünste kreativ einsetzte.

Aber sie war weder kreativ noch hungrig, zumindest im Moment nicht.

Das Gemälde über dem Treppenabsatz ging Vivienne nicht aus dem Sinn. Hatte Felix nicht von einem See ganz in der Nähe gesprochen? Ob sie ihn jetzt bei Tageslicht entdecken würde? Sie schob den Riegel an der Vordertür zurück und trat auf die Veranda hinaus. Die Luft war kühl und sehr feucht.

Vogelgezwitscher begrüßte sie, fremdartige, unsichtbare Stimmen, ein unzusammenhängender Chor. Gigantische Äste ragten bedrohlich nahe über die Lodge.

Auf der taunassen Windschutzscheibe des Roadsters lagen Blätter. Vivienne ging die Stufen hinunter und wischte sie behutsam herunter.

Eine perfekt getarnte Riesenmantis floh vor ihrer Hand und nahm wieder ihre Gebetsstellung ein. »Hoffentlich legst du ein gutes Wort für mich ein«, knurrte Vivienne. Eigentlich war das ein gutes Omen: Weibliche Gottesanbeterinnen verspeisten die Männchen, anstatt sie zu behalten.

Sylvan Mist war ein düsterer Koloss mit üppig wuchernden roten Kaladien zu beiden Seiten der Verandatreppe. Vivienne drehte dem Haus schnell den Rücken zu. Die vielen Fenster machten sie nervös, sie fühlte sich beobachtet. Sie blickte die Zufahrt hinunter, bis dorthin, wo der Weg hinter einer Biegung verschwand, und machte sich dann auf die Suche nach dem See.

Ein Stückchen hinter der Lodge entdeckte sie die Quelle der Wassermusik. Ein Miniaturwasserfall stürzte über eine gezackte Felswand in ein Becken, das von bemoosten und mit Pflanzen bewachsenen Steinen umschlossen war. Mächtige Königsfarne ließen den Wasserfall zwergenhaft erscheinen. Ein Gartenstuhl aus Coalbrookdale-Gusseisen verabschiedete sich von seiner Sitzfläche, die dem Verfall preisgegeben war. Chimera Falls stand auf einem schiefen Holzschild.

Vivienne wandte sich schnell ab.

Nur weg von der finster dreinblickenden Lodge im Rücken und dem unablässigen Rauschen des Wassers! Wo war der See?

Wäre ihr nicht das gelbe, um einen Markierungspfosten geknotete Band aufgefallen, hätte sie den See vielleicht nie gefunden. Der Pfad zwischen den Bäumen, die überwuchert waren mit allerlei Kletterpflanzen, war fast nicht zu erkennen.

Weiße Flechten bedeckten die Stämme dort, wo der Trampelpfad in den Wald hineinführte. Es war dunkel hier drin und der Weg so schmal, dass es manchmal schien, als verliere er sich im Nichts. Der See war nirgendwo zu sehen. Nach einer Weile gelangte Vivienne an einen natürlichen Tunnel im tentakelähnlichen Geäst eines ausladenden Feigenbaums. Spinnen wuselten im Schatten; ein stechender Verwesungsgestank lag in der Luft. Sie biss die Zähne zusammen und ging eilig weiter.

Und dann auf einmal, als hätte sie eine andere Welt betreten, schimmerte der See durch die Wand von Bäumen. Ihr Herz schlug schneller, ihre Schritte beschleunigten sich. Der Pfad verbreiterte sich zu einem Aussichtspunkt unmittelbar am Wasser. Der See, mit einem perfekten Kreis wirbelnder Dunstschwaden, hatte einen Durchmesser von etwa siebenhundert Metern und wurde von dichtem Urwald gesäumt. Eine Flotte rosaroter Wölkchen segelte im Hintergrund darüber hinweg.

Der See war wunderschön, aber schien unzugänglich zu sein.

Als Vivienne sich blinzelnd umschaute, meinte sie in einiger Entfernung eine Lichtung zu erkennen. Na, dann los!

Der Pfad führte dicht am Rand des Sees entlang, und Viviennes Neugier wuchs mit jedem Schritt. Kurz vor der Lichtung jedoch hinderte sie ein großes, überwuchertes Tor am Weitergehen. In ein verwittertes Holzschild war das deutsche Wort ACHTUNG eingebrannt worden.

Vivienne, die Deutsch in der Schule gelernt hatte, stutzte: eine Warnung. Aber wovor? Sie nagte an ihrer Unterlippe. Zu gern hätte sie mehr von dem See gesehen. Aber wenn sie nun dabei beobachtet wurde, wie sie weiterging und das Schild ignorierte?

Die Stimme ihrer Mutter schnitt ihr durch den Kopf: *Du leichtsinniges, verantwortungsloses Ding!*

Na ja, in ihren Gedanken mochte sich ihre Mutter vielleicht zeigen, aber sie war nicht hier, um sie aufzuhalten. Und so beschloss Vivienne weiterzugehen. Mühelos kletterte sie über das Tor. Auf der anderen Seite war in anderer Richtung das gleiche Warnschild angebracht, was die Frage aufwarf, wovor sie sich mehr in Acht nehmen sollte – vor dem See oder vor der Lodge?

Beschwingt und beinah trotzig folgte sie dem Weg, bis

sie zu einer großen Lichtung oberhalb eines zum Wasser hin terrassierten Geländes kam. Das musste wohl so etwas wie ein öffentlicher Badeplatz gewesen sein, doch nun war die gesamte Fläche mit Gras und Unkraut überwuchert.

Nichts, das ihrer Meinung nach eine Warnung rechtfertigte.

Und diese Aussicht! Sonnenstrahlen bohrten sich kühn durch den Nebel und überzogen das Wasser mit goldenem Glanz. Was für ein grandioser Anblick!

Weiter unten am Hang konnte Vivienne ein altes steinernes Halbrund erkennen, das wirkte wie ein Amphitheater samt einer gemauerten Bühne am schilfbewachsenen Ufer. Daneben eine halb verfaulte hölzerne Badeplattform.

Ein Freilufttheater? Wie wundervoll!

Die verfallene, in die Natur integrierte und von ihr inspirierte Anlage musste früher einmal eine Attraktion gewesen sein mit dem See als prachtvollem Hintergrund.

Vivienne bahnte sich einen Weg durch die Wildnis hangabwärts, wo sie ein Schild entdeckte, das sich einseitig von seiner Befestigung gelöst hatte und schief dahing. Sie legte den Kopf schräg, kratzte die bemooste Oberfläche ab. Ein Text wurde erkennbar, und sie las ihn. Er erzählte die Entstehungsgeschichte des Sees aus Sicht der Aborigines und beschrieb ein ohrenbetäubendes Donnern, eine rote Wolke und ein Aufreißen der Erde. Darunter wurde dieser gewaltige Vulkanausbruch anhand einer wissenschaftlichen Darstellung illustriert. Der Krater, der auf diese Weise vor etwa zehntausend Jahren entstanden und heute mit Regenwasser gefüllt war, war unermesslich tief.

Vivienne richtete sich auf. »Ein Vulkansee«, murmelte sie entzückt und schaute bewundernd auf das Wasser.

Als die Sonne höher stieg und der Nebel sich auflöste, kam die wahre Farbe des Sees zum Vorschein: ein intensives Smaragdgrün. Aber war er wirklich so unfassbar tief? Ein kühner Gedanke durchzuckte sie. Und wenn sie nun hinausschwamm? Nur ein kleines Stückchen, um sich einen Eindruck zu verschaffen? Nein, ausgeschlossen. Sie hatte ja nicht einmal einen Badeanzug an. Sie schaute sich um. Hier war weit und breit keine Menschenseele. Sie könnte hineinhüpfen und wäre im Nu wieder draußen …

Wage es ja nicht, Schande über uns zu bringen!

»Nein, keine Sorge«, brummte Vivienne vor sich hin. Ihr Magen verknotete sich. Obwohl ein halber Kontinent zwischen ihr und ihrer Mutter lag, war deren scharf tadelnde Zunge Vivienne so nah wie ihr eigenes Gewissen. Wie sollte sie ihr jemals entkommen?

Zurück in der Lodge, stellte Vivienne fest, dass sie nicht nur einen Bärenhunger hatte. Sie brauchte dringend ein Bad. Und danach ein warmes Frühstück.

Vor sich hin summend, um die gespenstische Stille zu vertreiben, stapfte sie die breite Treppe hinauf. Beim Blick auf die Standuhr riss sie die Augen auf. Neun Uhr! Du meine Güte, so lange war sie unterwegs gewesen? Und genau in dem Moment, als sie an der Uhr vorbeiging, setzte der klangvolle Westminsterschlag ein.

Vivienne eilte weiter, dann verharrte sie abrupt in ihrer Bewegung; die Hand hielt sie fest um den Handlauf geschlossen, während alle Farbe aus ihrem Gesicht wich. Alles in ihr sträubte sich dagegen, doch sie drehte sich um, ging zögernd wieder drei Stufen hinunter und stellte sich vor die Uhr, die unbeirrt weiterschlug. Das Geräusch ging ihr durch und durch.

Sie starrte aufs Ziffernblatt.

Die Uhr sollte überhaupt nicht schlagen. Als sie vor zwei Stunden beim Hinuntergehen daran vorbeigekommen war, hatten die Zeiger stillgestanden, das Pendel hatte sich nicht bewegt. Schwer atmend, beugte sich Vivienne ein klein wenig vor und kniff angestrengt die Augen zusammen.

Da! Mitten auf dem Glas, wo sie ihn vorhin unmöglich hätte übersehen können, befand sich ein einzelner großer Fingerabdruck – blutrot, als wäre der Finger in die Lache des Fleischs getaucht worden, die immer noch von der Kücheninsel auf den Fußboden tropfte …

Kapitel 6

Scharaden

Tief gekränkt in ihrer Würde, aber mit hoch erhobenem Kopf fuhr Josie nach Hause. Eigentlich hatte sie beabsichtigt, den Tag in Barrington zu verbringen, durch die Stadt zu stolzieren, die Mitglieder ihrer Theatergruppe zu besuchen und in Lob und Schmeicheleien zu schwelgen. Doch daraus wurde nichts. Im Vorbeifahren warf sie dem »heruntergekommenen« Igloo einen entschuldigenden Blick zu. Erst als sie die bis zum Horizont reichende tröstliche grüne Decke aus Acker- und Weideland erreicht hatte, senkte Josie den Kopf und ließ ihren Tränen freien Lauf.

Hugo Bernard hatte sie zum Gespött gemacht, sie vor allen Leuten bloßgestellt – vor ihrer Theatergruppe, vor den Einwohnern von Barrington, vor jedem, der die Zeitung in den Tablelands las, oder wo immer seine Rezension sonst noch veröffentlicht werden mochte.

Obwohl Josie die unbefestigte Straße und den angrenzenden Regenwald kannte wie ihre Westentasche, musste sie anhalten, weil sie vor lauter Tränen nichts mehr sah. Am Straßenrand legte sie den Kopf aufs Lenkrad und umklammerte ihr Medaillon mit zitternder Hand.

Nach drei Minuten Selbstmitleid – das musste genügen – wischte sie sich mit dem Arm übers Gesicht, schniefte heftig, legte dann erbost den Gang ein und fuhr weiter. Je länger sie schniefte, desto wütender wurde sie.

Was wusste *Hugo Bernard* schon?

Offensichtlich nichts, wenn er nicht einmal die Geschichte und Bedeutung ihres Igloo kannte und zu würdigen wusste. Dabei hatten diese Informationen auf der Rückseite des Theaterprogramms gestanden, er hätte es nur zu lesen brauchen. Aber stattdessen besaß *Hugo Bernard* die Frechheit, zu schreiben, die Einwohner von Barrington hätten Angst vor ihrem eigenen See! Als wären sie ein Haufen ignoranter Angsthasen. Mit Angst hatte das nicht das Geringste zu tun, sondern mit Vorsicht und Sorge um die Mitmenschen, vor allem die jungen Frauen. Wie würde es *Hugo Bernard* wohl gefallen, an einem verfluchten Ort zu leben?

Ohne nachzudenken, bog Josie in die nicht markierte Abzweigung zum Lake Evelyn ein. Der Wegweiser war schon vor langer Zeit entfernt worden, um keine Touristen anzulocken. Die Einheimischen waren schwerer von einem Besuch des Sees abzuhalten – jedenfalls bis es ausdrücklich verboten worden war.

Josie spürte ein Zwicken in der Magengrube, als der Wagen durch den Regenwald rumpelte. Seit einer Ewigkeit war sie nicht mehr hier gewesen. Sie erkannte alte Baumriesen wieder und war überrascht, dass sie ein wenig von ihrer beeindruckenden Größe eingebüßt hatten. Auf dem schlaglochübersäten Parkplatz hielt sie neben der baufälligen Toilettenanlage und schwang die Beine heraus in den Unkrautdschungel. Gekränkter Stolz loderte in ihr und trieb sie aus der Sicherheit des Autos. Die Hände in die Seiten gestemmt, marschierte sie auf das abgestufte Ufer zu.

Na, Mr Großspurig, mach ich den Eindruck, als hätte ich Angst?

Sie war jahrelang nicht mehr an diesem See gewesen, obwohl sie nur ein paar Meilen entfernt wohnte. Kein Haus lag näher am Lake Evelyn als die Milchfarm der Monashs – von der verlassenen Lodge einmal abgesehen. Als sie noch zur Schule ging, war ihr wie den meisten Mädchen im Nachkriegs-Barrington eingeschärft worden, einen Bogen um den See zu machen. Und genau wie die anderen Mädchen auch hatte sich Josie den abergläubischen Alten zum Trotz mindestens ein- oder zweimal über dieses Verbot hinweggesetzt, sich davongestohlen und es als Mutprobe betrachtet, sich allein an den See zu wagen.

Gefallen hatte es ihr hier nie, es war ein unheimlicher Ort. Der unergründliche See, der sagenhafte Unterwasser-Wasserfall, das Ungeheuer, das angeblich dort hauste. Gar nicht zu reden von dem Fluch, der so viele junge Frauen das Leben gekostet hatte. Wer wollte sich hier schon lange aufhalten?

Niemand. Jedenfalls nicht mehr.

Aber jetzt, im morgendlichen Sonnenschein, vor dem glitzernden See, dem die Seerosen einen rosa Schimmer verliehen, wirkte das Amphitheater keineswegs so desolat, wie Josie es in Erinnerung hatte. Und der See erweckte auch nicht den Anschein eines Friedhofs für versenkte

Militärfahrzeuge, wie behauptet wurde. Josie vermochte sich beinah vorzustellen, wie der Ort in seiner Glanzzeit ausgesehen hatte.

Noch vor zwanzig Jahren war das Obsidian, das Amphitheater aus Granitstein, das Juwel in Barringtons üppig grüner Krone gewesen. Im Zweiten Weltkrieg waren hier Musicals zur Unterhaltung der australischen und amerikanischen Soldaten aufgeführt worden. Ein reicher Exzentriker, der Europäer Rudy Meyer, der zwischen den beiden Weltkriegen nach Australien gekommen war und sich die Lodge unweit des Sees gebaut hatte, war der kreative Kopf hinter den Kulissen gewesen. Er hatte etliche junge Schauspielerinnen zur Truppenunterhaltung in die Region gebracht, namentlich Celeste Starr, die auch als Sängerin bekannt war. Mit ihren rabenschwarzen Locken, ihren üppigen Kurven und dem hinreißenden Lächeln war sie der Liebling der amerikanischen Soldaten gewesen.

Barrington hatte sich seinerzeit glücklich geschätzt, mit zwei der größten Attraktionen in den Tablelands punkten zu können: einem Amphitheater an einem Vulkansee und einer vielversprechenden Schauspielerin.

Auch wenn ihr Name nicht mehr oft in Barrington genannt wurde, so galt sie doch als warnendes Beispiel und war als solches immer präsent. Ihr Tod war schuld daran, dass der Ort das Amphitheater hatte aufgeben müssen – und es mit einem Fluch belegt worden waren. Celestes Geist spukte nämlich weiter.

Manche behaupteten sogar, sie locke junge Frauen an …

»*Ich* jedenfalls glaube nicht an Geister«, murmelte Josie

eigensinnig, als sie zur ersten Reihe des steinernen Halbrunds hinunterwanderte. »Und noch viel weniger an Spuktheater!«

Na ja, es hatte nicht mehr viel mit einem Theater gemein. Als Erstes müsste die ganze Lichtung gemäht, dann das terrassierte Gelände vom Unkraut befreit und auf Absenkungen untersucht werden. Schilder müssten erneuert werden, ebenso wie die baufällige Toilettenanlage. Die ursprünglich von US-Soldaten gezimmerte Badeplattform müsste ausgebessert werden.

Was zum Kuckuck mache ich da eigentlich?

Sie konnte doch nicht allen Ernstes über diese Dinge nachdenken. Lachhaft! Daran war nur Hugo Bernard schuld, dieser eingebildete Fatzke. Josie beschloss, nach Hause zu gehen, sie hatte genug gesehen und bewiesen, dass sie keine Angst vor dem See hatte.

Sie drehte sich um, das Gras juckte an ihren Knien, sie kratzte sich; dann stapfte sie wieder die Böschung hinauf, halb stolz auf ihren Mut und halb nervös wegen ihrer Dreistigkeit. Am Auto angekommen, warf sie einen letzten trotzigen Blick zurück. Sie schnappte so heftig nach Luft, dass ihr Kopf zurückfuhr.

Mitten im See trieb eine Frau, die Arme seitlich ausgestreckt, die Beine gespreizt, die Haare wie ein Fächer ausgebreitet; ihr Körper sandte kleine Wellen aus.

Josie schüttelte heftig den Kopf, in der Hoffnung, das grauenvolle Trugbild zu vertreiben. Vergebens. Sie bohrte sich die Knöchel in die Augenhöhlen, doch auch das half nichts. Nein, das war unmöglich! *Kein Mensch* ging mehr zum Schwimmen in den See. *Niemand* schwamm dort, außer …

Nein, nein. Ausgeschlossen!

Josie warf sich hinters Lenkrad und drehte hektisch den Zündschlüssel herum. »Ich glaube nicht an dich, Celeste!«, brüllte sie über das Röhren des Motors hinweg.

Dann raste sie von der Lichtung herunter, den Blick starr geradeaus gerichtet.

Es gab nichts Unschuldigeres, nichts Verständnisvolleres als die großen, träge blinzelnden Augen eines Kälbchens.

Josie hatte sich in den Kälberstall mit seinem Mist und seinem Heu geflüchtet und den Nachmittag dort verbracht. Am Abend würde sie sowieso dorthin müssen, um die Tiere zu füttern, aber der Stall war der einzige Ort, an dem sie für sich sein und ihre erboste Richtigstellung auf den Artikel dieses ach so angesehenen, hochverehrten Herrn Kritikers formulieren konnte. Die Zeitung in der Faust, stampfte sie im Kreis umher und hielt ihren sanftäugigen Tierkindern ihren Vortrag.

Der Monolog hatte sich gewaschen, aber der große Mr Bernard hatte es nicht anders verdient. Sie konnte genauso gnadenlos sein wie er. Ihre deftigen Ausdrücke eigneten sich nicht unbedingt für so zarte Ohren, doch ihre geliebten Kälbchen waren daran gewohnt. Als es dunkel wurde, war sie endlich zufrieden und fühlte sich bereit für die Konfrontation mit ihrer Familie.

Der Melkstall lag in bläulichem Schatten vor dem Hintergrund eines feuerroten Himmels, als Josie über die

Anhöhe heimwärts marschierte. Wie die Glocken einer Dorfkirche bestimmte der Stall den Tagesrhythmus der Monashs. Jeder Tag begann und endete mit dem Melken. Es gab weder freie Tage noch Ferien.

Schon als ganz kleines Kind hatte Josie gelernt, mit diesem Rhythmus zu leben. Sie war achtzehn Monate alt gewesen, als sie im Morgengrauen aus ihrem Bettchen geklettert und mit einer Stoffwindel, die bis zu den Knien herunterhing, den Hang hinaufgewatschelt war, wo ihr Vater und ihre Brüder schon im Melkstall arbeiteten. Auf den Schultern ihres Vaters kehrte sie zurück, die Ärmchen nach der schlanken Gestalt ihrer Mutter ausgestreckt, die in ihrer Schürze an der Tür wartete.

Bis sie eines Tages nicht mehr dastand und wartete.

In den Jahren danach sollte Josies morgendliche Wanderung zum Melkstall als weiteres Zeichen der Vernachlässigung durch den überforderten Vater gewertet werden. Irgendwann gab es keine Kinder mehr im Haus, keine kleinen Gestalten kletterten mehr im Vogelgezwitscher und in goldenem Dunst die Anhöhe hinauf.

In den düsteren Kriegsjahren waren die vier Geschwister ihrem immer noch trauernden Vater weggenommen und zur Großmutter mütterlicherseits in die Stadt gebracht worden. Damals war es üblich, verwaiste Babys oder das eine überzählige Kind für ein besseres Leben den Großeltern anzuvertrauen. Viele Kinder waren dafür ganz aus den Tablelands weggebracht worden.

Vielleicht wären Josie und ihre Brüder in der Stadt, umgeben von relativem Wohlstand und Luxus, genauso glücklich geworden. Ihre Großmutter, Beryl Frances, hatte das jedenfalls immer behauptet, aber Josie dankte ihrem Schicksal, dass ihr Vater bei Kriegsende gekommen war, um sie nach Hause zu holen. Das hatte zu einem offenen Bruch zwischen der alten Frau und ihrem Schwiegersohn geführt, und der Graben schien mit jedem Jahr tiefer zu werden.

Josie hatte einen Kloß im Hals. Sie blickte zum Farmhaus hinüber, unter dem feuerrot sich kräuselnden Himmel strahlte es marode Heimeligkeit aus. Ein Lächeln ging über ihr Gesicht, als sie dankbar an den bevorstehenden Abend im Schoß ihrer großen, lärmenden Familie dachte. Nichts würde den Monash-Clan noch einmal auseinanderbringen.

Nicht einmal Daphne.

Reginald, Josies ältester Bruder, kickte sich an der Tür gerade die Stiefel von den Füßen, als er den jüngsten Monash-Spross erblickte. Er beugte sich hinunter und gab Josie einen Kuss auf die Wange. »Ich weiß, das ist dein Abend heute, aber Daph hat Ochsenschwanzeintopf gekocht. Wir müssen in zwei Minuten am Tisch sitzen. Pass auf, sie ist ungenießbar.«

»Danke, Reg.« Josie tätschelte ihm dankbar die Wange.

Ungenießbar. Wie könnte es auch anders sein. Und Daphne war erst dann zufrieden, wenn alle anderen auch schlechte Laune hatten.

Josie schlüpfte aus ihren leichten Schuhen, kickte sie in den Haufen Stiefel an der Vordertür und betrat den warmen Küchenmief. Daphne hatte ihr Haar zu einem aschblonden

Zopf geknotet, der ihr über den Rücken hing. Sie stand am Holzherd und rief gellend nach dem Rest der Familie.

»Wieso haut ihr eigentlich immer ab, sobald ich euch rufe?«, brummte sie verdrießlich und drückte Josie einen Stapel Teller in die Hände, bevor sie überhaupt dazu kam, sich diese zu waschen.

Josie stellte sich taub. Ihre Brüder hauten tatsächlich sofort ab. Sogar die Steine auf den Äckern verdrückten sich eilig bei Daphnes Anblick. Die Frau versprühte wirklich Gift.

Ernest, Zweitältester und selbsternannter Titelhalter der »Bestaussehenden« und »schwarzen Schafe«, kam in die Küche geschlendert; in den Händen hielt er demonstrativ ein aufgeschlagenes Buch. Daphne würde drohen, es in den Kochtopf zu schmeißen, wie sie es schon hundert Mal getan hatte. Da es aber immer bei der Androhung blieb, sah Ernest nicht ein, weshalb er damit aufhören sollte. Bisher hatte er noch niemanden getroffen, den er nicht hätte provozieren können.

Der jüngste der Brüder, ein breitschultriger, braunbärtiger Mann, nur zwei Jahre älter als Josie, kam herein und nahm ihr den Stapel Teller ab, damit sie sich die Hände waschen konnte.

»Josie-Posie«, neckte er sie liebevoll und gab ihr einen Kuss auf die Stirn.

»Owen.« Sie legte den Kopf kurz an seine Schulter. Jederzeit hätte sie die beiden anderen Brüder gegen diesen einen eingetauscht. Zum Glück war sie nie vor eine derartige Entscheidung gestellt worden.

Owen war vor Kurzem in sein eigenes Haus gezogen, eine nach Daphnes Ankunft in aller Eile errichtete Blechhütte, in der es nicht einmal Elektrizität gab. Mit dem Traktor waren es zwar nur zwei Minuten bis dorthin, aber Josie vermisste ihn trotzdem ganz furchtbar.

Der ganze Clan nahm lautstark am Küchentisch Platz. Das Möbelstück aus wertvoller Bleistiftzeder war groß genug für alle vier Monash-Kinder und würde irgendwann auch groß genug sein für deren Kinder. Daphnes Bauch hing über die Tischplatte, als sie schwungvoll Löffel verteilte. Ein Platz am Kopfende des Tischs blieb jedoch leer; dort stand der massivste Stuhl, keine Kissen lagen auf seiner harten Sitzfläche.

»In meiner Küche stinkt es nach Kuhstall! Wie oft habe ich euch schon gesagt, ihr sollt duschen, bevor ihr euch zum Essen an den Tisch setzt!«

Die Geschwister wechselten vielsagende Blicke. In *ihrer* Küche? Und wenn Daphne schon so eine Abneigung gegen Milchkühe und einen Molkereibetrieb hatte, warum hatte sie sich dann für Reg entschieden? Der Stimmenlärm schwoll an, wie um die Entgleisung niederzuschmettern.

Die hitzige Debatte erreichte gerade ihren Höhepunkt, als ein groß gewachsener Mann im Türrahmen erschien. Er war ernst und hielt sich sehr aufrecht. Kurz blieb er stehen, während er die Szene auf sich wirken ließ; er brauchte einen Augenblick, bevor er sich in das Getümmel stürzen konnte.

Josie blickte als Erste auf und betrachtete das hübsche, würdevolle Gesicht ihres Vaters. Er sah müde aus. Erschöpft nicht nur von der körperlich anstrengenden Arbeit, sondern vom zehrenden Kummer und der nicht enden wollenden Trauer um seine tote Frau. Jedes Mal, wenn er seine sich wie wild gebärdenden Kinder ertappte, würde Josie am liebsten aufspringen und sich im Namen aller bei ihm entschuldigen ...

Entschuldige, dass wir so viele sind, Pa. Entschuldige, dass wir so viel Platz, Energie, Geld beanspruchen.

Ihr Vater war Josies Lieblingsmensch, der beste Vater, den man sich wünschen konnte. Wenn sie sich vorstellte, dass sie beinah ohne ihn hätte aufwachsen müssen!

Der Lärm verebbte. Alle wandten sich Gabriel Monash zu, der wortlos am Kopfende des Tischs Platz nahm. Es wurde noch stiller, als Gabe den Kopf senkte und das Tischgebet sprach.

Josie, die rechts von ihm saß, hatte als Einzige den Kopf nicht gesenkt, sondern beobachtete das ausdrucksvolle Spiel der väterlichen Augenbrauen. Zuneigung und Nervosität wetteiferten miteinander. Sobald alle mit dem Essen beginnen würden, würde sie ihnen von der Theaterkritik berichten.

Aber Gabe hatte kaum den Kopf gehoben, als am Tisch schon wieder die Hölle losbrach. Sie würde schnell und überzeugend sein müssen, sonst würde sie kein einziges Wort einwerfen, geschweige denn einen ganzen Vortrag über niederträchtige Theaterkritiker halten können.

Gabe tätschelte ihre Hand. »Du siehst aus, als müsstest du unbedingt etwas loswerden, mein Küken. Wie war dein Tag?«

Die in aller Öffentlichkeit erlittene Schmach dieser grauenvollen Rezension, der Ausflug zum Lake Evelyn, wo sie mit eigenen Augen diese Spukgestalt im See hatte treiben sehen – nichts davon wollte ihr über die Lippen. Den ganzen Tag hatte sie innerlich geschäumt, aber jetzt, im Kreis der Familie, hatte sie mit einem Mal das Gefühl, die Theaterkritik überinterpretiert zu haben, und das schwimmende Gespenst kam ihr einfach nur albern vor. Außerdem war ihr klar geworden, dass Henry Bernard eine Tracht Prügel von ihren älteren Brüdern beziehen würde, weil sie nichts auf ihre kleine Schwester kommen ließen. Vielleicht war es klüger, die Kavallerie nicht zu Hilfe zu rufen.

»Gut«, antwortete sie und löffelte eifrig ihren Eintopf.

Gabe betrachtete sie nachdenklich. »Gut? Das ist alles? So wortkarg zu sein, klingt aber gar nicht nach unserer Josephine.«

»Der Eintopf ist köstlich«, sagte sie, an Daphne gewandt, und wich dem Blick ihres Vaters aus.

»Du erzählst es uns, wenn du so weit bist«, meinte Gabe nur. Er drehte sich Owen zu, gab ihm einen Klaps auf die Hand und erkundigte sich nach *seinem* Tag.

Während des Essens und auch beim anschließenden Tee bot sich keine Gelegenheit mehr, das Thema anzuschneiden. Josie vermied jeden Blick zu den Zeitungen oben auf dem Geschirrschrank.

Fasziniert beobachtete sie ihren Vater bei seinem allabendlichen Teeritual. Nachdem er den Tee mit dem hauseigenen Honig gesüßt hatte, goss er ihn zum Abkühlen auf die Untertasse und lehnte sich dann zurück, wobei er den Oberkörper streckte. War der Tee so weit, dass er getrunken werden konnte, goss er ihn in die kleine Tasse zurück, ohne jemals auch nur einen einzigen Tropfen zu verschütten. Kaum etwas hatte auf Josie eine derart beruhigende Wirkung wie dieses Zeremoniell.

Sie war froh, die Sache mit der Theaterkritik für sich behalten zu haben. Warum zu ihrem Vater rennen, um sich über einen bösartigen kleinen Wicht wie Hugo Bernard zu beschweren? Das war er gar nicht wert. Er war es nicht einmal wert, an diesem Tisch Gesprächsthema zu sein.

Aber dann war er doch da, mitten unter ihnen.

Daphne, die geräuschvoll Dessertteller verteilte, hatte die Zeitung auf den Tisch geknallt. »Lest doch mal, was da heute drinsteht. Unglaublich!«

Gabe griff nach der Zeitung, die bereits an der richtigen Stelle aufgeschlagen war. »Was ist das denn? Unsere Josephine in der Zeitung? Alle Achtung, mein Küken!«

Josie funkelte Daphne wütend an. Was stimmte mit ihr nicht? Warum musste sie sie bloßstellen vor ihrer Familie?

Daphne zuckte verdrossen mit den Schultern. »Peggy hat heute Nachmittag wegen des Artikels angerufen, die ganze Stadt spricht darüber. Du solltest deine Theatergruppe bald zusammentrommeln, anscheinend sind sie nicht besonders glücklich.«

Owen las, über die Schulter seines Vaters gebeugt, mit. Ernest hatte die zweite Ausgabe aufgeschlagen und las den Artikel halblaut und im Maschinengewehrtempo für Reg vor.

Josie schnürte es die Kehle zu, als sie sah, wie Owens und Gabes Miene erst Stolz, dann Entsetzen und schließlich Mitleid widerspiegelten.

Mitleid!

Josie war nie von ihren Brüdern bemitleidet worden und schon gar nicht von ihrem geliebten Vater. Sie waren immer nur stolz auf sie gewesen. Zornig knurrend sprang sie auf.

Daphne, die gerade eine Kristallschüssel mit Pudding auf den Tisch stellte, wirkte aufrichtig verwirrt. Die Brüder wechselten besorgte Blicke.

»Will jetzt jemand Pudding oder nicht?«, fragte Daphne und schaute schnell von der grimmigen Josie zu Reg, der ihr hektisch warnende Blicke zuwarf. Daphne gelang es auf geradezu spektakuläre Weise, die Botschaft zu übersehen. »Es tut mir leid, wenn ich Mutter Monashs gute Kristallschüssel nicht hätte benutzen sollen. Aber sie steht die ganze Zeit bloß im Schrank herum, und ich habe mir allergrößte Mühe mit dem Nachtisch gegeben, obwohl mir die Füße schrecklich wehtun und es niemand für nötig hält, sich ein einziges Mal bei mir für die Desserts zu bedanken …«

Owen, der ahnte, was kommen würde, umklammerte die Tischkante mit beiden Händen, sodass sich der Tisch keinen Zentimeter bewegte, als Josie ihn ärgerlich wegschieben wollte. Sie stürmte aus der Küche und flüchtete sich auf das schmuddeligste und bequemste Sofa im Wohnzimmer.

Sogar von hier konnte sie hören, wie die anderen aus

Respekt vor Daphne, die sich, wie sie betont hatte, so angestrengt hatte, schmatzend den Pudding aßen. Josie schlug ihren neuen Roman von Mary Stewart auf, ohne auch nur eine Zeile zu lesen. Stattdessen lauschte sie dem Gemurmel aus der Küche, wo über die Theaterkritik diskutiert und Hugo Bernards Artikel regelrecht verrissen wurde. Was erlaubte sich der Kerl, ihre Josephine zu kritisieren!

Ihre Loyalität machte für Josie alles nur noch schlimmer, verstärkte das blamable Gefühl, versagt zu haben. Sie musste sie, wenigstens für eine Weile, mit Schweigen bestrafen und war dankbar dafür, dass sie das akzeptierten, weil sie sie gut genug kannten, um genau zu wissen, was in ihr vorging.

Später fand sich auch der Rest der Familie im Wohnzimmer ein, um Scharaden zu spielen. So schlimm sei die Theaterkritik gar nicht, versicherte Reg, der als Erster hereinkam, seiner Schwester.

»Nein, sie ist sogar noch schlimmer«, ergänzte Owen in seiner aufrichtigen Art. »Aber wenn jemand damit umgehen kann, dann du.« Seine Offenheit hatte die gewünschte Wirkung: Sie munterte Josie schneller auf, als jede mitfühlende Bemerkung es vermocht hätte.

Gabe zerzauste im Vorbeigehen Josies Haare, ließ sich dann mit einem erschöpften Seufzer auf dem Fußboden nieder und streckte sich auf dem Teppich aus. Er beteiligte sich nie an den übermütigen abendlichen Spielen seiner Kinder, ließ es sich aber nicht nehmen zuzuschauen. Josie erinnerte sich vage, dass ihr Vater früher immer Mundharmonika gespielt hatte, aber das Instrument lag seit Jahren unangetastet auf dem Geschirrschrank.

Seit Daphnes Ankunft hatten diese Spiele etwas Gekünsteltes – die Zahl der Teilnehmer war jetzt ungerade, und da die Geschwister die meisten Spiele selbst erfunden hatten, taten sich Außenstehende schwer mit den Regeln. Owen eilte meistens unmittelbar nach dem Abendessen wieder nach Hause, deshalb freute sich Josie jedes Mal ganz besonders, wenn er blieb.

Jetzt war er an der Reihe und trat in die Mitte des Zimmers. In den handgefertigten Zedernholzregalen hinter ihm standen stolz die mehrbändige *Encyclopedia Britannica* sowie sämtliche Lieblingsbücher ihres Vaters: *On Our Selection* von Steele Rudd, daneben Werke von Henry Lawson, Banjo Paterson, Oscar Wilde, Charles Dickens und P.G. Wodehouse. Bevor sie ihr erstes Geld verdient hatte und sich ihren eigenen Lesestoff kaufen konnte, hatte Josie gierig die Bücher ihres Vaters verschlungen.

Als Owen seine großen Hände hob und »Film« anzeigte, stöhnten alle seine Geschwister laut auf, und Ernest warf obendrein ein Kissen nach ihm. Owen war ein wandelndes Filmlexikon – niemand außer ihm kannte so viele Filmtitel, von denen die anderen noch nie etwas gehört hatten.

Owen zuckte mit den Schultern. »Was kann ich denn dafür, dass ihr genauso ungebildet wie ungehobelt seid?«

»Könntest du nicht zur Abwechslung wenigstens einen Film aussuchen, den wir kennen?«, beschwerte sich Ernest.

»Siehst du, genau das meine ich«, brummte Owen.

»Dann vielleicht einen, der in den letzten zehn Jahren

im Regent gelaufen ist?«, schlug Reg vor. Daphne hatte lässig auf seinem Schoß Platz genommen.

Auf diese Weise hätten sie vielleicht eine winzige Chance, den Titel zu erraten. In dem kleinen Dorfkino wurde das Programm nicht allzu oft geändert. Es kam vor, dass Owen den weiten Weg in die Stadt machte, wo das Angebot größer war. Manchmal hatte er eine hübsche Frau an seiner Seite, aber meistens fuhr er allein. Owen, darin waren sich seine älteren Brüder einig, war regelrecht süchtig nach Filmen.

Jetzt leuchteten seine Augen auf. »Okay, ich hab's! Der ist kinderleicht.«

Aber keiner konnte den Filmtitel erraten. Wie üblich musste Owen die Lösung selbst präsentieren. »*Der Mann, der zu viel wusste*«, sagte er seufzend.

Ernest, feuerrot im Gesicht, sprang auf. »Du hast etwas ganz anderes dargestellt!«, schrie er. »Du schummelst!«

»Lass gut sein«, meinte Josie und stand auf. »Jetzt bin ich dran.«

Welchen Bereich sollte sie nehmen? Sie wippte auf den Füßen und überlegte so lange, dass sie fürchtete, gleich würden ein paar Kissen geflogen kommen. Ernest griff gerade nach einem, als sie einen Geistesblitz hatte. Sie entschied sich für »Orte«. Die Idee war absolut brillant und so ausgereift, dass sie sich bei ihrem Unterbewusstsein dafür insgeheim bedankte …

Mit geschmeidigen Bewegungen mimte sie, wie sie sich eine Badekappe aufsetzte, eine Nasenklammer anlegte, sich anschickte, einen Kopfsprung zu machen. »Ein Schwimmer«, erriet die Gruppe und danach problemlos den Begriff »See«. Jetzt das Amphitheater. Josie stellte pantomimisch die steinernen Ränge und die Bühne dar und dann ein weiteres Mal den Schwimmer, der zu einem Sprung ansetzte.

Das Raten verstummte abrupt. Josie ließ ihren Blick über die besorgten Gesichter wandern.

»Was?«, fragte sie, ein wenig atemlos und bereits leicht gereizt.

»Du meinst doch nicht etwa … *Schauspielerin*?«, meldete sich Daphne zu Wort. Es klang, als schäme sie sich für Josies Auftritt.

Ein einzelnes verlegenes Husten.

Josie machte ein böses Gesicht. »Owen hat ganz recht, ihr seid alle mit dem Klammerbeutel gepudert worden.«

»So habe ich es nicht ausgedrückt«, bemerkte Owen.

Josie stampfte mit dem Fuß auf. »Es geht um *Orte*.«

»Dann ist also nicht *diese* Schauspielerin gemeint«, sagte Daphne und griff sich zaghaft an den Hals.

»Herrgott! Das war ein Amphitheater, was ich dargestellt habe, und nicht ›Celeste Starr‹! Ihr könnt also aufhören, so entsetzt zu gucken. Die Lösung lautet, das Obsidian!«

Ernest warf ein Kissen nach ihr.

Josie duckte sich, räumte das Feld aber nicht. »Und wo ihr schon alle versammelt seid – ich möchte mit euch über das Obsidian reden.«

»Jetzt geht das schon wieder los«, maulte Daphne. »Wir spielen eine Scharade, und sie will uns einen Vortrag halten. Das bringt auch nur Josephine fertig!«

»Ich habe eine Idee, und von der würde ich euch gern erzählen.«

»Eine Idee zum Obsidian?«, fragte Reg zweifelnd und verlagerte Daphnes Gewicht auf seinem Schoß.

Josie wagte den Sprung ins kalte Wasser. »Ich spiele mit dem Gedanken«, sie ging nicht näher darauf ein, wann ihr dieser Gedanke gekommen war, »das Obsidian für die nächste Aufführung meiner Theatergruppe wieder zu eröffnen.«

Wenigstens lachte keiner laut heraus. Mit diesem betroffenen Schweigen konnte sie umgehen. Ihr Vater gab es auf, ein bisschen dösen zu wollen; er stützte sich auf die Unterarme und sah Josie prüfend an.

»Aber der Spielbetrieb ist doch eingestellt«, gab Ernest zu bedenken.

»Deshalb will ich es ja *wieder eröffnen.*«

»Das würde ich dir durchaus zutrauen, Jose. Aber *warum*?«

Das Argument, Hugo Bernard widerlegen zu wollen, würde ihre Familie nicht überzeugen, das ahnte sie. »Weil es *unser* Amphitheater ist. Es verkommt immer mehr, weil es nicht genutzt wird.«

»Und?«

»Ich will Barringtons Ruf als herausragende Theaterstadt wiederherstellen.«

Reg runzelte die Stirn. »Und du glaubst, das ist mit einer Laientruppe in einem heruntergekommenen Amphitheater, das obendrein mit einem Fluch belegt ist, zu schaffen?«

»Wir werden ein Schmuckstück daraus machen, es wird

im ganzen Land kein pittoreskeres Theater geben! Und wir sind keine Laientruppe, wir sind Mitglieder eines Amateurtheaters. Wir haben tolle Schauspieler in Barrington.«

»Zum Beispiel?«, fragte Ernest.

»Niemand in diesem Raum«, fauchte Josie. »Ich bin stolz auf meine Truppe, ganz egal, was irgendein Auswärtiger sagen mag. Wir werden den Staub der Geschichte entfernen und das Obsidian zu neuem Leben erwecken!«

»Es hat schon seinen Grund, dass sich der Staub der Geschichte darübergelegt hat«, brummte Reg.

Ernest schüttelte den Kopf. »Die alten Knacker in der Stadt werden niemals zustimmen.«

»*Ich* krieg sie schon dazu.«

Ernest sah nicht mehr ganz so skeptisch aus. Das bildete sich Josie jedenfalls ein. »Und was willst du gegen den Fluch unternehmen?«

Sie versuchte, eine spöttische Miene aufzusetzen, aber bei dem Wort »Fluch« hatte ihr Herz einen kleinen Aussetzer gehabt. »Ich bezweifle, dass das überhaupt zur Sprache kommt.«

»Der Fluch wird als Allererstes zur Sprache kommen«, entgegnete Ernest. »Falls sie dich überhaupt ausreden lassen.«

»Dann werde ich sie mit einem hochnäsigen Blick bedenken.«

»Ja, das kann niemand besser als du«, gab Ernest zurück.

»Du glaubst doch selbst auch an den Fluch«, warf Reg ein. Daph hatte aufgehört, seinen Arm zu streicheln, und stattdessen begonnen, nervös an den Nägeln zu kauen.

»Ich bin schon lange zu alt, um diesen Quatsch zu glauben«, behauptete Josie.

»Merkwürdig«, meinte Reg. »Als Denise Lapham ertrunken ist, hast du da nicht gesagt, man sollte die Straße zum Lake Evelyn sperren?«

»Denise Lapham ist ertrunken, weil sie besoffen war und nicht schwimmen konnte, und nicht wegen irgendeines dämlichen alten Fluchs!«

»Tatsächlich? Wieso machst du dann seit Jahren einen Bogen um den See?«, wollte Reg wissen.

»Ich bin heute dort gewesen, nur damit du's weißt.«

»Warst du nicht.«

»War ich doch! Und morgen geh ich wieder hin und mache ein paar Skizzen!«

Daphne ertrug es nicht mehr. Sie sprang auf und stellte sich, die Hände in die Seiten gestemmt, vor ihre Schwägerin hin. »Josephine Monash, das ist gefährliches, leichtsinniges Gerede! Du bist stocksauer wegen dieses Theaterkritikers und willst uns nur provozieren. Du kannst das Obsidian nicht wieder eröffnen, das wird die Stadt niemals zulassen, und das weißt du auch!«

Der hysterische Unterton in ihrer Stimme schien die Atmosphäre im Raum aufzuladen. Niemand sagte etwas. Josie warf ihrem Vater einen nervösen Blick zu.

Gabe Monash hatte in der Tat genug gehört. »Das reicht«, sagte er ruhig. Er stand auf und wandte sich seiner einzigen Tochter zu. »Schlag dir die Sache aus dem Kopf. Ich verbiete es dir. Das reicht jetzt.«

Das reicht jetzt? Sie fing doch gerade erst an!

Gabe sah alle der Reihe nach streng an. »Und jetzt ins Bett mit euch! Es ist schon spät, und die Kühe müssen morgen früh gemolken werden.«

Knappes Kopfnicken, gesenkte Blicke. Josie spielte an ihrem Pony herum, während ihr Vater sich an den anderen vorbeischob und das Zimmer verließ. Es herrschte Stille, bis sie hörten, wie sich seine Schlafzimmertür hinter ihm schloss.

Owen, der sich bislang aus der Diskussion herausgehalten hatte, brach das Schweigen als Erster. Er wandte sich Reg zu. »Sie muss lediglich eine kleine Minderheit auf ihrer Seite haben. Wir vier würden reichen. Es geht ihr ja nicht darum, den See wieder freizugeben. Und wenn der Monash-Clan sie von Anfang an unterstützt ...«

Josie begriff, worauf er hinauswollte. Sie sah Reg an. »Und wenn jemand wie du hinter mir steht, Reg, der älteste und angesehenste der Monash-Söhne ...«

Reg nickte und drehte sich zu seiner Frau. »Was meinst du dazu, Daph? Ich könnte in der Stadt verlauten lassen, dass ich nichts gegen ihren Plan einzuwenden habe – und es könnte ja tatsächlich etwas Gutes dabei herauskommen –, dann würde es Josie den nötigen Anfangsimpuls geben ...«

Daphne warf beide Hände hoch. »Auf gar keinen Fall! Wir würden wie Idioten dastehen!«

Josie trat auf Daphne zu. Ihre Nase kräuselte sich, als sie sie beschwörend anlächelte. »Bitte, Daph! Du könntest ja – ganz diskret – herumerzählen, dass du nichts von der Sache hältst. Aber wenn ich meine Brüder auf meiner Seite hätte, würden mir mehr Leute zuhören.«

»Nein! Ich verbiete dir, dieses grässliche Amphitheater wieder zu eröffnen!«

»*Du* hast mir gar nichts zu verbieten. Ich brauche weder deine Erlaubnis noch die meiner Brüder. Ich *werde* das Theater wieder eröffnen. Aber ich wäre dir dankbar für deine Unterstützung, da wir ja sozusagen« – sie erstickte fast an dem Wort – »Schwestern sind.«

»Kommt nicht infrage«, presste Daphne mit zitternder Stimme hervor. »Deine Brüder kannst du vielleicht um den Finger wickeln, aber in der Stadt wirst du keine Zustimmung für deine verrückte Idee finden. Die Leute haben Angst um ihre Töchter.«

»Es ist nicht meine Absicht, sie in Gefahr zu bringen«, protestierte Josie.

»Dann lock sie nicht an diesen gottverlassenen, verfluchten See! Diese Stadt hat sechs ihrer Töchter an ihn verloren. *Sechs!* Anscheinend warst du in den letzten vierzehn Jahren so sehr mit dir selbst beschäftigt, dass du das nicht mitbekommen hast, oder aber es war dir egal. Aber uns anderen haben diese Mädchen etwas bedeutet! *Wir* werden sie nie vergessen, so egoistisch sind *wir* nämlich nicht.«

Wie bitte?

»Valerie. Barbara. Martha. Glenda. Loreen. Denise«, brach es aus Josie hervor, die regelrecht schäumte vor Wut. Diese Namen hatten sich ihr unauslöschlich ins Gedächtnis gebrannt. »Das sind ihre Namen, und in dieser Reihenfolge haben wir sie verloren! Sie waren alle zwischen sechzehn und zwanzig Jahre alt, als sie ertrunken sind. Valerie war die erste Wasserleiche, man fand sie 1946, nur zwei Jahre nachdem die Schauspielerin Celeste Starr sich das Leben genomm…«

»Halt den Mund!«, kreischte Daphne und hielt sich die Ohren zu. »Ich will das nicht hören! Diese Frau ist an allem schuld! Mit ihr hat der Fluch begonnen.« Sie fixierte Josie mit einem vernichtenden Blick. »Und wenn du den Zugang zum See wieder ermöglichst, bist ganz allein du für die Folgen verantwortlich!«

Ein langes, drückendes Schweigen entstand, als die beiden Frauen sich, schwer atmend, anstarrten.

Dann legte sich Daphne die Hände auf den Bauch. »Ich werde meiner Tochter das Gleiche sagen, was Mutter Monash dir sagen würde, wenn sie noch da wäre: Auf Lake Evelyn liegt ein Fluch, und es ist streng verboten, dorthin zu gehen. Junge Frauen ertrinken, wenn sie im See schwimmen. Dieser See und sein elendes Amphitheater sind tabu und sollten es bleiben!«

Damit warf sie sich ihren langen Zopf über die Schulter und gab ihrem Mann ein energisches Zeichen. »Komm, Reg, wir gehen.«

Josie begleitete Owen ein Stück weit nach Hause. Keiner sagte etwas, bis sie näher am Melkstall als am Farmhaus waren. Seidiges Mondlicht tauchte die Viehkoppel in gedämpftes Silber und animierte einen Gartenfächerschwanz zu seinem nächtlichen Gesang. Von der Hügelkuppe aus konnten sie die beleuchteten Fenster des Farmhauses in der Ferne sehen – die einzigen Lichter auf der Welt, wie es schien.

»Hältst du es für eine dumme Idee?«, platzte Josie unvermittelt heraus. Sie war Feuer und Flamme für ihren Plan, sie glaubte nicht, dass sie es ertragen würde, wenn Owen ihr davon abriete.

Er nahm sich Zeit.

»Ich mach es so oder so«, schob sie hinterher, um ihn zu einer Reaktion zu bewegen.

Owen knackte mit den Knöcheln. Eine furchtbare Marotte, trotzdem vermisste sie das Geräusch, das sie früher jeden Morgen um vier Uhr gehört hatte.

»Mir gefällt dein Plan«, sagte er schließlich. »Ich glaube, das hast du gewusst. Ich würde gern mitmachen, wenn ich darf. Ich könnte mähen.«

»Wunderbar!« Josie klatschte freudig in die Hände.

Owen war aber noch nicht fertig. »Ich fürchte nur, du könntest dich ein bisschen übernehmen. Du wirst in der Stadt auf Widerstand stoßen.«

»Der wird sich mit der Zeit legen.«

Owens Gesichtsausdruck war in der Dunkelheit schwer zu deuten. Sorge vielleicht?

»Wenn es jemand schafft, dann du, Josie.«

Sie nickte heftig.

»Du machst das hoffentlich nur aus Liebe zum Theater und weil du mit abergläubischen Ängsten aufräumen willst, und nicht, um irgendeinen arroganten Theaterkritiker Lügen zu strafen.«

Sie schwieg vorsichtshalber. Im Geist sah sie sich die Main Street hinuntertanzen und die Zeitung mit Hugo Bernards nächster kriecherischer Rezension über dem Kopf schwenken.

»Verstehe«, murmelte Owen.

Josie hatte keine Ahnung, wie er das machte. Wie konnte er sie im Dunkeln erröten sehen?

»Na schön, wenn du so fest entschlossen bist, solltest du dir jede nur denkbare Unterstützung holen. Das heißt, als Nächstes steht ein Besuch bei Grandy auf dem Programm.«

Bei ihrer Großmutter? O verflixt, da stand ihr Ärger ins Haus …

Kapitel 7

Was für ein Wahnsinn!

Der Morgen kam, bevor Vivienne bereit war, ihm gegenüberzutreten. Sie hatte auf dem Fußboden der Bibliothek zwischen den dunklen Bücherregalen geschlafen, wo sie abgeschirmt war vom finsteren, starren Blick des Waldes und ihrem gespenstischen Spiegelbild. Der seltsame Ruf eines Nachtvogels, einer Eule vielleicht, war trotzdem zu ihr durchgedrungen, obwohl sie den Kopf unter ein Kissen gesteckt hatte. Es hatte sich angehört wie das Pfeifen einer Bombe, die nicht aufschlug, sondern immer und immer wieder durch die Luft zischte.

Sie wurde verrückt.

Einen anderen Schluss ließ die Entdeckung des Fingerabdrucks auf dem Uhrenglas gestern nicht zu. Sie selbst musste gänzlich unbewusst die Uhr wieder in Gang gesetzt haben, nachdem sie in die blutige Brühe in der Küche gefasst hatte.

Sie verlor den Verstand – und hatte dafür einen Dämon. Scham hieß er. Auch jetzt hockte er auf ihrer Brust, krallte sich in ihre Rippen und knurrte: *Du hast dir dein Leben ruiniert. Du hast einen schrecklichen Fehler gemacht.* Er lastete so schwer auf ihr, dass sie nur flach und stoßweise atmen konnte.

»Okay, Vivienne«, murmelte sie, »reiß dich zusammen.«

Sie setzte sich auf, aber der böse Geist ließ nicht locker. Als sie aufstand, umklammerte er ihren Oberkörper nur noch fester. Das Atmen erforderte ihre ganze Aufmerksamkeit, und so achtete sie nicht auf den Teller mit eingetrocknetem Eigelb von gestern Abend. Er zerbrach, als sie darauf trat, und die leere Kristallkaraffe daneben rollte über den Fußboden davon. Jetzt musste sie es mit Kopfschmerzen büßen, dass sie den staubig schmeckenden, bitteren Rotwein ausgetrunken hatte.

Ich muss raus aus dieser verdammten Lodge!

Sie beschloss, an den See hinunterzugehen und eine Runde zu schwimmen. Der grauenvolle Wein hatte ihr einen Brummschädel verpasst und nahm ihr obendrein alle Hemmungen.

Vivienne kramte ihren Flitterwochenbadeanzug aus dem Koffer – einen roten gepunkteten mit Nackenträgern und einer betonten Wespentaille –, zog sich um und schob dann erst die Möbel weg, mit denen sie die Tür verbarrikadiert hatte. Sie kamen ihr viel schwerer vor als gestern Abend.

Auf wackligen Beinen ging sie die breite Treppe hinunter, wobei sie bewusst nicht zu der Standuhr schaute, über die sie ein weißes Laken geworfen hatte.

Sie öffnete die Haustür und betrat ein Wolkenland, einen in Nebel gehüllten Wald. Ein Vogelruf wie splitterndes Glas. Vivienne sträubten sich die Nackenhaare.

Ich muss von hier weg!

In dem dunstigen Zwielicht und ihrer wachsenden Panik fand sie den Markierungspfosten mit dem gelben Band erst nach einer ganzen Weile. Erleichtert ging sie weiter, fest entschlossen, eine Runde zu schwimmen. Zum Teufel mit dem Nebel, zum Teufel mit dem Warnschild, zum Teufel mit den Kopfschmerzen, und *ganz besonders* zum Teufel mit Mutter. Je näher sie dem See kam, desto resoluter fühlte sie sich.

Bei dem vom Gras erstickten Amphitheater schälte sie sich aus ihrem Chiffonmorgenrock, legte ihn auf eine der Granitstufen und ging dann an das schilfbestandene Ufer.

Als sie ins Wasser watete, schnappte sie unwillkürlich nach Luft, so kalt war es. Doch das bewies immerhin, dass ihre Lunge trotz der Bestie auf ihrer Brust noch funktionierte. Es war ihr nicht gelungen, sie unterwegs abzuschütteln, aber vielleicht könnte sie sie ja ertränken?

Vivienne ging durch das Schilf weiter hinein; Seerosen wogten um ihre Beine. Im Gegensatz zu gestern konnte sie das andere Ufer nicht sehen – die Sicht betrug wegen des Nebels nur einige wenige Meter, was ein Segen war, wie sie fand.

Als sie ein Stück weit geschwommen war, tastete sie mit den Zehen nach dem Grund des Sees. Sie konnte immer noch stehen.

Los, weiter! Ein kleines Stückchen noch.

Dann fiel der Felssockel schlagartig ab. Hatte sie gerade noch den Boden ertastet, ruderte sie im nächsten Moment über einem Abgrund wild mit den Beinen. Hastig trat sie den Rückzug an, bis sie wieder Sand unter den Füßen spürte.

Während sie dorthin starrte, wo die unergründliche Tiefe war, schnappte sie hektisch nach Luft.

Wage es ja nicht, Schande über uns zu bringen!, ermahnte sie sich.

Doch es war nicht die Stimme ihrer Mutter, die sie dazu brachte, den sicheren Felssockel zu verlassen, sondern ein Fisch, ein Aal vermutlich, der an ihren Unterschenkeln entlangstrich. Statt erschrocken aufzukreischen, schnellte sie vorwärts und glitt über die Tiefe hinweg.

Schwimmen war der leichte Teil, wie sich herausstellte.

Vivienne war von Kindesbeinen an eine gute Schwimmerin gewesen. Ihre Mutter hatte darauf bestanden, dass sie schwimmen lernte, weil es ihrer Ansicht nach zu den Dingen gehörte, die man beherrschen musste, genau wie Vortragskunst und Umgangsformen, singen, Tennis spielen und Klavier spielen. Der Gesangsunterricht war das Einzige, das Vivienne wirklich geschätzt hatte – wer weiß, in einem anderen Leben wäre sie möglicherweise Sängerin geworden.

Stattdessen war sie auf ein Mädcheninternat geschickt worden, wo man ihr den letzten Schliff verpasst hatte, damit sie eine tadellose, anmutige Ehefrau wurde. Wie sie sich gegen die Zunge ihrer Mutter zur Wehr setzen konnte, hatte man sie dort nicht gelehrt, nur dass sie ihre eigene zügeln musste.

Vivienne schwamm mit gleichmäßigen Zügen, den Kopf über Wasser, während sie darauf wartete, dass das andere Ufer aus dem Nebel auftauchte. Schwimmen war der leichte Teil, das Denken der schwierige …

Hatte sie den Punkt, an dem es kein Zurück mehr gab, schon erreicht? Was mochte unter ihr lauern? Wie lange würde es dauern, bis sie den Boden dieses Kraters erreichte, wenn sie unterging? Dass die unergründliche Tiefe dem Auge verborgen blieb, änderte nichts an dem starken Schwindelgefühl, das einen unwillkürlich packte.

Es dauerte nicht lange, bis Vivienne wieder inmitten von Seerosen schwamm und dann den Schilfgürtel am anderen Ufer erreichte. Sie hatte es geschafft! Sie hatte den See tatsächlich durchschwommen! Ihr Triumph ließ sie von innen heraus leuchten. Sie strahlte, als würde sie unter tosendem Beifall über eine Bühne schreiten.

Doch der See schwieg. Nur das Plätschern ihrer Bewegungen war zu hören, als sie zurückschwamm. Der Nebel löste sich auf, und Vivienne sah, dass sie sich in der Mitte des türkisgrünen, von dichtem Regenwald gesäumten Sees befand.

Plötzlich registrierte sie eine Bewegung am Ufer, einen Sekundenbruchteil nur. Jemand stand dort und beobachtete sie. Ob es ein Mann war oder eine Frau, konnte sie nicht sagen. Die Person rührte sich nicht, und Vivienne fragte sich, ob das vielleicht nur ein Baum war, der von Weitem aussah wie ein Mensch.

Was sollte sie tun? Falls der Fremde wartete, bis sie das Ufer erreicht hatte, würde er lange warten können. Den Gefallen würde sie ihm nicht tun. Und wenn er nun ins Wasser watete, um zu ihr zu schwimmen? Panik erfasste sie bei dem Gedanken. Sie fühlte sich wie auf dem Präsentierteller, was eine unerträgliche Vorstellung war.

Schwungvoll drehte sie sich auf den Rücken, sodass nur noch Nase und Mund aus dem Wasser schauten. Das fast vollständige Untertauchen gab ihr ein Gefühl von Sicherheit. Eine gefühlte Ewigkeit trieb sie so mitten auf der Wasseroberfläche und wartete auf etwas, das sie nicht benennen konnte; sie wusste nur, dass es ihr Angst machte.

Als sie sich irgendwann wieder umdrehte, war der Beobachter verschwunden.

Langsam schwamm sie auf das Ufer zu, ihr Blick huschte wachsam nach allen Seiten. Nähme sie auch nur die geringste Bewegung wahr, würde sie sofort wieder umdrehen und an die andere Uferseite schwimmen.

Sie erreichte das flache Wasser, ohne noch einmal etwas Verdächtiges bemerkt zu haben. Enten begrüßten sie ohne Scheu; ihre Zutraulichkeit wirkte seltsam in dieser Wildnis. Vielleicht kam derjenige, den sie am Ufer gesehen hatte, hierher, um Vögel zu beobachten. Sie hatte ganz offensichtlich an einem Anfall von Paranoia gelitten. Schluss jetzt damit!

Als Vivienne aus dem Wasser stieg, fühlte sie sich leichter. Irgendwo dort draußen hatte sie den Dämon abgeschüttelt. Gut möglich, dass er sich ans Ufer rettete, aber im Moment konnte sie wieder atmen.

Dummerweise fand sie ihren hauchdünnen Morgenrock nicht mehr. Dort, wo sie glaubte, ihn hingelegt zu haben, lag er nicht mehr, und obwohl sie im dichten Gras alles absuchte, blieb er verschwunden.

Vivienne zitterte am ganzen Körper, die Morgensonne war zu schwach, als dass sie ihren nassen Badeanzug schnell getrocknet hätte. Der Morgenrock war eines ihrer Lieblingskleidungsstücke. Ihn verloren zu haben, trübte den Triumph ihrer Seedurchquerung. Verärgert über ihre von zu viel Rotwein hervorgerufene Schusseligkeit, machte sie sich auf den Rückweg.

Vivienne trat aus dem Wald auf die Lichtung heraus, als sie irgendwo tief drinnen in der Lodge ein Telefon klingeln hörte. Unwillkürlich musste sie lachen – sie hatte ja keine Ahnung gehabt, dass es hier ein Telefon gab. Sie sprintete die Verandatreppe hinauf, stürmte ins Haus und ging dem Klingeln nach. In der Bibliothek blieb sie stehen und lauschte. Das Klingeln drang aus einem der geschlossenen Rollladenschränke! Hektisch tastete sie die Holzlamellen nach einer Vertiefung oder einem Knopf ab.

»Geh auf, verdammt noch mal!«, schrie sie und grub ihre Fingernägel unter die Kante. »Los, mach schon!«

So fest sie konnte, drückte sie den Rollladen nach oben. Endlich gab er nach. Er bewegte sich ein klein wenig und glitt dann geräuschvoll zurück. Auf der Ablage drinnen stand ein Bakelit-Telefon.

Vivienne riss den Hörer an sich. »Ja, hallo?«

Knisternde Stille, die teilnahmslose Stimme einer Telefonistin und dann endlich ein vertrautes Räuspern.

»Du hast es also geschafft.«

»Onkel Felix!«, rief Vivienne erleichtert. »Ja, ich bin gut angekommen.«

»Wo warst du denn? Ich habe es ewig klingeln lassen.«

Vivienne wollte ihm schon von ihrer triumphalen See-durchquerung erzählen, verkniff es sich aber aus einem unerklärlichen schlechten Gewissen heraus. »Ich musste das Telefon erst suchen. Es steht in einem Rollladenschrank, und ich hab ihn fast nicht aufbekommen.«

»Und wie geht's meinem Mädchen?«

»Mir geht es gut.«

»Ich habe den Jaguar gemeint. Aber nun zu dir – wie geht es dir? Ganz ehrlich?«

»Nicht so besonders. Diese Lodge ist irgendwie unheimlich. Sie macht mich ganz nervös.«

»Deine Nerven haben ja schon in Sydney geflattert, sonst hättest du deinen Verlobten nicht wie einen Trottel am Altar stehen lassen.«

Diese Bemerkung traf Vivienne wie ein Schlag ins Gesicht. »Wie meinst du das?«

»Du hast dem armen Howard nichts gesagt.«

»Natürlich hab ich das! Ich bin zu ihm gefahren. Er war aber nicht da, deshalb habe ich ihm eine Nachricht hinterlassen und die Haushälterin gebeten, sie ihm zu geben.«

»Howard hat offensichtlich seinen Junggesellenabschied woanders gefeiert. Deine Nachricht hat er erst nach der geplanten Trauung bekommen.«

Vivienne hielt das Telefon so fest umklammert, dass ihre Knöchel weiß hervortraten. »Aber ... hat Mutter ihn denn nicht angerufen und mit ihm über die ... Absage gesprochen?«

»Hast du sie darum gebeten?«

»*Ich* habe doch nicht mit ihr geredet! Das war deine …
du hast gesagt, du würdest ihr beibringen, dass die Hochzeit abgeblasen wird!«

»Hab ich das? Wie dumm von mir. Ich dachte, meine Aufgabe sei es gewesen, sie abzulenken, damit du dich unbemerkt aus dem Staub machen kannst.«

»Ja, aber danach hättest du ihr sagen sollen, dass die Hochzeit ins Wasser fällt!« Viviennes Stimme war ein paar Oktaven höher geklettert.

»Oh, das hab ich dann wohl falsch verstanden.«

»Wollte sie denn nicht wissen, wo dein Auto ist? Wo *ich* bin?«

»Als sie mich gegen halb zwölf rausgeworfen hat und ins Bett gewankt ist, war sie nicht mehr imstande, sich nach meinen beiden Mädels zu erkundigen. Ich hab dir doch gesagt, dass ich ihr ein paar meiner speziellen Absacker mixen würde, damit du dich in aller Ruhe verdrücken kannst.«

Diese Neuigkeiten waren geradezu absurd! Viviennes Herz raste, der Schweiß trat ihr auf die Stirn. »Augenblick mal« – sie riss die Augen auf –, »soll das heißen, dass die Trauung stattgefunden hat?«

»Ohne dich? So dämlich ist Howard nicht. Aber die Zeremonie wurde erst am selben Morgen abgesagt, nachdem die Braut unauffindbar war.«

»Onkel *Felix*!«, kreischte Vivienne in den höchsten Tönen.

»Kein Grund zur Panik! Das ist gelaufen. Sei froh, dass du nicht hier warst und dir alles um die Ohren geflogen ist.«

»Aber das ist eine absolute Katastrophe! Jetzt sieht es

doch so aus, als hätte ich ihn am Hochzeitstag vor der versammelten feinen Gesellschaft von Sydney sitzen lassen. Das ist einfach ungeheuerlich!«

»Auch nicht schlimmer als deine Flucht am Abend vorher.« Mit seinem spöttischen Ton goss er Öl ins Feuer.

»Das wird bis in alle Ewigkeit an mir hängen bleiben. Die Leute müssen denken, dass ich übergeschnappt bin!«

»Tja, da hast du was Schönes angerichtet, mein Mädchen.«

Du meinst, wir *haben was Schönes angerichtet.*

»In den Klatschspalten, die du so gern liest, wurde ausgiebig darüber berichtet.«

Vivienne krümmte sich förmlich. Das hatten Howie und ihre Mutter nicht verdient, ganz egal, wie verzweifelt sie sich gewünscht hatte, sich von beiden zu lösen und ihr eigenes Leben zu leben. Was musste ihre Mutter durchgemacht haben! Was musste sie immer noch durchmachen! Sie hatte nicht nur ihren eigenen Ruf ruiniert, sondern auch den von Geraldine.

»Warum hast du mir nichts davon gesagt, als ich dich von Brisbane aus angerufen habe am … an jenem ersten Tag?« Das Wort »Hochzeitstag« brachte sie nicht über die Lippen.

»Du hast mich nicht danach gefragt.«

Das stimmte allerdings.

»Außerdem war mir klar, dass du damit überfordert wärst. Du hast all deinen Mut für deine Flucht nach Norden gebraucht. Ich wollte dich beschützen. Und was hättest du schon tun können?«

»Ich hätte anrufen und mich entschuldigen können«, wimmerte sie wie ein kleines Kind.

»Du irrst dich, wenn du denkst, du kennst Geraldines Wutausbrüche. Das ist nichts, verglichen mit ihren derzeitigen Tobsuchtsanfällen.« Der schmerzliche Unterton in der Stimme ihres Onkels entging Vivienne nicht.

»Tut mir leid, dass *du* jetzt alles abbekommst.«

»Mach dir deswegen keine Gedanken, wenigstens bleibst du davon verschont. Du bist entkommen, du bist frei! Wir sollten jubeln!«

Etwas wie ein schwerer Stein lag auf ihrer Brust. Wie konnte sie einem von ihnen jemals wieder unter die Augen treten?

»Wie lange kann ich hierbleiben, Onkel Felix? Wenn Rudy Meyer mich nun nicht mehr dahaben will?«

»Lass das nur meine Sorge sein, ich kümmere mich um alles. Genieß den Frieden und die Ruhe. Sobald Gras über die Sache gewachsen ist, werde ich kommen und dich nach Hause holen. Dann musst du ihnen nicht allein gegenübertreten.«

»Weiß Mutter, wo ich bin?«

»Sie weiß, dass du an einem sicheren Ort bist. Ich hab ihr erzählt, dass du mich angerufen hast.«

»Verrate ihr bloß nicht, wo ich bin!«

»Das werde ich nicht, großes Ehrenwort!«

Kapitel 8

Das Schlachtschiff

Josie schob den Besuch bei Grandy Beryl etliche Tage vor sich her, weil sie wusste, die Diskussion würde entweder im Streit enden – mit ihr als Unterlegene – oder aber mit der Kommandoübernahme durch die resolute Achtzigjährige.

Als Erstes würde Josie ihr Honig um den Bart schmieren müssen. Ihr letztes Zusammentreffen hatte damit geendet, dass Josie in trotzige Tränen ausgebrochen war. Sie beschloss, ihrer Großmutter Blumen und etwas Feines zu essen mitzubringen. Letzteres war kein Problem: Käsecreme, hergestellt von ihrem Lieblingsbruder und bestens geeignet für die naschhafte, zahnlose Beryl. Josie packte deren Lieblingssorten ein – Chili-Mango und Passionsfrucht – und machte sich dann auf den Weg zum Blumenladen.

Dieser Teil erforderte ein wenig Fingerspitzengefühl. Peggy West hatte Beryl vor einigen Monaten verboten, ihren Laden noch einmal zu betreten, nachdem sie in aller Öffentlichkeit die Qualität ihrer Blumen kritisiert hatte. Beryl war jedoch immer noch ganz versessen auf Peggys Orchideen für ihre Sammlung, und Peggy war auf Beryl angewiesen, weil sie ihre beste Kundin war. Keine von beiden war bereit, auch nur einen Zoll nachzugeben. Stattdessen suchte Josie jetzt regelmäßig den Blumenladen auf, tat so, als würde sie die Orchideen für sich selbst kaufen, während Peggy nicht mit Sticheleien gegen die tatsächliche Empfängerin sparte.

Peggy, die Josie hatte kommen sehen, lächelte wie eine von der Sonne aufgewärmte Katze, als sie die Ladentür öffnete. »Na, brauchst du neue Orchideen für den Hexengarten?«

Der ist gut, der wird Grandy gefallen.

Rauch kringelte sich zwischen Peggys scharlachrot lackierten Nägeln empor. Von der Kettenqualmerei bekämen alle weißen Blüten im Laden einen Gelbstich, behauptete Beryl.

Josie legte ihre Handtasche schmunzelnd auf den Ladentisch und beschloss, heute bei der Wahrheit zu bleiben. »Ich brauche deine schönste Orchidee für Grandy Beryl. Ich habe eine Idee, und dafür benötige ich ihre Unterstützung, deshalb muss ich gut Wetter bei ihr machen.«

Die angemalten Lippen gespitzt, zog Peggy an ihrer Zigarette. »Du meinst bestimmt deinen verrückten Amphitheaterplan.«

Daphne hatte ihrer Cousine die Neuigkeit also brühwarm weitererzählt. Es gab wenige Klatschbasen in der Stadt, die ihrem Handwerk mit der gleichen Leidenschaft nachgingen wie Peggy West, und das bedeutete, dass sich die Nachricht bereits die Main Street rauf und runter verbreitet und vermutlich wie eine Bombe eingeschlagen hatte. Josie war aber nicht sauer, im Gegenteil: Nun lief ihr die

Schockwelle voraus. Außerdem konnte sie es Peggy als einem der Gründungsmitglieder der Barrington Theatre Company wirklich nicht übel nehmen, zumal sie obendrein eine der talentiertesten Schauspielerinnen der Truppe war. Peggy sah sich als die nächste Brigitte Bardot.

»Ganz recht. Ich werde dafür sorgen, dass Barrington wieder als Theaterstadt berühmt wird«, verkündete Josie stolz.

Peggy kniff die Augen zusammen und blies eine lange Rauchsäule aus. »Besser Theater als Molkereiprodukte?«

Josies Laune hob sich unter Peggys scharfem Blick. »Oder Wasserleichen.«

Peggy schnaubte. »Dann komm mal mit. Du wirst meine prächtigste Phalaenopsis brauchen.«

Als Josie Minuten später wieder aus dem Laden schlüpfte, hatte sie eine Schmetterlingsorchidee in Gelb und Scharlachrot in der Hand und eine Befürworterin ihres kühnen Plans gewonnen.

Reg Monash hatte das falsche West-Mädchen geheiratet, so viel stand fest.

Trotz aller Nervosität lächelte Josie, als sie sich dem farbenfrohen Haus ihrer Großmutter Ecke Main Street und Frances Street näherte. Es war passend zur Farbe ihrer Lieblingsorchidee, der Vanda, in einem kräftigen Ton gestrichen und allgemein als das lila Haus bekannt.

Josie betrat es durch das angebaute Gewächshaus, das für Beryls fast schon zwanghafte Leidenschaft reserviert war. Als sie zwischen den Orchideen hindurchging, deren

Blüten Gesichtern ähnelten, fühlte sie sich wie immer geradewegs in ihre Kindheit zurückversetzt.

Im Wohnzimmer angekommen, rief sie: »Juhu!« Sie hatte ihren Besuch so geplant, dass sie Grandy auf keinen Fall bei ihrer geliebten Hörspielreihe *Blue Hills* stören würde. Es gab nämlich nichts, was Grandy mehr hasste.

Aus dem hinteren Teil des Hauses erscholl eine Stimme. »Ich komme gleich, mein Kind!«

Josie wusste, dass Beryl erst ihre diversen Miederwaren anlegen und sich frisieren musste, ehe sie Besucher empfing. Und so schlenderte sie währenddessen im Wohnzimmer umher, wo sich kein einziges Staubkörnchen festgesetzt hatte, und betrachtete die Fotografien und Nippsachen, die sie in- und auswendig kannte.

Die meisten Fotos zeigten Angehörige, die vor langer Zeit verstorben waren – darunter auch den Großvater, den Josie nie kennengelernt hatte –, und Beryls preisgekrönte Orchideen. Auf einem Foto war Josies Mutter zu sehen, Beryls einziges Kind; es hatte einen Ehrenplatz auf dem Pianola. Es zeigte Maureen Monash mit dem zweijährigen Owen auf ihrer schmalen Hüfte. Seine drallen Beinchen verdeckten fast den Bauch seiner Mutter, in dem Josie heranwuchs. Der Wind wehte Maureens lange dunkle Haare über ihr Gesicht und das von Owen. Beide lachten mit weit geöffnetem Mund, der Sohn eine Miniaturausgabe seiner Mutter.

Wenn Josie an ihre Mutter dachte, sah sie sie immer so vor sich – mit wehenden Haaren und quirligem Lachen. Doch als die Aufnahme gemacht wurde, hingen die dunklen Wolken eines schweren Schicksalsschlags, der Maureen Monash keine drei Jahre später aus ihrer Mitte reißen sollte, schon über ihnen.

Leukämie. Von einem langsamen, bleichen Dahinsiechen war die Rede. In Josies Erinnerungen allerdings war ihre Mutter nie krankhaft blass oder schwach oder ans Bett gefesselt gewesen, sondern fröhlich und sprühend vor Energie. Sie jagte Josie durch das Haus, immer lachend, immer vertieft ins Spiel. Ihre Brüder bestritten das vehement, zogen sie damit auf und tadelten sie wegen ihrer blühenden Fantasie. Und ihr Vater sah sie nur unendlich traurig an, wenn sie ihn darauf ansprach und auf ihren Erinnerungen beharrte.

Josie besaß ein einziges Foto von ihrer Mutter, das in ihrem auf der Veranda angebauten Schlafzimmer über dem wackligen Bett hing, eine aus der Ferne aufgenommene Schwarz-Weiß-Aufnahme. Maureen stand am Gatter zur Farm, eine dünne Gestalt mit dunklen Zöpfen, das Gesicht halb den fernen Vulkankegeln zugewandt, als grüble sie über die Reise nach, die sie ganz allein würde antreten müssen. Das Foto erzählte von tiefem Kummer, von Trauer, von der schweren Last auf den schmalen Schultern. Eigentlich war es eine deprimierende Aufnahme, doch Josie schöpfte Trost und Kraft daraus. Jeden Abend vor dem Einschlafen betrachtete sie das Foto und flüsterte: »Gute Nacht, Mum. Ich hatte dich nicht lange für mich, aber ich hab dich schrecklich lieb gehabt.« Josie hatte das Foto über die Jahre so oft angestarrt, dass es sich in die letzte Erinnerung an ihre Mutter verwandelt hatte – sie schaute ihr nach, wie sie zu diesem Gatter ging, weinte und bettelte, sie möge doch bei ihr bleiben.

Ich habe gesehen, wie sie weggegangen ist.

Dabei hatte man ihr unzählige Male versichert, dass sie und ihre Geschwister fröhlich gespielt hätten, während Maureen nebenan in ihrem Bett friedlich eingeschlafen sei. Manchmal fragte sie sich allerdings, ob man ihr die Wahrheit gesagt hatte. Vielleicht war ihre Mutter gar nicht an Blutkrebs gestorben, sondern wie so viele einheimische junge Frauen der magischen Anziehungskraft von Lake Evelyn und seinem Fluch erlegen und …

Nein! Energisch verdrängte Josie das ebenso makabre wie undenkbare Bild. Maureen Monash war, Jahre bevor der See sein erstes und berühmtestes Opfer forderte, an Leukämie gestorben, und keine noch so morbide fantasievolle Ausschmückung konnte ihrer Geschichte einen noch tragischeren Anstrich verleihen. Josie drückte ihre Lippen auf das Foto, wischte den Abdruck vom Glas und stellte das Bild auf das polierte Holz des Pianolas zurück.

Höchste Zeit für einen Stimmungswechsel.

In einem hohen Schrank neben dem Pianola befanden sich die Notenrollen. Josie öffnete die Tür und ließ den Blick auf der Suche nach einem heiteren Stück über die Titel wandern. Ah ja, hier – »It Had To Be You« von Frank Banta. Das hatte sie schon als kleines Mädchen gern gespielt.

Sie setzte sich auf den Klavierhocker, schob das eingelassene Panel zurück, legte die Notenrolle ein, hakte sie fest und stellte die Füße auf die großen Pedale, die sie langsam zu treten begann. Die Rolle drehte sich, die ersten Zeichen erschienen, und wie von Zauberhand bewegten sich die Tasten. Musik erklang. Josie trat begeistert auf die Pedale, während ihre Hände über den Tasten tänzelten. Das Pianola vermittelte ihr das Gefühl, ein musikalisches Genie zu sein, und zog sie wie eh und je in seinen Bann. Nur die Pedale zu bedienen, war heute einfacher als in ihrer Kindheit.

Hinter ihr erscholl eine Stimme: »Welchem Umstand habe ich denn dieses unglückselige Konzert zu verdanken?«

Josies Füße rutschten von den Pedalen, und sie drehte sich schwungvoll auf dem Hocker um.

In der Tür stand Beryl Frances, eine kleine Frau von gedrungener Statur, mit einem kerzengeraden Rücken und majestätischer Haltung von Hals und Kinn. Ihr fliederfarbenes Hauskleid war in der von einem Fischbeinkorsett in Schach gehaltenen Taille gegürtet, ihr immer noch naturdunkles Haar – ihr ganzer Stolz mit über achtzig Jahren – war in fein säuberliche Dauerwellen gelegt und wurde von einem Haarnetz gehalten, das jedem Windhauch widerstand.

Josie durchquerte lächelnd das Zimmer, um sie zu umarmen. »Grandy«, sagte sie liebevoll.

Der Lavendelduft des Talkumpuders hüllte sie ein, als sie Beryls blütenzarte, seidenpapierähnliche Wange küsste.

Ihre Großmutter löste sich von ihr und musterte Josies kräftige, nackte Beine unter dem Rock. Dann schnalzte sie missbilligend mit der Zunge. »Weder Strümpfe noch Petticoat, Josephine!«

»Warum, glaubst du, bin ich bei den Jungs so beliebt?«

Beryl sah ihr einen Moment fest in die Augen. »Das Podest, auf dem du stehst, sieht ziemlich leer aus, oder?«

Josie riss ihre Handtasche hoch. »In Barrington gibt's einfach keinen Mann für mich!«

Beryls selbstzufriedenes Grinsen bewies, dass sie überzeugt war, der erste Punkt gehe an sie. Und schon schickte sie sich an, den zweiten zu holen. »Bei deinem letzten Besuch hast du geschworen, nie wieder ein Wort mit mir zu reden.«

Das stimmt! Ich sollte mir diese Dinge wirklich notieren. »Du hast Partei für Daphne ergriffen und dich geweigert, dich fürs Dreinreden zu entschuldigen.«

»Ein Ehepaar hat Flitterwochen verdient, und wenn es nur kurze sind.«

»So lange nach der Hochzeit sind das keine Flitterwochen mehr! Du hast ihnen einen Luxusurlaub in Brisbane bezahlt, anstatt darauf zu bestehen, dass sie das Geld für den Hausbau verwenden.«

»Reginald stand das Geld bei seiner Heirat zu. Es ist sein Erbe. Was er damit macht, geht mich nichts an.«

»Komisch«, fauchte Josie hitzig. »Die meisten unserer Entscheidungen gehen dich nichts an, was dich aber nicht davon abhält, deine große Nase in unsere Angelegenheiten zu stecken! Du hättest wenigstens einen Teil des Geldes zurückbehalten und ihm nur unter der Bedingung ausbezahlen können, dass er es für den Hausbau verwendet.«

»Ah, jetzt verstehe ich. ›Misch dich ja nicht ein, Grandy, es sei denn, es passt mir in den Kram.‹«

»Wenn das so weitergeht, ziehen die nie aus!«, schrie

Josie mit hochrotem Gesicht. »Ich hab's satt! Ich will mein Haus zurück! Wenn die nicht bald abhaut, werde *ich* die Koffer packen!«

Beryl grinste noch breiter.

Verdammt. Genau das war es, was Beryl sich erhoffte – dass ihre einzige Enkelin an ihre Tür klopfte und um Asyl bat. Es war kein Geheimnis, dass Beryl seit vierzehn Jahren darauf wartete, genauer gesagt, seit dem Zeitpunkt, als Gabe seine Kinder gegen den Willen der Großmutter wieder zu sich geholt hatte.

»Also?« Beryl nahm in einem Polstersessel Platz und nestelte an der Opalbrosche an ihrem Ausschnitt, unterhalb des weichen Faltenwurfs ihrer Haut, herum. »Was willst du?«

Josie trat vor sie hin und bereitete sich innerlich auf ihre Rede vor, die sie mit elegantem Schwung halten wollte. Grandy hasste lahme Auftritte.

»Das Wichtigste zuerst«, begann sie. »Ich hab dir eine neue Orchidee mitgebracht.«

»Das sehe ich«, bemerkte Beryl, obwohl Josie nicht aufgefallen war, dass sie die Pflanze zur Kenntnis genommen hatte. »Und was hat der rauchende Schlot gesprochen?«

»Sie hat gefragt, ob ich was für den Hexengarten brauche.«

Heiterkeit erschütterte Beryls üppigen Busen.

»Ich hab dir auch was von Owens Käse mitgebracht.«

»Jetzt bin ich aber gespannt. Was immer dich hergeführt hat, muss wirklich sensationell sein.«

Josie kräuselte die Nase zu ihrem liebenswertesten Lächeln und sagte hoheitsvoll: »Einer der führenden Theaterkritiker des Landes hat eine Rezension über meine letzte Produktion verfasst.«

Sie machte eine Pause, um diese Aussage wirken zu lassen.

»Eine *Rezension*? So nennt man dieses langatmige Geschwafel?«

»Na ja, ganz unberechtigt war seine Kritik an meinem Regiestil und dem Spielort und der Besetzung und der Auswahl des Stücks nicht, aber ich bin zuversichtlich, dass ich das nächste Mal ...«

Beryl schnaubte verächtlich. »Komm endlich zur Sache. Du weißt, dass es mich nicht die Bohne interessiert, wie du deinen Kniefall vor diesem aufgeblasenen Trottel inszenieren willst.«

»Oh, aber es gibt etwas, das dich garantiert interessieren wird. Ich werde das Obsidian wieder eröffnen. Nur zu deiner Information.«

Lediglich das kaum wahrnehmbare Zucken eines Lids verriet Beryls Überraschung. »Nur zu meiner Information? Du hältst es nicht für nötig, mich um Erlaubnis zu bitten?«

»Warum sollte ich?«

»Weil *ich* das Theater und das Freizeitgelände geschlossen habe.«

»Jetzt übertreib mal nicht«, erwiderte Josie. »Nicht du persönlich hast es geschlossen. Die öffentliche Nutzung des Geländes wurde nach einem einstimmigen Beschluss der Stadt untersagt.«

»Weil *ich* keine Ruhe gegeben habe. Ich habe so lange

darauf gepocht, dass dem Rest von Barrington nichts anderes übrig blieb, als sich mir anzuschließen.«

»Ach was!« Josie winkte lässig ab. »Rudy Meyer hatte gute Gründe, sein Theater aufzugeben. Und die meisten Veranstaltungsorte zur Truppenunterhaltung im Zweiten Weltkrieg wurden nach Kriegsende dem Erdboden gleichgemacht. Früher oder später wäre das Theater sowieso geschlossen worden – mit oder ohne dein Zutun.«

»Du unverschämtes kleines Luder«, murmelte Beryl voller Bewunderung.

Die Geschichte, wie Beryl Frances 1951 in die Gemeindeversammlung platzte, entschlossen, ihren Willen durchzusetzen, war bekannt. Sie war von Anwesenden als »wandelndes Pulverfass« beschrieben worden. Aber wenn sich Beryl Frances etwas in den Kopf setzte, dann glich sie eher einem stark bewaffneten Schlachtschiff als einem Pulverfass, wie Josie fand. Unbezwingbar und unsinkbar. Es gab niemanden, den Josie mehr bewunderte als ihre Großmutter. So wie sie wollte sie sein.

»Na schön, meinetwegen – Beryl Frances hat dafür gesorgt, dass das Theater dichtgemacht wurde. Aber *ich* werde es wieder eröffnen.«

Beryl legte den in Tuch gewickelten Käse auf ihrem Schoß auf den mit Zierdeckchen versehenen Beistelltisch.

»Deine kalte Gleichgültigkeit gegenüber den vielen Opfern, die dieser elende See schon eingefordert hat, ist unglaublich.«

»Ich glaube nicht, dass das Amphitheater irgendetwas damit zu tun hat.«

»Das ist eine Vermutung, für die du das Leben weiterer junger Frauen aufs Spiel setzen willst.«

»Im Lake Evelyn ist seit Jahren kein Mensch mehr geschwommen!«

»Wegen des Verbots! Anders waren die Leute nicht dazu zu bringen, den See zu meiden.«

»Soviel ich weiß, sind zwei weitere Mädchen ertrunken, nachdem das Gelände bereits gesperrt worden war.« *Loreen und Denise.*

»Sie sind sinnlos gestorben, weil sie das Verbot ignoriert haben. Erst danach hat es auch der Letzte begriffen, dass man sich von dem See fernhalten muss.«

»Das hat doch nichts mit dem Theater zu tun!«, entgegnete Josie, die am liebsten mit dem Fuß aufgestampft hätte.

»Wenn es dir nur um das Theater geht und dir die Meinung dieses Herrn Sowieso so wichtig ist, warum möbelst du dann nicht das Igloo auf?«

»Für Proben werden wir es weiterhin nutzen, aber spielen wollen wir im Amphitheater.«

»*Wir?*«

»Im Moment nur ich, aber Owen hat mir seine Unterstützung zugesichert.«

»Dein Vater weiß also nichts davon.«

»Ich habe es letzte Woche der ganzen Familie gesagt.«

Beryl verzog das Gesicht zu einer höhnischen Grimasse. »Lass mich raten: Er hat gesagt, kommt nicht infrage«, triumphierte sie.

Josie milderte die von ihrem Vater erteilte Abfuhr eilig ab. »Er hat nur gemeint, das reicht jetzt ...«

»Er hat ein Machtwort gesprochen, stimmt's?«

»Bloß weil die Unterhaltung hitzig wurde.«

»Jede Wette, dass sie zu hitzig wurde für Gabriel Monash.« Eine rätselhafte Bemerkung, die Beryl mehr zu sich selbst murmelte.

Gabe und Beryl waren sich spinnefeind, solange Josie zurückdenken konnte. Die Hochzeitsfotos von Maureen und Gabe, auf denen Großmutter und Bräutigam Seite an Seite strahlten, bewiesen, dass das nicht immer so gewesen war. Josie jedoch kannte sie nur als erbitterte Gegner, und jeder hatte eine andere Erklärung dafür. Nach Maureens Tod, behauptete *Gabe*, habe eine besitzergreifende, intrigante Beryl seine Trauer ausgenutzt, um ihm die Kinder wegzunehmen. Drei Jahre hatten sie bei ihr in der Stadt gewohnt, während Gabe zur Arbeit in den milchverarbeitenden Betrieben herangezogen wurde. Die Vorliebe der amerikanischen Soldaten für Milch hatte nämlich zu einer massiven Produktionssteigerung geführt. Josie war fast sechs gewesen, als Gabe seine Kinder zurückverlangte.

Sie habe wie eine Löwin gekämpft, um Maureens Kinder wie ihre eigenen großzuziehen, behauptete *Beryl*, und vor allem ihrer einzigen Enkelin das harte Leben auf einer Farm zu ersparen. Gabe sei jedoch zu egoistisch, kurzsichtig und eigensinnig gewesen, als dass er seinen Kindern ein besseres Leben gegönnt hätte. Er habe seine Kinder nicht verdient, ließ sie düster anklingen, und solle sich schämen, dass er sie zurückgeholt hatte.

Die Fronten waren verhärtet. Keine der beiden Parteien ging näher auf die Gründe für die Vorwürfe ein oder war gar bereit, sie zurückzunehmen. Der Rest des Monash-Clans hatte gelernt, den Status quo zu akzeptieren. Selbst jetzt, wo sie erwachsen war und ihre eigenen Ansichten hatte, wusste Josie nicht, wem sie glauben sollte. Ihr Vater war weder egoistisch noch kurzsichtig – eigensinnig allerdings schon; Beryl andererseits konnte besitzergreifend und intrigant sein.

Auch jetzt zum Beispiel führte sie etwas im Schilde. Josie hörte das verräterische Schnalzen der Zunge hinter den geschlossenen Lippen.

Das Geräusch verstummte. »Als du zu deinem Vater gegangen bist, um mit ihm darüber zu reden«, sagte Beryl, »wollte er nichts von deinem Plan wissen. Du willst das nicht hinnehmen, also kommst du zu mir, um dir von mir Unterstützung zu holen. Nicht meine Erlaubnis, wohlgemerkt, nein, ich soll dir nur den Rücken stärken.«

Josie zuckte mit den Schultern. Diese Zusammenfassung traf es ziemlich genau.

Beryl stemmte sich aus dem Sessel hoch und stapfte mit ihrer neuen Orchidee ins Gewächshaus hinüber.

Josie wartete. War sie entlassen worden, oder sollte sie ihr folgen? Eine Minute später, als eine scharfe Stimme ihren Namen rief, wusste sie die Antwort.

Sie ging hinüber. Ihre Großmutter stand an dem Wasserbecken, das wie ein Teich wirkte. Die Augen zusammengekniffen und mit der Zunge schnalzend, sah sie ihre Enkelin prüfend an. Josie ertrug es mit mürrischem Gesicht. Sie kannte Beryl und wusste, dass sie etwas ausheckte. Hoffentlich etwas für sie Positives …

Das Schnalzen verstummte. Josie wappnete sich.

»Was hält denn die Theatertruppe von deiner Idee?«, fragte Beryl betont sachlich.

Josies Brauen zitterten vor lauter Anstrengung, sich die keimende Hoffnung nicht anmerken zu lassen. »Ich habe noch nicht mit allen darüber gesprochen«, antwortete sie im gleichen beiläufigen Ton. »Aber ein paar Leute habe ich schon mit ins Boot geholt.«

»Wen?«

»Peggy zum Beispiel.«

»Na ja, kein Grund zur Verzweiflung – mit der richtigen Beleuchtung und einer dicken Puderschicht im Gesicht kann sie bestimmt auch was anderes als einen Lederstiefel spielen.«

Josie gab einen missbilligenden Laut von sich.

Beryl legte den Kopf schief. »Du hast – völlig zu Recht – Angst, der Großteil deiner Truppe könnte sich aus dem Staub machen, wenn du es ihnen erzählst. Diese Stadt ist voll von Feiglingen und Schmierenkomödianten.«

Der listige Unterton war nicht zu überhören, aber Josie verstand nicht, was ihre Großmutter damit sagen wollte.

»Was für ein Stück willst du denn aufführen bei deiner kühnen Wiedereröffnung?«

»Ich hab an etwas Heiteres gedacht, einen bekannten Klassiker – *Ein Sommernachtstraum*.«

»Nein.«

»Wieso, was stimmt nicht mit Shakespeare?«

»Nichts, aber er gehört nicht in dieses Amphitheater.«

»Was dann?«

Josie beobachtete, wie ihre Großmutter Luft holte und

ihr fassförmiger Oberkörper sich aufzublähen schien. Jetzt kam's. Jetzt würde sie gleich erfahren, wie Grandy das Kommando an sich zu reißen beabsichtigte …

»*Du*«, sagte Beryl und richtete den Zeigefinger auf Josie, »wirst die Geschichte von Celeste Starr erzählen.«

»Die Schauspielerin? Den Teufel werde ich tun!«

»Und ob du das tun wirst!«

Das war Grandys großartiger Plan? Jenes Ereignis in Szene zu setzen, das dem Fluch zugrunde lag? Was für eine absurde Kehrtwende! Ausgerechnet die Frau, die das Zugangsverbot zum See durchgesetzt hatte, wollte die ganze Geschichte wieder aufrollen? Was sollte das?

Josie starrte sie ungläubig an. »Ich hab keine Ahnung, was du im Schilde führst, aber die Antwort ist Nein! Ich werde mir an *der* Geschichte nicht die Finger verbrennen.«

»Niemand kann sie besser erzählen als du.«

Josie warf die Hände in die Luft. »Ich? Ich weiß doch viel zu wenig über Celeste Starr! Es will ja niemand darüber reden.«

»Dann wird es höchste Zeit, dass du dir selbst ein Bild machst. Du musst nur die richtigen Leute fragen. Manche sind mehr in die Sache verwickelt als andere. Und wenn du alles zusammengetragen hast, setzt du dich hin und schreibst dein Debütstück für die grandiose Wiedereröffnung des Obsidian.«

»Ich kann dieses Stück nicht produzieren!«

»Und wieso nicht?«

»Darf ich das denn? Über ein Thema schreiben, das so umstritten ist?«

Beryl maß sie mit einem verächtlichen Blick. Die Orchideen wären vermutlich eingegangen, wenn er ihnen gegolten hätte. »Ausgerechnet wenn es ums Schreiben geht, fragst du mich um Erlaubnis?«

»Nein«, antwortete Josie, deren Gedanken schon vorauseilten. »Ich brauche keine Erlaubnis, um Celestes Geschichte aufzuschreiben. Sie betrifft uns alle, und deshalb sollte sie so erzählt werden, wie sie sich zugetragen hat, um ein für alle Mal Klarheit zu schaffen ...«

Beryls hochgezogene Brauen ermunterten sie zum Weiterreden.

»... und dem ängstlichen Getuschel, den Halbwahrheiten und den ausgestreuten grauenhaften Details, mit denen junge Frauen manipuliert werden sollen, ein Ende zu bereiten.« Sie meinte sich selbst, und das wusste sie auch.

Beryl nickte energisch. Die Handlung breitete sich vor Josie aus. »Ja, jetzt kann ich es sehen.« Sie schmunzelte.

»Aber zuerst muss ich die Gemeinde von meinem Plan überzeugen.« Josie klemmte sich ihre Handtasche unter den Arm. »Und da die Neuigkeit schon durchgesickert ist, sollte ich mich lieber beeilen.«

Ihre Großmutter tätschelte ihr mit ihrer leberfleckigen Hand die Wange. »Dann lass dich nicht aufhalten. Und erzähl allen, dass Beryl Frances auf deiner Seite ist!«

Kapitel 9

Der Waldbewohner

Der Dämon hockte jeden Morgen nach dem Aufwachen auf ihrer Brust. Vivienne fand heraus, dass er viele Namen hatte, nicht nur Scham, sondern auch Reue, Selbsthass, Wut. Und jeden Morgen schleppte sie ihn mit schnellen Schritten durch den taufeuchten, nebligen Wald zum Lake Evelyn, um ihn dort zu ertränken. Nach dem Schwimmen fiel ihr das Atmen für den Rest des Tages leichter.

Zum ersten Mal in ihren dreiundzwanzig Lebensjahren konnte sie ihre Zeit nach eigenen Wünschen gestalten. Meistens zog sie sich in die Bibliothek zurück, wo sie in den zahllosen Büchern stöberte. Sie hatte jahrelang nicht mehr so viel gelesen. Lesen sei eine unproduktive und unzeitgemäße Beschäftigung für eine Frau, hatte ihre Mutter immer behauptet, und zu viel davon führe zu unschönen Falten zwischen den Brauen. Mit jedem Buch, das sie aufschlug, runzelte Vivienne die Stirn kräftiger. Wenn sie schon das Glück hatte, Falten zu bekommen, dann bitte vom Lesen.

Sie verließ die Lodge nur für ihre Ausflüge zum See, die sowohl dem Training als auch dem Vergnügen dienten.

Das Schwimmen kräftigte ihre Arme und Schultern, sodass sich die Muskeln auf formschöne Weise stählten. Einige Male am Tag fuhr sie mit beiden Händen über ihren Körper und genoss die Verwandlung, die im Gegensatz zur mentalen Erholung so schnell voranschritt.

Sie hatte einen Platz am Ufer gefunden, wo umgestürzte Bäume ins Wasser ragten, auf deren Ästen sich Schildkröten sonnten. Hier hielt sie sich besonders gern auf. Sie liebte das träge spielerische Paddeln der Schildkröten und wünschte, sie könnte eine mitnehmen und in der Lodge in einem Terrarium halten. Sie wusste, dass bei diesem Wunsch die Einsamkeit aus ihr sprach.

Waren die Tage gut auszuhalten, schienen hingegen die unruhigen Nächte kein Ende nehmen zu wollen.

Sobald die Sonne sank, zeigten sich die immer gleichen Anzeichen des Horrors. Ein Vogel, der wie eine Katze kreischte; die Rufe der Eule, wie pfeifende Bomben; ein unaufhörliches Knacken und Krachen und Huschen auf dem Waldboden; ein Trappeln in dem Zimmer über ihr. Unzählige Zikaden, Laubheuschrecken und Grillen stimmten ihr Konzert an. Das Schlimmste aber war der Mammutbaum, der die ganze Nacht knarrte wie eine Treppenstufe unter schweren Tritten ...

Diese bizarre Sinfonie brachte Vivienne schier um den Verstand. Hätte sie den Mut besessen, hätte sie vielleicht mit der Taschenlampe in den dunklen Wald geleuchtet, um ihre Peiniger zu identifizieren – Possums, Schlangen oder Wallabys. Aber sie hatte genug damit zu tun, sich ein Kissen auf den Kopf zu pressen. Kein Wunder, dass sie jeden

Morgen mit lähmenden Beklemmungen in der Brust aufwachte.

Ein Tag verging wie der andere, aber als sie eines Morgens im Badeanzug, ein Handtuch um die Hüften geknotet, auf die Veranda trat und ein Korb voller Lebensmittel dastand, wusste Vivienne, dass seit ihrer Ankunft bereits eine ganze Woche vergangen war. Sie blickte sich unbehaglich um. Jemand war da gewesen, während sie geschlafen hatte, und sie hatte nicht das Geringste gehört.

In aller Eile packte sie die Sachen aus, damit sie nur ja nicht schlecht wurden. Sie konnte keine Eier und Kartoffeln mehr sehen. Es war eine reichhaltige Auswahl, dennoch war sie frustriert, als sie alles wegräumte. Felix hatte sie nicht nach ihren Wünschen gefragt, und sie brauchte Tee oder Kaffee und Milch. Sie musste unbedingt daran denken, ihn darum zu bitten, bevor die nächste Lieferung kam.

Vivienne suchte drei besonders große Zwiebeln heraus, schnitt sie in der Mitte durch und verteilte die Hälften in der Lodge. Das sollte den grässlichen Modergeruch binden, einer der Tipps und Tricks für ein behagliches Zuhause, die sie im Pensionat gelernt hatte. Nicht dass sie die Absicht hätte, sich hier häuslich niederzulassen. *Gott bewahre!*

Als sie die Lodge verließ, kratzte ein Buschhuhn gerade sein riesiges Nest gegen die Veranda zusammen. Bei Viviennes Anblick flog es, wild flatternd, auf und ließ sich frech auf dem vorderen Balkon nieder. Seine Krallen klackten auf dem Holz.

»Du kannst diese verdammte Hütte haben, sie gehört

ganz dir«, brummte Vivienne und machte sich auf den Weg zum See.

Sie war so sehr damit beschäftigt, sich über das Territorialverhalten von Buschhühnern und über Lieferanten zu ärgern, die sich nachts an der Lodge herumtrieben, dass es ihr fast entging: Das überwucherte Tor stand weit offen, sie bemerkte es erst, als sie schon hindurchgegangen war. Abrupt blieb sie stehen, drehte sich um und starrte es an. Hatte der Lebensmittellieferant diesen Weg und nicht die Zufahrt von der Straße her genommen?

Vorsichtig ging sie weiter. Auf der Lichtung wartete die nächste Überraschung auf sie: Das hohe Gras und das Unkraut waren gemäht worden, sodass die sauberen Granitstufen kahl und hell in den ersten Sonnenstrahlen herausstachen. Absperrband rings um die Badeplattform deutete darauf hin, dass sie ausgebessert wurde. Im Bühnenbereich war alles für eine neue Betonierung vorbereitet worden. Fässer trugen einen weiteren Schwimmsteg und eine schwimmende Bühne.

»Ich glaub's ja nicht!« Es handelte sich also tatsächlich um ein Amphitheater, und es war keineswegs aufgegeben worden.

Bevor sie Zeit hatte, länger darüber nachzudenken, hörte sie das donnernde Dröhnen eines schweren Fahrzeugs, und dann rumpelte auch schon ein Traktor auf die Lichtung. Vivienne schirmte die Augen gegen die schräg stehende Sonne ab. Wenige Meter von ihr entfernt kam das Gefährt spuckend und stotternd zum Stillstand.

Ein großgewachsener, breitschultriger Mann mit einem

dunklen Bart sprang vom Fahrersitz herunter. Falls er über den Anblick einer lediglich mit einem Badeanzug bekleideten Frau auf dieser verlassenen Lichtung erstaunt war, so ließ er es sich nicht anmerken.

Keiner sagte ein Wort.

Schließlich machte Vivienne eine, wie sie selbst fand, herrische Geste, die das gemähte Gelände umfasste. »Haben Sie das alles gemacht?«

»Das meiste«, antwortete der Mann. »Was meinen Sie? Nicht gerade das Globe Theatre, oder?«

»Es ist so furchtbar kahl jetzt. Mir hat es überwuchert besser gefallen. Es war irgendwie … bezaubernd.«

Der Mann lachte leise. »*Bezaubernd?* Dann sind Sie offensichtlich nicht von hier.«

Zeit weiterzugehen, sonst entwickelte sich die Zufallsbegegnung noch zu einer Unterhaltung. Aber Viviennes Füße rührten sich nicht. Als wären sie einbetoniert. Sie zog den Knoten ihres Handtuchs fester.

Der Mann nickte mit dem Kinn Richtung Wald. »Wohnen Sie in Sylvan Mist?«

»Nein«, antwortete sie hastig. »Woanders.«

»Tja, ich habe das alte Tor nach ›woanders‹ geöffnet, ich wusste nicht, dass sich jemand dort aufhält. Sie können es ruhig wieder schließen, wenn Sie wollen. Ich bin Owen Monash.« Er streckte ihr seine große Hand hin. »Mein Haus liegt ganz in der Nähe.«

Als Vivienne ihre kühlen Finger in seine Hand legte, wühlte die Berührung sie auf. Es war lange her, dass sie körperlichen Kontakt zu einem anderen Menschen hatte.

»Charlotte Vale«, erwiderte sie. Das war eineFigur aus einem ihrer Lieblingsfilme, *Reise aus der Vergangenheit.*

Der Mann grinste.

Vivienne sah ihn verwirrt an und zog dann ihre Hand zurück, bevor sie der Versuchung erlag, sie einfach in seiner großen, warmen Pranke zu lassen.

»Wie gefällt es Ihnen dort?«, fragte er mit einem neuerlichen Nicken Richtung Sylvan Mist.

Das ging ihn überhaupt nichts an. Sie sollte sich nicht auf diese Unterhaltung einlassen, aber irgendwie …

»Tagsüber ist alles wunderbar«, antwortete sie, »aber nachts …«

Er nickte und schien keineswegs überrascht. »Halten Sie durch, Reisende aus der Vergangenheit.«

Sie schwieg, weil sie fürchtete, in Tränen auszubrechen, wenn sie etwas auf seine scharfsinnige Beobachtung erwiderte. Seine Freundlichkeit war fast unerträglich.

»Tja, ich mach mich dann wieder an die Arbeit«, sagte er. »Josie zieht mir das Fell über die Ohren, wenn ich heute nicht fertig werde.«

Vivienne nickte und zwang sich weiterzugehen.

Erst nachdem sie einige der frisch gesäuberten Stufen hinuntergegangen war, hörte sie, wie der Motor des Traktors angelassen wurde. Anscheinend beobachtete Owen, wie sie ihr Handtuch fallen ließ und in den See watete.

Sie hätte empört sein sollen, dass er sie so ungeniert in ihrem Badeanzug angaffte, aber seltsamerweise glaubte sie nicht, dass er ihre schlanke Gestalt bewunderte oder ihr auch nur die leiseste Beachtung schenkte.

Sein Blick war auf den See gerichtet, und er war alles andere als wohlwollend.

Am nächsten Morgen war Vivienne der Weg zum See versperrt. Durch ein wahres Monstrum.

»Was für ein Ding aus der Hölle ist *das* denn?«

Ein Spinnennetz, das größte, das sie jemals gesehen hatte, versperrte den Pfad durch die ineinander verknäuelten Bäume. Ein kleiner Scharlachhonigfresser hatte sich darin verfangen und sich in seinem verzweifelten Bemühen, wieder freizukommen, nur noch mehr darin verheddert, bis er schließlich verendet war. Vivienne hoffte wenigstens, dass er schon tot war, weil eine gigantische Goldene Radnetzspinne sich an ihm gütlich tat.

Eine vogelfressende Spinne? Dieser Ort ist ein einziger Albtraum!

Vivienne schaute sich suchend nach einem Ast um, doch als sie einen geeigneten gefunden hatte, brachte sie es nicht übers Herz, die Spinne wegzuschlagen. Der Vogel war nicht mehr zu retten, und die Spinne hatte eben Glück gehabt und machte das Beste daraus.

Sie ließ den Ast fallen und drehte sich um. Vielleicht könnte sie die Lichtung am See über die Straße erreichen?

Wage es ja nicht, Schande ..., begann ihre Mutter in ihrem Kopf.

»Halt den Mund!«, fauchte Vivienne. »Ich muss an meinen See!«

Sie verließ den Regenwald und gelangte auf eine schmale Piste aus roter vulkanischer Erde, die an einer fruchtbar grünen hügeligen Landschaft entlangführte. Nach über einer Woche zwischen dem kalten See und ihrem feuchten, sonnenarmen Gefängnis im Wald empfand sie die Morgensonne, die den Dunst in den Senken zwischen den kleinen Hügeln wegbrannte, als Wohltat für Körper und Seele. Die frische Landluft vertrieb den üblen Schimmelgeruch, den ihre Nase nicht mehr loswurde. In den Bäumen entdeckte sie keine Spinnennetze, sondern Weißhaubenkakadus in großer Zahl, deren weißes Gefieder in der Sonne gleißte.

Beschwingt wie lange nicht mehr, ging Vivienne mit federnden Schritten die Straße entlang.

Als das erste Holstein-Rind vor ihr auftauchte, blieb sie wie angewurzelt stehen. Und schon folgten weitere, es war eine ganze Herde, die auf sie zugaloppierte.

Vivienne stieß einen spitzen Schrei aus. Eine Stampede! Sie würde zu Tode getrampelt werden! Es gab nur einen Ausweg: Sie musste sich in die nächste Koppel retten, bis die Herde vorbeigezogen war. Sie wollte schon über den Zaun klettern, als sie den Stacheldraht bemerkte. Dann würde sie sich eben darunter hindurchquetschen müssen.

Sie zögerte. Ein lautes Muhen der sich unaufhaltsam nähernden Rinder gab den Ausschlag. Sie warf sich auf den Boden und schob sich zappelnd und wenig elegant unter den rostigen Widerhaken hindurch.

Auf der anderen Seite blieb sie inmitten von Kuhfladen liegen und keuchte vor Anstrengung. Die Rinder, zu dritt oder zu viert nebeneinander, trabten gemächlich vorbei.

»Das war knapp«, schnaufte Vivienne – obwohl es das ganz und gar nicht gewesen war.

Hätte sie sich nicht so gedemütigt gefühlt, hätte sie vielleicht sogar über sich selbst gelacht. Es kam noch schlimmer: Sie hörte jemanden ein Lied pfeifen, und derjenige kam direkt auf sie zu. Vermutlich der Farmer, dem die Herde gehörte.

Vivienne hoffte inständig, er werde sie da unten am Boden, halb verdeckt von Brombeerranken und der übel riechenden natürlichen Tarnung, übersehen.

Aber nein. Das Pfeifen brach ab, die Schritte stoppten.

Vivienne stemmte sich hoch, drehte sich um und sah sich dem bärtigen Farmer von gestern gegenüber. Einen Grashalm im Mundwinkel, stand er, an den Zaunpfosten gelehnt, und betrachtete sie.

Für wen hält er sich denn – Montgomery Clift?

Sie sagte es laut.

Der Grashalm in Owen Monashs Mundwinkel hüpfte, seine braunen Augen tanzten. Vivienne bereute ihre pampige Bemerkung sofort.

Owen warf den Grashalm weg. »Wollten Sie zum Schwimmen mal was anderes als Wasser ausprobieren?«

»Ihre Kühe haben mich erschreckt.«

»Wenn Sie schon meine Mädels für gefährlich halten, dann warten Sie mal ab, bis Sie die Bekanntschaft von Sam, dem Bullen, machen.«

»Lieber nicht«, entgegnete Vivienne und suchte sich einen Weg durch die Kuhfladen.

»Dann sehen Sie lieber zu, dass Sie aus der Koppel rauskommen.«

»Ich bin natürlich in der Koppel des Bullen gelandet,

kann ja nicht anders sein«, murrte Vivienne und ging schneller. »Und ich muss natürlich Rot tragen!«

»Dass Stiere aggressiv auf Rot reagieren, ist übrigens ein Märchen«, erklärte Owen.

Vivienne wollte wieder unter dem Zaun hindurchrobben. »Würden Sie sich bitte umdrehen?«

»Klar. Sie können aber auch das Gatter benutzen.« Eine knappe Kopfbewegung.

Vivienne blickte in die angegebene Richtung. Tatsächlich, da war ein Gatter, keine vier Meter entfernt.

»Ich nehm lieber diesen Weg hier«, sagte sie.

Sie machte mit dem Finger eine kreisende Bewegung, und Owen wandte sich schnell ab.

Als sie wieder auf der anderen Seite des Zauns stand, räusperte sie sich.

Owen drehte sich um und betrachtete sie mit unverhohlener Bewunderung. »Ist das irgend so ein neumodisches Schönheitsbad?«

Vivienne wusste, dass sie eine gute Figur hatte, aber niemand, nicht einmal sie, sah in einer Kuhfladen-Packung gut aus. Aber vielleicht hatten Farmer ja eine Schwäche für Kuhdung.

Als sie ihn danach fragte, lachte er schallend. »Seit ich erwachsen bin, nicht mehr, nein. Früher sind Josie und ich gern in Kuhfladen gesprungen. Der Trick dabei ist, dass man einen getrockneten erwischen muss.«

Vivienne verzog angewidert das Gesicht.

»Das ist ein bisschen so wie im Leben auch«, fuhr Owen fort. »Ein Kuhfladen sieht fest aus, man setzt zum Sprung an und landet in einem dampfenden, halbflüssigen Haufen.«

»Oh, ein Philosoph«, spottete Vivienne und marschierte los. Zurück Richtung Lodge. Sie musste dringend duschen.

Owen schloss zu ihr auf. »Keine Bange, ich verfolge Sie nicht, ich muss nur meine Mädels auf die nördliche Weide bringen.«

»Warum nennen Sie sie eigentlich immer ›meine Mädels‹?«

Owen lächelte. »Weil sie meine Lieblingskühe sind.«

»Sie können sie voneinander unterscheiden?«, fragte Vivienne ungläubig. »Die sind doch alle schwarzbunt und sehen gleich aus.«

Inzwischen hatten sie die Herde erreicht.

Owen trat zwischen die Tiere und fuhr mit der Hand liebevoll über Ohren und Kopf einer Kuh, die lange Wimpern und über dem einen Auge eine Zeichnung wie eine Augenklappe hatte. »Das ist Cowsette.«

Die Kuh schien die Liebkosungen zu mögen – sofern so etwas überhaupt möglich war. Sie verdrehte sichtlich verzückt die Augen.

»Und das da«, sagte Owen und tätschelte das gefleckte Hinterteil einer anderen, »ist Udder Gabler. Meine beste Milchkuh.«

Die nächste Kuh, zu der er ging, hatte ein gesprenkeltes Fell fast wie ein Dalmatiner. »Diese Schönheit hier ist Madame Bovine. Kein Zaun ist zu hoch für sie.«

Die beiden Tiere daneben bekamen jeweils einen kleinen Klaps. »Das ist Eliza Doolittle und das hier Anna Cowenina.«

»Das sind abgewandelte Namen aus der Literatur«, stellte Vivienne fest. Der Farmer war anscheinend ein cleverer Bursche.

Er grinste.

»Verstehe«, schob sie hinterher. »Sie nehmen mich auf den Arm wegen meines Decknamens von gestern.«

Er ließ sich nicht aus der Ruhe bringen. »Das sind meine Kühe, und so heißen sie nun mal. Josie füttert die Kälber und darf die Namen aussuchen. Apropos auf den Arm nehmen – haben Sie vorhin nicht gefragt, ob ich eine Schwäche für Kuhdung habe?«

Na schön, er hatte ja recht. Vivienne ging weiter, Owen an ihrer Seite.

Nach einer Weile raunte er ihr zu: »Madame Bovine ist mein Lieblingsmädel, aber erzählen Sie das bitte nicht den anderen!«

Vivienne unterdrückte ein Schmunzeln.

An der Abzweigung des Wegs zur Lodge ließ sie ihn mit einem Achselzucken und ohne ein weiteres Wort stehen. Sie hatte das Gefühl, dass sie Owen Monash wiedersehen würde, und der Gedanke stimmte sie heiter und zuversichtlich nach so vielen Tagen – nein, *Monaten* der Verzagtheit.

Kapitel 10

Das Schauspiel sei die Schlinge

Josie stellte die letzten Stühle im Igloo auf, während die Leute zu der eilig einberufenen Versammlung der Barrington Theatre Company hereindrängten. Hugo Bernards Kritik an ihrer aller geliebtem Überbleibsel aus dem Krieg war wieder präsent, und es brach ihr fast das Herz, wenn sie daran dachte. Was war denn »schäbig« an den um die Fachwerkbögen geschlungenen Lichterketten? Was war »heruntergekommen« an der von erstklassigen einheimischen Tischlern hergestellten Bühne aus Bleistiftzeder mit den ringsum aufgestellten Lippenstiftpalmen? Der Betonboden machte freilich nicht viel her, genauso wenig wie die Wellblechwände, und es gab nur vier schlichte Flügelfenster, aber wenn die Lichter ausgingen und eine erwartungsvolle Stille sich über die Zuschauer senkte, herrschte in diesem Saal der gleiche zeitlose Zauber wie im prächtigsten Theater des Landes.

»Was fällt diesem Kerl ein!«, stieß Josie zwischen den Zähnen hervor.

Sie hatte eine flammende Rede vorbereitet, hatte ihr ganzes Herzblut hineingesteckt. Wer weiß, vielleicht würde ihr geneigtes Publikum sie sogar mit stehenden Ovationen feiern.

Ihre drei Brüder waren zu ihrer moralischen Unterstützung gekommen – Reg gegen den Widerstand seiner Frau. Ihr Vater hingegen blieb der Versammlung fern, und die Vorstellung, wie er allein mit Daphne am Küchentisch saß, war mehr, als Josie ertragen konnte.

Reg und Ernest hatten sich Plätze in der ersten Reihe gesucht. Wider Erwarten setzte sich Owen, der seltsam abwesend wirkte und seine Schwester nur mit einem flüchtigen Kuss begrüßt hatte, nicht zu ihnen, sondern ganz nach hinten.

Der Duft von Gebackenem vermischte sich mit Zigarettenrauch. Es war vereinbart worden, dass jeder aus der Theatertruppe etwas zu essen mitbrachte. Josie eilte an dem aufgebockten Tisch vorbei und schnappte sich einen Teller. Ihr hing der Magen schon in den Kniekehlen, und der Abend würde lang werden, sie musste bei Kräften bleiben.

So hastig, dass Kartoffelpüree herausquoll und über ihre Finger lief, bugsierte sie die letzten Schinkenröllchen auf ihren Teller.

»Du hast immer schon auf Kriegsfuß gestanden mit meinen gefüllten Schinkenröllchen«, sagte die elegante Brünette, die neben sie getreten war, lachend.

Josie japste erschrocken. »Mrs Henry!«

Die Mutter von Miles. Sie hatte nie eine von Josies Versammlungen besucht, und ausgerechnet heute war sie gekommen? Josies Puls flatterte.

Die beiden Frauen gaben sich ein Küsschen auf die Wange. Rosa Henry tätschelte Josies Arm. »Du machst so ein besorgtes Gesicht, Kindchen.«

»Wirklich?« Josie schleckte das Kartoffelpüree von den Fingern, so beiläufig, wie das in Gegenwart ihrer Wunschschwiegermutter möglich war.

»Du siehst sogar ausgesprochen ärgerlich aus.« Rosa zwinkerte ihr zu. »Genau wie deine Mutter, als sie erfuhr, dass sie einen Gehstock brauchen würde.«

Josie deutete mit dem Kinn auf einen korpulenten älteren Mann mit Hornbrille hinter ihr. »Wundert Sie das? Sogar Schulleiter Beauman ist gekommen.«

»Wir sind alle schrecklich neugierig. Es sind unglaubliche Gerüchte in Umlauf, du kannst dir nicht vorstellen, was für Absichten dir angedichtet werden.«

»Sie würden staunen«, entgegnete Josie grinsend und fügte hinzu: »Ich glaube, ich sollte mich um meine Leute kümmern.«

Sie marschierte nach vorn und stellte fest, dass die Mitglieder ihrer Theatertruppe nicht nur verärgert dreinblickten, sondern auch Verstärkung mitgebracht hatten. Hoffentlich liefen sie ihr nicht davon, bevor sie ihnen ihren brillanten Plan in allen Einzelheiten erläutert hatte.

Ihr Blick wanderte auf der Suche nach ihren Verbündeten aus der Stadt über die Anwesenden.

Clarence Reed hockte auf der Stuhlkante und tupfte sich das glänzende Gesicht ab, weil ihm beim bloßen Gedanken, Josie könne ihn auffordern, seine Meinung zu äußern, der Schweiß ausbrach. Elsie, seine schmallippige Frau, hatte sich fern von ihm zu ihren lautstark zwitschernden Freundinnen gesellt.

Rita Caracella hatte ihren eigenen bequemen Stuhl und ihre Teetasse den ganzen weiten Weg von ihrem Antiquitätengeschäft hierhergeschleppt, ohne dass ihre sorgsam toupierten silbernen Haare auch nur im Mindesten durcheinandergeraten wären. Sie musterte Josie durch ihren Kneifer, der an einer Kette an einer kunstvollen viktorianischen Haarnadel befestigt war.

Niall vom Gemischtwarenladen saß wie gewöhnlich an prominenter Stelle. Seine Haartolle, mit Frisiercreme in Form gebracht, war auf geradezu tragische Weise unvereinbar mit seinem Alter – er war nämlich genauso alt wie Gabe. Niall hatte Laura mitgebracht, die schlaff wie eine Bauchrednerpuppe neben ihm saß.

Das vertraute Klacken von Absätzen begleitete Beryl Frances' Auftritt im Igloo.

»Grandy?«, rief Josie. »Du bist doch nicht etwa mit dem Auto gekommen? Du weißt, dass du nicht mehr fahren darfst!«

»Ich darf mich nur nicht dabei erwischen lassen«, antwortete Beryl trocken, während sie ihren Blick über die Anwesenden wandern ließ.

»Constable Jacobs hat dir deinen Führerschein nicht ohne Grund abgenommen«, schimpfte Josie.

Beryl trat vor einen jungen Mann und pochte mit ihrem Gehstock demonstrativ auf den Boden, bis er, eine Entschuldigung murmelnd, aufsprang und davoneilte.

Sie nahm zufrieden Platz und schnaubte. »Es ist noch

gar nicht lange her, da hab ich dem Constable seinen dicken kleinen Hintern geputzt!«

Constable Jacobs, der in diesem Moment mit einem vollen Teller auf sie zusteuerte, stieß einen Seufzer aus, der keinen Zweifel daran ließ, dass er, was Beryl betraf, mit seiner Geduld am Ende war. »Also wirklich, Mrs Frances.« Er hielt seine Hand auf, um ihre Autoschlüssel entgegenzunehmen.

Eine hitzige Debatte über die Unabhängigkeit von Frauen fortgeschrittenen Alters einerseits und die zunehmende Häufigkeit von Blechschäden auf der Main Street andererseits begann. Josie ließ die beiden streiten.

Das Igloo war jetzt bis auf den letzten Platz gefüllt. Josie räusperte sich dramatisch. Die Unterhaltungen wurden leiser und verstummten schließlich ganz. Gesichter wandten sich ihr zu. Wie ein fesselnder Prolog versetzte Josie die gespannte Aufmerksamkeit in prickelnde Vorfreude.

Sie war dafür geboren, im Mittelpunkt zu stehen. Sie hob die Hand, berührte das Herzmedaillon an ihrer Halskette und legte los:

»Meine Damen und Herren, ich sehe viele neue Gesichter heute Abend und heiße euch alle zu der Versammlung der Barrington Theatre Company willkommen. Ich hoffe, in Zukunft mehr von euch regelmäßig hier begrüßen zu dürfen. Wir treffen uns jeden Freitagabend, und am Ende jeder Saison findet eine Aufführung statt. Kommen wir gleich zur Sache: Es geht um die jüngste Theaterkritik ...«

Josie faltete ihren Zettel auseinander und begann zu deklamieren: »Die Kritik ist völlig unangemessen. Ich möchte euch daran erinnern, dass Barrington eine lange, stolze Geschichte als Theaterstadt hat. *Hier* hat Rudy Meyer seine Regenwald-Lodge für ein aufstrebendes Talent wie Celeste Starr gebaut.«

Im Publikum entstand Unruhe, Räuspern war zu hören. Josie streute ein strahlendes Lächeln zur Beruhigung ein: Sie hatte nicht die Absicht, *diese* Richtung einzuschlagen.

Jedenfalls noch nicht.

»Bis heute wird diese stolze Tradition fortgesetzt – sogar in unserem angeblich heruntergekommenen Igloo spielen wir vor ausverkauftem Haus. Wally Mosely von der *Tablelands Sun* hat unsere Stücke als ›Unterhaltung vom Feinsten‹ beschrieben, als ›bestes Theater in den Tablelands‹ und ›überaus irritierend‹« … Sie brach ab und verbesserte sich hastig und mit rotem Kopf: »Ich meine natürlich ›inspirierend‹!«

Gelächter erscholl.

»Kurzum, wir sind stolz auf unsere Theatertruppe, und wir werden uns diesen Stolz nicht von der Meinung eines Einzelnen vergällen lassen, der nicht einmal aus unserer Stadt stammt.«

»Und was ist mit dem Vertrauen in die Intendantin unseres Theaters?«, rief eine Stimme von ganz hinten.

Josie stemmte eine Hand in die Hüfte. »Was soll damit sein? Stimmen wir darüber ab. Wer der gleichen Meinung wie ein *Auswärtiger* ist, dass ich als Intendantin zurücktreten sollte, soll die Hand heben …«

Sie zählte mit versteinerter Miene ab. Als sie sah, wie auch Niall die Hand hob, zuckte ihr Auge. Niall hatte in den letzten fünf Spielzeiten jede Hauptrolle bekommen, und das war der Dank dafür?

Josie knirschte mit den Zähnen. »Und jetzt stimmen wir darüber ab, wer der Meinung ist, dass ...« *Hochnäsige Städter, die keinen blassen Schimmer vom Leben auf dem Lande haben, nicht das Recht haben sollten, uns für unsere Träume oder Hoffnungen zu verurteilen.* Das war es eigentlich, was sie hatte sagen wollen. Doch stattdessen beendete sie den Satz mit: »... ich noch eine Chance bekommen sollte. Wer ist dafür?«

Sie starrte auf ihre Notizen, während sie darauf wartete, dass sich die Hände hoben. Als sie schließlich aufschaute, musste sie sich nicht die Mühe machen zu zählen. Das Ergebnis war eindeutig.

Sie nickte. »Dann ist das ja geklärt. Ich werde euch also erhalten bleiben. Und jetzt würde ich gern über unsere Produktion zum Ende des Winters sprechen.«

»Was wollen wir als Nächstes aufführen?«, fragte Rita.

»Bitte nicht wieder Ibsen«, rief Peggy. »Alles, bloß nicht dieser alte Trottel.«

»So wie ich unsere Josie und ihre Vorliebe für romantische Spannungsliteratur kenne, wird es etwas in der Richtung sein«, meldete sich Clarence zu Wort.

Josie war überrascht über seinen Verrat, aber auch stolz auf seinen Mut.

Ernest hob die Hand. »Ich weiß aus zuverlässiger Quelle, dass wir Oscar Wilde spielen werden. *Hauptsache Ernst!*«

Allgemeines Stöhnen.

Beryl Frances fixierte Josie und nickte kurz und aufmunternd. Josie holte tief Luft, ohne ihr Lächeln zu verlieren, und nahm den nächsten Punkt ihrer Rede in Angriff.

»Bevor wir über das Stück sprechen, möchte ich ein paar Worte zum *Spielort* sagen.«

Verwirrte Gesichter. *Spielort?*

»Ich darf euch daran erinnern, dass wir mehrere Theater in Barrington haben. Wir müssen uns nicht auf das Igloo beschränken, so bezaubernd es auch ist.«

Der ganze Saal verfiel in angespanntes Schweigen. Jetzt oder nie. »Für unsere nächste Aufführung möchte ich das Obsidian wieder eröffnen.«

Jemand lachte kurz auf, dann trat bestürzte Stille ein.

»Das kannst du nicht machen!«, sagte Rita und wischte hektisch verschütteten Tee von ihrem Schoß.

»Das sehe ich ganz genauso«, pflichtete Elsie ihr naserümpfend bei.

Peggy lachte. »Sie hat es ja schon getan!«

Eine kollektive Schockstarre setzte ein.

Josie hob die Stimme. »Das stimmt. Ich habe bereits erste Schritte unternommen ...«

Elsie sprang auf, die Backen aufgebläht wie ein Kugelfisch. »Du hast keine Erlaubnis dafür!«

Josie lächelte entschuldigend. »Irrtum. Ich habe bereits mit dem Lake-Evelyn-Kuratorium gesprochen und die Erlaubnis erhalten. Es handelt sich um ein Gelände zur öffentlichen Nutzung, und wir sind ein gemeinnütziger Verein, und es gibt kein Gesetz, das die Wiedereröffnung verbietet. Das Einzige, was dagegen spricht, ist Aberglaube, und der wird mich nicht aufhalten.«

»Aber es ist gefährlich dort!«

»Mir geht es nicht darum, die Leute wieder zum Baden im See zu ermutigen«, sagte Josie beschwichtigend. »Wir werden lediglich ein prächtiges Amphitheater vor dem Verfall retten, sodass es wieder genutzt werden kann.«

Elsie zitterte vor Wut, als sie zu Constable Jacobs herumwirbelte und keifte: »Sagen *Sie* es ihr! Das war der Schauplatz von Verbrechen! Ein Tatort darf nicht betreten werden!«

Vielen Dank, Yellsie, jetzt werden alle den Heimweg mit Kopfschmerzen antreten.

Der Constable blickte nervös von Elsie zu Josie und wieder zurück zu Elsie. »Die Ermittlungen haben keinerlei Anhaltspunkte auf Verbrechen ergeben, Elsie. Die Opfer sind schlicht ertrunken.«

»*Sechs Mädchen!*«, kreischte Elsie. »Sieben, wenn wir diese elende Schauspielerin mitzählen, mit der alles angefangen hat. Und Sie wollen mir weismachen, dass es sich nicht um Verbrechen handelt? Das Gebiet rings um den See ist öfter von der Polizei durchkämmt worden als jeder andere Ort in den Tablelands. Sie dürfen nicht zulassen, dass der Zugang wieder erlaubt wird, Constable – um unserer Mädchen willen!«

Elsie ließ sich bebend und unter den begeisterten Zurufen der Frauen im Saal auf ihren Stuhl fallen.

Der Constable war aufgestanden und streckte beide Hände aus, die Handflächen beschwichtigend nach unten gerichtet. »Leute, die Polizei wird die Einwohner von Barrington nicht daran hindern, ihren See zu genießen!«

Ein entsetztes Raunen lief durch die Reihen.

Beryl klopfte mit ihrem Gehstock auf den Boden. »Josephine ist noch nicht fertig!«

Constable Jacobs ließ sich auf sein Sitzkissen plumpsen.

»Gut«, wandte sich Josie an ihr Publikum. »An unserem See haben sich schreckliche Tragödien abgespielt, mit dramatischen Auswirkungen auf unsere Stadt. Doch wir sollten nicht zulassen, dass Aberglaube für immer unser Leben bestimmt.«

Clarence hob die Hand. »Josie, ich glaube, wir alle sind dir dankbar für deine Bemühungen …«

»Sprich für dich selbst«, fuhr Elsie ihn an.

In Clarence' Genick zuckte es. »Aber warum muss es ausgerechnet das Amphitheater sein?«

Josie hatte mit diesem Einwand gerechnet. »Lasst mich die italienische Schauspielerin Eleonora Duse zitieren: ›Um das Theater zu retten, muss es zerstört werden, Schauspieler und Schauspielerinnen müssen an der Pest sterben …‹«

Empörtes Gemurmel erhob sich. »Du machst es uns nicht gerade leicht, Josephine!«, rief ein Spötter aus der Mitte.

Josie hob die Hand. »Sie vergiften die Luft, sie machen die Kunst unmöglich. Sie spielen keine Dramen, sondern Stücke für das Theater. Wir sollten zu den Griechen zurückkehren und unter freiem Himmel spielen; Logen und Sperrsitze und Abendkleider und Leute, die kommen, um ihr Abendessen zu verdauen, sind der Tod des Dramas.‹«

Ihre großen braunen Augen richteten sich auf ihre Zuhörer. Sie nickte nachdrücklich und fuhr fort: »Versteht ihr? Keine fantasievollen Kulissen oder muffige alte Säle. Einfach ein Spiel unter freiem Himmel.«

»Warum gerade jetzt?«, fragte Rita. »Warum warten wir nicht einfach ab, ob sich der Fluch von allein legt?«

Beryl gab einen missbilligenden Laut von sich. »Flüche legen sich nicht, Flüche werden gebrochen, Rita.«

»Es ist nicht unsere Aufgabe, Flüche zu brechen«, fauchte Elsie. »Es ist unsere Aufgabe, unsere Töchter zu beschützen!«

»Du hast uns noch immer nicht gesagt, welches Stück du inszenieren möchtest«, warf Direktor Beauman ein.

»*Hauptsache Ernst.* Mir zu Ehren, weil ich ihr Lieblingsbruder bin«, witzelte Ernest.

Der Schulleiter beugte sich zu ihm und schnippte ihm ans Ohr.

Jetzt wollten es die anderen aber wissen. »Was für ein Stück ist es?«

Josie kam zu dem Teil ihrer Rede, den sie dick unterstrichen, mit dem sie sich am meisten abgemüht, den sie einige Male neu geschrieben hatte. Ihr Blick huschte zu Owen. Er hatte den Kopf schief gelegt, zwischen seinen Brauen stand eine steile Falte. Dann suchte ihr Blick den von Beryl. Sie bildete sich ein, das Zungenschnalzen ihrer Großmutter hören zu können. Und zu guter Letzt stahl sich ihr Blick an der Reihe entlang zu Miles' Mutter, wo er einen Sekundenbruchteil hängen blieb. Im Gegensatz zu allen anderen im Saal saß Mrs Henry ganz ruhig da und spielte an einer Perle an ihrem Ohrläppchen herum, während sich ihre Lippen langsam zu einem Lächeln verzogen.

»Ich denke an eine australische Tragödie.«

Ein paar Zuhörer, darunter auch Owen, richteten sich auf. Josie senkte den Blick wieder auf ihre Notizen. »Eine Geschichte mit tiefer emotionaler Resonanz.«

Dass jetzt bloß keiner eine Nadel fallen lässt! Das würde diese wunderbare Stille verderben.

»Ich möchte die Geschichte von Celeste Starr auf die Bühne bringen.«

Ein kollektives Luftholen. Das Ausatmen klang wie ein Donnerschlag.

»Das höre ich mir nicht länger an!«, schrie Elsie. Sie sprang auf und bedeutete Clarence energisch, ihr zu folgen. »Und ihr solltet diesen Blödsinn auch nicht mitmachen! Die Versammlung ist vorbei!«

Stühle wurden zurückgeschoben, entrüstetes Stimmengewirr überlagerte alles.

»Wartet doch!«, rief Josie. »Lasst mich doch wenigstens ausreden!«

Aber das Igloo war in Aufruhr. Während die einen eilig zum Ausgang drängten, diskutierten andere mit Gleichgesinnten lautstark an dem aufgebockten Tisch.

»Diese Josephine!«, grummelte Rita, an ein paar Silberschöpfe gewandt, während sie wieder einpackten, was sie mitgebracht hatten. »Sie kommt ganz nach ihrer Großmutter!«

Die Herde gewann an Dynamik. Murrend und kopfschüttelnd und das wieder abgedeckte Geschirr fest an sich gepresst, strömten sie aus der Halle.

Josie schlurfte hinterher, ohne sich ihre Niederlage anmerken zu lassen, und schob Stühle zusammen. »Dann bis nächste Woche! Selbe Zeit, selber Ort!«

Am Eingang trat sie zur Seite, um den Schulleiter vorbeizulassen, der übrig gebliebenes Essen auf einen Teller – nicht seinen eigenen – gehäuft hatte.

»Gespült zurück, Mr Beauman«, schnauzte Josie.

Dann kehrte sie zu ihren Brüdern zurück, die, loyal wie immer, auf sie warteten.

Kapitel 11

Der Blattfresser

Nichts half gegen die schaurigen Geräusche der Nacht, die
Vivienne traktierten – keine Kissen über dem Kopf, kein
Vor-sich-hin-Summen, während sie ihre Finger in die Ohren
bohrte, kein rhythmisches Auf-den-Fußboden-Hämmern
mit den Fersen. Ein verdrießlicher Wind war aufgekommen und quälte das Land. Er hatte zwar das grässliche Geschrei und Gejaule der Eulen und anderer Nachtvögel zum
Schweigen gebracht, aber dafür schüttelte er das Geäst nur
umso kräftiger. Zweige rieben aneinander oder brachen ab,
und Vivienne lag da und wartete in einem fort auf das
nächste Knacken und Knarren.

Sie hatte sich, in Decken eingemummt, in der Bibliothek verbarrikadiert, direkt neben dem Rollladenschrank
mit dem schwarzen Telefon. Wenn Felix wirklich etwas an
ihr lag, würde er doch sicherlich spüren, wie sehr sie ein
freundliches Wort brauchte. Nein, wie sehr sie seine *Erlaubnis* brauchte, zu seinem Roadster sprinten zu dürfen,
der mittlerweile unter einer dicken Laubschicht begraben
war. Aber Felix rief nicht an, ihr Groll wuchs.

Zur Ablenkung hatte sie begonnen, Tonleitern zu singen. Sie hatte jahrelang nicht mehr geübt, deshalb klangen ihre ersten Versuche näselnd und verkrampft und lächerlich. Aber diese Tonleitern in Dur und in Moll hinauf- und hinunterzuklettern, war alles, was sie im Augenblick hatte, und es half ihr, ihre Angstzustände zu überwinden. Ihre Stimme wärmte sich langsam auf, ihr Mut kehrte zurück.

Ein Geräusch. Von der Veranda unten. Vivienne verstummte abrupt.

Sie setzte sich auf und lauschte. Zum Glück hatte sie das Licht bereits gelöscht, sodass sie sich unbemerkt ans Fenster schleichen konnte. Sie presste die Stirn an die Scheibe und spähte hinaus in die aufgewühlte Dunkelheit. Sie konnte nichts erkennen; nur ihr blasses Gesicht, das von ihren Haaren eingerahmt wurde wie ein Schatten, der sich über die schwankenden Bäume im Wald legte.

Wieder ein Poltern.

Etwas war dort draußen. Und sie hatte nichts außer einer verbarrikadierten Tür und einem Telefon, um sich verteidigen zu können.

Viviennes Wimpern berührten die Scheibe, als sie, angestrengt blinzelnd, hinausstarrte. Wer – oder was – auch immer sich draußen herumtrieb, würde die Veranda auch wieder verlassen, und dann würde sie den lärmenden Besucher sehen.

Sie hielt unwillkürlich den Atem an.

Da! Ein Hoppeln Richtung Wald. Noch ein seltsames Tier! Aber was für eins?

Vivienne schnappte sich eine Taschenlampe und öffnete die Balkontür. Äste schabten am Geländer entlang, der

Wind peitschte ihr die Haare ins Gesicht, zerrte an ihrem Negligé und bombardierte sie mit eiskalten Regentropfen. Einmal mehr bereute sie es bitter, dass sie ihren Morgenrock verbummelt hatte.

Als sich ihre Augen an die Dunkelheit gewöhnt hatten, fiel ihr ein blaugrünes schillerndes Licht am Fuß der Bäume auf, das sich in großen Zusammenballungen auch die Stämme hinaufzog. *Leuchtendes Holz?* Vivienne knipste die Taschenlampe an und richtete den Strahl auf das unheimliche Leuchten. Es waren Pilze! Gräuliche Pilze riefen dieses Licht hervor. *Unglaublich!*

Noch unglaublicher allerdings war das gewaltige Krachen von Ästen ganz in der Nähe. Sie schwenkte den Lichtstrahl wild in die Richtung, aus der es gekommen war, obwohl sie sich nicht sicher war, ob sie die Ursache dafür überhaupt erkennen wollte.

»Reiß dich zusammen, Vivienne«, zischte sie. »Du bist doch sonst nicht so ängstlich!«

Sie entdeckte einen Schatten und folgte ihm mit ihrem Lichtstrahl einen Baumstamm hinauf bis zu einem Ast, wo ein eigenartiges Wesen saß, wie sie es noch nie gesehen hatte: rotbraunes Fell, muskulöse Vorderarme, langer, herunterhängender Schwanz, schwarz behandschuhte Hände, die den Stamm umklammerten, und Augen wie glänzende rote Scheiben in einem dunklen Gesicht. Und sein starrer Blick war geradewegs auf sie gerichtet.

Vivienne stieß einen spitzen Schrei aus und ließ die Taschenlampe fallen. Als sie auf dem Boden aufschlug, ging sie aus.

Vivienne flüchtete vom Balkon und knallte die Tür zu. Sie würde nie wieder ein Auge zutun!

Der Morgen kam, und Vivienne stellte fest, dass sie doch eingenickt sein musste. Sie fühlte sich wie gerädert. Die Erinnerung an die Leuchtpilze verlieh dem seltsamen Wesen, das sie gesehen hatte, etwas Traum- oder besser gesagt, Albtraumähnliches.

Müde schleppte sie sich zum See hinunter. Regentropfen hingen zitternd an den Blättern; der ganze glitzernde Wald schien zu beben. Pilze, Erdsterne, wuchsen in Massen auf dem wasserdurchtränkten Pfad. Kurz hinter dem Portal aus Würgefeigen kroch eine grellblaue Schlange über den Weg.

Dieser gottverdammte Ort! Wie aus einer anderen Welt.

Bis sie ihre Runde im See gedreht hatte und zur Lodge zurückgekehrt war, schäumte sie regelrecht vor Wut. Sie war Gast hier, ihr Wunsch nach Privatsphäre und Einsamkeit hatte gefälligst respektiert zu werden! Was auch immer dort draußen war, es hatte kein Recht, sie zu belästigen. Sie war nicht gewillt, eine weitere Nacht wie die letzte hinzunehmen, und so beschloss sie, sich die Umgebung jetzt, bei Tageslicht, genauer anzusehen und diese Kreatur zu verjagen.

Sie entdeckte eine an die Hauswand gelehnte Leiter, dort, wo sich die Bibliothek befand, und schleppte sie kurzerhand zu den Bäumen hinüber. Die sich aufdrängenden neuen Fragen – was hatte die Leiter hier zu suchen? Wer hatte sie da hingestellt? – ignorierte sie wohlweislich.

Die Mühe mit der Leiter hätte sie sich sparen können.

Obwohl sie an etlichen Bäumen hinaufkletterte, sich streckte und verrenkte, war das fremdartige Geschöpf nirgends zu sehen. Vielleicht würde sie es mit Lärm aufscheuchen können. Sie fand zwei Metalleimer, die sie oben auf der Leiter kräftig aneinanderschlug.

»Komm raus!«, schrie sie. »Los, zeig dich! Wo steckst du?«

»Wo steckt wer, Nancy Drew?«, fragte eine vertraute Stimme rechts von ihr.

Vivienne bedachte den bärtigen Eindringling mit einem säuerlichen Blick. »Was schleichen Sie denn hier herum wie ein Voyeur?«

Owen hielt grinsend die Milchkanne in seiner Hand »Ich hab Ihnen Milch gebracht, frisch von unseren Kühen. Aber wenn ich Sie mir so ansehe, werden Sie wahrscheinlich die Milch wegschütten und den Eimer zum Krachmachen nehmen.«

»Her damit.« Ohne eine Miene zu verziehen, streckte Vivienne die Hand danach aus.

Owen verging das Lächeln. »Ist das Ihr Ernst?«

Viviennes Mundwinkel zuckten.

Owen trat neben die Leiter und starrte in die Bäume hinauf. »Suchen Sie nach Inspirationen?«

Vivienne seufzte. Eigentlich wollte sie nicht hier oben bleiben und leicht bekleidet über dem Kopf des Milchfarmers herumturnen. Wie kam es, dass er jedes Mal auftauchte, wenn sie fast nichts anhatte?

Als sie ihn darauf hinwies, warf er ihr einen trockenen Blick zu und meinte: »Tja, das ist wirklich verdächtig.«

»Wollen Sie mir nicht runterhelfen?«

Sie ergriff seine große Hand, sprang leichtfüßig von der Leiter und rieb die Handflächen aneinander, um sie zu säubern. Dann drehte sie sich Owen zu, die Hände in die Seiten gestemmt.

»Ich suche ein merkwürdiges Wesen, das mich letzte Nacht terrorisiert hat. Ich will verdammt sein, wenn ich das noch mal durchmachen muss!«

Owen hatte gelächelt, war aber sofort wieder ernst geworden. »Was für ein Wesen war es denn?«, fragte er vorsichtig. Ein bisschen zu vorsichtig, wie Vivienne fand.

»Ein hässliches.«

»Hässlich wie …?«

»Einfach abscheulich. Und haarig. Allerdings nicht so haarig wie Sie.«

Die scherzhafte Bemerkung hätte ihm ein Lächeln entlocken sollen, doch Owen blieb ernst. »War es gestreift wie ein Tiger? Hier sind schon Beuteltiger gesichtet worden.«

Vivienne verdrehte die Augen. »Nein, das war kein ausgestorbenes Tier.«

»Wie hat es denn ausgesehen?«

»Groß. Langer Schwanz. Größer als ein Possum oder ein anderes Säugetier, das auf Bäume klettern kann. Und es … hat mich angestarrt.«

Owen dachte über diese Beschreibung nach. »Könnte es ein Bunyip gewesen sein?«

»Ein *Bunyip*? Sie halten mich wohl für einen Vollidioten!«

»Nein, keineswegs. Die Frage ist ernst gemeint.«

»Wer glaubt denn heute noch an Bunyips! Das sind Fabelwesen, mit denen man Kinder erschrecken kann, mehr aber auch nicht.«

Owen warf ihr einen spöttischen Blick zu. »Wenn Sie wüssten ...«

»Na ja, hier oben glauben die Leute wahrscheinlich an alles Mögliche. Heute Morgen habe ich eine Schlange gesehen, die war leuchtend blau wie ein Edelstein.«

»Ah, eine Baumschlange.«

»Nein, sie kroch auf dem Boden«, gab Vivienne zurück und zog die Leiter vom Baum weg.

Owen half ihr beim Tragen.

»Warum haben Sie gesagt, das Wesen könnte ein Bunyip gewesen sein?«, fragte sie vorwurfsvoll. »Es hat mich ganz schön erschreckt, und jetzt kommen Sie und machen mir noch mehr Angst!«

»Ich dachte, Sie glauben nicht an Bunyips.«

»Tu ich auch nicht. Ich glaube aber auch nicht an merkwürdige haarige Dinger, die mitten in der Nacht in Bäumen herumklettern, aber es war da!« Vivienne schaute die Lodge böse an.

Owen folgte ihrem Blick. »Kommen Sie zurecht da drin?«

»Ja, ich brauche bloß eine kräftige Taschenlampe für meinen Bunyip, dann geht's schon.«

»Würde ich an Ihrer Stelle nicht machen.«

»Und warum nicht?« Sie stemmte die freie Hand in die Seite.

»Na ja«, sagte er langsam, »es könnte ein Bunyip gewesen sein, wenn man an die Legende von dem Monster glaubt, das im Lake Evelyn haust ...«

Vivienne wollte schon wieder mit den Augen rollen, beherrschte sich aber.

»Es könnte aber auch ein Baumkänguru gewesen sein.«

»Ein was?« Sie starrte ihn an.

»Ein Baumkänguru.« Er zeigte zu den Baumkronen hinauf. »Die leben dort oben.«

»So ein Blödsinn!«, brummte sie.

Drinnen klingelte das Telefon.

Felix!

Owen schien weder das Schrillen des Telefons noch ihre verächtliche Bemerkung gehört zu haben. »Ich selber hab noch nie eins gesehen«, fuhr er fort, »aber die Holzfäller in den Zwanzigerjahren haben von äußerst seltsamen Tieren in den Bäumen erzählt. Hat es ein bisschen wie ein Wallaby ausgesehen?«

»Oh, äh ...« Vivienne hatte nur mit halbem Ohr zugehört. Das penetrante Klingeln des Telefons trieb sie dazu, sich zu verkrampfen, sodass sie die Schultern hochzog und ihr Herz zu rasen anfing. Sie war sich nicht sicher, ob sie sich wünschte, dass es endlich verstummte oder dass Owen sich verabschiedete, damit sie rangehen konnte.

Das Klingeln hörte abrupt auf.

Vivienne seufzte und ließ die Schultern sinken. »Es war zum Fürchten, das ist alles, was ich weiß. Das will ich nicht noch mal erleben!«

Das Telefon begann aufs Neue zu schrillen.

Vivienne riss die Augen auf. »Entschuldigung, ich muss ...«

Sie ließ Owen mit der Leiter stehen, stürmte ins Haus, jagte mit großen Sätzen die Treppe hinauf, vorbei an der Standuhr, und keuchte: »Warte, Felix! Ich komme!«

Sie knallte mit der Hüfte gegen den Rollladenschrank, als sie den Hörer an sich riss und ans Ohr presste.

»Hier bin ich, Felix!«

»Wo warst du denn? Du musst rangehen, sonst denke ich, dir ist was zugestoßen!«

»Ja, ich weiß, tut mir leid, ich wollte dich nicht beunruhigen.«

Ihre Stimme klang belegt, Felix bemerkte es. »Was ist los?«

»Nichts. Gar nichts.«

»Du hast doch was, ich kann es dir anhören.«

»Es ist nur … ich mag diese Lodge nicht.«

»Hauptsache, du hast ein Dach über dem Kopf.«

»Es ist unheimlich hier. Diese ständigen Geräusche! Ich bin mit den Nerven am Ende. Und letzte Nacht war ein … ein merkwürdiges Wesen da. Das hört sich lächerlich an, ich weiß, aber die Einheimischen sagen, es könnte ein Bunyip gewesen sein …«

»Die Einheimischen? Du triffst dich mit Einheimischen?«

»Nein, nein.« Sie war selbst überrascht über ihre Lüge. Aber Owen zählte nicht zu den Einheimischen, Owen war einfach … Owen.

»Ich hab dich gewarnt. Ich hab dir gleich gesagt, dass die Leute dort ein bisschen beschränkt sind.«

»Stimmt, das hast du.«

»Und was treibst du so die ganze Zeit?«

»Oh, ich … lese ziemlich viel.« Vivienne warf einen flüchtigen Blick auf den Bücherstapel, der zu kippen drohte. »Im Moment habe ich mir *Verzauberter April* vorgenommen.«

»Und was machst du sonst noch?«

Sonst noch? Vivienne zerrte an der Telefonschnur, bis sie das Fenster erreicht hatte. Owen stand mit dem Rücken zur Lodge, den Kopf in den Nacken gelegt, und suchte mit den Augen das Geäst über sich ab.

Der Anblick berührte etwas äußerst Zartes tief in ihrem Inneren.

Sie wandte sich abrupt ab. »Entschuldige, aber gibt es etwas Neues, oder rufst du nur …«

»Was würdest du denn gern hören?«

Der bissige Ton war so ungewöhnlich für Felix, dass Vivienne verdutzt blinzelte. »Tut mir leid, so war das nicht gemeint. Ich muss nur oft daran denken, wie wütend sie alle auf mich sein müssen. Deshalb habe ich gefragt, ob du Neuigkeiten hast.«

Felix schwieg sehr lange.

Vivienne merkte erst, wie angespannt sie auf seine Antwort wartete, als ihre zusammengepressten Lippen schmerzhaft zu brennen anfingen. »Bitte«, sagte sie leise.

»Howard hat mich zu sich zitiert«, antwortete Felix schließlich.

Vivienne presste sich den Arm auf den Bauch. »O Gott! Ist er sehr wütend?«

»Ganz im Gegenteil, er macht sich Sorgen um dich.«

»Um *mich*? Ich habe ihn doch vor allen Leuten blamiert!«

Felix lachte kurz auf. »Er tröstet sich ganz wunderbar über seine gekränkte Eitelkeit hinweg.«

Sie runzelte die Stirn. »Was willst du damit sagen?«

Ohne darauf einzugehen, fuhr Felix fort: »Er sorgt sich auch um deinen ... bedenklichen Gemütszustand.«

»*Was?*« Sie grub die Fingernägel in die Rippen, krallte sich fest wie der Dämon, der morgens auf ihrer Brust hockte.

»Er meint, du hättest jeglichen Bezug zur Realität verloren. Und das erzählt er jedem, der es hören will.« Der ungewohnt ernste Ton machte Vivienne betroffen. »Er will nicht, dass du allein bist und leidest, wo es doch professionelle Hilfe gibt.«

Das hatte Howie gesagt?

»Ich werde ihn anrufen und ein paar Dinge klarstellen.« Der Gedanke, dass die Telefonleitung in beiden Richtungen funktionierte, kam ihr jetzt erst. Wie dumm von ihr! Das Telefon war eine Rettungsleine, die ihr jederzeit zur Verfügung stand.

»Glaubst du, du bist dem gewachsen? Ich kann dich nicht vor dem, was Howard zu dir sagen wird, oder vor dem Einfluss, den er möglicherweise auf dich hat, beschützen, vergiss das nicht.«

Das war ein Argument.

»Ich sollte mich bei Mutter melden und mich entschuldigen. Ich glaube, ich kann mich jetzt, mit dem nötigen Abstand, besser gegen sie behaupten.«

»Tatsächlich? Ich muss sagen, das erstaunt mich. Das viele Denken scheint wahre Wunder zu vollbringen.«

Vivienne drückte den Daumen auf die Falte zwischen

den Brauen. Vielleicht hatte Felix recht. Auch für diese Konfrontation war sie noch nicht wirklich bereit. Selbst den leisesten Hinweis darauf, dass sie unglücklich war, hatte ihre Mutter ignoriert; wie würde sie dann erst reagieren, nachdem Vivienne solche Schande über sie gebracht, den Namen George in den Schmutz gezogen hatte!

»Lass Howard und Geraldine fürs Erste in Ruhe«, fuhr Felix fort. »Das wird das Beste sein. Du weißt schon – aus den Augen, aus dem Sinn und so weiter. Warte, bis Gras über die Sache gewachsen ist, bevor du an Rückkehr denkst. Es geht dir doch gut dort, oder?«

»Ja, es geht mir gut«, antwortete Vivienne niedergeschlagen.

»Gutes Kind. Lies deine Bücher und mach dir keine Gedanken wegen des Geredes hier. In der Lodge kann es dir nichts anhaben. Ich sag dir Bescheid, wenn sich der Sturm gelegt hat. Verstanden?«

Kalte Trostlosigkeit kroch ihr die Wirbelsäule hinauf. »Verstanden.«

Ein Klicken, und die Leitung war tot.

Vivienne tupfte sorgfältig die Tränen ab, bevor sie wieder hinunterging. Owen hatte sich auf die oberste Verandastufe gesetzt, die Unterarme auf die kräftigen Schenkel gestützt. Die Milchkanne stand neben ihm.

»Sie hätten nicht auf mich warten müssen«, sagte Vivienne.

Etwas in ihrer Stimme veranlasste ihn aufzuschauen.

»Wirklich«, beharrte sie, weil sie seinen Gesichtsausdruck nicht ertragen konnte. »Sie sollten jetzt gehen.«

Owen knackte mit den Knöcheln und stand dann auf, die Kanne in der Hand. »Haben Sie zufällig einen Krug?«

Seine breite Brust befand sich so dicht vor ihr, dass ihr Tränen in den Augen brannten. Sie drehte sich abrupt um und ging hinein.

Augenblicke später hörte sie schwere Schritte, die ihr in die Küche folgten. Keiner von beiden sagte etwas, während sie auf der Suche nach einem Gefäß sämtliche Schranktüren aufriss. Endlich hatte sie einen Emaillekrug gefunden. Owen schenkte die Milch vorsichtig ein.

Als er fertig war und beide wieder auf die Veranda traten, hatte sich Vivienne so weit im Griff, dass sie sich das Sprechen zutraute, ohne weinerlich zu klingen.

»Ich bin nicht gestört oder überspannt. Ich weiß, was ich gesehen habe.«

Owen nickte nur, und sie fuhr fort:

»Ich bin auch keine Lügnerin. Ich *habe* dieses Wesen gesehen.«

Owen grinste plötzlich.

»Was ist denn so komisch daran?«

Es lag ein sanfter Ausdruck in seinen braunen Augen, als er antwortete: »Sie erinnern mich an meine Schwester Josie. Ich habe Ihnen doch erzählt, dass hier Beuteltiger gesehen worden sind.«

»Ja, und?«

»Das war meine Schwester, die das behauptet hat. Sie schwört jeden Eid, dass in der Wildnis hinter dem Melkstall ein Beuteltiger lebt. Ein Tablelands-Tiger, wie sie ihn nennt.« Owen lachte leise.

Vivienne konnte nicht einmal lächeln. Sie schaute Owen unverwandt an, bis er ernst wurde, seine Hand fester um den Griff der Milchkanne schloss und sich zum Gehen wandte. »Lassen Sie sich nicht unterkriegen von diesem Ort.«

»Es ist nicht so sehr *dieser* Ort«, murmelte Vivienne mit bebender Stimme.

Owen sah sie prüfend an. »Sondern der, aus dem Sie gekommen sind.«

»Eigentlich eher … die Menschen dort.«

Er nickte. »Ihr Ehemann.«

Vivienne senkte den Blick auf ihre Hand. Sie hatte unbewusst die ganze Zeit ihren Verlobungsring hin- und hergedreht. »Der Mann, den ich am Traualtar habe stehen lassen«, verbesserte sie. »Und die Mutter, die nicht wollte, dass ich meine Verlobung auflöse.«

»Und jetzt verstecken Sie sich hier.«

Er hatte keine Fragen gestellt, sondern scharfsinnige Feststellungen getroffen.

»Na ja, man könnte sagen, ich bin in den … Fluchtwochen«, scherzte sie. Seine Mundwinkel zuckten. »Ich weiß nicht, wie ich diese Schande überleben soll. Ich will keinen Menschen mehr sehen, nie wieder.«

»Nicht einmal eine äußerst unterhaltsame Schwester, die an Beuteltiger glaubt?«

»Nicht einmal die.«

»Wahrscheinlich besser so«, entgegnete er. »Josie würde Ihnen das Ohr abkauen und Ihnen alle möglichen verrückten Ideen auftischen. Wir schicken sie immer in den Kälberstall, damit wir wenigstens mal eine Minute Ruhe haben. Das ist sicher nicht die richtige Gesellschaft für jemanden in Ihrer Verfassung.«

Vivienne lächelte, was neue Tränen zur Folge hatte. »Ich werde es mir überlegen.«

Kapitel 12

Zurück zur Magie

Als Josie ihre Brüder und die Rinder versorgt hatte, flüchtete sie vor den wachsamen Blicken insbesondere ihres zunehmend nachdenklichen Vaters und ihrer im gleichen Maß nervigen Schwägerin. Außerdem wollte sie allein sein, wenn sie den geheimnisvollen Brief öffnete, der an diesem Morgen eingetroffen war. Für Hoffnungen, die so groß waren, dass sie nicht laut ausgesprochen werden konnten, eignete sich nur ein Ort: der Lieblingszufluchtsort ihrer Kindheit.

Josie schlüpfte unbemerkt am Melkstall vorbei, wo Reg und Owen mit dem Schlauch die Melkstände abspritzten. Sie kletterte den Hügel hinauf und schlitterte in ihren mistverkrusteten Gummistiefeln auf der anderen Seite wieder hinunter, die Füße gegen das steile Gefälle gestemmt. Ihre rechte Hand tastete abwechselnd nach dem herzförmigen Medaillon am Hals und dem Brief in der obersten Tasche ihres Overalls.

Das Wasserloch in der Senke unterhalb des Hügels befand sich in einem kleinen Wäldchen aus Paperbark-Eukalyptusbäumen und wurde in der Regenzeit von einem Bach gespeist. Jetzt war das Wasser vom Sommer versickert, lediglich in einigen kleineren verborgenen Vertiefungen unter den verstreuten Felsblöcken gab es noch welches.

Josie nannte es den »versteckspielenden Billabong«.

Hier fühlte sie sich der kostbaren Nachkriegszeit am nächsten, als Gabe die Geschwister nach Hause geholt hatte. Für Josie waren es wundervolle Jahre gewesen: Endlich waren sie wieder alle zusammen! Und obwohl keine Gefahr mehr bestand, noch einmal weggeschickt zu werden, hatte Josie sich immer die allergrößte Mühe gegeben, die bezauberndste Tochter zu sein, die ein trauernder Vater sich nur wünschen konnte – fröhlich und brillant und darauf aus, ihn so oft wie möglich zum Lachen zu bringen. Das Glück ihres Vaters war stets ihr vorrangiges Ziel gewesen.

Kurz nachdem er seine Kinder zurückgeholt hatte, war Gabe mit der kleinen Josie hierhergekommen und hatte ihr gezeigt, wie der Billabong nie vollends verschwand, sondern sich lediglich versteckte und auf die nächste Regenzeit wartete. Gabe hatte einen Felsbrocken hochgehoben. Josie hatte Schlamm oder Würmer oder riesige Tausendfüßler erwartet, doch stattdessen erblickte sie eine Wasserpfütze von reinstem dunklem Blau, das in der Sonne leuchtete.

»Das ist ja Zauberei!«, rief sie aufgeregt.

Ihr Vater schaute sie unsagbar traurig an, aber seine Worte klangen keineswegs bedrückt: »Du darfst nie aufhören, an Magie zu glauben, mein Küken. Das Leben hat uns so viel genommen, aber es gibt trotzdem immer irgendwo etwas Magisches zu entdecken.«

Josie betrachtete ihren Vater mit großen Augen. War das der ernste Mann, der nichts von fantasievollen Kindergeschichten wissen wollte, sondern seinen Kindern lieber etwas aus seinen eigenen Büchern vorlas? Der Mann, der nur an ein einziges unsichtbares Reich glaubte, einen Himmel, was sich für Josie verdächtig nach endlosen Sonntagsgottesdiensten ohne Morgentee als Entschädigung anhörte.

Hör nicht auf, an Magie zu glauben. Das sagte er. Ja, mehr noch, er forderte sogar: »Versprich es mir.«

»Ich verspreche es«, erwiderte sie und kräuselte die Nase zu einem Lächeln. Wenn es ihrem Vater so wichtig war, würde sie es natürlich tun.

Sie hatte ihr Versprechen gehalten.

Hatte sie sich zunächst in Literatur und Theater auf die Suche nach Magie gemacht, so schuf sie später ihre eigene Magie als Bühnenautorin und Intendantin. Sie hielt ihr kindliches Gelübde auch dann noch, als ihr Vater nicht mehr mit ihr zum versteckspielenden Wasserloch ging, als er seine Mundharmonika für immer weglegte, als sie alt genug war, um zu begreifen, dass er sie selbst dann noch bedingungslos lieben würde, wenn sie ihm nicht gehorchte, ihn enttäuschte, sich nicht von ihrer besten Seite zeigte oder ihn sogar wütend machte.

Was auch geschah, er würde sie nie wieder wegschicken.

In den kommenden Monaten, wenn sich die Miene ihres Vaters garantiert verdüstern würde, würde sie sich an diese Zuversicht klammern müssen. Gabe wusste es noch nicht, aber Josie würde die schockierendste Geschichte schreiben, die man sich in dieser Gegend nur vorstellen konnte. *Das reicht jetzt,* hatte Gabe gesagt, als er noch keinen blassen Schimmer von der ganzen Tragweite der Pläne seiner Tochter gehabt hatte. *Ich verbiete es dir!*

Es musste getan werden. Wenn die bloße Erwähnung von Celeste das Igloo innerhalb von Minuten leerte, würde die Bühnenfassung ihres Todes das Amphitheater noch viel schneller füllen. Kein Stück eines verstaubten englischen Klassikers würde so viele Besucher anlocken wie die Lebensgeschichte der wunderschönen, umstrittenen Schauspielerin. Man würde ihr die Karten aus den Händen reißen!

Josie zog ihre Stiefel aus und stapfte in die dicke Laubschicht unter den Paperbark-Eukalyptusbäumen. Sie liebte das Knistern, die papierähnliche Beschaffenheit der Blätter. Quarzsteine glitzerten im gleißenden Licht. Ein Gartenfächerschwanz auf der Jagd flog pfeilschnell das Bachbett entlang. Sie konnte noch den steinernen Ring erkennen, dort, wo ihr Vater ihr einen Sandkasten gebaut hatte. Der Sand war schon vor langer Zeit weggewaschen worden. Und der versteckspielende Billabong? Wo war er?

Josie machte sich auf die Suche nach dem richtigen Felsbrocken. Sie erwischte oft den falschen, aber das gehörte zum Spiel. Es sei denn, sie hob einen Stein hoch, unter dem sich eine Rotbauchschwarzotter zusammengerollt hatte. Josie zog sich dann vorsichtig zurück; es tat ihr jedes Mal leid, die Schlange gestört zu haben. Als ältester Bruder und Überlebender eines Schlangenbisses, den Gabe vorsichtshalber aufgeschnitten und ausgesaugt hatte, betrachtete Reg es als seine Pflicht, sämtliche Schlangen auf der

Monash-Farm auszulöschen. Wohin er auch ging, er schien immer mit einer Schaufel bewaffnet zu sein.

Als sie einen Felsbrocken ausgesucht hatte, schob sie die Fingerspitzen darunter und stemmte ihn hoch. Er schälte sich aus der Erde, und darunter kam Wasser zum Vorschein, saphirblau und leuchtend.

Siehst du? Magie!

Josie hockte sich hin und überließ sich dem süßen Schmerz der Erinnerungen. Sie war froh, dass sie sich nicht zu alt fühlte für dieses Spiel. Der Wind blies durch die Schlucht, schwappte wie eine Welle durch die Baumkronen – eines ihrer liebsten Geräusche. Josie legte lächelnd den Kopf in den Nacken.

Zeit für meinen Brief.

Abergläubisch berührte sie ihr Medaillon, zog den Brief hervor und starrte ihn an. Zum Glück hatte sie ihn ganz oben auf dem Stapel Post erspäht, den Ernest abgeholt hatte, und ihn schnell geschnappt, bevor Daphne ihn zu Gesicht bekam. Eines hatte Josie gelernt: Daphne war nichts heilig, so etwas wie Privatsphäre existierte für sie nicht.

Adressiert war der Brief in schräger Handschrift an Miss Josephine Monash. Statt eines Absenders hatte der Briefschreiber das Logo der Barrington High auf die Rückseite gezeichnet, ein Baumkänguru. Sie grinste beim Anblick der linkischen Zeichnung, unter die das alte Schulmotto – »Gemeinsam klettern wir höher« – gekritzelt war. Ein eindeutiger Hinweis auf die Identität des Briefschreibers. Dennoch war das Potenzial für Enttäuschungen so groß, dass Josie wie gelähmt war.

Schließlich griff sie nach einem dünnen Zweiglein, steckte es an der Seite in den Umschlag und säbelte ihn vorsichtig auf. Ein einzelnes gefaltetes Blatt befand sich darin. Sie strich es glatt und schaute als Erstes auf den Briefkopf.

Mr Miles Henry, Sydney

Sie merkte jetzt erst, dass sie die Luft angehalten hatte, und atmete geräuschvoll aus. Seit Jahren hatten sie keinerlei Kontakt mehr gehabt, und jetzt das! Sie kämpfte gegen einen schwindelerregenden Moment von Déjà-vu an, das äußerst seltsame Gefühl, die ganze Zeit mit diesem Brief gerechnet, sein Eintreffen gleichsam heraufbeschworen zu haben. Dass es nur einige wenige Zeilen waren, versetzte ihr einen kleinen Stich. Aber wie vertraut ihr seine Schrift war! Den Eintrag in ihrem Poesiealbum hatte sie wie besessen studiert. Ich werde auf den Theaterbühnen nach dir Ausschau halten, Milchmädchen mit den großen Träumen, hatte er im Abschlussjahr hineingeschrieben. Ein einziger neckischer Satz, der sie jahrelang ebenso erzürnt wie erfreut hatte.

Liebe Miss Josephine, begann er. Josie strahlte, weil er sich offensichtlich die Mühe gemacht hatte, ihren Familienstand zu recherchieren.

ich möchte dir auf diesem Weg zu deiner ersten Theaterkritik von keinem Geringeren als Mr Hugo Bernard gratulieren.

Ich erinnere mich noch sehr gut an die erste Rezension meines schauspielerischen Könnens durch diesen angesehenen Mann. (Ich verspreche dir, das vergisst man nicht so schnell!)

Bitte grüße deine Familie ganz herzlich von mir.
Klettere weiter!
Miles

Josie zerknüllte das Blatt, hob das Gesicht himmelwärts und rief entnervt: »Verflixt und zugenäht, hat er das unbedingt lesen müssen? Warum hat er den Artikel nicht übersehen können? Und dann muss er mir auch noch diesen höhnischen Brief schreiben, damit ich auch ja weiß, wie sehr ich mich *und* Barrington blamiert habe!«

Aber irgendetwas störte sie.

Sie glättete das Papier aufs Neue und las die Zeilen noch einmal und noch einmal, in der Hoffnung, dass sie eine verborgene Bedeutung in ihnen entdeckte. Und dann auf einmal dämmerte es ihr. Ungläubiges Staunen erfasste sie.

Sie faltete den Brief wieder zusammen, stand auf und begann, neuen Mut fassend, herumzugehen. *Miles hat diesen Brief nicht geschrieben, um sich über mich lustig zu machen, das würde er nie tun! Er fühlt mit mir mit. Er will mir sagen, dass er weiß, wie ich mich fühle!*

Hatte sie die schlechte Kritik über Miles eigentlich gelesen? Hatte Mrs Henry sie ins Café mitgebracht, so wie die anderen Artikel über ihn, mit denen sie angeben wollte? Eine kühne Sekunde lang überlegte Josie, ob sie sie um eine Kopie bitten sollte, damit sie selbst lesen konnte, was dieser Mr Bernard über ihn geschrieben hatte. Nicht aus Schadenfreude, nein, aus Mitgefühl. Sie musste Miles schreiben und sich für seine Zeilen bedanken.

Moment mal. Es sei denn …

Sie warf einen Blick auf das Datum. *Verdammt!* Miles hatte ihr vor der Versammlung geschrieben, auf der sie angekündigt hatte, das Obsidian wieder eröffnen *und* die alte Geschichte über Celeste Starr ausgraben zu wollen. Mrs Henry würde ihm mit Sicherheit davon erzählt haben. Was musste er von ihr denken? Von dieser zu kurz geratenen Aufsteigerin, die sich nicht nur den Zorn Hugo Bernards zugezogen, sondern unmittelbar danach die ganze Stadt gegen sich aufgebracht hatte. Jede Wette, dass er seinen freundlichen Brief bereits bedauerte.

Tja, Pech gehabt. Wenn Miles keine Antwort wollte, hätte er eben nicht an die Königin des letzten Worts schreiben dürfen.

Während Josie mit eiligen Schritten heimwärts stapfte, formulierte sie im Geist bereits eine Erwiderung.

Josie saß am Küchentisch, rings um sie am Boden lagen zusammengeknüllte Entwürfe. Ein letztes Mal las sie ihre Antwort an Miles durch, bevor sie den Brief faltete und in einen Umschlag schob. Dann hieß es schnell aufräumen, bevor Daphne aus der Stadt zurückkam.

Sie hatte sich für einen fröhlichen, forschen Ton entschieden. Wenn Miles sich an seine alte Highschool-Kameradin erinnerte, sollte er erkennen, dass sie sich kaum verändert hatte ...

Lieber Miles,
 danke für deine Glückwünsche zur ersten Rezension einer meiner Aufführungen. Fühlst du dich bedroht, weil

noch jemand aus Barrington die Aufmerksamkeit von
Hugo Bernard und Konsorten erregt hat? Das solltest du
auch! Warte nur, bis du von meinen nächsten Plänen für
unsere arme Stadt hörst. Gut möglich, dass Mr Bernard
einen hysterischen Anfall bekommt.

Du solltest die Rezension ausschneiden und aufhängen.
Ich werde mir auch eine Pinnwand mit allen Artikeln über
mich machen, so wie die, mit der deine Mutter bei Besu-
chern angibt. Meine wird irgendwann größer sein – und
sehr viel kühner.

Es klettert schnell und kommt, um dir deinen Ruhm
abzujagen –
das Milchmädchen mit den großen Träumen

Josie grinste zufrieden, als sie zu Ende gelesen hatte. Es war
eine gute Antwort, die zweierlei bewies: Josie Monash ließ
sich weder einschüchtern noch herablassend behandeln.

Der Ford rumpelte über das Viehgitter. Josie fiel auf
die Knie und klaubte hektisch das zerknüllte Papier auf,
während sie vor sich hin schimpfte. Ihre Schwägerin hatte
sich den besten Zeitpunkt für ihre Rückkehr ausgesucht.
Typisch!

Daphne machte ein Gesicht wie jemand, der wundervolle Neuigkeiten mitbrachte, als sie die Küche betrat.
Wahrscheinlich hatte sie noch etwas über die mittlerweile
legendäre Versammlung erfahren, das sie weitertratschen
konnte. Josie zwang sich zu einem gequälten Lächeln. Sie
musste ihre zunehmend negative Einstellung dringend ändern. Oder aber den Hausbau für Reg und Daphne selbst

in die Hand nehmen. (Ein Schuppen aus irgendwelchen Wellblechplatten. Damit wäre sie bis heute Abend fertig.)

»Rate mal«, säuselte Daphne.

Du hast die Ehe annullieren lassen! Du gehst wieder nach Hause zu deinen eigenen Leuten!

Josie gelang es, ein echtes Lächeln aufzusetzen.

»Der Rundfunkgebührenkontrolleur ist unterwegs! Er hat schon massenweise Geldbußen verhängt. Kinder rennen in der ganzen Stadt herum, um die Leute zu warnen.«

»Verdammt!« Josie sprang auf. »Bist du gleich zu Grandy gegangen?«

Daphne schaute sie dümmlich an. »Wieso sollte ich?«

»O Daphne, bitte sag, dass du zu ihr gegangen bist!«

»Wieso sollte ich?«, fragte Daphne noch einmal.

»Sie zahlt nie Gebühren! Aus Prinzip nicht. Das wird sie *fünfzig* Pfund kosten!«

Daphne stieß ein verächtliches Schnauben aus. »Tja, vielleicht kapiert sie es jetzt endlich. Wenn sie sich ihre Hörspiele anhören will, dann sollte sie auch Gebühren für ihr Radio bezahlen. Warum kauft sie sich keine Lizenz? Wenn Reg und ich so viel Geld hätten, würden wir es nicht zu Hause horten, wo so viele andere es brauchen könnten.«

Josie ballte die Faust um das zerknüllte Papier in ihrer Hand. Die Monash-Kinder sprachen *nie* über Grandy Beryls Vermögen oder deuteten gar an, dass sie einen Anspruch darauf hätten. Und noch nie hatte einer von ihnen auch nur einen Cent von Grandy genommen – jedenfalls nicht, bis Daphne West sich Reg gekrallt hatte.

»Du bist hoffentlich zur Post gegangen, um uns eine Lizenz für die Farm zu besorgen«, sagte Josie eisig.

»Oh, das hab ich nicht geschafft«, winselte Daphne und rieb sich liebevoll ihren Bauch. »Ich hatte solche Rückenschmerzen, und alle sagten, ich solle sofort nach Hause und mich hinlegen. Meine Freundinnen sagen immer, dass ich in meinem Zustand viel zu viel arbeite. Eine so große Familie versorgen zu müssen, ist schrecklich anstrengend, wenn man guter Hoffnung ist.«

Josies Blick wanderte von Daphnes kummervoller Miene zu der großen, prallvollen Papiertüte mit dem Logo des Hutmachers neben ihr. Sie nickte. »Das glaub ich gern, dass dir der Rücken wehtut vom vielen Vor-dem-Spiegel-Stehen. Schön, dass du Regs Erbe so sinnvoll ausgibst! Wäre ja furchtbar, wenn du es für den Bau eures Hauses verschwenden würdest. Wann geht es endlich in deinen Kopf, dass keiner von uns will, dass du …«

»*Josephine!*« Ihr Vater stand in der Küchentür.

Josie presste die Lippen zusammen, damit ihr das Grausamste – und Ehrlichste –, was sie noch hinzuzufügen hätte, nicht entschlüpfte.

Gabe trat zwischen die beiden Frauen. Er roch nach Milch und Gras. Josie stopfte hastig die letzten Schmierzettel in die Taschen ihres Overalls.

»Daphne«, sagte Gabe, »ich will mir eine Tasse Tee machen, für dich auch eine?«

Daphne, eine Hand ins Kreuz gepresst, quälte sich, einfältig lächelnd, an den Küchentisch und ließ sich schwerfällig auf einem Stuhl nieder.

Josie drehte sich um, damit man ihr bitterböses Gesicht nicht sah. Das Einzige, worauf sich Daphne hervorragend verstand, war die Mitleidstour.

»Könntest du Daphne heute zur Hand gehen, mein Küken, und das Mittagessen für deine Brüder zubereiten?«, fragte Gabe.

Daphne zur Hand gehen? Sie spielte bei jeder sich bietenden Gelegenheit die Märtyrerin, indem sie Josie trotz deren heftiger Proteste aus allen ihren Aufgabenbereichen drängte und sich dann über die Sklavenarbeit beklagte, die sie verrichten müsse. Und ausgerechnet ihr sollte sie helfen?!

Josie fühlte heiße Tränen aufsteigen. Gabe hatte immer Empathie aufgebracht für die Ungerechtigkeiten und Ärgernisse ihres jungen Lebens. Er hatte nie ihre Probleme für sie gelöst, weil Josie für sich selbst kämpfen, denken, reden sollte, aber er hatte ihre Gefühle und Befindlichkeiten immer verstanden. Zum allerersten Mal ergriff er nicht für sie, sondern für eine andere Frau Partei. Eifersucht schnürte ihr die Kehle zu.

»Nein«, antwortete sie. »Ich kann das Mittagessen heute nicht kochen. Ich will zu Grandy und ihr mit der Rundfunklizenz helfen, und danach muss ich noch ein paar Dinge wegen der Wiedereröffnung des Obsidian erledigen.« Der Schatten, der über das Gesicht ihres Vaters huschte, verschaffte ihr eine gewisse Genugtuung. »In der Speisekammer findet ihr genug zu essen. Und nehmt Rücksicht auf Daphne – sie ist erschöpft vom vielen Hüte-Anprobieren und muss sich ausruhen.«

Damit stapfte Josie zornig aus dem Haus, ohne auch nur die Schuhe zu wechseln. Sie würde so in die Stadt fahren, wie sie war, samt den mistverkrusteten Gummistiefeln.

Das spiegelte ihre Laune exakt wider.

Kapitel 13

Die ausgelöschte Frau

Das graue trübselige, regnerische Wetter hielt Vivienne im Haus gefangen. Der Wald saugte das sanfte Nieseln gierig auf, die zitternden Blätter schlürften geräuschvoll. Sie hatte zwar trotz allem ihren morgendlichen Gang zum See unternommen, aber als sie aus dem relativ warmen Wasser gestiegen war, hatte sich die Luft empfindlich kalt angefühlt. Sie war bis auf die Knochen durchgefroren zur Lodge zurückgekommen. Die Feuchtigkeit klebte förmlich an ihr, sie spürte überall Gänsehaut, und sie hatte nicht genug weiche, flauschige Sachen eingepackt, um ihren Körper zu wärmen und zu entspannen. Und so wanderte sie, eine alte, nach Schimmel riechende Wolldecke über den Schultern, durch das Haus, einsamer als eine Wolke. Der schwarzhaarige Geist von Sylvan Mist folgte ihr auf Schritt und Tritt, als hätte sie in einem Mausoleum Zuflucht gesucht.

Nach einer weiteren eintönigen Mahlzeit aus Käse und Toast fasste Vivienne einen Entschluss: Sie würde keinen einzigen Tag mehr unter den kritischen Blicken dieser morbiden Femme fatale verbringen, die auf jedem Stockwerk und in jedem Zimmer hing. Die Frau war *tot*, so viel schien festzustehen. Jede Fotografie zeigte sie im gleichen Alter und mit der gleichen Frisur; auf keiner einzigen war sie etwa im Brautkleid neben Rudy Meyer oder mit Kindern abgebildet. Die Schwarz-Weiß-Aufnahmen hielten sie für alle Ewigkeit im Pin-up-Glamour der 1940er-Jahre fest. War sie Schauspielerin gewesen? Welche Rolle hatte sie im Leben von Rudy Meyer gespielt, dass er das Andenken an sie auf diese schaurige Weise aufrechterhielt, während er selbst ein glanzvolles Leben in Europa führte? Vivienne war zwar machtlos gegen die Kreaturen, die sie von draußen beobachteten, aber gegen die toten Augen im Haus konnte sie durchaus etwas unternehmen.

Sie begann im obersten Stockwerk, wo sie nur eine einzige Nacht geschlafen hatte, mit dem messinggerahmten Foto neben dem Himmelbett. Es zeigte die Frau in dem Naturbecken von Chimera Falls, wo sie, eingerahmt von Königsfarnen, ihren nackten Rücken präsentierte. Sie trug eine schwere goldene Halskette und ein transparentes, sehr tief sitzendes Hüfttuch. Die Arme hatte sie über der Brust verschränkt, und ihre rabenschwarzen Locken fielen ihr über den Rücken. Sie blickte mit einem Ausdruck purer Erotik über die Schulter in die Kamera.

Warum sollte eine Tote sich noch länger lüstern angaffen lassen müssen? *Ruhe in Frieden, sag ich.*

Vivienne nahm das Foto aus dem Rahmen, aber auf der Rückseite waren weder Name noch Datum vermerkt. Sie steckte es mit der Rückseite nach vorn in den Rahmen zurück und stellte ihn wieder auf den Nachttisch. Eins weniger. Eins von zig anderen, die sie noch vor sich hatte.

Methodisch arbeitete sie sich durch alle Zimmer, drehte jede Fotografie um und erlöste das Pin-up-Girl aus seiner Zwischenwelt. Erst bei dem riesigen Gemälde über der Treppe stieß sie an ihre Grenzen. Das schwere Ding würde sie niemals abnehmen oder zur Wand drehen können. Immerhin war die Dunkelhaarige nicht allein auf diesem Bild, sondern umgeben von Gefährtinnen. Vivienne würde einfach so tun, als sei sie irgendeine unbekümmerte junge Frau, die einen freien Tag mit ihren Freundinnen genoss, und nicht eine – na ja, was auch immer sie sein mochte.

Während sie im Erdgeschoss den Auslöschungsprozess beendete, sang sie beherzt die Tonleitern, um ihren mitleidslosen inneren Monolog zu übertönen …

Mutter hat alle meine Fotos garantiert auch zur Wand gedreht. Sie wird mir das niemals verzeihen. Es gibt kein Zurück mehr.

Die stundenlange Arbeit auf der Leiter forderte ihren Tribut. Vivienne war rechtschaffen müde, nachdem sie versucht hatte, an jedes Foto zu gelangen. Der Nieselregen trug ein Übriges dazu bei, dass sie sich darauf freute, schlafen zu gehen. Nach einem langen warmen Bad machte sie sich einen Becher warme Milch mit Zimt und trug ihn vorsichtig nach oben, wo schon ihre neue Lektüre, Kate Chopins *Das Erwachen*, auf sie wartete.

Sie war fast in der Bibliothek angelangt, als sie das seltsame Tier wieder auf der Veranda hörte.

Bloß ein Baumkänguru, beruhigte sie sich. Das war jetzt sein vierter Besuch, und sie hatte seinen eilig trappelnden

Rückzug in die Bäume jedes Mal mit einer Taschenlampe verfolgt. Auch jetzt griff sie automatisch nach der nächsten Lampe und schaute Richtung Flurfenster.

Doch dann geschah etwas Unerwartetes: Jemand rüttelte am Knauf der Haustür.

Viviennes Magen sackte in die Kniekehlen. Sie prallte zurück, stieß gegen die Wand, heiße Milch schwappte aus dem Becher und über ihre Hand. Sie schlug sich die Taschenlampe gegen den Mund, um einen Schrei zu unterdrücken. *Das ist kein Baumkänguru.*

Wieder ein energisches Rütteln am Türknauf. Panik erfasste Vivienne und raste durch sie hindurch. Sie musste so schnell wie möglich in die Bibliothek, wo sich das Telefon befand! Warum war sie nicht dortgeblieben, hinter der sicher verbarrikadierten Tür?

Erneut drangen Geräusche von unten herauf, etwas Metallisches und das Klirren von Schlüsseln.

Geh weg, geh, geh, geh!

Vivienne ließ den Becher fallen, raste in die Bibliothek, warf die Tür zu und schob Möbelstücke davor. Sie musste sich verschanzen, ehe sie zum Telefon greifen und um Hilfe rufen – *schreien* – konnte. Als sie die letzte Kommode vor die Tür gezerrt hatte, ließ sie sich keuchend auf den Boden fallen, in der hoch erhobenen Hand einen Lampenfuß, um sich damit zu verteidigen.

Sie lauschte.

Nichts. Kein Laut war zu hören.

Die Haustür wurde nicht aufgerissen, keine Schritte stapften durch die Eingangshalle oder jagten die Treppe hinauf. Die Finger fest um den Lampenfuß geschlossen, verdrehte sie den Hals, aber so angestrengt sie auch horchte, es war nichts zu hören außer der Stille. Wie versteinert hockte sie da. Sie traute sich nicht, zum Telefon zu greifen, vor lauter Angst, sich zu verraten oder weitere Geräusche zu überhören.

Lange Minuten verstrichen.

Im Wald herrschte gespenstische Stille.

Viviennes pfeifender Atem beruhigte sich allmählich.

Wahrscheinlich war es bloß irgendein Halbstarker aus der Gegend gewesen, der in die Lodge eindringen wollte. Wer weiß, auf welche Ideen sie hier auf dem Land kamen. Um Owens Bunyip hatte es sich ganz sicher nicht gehandelt, der Gedanke hatte sie nicht einmal eine Sekunde lang gestreift. Im Grunde konnte es jedes beliebige Tier gewesen sein. Die Krallen eines Possums konnten sich auf Metall durchaus anhören wie das Klirren eines Schlüssels. Oder ein Python war die Tür hinaufgeklettert und dabei an den Knauf gestoßen. Ausgeschlossen war das nicht. Oder?

Sie stellte den Lampenfuß auf den Boden. Die Haustür war abgeschlossen, und sie hatte den Schlüssel. Sie hatte sich verbarrikadiert und ein Telefon zur Hand. *Na siehst du!* Ihr Herzschlag und ihre Atmung fanden langsam, aber sicher zu einem gleichmäßigeren Rhythmus zurück.

Jetzt konnte Vivienne das vertraute Hoppeln des Baumkängurus hören, das in den Wald zurückkehrte. *Dummes Ding*, schimpfte sie mit sich und stemmte sich vom Fußboden hoch. *So einen Aufstand machen wegen nichts und wieder nichts!*

Sie schwenkte den Strahl der Taschenlampe auf der Suche nach ihrem baumbewohnenden Besucher durch die Dunkelheit. Normalerweise bevorzugte er den großen Feigenbaum, sie hatte aber auch schon beobachtet, wie er mit riesigen Sätzen von Baum zu Baum sprang.

In der Feige war er nicht, auch nicht in dem von Schlingpflanzen regelrecht erdrosselten Baum daneben. Vivienne schwenkte den Taschenlampenstrahl methodisch nach rechts und nach links, die Stämme hinauf und wieder hinunter. Winzige Tröpfchen glitzerten im Lichtkegel. Wenn sie das rotbraune Fell und die unheimlichen Augen des Tiers erst einmal erspäht hätte, würde sie sich sehr viel besser fühlen.

Rechts und links, rauf und runter, rechts und links, rauf und …

O mein Gott! Vivienne stieß einen schrillen Schrei aus, stolperte rückwärts und fuchtelte wild mit der Taschenlampe. Herzschlag und Atmung galoppierten davon.

Der Taschenlampenstrahl hatte weder das dämonische rote Glühen der Augen eines Baumkängurus erfasst noch – schön wär's – Owens Bunyip, sondern ein menschliches Gesicht, das sich eine Sekunde zu spät hinter den von Leuchtpilzen überwucherten Stamm zurückzog.

»*Du meine Güte!* Und was haben Sie *dann* gemacht?«

Owens Miene spiegelte nacktes Entsetzen wider, obwohl Vivienne gesund und munter vor ihm stand, die schlanken Arme über der Brust verschränkt, und nicht ermordet in der Bibliothek lag. Die Milch, die er ihr mitgebracht hatte, würde sie allerdings nicht mehr brauchen.

Sie hatte schon vor Sonnenaufgang ihre Sachen gepackt und würde zusehen, dass sie schleunigst von hier wegkam, sobald sie sich bei Owen für seine Freundlichkeit bedankt hatte.

Er sah sie gespannt an und wartete auf eine Antwort.

»Das, was jeder in der Situation getan hätte: Ich hab versucht, den Kerl zu verscheuchen. Ich bin auf den Balkon gestürmt, hab mit der Taschenlampe herumgefuchtelt und gebrüllt, dass ich die Polizei rufen werde, und ...« Sie machte eine kleine Pause. »... hab ein paar Bücher nach ihm geworfen.«

Owen machte ein Gesicht, als müsste er sich krampfhaft das Lachen verbeißen. »Wir haben anscheinend sehr unterschiedliche Vorstellungen davon, was ›jeder in der Situation getan hätte‹.«

»Den Büchern ist nichts passiert, keine Bange. Ich hab alle wieder eingesammelt und zurückgestellt.«

Es hatte so lange gedauert, die Bücher zwischen den Bäumen zu suchen und vom Dach des Roadsters zu klauben, dass für ihre morgendliche Runde keine Zeit mehr geblieben war. Der Gedanke, nie wieder in ihrem See schwimmen zu können, stimmte sie traurig.

»Ich bewundere Ihre Geistesgegenwart«, sagte Owen. »Die meisten Menschen wären vermutlich vor Angst wie erstarrt gewesen.«

»Ach, so schlimm war es nun auch wieder nicht.« Viviennes Gesicht brannte.

Owen zog die Stirn in Falten.

»Es geht mir gut«, versicherte sie. »Wirklich. Mir ist

nichts passiert.« Es war ihr gar nicht recht, dass dieser Mann, der sie kaum kannte, sich offensichtlich solche Sorgen um sie machte. »Ich habe Ihnen das nur erzählt, damit Sie wissen, was für ein Spinner sich in der Gegend herumtreibt und nachts Frauen beobachtet.«

»Ich habe einen Verdacht, wer das gewesen sein könnte«, entgegnete er finster. »Sie denken hoffentlich nicht, dass ich irgendjemandem von Ihnen erzählt habe.«

»Nein, nein.«

»Wie hat der Mann denn ausgesehen?«

Vivienne zögerte. War es tatsächlich ein Mann gewesen? Bei Tage waren ihr die weißen Ausstülpungen an einigen Bumpy-Satinash-Bäumen aufgefallen, die man zwischen all den Leuchtpilzen – und in einem Anfall nächtlichen Wahnsinns – durchaus für ein Gesicht halten konnte.

»Wieso, was haben Sie vor?«, fragte sie stattdessen. »Ihn packen und herschleifen, damit er sich bei mir entschuldigt, weil er meinen Schönheitsschlaf gestört hat?« Auch wenn sie einen spöttischen Ton angeschlagen hatte – sie hatte das starke Gefühl, dass Owen genau das tun würde. Ihr Blick wanderte von seinen dunklen Augen über die breiten Schultern und die großen braun gebrannten Hände und hob sich schnell wieder.

»Egal, er wird mich nicht wieder belästigen«, sagte sie leichthin. »Ich reise nämlich ab.«

»Kann ich Ihnen nicht verdenken. Heute noch?«

Sie nickte. »Ja, gleich nachher.« Sie klang entschlossener, als sie sich fühlte. Owens beruhigende Nähe brachte ihren Entschluss ins Wanken.

»Und wohin soll es gehen, Reisende?«

Sie zuckte stumm mit den Schultern.

Auch Owen konnte oder wollte nicht reden. Nachdenklich schaute er von Vivienne zu dem Roadster. So standen sie eine ganze Weile schweigend da, bis sich Vivienne zutraute, etwas zu sagen, ohne dass ihre Stimme bebte.

»Tja, Ihre Milch brauche ich nicht mehr. Aber danke dafür.«

»Ein Glück. Ich hatte es schon richtig satt, ständig hierherkommen zu müssen«, bemerkte Owen trocken.

Vivienne lächelte. Owen grinste zurück, und sein offener Gesichtsausdruck sorgte dafür, dass sich ihre Entschlossenheit vollends in Luft auflöste. Sie wollte fort aus dieser grauenvollen Lodge, aber sie wollte nicht länger allein sein. Owens freundliche Anteilnahme und ihre Schwimmrunden im See waren das Einzige gewesen, das ihr die Kraft zum Durchhalten gegeben hatte.

Und wo sollte sie überhaupt hin?

»Das Problem ist nur«, begann sie langsam, »dass ich Ihrer Schwester eigentlich erklären wollte, dass sie falschliegt mit ihrer Beuteltiger-Theorie. Stattdessen hätte ich ihr anbieten können, ein richtiges Baumkänguru zu beobachten.«

»Jammerschade, dass sich niemand findet, sie über ihren Irrtum aufzuklären«, entgegnete Owen im gleichen gespielt versonnenen Ton. »Vielleicht könnte *ich* ihr ja von dem Baumkänguru erzählen.«

»Ach was, Sie würden ihr nur irgendeinen Unsinn über Bunyips auftischen.«

»Das ist eine gute Idee!«

Vivienne lachte. Der schmelzende Klang ihrer Stimme, so rein und unverfälscht wie Flötentöne, verriet ihre Musikalität. Ein weicher, zärtlicher Ausdruck trat in Owens Augen. Vivienne wandte rasch den Blick ab und strich eine platinblonde Strähne hinters Ohr. Aber sie selbst hatte es auch gehört und dieses Lachen als etwas Unbeschwertes, Befreiendes empfunden.

»Ich glaube, ich rede lieber selbst mit Ihrer Schwester«, fuhr sie fort. Genau das Gegenteil dessen zu tun, was sie ursprünglich vorgehabt hatte, versetzte sie in gute Laune. Auch wenn sie eigentlich keine Lust hatte, Owens Schwester kennenzulernen, so brauchte sie doch unbedingt etwas, was sie hier festhielt.

»Heute?«

»Ja, jetzt gleich. Ich werde mich sofort auf den Weg machen.«

»Es gibt da nur ein Problem«, sagte Owen. »Heute wird sie durch Barrington stolzieren und jeden in der Main Street nach seiner Meinung zu ihrem neuen Projekt befragen. Oder aber Sie fahren in die Stadt und treffen sich dort mit ihr.«

»Ich komme ja sowieso durch Barrington. Gibt es irgendwo ein ruhiges Plätzchen, wo wir uns treffen könnten?«

Owen rieb sich den Bart. »Die Stadtbücherei vielleicht. Sie ist in einem ehemaligen Luftschutzbunker in der Main Street untergebracht. Sagen wir, gegen zwei?«

»Einverstanden. Auf ein paar Stunden mehr kommt es mir nicht an.«

»Dann haben Sie jetzt eine Verabredung mit meiner neugierigen, unausstehlichen Schwester.«

»Ich nehme an, sie sieht Ihnen ähnlich – groß und mit starker Gesichtsbehaarung?«

Owen lachte leise. »Nein, sie ist winzig und hat Haare nur auf dem Kopf. Sie können sie nicht verfehlen: Sie trägt kräftiges Rosa und guckt jeden, der langsamer geht als sie und ihr im Weg steht, böse an. Sie rennt praktisch.«

»Auf der Jagd nach Tigern?«

»Sie haben ja keine Ahnung, wie recht Sie haben!«

Kapitel 14

Die Nachtigall

Josie war an diesem Morgen nach Barrington gefahren, um der Legende von Celeste Starr nachzuspüren. Sie würde die besten Geschichtenerzähler der Stadt aufsuchen und sie knallhart über den Fluch und seine Ursprünge ausfragen. Owen hatte sie gebeten, sich danach mit ihm zum Nachmittagstee in der Stadtbücherei zu treffen. Das war so ungewöhnlich, dass sie vermutete, er wolle als Erster das Ergebnis ihrer pikanten Nachforschungen erfahren. Was sie ihm nicht verübeln konnte.

Ihre erste Anlaufstelle war der Zeitschriftenladen. Bei der Versammlung der Theatertruppe hatte Elsie Reece zwar Gift und Galle gespuckt, aber ohne Publikum war sie sehr viel zurückhaltender. Die Tür zum Hinterzimmer wurde schnell geschlossen, als Josie den Laden betrat.

»Morgen, Elsie«, rief Josie fröhlich und amüsierte sich über das laute Poltern, das sie zur Antwort bekam. Provozieren gehörte zu Josies Lieblingsbeschäftigungen.

Clarence stotterte einen Gruß. Vermutlich hatte er sorgfältig abgewogen, ob er sich den Zorn seiner Frau zuziehen und sich mit Josie unterhalten sollte oder lieber nicht. Die strahlende Intendantin auf der anderen Seite des Ladentischs hatte gewonnen.

»Ich dachte, ich schau mal vorbei, um mit dir über unsere nächste Aufführung zu plaudern«, sagte Josie. Sie registrierte ungerührt, wie Clarence sich wand und sich dabei unablässig die Stirn tupfte.

»Hab ein … ein neues Buch hereinbekommen, das dir gefallen könnte«, erwiderte er, um abzulenken, und steuerte auf seine Bücherwand zu.

Josie spielte die Gekränkte. »Du hast es nicht für mich beiseitegelegt?«

»Ich hab nicht gewusst, ob du … so bald wieder reinschaust«, stammelte Clarence. »Ich dachte, vielleicht hat meine … Bemerkung neulich abends über deine Lieblingsbücher deine Gefühle verletzt.«

Josie lachte. »Ich schäme mich nicht für meinen Büchergeschmack, weißt du.« Sie nahm ihm den Roman ab und tippte auf den Einband. »Eine Frau, die aus einem Gruselhaus wegrennt! Genau das Richtige für mich. Ich werde es nehmen, Danke, Clarrie.«

Er atmete erleichtert auf.

Jetzt oder nie …

»Warum ich eigentlich gekommen bin – es geht um Lake Evelyn.«

»Ich … kann nicht!«, stieß Clarence hervor. »Du hast Elsie doch gehört, sie wird nicht zulassen, dass das Amphitheater wieder eröffnet wird!«

»Ich will nicht über das Obsidian reden.«

»Oh! Gut.«

»Ich will, dass du mir alles über den Fluch erzählst, was du weißt.«

Der arme Clarence wurde leichenblass und flüchtete hinter den Ladentisch. »Ich weiß *gar nichts*.«

Das Poltern im Hinterzimmer verstummte.

Josie sprach lauter, damit Elsie nicht so angestrengt horchen musste. »Red keinen Blödsinn! *Jeder* in der Stadt weiß von dem Fluch. Aber wenn ich eine Bühnenfassung von Celeste Starrs Leben schreiben will, muss ich erst einmal wissen, was es mit diesem Fluch auf sich hat. Wie ist es möglich, dass eine tote Schauspielerin so viele Mädchen in den See lockt, damit sie ertrinken? Was meinst du, Clarence?« Josie zog die Nase kraus und lächelte ihn strahlend an, wohl wissend, dass sich Clarence wünschte, der Erdboden würde sich auftun und ihn verschlucken.

»A-aber warum ... warum fragst du das ausgerechnet mich?«

»Warum nicht?«, gab Josie zurück. »Du hast hier im Laden gestanden, als Celeste während des Kriegs durch Barrington flanierte. Du hast ihre Auftritte gesehen. Du hast die Zeitungen mit der reißerischen Berichterstattung über ihren Tod verkauft. Wer würde sich besser als erste Informationsquelle eignen, Clarence?«

»Du ... du willst das also tatsächlich durchziehen?« Es klang eher nach einem Stöhnen als nach einer Frage.

Josie nickte, ihre Brauen schossen in die Höhe. Sie zog Notizblock und Bleistift aus ihrer Tasche und legte beides auf den Ladentisch.

Clarence warf einen flüchtigen Blick über die Schulter.

Josie wartete. Vielleicht würde die Tür gleich nachgeben, weil Elsie sich mit ihrem Ohr so stark dagegenpresste, aber noch hielt sie stand, was Clarence zu beruhigen schien. Er wischte sich ein weiteres Mal über die Stirn, Josie wertete das als Zeichen der Kapitulation: Er schwenkte die weiße Fahne.

»Ich weiß wirklich nicht, was ich dir über den Fluch erzählen soll«, sagte er schließlich seufzend. »Ich weiß nur, dass es ihn gibt. Die arme Celeste war sein erstes Opfer, sechs weitere Mädchen folgten – Töchter, Freundinnen, Schwestern.«

Ja, das weiß ich bereits. Josie knirschte mit den Zähnen. *Gut, dann musst du es anders versuchen …*

»Schön, dann erzähl mir von Celeste.«

»Ich hab sie immer nur von Weitem gesehen. Sie hat sich meistens draußen in Sylvan Mist aufgehalten, wo ständig irgendwelche Partys gefeiert wurden. Ich hab sie nicht persönlich gekannt, nie mit ihr gesprochen.«

»Und wie war sie so?«

»Wunderschön!« Die Antwort kam wie aus der Pistole geschossen, schneller, als Josie es jemals bei ihm erlebt hatte. Sein Blick richtete sich über ihren Kopf hinweg in die Ferne. »Sie hatte lange schwarze Haare, sie reichten bis hierher …« Er legte die Handkante weit unten an seinen Rücken. »Sie war eine fantastische Schauspielerin, aber ihr Gesang erst! Einfach göttlich. Die Soldaten nannten sie die Nachtigall von Lake Evelyn. Sie sei imstande gewesen, die Moral jedes Mannes zu heben, hieß es. Die Pin-up-Postkarten, die Niall unterm Ladentisch verkaufte, haben reißenden Absatz gefunden. Er muss ein hübsches Sümmchen damit verdient haben.«

Josie schrieb eifrig mit. Man wusste nie, wann ein nervöser Informant wieder dichtmachte …

»So jemanden wie Celeste hatten wir noch nie in Barrington. Oder so was wie dieses Amphitheater und all die badenden Starlets. Die waren alle nicht von hier … haben oben in Sylvan Mist gewohnt, zusammen mit Rudy Meyer und seiner Crew. Aber Celeste war der Star jeder Vorstellung. Kein Wunder, dass Rudy nach ihrem Tod das Amphitheater aufgab und wegging. Es muss ihm sinnlos erschienen sein weiterzumachen. Celeste *war* Lake Evelyn.«

Josie blickte von ihren Notizen auf. »Siehst du? In deinen eigenen Worten: ›Celeste *war* Lake Evelyn.‹ Verstehst du jetzt, warum ich mit Celestes Geschichte beginnen muss, wenn ich das Theater wieder eröffnen will?«

Clarence' Miene versteinerte. Er straffte sich und sagte: »Celeste war der letzte Star von Lake Evelyn, und dabei sollte es auch bleiben.«

Josie tippte sich mit dem Bleistift an die Lippen, während sie Clarence prüfend ansah.

»An dem Tag, als sie starb– wie haben die Menschen in Barrington da reagiert?«

Sie selbst war noch ein kleines Kind gewesen. Erst in der Schule hatten andere Mädchen sie mit all den schaurigen Einzelheiten gefüttert, über die kein Erwachsener jemals reden wollte.

Clarence verzog das Gesicht. »So einen Tag würde man lieber vergessen. Wie all die Autos über die Main Street

Richtung See rasten, Polizei und Feuerwehr und Kranken-
wagen und dahinter die Zeitungsleute, denen schon das
Wasser im Mund zusammenlief bei dem Gedanken an die
reißerischen Schlagzeilen, die ich dann den Leuten verkaufen würde.«

»Die Nachtigall ertrinkt in Vulkansee«, deklamierte Josie
in dramatischem Tonfall.

»Sie hat sich eine Art Korsett gefertigt, aus Rotangpalmwedeln, die sie mit Gras zusammengebunden und mit Steinen beschwert hat, und ist hineingeschlüpft.«

»Dann war es also geplant.«

»Sie hat in Sylvan Mist einen Brief hinterlassen, in dem
sie ganz genau ankündigte, wie sie es tun würde ... Und
sich selbst hat sie mit einer Verszeile beschrieben: ›eine
Mänas, von Wein umschlungen wie zum Fest‹.«

»Ja, genau! Das stammt aus einem Gedicht von Oscar
Wilde.« Josie kritzelte wie verrückt. »Da stand noch eine
zweite Zeile, oder? Irgendetwas mit einem Vogel?«

Clarence zuckte mit den Schultern; die Worte versiegten
allmählich.

»Aber ihre Leiche wurde nie gefunden«, drängte Josie
behutsam.

»Man hat nur Teile dieses Anzugs gefunden ... zerrissen
im Schilf.«

»Zerrissen? Bei Tod durch Ertrinken?«

Clarence warf einen hastigen Blick Richtung Hinterzimmer. »Wahrscheinlich hat das Krokodil sie erwischt.«

Josies Kopf ruckte hoch. »Das Krokodil? Du glaubst
doch nicht wirklich an diesen Mythos?«

»Mythos?« Clarence schien aufrichtig gekränkt. »Ich habe es mit meinen eigenen Augen gesehen!«

»*Du* hast das Krokodil gesehen«, sagte Josie langsam. Wann war Clarence das letzte Mal am See gewesen? »Das war bestimmt nur ein Buntwaran. Bestenfalls ein Süßwasserkrokodil.«

»Ein knapp drei Meter langes Süßwasserkrokodil?« Er schnaubte verächtlich.

Josie schüttelte den Kopf. »Ich fass es nicht! Du glaubst tatsächlich, im Lake Evelyn gibt es ein Salzwasserkrokodil?«

»Allerdings.«

»Die Chance, dass es auf gut sechshundert Meter über Meereshöhe ein Salzwasserkrokodil gibt, steht ungefähr eins zu einer Million.«

»Es ist aus der Krokodilfarm nördlich des Flusses entwischt, wenn du mich fragst. Und es ist auch nicht das erste. So mancher Farmer schwört, dass er welche in seinem Stausee gesehen hat.«

»Und hat sie vermutlich auch gleich erschossen. Ich weiß noch, wie dreiundfünfzig diese Krokodiljäger nach Sylvan Mist kamen und wochenlang rings um Lake Evelyn auf die Pirsch gingen. Sie fanden nichts und sind mit leeren Händen wieder abgezogen. Reine Zeitverschwendung, haben sie geschimpft!«

»Die Bestie wird durch den unterirdischen Gang entkommen sein, von dem die Aborigines erzählen.«

»Und was soll sie in dem See fressen?«, stieß Josie hitzig hervor.

»Du meinst, abgesehen von jungen Mädchen, die nie

wieder aufgetaucht sind?«, gab Clarence übellaunig zurück. »Sie mögen übrigens auch Schlangenhalsschildkröten.«

Josie starrte ihn verblüfft an. In diesem Moment wurde die Tür zum Hinterzimmer aufgerissen. Elsie Reece hatte nicht die Absicht, tatenlos zuzusehen, wie sich ihr Mann zum Narren machte.

Das Szenario wiederholte sich bei allen, die Josie aufsuchte. Mithilfe ihres nasekräuselnden Lächelns und ihrer schmeichelhaften Worte brachte sie den anfänglichen Widerstand zum Bröckeln, bis die Geschichte von Celeste Starr nur so aus ihnen herausströmte, als hätten alle darauf gewartet, endlich danach gefragt zu werden.

Es war richtig gewesen, sich für dieses Thema zu entscheiden.

Fairerweise musste Josie zugeben, dass ihre Großmutter den Anstoß dazu gegeben hatte, aber sie, Josie, würde der Geschichte Leben einhauchen. Ihr Notizblock füllte sich, es juckte ihr förmlich in den Fingern, alles niederzuschreiben.

Peggy West stand in ihrem warmen, von Zigarettenrauch und Rosenduft erfüllten Blumengeschäft, starrte auf Josies Notizen und versuchte, über Kopf zu lesen, was andere bereits beigesteuert hatten.

»Also wenn du *mich* fragst ...«, begann Peggy und klopfte ihre Zigarettenasche an einem zierlichen Bleikristallaschenbecher ab.

Warum fingen alle mit diesem Satz an? Josie betonte doch, dass es die persönliche Meinung ihres Gesprächspartners war, die sie interessierte.

»… dieser See ist der erfolgreichste Serienkiller in den Tablelands.«

Josie lachte. »So kann man es auch nennen. Aber das ist kein Stück von Agatha Christie.«

»Sollte vielleicht eines sein.« Peggys Amorbogen schürzte sich.

»Ich finde, Celeste hat ihren Abgang wunderbar inszeniert.«

»Ja, ein Serienkiller würde wollen, dass du genau das denkst.«

Josie setzte ihren Stift aufs Papier. Wenn das Peggys Interpretation des Fluchs war, würde sie auch das aufschreiben.

»Der See tötet also junge Frauen.«

»Nein, nicht der See …« Peggy legte die glimmende Zigarette auf den Rand des Aschenbechers und griff nach einem Korb Trockenblumen. »Der Landstreicher.«

Josie zog eine Braue hoch. »Der *Landstreicher*?«

»Er kommt alle drei oder vier Jahre in die Gegend und schlägt sein Lager am See auf«, antwortete Peggy, während sie die Blumen zu einem kleinen Strauß arrangierte.

»Old Bennett?«

»Genau der.« Peggy nickte. »Wenn er kommt, dann immer nach dem Ende der Regenzeit. Seit Jahrzehnten schon – sogar während des Kriegs. Und jedes Mal, wenn er mit seinem Bündel auf dem Rücken durch die Stadt marschiert, wird wieder ein Mädchen getötet.«

»*Ertrinkt* wieder ein Mädchen«, verbesserte Josie.

Peggy drehte den goldfarbenen Fuß der Scheibe mit

ihrem Aschenbecher darauf und griff nach ihrer Zigarette. »Sagt die Polizei.«

Josie starrte auf die linierte Seite ihres Blocks. Sollte sie das wirklich aufschreiben?

»Peg, ein paar dieser Mädchen haben kurze Briefe hinterlassen.« *Barbara zum Beispiel.* Sie sah Peggy streng an. »Du willst doch nicht allen Ernstes behaupten, dass Old Bennett ihnen sein Bündel an den Kopf gehalten und sie gezwungen hat, diese Zeilen zu schreiben?«

Peggy nickte, als wäre ihr der Gedanke noch nie gekommen, ergäbe aber durchaus Sinn.

Landstreicher diktiert Selbstmordankündigungen, notierte Josie.

Diese spöttische Bemerkung konnte Peggy sogar verkehrt herum entziffern. »Tja, wie sonst erklärst du dir, dass der See in den Jahren zwischen den Besuchen des Landstreichers im Dornröschenschlaf liegt, Miss Neunmalklug?«

Im Dornröschenschlaf? Das gefiel Josie. Sie würde sich etwas einfallen lassen müssen, um dieses Bild irgendwie in ihr Stück einzuarbeiten.

»Und warum genau kommt der Landstreicher hierher, um unsere Mädchen umzubringen?«

»Ist dir das noch nicht aufgefallen? Alle sind jung, dunkelhaarig und hinreißende Schönheiten.«

»Er will alle attraktiven Brünetten in Barrington töten?«

»Nicht alle. Ich bin schließlich noch da!« Peggy presste ihre karminroten Lippen zusammen und öffnete sie laut schmatzend wieder. »Und du!« Sie schaute Josie mit großen Augen an.

Josie lachte und tat so, als lese sie das zuletzt Geschriebene noch einmal durch. »Landstreicher tötet bildschöne Frauen, hat es aber noch nicht bis zu Peg West geschafft.«

Peggy drückte ihre Zigarette aus und wurde ernst. »Wenn es nicht dieser Landstreicher ist, dann ist es irgendein anderer Perverser, der sich in diesem unheimlichen Wald herumtreibt und unsere Mädchen holt. Mich hat er nur deswegen noch nicht gekriegt, weil ich ganz sicher nicht da rausgehen und in diesem alten Miststück von einem See schwimmen werde.«

»Heißt das, ich muss dich aus meinem Stück streichen?«

»Von wegen!« Peggy lächelte. »Ihr braucht eine Frau mit Verstand und Lebenserfahrung, die auf euch naive hübsche Dinger aufpasst!«

»Wie selbstlos von dir, Peg. Ich weiß es zu schätzen.«

»Ich will dir was sagen, Josephine Monash: Es ist drei Jahre her, dass der Serienmörder das letzte Mal zugeschlagen hat – es ist nur noch eine Frage der Zeit, bis er sich das nächste Opfer sucht. Lass bloß kein Mädchen allein dort draußen, verstanden? *Wage es ja nicht!*«

Als Josie die Tür des Gemischtwarenladens aufstieß, hoffte sie sehr, dass Niall mit seiner großen Klappe da war und nicht die schweigsame Laura mit dem unsteten Blick.

Wie sich herausstellte, standen beide hinter dem Ladentisch. Sie sprangen hastig auseinander, hüstelten und strichen ihre Sachen glatt.

»Guten Morgen!«, rief Josie fröhlich, was, wie sie sich selbst eingestand, ziemlich fies war angesichts der eindeutigen Situation, aber sie hatte keine Lust, ihr Interview zu verschieben.

Laura, eine Hand auf dem Knutschfleck an ihrem Hals, huschte die Treppe hinauf. Niall schaute ihr nach. Josie zog ihren Notizblock aus ihrer Handtasche und legte ihn gleichsam als Absichtserklärung auf die Glasplatte, unter der sich die Süßigkeiten befanden.

Niall, der das übergroße Selbstbewusstsein eines auf seinen Ruf vertrauenden alternden Fuchses hatte, wackelte vielsagend mit den Brauen. »Anscheinend bin ich heute sehr gefragt.«

»Mach dir nichts draus«, erwiderte Josie ungerührt. »Solche Tage kennen wir alle.«

Das saß. Niall griff verschnupft nach dem großen Weidenkorb auf dem Ladentisch und begann, Lebensmittel einzupacken.

»Für wen ist denn der Korb?«

Niall zögerte einen Sekundenbruchteil. »Das geht dich nichts an.«

Dann versorgt er also wieder jemanden in der Lodge draußen.

Josie lächelte. »Genau darüber möchte ich mit dir reden – über Sylvan Mist.«

Niall klaubte ein Blatt aus dem Korb und schnippte es heftiger weg, als nötig gewesen wäre. »Was ist mit Sylvan Mist? Ich bin derjenige, der sich um das Haus kümmert, nicht du.«

Josie tippte mit dem Finger auf ihren Notizblock. »Richtig, du machst das, seit Rudy Meyer wieder nach Übersee gezogen ist, daher bist du auch mit der Geschichte der Lodge und ihres berühmtesten Gasts vertraut. Ich würde gern deine Meinung hören.«

Niall klappte den Deckel des Korbs geräuschvoll zu. »Für dein kleines Stück.«

»Für meine Produktion, die den Fluch brechen wird, meinst du.« Sie lächelte über ihre Formulierung. Vielleicht sollte sie sie für ihre Werbeplakate übernehmen.

»Ich weiß nicht, was mit der Schauspielerin passiert ist.«

»Das stimmt nicht. Alle wissen, dass Celeste Starr ertrunken ist, aber über das Wie und Warum gehen die Meinungen auseinander. Ich würde gern wissen, was *du* denkst.«

»Wieso ist es so wichtig, was *ich* denke?«

Josie lachte. »Du erstaunst mich, Niall. Normalerweise scheinst du doch zu glauben, dass wir großen Wert auf deine Meinung legen.«

»Ich hatte nicht das Geringste zu tun mit Celeste Starr.«

»Du hast sie doch sicher in der Stadt gesehen. Oder auf der Bühne? Oder hast vielleicht sogar mal ein paar Worte mit ihr gewechselt?«

»Sie war sich viel zu fein für Leute wie uns. Hat ihre ganze Zeit bei den Reichen in der Lodge verbracht und bei den starken Typen mit den Waffen.«

Die abfällige Bemerkung ärgerte Josie. »Du meinst die Soldaten, denen du ihre Pin-up-Postkarten verkauft hast?«

»Und wenn schon! Sie konnten ja nicht genug von ihr bekommen. Sie war ihre fleischgewordene Pin-up-Fantasie! Und sie hat sie um sich geschart und immer aus voller

Kehle gelacht, als ob es ihr völlig egal wäre, dass diese armen liebeskranken Kerle bald draufgingen! Dabei waren Glamourgirls wie sie meist der Grund dafür, dass sie in den Krieg zogen.«

Josie betrachtete ihn prüfend. »Aber du bist nicht zum Militär gegangen, oder?«

Niall lächelte. »Dein Vater auch nicht, Kleine. Aber *ich* habe wenigstens versucht, mich zu verpflichten – im Gegensatz zu Gabriel Monash.«

Josie sah ihn unverwandt an. Den Gedanken an Nialls schlimmes Bein, das er als Jugendlicher wegen einer Knocheninfektion fast verloren hätte, schob sie beiseite. »Mein Vater hat als Lebensmittelproduzent unzählige amerikanische Soldaten mit Milch beliefert. Außerdem war er Witwer mit vier kleinen Kindern.«

»Jeder dieser abgeschlachteten Kerle hätte sich gewünscht, solche Ausreden gehabt zu haben.«

Josie packte die Wut. Zornig blinzelnd, starrte sie auf ihren Notizblock und strich die Seite glatt. Als sie wieder aufschaute, lag kalte Verachtung in ihrem Blick. »Willst du damit sagen, mein Vater ist ein Feigling, Niall?«

Er zuckte mit den Schultern. »Keine Ahnung, was die letzten zwanzig Jahre in Gabriels Kopf vorgegangen ist.«

Er drehte ihr den Rücken zu und räumte irgendwelche Sachen im Regal herum. Anscheinend war die Unterhaltung für ihn beendet. Doch Josie ignorierte den Wink, schickte ihm hasserfüllte Gedanken und wich nicht von der Stelle.

Als sich Niall wieder umdrehte, hielt sie ihren Bleistift

schreibbereit in der Hand. »Wie wir bereits festgestellt haben, warst du während des Kriegs hier in Barrington und hast deine schmutzigen Fotos von Celeste verkauft. Warum beginnst du mit deiner Geschichte nicht da?«

Niall schob den Weidenkorb zur Seite. »Hab nie mit der Frau gesprochen. Kann dir nichts sagen, was für dein Stück von Belang wäre. Und ansehen werde ich es mir auch nicht.«

Josie packte ihren Block wieder ein. »Schön, es gibt noch andere Leute, die ich fragen kann.«

Dass *sie* das Gespräch beendete, schien Niall zu wurmen. Sein Gesicht verzerrte sich. »Ich sag nur so viel: Warum soll eine Frau, die so von sich eingenommen ist, ihre eigene grandiose Show beenden, indem sie sich in einem See ertränkt? Dafür gibt es keine stehenden Ovationen!«

»Sie hat eine Nachricht hinterlassen«, erwiderte Josie, ohne den Blick von Niall abzuwenden.

»Die kann jeder geschrieben haben.«

»Und wie ist sie dann gestorben?«, fragte Josie betont beiläufig.

Niall fixierte sie mit seinen hellen Augen. »Das Ungeheuer von Lake Evelyn hat sie geholt.«

Josie sah ihn ungläubig an. »Der Bunyip? Blödsinn! Den gibt es doch gar nicht!«

Laura kam wieder herunter. Sie versuchte erfolglos, den Knutschfleck hinter einem Vorhang dunkler Haare zu verbergen, und hatte die Augen weit aufgerissen.

Niall lächelte verschlagen, als er sie sah. »Geh doch mal nachts zur Lodge hinaus, Kleine, und dann sag mir noch einmal, dass es ihn nicht gibt ...«

Josie schlenderte durch Ritas Antiquitätengeschäft, berührte dies und jenes, blieb hin und wieder stehen und empfand reine Freude. Aus dem Grammophon erklang Vera Lynns »A Nightingale Sang in Berkeley Square«, und das verstärkte dieses wunderbare Gefühl.

Wäre es ihr möglich gewesen, hätte Josie den ganzen Laden gekauft und nie wieder auch nur einen Tag auf der Farm gearbeitet, sondern von früh bis spät ihre Schätze poliert. Ritas wundervolle Sammlung war eines Museums würdig, und sie herrschte als strenge Direktorin, Kuratorin, Führerin und Sicherheitsverantwortliche darüber.

Da die adleräugige Rita nicht zu sehen war, steuerte Josie geradewegs auf *ihre* Smith-Corona-Schreibmaschine zu. Zärtlich fuhr sie über das korallenrote Gehäuse, über die Walze, die Tastatur, tippte klackend ihren Namen.

»Wenn Sie sie kaputt machen, müssen Sie sie kaufen«, rief Rita von irgendwo in dem zum Bersten vollen Raum.

»Ich bin's nur, Rita!«

Die Ladenbesitzerin tauchte auf. Sie hatte einen Staublappen in der Hand und bedachte Josie mit einem verdrießlichen Blick. »*Du* kannst es dir am allerwenigsten leisten, sie kaputt zu machen, Josephine.«

Josie zog widerstrebend ihre Hand zurück.

Rita schob sich durch die schmalen Gänge zu ihr, in gebeugter Haltung, um ihre haarspraygebändigte hochtoupierte Frisur vor dem an der Decke aufgehängten Krimskrams zu schützen. Sie rückte ihre Brille zurecht. »Und jetzt willst du mich beknien, damit ich dir erzähle, was ich über den Fluch weiß.«

»Ich muss dich nicht beknien«, entgegnete Josie. »Du hast garantiert gesehen, wie ich den ganzen Tag die Main Street rauf und runter gelaufen bin, und wirst dich gefragt haben, wann ich zu dir komme.«

»Du hättest dir viel Zeit sparen können, wenn du gleich zu mir gekommen wärst.«

»Das Stück geht alle an, deshalb muss ich mit allen reden.«

»Da irrst du dich ganz gewaltig.« Rita winkte sie tiefer in ihre Schatzhöhle hinein. »Komm, ich zeig dir eine andere Celeste Starr als die aus diesen Kindergeschichten, die sie dir aufgetischt haben.«

Josie folgte ihr hinter die roten Brokatvorhänge in ihr Büro. Die schwere Wolke aus Cedel-Haarspray und Möbelpolitur darin hatte etwas Beruhigendes. Josie machte es sich in einem grünen Art-déco-Veloursessel bequem und schaute zu, wie Rita irgendwelche Dinge in einer großen barocken Vitrine hin und her schob. Sie bewahrte ihre Celeste-Starr-Sammlung hinter Glas auf? Josie spitzte hastig ihren Bleistift.

Die Arme vollbeladen, setzte sich Rita Josie gegenüber und drückte ihr als Erstes einen Stapel verblichener Zeitungsartikel in die Hand. »Ich hab angefangen, die zu sammeln, als Rudy Meyer nach Barrington kam und seine Lodge und das Theater baute. Dann tauchte Celeste auf, und mir war sofort klar, dass sie ein aufstrebender Stern war. Sie war überaus talentiert und eine echte Schönheit. Ich habe alles, was ich in den Zeitungen über ihre Auftritte gefunden habe, ausgeschnitten und in Alben geklebt. Ich darf wohl behaupten, dass ich ihr größter Fan war. Und dann hat sie sich ertränkt, dieses dumme Ding. Danach hatten meine Alben etwas Makabres, und ich habe sie weggelegt und nicht wieder angeschaut.«

Josie blätterte langsam durch die Geschichte von Celeste Starr. Sie begann mit Fotos eines Steinmetzmeisters am Ufer von Lake Evelyn und eines freundlichen Rudy Meyer, elegant mit Anzug und Hut, der für den Fotografen übers Wasser zeigte. Auf den nächsten Aufnahmen war die Ankunft von Rudy Meyers Schauspielerinnen zu sehen, wie sie auf der schwimmenden Bühne probten, auf der Treppe vor Sylvan Mist in ihren glamourösen Badeanzügen posierten. Und Celeste im Vordergrund bildete immer den Mittelpunkt. Dann kamen Fotos von Soldaten, wie sie auf den Stufen des Amphitheaters hockten, die Badeplattform bauten, auf dem See Schwimmwettbewerbe – Australier gegen Amerikaner – durchführten, angefeuert von Rudys Schauspielerinnen. Es folgten jene pathetischen Schlagzeilen – *Die Nachtigall ertrinkt im Lake Evelyn* – und herzzerreißende Aufnahmen von Polizeibeamten, die das Ufer absuchten. Den Schluss bildete Rudy Meyer, Hut in der Hand und unverblümt zur Schau getragenen Kummer im Gesicht, wie er darum bat, seine Privatsphäre zu respektieren, und ankündigte, das Amphitheater leider schließen zu müssen.

Rita hatte alles zusammengetragen, die ganze tragische Geschichte in Wort und Bild.

»*Rita*«, hauchte Josie, »ich weiß gar nicht, wie ich dir danken soll – dieses Album ist einfach unglaublich!«

Sie dachte, Rita werde ihr vielleicht ihr seltenes Lächeln

schenken, so wie sie es manchmal tat, wenn sie für jemanden gefunden hatte, was dessen Herz begehrte. Doch Rita guckte die Sammlung in Josies Hand nur finster an.

»Das sind nur Zeitungsausschnitte, und noch nie hat ein Reporter die Geschichte einer Frau wahrheitsgetreu erzählt.«

Josie drückte die Blätter an sich. »Das mag sein, aber *ich* werde es versuchen. Ich kann dir nicht sagen, wie viel mir das bedeutet! Du bekommst sie so schnell wie möglich zurück.«

»Ach, die kannst du behalten. Das sind nur Hintergrundinformationen für die viel spannendere Geschichte.«

Josies Augen funkelten. »*Noch* spannender?«

Rita sah eilig einen Stapel Fotos durch. »Was für Sachen hast du denn heute so gehört?«, fragte sie beiläufig.

Josie blätterte in ihren Notizen. »Als Erklärung für den Fluch habe ich bis jetzt: einen Landstreicher, der schöne Frauen ermordet, ein Salzwasserkrokodil im See und ein Bunyip im Wald.« Sie verzog schmerzlich das Gesicht. Was sollte sie denn von diesem Schrott verwenden? Sie schrieb doch keine Pantomime.

»Daraus kannst du eine Horrorgeschichte basteln«, stellte Rita fest. »Dann würdest du aber die falsche Geschichte erzählen.«

»Und warum?«

Rita hatte die gesuchte Fotografie gefunden. Nachdem sie ihre Brillengläser sorgfältig geputzt und einen prüfenden Blick auf das Foto geworfen hatte, reichte sie es Josie mit den Worten:

»Dem Fluch von Lake Evelyn liegt eine Liebesgeschichte zugrunde.«

Die Schwarz-Weiß-Aufnahme zeigte eine von mehreren Soldaten umgebene Celeste Starr in einem langen, durchsichtigen, an Ärmeln und Saum federbesetzten Morgenrock über ihrem Badeanzug am Ufer des Sees. Sie trug einen Haarkranz aus funkelnden Sternen und hatte lachend den Kopf in den Nacken geworfen.

Genau so hatte Niall sie beschrieben. Von allen Leuten, mit denen sie heute gesprochen hatte, musste ausgerechnet er recht behalten!

»Sie fühlte sich zu Soldaten hingezogen?«

Rita schnaubte verächtlich und tippte mit dem Fingernagel auf das Foto. »Nein, den da hat sie *geliebt*.«

Josie betrachtete die Aufnahme genauer und bemerkte jetzt, wie sich Celeste einem aus der Gruppe entgegenlehnte, einem groß gewachsenen Mann mit dem breiten Lächeln eines Filmstars. Er könnte derjenige gewesen sein, der sie mit irgendeiner witzigen Bemerkung zum Lachen gebracht hatte, denn ihre schlanke Hand ruhte leicht auf seinem Arm.

Und wie er sie ansah! So voller Liebe und Verlangen, dass sich etwas in Josies Magengrube regte, ein Gefühl dumpfer, kummervoller Sehnsucht.

»Wer ist das?«

»Sein Name war Zach Miller.«

»War?«

»Er fiel in Neuguinea im Kugelhagel, nicht lange nachdem diese Aufnahme entstanden war.«

»Das ist ja schrecklich«, murmelte Josie und fuhr mit der Fingerspitze das Lächeln des Mannes nach. »Aber warum habe ich bisher noch nie etwas von Zach gehört?«

Rita stieß Josies Notizblock an. »Weil alle so sehr mit dem Ausschmücken des Fluchs beschäftigt sind, dass sie kein Wort über die wahre Tragödie verlieren.«

»Dann erzähl du sie mir.« Josie kritzelte eine neue Überschrift hin.

»Der Fluch beruht nicht auf irgendeiner urzeitlichen Bestie oder einem Fabelwesen, sondern auf etwas, das so alt ist wie die Welt – der Tragödie zweier Liebenden!«

Josie, verblüfft über die Wende zum Dramatischen der sonst so sachlich-nüchternen Rita, schrieb fleißig mit.

»Celeste Starr hat sich aus Kummer über den Tod des Geliebten im Dschungelkampf ertränkt«, fuhr Rita fort, während Josies Bleistift über das Papier flog.

Plötzlich stutzte sie und nagte nachdenklich an der Innenseite ihrer Unterlippe. »So sehr hat sie ihn geliebt? So viel Zeit konnten sie doch gar nicht miteinander gehabt haben. Und war Celeste nicht mit Rudy Meyer zusammen?«

Rita gab einen verächtlichen Laut von sich. »Rudy Meyer hat sich seinen persönlichen Harem in Sylvan Mist gehalten.«

Das war sehr gut! Das musste sich Josie unbedingt notieren.

»Sie hatte ihm vielleicht einiges zu verdanken, ja, aber verliebt war sie nicht in ihn. Ihr Herz gehörte Zach Miller.«

»Eine verliebte Frau – das ist also der Fluch des Sees?«, fragte Josie, um ganz sicherzugehen.

Rita nickte ernst. »Sie singt für ihren toten Geliebten und lockt mit ihrem Gesang junge Frauen zu sich in die Tiefe des Kraters.«

Ein Schauder überlief Josie, sodass sich ihr die Nackenhaare sträubten, als sie an das alte Kinderlied dachte, mit dem sie und alle ihrer Altersgruppe aufgewachsen waren: »Aus dunkler Tief' greift sie nach dir …«

Josie verscheuchte diese Erinnerung. Das war damals Unsinn gewesen und war es immer noch. Rita verbrachte ganz offensichtlich zu viel Zeit in ihrem Mausoleum voller morbider Geschichten und antiquierter Relikte. Eine solche Erklärung hätte sie aus Peggy Wests angemaltem Mund erwartet, aber nicht von der ernsthaften, sachlichen Rita.

»Wo könnte ich weitere Informationen über diese Liebesgeschichte herbekommen?«

Endlich lächelte Rita. Sie knallte einen zweiten Stapel Zeitungsausschnitte auf den ersten. »1950 wurde in *Worldly Woman* eine Serie darüber veröffentlicht.«

Josie blätterte die Ausschnitte flüchtig durch. Eine Aufnahme des in seiner Uniform umwerfend gut aussehenden Zach und Celestes als glamouröses Pin-up-Girl überlagerte eine düstere künstlerische Darstellung der Lodge und des Amphitheaters.

»Fiktion?«, fragte Josie, während sie den Text überflog.

»Ist als Fiktion gedacht – rührselige Liebesgeschichte, tragisches Ende –, aber ich sage dir, jedes Wort ist wahr. In Barrington wurde das Blatt heimlich unter den jungen Dingern herumgereicht, und es gab nicht ein Mädchen, das nicht darüber ins Schwärmen geraten wäre.«

»*Ich* habe es nicht zu lesen bekommen.« Josie hatte den Finger auf der Verfasserzeile. »Wer war denn die Autorin, diese Victoria Bird? Woher hat sie das alles gewusst?«

»Muss ein Pseudonym sein«, antwortete Rita. »Alle haben gerätselt, um wen es sich gehandelt haben könnte. Wir dachten, es könne nur ein Einheimischer sein, irgendein Unruhestifter. Das werde die Macht des Fluchs verstärken, sagten einige. Und tatsächlich …«

»1950 …« Josie überlegte. »Das heißt …«

Rita seufzte. »Glenda. Nur einen Monat später. Die vierte Ertrunkene seit Celeste. Danach gab es keinen Zweifel mehr. Der Geist von Celeste Starr, was auch immer man sich darunter vorstellen mag, lockte junge Frauen in den Tod.«

»Ein Nachahmungseffekt?«

»Eher eine Art Massenhysterie.«

Josie zog die Nase kraus. »Was für ein schreckliches Wort.«

»Gut, dann nennen wir es so: junge Frauen, die der verherrlichte Tod einer wunderschönen Schauspielerin um den letzten Funken Verstand gebracht hat.«

Josie lehnte sich zurück. »Ich glaube, man sollte die Mädchen in Barrington nicht unterschätzen.«

Gedankenverloren eilte Josie im Laufschritt über die Main Street in Richtung Stadtbücherei. Plastische Szenen spielten sich vor ihrem geistigen Auge ab: der Soldat und die Schauspielerin, die sich am mondbeschienenen See ineinander verliebten; das in Sylvan Mist eintreffende Telegramm mit der Todesnachricht; Celeste in ihrem stein-beschwerten Palmwedelkorsett, wie sie sich in den Kratersee stürzte.

Eine Liebesgeschichte *ist das, verstehst du ...*

Kapitel 15

Vivienne klopft an

Vivienne packte ihre Sachen in den Roadster und schloss die Tür der Lodge hinter sich ab, damit sie nach ihrem Treffen mit Owens Schwester gleich weiterfahren konnte. Sie hatte auch ein paar Decken mitgenommen, falls sie unterwegs im Auto übernachten müsste. Sie würde Onkel Felix bitten, Rudy das Geld für die Sachen zu geben.

Irgendwie hatte sie das unbestimmte Gefühl, dass sie diese Vorbereitungen nur der Form halber traf. Das Ganze hatte etwas Inszeniertes, so wie die arrangierte Verabredung mit der Schwester eines Unbekannten. Wo sollte sie denn hin, wenn sie die Lodge verließ?

Die Fahrt nach Barrington absolvierte sie mehr oder weniger mechanisch. So überstürzt ihr Vorhaben auch sein mochte, so lächerlich es anmutete – *alles* war besser, als allein in diesem Urwaldmausoleum zu sitzen und auf das Klingeln des Telefons zu warten.

Vivienne wollte auf keinen Fall Aufmerksamkeit erregen. Sie hoffte, in der Kleinstadt nicht aufzufallen im schwarzen Rollkragenpulli und schmaler weißer Hose. Die blonden Haare hatte sie zu einem tiefen Knoten zusammengesteckt und unter einem Schiaparelli-Tuch verborgen. Eine Sonnenbrille mit großen Gläsern bedeckte fast das halbe Gesicht.

Aber als sie nach Barrington hineinfuhr, erkannte sie sofort, dass sie *das* Stadtgespräch sein würde. Ausnahmslos alle drehten sich nach ihr um und glotzten. Kein Wunder: Auf der gesamten Main Street waren ausschließlich Autos der Marke Holden zu sehen. Vivienne stellte den Roadster ab und heuchelte höfliche Gleichgültigkeit, als der Wagen sofort von Männern umringt wurde. Ob derjenige, der sich an der Lodge herumgetrieben hatte, auch darunter war? Sie schlüpfte unbehelligt durch den Kreis von Neugierigen – der Sportwagen erwies sich als perfektes Ablenkungsmanöver.

Der ehemalige Luftschutzbunker, an dessen Betonmauern sich Bougainvilleen emporrankten, war leicht zu finden. Ein Farn in einem Messingtopf hielt dem mittwinterlichen Sonnenschein die Tür auf. Drinnen hörte man die Stimme einer Frau, die ganz offensichtlich ein lebhaftes Selbstgespräch führte.

Vivienne spähte neugierig ins Innere. An einem behelfsmäßigen Tisch – eine Holzplatte auf zwei Fässern – saß eine zierliche Brünette in einem grellfuchsiaroten Kleid. Ein dicker Pony fiel ihr in die Stirn, und in ihrem Pferdeschwanz steckten zwei Bleistifte. Sie passte haargenau auf Owens Beschreibung.

Die junge Frau bemerkte Vivienne nicht, weil sie in das Studium des vor ihr ausgebreiteten Materials vertieft war: Fotos der Lodge, Karten des Sees und die Aufnahme einer im Wasser treibenden Frau. War das etwa Vivienne selbst?

Hatte Owens Schwester ihr nachspioniert? War das irgendein kranker Familienscherz?

Raus hier! Geh! Sofort!

Als Vivienne in stiller Niedergeschlagenheit zurückwich, stieß sie mit dem Fuß gegen den Messingtopf, der klappernd umfiel.

Owens Schwester schaute erschrocken auf. Vivienne, Entschuldigungen stammelnd, schaufelte mit den Händen die herausgefallene Erde in den Topf zurück.

Die junge Frau kniete sich neben sie. »Ich hab diesen grässlichen Frauenhaarfarn noch nie gemocht. Sie haben mir einen Gefallen getan!« Sie hielt ihre kleine, fast quadratische Hand hoch, um Vivienne am Weitermachen zu hindern. »Lassen Sie's gut sein, Sie verteilen die Erde bloß noch mehr.«

Vivienne stand auf und klopfte sich die Knie ab.

Auch Owens Schwester erhob sich. Sie war trotz des hohen, glänzenden Pferdeschwanzes einen guten Kopf kleiner als Vivienne und zog die Nase kraus, während sie sie eindringlich fixierte. Das hübsche herzförmige, sommersprossige Gesicht verlieh ihr etwas Puppenhaftes, auch wenn es Vivienne war, die sich im Moment wie eine übergroße, nutzlose Puppe vorkam.

»Josie Monash«, stellte sie sich vor und wischte sich die schmutzigen Hände an ihrem Kleid ab.

»Vivienne George. Ich bin hier mit Owen verabredet.«

»*Ich* bin mit Owen verabredet«, erwiderte Josie lachend. Es war ein Lachen wie ein Windstoß, der die Sonne bringt.

Vivienne schob sich das Kopftuch aus der Stirn. »Wir

sind beide mit Owen verabredet. Hat er Ihnen nichts von mir erzählt?«

Ein prüfender Blick aus großen, dick mit Kajal umrandeten Augen. »Sind Sie sicher, dass wir denselben Owen meinen?«

»Er hat ziemlich viel Gestrüpp im Gesicht.« Vivienne wedelte mit der Hand am Kinn entlang. »Wie ein … Buschranger.«

Owens Schwester jagte einen weiteren Schwall warmen Gelächters in die Luft. »Das ist köstlich, das wird an ihm kleben bleiben!«

»Oh, machen Sie sich bitte nicht über ihn lustig, er war so nett zu mir.«

»Mich über meine Brüder lustig machen kann ich am besten. Wo hat er *Sie* denn aufgegabelt? Von hier sind Sie nicht. Er hat mir noch nie eine seiner Freundinnen vorgestellt, deshalb gehe ich davon aus, dass es was Ernstes ist, was die Frage aufwirft, warum er mir bisher nichts von Ihnen erzählt hat. Das heißt, nein, das wirklich Interessante ist die Größe des Diamanten an Ihrem Finger. Ich weiß, dass sich mein Bruder das nie leisten könnte, es sei denn, er hätte Grandy um Geld angehauen, aber das würde er nicht wagen, und falls doch, werde ich nie wieder ein Wort mit ihm reden …«

Die Worte sprudelten so schnell aus ihr heraus, dass Vivienne Mühe hatte, ihr zu folgen. Josie konnte ihr ihre Verwirrung offensichtlich ansehen, denn sie verstummte abrupt. »Kommen Sie«, sagte sie dann, »setzen Sie sich zu mir und trinken eine Tasse Tee mit mir.«

Vivienne trat an den Tisch und schaute zu, wie Josie eine Thermosflasche und Becher auf die Holzplatte stellte.

»Wie lange sind Sie und Owen denn schon …?«

»Überhaupt nicht! Ich habe eine Weile hier in der Gegend Ferien gemacht. Owen hat mir Milch gebracht.«

Ohne den Blick von Vivienne abzuwenden, schraubte Josie die Kanne auf. »Es hätte sich bis zu mir herumgesprochen, dass sich eine wunderschöne Blondine in der Stadt aufhält. Was zum Teufel wird hier eigentlich gespielt?«

»Ich reise heute wieder ab, und Owen meinte, ich solle mich mit Ihnen treffen, damit ich Ihnen von dem Baumkänguru erzählen kann, das mich besucht hat.«

Josie stellte die Thermosflasche ein bisschen zu heftig ab. »Wie bitte?«

Vivienne lief rot an. Was für eine absurde Ausrede! Aber was hätte sie sonst sagen sollen? *Ich bin einsam. Ich brauche eine Freundin.* »Es ist ein sonderbares Geschöpf. Hüpft wie ein richtiges Känguru und so, lebt aber in den Bäumen.«

Josie zog einen Umschlag aus der Tasche ihres Kleids und zeigte Vivienne die Zeichnung auf der Rückseite. »Sieht es so aus?«

Vivienne nickte. »Dann war es also kein Witz, als Owen sagte, das würde Sie interessieren.«

»Ich habe noch nie eins gesehen«, murmelte Josie. Sie fuhr mit dem Finger die Zeichnung nach und steckte den Umschlag dann zurück in ihre Tasche. »Sie sind unglaublich scheu. Sie sind ein Glückspilz, wissen Sie das?«

»Das sehe ich anders. Das freche Ding kommt jede Nacht zur Lodge und macht einen Heidenlärm auf der Veranda.«

Josie hieb auf den Tisch. »Sie sind der Gast! *Sie* sind der Gast in Sylvan Mist!«

»Ja, ganz recht, dort habe ich mich versteckt.«

Josie legte den Kopf schief, ihre Augen blitzten erwartungsvoll. »Versteckt?«

»Sagen wir, ich habe mir eine kleine Auszeit genommen.«

Josie musterte Vivienne von Kopf bis Fuß. »Auszeit wovon?« Owen hatte sie ja gewarnt, dass seine Schwester neugierig sei, aber so schnell ins Kreuzverhör genommen zu werden, hatte bei allem Unbehagen etwas Belustigendes.

Vivienne betrachtete die Buchregale, um dem stechenden Blick der jungen Frau ihr gegenüber auszuweichen. »Ich … habe meinen Verlobten sitzen lassen.«

Josie zuckte nicht einmal mit der Wimper. »Eine durchgebrannte Braut!«

»Es hat sich eher so angefühlt, als ob meine Hochzeit sich rasend schnell verselbstständigt hätte und ich von diesem Wahnsinnszug abgesprungen bin.«

»Aber Sie tragen noch diesen Diamanten am Finger.«

»Ich bin nicht dazugekommen, den Ring zurückzugeben, und ich will ihn nicht in der Lodge herumliegen lassen.«

Josie nickte und nagte an der Unterlippe, während sie sichtlich auf ihren Gedanken herumkaute. »Woher kommen Sie denn?«

»Sydney.«

Josie riss die Augen auf. »Von so weit her!«

»Meiner Meinung nach noch lange nicht weit genug.«

Josie schob ihr einen Teebecher hin. »Hier, trinken Sie. Und dann sagen Sie mir, was ich für Sie tun kann.«

»Gar nichts. Ich habe meine Sachen gepackt und werde die Stadt verlassen.«

»Und wo wollen Sie jetzt hin?«

»Keine Ahnung«, antwortete Vivienne achselzuckend. Sie wusste selbst, wie kindlich und unbedarft sie sich anhörte.

Josie machte ein frustriertes Gesicht, richtete den Blick dann aber an Vivienne vorbei auf die Straße. »Verdammt noch mal, Athol!«

Vivienne drehte sich um. Auf der anderen Straßenseite sprang ein Mann in Safarikleidung aus einem verbotswidrig geparkten Bedford-OB-Bus. »Wer ist das?«

»Athol Harford«, knurrte Josie. »Seine Spezialität ist es, Barrington in Verruf zu bringen.« Sie tätschelte Viviennes Arm und stand auf. »Nicht weglaufen, ich bin gleich zurück.«

Josie war kaum hinausgestürmt, als Vivienne den Mann näseln hörte: »Hallo, Josie, war gerade auf dem Weg zu dir. Was hab ich gehört? Du planst eine grandiose Vorstellung am See?«

»Von ›grandios‹ kann keine Rede sein«, antwortete Josie.

»Das sehen die Leute offenbar anders. Sie sagen, das sei das kühnste Unterfangen seit Jahren. Hältst du es für klug, das Amphitheater wieder zu eröffnen?«

»Das malerischste Theater in den Tablelands? Darauf kannst du wetten.«

»Ich bin dabei!«

»Ja, ich weiß noch, als ich klein war, hast du den See auf deiner Samstagstour immer angefahren.«

Athol lachte auf. »Ich rede nicht vom See, sondern von dem Theaterstück. Über die Schauspielerin. Ich will mitspielen.«

»Du gehörst doch gar nicht zu meiner Truppe. Du wohnst ja noch nicht einmal in Barrington.«

»Und wenn schon. Ich werde Freitag da sein und Schwung in den Laden bringen. Das war das letzte Mal, dass wir so eine miese Kritik bekommen haben wie die von diesem Südstaatler!«

»Ich hatte ja keine Ahnung, dass du Alleinunterhalter bist, Athol.« Josies Stimme triefte förmlich vor Spott. Vivienne hatte unwillkürlich Mitleid mit dem Mann.

»Josephine Monash, du hast mich auf dem Dairy-Queen-Ball oft genug auf meinem Lagerphone spielen sehen!«

»Ja, wie könnte ich das vergessen! Hör zu, solange du deine Rahmenrassel oder sonstige Schlaginstrumente zu Hause lässt, kannst du unsere nächste Versammlung gern besuchen. Aber ich kann dir nicht versprechen, dass du eine Rolle bekommen wirst.«

»Das ist exzellent!«, rief Athol. »Ich werde Mime! Ich werde auf der Bühne stehen!«

Vivienne schmunzelte. Was war das für ein Stück, das Josie aufzuführen plante? Sie legte den Kopf schief, um einen Blick auf die Notizen und anderen Unterlagen auf dem Tisch zu werfen, und griff nach dem Foto der Badenden. Nein, das war nicht *sie* – was für ein paranoider Gedanke. Das war die Frau aus der Lodge mit den langen dunklen Haaren, die sich im Wasser fächerförmig um ihren Kopf ausbreiteten. Sie war auch auf diversen Ausschnitten aus

Illustrierten abgebildet. Vivienne überflog den Text auf der Suche nach einem Namen. Celeste Starr, eine Schauspielerin aus der Zeit des Zweiten Weltkriegs. Tot, wie Vivienne vermutet hatte. Und doch schockierte es sie, als sie las, dass die Frau sich im See ertränkt hatte.

Vivienne lehnte sich nachdenklich zurück. Zum Glück hatte sie alle diese Fotos umgedreht! Sie würde kein Auge zutun, wenn sie unter den Blicken einer Ertrunkenen schlafen müsste! Sie machte sich nichts vor – sie würde in die Lodge zurückkehren. Wo sollte sie denn hin? Wer außer diesen merkwürdig aufdringlichen Monash-Geschwistern würde ihr helfen?

Josie kam zurück. »Ich kann einfach nicht Nein sagen, wenn mich jemand um einen Gefallen bittet. Jetzt muss ich auch noch eine Rolle für *diesen* Witzbold finden!« Ihr Grummeln klang zwar verärgert, aber ihre vor Genugtuung blitzenden Augen sprachen eine andere Sprache.

Vivienne starrte die couragierte junge Frau an. *Schlecht erzogen*, würde Geraldine urteilen, *und obendrein ordinär.* Woher hatte ein Farmersmädchen dieses überragende Selbstbewusstsein, das ihr den Mumm verlieh, ihre Brüder und ihre Theatertruppe gleichermaßen herumzukommandieren?

Frag sie, drängte Viviennes innere Stimme. *Frag sie, warum sie sich so für die Frau interessiert, die einmal in der Lodge gewohnt hat und jetzt als Geist dort umgeht.*

Josie ließ sich auf den Stuhl ihr gegenüber fallen. »Ich sag Ihnen was: Ich weiß, dass Owen meine zahlreichen Beobachtungen irgendwelcher sagenhafter Tiere relativ egal sind, aber von allen meinen Brüdern ist er derjenige, dessen Urteilsvermögen ich bedingungslos vertraue, und deshalb müssen wir beide jetzt herausfinden, warum er Sie wirklich hierhergeschickt hat und was er von mir erwartet.«

»Muss schön sein«, murmelte Vivienne versonnen.

»Was muss schön sein?«

»Eine große Familie zu haben, die zusammenhält.«

Josie schnaubte. »Familie ist die Bühne spirituellen Dramas.«

Vivienne sah sie fragend an.

»Meine Mutter starb, als ich noch klein war, ich habe sie praktisch nicht gekannt. Mein Vater ist heute noch, nach zwanzig Jahren, ein trauernder Witwer. Unsere Großmutter versucht, unser aller Leben zu kontrollieren – und ich bin mir nie sicher, ob mir das recht ist oder nicht –, und sie und mein Vater sind zerstritten, solange ich denken kann. Ich habe zu viele Brüder, und habe ich schon meine neue Schwägerin erwähnt, die ach so feine Dame? Sie ist ungefragt bei uns eingezogen und will nicht mehr gehen, sie würde uns gern mit eiserner Faust regieren, aber weil ihr dabei ein Fingernagel abbrechen könnte, hat sie sich stattdessen für passive Manipulation entschieden.«

Vivienne wollte sich schon für ihre voreiligen Schlüsse entschuldigen, zögerte dann aber. Etwas in Josies wachsamem Blick sagte ihr, dass sie Aufrichtigkeit sehr viel mehr schätzte als Höflichkeit.

»Ich bin ein Einzelkind. Ich habe große Familien immer beneidet.«

»Ich würde meine Familie auch beneiden, wenn es nicht meine wäre«, versetzte Josie trocken. Sie sah Vivienne nachdenklich an. »Warum verstecken Sie sich nicht bei Ihren Eltern?«

»Ich verstecke mich *vor* meiner Mutter.«

»Warum?«

Vivienne spürte, wie die wohlerzogene Gleichgültigkeit von ihren Gesichtszügen glitt und etwas anderem Platz machte. »Oh, als ich die Hochzeit absagen wollte, hat meine Mutter mir unmissverständlich klargemacht, dass das gegen alle Regeln des Anstands verstoßen würde. Die Ehe mit Howard sei eine taktische Entscheidung und die beste, die eine Frau in meiner gesellschaftlichen Stellung treffen könne.«

»Sind Sie immer schon reich gewesen?«

Vivienne hatte das starke Gefühl, dass Josie Monash nur selten für ihre Äußerungen getadelt oder darauf hingewiesen wurde, was man besser nicht sagte. »Ich bin mit dem sprichwörtlichen goldenen Löffel im Mund geboren worden«, antwortete sie achselzuckend.

Josie nickte – mitleidig, wie es Vivienne schien.

»Wie sind Sie denn an diese alte Lodge gekommen?«

»Mein Onkel hat sich erbarmt und sie für mich gemietet. Er ist ein Freund von Rudy Meyer.«

Sichtlich beeindruckt, zog Josie die Brauen hoch. »Und Ihr Verlobter? Was ist mit ihm passiert?«

»Um sein Gesicht zu wahren, erzählt Howie herum, ich sei ins Callan Park Mental Hospital eingeliefert worden. Das ist eine psychiatrische Klinik.«

»Mein Gott!«

»Ich muss fairerweise zugeben, dass ich in der Nachricht,

die ich ihm hinterlassen habe, von einem Nervenzusammenbruch gesprochen habe. Ich dachte, er wäre bestimmt froh, mich los zu sein, wenn er glaubt, dass ich den Verstand verliere.«

»Und, ist es so? Verlieren Sie den Verstand?«

Diese Unverfrorenheit! Sie hatte etwas eigenartig Verlockendes …

»Denkbar wär's, wenn ich mich noch lange in Sylvan Mist aufhalte.«

Josie schnitt eine Grimasse. »Ich weiß nicht, wie Sie es dort aushalten. Der Ort ist voller Geister. Natürlich keine richtigen«, fügte sie hastig hinzu.

»Ich verlasse das Haus, so oft ich kann. Zum Glück ist es nicht weit bis zu diesem wunderschönen See. Da gehe ich oft zum Schwimmen hin.«

Josies Züge entgleisten, ihre ganze Haltung erschlaffte schlagartig. Vivienne bekam unwillkürlich Herzklopfen.

Josie beugte sich vor und nahm Viviennes feingliedrige Hände in ihre. »Der See ist geschlossen. Sie dürfen dort nicht schwimmen!«

Vivienne lachte und zog ihre Hände zurück. »Geschlossen? Das ist ein *See*!«

»Ein … Fluch liegt auf ihm«, sagte Josie vorsichtig. »Viele junge Frauen sind im Lake Evelyn ertrunken.«

»Sie meinen, sie haben sich dort umgebracht?«

Josie wurde blass. »Es ist nicht klar, warum sie ertrunken sind. Aber es sind mehr, als eine kleine Stadt wie unsere verkraften kann. Wir raten den Leuten dringend davon ab, dort zu schwimmen.«

»Also handelt es sich nicht um einen Fluch, sondern um Desinformation, die junge Leute fernhalten soll. Aber ich kann mir nicht vorstellen, dass eine ganze Stadt Angst vor einem See hat, oder?«

Vivienne schien einen Nerv getroffen zu haben, denn Josie fuhr stirnrunzelnd zurück.

Vivienne sah sie aufmerksam an. »Wenn man sich dem See nicht nähern soll, warum wird dann unmittelbar an seinem Ufer ein Stück aufgeführt, noch dazu eins, das ihn thematisiert?«

Ein gequälter Ausdruck trat auf Josies Gesicht. »Ich will ja nur das öffentliche Gelände rings um den See wieder eröffnen, und mein Stück soll den F… soll dem Aberglauben ein Ende machen.«

Vivienne schüttelte missbilligend den Kopf. »Sie sollten Schwimmunterricht anbieten, das wäre gescheiter.«

»Im See ist Schwimmen verboten.«

»Ich bin schon viele Male darin geschwommen.«

»Aber das machen Sie nicht mehr. Versprechen Sie, dass Sie das nicht mehr machen werden!«

»Ich werde wieder schwimmen gehen. Ich werde nicht mehr lange hier sein, nur so lange, bis ich weiß, was ich mit meinem Leben anfangen will. Glauben Sie mir, eine alberne Geschichte über einen See ist meine geringste Sorge!« Ihre Stimme wurde lauter. »Die morgendliche Runde im See ist eine meiner wenigen Freuden. Abgesehen davon sitze ich in dieser Lodge nur herum wie eine … eine hilflose Prinzessin in einem Turm. Ich muss mein Leben wieder in den Griff bekommen und mich um mein eigenes Glück kümmern, sonst drehe ich wirklich noch durch! Können Sie das nicht verstehen?«

Vivienne sprang auf. Die Leidenschaftlichkeit, mit der sie für das Recht plädierte, ihr Leben nach ihren eigenen Wünschen und Vorstellungen leben zu dürfen, erschreckte sie selbst. Ihre Augen füllten sich mit Tränen. Sie blinzelte hastig ein paarmal hintereinander.

Josie machte ein betroffenes Gesicht. »Doch, ich kann Sie verstehen. Sehr gut sogar. Ich könnte es nur nicht ertragen, wenn noch eine junge Frau diesem elenden verfluchten See zum Opfer fiele.«

Vivienne tupfte sich mit dem Handrücken die Wangen ab und brachte ihr kochendes Blut durch schiere Willenskraft wieder zum Abkühlen. Sie blickte Josie geradewegs in die Augen, hob arrogant den Kopf und die Stimme und sagte:

»Wissen Sie was? Sie können Ihren Fluch behalten! Ich werde es einfach darauf ankommen lassen.«

Damit stürmte sie hinaus.

Kapitel 16

Pin-up

Josie hatte ihr Abendessen kaum angerührt, obwohl sie nichts lieber mochte als Regs Frikadellen. Sie steuerte kein fröhliches Geplapper bei, ging nicht auf die behutsamen Fragen ihres Vaters ein, schlug beim Abwaschen in ihrer Hektik ein paar der Teller ihrer Mutter mit dem chinesischen Weidenmotiv an und gab Daphne, die sich über ihre Unachtsamkeit beklagte, entgegen ihrer sonstigen Gewohnheit nicht ordentlich Kontra, sondern ließ sie einfach stehen und ging. Die besorgten Blicke der anderen glitten an ihr ab. Sie hatte Wichtigeres zu tun, als auf die Harmonie in der Familie zu achten.

In den Stunden nach dem Abendessen eroberte Josies recherchiertes Material ihr gesamtes Zimmer. Blätter bedeckten das Bett, den Fußboden und die Kommode, klebten an Fensterscheiben und waren an Wände geheftet. Sie hatte sogar ihre seit Langem verstaubte Aussteuertruhe ausgeräumt, um Platz zu schaffen.

Aber obwohl das Zimmer voll war mit Notizen über und Bildern von Celeste Starr, kreisten Josies Gedanken um eine andere Frau. Sie konnte immer noch Viviennes präzise

Aussprache und ihren hellen Tonfall hören; sie sah ihre sanften grauen Augen vor sich, rief sich ihre kultivierte, anmutige Ausstrahlung ins Gedächtnis zurück. Hinter der glänzenden Fassade der Absolventin einer höheren Töchterschule verbarg sich jedoch eine Empfindsamkeit, um die Josie sie beneidete.

Die Frau hatte ganz offensichtlich den Wunsch zu sterben. Würde sie sich sonst in Sylvan Mist verstecken, im Lake Evelyn schwimmen? Josie schauderte bei der Vorstellung, wie das arme Ding jetzt im Dunkeln ganz allein in dieser Lodge hockte und den Badeanzug für morgen früh vermutlich schon parat gelegt hatte.

Sie stöhnte auf.

»Was ist denn los mit dir?« Ernest war hereingekommen und lehnte lässig am Bett. Er ließ seine Glückszigarre von einer Hand in die andere wandern, während er sich im Zimmer umschaute. Die Zigarre hatte er von einem Kumpel aus der Stadt bekommen, dem er geholfen hatte, und obwohl er sie ständig bei sich trug, war sich Josie absolut sicher, dass er sie nie rauchen würde.

Sie warf ihm einen vernichtenden Blick zu. »Kannst du diese Zigarre nicht wegwerfen? Sie ist absolut schädlich für dich.«

Ernest zuckte mit den Schultern. Seine hübschen Lippen kräuselten sich. »Farmarbeit ist auch schädlich für mich, und trotzdem versucht keiner, mich davon abzuhalten.«

Josie grinste. »Tja, du verdienst schließlich deinen Lebensunterhalt damit. Aber die Schauspielerei wird dein neuer Beruf werden. Ich habe in meinem nächsten Stück eine Hauptrolle für dich geplant.«

Ernest hob seine Zigarre, als würde er ihr mit einem Glas zuprosten. »Cheers! Ich nehme dankend an.«

Die Brüder gaben sich an diesem Abend die Klinke in die Hand, sodass Josie weder zum Arbeiten noch zum Alleinsein kam. Die Männer hatten es sich offenbar zur Aufgabe gemacht, ihre Schwester aus ihrer düsteren Stimmung zu reißen. Reg war bereits da gewesen und hatte Daphnes Beschwerden überbracht, mit den Worten jonglierend, als handelte es sich um glühende Steine. Josie hatte sie alle weggelacht, und Reg war, getragen von Erleichterung, wieder abgezogen. Dann kam Ernest, um sie zu ärgern und aufzuziehen und sie wahnsinnig zu machen mit seiner Zigarre. Fehlte nur noch Owen. Auf ihn freute sich Josie; sie hatte eine ganze Menge Fragen an ihn.

Ein Räuspern von der Tür her. *Wenn man vom Teufel spricht ...*

Ernest schob sich vom Bett weg. »Gut, ich geh dann mal.«

»Der Nächste bitte!« Josie winkte Owen ins Zimmer.

»Josie, die wunderbare Bühnenautorin«, rief er theatralisch und ließ sich wie ein Sack auf ihr Bett plumpsen, sodass ihre Notizen auf den Fußboden rutschten. »Ich kann nicht glauben, dass du das wirklich durchziehen willst!«

»Und *ich* kann nicht glauben, dass du so was machst«, brummte sie und zog ein paar Seiten unter seinem Hintern hervor.

Sie würde Owen keine Fragen stellen, entschied sie.

Denn wenn sie darüber nachdachte, war er es, der sich für das arrangierte Treffen zwischen ihr und Vivienne entschuldigen und ihr erklären sollte, was er damit bezweckt hatte.

»Erzähl«, forderte er sie auf. Einfach so, ohne ein Wort der Entschuldigung. Dieser Schuft.

Josie tat, als müsse sie herzhaft gähnen. »Was für ein Tag! Nachdem du mich versetzt hattest, musste ich so einer seltsamen Blondine helfen, die perfekte ›Tut-mir-leid-dass-ich-dich-hab-sitzen-lassen-nimm-mich-bitte-wieder-zurück‹-Karte zu finden, und ihr dann den Weg nach Sydney erklären.«

Owen sah sie eindringlich an. Josie drehte ihm den Rücken zu und unterdrückte ein Schmunzeln.

»Das hast du nicht gemacht«, sagte er schließlich.

»Doch, hab ich.«

»Das würde ich dir nie verzeihen.«

»*Ich* werde dir das auch nie verzeihen.«

»Was?«

»Dass du mich nicht früher um Hilfe gebeten hast.«

»Sie will keine Hilfe!«

»Ha, sie braucht sie aber! Sie geht täglich im See schwimmen, kannst du dir das vorstellen?«

Er nickte. »Ich hab sie dabei beobachtet.«

»Sie hat nicht die blasseste Ahnung!«

»Sie ist unerschrocken und entschlossen.«

»Wie schmeichelhaft! Weißt du, was sie über dich gesagt hat? Du hättest ziemlich viel Gestrüpp im Gesicht, wie ein Buschranger.«

Owen lachte schallend wie lange nicht mehr. »Sie hat einen wunderbar sarkastischen Sinn für Humor.«

»Nein, sie hat das ernst gemeint.«

Er machte eine wegwerfende Handbewegung. »Nichts, was der Friseur nicht wieder hinkriegen würde.«

Josie schnaubte. »Ich habe dein Kinn das letzte Mal gesehen, als du sechzehn warst. Wenn du dir den Wildwuchs im Gesicht wegen einer Frau beseitigen lassen willst, hast du dir die Falsche ausgesucht. Sie ist wie eine … eine verletzte Maus, die sich hoffnungslos verfangen hat.«

Owen schwieg betreten. Josie musterte ihn verstohlen. Es war besser, wenn sie ihm die ungeschminkte Wahrheit sagte. »Sie ist nicht dein Typ, Owen. Sie ist kein Mädchen vom Land. Eher ein fremdartiges Geschöpf aus einer elitären Welt – ihre Sprache, ihre Gesten, ihre Haltung … Die Riesenklunker, die sie trägt … Ich meine, sie kleidet sich nicht einmal anständig!«

Aus irgendeinem Grund schien ihn der letzte Satz zu erheitern.

Josie wartete, aber es kam keine Erklärung. Sie machte ein finsteres Gesicht, weil er den Grund für seine Belustigung für sich behielt. »Ich nehme deine Entschuldigung übrigens an. Weil du mich versetzt hast«, fügte sie hinzu, als er sie fragend ansah.

»Es war nicht nötig, dass ich komme.« Er lächelte. »Vivienne hat dir offensichtlich so weit vertraut, dass sie dir von ihren Sorgen erzählt hat.«

Josie seufzte. »Ganz so gut ist es nicht gelaufen. Als ich ihr gesagt habe, sie dürfe nicht mehr im See schwimmen, ist sie weggerannt! Schwimmen ist anscheinend eine ihrer Lieblingsbeschäftigungen …«

»Sie braucht eine Freundin, Josie.«

»Sie braucht ein vollständig neues Leben! Sie will so schnell wie möglich von hier weg.«

»Ich glaube nicht, dass es einen Ort gibt, wo sie hinkann. Sie ist in einer Zwischenwelt gefangen.«

»Im Fegefeuer, meinst du.«

»Kannst du dir vorstellen, dich dort draußen in der Lodge zu verstecken?«

»Mir ist das *alles* unbegreiflich, sie mit eingeschlossen. Sie kommt mir vor wie das einsamste Mädchen auf der Welt.«

Als sie den gequälten Gesichtsausdruck ihres Bruders bemerkte, schob sie hastig nach: »Um eines allerdings beneide ich sie – den ganzen Tag faulenzen und lesen zu können, ohne von irgendwelchen Brüdern genervt zu werden.«

Owen wusste, dass sie nur Spaß machte. »Wir beide sind übrigens nicht die einzigen, die von ihrem Aufenthalt in der Lodge wissen«, sagte er nach einer kleinen Pause. »Jemand hat sie nachts vom Wald aus beobachtet. Sie hat es zufällig gesehen.«

Josie lief es kalt über den Rücken. Sie kniff die Augen ein wenig zusammen und murmelte: »Eine so wunderschöne Frau und ganz allein … Ich wette, Niall gönnt sich ein paar zusätzliche kleine Vergünstigungen …«

Owen nickte. »Das denke ich auch. Ich werde ihn mir vorknöpfen.«

»Nein, lass mich mit ihm reden. Ich war bei ihm wegen

meines Stücks, ich werde sagen, dass ich noch mehr Informationen brauche.«

Owen machte ein nachdenkliches Gesicht, als sie ihr neues Stück erwähnte.

»Ich will versuchen, ihr zu helfen«, fuhr Josie fort. »Ich weiß nur nicht, wie.«

Owen hatte offensichtlich etwas auf dem Herzen. Josie wartete geduldig. Es lohnte sich immer, auf Owens kluge Worte zu warten.

Schließlich knackte er mit den Knöcheln und sagte: »Josie, das alles ist kein Zufall. Denk doch mal nach: Wir hätten nie von Viviennes Aufenthalt in der Lodge erfahren, wenn du mich nicht gebeten hättest, das Amphitheater für dein Stück über diesen verdammten See vorzubereiten, in dem sie sich zu schwimmen traut. Ich glaube, es ist deine Bestimmung, etwas Besonderes aus dieser ganzen Geschichte zu machen. Ich glaube, dass es hier um *dich* geht ...«

Als es Nacht wurde und das alte Gerippe des Hauses knarrte und knackte, kam ihr Vater zu ihr.

Gabe ging mit verschränkten Armen und gefurchter Stirn langsam im Zimmer umher und studierte Josies Unterlagen. Zu guter Letzt blieb er vor Maureens Foto stehen, streckte die Hand aus und strich zärtlich über ihre Gestalt.

Etwas bedrückte ihn sichtlich, als er sich zu Josie aufs Bett setzte. Dieses Mal meckerte sie nicht, weil ihre Notizen durcheinandergerieten oder zu Boden flatterten. Sie blinzelte nur gegen ein Gefühl herber Schroffheit an.

»Worüber schreibst du?«, fragte Gabe.

Sie wand sich ein wenig.

»Es interessiert mich, Josephine.«

»Wie du siehst, erzähle ich die Geschichte von Celeste Starr und Sylvan Mist und wie Lake Evelyn zu seinem Fluch kam«, erwiderte sie ruhig.

Gabe starrte sie an. »Ich dachte, du wolltest lediglich das Amphitheater wieder eröffnen.«

»Wollte ich auch, aber dann habe ich mit Grandy gesprochen, und sie meinte, ich solle …«

Oh, sein Gesicht!

»Nachdem ich mit Grandy gesprochen habe«, verbesserte sie sich hastig, »habe ich beschlossen, die wahre Geschichte von Celeste Starr zu erzählen.«

»Und was für eine Geschichte ist das?«

»Eine Liebesgeschichte.«

»Das hat *Beryl* dir eingeredet.«

Josie ignorierte seine übliche Betonung des Namens und entgegnete: »Nein, ich habe mit vielen Leuten geredet und meine eigenen Nachforschungen angestellt.« Sie reichte Gabe die Zeitungsausschnitte.

Er nahm sie, streifte sie mit einem flüchtigen Blick und legte sie wieder zurück.

»Es wird eine tragische Liebesgeschichte«, fuhr Josie eilig fort. »Sie handelt von einer außergewöhnlich talentierten, vielversprechenden Schauspielerin und einem australischen Soldaten, die sich während der Kriegsanstrengungen in Far North Queensland gefunden haben.« Ermutigt von Gabes Schweigen, legte Josie das Handlungsgerüst ihres Stücks dar, wobei sie von Minute zu Minute lebhafter wurde. »Und dann, nachdem Rudy das Amphitheater und die Lodge aufgegeben hat«, beendete sie ihre Ausführungen mit schwungvollen Gesten, »diese bewegende Schlussszene, in der Celeste, von einem einzigen Scheinwerfer angestrahlt, am Ufer von Lake Evelyn dem Wiedersehen mit ihrem Geliebten überglücklich entgegentanzt. Und das wird wunderschön und kraftvoll und auch für Barrington richtungsweisend sein, weil ich das Script ändere, verstehst du? Die Geschichte endet nicht mit Celestes Tod durch Ertrinken und ihren Rufen aus der Tiefe des Sees, um junge Frauen anzulocken, sondern mit dem versöhnlichen Bild einer Celeste, die ihr Happy End bekommt.«

Josie war in ihrer Begeisterung aufgesprungen. Ihre Augen leuchteten, als sie sich wieder neben ihren Vater setzte.

Gabe schwieg lange. Josie beobachtete ihn, ob er die Schultern hängen ließ, was ein eindeutiges Zeichen seiner Enttäuschung war. Sie hatte nie verstanden, warum ihr Vater nicht herumschreien und toben und poltern konnte wie die Väter anderer Mädchen. Dann hätte sie ihn wenigstens mit Verachtung strafen und seine Ratschläge ohne Bedauern ignorieren können. Sein würdevolles Schweigen dagegen machte es zu einer schmerzlichen Erfahrung, sich über seine Wünsche hinwegzusetzen.

Zu ihrer Überraschung ließ er die Schultern jedoch nicht hängen. »Josephine«, sagte er, »ich werde dich nur ein einziges Mal bitten, und ich würde dich überhaupt nicht darum bitten, wenn ich es nicht als meine Pflicht ansehen würde …«

»Du kannst mich darum bitten«, erwiderte sie, »aber du kennst meine Antwort bereits.«

»Willst du es dir nicht überlegen? Gibt es kein anderes Stück, das du irgendwo anders aufführen kannst? Dieser ... Fluch hat schon so viel Schaden angerichtet, so viele Opfer gefordert, dass ich es nie verzeihen könnte ...« Er brach abrupt ab.

»Dass du mir mein Stück nie verzeihen könntest?«, beendete sie den Satz bestürzt.

Gabe legte seine große Hand auf ihre nervös ineinander verschränkten Hände und drückte sie fest. »Es gibt nichts, was ich dir nicht verzeihen würde, mein Küken.«

Sein Versuch, sie zu beschwichtigen, schlug fehl. *Was* würde er nie verzeihen können?

Sie zog ihre Hände zurück und sah ihren Vater streng an. »Ist es wegen Grandy? Hast du was gegen mein Stück, weil der Vorschlag von Grandy kam? Warum müsst ihr euch ständig beharken?«

Sie hatte ihn verletzt, sie konnte es ihm ansehen.

Er stand auf, und Josie suchte fieberhaft nach Worten, um das vertraute schlechte Gewissen zu beruhigen. »Dad?«, rief sie, als er schon an der Tür war. Er drehte sich langsam um.

Ihr gut aussehender, sanfter Vater. Sie liebte ihn, sie wollte ihn auf keinen Fall verletzen oder enttäuschen, aber in diesem Punkt würde sie nicht nachgeben.

»Du wirst stolz auf mich sein, Pa. Ich verspreche es. Ich glaube ganz fest an dieses Stück, und ich weiß, dass ich für Barrington das Richtige tue.«

Gabe nickte. Sein Lächeln war nicht minder tapfer und traurig als ihres. »Du machst das schon richtig, mein Küken – für uns alle.«

»Wenn du ihr Milch bringst«, hatte Josie zu Owen gesagt, als sie im Morgengrauen über das vom Raureif knirschende Gras den Hügel hinauf zum Melkstall stapften, »sag ihr, sie soll in die Stadtbücherei kommen. Ich fahre nachher hin, um an meinem Stück zu schreiben.«

Ihr war alles recht, um von Daphne wegzukommen, die jeden Tag am Küchentisch saß und, demonstrativ seufzend, die aufwendige Ausstattung für ihr Baby nähte. Josie hätte ihr gern ihre Hilfe angeboten, nur damit sie schneller fertig wurde – und endlich den Mund hielt –, aber da sie in der Schule im Nähen eine Niete gewesen war, ließ sie es lieber sein.

Nachdem der Frühstückstisch abgeräumt und das Gemüse fürs Mittagessen geschält war, packte Josie Schreibpapier und Thermosflasche ein und machte sich auf den Weg in die Stadt. Sie hatte Glück: Die Bücherei war noch geschlossen, als sie ankam, sie würde den Raum – zumindest vorläufig – für sich allein haben.

Sie stellte ihren Picknickkorb auf den Tisch, legte ihre Schreibutensilien zurecht und machte sich an die Arbeit. Vivienne würde kommen, sie wusste es einfach.

Bei jeder Stimme, die sich näherte und wieder entfernte, schreckte sie hoch und vergewisserte sich einige Male, dass sie nicht versehentlich die Tür abgeschlossen hatte. Aber Vivienne kam nicht. Josie hatte es schon aufgegeben, als sie das Klacken von Stöckelschuhen auf dem Asphalt draußen hörte. Sie holte tief Luft und legte ihren Bleistift aus der Hand. Die Tür öffnete sich. Ein blasses Gesicht, halb verdeckt von einem Schal und einer Cat-Eye-Brille, spähte herein.

»Morgen. Wie war's beim Schwimmen?«, fragte Josie.

»Ein bisschen frisch«, antwortete Vivienne.

Die beiden Frauen schauten sich an.

Wenn sie meine Hilfe will, wird sie reinkommen.

Vivienne trat ein. »Das ist eine wunderbare Idee, den Raum so zu nutzen. Ich konnte es mir gar nicht vorstellen, als Owen erzählt hat, Sie hätten den Luftschutzraum zu einer Bücherei umgebaut.«

»Luftschutz*bunker*«, verbesserte Josie.

Vivienne nickte gelassen. Das Zusammenleben mit einer Frau, die jedes Wort persönlich nahm und ständig beleidigt war, war so anstrengend, dass Josie ganz vergessen hatte, dass nicht alle Frauen wie Daphne waren.

»Gab es hier Luftangriffe während des Kriegs?«

»Zum Glück nicht. Eine Farm nördlich der Tablelands ist allerdings von Bomben getroffen worden. Ein kleines Mädchen, das damals etwa in meinem Alter war, wurde verletzt.« Josie hielt ihre Thermosflasche und einen Becher hoch. »Auch einen?«

»O ja, gern, danke.« Vivienne schloss die Tür hinter sich und nestelte an den zierlichen Perlmuttknöpfen ihres weichen hellblauen Cardigans. »Lassen Sie mich das machen, Sie arbeiten doch.«

»Ich wollte sowieso eine Pause machen.« Josie schob

Blätter zu schiefen Stapeln zusammen. »Entschuldigung wegen der Unordnung hier.«

»Das stört mich nicht. Was glauben Sie, wie es in der Lodge aussieht! Ein Paradies für Liebhaber des kreativen Chaos«, spottete Vivienne.

Josie lachte. Sie hatte tatsächlich einen ganz speziellen Humor.

Nachdem sie den Tee eingeschenkt hatte, blätterte Vivienne durch Josies Erstentwurf. »Das ist wundervoll!«

Josie bemühte sich um einen neutralen Gesichtsausdruck. »Finden Sie? Was gefällt Ihnen denn besonders?«

»Das fesselnde Drama, das sich da entwickelt. Sie haben eine unglaubliche Fantasie.«

»Das ist alles wahr.«

Vivienne schaute auf. »Im Ernst?«

»Belegt durch hiesige Quellen.«

Nachdem Vivienne noch ein bisschen mehr gelesen hatte, meinte sie mit leichtem Stirnrunzeln: »Die Figur des Rudy Meyer bleibt ziemlich blass, finde ich. Er spielt kaum eine Rolle.«

»Rudy? Er soll auch eine Nebenfigur bleiben. Hier geht es nicht um ihn und seine hochfliegenden Pläne und seinen späteren Ruhm, sondern um Celeste, um ihre tiefen Gefühle und ihr Talent und um die Tragödie von Krieg und Liebe im Leben einer Frau.«

Vivienne zog eine Braue hoch. »Sind Krieg und Liebe nicht das Gleiche? Strategien mit dem Ziel der Anhäufung von Reichtum und Macht?«

Josie dachte über diese Theorie nach. Was sie selbst betraf, so war Liebe ein unstillbares, schmerzliches Verlangen, ein zärtlicher, verlorener Traum, eine permanente leise Sehnsucht – aber *Krieg*?

»Krieg und Liebe sind in meinem Stück zwei völlig verschiedene Dinge«, räumte sie schließlich ein.

Vivienne zuckte mit den Schultern. »Es ist *Ihre* Geschichte. Aber wenn Sie sich in der Lodge umschauen würden, würden Sie Rudy nicht mehr für eine Nebenfigur halten.«

Josie beugte sich gespannt vor. »Wie meinen Sie das?«

»Der Mann war ganz offensichtlich von ihr besessen. Die Lodge ist eine einzige Celeste-Starr-Gedenkstätte. Und wie lange ist das jetzt her?«

»Ungefähr vierzehn Jahre – sie hat sich vor Kriegsende ertränkt.« Josies Gedanken überschlugen sich. »Ich weiß, dass Rudy *angeblich* in Celeste verliebt gewesen sein soll. Ihr Tod hat ihn so schwer getroffen, dass er alle Shows aus Respekt vor ihr absagte. Aber seitdem hat er eine von der Kritik hochgelobte Karriere in Übersee gemacht, eine Affäre nach der anderen gehabt und nicht das geringste Interesse an der Lodge gezeigt. Wenn sie tatsächlich eine ›Gedenkstätte‹ ist, wie Sie sagen – ich muss es Ihnen glauben, Einheimische haben nämlich keinen Zutritt –, dann vermutlich deshalb, weil er nie zurückgekommen ist, um alles auszuräumen.«

»Kein Mann hängt so viele Bilder von einer Frau auf, mit der er kein intimes Verhältnis hatte oder die er sonst irgendwie fanatisch verehrte.« Josie war noch nicht überzeugt, Vivienne konnte es ihr wohl ansehen. »Glauben Sie mir, die Augen dieser Toten haben buchstäblich jede meiner Bewegungen verfolgt!«

»Sie spukt nicht in der Lodge«, sagte Josie. »Nur im See.«

Wieder zuckte Vivienne mit den Schultern. »Es ist Ihr Stück.«

»Haben Sie keine Angst, ganz allein in der Lodge da draußen?«, fragte Josie unvermittelt.

Vivienne legte das Bild von Celeste umgedreht hin und sah Josie offen und direkt in die Augen. Ihr Blick machte jede weitere Erklärung überflüssig.

Josie nickte. »Ich beneide Sie nicht. Ich habe noch nie eine Nacht mutterseelenallein verbracht, schon gar nicht an einem Ort wie diesem.«

»Ich schlafe in der Bibliothek auf dem Fußboden, weit weg von den Fenstern, hinter einer verbarrikadierten Tür, mit einem Kissen über dem Kopf und einer Taschenlampe in der Hand.«

»Wollen Sie eine Knarre?« Josie bereute die Frage, noch bevor sie die Reaktion sah, die Viviennes feine Züge spiegelten. »Verstehen Sie mich nicht falsch, aber ich bin ein Farmerskind …«

»Ich hätte nicht gedacht, dass man auf einer Milchfarm Waffen braucht.«

»Nur für die Schlangen und die Wildhunde.«

»Du meine Güte! Da sind mir die Vögel, die mich allem Anschein nach aus der Lodge bomben wollen, lieber.«

»Ah, Sie meinen bestimmt die Fleckenrußeule! Während der Truppenübungen im Krieg muss ihr pfeifendes Zischen schrecklich gewesen sein für die Soldaten. Als ob der Wald sie auf das vor ihnen liegende Grauen vorbereiten wollte.«

Vivienne tippte auf das Foto von Celestes Liebhaber. »Ist die Geschichte mit dem gut aussehenden Soldaten auch wahr?«

»Weitestgehend. Mit ein paar romantischen Ausschmückungen.«

»Zach ist unglaublich attraktiv«, murmelte Vivienne. »Wer wird seine Rolle übernehmen?«

»Die Auswahl an Männern in Barrington ist nicht gerade berauschend.«

»Hauptsache, Sie finden für sich selbst den Richtigen.«

»Das sehe ich auch so.«

»In einer Kleinstadt wie dieser werden Sie bestimmt andauernd darauf angesprochen, dass Sie noch nicht verheiratet sind.«

Josie lachte. Vivienne hatte den Nagel auf den Kopf getroffen. »Die meisten haben inzwischen akzeptiert, dass ich damit ausgelastet bin, meine Männer zu Hause zu versorgen.«

Vivienne legte den Kopf schief und sah sie prüfend an. »Füllt Sie das wirklich aus?«

»Ich dachte es. Bis meine unerträgliche Schwägerin einzog und das Regiment übernahm und ich gemerkt habe, wie leicht ich für meinen Vater und meine Brüder zu ersetzen bin. Wenn jemand wie Daphne West das so mühelos schafft, warum sollte ich dann bleiben und mich um alle kümmern?«

Vivienne spielte zerstreut an ihrem unanständig großen Diamanten herum. »Dem Gesichtsausdruck Ihres Bruders nach zu urteilen, wenn er über Sie spricht und Ihren Namen in jede Unterhaltung einfließen lässt, bezweifle ich, dass Ihre Familie denkt, irgendeine Frau könnte Ihnen das Wasser reichen.«

Josie strich ihren Pony glatt und tat, als ließe die Bemerkung sie kalt.

»Hätten Sie vor Jahren schon gewusst, dass Sie nicht bleiben und sich um Ihre Familie kümmern müssen – wohin wären Sie dann gegangen?«

»Nirgendwohin«, antwortete Josie hastig. Viel zu hastig. »Ich *liebe* Barrington. Es ist mein eigenes kleines Reich.«

Die beiden Frauen blickten sich in dem ehemaligen Bunker um. Josie bemerkte auf einmal die Risse im Beton, die Staubschicht auf den oberen Regalen, an die sie nicht heranreichte, die mangelhafte Beleuchtung, die abgestandene Luft. Sie zog die Stirn in Falten, fühlte sich, als hätte man ihr einen Vorwurf gemacht. *Sie* war doch nicht auf der Flucht, hatte nie auch nur mit dem Gedanken gespielt wegzulaufen. Was für eine Unverfrorenheit anzudeuten, sie habe die Chance wegzugehen verpasst!

Es juckte ihr in der Hand, das Medaillon an ihrer Halskette zu berühren. Stattdessen drückte sie den mittlerweile zerknitterten Umschlag in der Rocktasche.

»Und Sie?« Josie heftete den Blick auf Viviennes taubengraue sanfte Augen. »Was werden Sie mit Ihrer neu gewonnenen Freiheit anfangen?«

Vivienne seufzte. »Ich sag's Ihnen, wenn ich es weiß.« Als sie Josies fragenden Blick bemerkte, fügte sie hinzu: »Man hat mir mein ganzes Leben lang gesagt, wie ich mich benehmen und was ich machen und sagen soll. Es wird eine Weile dauern, bis ich mich daran gewöhnt habe, auf eigenen Füßen zu stehen.«

»Sie schaffen das schon. Ihre Füße halten das bestimmt aus.« Die Bemerkung war Josie herausgerutscht. Sie hatte es nicht in böswilliger Absicht gesagt und war froh, dass Vivienne es ihr nicht übel nahm.

»Hoffentlich lassen sich meine kindlichen Erwartungen mit meiner neuen Lebensperspektive vereinbaren. Sie können sich nicht vorstellen, was für eine Chance ich weggeworfen habe. Jede junge Frau aus der Oberschicht von Sydney hat mich beneidet.«

»Sie haben recht, das kann ich mir wirklich nicht vorstellen«, erwiderte Josie trocken.

Vivienne verzog den Mund zu einem angedeuteten schiefen Lächeln, was ihrer kühlen Schönheit etwas Liebenswertes verlieh.

»Das ist das erste Mal, dass ich Sie lächeln sehe.«

»Ich kriege oft zu hören, dass ich zu ernst bin. Vor allem Männer stört es, dass meine Persönlichkeit nicht zu meinen flachsblonden Haaren passt.«

»Mein Bruder hat gemeint, Sie hätten einen wunderbar sarkastischen Sinn für Humor.«

Vivienne presste die Lippen zusammen, um ein Lächeln zu unterdrücken.

Ah ja, jetzt verstehe ich, Owen.

Josie stützte das Kinn auf die Hände und kräuselte auffordernd die Nase. »Möchten Sie mir nicht von Ihrer Flucht erzählen? Ich wette, das ist eine hochdramatische, spannende Geschichte.«

Vivienne hätte empört reagieren oder rundheraus ablehnen können, doch stattdessen schilderte sie bereitwillig, was sich zugetragen hatte. Josie hörte ihr fasziniert zu. Mit der linken Hand drückte sie die rechte fest auf den Tisch und ermahnte sich: *Schreib ja nicht mit!* Als Vivienne geendet hatte, klatschte Josie Beifall, sie konnte einfach nicht anders. »Mir scheint, ich habe mir die falsche Geschichte ausgesucht! Möchten Sie mir nicht die Rechte an Ihrer verkaufen, damit ich ein Stück über eine Braut schreiben kann, die von ihrer Mutter, einer Societylady untergebuttert und von ihrem Playboyonkel verwöhnt wird, ihren Bräutigam einen Tag vor der Trauung sitzen lässt und in einem Spukhaus landet?«

Vivienne lief feuerrot an. »Sie müssen mich für verwöhnt, privilegiert und schwach halten.«

»Von wegen schwach! Ich würde es eigensinnig nennen.«

»Da stehen Sie mit Ihrer Meinung aber ziemlich allein da.«

Josie legte ihr die Hand auf den Arm. »Sie *sind* eine starke Frau! Nicht nur, weil Sie weggelaufen sind, sondern auch, weil Sie es in dieser gruseligen Lodge aushalten und in unserem verfluchten See schwimmen und sich nicht von geheimnisvollen Gestalten im Wald vertreiben lassen.«

»Das hat Owen Ihnen erzählt.« Vivienne schaute sich schuldbewusst um. »Tut mir leid, dass ich mit Büchern geworfen habe.«

Josie lachte ihr Windstoßlachen. »Hoffentlich waren es richtig schwere! Owen und ich sind uns ziemlich sicher, wer dort draußen herumgeschlichen ist – der Verwalter der

Lodge, Niall. Er kann ziemlich aufdringlich werden. Höchste Zeit, dass er eins aufs Dach kriegt. Er spielt sich immer damit auf, dass *er* sich um Rudy Meyers Lodge kümmert. Er achtet darauf, dass keiner ihr oder den Gästen zu nahe kommt, dass die Tore geschlossen sind und keine Wanderer das Grundstück betreten. Als ob die Lodge *ihm* gehörte! An der Hauptstraße hatte er ein grauenvolles Schild aufgestellt: ›Zutritt verboten, Schusswaffengebrauch‹! Dummerweise hat es jemand mit dem Traktor über den Haufen gefahren – so ein Pech aber auch! Falls es Niall war, draußen im Wald, wollte er wahrscheinlich sichergehen, dass Sie die Bude nicht abbrechen. Oder dass der einheimische Plebs Sie nicht belästigt.«

Vivienne war die Erleichterung anzusehen. »Der Verwalter! Ja, das ergibt mehr Sinn als das, woran ich gedacht habe. Er muss auch einmal im Haus gewesen sein, als ich nicht da war, und die Standuhr wieder in Gang gesetzt haben. Ich hab schon befürchtet, ich verliere den Verstand, weil da ein … ein Fingerabdruck auf dem Glas war.«

»Wann war das?«, fragte Josie scharf.

»Am Tag nach meiner Ankunft. Seitdem habe ich jede Nacht hinter einer verbarrikadierten Tür geschlafen.«

Josie traute es Niall durchaus zu, dass er sich heimlich ins Haus geschlichen hatte. »Hören Sie, wenn er Sie noch einmal in irgendeiner Weise belästigt, dann kommen Sie sofort zu mir. Ich werde ihm schon den Marsch blasen, verlassen Sie sich darauf!«

Kapitel 17

Furchtlos

In den nächsten vierzehn Tagen suchte Vivienne jeden Tag um die Mittagszeit die Bücherei auf. Nicht im Roadster, sondern zu Fuß, um die Aufmerksamkeit der Männer nicht auf sich zu lenken. Sie sagte sich, bei der vielen fetthaltigen Milch, die sie trank, werde ihr die sportliche Betätigung guttun, obwohl ihre morgendliche Schwimmrunde bei den zunehmend winterlichen Temperaturen eigentlich schon anstrengend genug war. Der Hauptgrund für ihren Marsch in die Stadt war aber, dass sie die Rückkehr in die feuchte Lodge inmitten des düsteren Walds möglichst lange hinausschieben wollte.

Josies Stück, das den Titel *Der Nachtigall-See* trug, machte Fortschritte. Vivienne war begeistert. Wer hätte gedacht, dass ein von einer Laienbühnenautorin in einem ehemaligen Luftschutzbunker hastig zu Papier gebrachtes Provinzdrama das Spannendste war, was Vivienne seit Langem gelesen hatte?

Am meisten aber freute sie sich auf Josie, deren Freundschaft ihr so viel bedeutete, weil sie sich bei ihr geben konnte, wie sie war. Josie wiederum beteuerte, mit Vivienne zu quatschen, sei der Höhepunkt ihres Tags. Vivienne legte sich gleich frühmorgens ein paar humorvolle Sprüche zurecht, von denen sie sich erhoffte, Josie damit zum Lachen zu bringen. Allein dieses vibrierende musikalische Lachen war es wert, den weiten Weg nach Barrington zu machen, und abends trug sie es behutsam in ihre einsame Lodge zurück, damit es ihr in den dunklen Stunden Gesellschaft leistete.

Hoffnung mochte das Ding mit Federn sein, wie eine Dichterin es formuliert hatte, aber Trost war eine warme Brise, die Vogelgesang herantrug.

In diesen letzten zwei Wochen hatte sich Vivienne nicht mehr mit dem Gedanken gequält, dass sie die Lodge eventuell verlassen und nach Sydney zurückkehren müsse. Als Felix heute Morgen angerufen hatte, hatte sie das Thema mit keiner Silbe erwähnt. Und falls er sich gewundert hatte, warum sie nicht nach Neuigkeiten von zu Hause fragte, so hatte er es sich nicht anmerken lassen. Seine größte Sorge war, wie sie den restlichen Winter ohne ihn über die Runden kommen würde.

»Es tut mir leid, mein Mädchen, aber ich muss geschäftlich nach Amerika. Ich kann diese Termine nicht verschieben.«

»Wie lange wirst du wegbleiben?«

»Nur ein paar Monate. Aber du bist in der Lodge gut aufgehoben. Betrachte sie einfach als deine persönliche Gesundheitsfarm, und versuch, dir die ganze Geschichte nicht so zu Herzen zu nehmen.«

»*Ein paar Monate?*«

»Ja, ich weiß. Aber du musst dich um nichts kümmern, ich werde alles organisieren. Wie wär's, wenn ich Mr Jeffries anrufe und ein paar zusätzliche Leckereien für dich bestelle? Die Zitronenbonbons zum Beispiel, die du so gern magst – klingt das nicht gut? Du wirst sehen, ich bin im Nu zurück, dann komme ich vom Flughafen direkt zu dir. Du kommst schon klar, bis ich wieder da bin, nicht wahr? Dann werden wir zusammen nach Sydney zurückfahren und gemeinsam die Suppe auslöffeln. Es wird sich alles finden, du wirst sehen …«

»Kann ich wirklich so lange bleiben? Rudy hat nichts dagegen? Ich will niemanden verärgern.«

»Keine Sorge, ich werde mich um alles kümmern.«

»Ich weiß gar nicht, wie ich dir danken soll, Onkel Felix.«

»Ach was, Unsinn! Die Hauptsache ist, dass du glücklich bist. Mach dir nicht so viele Gedanken, ich freue mich, wenn ich etwas für dich tun kann …«

Von Felix im Stich gelassen zu werden, tat weh. Vivienne kämpfte gegen die Tränen an, bis Josie Monash und ihr Stück sie völlig in ihren Bann zogen und Onkel Felix vergessen war.

Jetzt saß sie in der stickigen Wärme der Bücherei und erzählte Josie von ihrem neuesten nächtlichen Peiniger: einer verirrten Fledermaus, die stundenlang verzweifelt in der Lodge herumgeflattert war. Vivienne vermutete, dass sie ihre eigene emotionale Verfassung auf die Fledermaus projizierte, doch das sagte sie ihrer Freundin nicht.

Wir sind doch jetzt Freundinnen, oder?

»Fledermäuse verirren sich nicht«, erwiderte Josie gleichgültig. »Die haben so ein System, mit dem sie wieder nach Hause finden.« Sie hielt Viviennes düsterem Blick stand. »Warum kommst du zum Abendessen nicht zu mir? Damit du eine Weile aus diesem Dreckloch rauskommst. Du könntest bei mir übernachten. Du schläfst doch sowieso schon auf dem Boden, da kannst du genauso gut auf dem Boden in meinem Zimmer schlafen.«

»Das ist lieb von dir, Josie, aber mir ist nicht nach Gesellschaft.«

»Sofern ich mir dich nicht eingebildet habe, kommst du jeden Tag zu mir hierher.«

Was hätte Vivienne darauf erwidern sollen?

»Sag Ja«, drängte Josie. »Du musst keine Angst vor *Gesellschaft* haben. Samstagabend fahren alle meine Brüder in die Stadt zum Tanzen. Daphne hängt sich mit dran, damit sie jammern kann, weil sie so spät ins Bett kommt. Es wären nur du und ich und mein Dad, und den magst du ganz bestimmt.«

Es macht mir nichts aus, in der Lodge zu sein, wollte Vivienne schon sagen. *Ich werde mir mein einsames Essen machen und es mit in meine Deckenhöhle nehmen und mit vollem Mund singen …*

Heraus kam aber etwas anderes:

»Danke, ich komme gern.«

Vivienne war zum Duschen und Umziehen in die Lodge geschickt worden und hatte Weisung erhalten, um sechs Uhr fertig zu sein – dann würde Josie sie abholen.

Doch als Vivienne in ihrem eng anliegenden creme-farbenen Lieblingskaschmirpulli die Tür öffnete, stand nicht Josie davor, sondern Owen. Die Bewunderung in seinem Blick entging ihr nicht, als er ihre schulterlangen, in weichen Wellen fallenden Haare betrachtete, die Perlen an Ohren und Hals, die babyrosa geschminkten Lippen. Sie hatte sich Shalimar auf die Pulspunkte getupft und fühlte sich wie der Inbegriff weicher Weiblichkeit.

»Tut mir leid, dass ich mich verspätet habe«, sagte er. Er hatte hektische rote Flecken an den Schläfen.

»Wo ist Josie?«

»Sie müht sich mit dem Abendessen ab. Ich soll Sie abholen, damit sie die Decke sauber machen kann.«

»Die *Decke*?«

»Wenn sie unter Druck kochen muss, fliegt gern was in der Gegend herum. Ich frage mich ernsthaft, warum Sie sich zum Essen eingeladen haben.«

»Mir scheint, *Sie* haben sich zum Essen eingeladen.«

Owen lachte. »Nein, ihr habt den Auflauf für euch allein. Ich hab mal wieder Mooranda aus meinem Gemüsegarten gejagt, als Josie nach mir gerufen hat.«

Mooranda. Eine seiner Kühe. Vivienne ging nicht darauf ein. »Sie haben sich den Bart gestutzt«, stellte sie fest.

Errötend strich er sich über seinen kurz getrimmten Bart. »Sogar Buschranger schneiden sich ab und zu das Gestrüpp im Gesicht.«

Vivienne drehte sich um, damit er nicht sah, wie sie rot wurde, und schloss die Tür ab.

Als sie ihm die Verandastufen hinunterfolgte, nahm sie

den würzigen Eichenmoosduft seines Rasierwassers wahr und bemerkte sein gebügeltes Hemd. Vielleicht war nicht nur Mooranda schuld an der Verspätung. Vivienne schmunzelte.

Auf der Lichtung stand außer dem Roadster kein anderes Fahrzeug.

»Wo ist mein Taxi?«

»Tut mir leid, ich musste den Traktor nehmen, ich hatte nichts anderes.«

Vivienne starrte ihn an. *Was du nicht sagst,* dachte sie.

»Er steht auf der Straße.« Owen verzog keine Miene.

»Du meine Güte!« Sie zeigte auf ihre Stöckelschuhe. »Wenn ich durch den Dreck bis zur Straße waten muss, sind meine teuren Schuhe hinüber. Sie werden mich tragen müssen.«

Jetzt starrte er sie an.

Sie klimperte mit den Wimpern und ließ die Finger kreisen. »Drehen Sie sich um, damit Sie mich huckepack nehmen können.«

Er zögerte kurz, ging dann aber in die Hocke, und Vivienne kletterte mit einer Selbstverständlichkeit auf seinen Rücken, als hätte sie ihre Jeans für genau diesen Zweck angezogen. Sie schlang ihm die Arme um den Hals, sodass ihre Handtasche gegen seine Brust baumelte, als er sich unter dem dichten Baldachin des Regenwalds schweigend auf den Weg machte.

Vivienne presste die Lippen zusammen, um nicht laut herauszulachen.

Der Drang zu lachen, verging ihr jedoch, als sie sich

dem sanften Schaukeln überließ, so intim an den breiten Rücken dieses Mannes geschmiegt, der so wundervoll duftete …

Sie konzentrierte sich nach Kräften auf irgendetwas anderes, damit Owen nicht hörte – nicht *fühlte* –, wie schnell ihr Atem ging.

An der Straße setzte er sie ohne viel Federlesens ab.

»Ihre Limousine, Milady«, sagte er mit einer Verbeugung in Richtung des großen roten Traktors mit dem angehängten Sichelmähwerk.

Vivienne fixierte Owen mit einem vernichtenden Blick und bemerkte, dass jetzt er es war, der sich nur mühsam das Lachen verbeißen konnte.

Sie stemmte die Hände in die Seiten. »Da ist nur ein Sitz. Soll ich etwa aufs Dach klettern?«

Sag bitte nicht, dass ich auf deinem Schoß sitzen muss, dachte sie, obwohl ein rebellischer Teil von ihr sich wünschte, dass er genau das tat.

»Sie setzen sich auf den Sichelmäher«, sagte Owen und reichte ihr die Hand, um ihr auf das viereckige, flache Gehäuse zu helfen.

Vivienne stieg hinauf, setzte sich und schlug elegant die Beine übereinander – ein wunderschön gestaltetes Modell von Nonchalance. Mit einer Hand hielt sie sich an der Kette fest, mit der der Mäher am Traktor angehängt war.

»Nicht runterfallen«, mahnte Owen, als er in die Kabine kletterte.

Sein Schmunzeln verriet Vivienne, dass sie ebenbürtige Gegner waren in diesem Spiel.

Der Traktor rumpelte los und spuckte Abgaswolken aus. Vivienne kicherte, vergessen war ihre Scheu vor dem Treffen mit einem weiteren Mitglied des Monash-Clans. Ob sich Owen überreden ließ, zum Essen zu bleiben? War Josie tatsächlich so eine miserable Köchin?

Es dauerte nicht lange, bis Vivienne zu dem Schluss kam, dass der Ritt auf einem Sichelmäher eine unterschätzte Form der Fortbewegung war. Nicht ganz so angenehm, wie von Owen huckepack getragen zu werden, aber dennoch eine unterhaltsame, wenngleich holprige Fahrt über grüne Hügel und in Dämmerung getauchte Felder, als die inmitten von Perlmuttwolken untergehende Sonne die fernen Berggipfel mit Gold überzog.

Josies Farmhaus war exakt so, wie Vivienne es sich vorgestellt hatte, ländlich-rustikal, einladend erleuchtet, umgeben von landwirtschaftlichen Geräten und weitläufigen Koppeln. Josie, sichtlich aufgeregt, kam herausgerannt. Sie bedachte Owen mit einem vorwurfsvollen Blick, als sie Vivienne vom Sichelmäher half.

»Dein Bruder hat gesagt, er hätte den Traktor nehmen müssen, weil er kein anderes Fahrzeug hat«, sagte Vivienne. Es klang fast wie eine Entschuldigung.

Owen trat mit schuldbewusster Miene neben sie. »Ich musste deine Freundin huckepack durch den Wald tragen, weil sie ihre Schuhe nicht ruinieren wollte.«

Josie schaute kopfschüttelnd von einem zum anderen. An Vivienne gewandt, sagte sie: »Owen hat ein altes Auto wieder hergerichtet und innen und außen auf Hochglanz poliert, es ist sein ganzer Stolz.« Sie drehte sich Owen zu.

»Und *Vivienne* trägt diese Schuhe jeden Tag, wenn sie von der Lodge in die Stadt marschiert.«

Vivienne stieß mit der Fußspitze in die reiche vulkanische Erde und verkniff sich ein Grinsen.

»Egal«, schnaubte Josie. »Du musst sie wieder nach Hause fahren.«

»Nach Hause fahren?«, echote Vivienne. Weil sie sich einen Scherz mit Owen erlaubt hatte?

»Tut mir wirklich leid«, sagte Josie und schien es aufrichtig zu meinen. »Aber aus unserem gemütlichen Abend wird nichts – sie sind alle zu Hause! Bei Daphne haben die Wehen eingesetzt – typisch, sie hat ja noch nie Rücksicht genommen auf die Pläne anderer Leute! Sie ist nach Atherton ins Krankenhaus gefahren. Reg tigert im Haus herum, besser gesagt, er schwankt im Haus herum, weil Ernest, dieser Trottel, ihn abgefüllt hat, um die Geburt seines Sprösslings zu feiern. Und ich versuche, das bisschen Auflauf, das mir nicht angebrannt ist, zu strecken, weil das Essen sonst nicht für alle reicht. Es ist einfach nur eine *Katastrophe*!«

»Das Abendessen fällt aus«, fasste Owen zusammen. Er deutete mit dem Kinn auf eine Pfanne, die im Gras vor dem Küchenfenster lag. »Hat sich erledigt.«

Vivienne lachte auf. Josie warf ihr und ihrem Bruder einen bösen Blick zu. »Fahr sie nach Hause. Aber dieses Mal im *Ford*!«

Vivienne schaute über Josies Schulter zum Haus hinüber, einer Quelle fröhlichen Gelächters und freudiger Erwartung. Dann stellte sie sich eine weitere gnadenlos einsame, endlose Nacht in der Lodge vor, umgeben von glühenden Augen, von Huschen und Hoppeln, von Tierlauten, die von ihren eigenen Schreien untermalt wurden.

Owen schien intuitiv zu verstehen, was in ihr vorging. Er beugte sich vor, um ihren Blick aufzufangen. »Die schlimmsten Mitglieder meiner Familie haben Sie bereits kennengelernt, versprochen.«

Vivienne lächelte. »Josie, ich … ich würde gern bleiben.«

Nach dem Tischgebet kehrte Ruhe ein. Vivienne saß mit dem Rücken zum Holzherd, der starke Wärme abstrahlte, und alle Blicke, sogar der glasige des werdenden Vaters, waren auf sie gerichtet. Einzig Gabriel Monash, der, stattlich und gut aussehend, am Kopfende des Tischs saß, konzentrierte sich auf seine Mahlzeit und schien keine Notiz von dem Gast zu nehmen.

Das Seltsamste aber war, dass Vivienne das starke Gefühl hatte, Gabriel sei sich ihrer Anwesenheit bewusster als irgendjemand sonst am Tisch.

Josie hatte sie ihrer Familie ohne weitere Erklärungen als Viv vorgestellt. Vivienne hatte jedem die Hand geschüttelt und sich ihre Namen eingeprägt. Niemand hatte ihr irgendwelche Fragen gestellt oder sich verwundert über ihr Erscheinen gezeigt.

Mitten auf dem Tisch stand eine Mateus-Rosé-Flasche als Kerzenhalter; das Wachs tropfte herunter und lief an der Flasche entlang. Die selbst gebastelte Dekoration hatte etwas Rührendes, wie Vivienne fand.

Sie schob sich einen Bissen des angebrannten Auflaufs in den Mund und schluckte ihn mühsam hinunter.

»Du musst das nicht essen«, flüsterte Josie ihr zu. »Bleib ruhig bei Brot und Käse.«

Vivienne kam der Aufforderung dankbar nach und nahm sich vom Käse. »Der schmeckt köstlich«, sagte sie, in der Hoffnung, das Schweigen, das sich über die Küche gesenkt hatte, zu beenden. »Das muss der Gleiche sein, den ich in der Lodge gegessen habe.«

»Owen stellt ihn her und verkauft ihn in der Stadt«, erklärte Josie stolz.

Vivienne schaute überrascht auf und sah, dass Owens Blick auf ihr ruhte. *Ich schätze, demnächst wirst du den Mond über Barrington aufhängen.*

Ernest, der hübscheste von Josies großgewachsenen Brüdern, klopfte seine nicht angezündete Zigarre ungeduldig auf die Tischplatte. Reg, der älteste Bruder, fing unvermittelt zu lachen an. Josie warf ihm einen bösen Blick zu, doch das half nicht. Er lachte und lachte und hörte nicht mehr auf. Vivienne sah es ihm nach – erstens war er betrunken, und zweitens wurde er zum ersten Mal Vater.

»Wie läuft's mit deinem Stück, Josie?«, fragte Ernest laut, um das Gelächter zu übertönen.

Gabriel legte sein Besteck aus der Hand und wandte seine Aufmerksamkeit Josie zu.

»Hervorragend!« Sie strahlte. »Bei der nächsten Versammlung will ich es vorstellen und die Rollen besetzen.«

»Müssen wir uns auf neue Knalleffekte gefasst machen?«, forderte Ernest sie heraus.

Gabe verfolgte den aggressiven Blick, den die beiden wechselten, mit einem Stirnrunzeln.

»Nein, es läuft alles nach Plan«, erwiderte Josie leichthin. »Nur das Zitat aus Celestes Abschiedsbrief habe ich noch nicht gefunden. Niemand kann sich an den genauen Wortlaut erinnern, und ich brauche etwas, das wirklich unter die Haut geht.«

Gabe zu Viviennes Rechten murmelte etwas. Ein Name vielleicht oder eine Textstelle? Sie neigte sich ihm zu, aber der Rest des Clans hatte eine hitzige Debatte über die Frage begonnen, ob ein Abschiedsbrief *noch* dramatischer gestaltet werden müsse. Gabe senkte den Kopf und aß weiter. Vivienne wartete, aber Gabe sagte nichts mehr.

Die Schüsseln leerten sich nach und nach, die Teller wurden mit den letzten Brotkanten sauber gewischt. Die Runde wurde redseliger. Eine plötzliche Traurigkeit überkam Vivienne, als sie an ihr Elternhaus dachte, wo der Tisch immer elegant und förmlich für zwei gedeckt gewesen war und nichts die kalte, schmerzhafte Leere gefüllt hatte, die durch das mangelnde Interesse ihrer Mutter am Leben ihrer Tochter entstanden war. Als sie spürte, wie ihr die Tränen kamen, entschuldigte sie sich und flüchtete auf den Abort.

Es roch in dem kleinen Raum, nach feuchten Männerhandtüchern, nach Karbolseife und Stiefelwichse. Rings um das saubere Waschbecken lagen Barthaare, in einer Ecke stand irgendein Teil eines landwirtschaftlichen Geräts. Wie hielt Josie es mit so vielen Männern in diesem bescheidenen Heim aus? War die Sehnsucht nach weiblicher Gesellschaft der Grund für ihre Freundlichkeit Vivienne gegenüber? Vielleicht waren sie gar keine Freundinnen, vielleicht hatte sich Josie ihrer nur aus Mitleid angenommen, weil sie selbst einen Schwesternersatz brauchte.

Vivienne ging langsam zum Haus zurück. Durch die Hintertür hörte sie die beiden älteren Brüder reden. Ihr Name fiel.

»Sie ist ein bisschen langweilig für eine Städterin, findest du nicht?«

»Für eine *Frau*«, berichtigte der andere.

Josies sonniges Gelächter erscholl. »Hör sich einer diese Banausen an! Sie muss keinem von euch beiden gefallen. Los, an die Arbeit, der Abwasch wartet!«

Viviennes Augen brannten. Sie drehte sich um und schlüpfte wieder in die Dunkelheit hinaus.

Gabe fand Vivienne im Hof, auf der großen Metallkarosserie eines im Bau befindlichen Gokarts sitzend und zu den Sternen aufschauend, die in verschwenderischer Pracht einen durch nichts verschmutzten Himmel sprenkelten.

»Darf ich mich zu Ihnen setzen?«

»Er gehört ja Ihnen«, antwortete Vivienne und rutschte ein Stück zur Seite.

Während sie weiter die Abermillionen Sterne betrachtete, verschränkte Gabe die Arme und ließ den Blick über das dunkle Farmland wandern.

»Vivienne, nicht wahr?«, fragte er nach einer Weile.

Sie drehte ihm ihr Gesicht zu. »So hat meine Mutter mich genannt.«

»Und jetzt nennt meine Tochter Sie Viv.«

Viv. Ja, das war hübsch, das gefiel ihr.

»Ihre Josie ist ein wundervoller Mensch mit einem großen Herzen.«

Gabe erwiderte nichts darauf. Warum sollte er, wo sie doch nur das Offenkundige ausgesprochen hatte.

Josies Vater war ungewöhnlich attraktiv – ganz überflüssigerweise für einen verwitweten Farmer, dessen Leben aus harter körperlicher Arbeit bestand. Die Monash-Kinder hatten ihr gutes Aussehen allem Anschein nach ihm zu verdanken. Und darüber hinaus hatte Owen die Wortkargheit und die unerschütterliche Ruhe seines Vaters mit auf den Weg bekommen.

Josie mit ihrem forschen Wesen und ihrem lebhaften Temperament, ihrer rasanten Art, zu gehen und zu reden, war dagegen völlig anders. Vivienne vermutete, dass das ein Erbe ihrer Mutter war.

»Das gefällt mir«, sagte sie und klopfte auf die Karosserie, auf der sie saßen. »Sieht wie ein Flugzeug aus.«

»Ja, das ist ein Teil eines Rumpfabwurfbehälters eines Flugzeugs, ein Relikt aus dem Krieg. Ich habe vor Jahren damit angefangen. Eigentlich sollte das Ding längst fertig sein. Jetzt sind meine Kinder zu alt dafür.«

»In dieser Gegend scheint es einige Relikte aus dem Krieg zu geben.«

»Ja, sogar unter den Menschen. Viele von uns fühlen sich als Relikte.«

Vivienne wusste nichts darauf zu erwidern.

Gabe beendete das peinliche Schweigen. »Die jungen

Leute haben damals diese Abwurfbehälter so umfunktioniert, dass sie damit auf dem See herumschippern konnten.«

»Bevor diese Schauspielerin ihnen alles verdorben hat. Und jetzt habt ihr alle Angst vor eurem See.«

Sie spürte, wie sich Gabe kerzengerade aufrichtete. Ihr Atmen klang übermäßig laut in der düsteren Stille, die sich hinzog.

Dann drehte sich Gabe zu ihr und fragte: »Glauben Sie an zweite Chancen, Vivienne?«

Ihr Lachen klang unnatürlich schroff. »Ich muss! Ich habe alles auf diese Karte gesetzt.« Erst als sie geantwortet hatte, wurde ihr klar, dass Gabe von sich selbst gesprochen hatte.

»Glauben *Sie* an zweite Chancen?«, fragte sie und hörte selbst, wie lahm es klang.

»Ich glaube an den Gott des Apostels Petrus.«

Was in aller Welt hat das mit zweiten Chancen zu tun? Vivienne dachte an Hähne, die dreimal krähen, an eine Kirche auf einem Felsen.

Gabe, die Arme immer noch verschränkt, erhob sich. »Ich glaube, dass Gott uns so sehr liebt, dass er die Wunder, die wir brauchen, ein zweites Mal vollbringt.«

Vivienne runzelte die Stirn.

»Bitte tun Sie Josephine nicht weh.« Gabe sprach sehr leise, aber seine Worte ließen keinen Spielraum für Fehlinterpretationen zu. »Sie leidet schrecklich unter Verlustangst, und sie will unbedingt von allen gebraucht werden. Sie sind ihre erste echte Freundin. Tun Sie ihr nicht weh.«

Im Wohnzimmer, das anscheinend für Bücher und Gesellschaftsspiele reserviert war, wurde Mord im Dunkeln gespielt. Vivienne kannte das Spiel vom Hörensagen, hatte aber noch nie erlebt, wie ein paar angeheiterte Milchbauern sich daran versuchten. Sie schaute belustigt zu, hielt sich aber krampfhaft mit Lachen zurück, bis ihr der Bauch wehtat.

Als sie eine weitere Runde gewonnen hatte, ließ sich Josie, zufrieden seufzend, neben sie fallen. »Die sind so leicht zu schlagen!«

»Aber nur, wenn zu wenig Rindviecher da sind, oder?«

»Nein, nein, immer. Willst du nicht mitspielen?«

»Und jemanden ermorden? Lieber was anderes.«

Josie grinste boshaft. »Ich weiß was!« Sie drehte sich Owen zu. »Wir spielen Scharaden, Owen, und du bist dran!«

Vivienne fand, dass er zum ersten Mal, seit sie ihn kannte, nervös wirkte. Ihr wurde schnell klar, warum: Owen Monash hatte nicht nur ein außergewöhnliches Talent für pantomimische Darstellung, er verstand sich auch hervorragend darauf, seine Geschwister zu verblüffen.

Vivienne schaute sich kopfschüttelnd um. Erriet tatsächlich keiner von ihnen den gesuchten Filmtitel?

Irgendwann hielt sie es nicht mehr aus. »*A Star is Born!*«, rief sie. »Wie ist es möglich, dass ihr nicht auf ›born‹ gekommen seid, wo ihr alle auf eine Geburt wartet?«

»*Das* hat er damit darstellen wollen? Ich hab mich nicht getraut, was zu sagen«, bemerkte Ernest trocken.

»Wenigstens eine Person in diesem Raum hat Köpfchen«, brummte Owen.

»Macht's noch einmal, Owen und Viv!«, trällerte Josie.

Owen und Vivienne fuhren beide herum und starrten sie an, aber Josie gab die personifizierte Unschuld.

Owen wählte ein weiteres Mal das Thema Film, was allgemeines Stöhnen zur Folge hatte.

Vivienne erriet den gesuchten Filmtitel in Sekunden: *Der Sieger.*

Owen strahlte übers ganze Gesicht. Vivienne auch.

Er vollführte seine Pantomime schneller.

»*Othello*«, rief sie, ohne zu zögern.

»Ja!«, schrie er triumphierend. »Das hat noch nie jemand erraten!«

Owen mimte jetzt nur noch für Vivienne, während der Rest der Familie in sprachlosem Staunen zuschaute: *Die barfüßige Gräfin, Krieg der Welten, Rattennest …*

Eine freudige Ausgelassenheit, wie sie sie jahrelang nicht mehr empfunden hatte, erfasste Vivienne. Ihre Augen glänzten, so sehr fieberte sie vor Erregung. Und *seinetwegen.*

Das erste Kissen traf sie seitlich am Kopf. Sicher ein Versehen. Aber als ihr das zweite ins Gesicht flog, gab es keinen Zweifel mehr: Das war Absicht! Josies Brüder bombardierten sie mit Sofakissen. Ein merkwürdiges Verständnis von Gastfreundschaft.

Vivienne, den Mund weit aufgerissen, wirbelte herum. *Wisst ihr eigentlich, dass man* Gäste *nicht mit Dingen bewirft?* Das nächste Kissen traf sie genau auf den geschminkten Mund.

Statt diese sturzbesoffenen Bauern zu ermahnen, ein Mindestmaß an Anstand zu wahren, lachte Josie nur und meinte: »Jetzt ist sie eine von uns.«

Vivienne schnappte sich ein Kissen, um das Feuer zu erwidern, als die Tür aufgerissen wurde und Gabe hereinkam.

»Was ist?«, fragte Josie beunruhigt. »Das Baby?«

»Nein.« Gabe sah an Josie vorbei Vivienne an. »Beryl. Sie kommt die Auffahrt herauf.«

Dem Vernehmen nach musste Josies Großmutter ein ziemlicher Drachen sein. Vivienne hatte nicht den Nerv, die Matriarchin kennenzulernen oder ihr ihre Geschichte zu erzählen. Sie wandte sich, Hilfe suchend, Josie zu, die geistesgegenwärtig rief:

»Versteck dich, Viv, schnell!«

Kapitel 18

Noch einmal zur Bresche

Josie strich den volantbesetzten Bettüberwurf glatt, vergewisserte sich noch einmal, dass keine Füße darunter hervorschauten, und lief dann hinaus, um ihre Großmutter zu begrüßen.

Der gesamte Clan hatte sich in der Küche versammelt. Grandy war seit über zehn Jahren nicht mehr auf die Farm gekommen.

»Was willst du hier?«, fragte Gabe, der mit grimmiger Miene im Kreis seiner Kinder stand, ohne Einleitung.

»Ich habe Maureen versprochen, dass ich zu jeder Geburt herkommen würde – und da bin ich. Für ihren Reg.«

»Großer Gott, danke, Grandy«, murmelte Reg. Der Whiskey hatte dafür gesorgt, dass seine Stimme vor Rührung bebte. Einige Gesichter drehten sich ihm zu. Er würde doch nicht etwa schwach werden? Oder Partei ergreifen? Das tat keiner von ihnen. Niemals.

Beryl wartete nicht, bis sie hereingebeten wurde – ihren Gehstock fest umklammernd, betrat sie die Küche, ging reihum und kniff die Geschwister nacheinander in die Wange, ohne eine Miene zu verziehen. Als sie zu Gabe kam, starrte sie ihn an, bis er zur Seite trat, damit sie ins Wohnzimmer gehen konnte. Die Geschwister schlurften hinterher und wechselten nervöse Blicke.

Josie zog eilig einen Sessel für Beryl heran und drehte unauffällig das Kissen mit den Lippenstiftspuren um. Beryl blieb stehen. Sie blickte sich prüfend um, und Josie wäre nicht überrascht gewesen, wenn sie schnuppernd die Nase gehoben hätte. Als Beryls Blick in Richtung des Anbaus wanderte, gab Josie unwillkürlich ein leises Wimmern von sich.

Ernest und Reg hatten sich verzweifelt bemüht, ernst zu bleiben, aber jetzt platzten sie vor Lachen heraus.

»Die beiden sind sternhagelvoll«, murmelte Josie.

Beryl taxierte sie mit einem seltsamen Blick. »Während wir auf gute Nachrichten von der kleinen West warten ...«

»*Daphne*«, fiel Reg ihr ins Wort, wobei seine Stimme bebte vor Beschützerinstinkt.

»... würde ich mir gern die Recherchen für dein Stück ansehen, Josephine.«

»Nicht jetzt, Grandy, bei mir herrscht ein furchtbares Durcheinander. Wie wär's, wenn ich dir mein Skript hole?«

»Ich will dein ausgefeiltes Skript nicht, Josephine. Ich will das Material sehen, das dir als Grundlage gedient hat. Ich weiß alles über deine Wände, die voll von Celeste Starr sind.«

Josie warf einen finsteren Blick in die Runde. Wer hatte ihr das verraten? Gabe verließ das Zimmer, und Josie hörte, wie er nebenan Wasser in den Wasserkessel laufen ließ. Wollte er sie allen Ernstes Beryl ausliefern?

Beryl schnalzte hörbar mit der Zunge.

»Ich hol dir ein paar Sachen zum Anschauen«, sagte Josie, bemüht, die aufsteigende Panik zu unterdrücken.

Beryl wollte nichts davon wissen. Sie trat in den Flur hinaus, und Josie folgte ihrem geraden Rücken und ihrem Haarnetz zum Anbau.

Der Bettüberwurf lag unverändert da; keine Spur von der versteckten Vivienne. Beryl ging langsam durch das Zimmer und studierte eingehend die mit Reißzwecken befestigten Seiten und Fotos, die Anweisungen für Bühnenbild und Kostüme. Josie beobachtete die Reaktionen auf Beryls Gesicht – von Herablassung zu Verachtung und jeder Nuance dazwischen war alles dabei.

Genau wie Gabe beendete Beryl ihren Rundgang vor dem Foto von Josies Mutter. Doch während Gabes Züge weich geworden waren vor Kummer, versteifte sich Beryl noch mehr.

»Und welche dieser lächerlichen Geschichten willst du im Obsidian aufführen?«, attackierte sie Josie.

Lächerlich?

Josie nahm ihr Skript von der Kommode, reichte es Beryl und sagte leicht gereizt: »Es ist eine Liebesgeschichte.«

Beryl ließ sich aufs Bett fallen. Es tat einen Rums, der den erstickten Aufschrei nicht ganz übertönte.

Eine Sekunde lang war es ganz still, dann nahm sich Beryl das Skript vor. Josie warf einen ängstlichen Blick auf das Bett. Lebte Vivienne noch? Kein schöner Gedanke, von Grandy erdrückt zu werden – Josie wusste, wie sich das anfühlte, wenn auch nur im übertragenen Sinn.

Schließlich blickte Beryl auf. »*Das* ist es?«

»Gefällt es dir nicht? Beim Querlesen kann man den emotionalen Kern der Geschichte natürlich nicht erfassen, aber er ist da, dramatisch und ergreifend. Ich bin wirklich stolz auf dieses Skript, und ganz besonders liebe ich das Ende, weil…«

»Du schwafelst, Kindchen.«

Josie riss verdutzt den Mund auf und schaute Beryl nach, die sich hochgestemmt hatte und hinauseilte. Josie kniete sich hin und guckte unter den Überwurf. Vivienne hielt sich den Kopf, gab ihr aber mit einer Handbewegung zu verstehen, sie solle Beryl folgen.

Die war geradewegs in die Küche marschiert, wo sich die Monash-Brüder teilten wie das Rote Meer, um sie durchzulassen. Josie traf zwei Hopser hinter ihr ein.

Beryl sah Gabe an, der am Küchentisch saß, die Untertasse voller Tee zum Abkühlen, und stellte ihm die gleiche Frage: »*Das* ist es?«

»Das ist Josephines Stück, ja«, antwortete er ausdruckslos.

Der Anblick der von Beryl zerdrückten Seiten tat Josie körperlich weh.

»Du willst taten- und schamlos zusehen, wie Josephine dieses Stück produziert?«

»Ich bin stolz auf Josephine. Sie ist eine talentierte, couragierte Autorin«, sagte Gabe sehr beherrscht, aber Josie bemerkte das kaum wahrnehmbare Zittern der Untertasse und den Tropfen verschütteten Tee, als er ihn in die Tasse zurückschüttete.

»Ich zweifle nicht an Josephines Talent, sondern an ihrem Wissen.«

»Josephine erzählt eine Geschichte, an die sie glaubt, eine, die den Hoffnungen in dieser Stadt Rechnung trägt. Dafür bin ich ihr sehr dankbar.«

»Das glaube ich dir aufs Wort, dass du Josephine dankbar bist!«

Warum warfen sie sich ihren Namen wie einen Pingpongball zu? Josie hob mechanisch in einer beschwichtigenden Geste die Hände. Vergeblich.

Beryl verfügte über unzählige Variationen von höhnischer Verachtung, die sie über Gabe ausgießen konnte. »Du bist ein Feigling, Gabriel Monash.«

»Wie du schon so oft festgestellt hast, *Beryl*.«

Immerhin bewarfen sie sich jetzt mit ihren eigenen Namen.

»Du hast sie nicht verdient«, stellte Beryl fest.

»Falls du Maureen meinst – vielleicht nicht, aber ich habe mich immer bemüht, ihr ein liebender, fürsorglicher Ehemann zu sein.« Gabes Stimme hatte sich in kalten Stahl verwandelt. »Solltest du allerdings – *einmal mehr* – mein Recht auf meine eigene Tochter anzweifeln, lass dir eins gesagt sein: Du irrst dich, du hast dich immer geirrt. Finde dich endlich damit ab, dass du verloren hast. Josephine ist *meine* Tochter, nicht deine, ich bin derjenige, der sie aufzieht.«

Josie spürte, wie Owen ihr den Arm um die Schultern legte. Sie wusste, er meinte es gut, er hatte immer versucht, ihr Fels in der Brandung zu sein bei diesem bitteren, scheinbar endlosen Tauziehen, aber in diesem Augenblick empfand sie seine Geste als einengend.

Sie schüttelte seinen Arm ab und sagte: »Ich als der ewige Zankapfel bitte euch beide, endlich damit aufzuhören. Wir haben das alles hundertmal gehört, und jetzt, wo Reg jeden Moment Vater werden wird, will keiner von uns das alles schon wieder durchkauen. Stimmt doch, Reg, oder?«

Josie sah ihren ältesten Bruder an. *Sag was!* Aber Regs Gesicht blieb völlig ausdruckslos. Er gab lediglich einen erstickten Laut von sich. *Feigling!* Josie schnaubte verächtlich.

Beryl drehte sich ihrer Enkelin zu. »Und was dich betrifft, Josephine – möchtest du deinem Vater nicht erzählen, wen du unter deinem Bett versteckt hast?«

Hut ab vor Gabe: Er stellte seine Tasse mit ruhiger Hand fast lautlos auf der Untertasse ab. »Es gibt nichts, das Josephine mir heute Abend erzählen müsste.«

Und schon begann Beryl wieder ihr hinterhältiges Spielchen. »Ach, dann weißt du es also schon. Du schaffst es immer wieder, mich zu enttäuschen, Gabriel.«

Köpfe drehten sich, als sie in den leeren Gang brüllte: »Das Spiel ist aus, junger Mann! Kommen Sie heraus und zeigen Sie sich!«

Junger Mann? Josie lachte auf. »Du liegst völlig falsch, Grandy. Es ist nicht so, wie du denkst.«

»Grandy«, begann Owen so behutsam, wie nur ein Enkel mit seiner Großmutter reden konnte. »Josie hat heimlich eine Freundin für eine Rolle in ihrem Stück unterwiesen. Das soll eine Überraschung für Barrington sein. Die wollen wir doch nicht verderben …«

Ihr ehrlichster Bruder verstand sich hervorragend aufs Lügen, wenn es darum ging, Vivienne zu retten. Irgendwann würde sich Josie des Vivienne-George-Problems ihres Bruders annehmen müssen. Aber im Moment musste sie den Grandy-Beryl-Konflikt lösen.

»Kommen Sie raus, wer immer Sie sind!«, blaffte Beryl den Gang hinunter. »Ich bleibe hier, bis das Baby da ist, das kann dauern, Sie wollen doch sicher nicht so lange in Ihrem Versteck verbringen!«

Gabe schob seinen Tee seufzend von sich. »Musst du denn immer so …«

Er beendete den Satz nicht, weil in diesem Augenblick eine blasse Vivienne langsam näher kam.

Josie trat vor sie hin. »Grandy, das ist Viv. Sie ist aus Malanda zu Besuch.«

Beryl taxierte Vivienne ungeniert von oben bis unten.

»Freut mich sehr, Sie kennenzulernen, Mrs Frances«, sagte Vivienne und streckte ihr ihre schlanke Hand hin.

Beryl jagte einen abfälligen Atemstoß in die Luft. »Sie sind niemals aus den Tablelands! Sie gehören nicht hierher!«

»*Grandy!*« Ein allgemeiner Aufschrei.

Beryl zuckte mit den Schultern. Sie war oft niederträchtig, traf aber meistens den Nagel auf den Kopf. »Sie sind wie ein Fisch auf dem Trockenen, man kann es Ihnen ansehen! Sie wissen weder, wer Sie sind, noch, wo Sie hinsollen.«

Josie sah, wie Viviennes Hände nach hinten zuckten und nach etwas zum Festhalten tasteten. Sie sah auch, wie

Owen seine große Hand ausstreckte, damit sie sie ergreifen konnte.

Beryl hingegen hatte ein neues Angriffsziel gefunden. Sie fuhr herum und ging auf Gabe los. »Du! Das ist wieder einer deiner billigen Tricks, nicht wahr?«

Gabe, lodernd vor unterdrücktem Zorn, stand auf. »Verschwinde«, sagte er, die Hand ausgestreckt, um die Tür zu öffnen.

»Dad!« Ein neuerlicher allgemeiner Protestschrei. »Das kannst du doch nicht machen!«

»Verschwinde«, wiederholte er.

»Ich bin wegen Maureens Reg hier und wegen des Babys, und ich bleibe«, entgegnete Beryl ungerührt.

Reg hielt das für den geeigneten Moment, sich schleunigst Richtung Abort aus dem Staub zu machen. Owen knackte mit den Knöcheln und suchte offensichtlich nach den richtigen Worten. Es war Josie, die versuchte, diese verzwickte Situation in Ordnung zu bringen.

»Dad«, sagte sie und trat neben ihn. »Bitte wirf Grandy nicht raus. Sie kommt so selten her, und es würde uns Kindern viel bedeuten, wenn wir heute Abend alle zusammen wären. Außerdem wird sich Grandy benehmen…«

»Werde ich nicht.«

»Doch, das wirst du«, beharrte Josie, »damit endlich Frieden ist.«

»Glaub mir, Josephine, es wird für keinen von uns Frieden geben, solange Gabriel Monash nicht endlich aufsteht und …«

»Raus!«, befahl Gabe.

»Dad«, sagte Josie flehentlich, eine Hand auf seinem Arm. »Tu das nicht! Bitte. Dieser ständige Krieg zwischen zwei Menschen, die wir so sehr lieben, ist unerträglich für uns.«

»Raus«, wiederholte Gabe, ohne auf Josie zu achten.

»Nein!«, rief sie. »Wenn du Grandy rauswirfst, gehe ich auch.«

Bei diesen Worten leuchteten Beryls Augen auf. Der lang erwartete Moment war gekommen, und sie kostete ihn verzückt aus.

»Ich meine es ernst, Dad. Entweder ihr versöhnt euch hier und jetzt, oder ich gehe.«

In der kurzen Pause, die entstand, hoffte Josie, ihr Vater werde Vernunft annehmen oder sich wenigstens in sein Schlafzimmer zurückziehen, die Küche Beryl überlassen und den Kampf verschieben. »Bitte, Dad«, beschwor sie ihn kaum hörbar. »Wenn du Grandy verzeihen, einfach loslassen könntest ...«

Gabe beugte sich zu ihr hinunter, schob ihren Pony auseinander und gab ihr einen Kuss auf die Stirn. »Es ist deine Entscheidung, Josephine. Es wird immer allein deine Entscheidung sein.«

Er richtete sich auf und wandte sich Beryl zu. »Verschwinde. Ich habe die Nase voll von deinen Erpressungsversuchen, und ich werde nicht dulden, dass du in meinem Haus Druck auf meine Kinder ausübst.«

Josie registrierte drei Dinge: das triumphierende Grinsen ihrer Großmutter, Viviennes verstörtes Gesicht und dass Owen jetzt seinen Arm um *ihre* Schultern legte.

»Na, dann komm, Josephine«, sagte Beryl und klopfte mit ihrem Stock zweimal kräftig auf den Fußboden. »Lass uns nach Hause gehen und was essen. Außerdem werden wir in der Stadt schneller von den Wests hören als hier draußen.«

»Ich komme nicht mit dir, Grandy.«

Beryl gab ein missbilligendes Geräusch von sich. »Das Erste, was du über vollmundige Drohungen wissen musst, ist, dass du sie wahr machen musst, sonst wird man dir Schwäche vorwerfen.«

Josie traute sich nicht, Vivienne anzusehen, die keine Ahnung hatte, dass sie gleichsam die Karte war, auf die Josie alles zu setzen beabsichtigte.

»Ich *werde* heute Abend von hier weggehen, aber nicht mit dir«, betonte Josie. »Ich werde bei Viv wohnen. Und ich verspreche euch eins: Ich werde erst zurückkommen, wenn ihr euren Streit ein für alle Mal beigelegt habt.«

ZWEITER TEIL

*Die dramatische Kunst scheint eher eine feminine
Kunst zu sein; sie enthält alle Kunstgriffe, die
zum Bereich des Weiblichen gehören: der Wunsch
zu gefallen, das Rüstzeug, Emotionen
auszudrücken und Fehler zu vertuschen, und die
Fähigkeit zur Anpassung, die das wahre Wesen
einer Frau ausmacht.*

Sarah Bernhardt

Kapitel 19

✳

Die Gefährtin

Als Vivienne im hereinsickernden ersten Tageslicht auf dem Boden der Bibliothek aufwachte, erschrak sie, als sie feststellte, dass sie nicht allein war. Sie drehte sich auf die Seite und betrachtete das hübsche sommersprossige Gesicht, das aus dem Wust von Decken lugte. Die aufdringliche Josie Monash mit den leuchtenden Augen in *ihrem* Versteck! Was für eine unerwartete Wendung der Ereignisse!

Wie sich herausgestellt hatte, brauchte Josie nur wenig Schlaf. Sie hatte fast die ganze Nacht wach gelegen und laut über die knarrenden Bäume und die Vogelschreie und die noch unheimlichere plötzliche Stille lamentiert. Das Letzte, woran Vivienne sich erinnerte, bevor sie endlich eingeschlafen war, war Josies Klage gewesen, dass die Bibliothek sich als feucht und wenig einladend erweise und nach ungeliebten, vor sich hin schimmelnden Geschichten rieche. Vivienne hätte es nicht besser ausdrücken können.

Sie schälte sich vorsichtig aus ihren Decken, um Josie nicht zu wecken. Gestern Abend hatte sie ihr zwar hoch und heilig versprechen müssen, nicht mehr im See zu schwimmen, dabei aber zwei Finger hinter dem Rücken gekreuzt und nicht einmal ein schlechtes Gewissen gehabt. Sie würde zurück sein, bevor Josie aufwachte.

Leise stieg sie über Josies bescheidenes Bündel persönlicher Habseligkeiten – ihre Mysteryromane, ein paar Sachen zum Anziehen, das gerahmte Foto ihrer Mutter – und verließ auf Zehenspitzen die Bibliothek. Die Tür war nicht verbarrikadiert, Vivienne war es peinlich gewesen, in Josies Anwesenheit die vielen Möbelstücke davorzuschieben.

Es war kühl draußen. Als sie über den Pfad zum See lief, bewegte sie rasch ihre Finger, damit sie warm wurden. Wie eine Filmkulisse hatte sich der Wald einmal mehr verändert – dieses Mal in eine Szenerie des Makabren. Eine Goldene Radnetzspinne hatte ihr Außenskelett abgestreift, es hing schlaff und tentakelbewehrt im Netz; durch parasitäre Pilze zombifizierte Insekten krabbelten an Stämmen hinauf; eine Engelskopf-Agame beäugte sie aus respektabler Höhe.

Viviennes Gedanken weilten bei dem großen, lärmenden Monash-Clan. Ein Geheimnis lag dem Familiendrama, das sie miterlebt hatte, zugrunde, und nach ihrer anfänglichen Bestürzung überwog jetzt die Neugier.

Die erste Hälfte ihrer Schwimmrunde verlief ohne Zwischenfälle, einmal abgesehen von dem böigen Wind, der das Wasser aufpeitschte. Sie hatte am anderen Ufer gerade gewendet, als sie in der Ferne Josie auf den Amphitheaterstufen sitzen sah. Anscheinend war es ihr allein in der Lodge zu unheimlich gewesen. Oder aber sie wollte Vivienne abpassen, wenn sie aus dem ach so fluchbeladenen See stieg, um sie auszuschimpfen.

Sie schwamm schneller, im Kraulstil, ihrem Lieblingsschwimmstil, und legte sich im Geist kluge Erwiderungen auf Josies paranoide Vorhaltungen zurecht. Etwa in der Mitte des Sees hob sie den Kopf, um die Entfernung bis zum Ufer abzuschätzen, und schluckte vor Schreck ganz schön viel Wasser. Das dort am Ufer war nämlich nicht ihre zierliche Freundin.

Sondern unverkennbar ein Mann.

Owen, der nach den beiden Frauen sehen wollte? Doch der hatte breitere Schultern und würde ihr bestimmt zuwinken, um sich zu erkennen zu geben. Der Verwalter? Aber was wollte er hier? Viviennes Alarmglocken schrillten.

Sie trat Wasser und versuchte, allerdings vergeblich, nicht an die Tiefe des Kraters zu denken. *Ich werde nicht untergehen, ganz egal, wie tief das Wasser ist,* beruhigte sie sich.

Die Gestalt am Ufer rührte sich nicht vom Fleck, sondern stand mit verschränkten Armen auf den Stufen, das Gesicht starr ihr zugewandt, wartete auf sie. Ob das ihr nächtlicher Besucher war? Der, der sie beobachtete, am Türknauf rüttelte, Leitern an die Hauswand lehnte?

Sie konnte im Wasser bleiben und hoffen, dass er das Warten irgendwann aufgab. Oder darauf vertrauen, dass er ein anständiger Mensch war, und ihm am Ufer entgegentreten. Plötzlich packte sie die Wut. Sie kannte sich hier hervorragend aus, und es gab mehr als einen Weg aus dem See!

Vivienne warf sich herum und kraulte mit kraftvollen Bewegungen in Richtung der Stelle, wo sie die Schildkröten beobachtet hatte. Ein rascher Blick seitwärts, und sie sah, dass sich der Beobachter am Ufer parallel zu ihr bewegte.

O nein, ganz sicher nicht!

Sie steigerte ihr Tempo, ihr Herz raste wie wild. Sie hatte den großen Vorteil, dass *sie* genau wusste, wo sie aus dem Wasser steigen wollte. Ihre Arme und Beine brannten. Gierig schnappte sie nach Luft, sie verschwendete keine Zeit mehr damit, nach dem Unbekannten Ausschau zu halten. *Weiter,* kreischte eine Stimme in ihrem Inneren, um die Schmerzen der körperlichen Anstrengung auszublenden. *Nicht nachlassen! Weiter!*

Vivienne hatte jetzt die flache Uferzone erreicht und näherte sich dem horizontalen Unterwasserwald. Schildkröten flüchteten, als sie heranpflügte. Die im Wasser liegenden Stämme waren mit einer schleimigen Schicht überzogen, auf der sie keinen Halt fand. Sie kletterte hinauf, rutschte ab, fiel zwischen das Geäst, zerschrammte sich Knie und Ellenbogen. Endlich war sie an der steilen Uferböschung angelangt, krallte sich mit den Fingernägeln in die Erde, klammerte sich an Wurzeln. Außerhalb des Wassers hatte sie ihre Flinkheit und ihre schwerelose Anmut eingebüßt. Sie zog sich hoch wie ein Sack Mehl und hievte sich über den Rand der Böschung.

Der unbekannte Beobachter war nirgends zu sehen, aber sie durfte keine Zeit verlieren. Sie jagte durch den Wald, ihre nassen Haare klatschten ihr ins Gesicht, während sie über heimtückische Wurzeln stolperte und auf dem morastigen Boden ausrutschte. Sie hielt erst an, als sie auf die Lichtung bei der Lodge schlitterte.

Dort klammerte sie sich vornübergebeugt an einen Baum und rang, keuchend und japsend, nach Luft.

»Viv?«

Ihr Magen rebellierte, sie schaute auf. Auf der untersten Verandastufe saß Josie und warf einem Vogel mit gesprenkelter Brust und leuchtend grünen Flügeln Obststückchen zu. Viviennes Knie gaben nach beim Anblick dieser banalen Szene. Verbissen hielt sie sich an dem Baumstamm fest.

»Was hast du denn?«, rief Josie besorgt. »Ist was passiert?«

Vivienne wusste, dass ihre Freundin nur allzu bereit war, endlich ihre Vermutungen hinsichtlich des Sees und seiner junge Frauen in die Tiefe lockenden Geister bestätigt zu sehen.

In dem Versuch, mehr und schneller Sauerstoff zu erhalten, legte sie sich die Hand auf die Brust. Wenn sie von dem unbekannten Beobachter erzählte und der Panik, in der sie um ihr Leben geschwommen war, würde sich Josies absurde Angst vor dem See noch steigern. Das konnte sie ihrer Freundin nicht antun.

»Nein, nein, alles … in Ordnung«, stieß sie abgehackt hervor. »Ich bin nur gerannt … damit ich zurück bin … bevor du aufwachst.«

»Du hättest schneller rennen sollen. Du hast mir *versprochen*, dass du nicht mehr im See schwimmst!«

Vivienne ließ sich neben Josie auf die Stufe fallen. Die Erschöpfung senkte sich über sie wie ein bleiernes Netz. Der Schweiß lief ihr den Rücken hinunter. »Was machst du denn da?«

»Die Spottdrossel füttern. Meine Kälbchen fehlen mir. Ich musste *irgendetwas* füttern.«

»Eine Spottdrossel? Dieser süße Vogel ist es, der kreischt

wie eine Katze?« Sie betrachtete die Papayastückchen, die Josie ihm hinwarf. »Wo hast du die denn her?«

Josie wischte sich die Hände ab. »Als du weg warst, sind Lebensmittel geliefert worden.«

Vivienne wurde blass. »Hat er dich gesehen?«

»Nein, aber geweckt, weil er auf der Veranda herumgetrampelt ist.« Josie zog eine Braue hoch. »Wieso, ist das wichtig?«

»Er darf nicht erfahren, dass du hier wohnst!«

»Warum denn nicht? Es war nur Niall, der Verwalter. Es ist mir völlig schnuppe, was er denkt, und das sollte es dir auch sein.«

»Mein Onkel hat sich noch nicht mit Rudy abgesprochen. Er hat bestimmt nichts dagegen, dass du hier wohnst, Onkel Felix ist schrecklich großzügig, aber bevor ich jemanden hierher einlade, hätte ich ihn gern gefragt. Ich will ihn nicht enttäuschen, nach allem, was er für mich getan hat, damit ich von meiner Mutter wegkomme ...«

Josie runzelte die Stirn. »Du nimmst mir das jetzt hoffentlich nicht übel, aber ...«

»Nach dieser Ankündigung ganz bestimmt.«

»... du verhältst dich so merkwürdig ... fügsam deinem Onkel gegenüber.«

»Er kümmert sich rührend um mich! Soll ich mich ihm gegenüber etwa aufmüpfig verhalten?«

»Kommt drauf an, was er mit seiner Fürsorge bezweckt.«

Jetzt war es Vivienne, die die Stirn in Falten zog.

Josie stemmte sich hoch. »Komm, ich mach uns Frühstück.«

Als sie ins Haus gingen, staunte Vivienne nicht schlecht. Josie hatte Möbel herumgeschoben, Regale ausgeräumt, die Fenster mit Bettlaken, Handtüchern und Tischdecken verhängt. »Wie sieht's denn hier aus?«

»Tja, zuallererst habe ich diese verdammten Pfauenfedern rausgeworfen. Man kommt sich ja vor wie dem bösen Blick ausgesetzt.«

»Und die Fenster?«

»Ach, das.« Josie hantierte in der Küche. »Wir leben schließlich nicht in einem Aquarium, wir haben ein Recht auf Privatsphäre.«

»Wo hast du denn das alles gefunden?«

»Ich hab den Wäscheschrank in der Waschküche geplündert.«

»In der Waschküche«, wiederholte Vivienne dümmlich. »Ich habe alles von Hand im Waschbecken gewaschen.«

Josie sah sie ungläubig an. »Es gibt eine Waschküche unten, direkt neben dem gut bestückten Weinkeller.«

Vivienne hatte allmählich das Gefühl, zum Besten gehalten zu werden. »Unten. Neben dem Weinkeller …«

»Das muss im Krieg ein richtig toller Luftschutzbunker gewesen sein – Rudy Meyer, seine Badenixen … und jede Menge Wein.« Josie verteilte einen dampfenden Brei in zwei Schalen. »Ich hab schon eine Ladung Wäsche in die Maschine getan, die musst du dann noch aufhängen.«

»Und wo?«

»Hinten, auf dem Weg nach Chimera Falls, ist eine Wäscheleine.« Josie reichte ihr eine Schale. »Möchtest du Zucker oder Honig auf deinen Grießbrei?«

Vivienne betrachtete den Brei. »Ich esse keinen … weder noch, danke.«

Josie setzte sich ihr gegenüber, griff nach ihrem Löffel und sagte strahlend: »Bon appetit!«

»Ja«, murmelte Vivienne und nahm ebenfalls ihren Löffel zur Hand. »Danke. Aber du hättest dir meinetwegen nicht so viele Umstände machen müssen.«

»Umstände? Normalerweise fängt mein Tag damit an, dass ich die Kälber füttere, dann bereite ich das Frühstück für vier Männer zu und packe ihnen was für die Mittagspause ein. Manchmal kommen sie zum Essen auch nach Hause. Dagegen ist es ein Klacks, für eine einzige Lodge-Mitbewohnerin zu kochen.«

Lodge-Mitbewohnerin.

Der Sonnenschein hatte ungefragt Einzug gehalten. Sie sollte ihn genießen, solange er anhielt. Die Frage war nur, wie konnte sie sich für diese Liebenswürdigkeit revanchieren?

»Hör mal«, fuhr Josie fort, »du wirst dir abends selbst was machen müssen. Meine Theatergruppe trifft sich heute. Es wird spät werden.«

»Soll ich dir was aufheben?«

»Das wär toll, danke.«

Vivienne lehnte sich zurück und schaute zu, wie die zierliche Josie ihren Brei mit einem Appetit in sich hineinschaufelte, wie sie es noch nie bei Frauen beobachtet hatte. Der Anblick dieser häuslichen Szene brachte sie mehr aus dem Konzept als ihre panische Flucht vor dem unbekannten Mann.

»Was ist das denn?« Josie griff nach einem kleinen Fläschchen, das Vivienne auf dem Tisch vergessen hatte, und las: »Dr. William's Pink Pills.« Sie sah Vivienne scharf an. »Sind das die für ›blasse Menschen‹?«

Vivienne lief rot an, was Josie jedoch nicht störte. »Himmel, Viv! Das ist doch alles Humbug! Vergiss das Zeug. Was du brauchst, ist Rindfleisch, Sonnenschein und frische Landluft. Keine Bange, das kriegen wir schon hin.«

Vivienne sah höflich über ihre Direktheit hinweg. »Wirst du heute Abend die Rollen besetzen?«

»Ich hab's vor, aber ich fürchte, ich werde mein Stück einem leeren Saal vorstellen. Ich mag zwar den Klang meiner Stimme, aber mir wäre es lieber, wenn andere mein Skript lesen würden.« Josie tippte bei diesen Worten auf einen Punkt unterhalb des Schlüsselbeins. Eine abergläubische Geste, wie Vivienne vermutete, die verriet, dass Josie nervöser war, als sie zugeben wollte.

»Ich würde gern mitkommen und zusehen. Wenn bloß nicht so viele ...«

»... Leute da wären, ja, ich weiß. Aber es wäre trotzdem gut, wenn du kommen würdest.« Josie schabte den letzten Rest Brei aus ihrer Schale. »Ohne dich und deine Beiträge wäre mein Stück nicht das, was es jetzt ist. Und ich wäre nicht halb so stolz darauf.«

Bevor Vivienne über das Kompliment nachdenken konnte, war Josie aufgesprungen. Sie ließ ihre Schale in den Schüttstein fallen und meinte: »Wär nett, wenn du das mit spülen würdest, ich muss los.«

»Ja, ja, kein Problem, geh du nur!«

Josie schwang sich ihre Handtasche über die Schulter und strich das fuchsiarote Kleid glatt, das sie anscheinend immer auf ihren Stadtausflügen trug. »Ich kann's kaum erwarten, dir alles zu erzählen! Wir sollten eine von diesen Weinflaschen entkorken und feiern. Es kann wie gesagt spät werden, aber keine Sorge – ich komme *auf jeden Fall* wieder, um dir Gesellschaft zu leisten!«

An der Tür warf Josie ihr eine Kusshand zu, und dann war sie auch schon draußen. Vivienne hörte, wie der alte Ford grummelnd ansprang und über die Lichtung holperte. Sie blickte benommen auf die Schale Grießbrei, den sie nicht angerührt hatte. Ihre »Lodge-Mitbewohnerin« hatte Josie sie genannt.

Oben begann das Telefon zu klingeln.

Felix.

Vivienne legte den Kopf schief und registrierte die schrillende, hartnäckige Forderung, sie solle das Mahl stehen lassen, das ihre eifrige, anhängliche Freundin gekocht hatte. Sollte sie gehorchen? Natürlich sollte sie das! Felix rief vielleicht an, um ihr letzte Anweisungen vor seiner Auslandsreise zu geben. Da könnte sie ihn gleich fragen, ob Josie hier wohnen durfte.

»Fügsam« hatte Josie sie genannt.

Vivienne schüttelte den Kopf. Sie schob sich einen Löffel Grießbrei in den Mund und genoss die cremige, warme Konsistenz auf ihrer Zunge. Das Klingeln verstummte.

Unmittelbar darauf meldete sich das Telefon ein zweites Mal.

Vielleicht wollte Felix sie warnen, dass Geraldine bereits

auf dem Weg zur Lodge war – weder Schranken noch Schrankenwärter wären imstande, sie aufzuhalten –, und zwar in Begleitung von Howie samt Trauringen, eines Geistlichen sowie (sicherheitshalber) einiger Männer in weißen Kitteln. Das durchdringende Schrillen tat ihr in den Backenzähnen weh: *Steh auf, renn hinauf, nimm ab!* Sie biss die Zähne fest aufeinander. *Nein, ich werde nicht rangehen.*

Das Telefon läutete ein drittes Mal.

Und wenn es nun Mutter höchstpersönlich war, um ihr zu sagen, es sei alles vergessen und vergeben? *Komm wieder nach Hause, Liebling, du fehlst mir!*

Vivienne tauchte den Löffel wieder in den Grießbrei und staunte, wie unglaublich gut das schmeckte – sowohl der Brei als auch die Auflehnung.

Ein viertes Mal klingelte das Telefon nicht.

Als sie aufgegessen hatte, ging Vivienne dem Rumpeln der Waschmaschine nach. Auf ihren Streifzügen durch die Lodge war sie nie bis in den Keller vorgedrungen, der sich hinter einer unscheinbaren Tür auf der Rückseite des Hauses verbarg, die sie seltsamerweise nie geöffnet hatte.

Es schien mit jeder Stufe kälter zu werden, als sie die Treppe zur Waschküche und zum Weinkeller hinunterstieg. Von einem schmalen Gang zweigten zwei Räume ab. Ein eigenartig surreales Gefühl überkam Vivienne. Jahrelang hatte sie genau das geträumt – dass sie sich in einem dunklen, einsamen Haus mitten im Wald befand, das ein Geheimzimmer hatte, von dessen Existenz sie zwar wusste, das sie aber schon seit langer Zeit nicht mehr betreten hatte. In ihrem Traum hatte sie dieses Zimmer jedes Mal staunend wiederentdeckt und sich gefragt, wie sie es überhaupt hatte vergessen können.

War das eine Vorahnung gewesen? Ein kalter Schauder rieselte ihr über den Rücken.

Benommen ging sie in die Waschküche. Der frische Geruch der Seifenflocken konnte die muffige Feuchtigkeit, die hier unten noch viel schlimmer war als oben, nicht überdecken. Vivienne hatte nicht viel Ahnung von Waschmaschinen – es gab Haushälterinnen, die sich um solche Dinge kümmerten –, aber das laute Rumpeln deutete darauf hin, dass die Wäsche noch nicht fertig war.

Sie beschloss, sich den Weinkeller vorzunehmen. Zumindest auf diesem Gebiet hatte sie einige Kenntnisse vorzuweisen, da sie sich vor ihrer ersten arrangierten Begegnung mit Howard in der Oper monatelang mit Weinkunde beschäftigt hatte.

Der dick mit Staub und Spinnweben überzogene Raum war ein garstiger Ort. Vivienne blies in die Hände, damit sie warm wurden, machte das Licht an, schlenderte umher, zog da und dort eine Flasche aus den Regalen, wischte den klebrigen Schmutz ab und warf einen Blick auf das Etikett. Es waren hauptsächlich erstklassige europäische Weine. Sie wusste nicht, ob sie hoffte oder fürchtete, auf das vertraute Woollcott-Wappen zu stoßen.

Ihre Kehle schnürte sich schmerzhaft zu. Da war es, das Wappen, das alles in Howards Haus zierte, sogar seine Schlafanzüge, und das beinah auch ihrem Leben den Stempel aufgedrückt hätte. Sie schob den Shiraz heftig ins Regal zurück und stürmte aus dem Keller.

Sie wollte gerade wieder nach oben stapfen, als sie im trüben Licht eine weitere Tür unter der Treppe erkennen konnte. Wahrscheinlich führte sie zu einem Vorratsraum, aber Vivienne wollte nichts mehr dem Zufall überlassen. Sie rüttelte so fest am Türknauf, dass ihr ihr Verlobungsring schmerzhaft ins Fleisch schnitt. Aber der Knauf gab nicht nach. Schwer atmend, richtete sie sich auf und tastete die Tür ab.

Ziemlich weit oben befanden sich zwei verrostete Riegel.

Was auch immer sich hinter dieser Tür befinden mochte, war seit langer Zeit dort eingeschlossen – und sollte es auch bleiben.

Kapitel 20

Starrende Augen

Josie hatte sich den ganzen Tag bemüht, sich auf den vor ihr liegenden Abend zu konzentrieren und nicht an den zurückliegenden zu denken. Dennoch kreisten ihre Gedanken ständig um ihre Kälbchen. Obwohl sie wusste, dass ihre Brüder sich um die Tiere kümmern würden, hatte sie ein schlechtes Gewissen. Die großen, traurig blinzelnden Kuhaugen hatten sie den ganzen Tag verfolgt, auch jetzt noch, als sie mit ihren Skripts, die in der Sekretärinnenschule abgetippt worden waren, die Main Street entlangging.

Die Sonne, umgeben von langen malvenfarbenen und bernsteingelben Schärpen, ging hinter der Stadt unter; der fast volle Mond stand schon sichtbar am Horizont. Unzählige Male hatte Josie nach dem Medaillon ihrer Mutter getastet, ehe ihr einfiel, dass sie es in der Eile auf dem Schreibtisch ihres Vaters vergessen hatte. Und es im Grunde gar nicht ihr gehörte. Zwanghaft fuhr sie den herzförmigen Umriss nach.

Das Igloo kam in Sichtweite; ein Kreis vertrauter Gesichter hatte sich bereits am Eingang versammelt. »Du bist die Intendantin«, murmelte sie vor sich hin. »Das ist *deine* Theatergruppe. Du bist Bühnenautorin. Das ist *dein* Stück.«

Ihr Herz schlug schneller, je näher sie den anderen kam. Gleich würden sie sich zu ihr umdrehen, und sie würde den Ausdruck auf ihren Gesichtern sehen können. Was würde sich darauf spiegeln – freudige Erregung? *Missbilligung?*

Doch keiner beachtete sie. Alle hatten sich, zeternd und gestikulierend, über etwas gebeugt. Josie runzelte die Stirn. Was war denn interessanter als die Ankunft der Intendantin? Sie bahnte sich mit den Ellenbogen einen Weg durch die Gruppe.

Auf der Türschwelle des Igloo lagen zwei runde Klumpen aus blassrosa Fleisch und verdrehten Sehnen, mit einer schmutzig blauen Lache in der Mitte.

Augäpfel.

Als hätte jemand die sanften, vertrauensvollen Augen der Kälber herausgerissen und ihr vor die Füße geworfen. Ekel ergriff sie.

Aber das waren nicht die Augen von Kälbchen, sondern von Rindern, wie sie sie im Biologieunterricht auf der Highschool hatten sezieren müssen. Josie konnte den Blick nicht davon abwenden. Ihr graute davor, aufschauen zu müssen und in den Gesichtern ihrer Schauspieler ein irgendwie geartetes Ich-hab's-dir-ja-gesagt zu entdecken. Wie viel Entrüstung würde ihr Stück heute Abend wohl auslösen? In diesem Moment bezweifelte sie, damit fertigzuwerden.

Peggy West stieß einen der Augäpfel mit der Spitze ihres

roten Wildlederstilettos zur Seite. »Mir scheint, irgendein böser Geist hat was gegen dein Stück, Josie.«

Da war es, das Ich-hab's-dir-ja-gesagt.

Josie presste ihre Handtasche fester an sich. »Quatsch! Da hat sich irgendein Bengel einen Scherz erlaubt. Aber ich will nicht, dass das matschige Zeug an den Schuhen in mein Igloo getragen wird. Putzen wir es weg, bevor der große Ansturm einsetzt.«

Der Ansturm war in der Tat unerwartet groß. Eine so rege Beteiligung, darunter auch viele neue Gesichter, hatte Josie noch nie erlebt.

Doch anstatt ihren Triumph zu genießen, war sie genervt vom stockenden Verlauf des Abends. Die erste Leseprobe hatte ewig gedauert, weil sie ständig von Einwänden, Spekulationen und, ärgerlicherweise, von *Verbesserungsvorschlägen* unterbrochen worden war.

»Lasst uns den Text doch erst einmal zu Ende lesen und *dann* darüber diskutieren«, wiederholte Josie bis zum Überdruss.

Vergeblich. Und der verblüffende Ausgang der Geschichte hatte mehr Fragen aufgeworfen, als sie zu klären gehofft hatte.

Die Rollenbesetzung erwies sich als noch heikler. Wäre Josie nicht so sehr damit beschäftigt gewesen, einen offenen Putsch zu verhindern, hätte sie sich geschmeichelt fühlen müssen, dass so viele Mitglieder zum Erfolg ihres Stücks beitragen wollten. Unerklärlicherweise war ihre bunte Truppe auf einmal der Meinung, dass ein von Gemeindemitgliedern getragenes Theater ein Mitspracherecht derselben nach sich zog. Jeder Besetzungsvorschlag wurde heftig diskutiert und anschließend per Abstimmung akzeptiert oder verworfen. Josie war dieser neue Modus Operandi ein völliges Rätsel. Hatten die anderen sich heimlich getroffen und sich auf eine Machtübernahme verständigt?

Einige ihrer Schauspieler hatten die von ihr vorgesehenen Rollen ergattert. Constable Jacobs würde den famosen Sergeant im Barrington der 1940er-Jahre spielen. »Eine Beförderung!«, schwärmte er. Und Peggy war zu Celestes glamouröser Schauspielkollegin Milly gewählt worden, was sie mit dem Ausblasen eines perfekten Rauchrings akzeptiert hatte. Athol hatte sich passenderweise die Rolle des exzentrischen, geselligen Rudy Meyer geschnappt. »Danke, Lady-Boss!«, rief er überschwänglich. »Die beste Rolle in einem genialen Stück!« (Ein bisschen Speichelleckerei war genau das, was sie heute Abend brauchte.)

Unglücklicherweise bewarben sich mehrere Einheimische darum, sich selbst zu spielen. Josie hatte geglaubt, Namen, Äußeres und Beruf so verändert zu haben, dass niemand sich wiedererkannte, aber nein, sie hatten ihre Verkörperungen sofort aufgestöbert, sogar Elsie, die die Rolle der »ihre Perlenkette umklammernde Frau des Ladenbesitzers« bekam. Ja, sogar die für ihr Gezeter und ihr Protestgeschrei bekannte Elsie hatte sich in das Stück gedrängt.

Das Unverzeihlichste aber war Nialls Nominierung seiner Verkäuferin Laura als Celeste Starr. Mit ihren langen dunklen Haaren und ihrer »natürlichen Sinnlichkeit« sei sie geradezu prädestiniert für diese Rolle, argumentierte er. Laura war auf Anhieb gewählt worden, fast so, als wäre die Truppe schon vorher entsprechend instruiert worden. Oder bildete sich Josie das nur ein? Absolut jeder hätte die Rolle übernehmen können. Laura war zwar eine Schönheit, hatte aber das schauspielerische Talent einer Gartenhacke.

Die letzte Rolle, die noch besetzt werden musste, war die von Zach. Josie hatte von Anfang an Ernest dafür vorgesehen und ihm geholfen, sich auf die Rolle vorzubereiten. Dass er als einziger ihrer Brüder heute Abend gekommen war, rechtfertigte die bevorzugte Behandlung. Ernest hatte die Hauptrolle verdient, und jetzt saß er stolz und aufrecht in der ersten Reihe und wartete darauf, ausgewählt zu werden.

Aber natürlich kam es ganz anders.

Josie beobachtete fassungslos, wie Ernests anfänglicher Triumph über den Zuschlag für die Hauptrolle in Verärgerung umschlug, als die Mehrzahl der Versammelten laut »Niall! Niall!« skandierte. Es wurde nicht einmal abgestimmt, das Ganze war eine ausgemachte Sache. Für Josie war der Fall klar: Niall war in der Stadt herumgegangen, um für sich zu werben. Falls tatsächlich ein Geheimtreffen stattgefunden hatte, dann war Niall der schlaue Fuchs, der es eingefädelt hatte.

Schon erhob er sich und akzeptierte ach so demütig die Entscheidung, wobei er mit Gesten den Jubel zu beschwichtigen versuchte, der umso lauter aufbrandete, je mehr er den Bescheidenen mimte. Josie hätte ihn mit dem größten Vergnügen rausgeworfen, wäre es nicht so klein gewesen.

Sie hob die Hand, steckte zwei Finger in den Mund und stieß einen gellenden Pfiff aus.

Der Pöbel wurde still und starrte sie entgeistert an. Es brachte Unglück, in einem Theater zu pfeifen, aber Josie wäre es völlig egal, wenn ihnen heute Abend eine Beleuchterbrücke auf den Kopf fiele.

Sie verschränkte die Arme. »Ernest und Laura wären als Liebespaar sehr viel glaubhafter. Das sage ich euch als eure *Intendantin*.«

»Die Chemie zwischen uns wäre definitiv besser«, bestätigte Ernest, woraufhin Laura seltsamerweise rot anlief.

Laura war in *Ernest* verliebt? Aber sie ließ es doch zu, dass Niall ihr Knutschflecke machte! Josie machte sich im Geist eine Notiz, diese Ungereimtheit aufzuklären.

»Laura und ich *sind* schon ein gutes Team«, wandte Niall ein.

»Mein Entschluss steht fest. Ernest kriegt die Rolle.«

Protestgeschrei brach los.

Niall bat mit Gesten um Ruhe und sagte dann in geheuchelter Demut: »Hört zu, ich weiß, dass ihr wütend seid, weil eure einstimmige Entscheidung überstimmt wird, aber Josie möchte nun einmal das letzte Wort haben.«

Natürlich wollte sie das, es war schließlich *ihr* Stück! Ihre meuternde Truppe murrte unwillig, und es zog sich hin.

Josie kümmerte es nicht. Sollten sie ruhig versuchen, die Rollen zu tauschen, Handlungselemente nach Belieben zu verändern – an einem aber konnten sie nicht rütteln: am umstrittenen Ort der Aufführung, mit der der Fluch gebrochen werden sollte.

Josie lächelte und spürte, wie ihr Selbstvertrauen wieder die Oberhand gewann. »Ich werde mir die Besetzungsliste noch einmal vornehmen und vor unserem Treffen nächste Woche entscheiden, wer Zach spielen soll. Treffpunkt ist das Obsidian für eine Ortsbegehung. Dann bis nächsten Freitag am Lake Evelyn!«

Betretene, nervöse Gesichter im ganzen Saal.

Na, wie gefällt euch das, verehrte Truppe?

Zum Schluss ging Josie reihum und beglückwünschte die von ihr Ausgewählten zu ihrer Rolle, weckte Hoffnungen in anderen und behandelte Niall wie Luft. Während sie die Nachzügler verabschiedete, stapelten Clarence und Ernest die Stühle in einer Ecke.

An der Tür packte Rita Josies Hand. »Ich muss unbedingt mit dir reden.«

Sie zog Josie in einen würzig duftenden Zitrusbaumhain.

»Tut mir leid, dass du keine Rolle gefunden hast, die dir liegt, Rita ...«

»Es ist nicht wegen des Stücks – es geht um etwas viel Wichtigeres!«

Josie kam nicht dazu, beleidigt zu sein, weil in diesem Moment Ernest und Clarence aus dem Igloo traten, nachdem sie bis auf die Nachtbeleuchtung alle Lichter gelöscht hatten.

Clarence trottete davon, während Ernest, sichtlich bedrückt, neben den beiden Frauen schlurfte. Josie tätschelte Ritas Arm. »Ich komm morgen zu dir, dann reden wir. Ich muss jetzt einen enttäuschten Rollenbewerber trösten.«

Josie und Ernest warteten, bis Rita die Main Street hinaufgegangen war. In dem Limettenbaum über ihnen schwenkte ein gestreifter Roter Buschkauz seine großen gelben Augen in ihre Richtung.

»Tut mir leid, Ernest«, begann Josie. »Ich hab's wirklich versucht.«

»Niall hat fleißig um Stimmen geworben.«

»Das war ein Machtkampf heute Abend, nichts anderes. Hoffentlich bist du nicht allzu enttäuscht.«

Ernest schnaubte. »Du wirst andere Stücke schreiben, mit lohnenderen Rollen. Aber du kannst nicht zulassen, dass *Niall* Zach spielt.«

»Habe ich eine andere Wahl? Wenn ich Stunk mache, brauche ich eine überzeugende Alternative. Und die kann nicht mein eigener Bruder sein.«

»Nein, ich kann es nicht sein.« Ernest nestelte seine Glückszigarre aus der Jackentasche und klopfte sie auf die andere Hand. »Aber jeder andere ist besser als Niall!«

»Schauspielern kann er, das musst du zugeben. Und Zach war gut zehn Jahre älter als Celeste, der Altersunterschied spielt also keine Rolle.«

Den Blick in die Dunkelheit gerichtet, klopfte Ernest die Zigarre fester auf den Handrücken. »Er will Laura nur demütigen.«

»Demütigen? Wie meinst du das?«

»Es steht mir nicht zu, darüber zu reden, und Laura widerstrebt es, darüber zu reden. Und das weiß dieser Dreckskerl auch!« Die Lippen fest aufeinandergepresst, steckte er die Zigarre in die Tasche zurück.

Josie stellte diese vorsichtigen Worte ihren eigenen Beobachtungen gegenüber: der versteckte Knutschfleck am Hals; Lauras beharrliches Schweigen, obwohl sie andererseits den Mut hatte, sich einer Theatergruppe anzuschließen; ihr unsteter Blick, der nie länger als eine Sekunde auf jemandem verweilte. Laura war also kein Mauerblümchen, sondern eine Wildblume im Schatten. *Die beachtet werden wollte.*

»Okay, ich bin deiner Meinung«, sagte Josie und fragte sich, wie Ernest es geschafft hatte, dass eine zurückhaltende Person wie Laura sich ihm anvertraute. Was hatte es nur mit den Monash-Männern auf sich, dass sie Frauen in Not förmlich anzogen? Und warum wälzten sie besagte Frauen immer auf Josie ab?

Der Rote Buschkauz stieß urplötzlich von seinem Ast herunter auf eine quiekende Kitzfüßige Mosaikschwanzratte, die keine Chance hatte. Josie und Ernest entfuhr ein erschrockener Aufschrei, gefolgt von erleichtertem Kichern.

»Kommst du mit nach Hause?«, fragte Ernest dann.

Oh, es wäre so leicht, Ja zu sagen. Sie könnten zusammen zurückfahren, dorthin, wo ihr Vater war, ihre Halskette lag, ihr Glück wohnte. Sie konnte Ja sagen und ihr Ultimatum vergessen. Niemand würde sie verurteilen, weder fürs Weglaufen noch für ihre reumütige Rückkehr.

»Na komm schon«, drängte Ernest. »Ich mach uns Tee, und dann darfst du mich beim Stratego schlagen.«

Josie konnte es vor sich sehen – den Tee, der so süß schmecken würde wie ihr Sieg beim Brettspiel.

»Außerdem musst du dabei sein, wenn wir morgen früh zusammen mit Reg seine kleine Tochter besuchen.«

»Dann hat sie also ein Mädchen bekommen.« Was für eine Tante war sie, wenn sie überhaupt nicht mehr an ihre erste Nichte oder ihren ersten Neffen gedacht hatte?

»Vor ein paar Stunden, ja. Daph geht es gar nicht gut. Das Kleine wollte nicht rauskommen, sie haben alles versucht, und zum Schluss haben sie sie in den OP gebracht ...« Ernest ahmte einen Schnitt vom Bauch zum Hals nach und machte dazu ein Geräusch wie vom Aufschlitzen.

Josie verzog das Gesicht. »Du meine Güte!« *Passt zur Tochter einer Klette.*

»Reg ist ganz schön angeschlagen. Owen versucht seit Stunden, ihn wieder nüchtern zu kriegen.«

Das erklärte immerhin, wo ihre restlichen Brüder waren. Na schön, dieses Mal sei ihnen verziehen.

»Haben sie schon einen Namen für sie?«

Ernest druckste herum. Josie funkelte ihn böse an. Sogar im Dunkeln konnte sie sehen, dass er sich auf einen Ausbruch gefasst machte. »Nein, sag nichts! Sie hat mir *meinen* Namen gestohlen, stimmt's? Ich hab ihr gesagt, dass ich meine Tochter einmal Maureen nennen werde! Ich hab's ihr *gesagt!*«

»Es ist doch nur ein Name. Du kannst ihn doch immer noch nehmen. Und wie Daph gesagt hat: Wer weiß, ob du jemals Kinder haben wirst. Es wäre doch schade, wenn Daph die Gelegenheit, Mum zu ehren, nicht nutzen würde.«

»*Schwachsinn!* Daphne geht es nur darum, mir etwas wegzunehmen! Sie will immer haben, was ich habe!« Das würde sie ihr nie verzeihen. Und Reg auch nicht, weil er es zuließ.

»Jedenfalls hast du eine brandneue Nichte, und deshalb musst du nach Hause kommen. Daph wird Hilfe brauchen. Es wird lange dauern, bis sie wieder auf den Beinen ist, sagt sie, und sie kann sich unmöglich um uns Männer *und* das Baby kümmern.«

»Ah, jetzt verstehe ich! Josie soll schnell nach Hause laufen, damit sie die ganze Bande versorgen kann!«

»Wir vermissen dich, das ist alles.«

»Das glaub ich gern! Weißt du was? Es ist mir egal, ob ihr mich für selbstsüchtig und herzlos haltet, aber ich werde ganz sicher nicht das Kindermädchen für Daphne West spielen! Soll sie doch ihre Mutter um Unterstützung bitten oder besser noch bei Grandy einziehen. Dann würden Grandys Gebete erhört werden, und sie würde endlich eine neue Maureen Monash bekommen!«

Ernest brauchte eine kleine Weile, bis er das verdaut hatte. Dann fragte er: »Du kommst also nicht nach Hause?«

»Nein.« Josie wollte mechanisch nach ihrer nicht vorhandenen Halskette greifen, platzierte die Hand dann auf der Schulter und umklammerte den Riemen ihrer Handtasche.

»Ich hatte gleich ein ungutes Gefühl wegen heute Abend«, brummte Ernest. »Nicht, weil ich Angst hatte, meine Rolle zu verlieren.«

»Du verlierst mich nicht. Aber ich möchte mich einzig

und allein auf mein Theater konzentrieren. Und Grandy und Dad müssen ein für alle Mal Frieden schließen. Vor allem aber muss ich mich um Vivienne kümmern.«

»Du wirst nie mehr nach Hause kommen.«

Ihre Augen brannten. »Vielleicht nicht.«

Ernest steckte die Hand in seine Jackentasche, doch statt seiner Zigarre zog er einen weißen Briefumschlag hervor.

»Der ist heute für dich gekommen. Von Miles Henry. Ich hab gar nicht gewusst, dass ihr euch schreibt.«

Sie zuckte mit den Schultern. »Ein-, zweimal.«

Er hielt ihr den Brief hin. »Das verheißt vermutlich nichts Gutes, was deine baldige Rückkehr angeht.«

»Kommt drauf an, was drinsteht«, erwiderte sie in flapsigem Ton, obwohl ihr das Herz bis zum Hals schlug. »Nimm du den Ford, du kannst mich auf dem Nachhauseweg an der Lodge absetzen.«

Der Brief wurde gegen die Autoschlüssel getauscht. Als sie den glatten, fest verschlossenen Umschlag in den Händen hielt, fiel ihr das Atmen auf einmal schwer.

»Hey, Jose ...«, sagte Ernest leise. »Du weißt schon, dass du nicht für alle Zeit in diesem Spukhaus wohnen kannst, oder?«

»Vielleicht nicht, aber wer sagt, dass es für alle Zeit ein Spukhaus bleiben muss?«

Die Lodge lag vollständig im Dunkeln, als Ernest Josie absetzte. Sie winkte ihm lächelnd von der Veranda aus zu, doch obwohl er es nicht sehen konnte, weil er rückwärts den schmalen Weg von der Lichtung fuhr und den Blick auf den Rückspiegel geheftet hatte, ließ sie die Hand erst sinken, als die Scheinwerferkegel hinter einer Biegung verschwanden.

Tiefe Finsternis senkte sich über die Lichtung. Eine Kakophonie von Insekten- und Amphibienlauten – ein Klicken und Quaken, ein Summen und Zirpen und Trillern – füllte die Stille, als der Motorenlärm verklungen war. In der Nähe kratzten Krallen flink einen Baumstamm hinunter. *Nur ein Kurzkopfgleitbeutler,* sagte sich Josie, war aber dennoch froh, als sie die Haustür hinter sich geschlossen hatte.

Sie hatte gar nicht gemerkt, dass es schon so spät war – fast Mitternacht, wie die Standuhr auf der Treppe vorwurfsvoll vermeldete. Vivienne hatte es offensichtlich aufgegeben, auf sie zu warten, und war ins Bett gegangen. In der Küche fand Josie ein mit Grünzeug fantasievoll garniertes raffiniertes französisches Omelett und eine liebevolle Nachricht, sie möge es sich schmecken lassen. Josie schlang das Essen hinunter und sprintete dann nach oben, den Brief fest an sich gepresst.

Kurz vor der Bibliothek bremste sie abrupt ab. Ein Anfall von Paranoia überkam sie. Wenn Vivienne nun gar nicht da drin war? Schlimmer noch – nie existiert hatte? Vielleicht war sie ganz allein in dieser gottverlassenen Lodge. Und der Geist von Celeste Starr hatte sich aus dem See erhoben und wartete in der Bibliothek auf sie: die trüben Augen starr in den Höhlen, von ihrem bleichen Hals herabhängende Ranken, tropfendes Wasser rings um ihre kalkweißen Füße …

Zum ersten Mal, seit sie hier eingezogen war, durchzuckte sie ein namenloses Grauen und ließ sie im Innersten erschaudern.

Wie gelähmt vor Angst, ging sie die letzten knarrenden Stufen hinauf und öffnete die Tür.

Eine Tiffany-Lampe brannte auf dem Rollladenschrank; im Kamin glomm rötliche Glut. In Decken eingemummt, eine leise atmende Gestalt.

Gott sei Dank!

Josie ging neben Vivienne in die Hocke, aber deren Lider flatterten nicht einmal. Neben ihr ein großes, in Packpapier eingeschlagenes Paket. Josie betrachtete es nachdenklich.

Schließlich nahm sie ihre Decke und das gerahmte Foto ihrer Mutter und machte es sich in dem riesigen Ohrensessel am Kamin bequem, der noch ein wenig Wärme abstrahlte. Sie stellte das Foto auf und wandte sich dann Miles' Brief zu.

Das Baumkänguru auf der Rückseite des Umschlags fuhr dieses Mal in einem Boot – einem umfunktionierten Rumpfabwurfbehälter – über einen See und war eindeutig weiblich: Es hatte einen dicken Pony und lange Wimpern.

Die Karikatur sollte Josie auf Lake Evelyn darstellen.

Sie lachte herzhaft und schlug sich dann schnell die Hand vor den Mund, als Vivienne sich in ihren Decken regte. Josie öffnete den Umschlag vorsichtig und zog Miles' Brief heraus.

Liebes Milchmädchen,

tagelang habe ich mir das Hirn zermartert, wie du es wohl anstellen willst, mich aus der Ferne zu übertrumpfen …

*Dann hat Mum angerufen, um mir die beste Nachricht,
die sie seit Jahren gehört habe, mitzuteilen: Josephine
Monash wird die Geschichte des Fluchs von Lake Evelyn
neu schreiben!*

*Du wirst also meine gefeierte Heldentat, nämlich
Barrington gegen die Lichter der Großstadt und die
nationale Bühne einzutauschen, in den Schatten stellen.
Kein Mensch wird sich dafür interessieren, was ich hier
unten tue, während du dort oben Flüche brichst und den
Zugang zu Seen wieder ermöglichst.*

*Ich hätte wissen müssen, dass diese unerschrockene
Brünette, die hinten auf Montys Milchwagen mit mir in
die Schule gefahren ist, die neunmalkluge kleine Monash,
die mir regelmäßig Stinkkäfer oder Juckbohnen in den
Kragen gesteckt hat …*

Josie sah den Käfer unter Miles' Hemd hinunterkrabbeln,
fühlte die glatte, warme Form der Juckbohne, die sie, um
die Wirkung zu verstärken, über den Beton gerieben hatte,
bevor sie ihr ahnungsloses Opfer damit überfiel. Hatte sie
sich ihrem Schwarm gegenüber tatsächlich so mies verhalten? Sie hatte immer die Streiche ihrer Brüder nachgeäfft,
aber auf eine Art und Weise, die nie als böswillig ausgelegt
werden konnte.

*… ich hätte wissen müssen, dass dieses Mädchen imstande
ist, mich mit einem einzigen schwungvollen Federstrich zu
überflügeln.*

Und anscheinend ist genau das eingetreten.

Josie lächelte. Sie konnte Miles' spitzbübisches Grinsen vor sich sehen, die Fältchen um seine schräg stehenden Augen.

Darf ich so anmaßend sein, dir einen Rat zu geben?

Josie, es ist dein gutes Recht, diese Geschichte zu erzählen. Du tust das Richtige.

Hör nicht auf die, die dir einreden wollen, das sei ein paar Nummern zu groß für dich. Du bist eine kompetente Regisseurin und eine talentierte Autorin, das hast du in der Abschlussklasse unter Beweis gestellt. Mehr noch – du bist mit der schlimmsten Desinformation über Lake Evelyn aufgewachsen. Wir beide sind damit aufgewachsen – die erste Generation, die vom See verbannt wurde ... nein, der man absichtlich Angst vor ihm eingejagt hat.

Weißt du noch, wie wir uns auf dem Milchbus an der Abzweigung zum See mit Horrorgeschichten gegruselt haben? Erinnerst du dich an diese Verse über den Fluch, die irgendjemand zusammengereimt hat, und wie ich dich damit aufgezogen habe?

»Die Nachtigall am Seengrund verborgen lauert, aus dunkler Tief' greift sie nach dir«, murmelte Josie.

Miles hatte sie dann immer an ihrem Pferdeschwanz gezogen. Bei der Erinnerung daran stieg heiß die gleiche vergnügte Empörung in ihr auf – Miles hatte jede einzelne Juckbohne verdient!

Zu meiner Rechtfertigung muss ich allerdings sagen, dass du mir davor prophezeit hattest, dass ich der erste Junge

*wäre, den die Nachtigall sich holen würde, weil sie mich
nicht von einem Mädchen unterscheiden könne.*

Autsch, diese Retourkutsche hatte Josie völlig vergessen.
Sie schnaubte, hob die Hand und zupfte einmal kurz an
ihrem Pferdeschwanz.

*Ich glaube, wir beide sind uns darin einig, dass wir über
diesen elenden Fluch hinausgewachsen sind.
    Ich weiß, du wirst der nächsten Generation eine sehr viel
bessere Geschichte erzählen.
    Erlöse diesen bezaubernden See und seine schaurige
Nachtigall!*

*Dem Aberglauben unserer Kindheit zum Trotz,
    Miles*

Josie faltete den Brief zusammen, schob ihn in den Umschlag zurück und roch gierig daran, in der Hoffnung,
wenigstens eine winzige Spur von Miles' altem Duft zu er-
schnuppern.

Erst seufzend, dann lächelnd, stemmte sie sich aus dem
Sessel hoch und ging auf Zehenspitzen zu Vivienne hinüber. Nach ihrem Ausflug in die Kindheit kam ihr die flachs-
blonde Frau fremder denn je vor.

Sie kuschelte sich in ihre Decken und betrachtete Vivienne. Sie träumte. Ihre Augen unter den hellen Lidern bewegten sich schnell, ein Lächeln huschte über ihr Gesicht.

Josie, die unter chronischer Schlaflosigkeit litt, verspürte unwillkürlich einen Anflug von Neid. Es schien, als sei sie der einzige Mensch auf der Welt, der keinen Schlaf finden konnte.

Und was für einen schönen Traum mochte eine reiche Erbin in einem einsamen Spukhaus träumen, dass er ihr ein glückliches Lächeln aufs Gesicht zauberte?

Kapitel 21

Talentierte junge Dinger

Vivienne sprintete tropfnass durch den Wald zurück zur Lodge und bewunderte die Strahlen der Morgensonne, die den Nebel durchbohrten wie Masten, auf denen das Baumkronendach ruhte. Sie war so voller prickelnder, köstlicher Vorfreude, dass sie kaum auf den Weg achtete und einige Male beinah mit dem Kopf in Schlingpflanzen hängen geblieben wäre.

Sie hatte ein Geschenk für Josie, das perfekte Geschenk für ihre Schriftstellerfreundin. Sie hatte es gestern in Barrington besorgt. Ganz aufgeregt stellte sie sich vor, wie Josie es auspackte. Sie rannte noch schneller und wäre um ein Haar über einen weiteren vom Regenwald gespannten Stolperdraht gestrauchelt.

Doch als sie, zitternd vor freudiger Erwartung, zur Lodge kam, war Josie nirgends zu sehen.

Nachdem sie vergeblich das ganze Haus abgesucht hatte, ging sie wieder nach draußen und ließ sich enttäuscht auf eine Verandastufe fallen. Josie war fort. War sie Viviennes und ihrer eigenartigen Lodge so schnell überdrüssig geworden?

Jemand kam, fröhlich pfeifend, durch die Nebelsuppe den Weg entlang. Vivienne sprang auf. Nach einem Augenblick tauchte Josie auf, übers ganze Gesicht strahlend. Eine unbändige Freude erfasste Vivienne.

»Du bist wieder da!«

»Glaubst du, ich lass dich allein? Ich hab mir gedacht, wenn *du* deine morgendliche Schwimmrunde nicht für *mich* aufgibst, werde *ich* meine Kälber nicht für *dich* aufgeben. Also bin ich zur Farm und hab meine Kleinen gefüttert.«

Josie stellte einen Eimer Milch vor Viviennes Füßen ab. »Die hab ich im Melkstall stibitzt. Es geht nichts über warme Milch! Trink, das ist dein Frühstück.«

Vivienne lächelte. »Und deine Familie? Wie geht es ihr?« *Habt ihr euch versöhnt? Hast du Owen gesehen?*

»Bin der ganzen Bande aus dem Weg gegangen«, sagte Josie großspurig. »Ich habe einen Zettel auf den Küchentisch gelegt mit meinen Bedingungen für eine Wiederannäherung. Und ich hab mir das hier von Dads Nachttisch genommen!« Sie zog ein Goldmedaillon aus dem Ausschnitt und schwenkte es hin und her. »Das hat Mum gehört. Ich warte schon viel zu lange darauf, dass Dad es mir schenkt. Ich hab gedacht, ich nehm es mir lieber, bevor Daphne es sich unter den Nagel reißt.«

Vom emotionalen Wert einmal abgesehen, handelte es sich um ein wertvolles Schmuckstück, wie Vivienne sofort erkannte. Wie gelangte eine solche Kostbarkeit in die Hände einer einfachen Farmersfrau?

Josie war schon beim nächsten Thema. »Und mein

Briefpapier hab ich mir auch geholt«, sprudelte es aus ihr heraus.

Vivienne folgte ihr in die Küche. »Musst du was Wichtiges schreiben?«

Josie klapperte mit den Töpfen, um Grießbrei zu kochen. »Ich will meinem Jugendschwarm antworten.«

»Ich geh mal davon aus, dass deine Gefühle für ihn auch im hohen Alter noch andauern?«

Vivienne beobachtete belustigt, wie sich Josies Sommersprossen mit Röte überzogen.

»Meine Sympathie für ihn hat eher was Nostalgisches. Wir sind zusammen aufgewachsen, aber im Abschlussjahr an der Highschool waren wir nur noch Rivalen im Theaterclub. Außerhalb der Schulbühne oder der Ladefläche vom Milchwagen hat er mich gar nicht wahrgenommen.«

Die Ladefläche vom Milchwagen? Vivienne runzelte verwirrt die Stirn. »Und trotzdem ist er so wichtig für dich, dass du ihm unbedingt schreiben willst?«

Josie fasste in Kürze für sie zusammen, was es mit Miles' Briefen auf sich hatte, während sie den Grießbrei immer schneller umrührte.

»Kann man Grießbrei auch zu Tode rühren?«, fragte Vivienne schließlich.

Josie lachte und nahm den Topf mit dem schikanierten Brei vom Herd. »Also, jedenfalls werde ich Miles schreiben, dass er keine Ahnung hat, wie mutig ich tatsächlich bin. Du bildest dir was drauf ein, dass du in Sydney wohnst, werde ich schreiben, aber *ich* wohne in Rudy Meyers Geister-Lodge, zusammen mit einer echten High-Society-Braut, die ihren Bräutigam vor dem Altar hat stehen lassen!« Sie verstummte, als sie Viviennes bestürzte Miene bemerkte. »Keine Sorge, Miles wird nie draufkommen, wer du bist.«

»Da wäre ich mir nicht so sicher«, entgegnete Vivienne langsam. »Howie liebt das Theater, und nach einer Vorstellung besucht er immer irgendeinen Nachtclub. Wenn ich in Sydney wirklich Stadtgespräch bin …«

Josie schnaubte. »Ja, ich kann mir lebhaft vorstellen, wie dein abservierter Bräutigam auf Miles zugeht und fragt: ›Haben Sie zufällig von einer wunderschönen Blondine irgendwo in Australien gehört?‹«, spottete sie.

Vivienne erwiderte nichts darauf, um nicht das wahre Ausmaß ihrer Paranoia zu offenbaren. Jede noch so vage Verbindung zu Sydney war nichtsdestoweniger eine Verbindung. Die High Society war eine kleine Gemeinschaft.

Die beiden Frauen setzten sich mit ihren dampfenden Schalen an den Tisch.

»Wie war die Versammlung gestern Abend?«

Josie würgte einen Löffel voll Brei hinunter und fächelte sich noch lange, nachdem er die Speiseröhre passiert hatte, Kühlung zu. »Eine Wucht! Sie haben mein Stück geliebt – wollte ich ihnen auch geraten haben –, aber mir ist erst klar geworden, wie gut es ist, als es laut vorgelesen wurde. Eine Wahnsinnsgeschichte! Ich hatte richtig Gänsehaut. Und an einer Stelle, als Athol …«

Viviennes Mundwinkel hob sich. Josie hatte eine faszinierende Art, vom Hundertsten ins Tausendste zu kommen. Was für eine Ironie, dass ihr Schreibstil so ganz anders, so knapp und präzise war.

Josie, die Viviennes Mimik zu deuten lernte, war abrupt verstummt. Sie machte eine kleine Pause, um sich zu sammeln, und fuhr fort: »Also jedenfalls, als wir zur Rollenbesetzung kamen, artete das Ganze in eine Meuterei aus!«

Viviennes Mundwinkel hob sich noch weiter. »Gegen dich?«

»Sie haben sich ihre Rollen selbst ausgesucht, stell dir das vor!«

»Ich dachte, ein Schauspieler soll mitreden dürfen, wenn es um seine Rolle geht.«

Josie gab einen missbilligenden Laut von sich. »Sollen sie ja, aber das letzte Wort habe ich. Und was haben sie gemacht? Niall als meinen Zach gewählt! *Niall!*«

»Niall, mein Verwalter?«

»Genau der. Das war ein abgekartetes Spiel. Und dann hat Niall Laura als Celeste vorgeschlagen.«

»Die heilige Laura die Schweigsame?«

Josie warf den Kopf zurück. »Ja, genau! Du merkst dir wirklich alles, was ich sage, alle meine besten Sprüche. Du bist ein richtiger Schatz!«

Vivienne lief rot an und konzentrierte sich darauf, einen Löffel Grießbrei zu schaufeln.

»Ich will weder Laura noch Niall«, knurrte Josie. »Ich hätte gute Lust, das ganze Stück umzuschreiben und beide Rollen herauszustreichen!«

»Dann brauchst du aber eine neue Handlung.«

»Wenn ich ein Stück in einer Woche umschreiben muss, ist die Handlung irrelevant.«

Umschreiben! Ihr Geschenk! »Du meine Güte, das hätte

ich fast vergessen!« Vivienne knallte den Löffel hin und sprang auf. »Ich habe ein Geschenk für dich!«

Vivienne starrte fassungslos auf Josie, die, den Kopf auf den verschränkten Armen, herzzerreißend schluchzte. »Ich wollte dir doch nur eine Freude machen«, stammelte sie. »Als ich sie im Schaufenster gesehen habe, habe ich sofort an dich gedacht. Ich *musste* sie einfach kaufen, als Dankeschön für alles, was du für mich getan hast.«

Ein weiterer heftiger, klagender Schluchzer.

Vivienne ließ ratlos die Schultern hängen. Hatte sie sich so sehr geirrt? Die korallenrote Schreibmaschine im Antiquitätengeschäft schien doch wie geschaffen für Josie Monash. Sie wartete geduldig, bis ihre Freundin sich beruhigt hatte.

Endlich hob Josie ihr tränenüberströmtes Gesicht und lächelte. »Entschuldige. Das ist das schönste Geschenk, das ich jemals bekommen habe. Ich habe nur nicht damit gerechnet, und das war jetzt alles ein bisschen zu viel für mich – hier in Sylvan Mist zu sitzen, mit einem Brief von *Miles Henry* und dann diesen Traum von einer Schreibmaschine geschenkt zu bekommen!«

»Dann gefällt sie dir also?«

»Und wie! Du glaubst nicht, wie oft ich schon für genau diese Schreibmaschine gespart habe. Ich habe zu Hause schon einen Platz auf meinem Schreibtisch für sie vorbereitet …« Bei diesen Worten brach Josie erneut in Schluchzer aus, die Arme um die Schreibmaschine und den Kopf auf dieses unbequeme Kissen gelegt.

Vivienne hob die Hand, um ihr über die Haare zu streichen, ließ sie dann aber wieder sinken. Im Gegensatz zu Josie, die nichts dabei fand, ihren Gefühlen freien Lauf zu lassen, war Vivienne zu eiserner Selbstbeherrschung erzogen worden. Diese Blockade war nicht so leicht zu überwinden.

»Da bin ich aber froh, dass ich mich von der Ladenbesitzerin nicht habe einschüchtern lassen! So eine spröde Person mit so viel Haarspray in den Haaren, dass sie ihr wie ein Helm auf dem Kopf sitzen. Sie wollte mir das Ding nicht verkaufen, hat den Preis heraufgesetzt und versucht, mir etwas anderes anzudrehen, so eine hässliche billige Vase. Ich musste ihr die Schreibmaschine praktisch aus den Klauen reißen!«

Josie lachte unter Tränen. »Die arme Rita! Wahrscheinlich wollte sie gestern Abend deshalb mit mir reden, das muss ganz furchtbar für sie...« Sie unterbrach sich. »Moment mal, du warst gestern in der Stadt und hast mit den Leuten *geredet?*«

»Ja, und ich hab mich blendend amüsiert. Eure Läden sind ... ganz reizend. Und da ich immer erst Mutters Erlaubnis einholen musste, bevor ich mir etwas gekauft habe, habe ich dieses Gefühl von Freiheit unglaublich genossen.«

Josie strahlte. »Das freut mich, dass du dich dem guten alten Barrington gestellt hast. Ich weiß, dass meine Stadt dich lieben und unter ihre Fittiche nehmen wird.«

Dieser Gemeinschaftssinn war sicherlich einer der Gründe, die für das Landleben sprachen, aber Vivienne würde erst an die vielbeschworene Gemeinschaft glauben, wenn sie sie am eigenen Leib erführe.

»Oh!« Und wieder ließ Vivienne ihren Löffel fallen. »Ich muss dir unbedingt was zeigen …«

»Also, das ist echt das Letzte.« Josie hämmerte mit ihrer Taschenlampe gegen die verschlossene Tür im Keller. »Uns einfach so auszusperren …«

»Würde mich schon interessieren, was dahinter versteckt ist«, murmelte Vivienne.

Josie spann den Gedanken weiter. »In den Gruselromanen, die ich so liebe, läge ein Geheimgang hinter dieser Tür, der an einen düsteren, verbotenen Ort führt.« Sie tat so, als fröstele sie.

»Welchen?«

»Das war nur ein Scherz, Viv.«

»Na, hoffentlich.« Vivienne hatte noch nie etwas mit diesen Büchern anfangen können, die Josie anscheinend brauchte wie die Luft zum Atmen. »Wo führen Geheimgänge normalerweise hin?«

»Am wahrscheinlichsten ist unsere unheimliche alte Bibliothek, wo wir einen Zugang hinter einer beweglichen Bücherwand finden würden.«

Und so marschierten sie in die Bibliothek, wo Josie ihre Decken zu einem unordentlichen Haufen zusammengeschoben und ihr Skript unter ihrem Kissen versteckt hatte, während Viviennes Decken fein säuberlich gefaltet waren.

»Meistens macht man das so …« Josie zog einen dicken Wälzer halb aus dem Regal. »Dann ein Knirschen und Ächzen von Scharnieren und das Schaben über Holz, wenn die Bücherwand herumschwingt und dahinter … lass mich kurz nachdenken ... ein Skelett in Embryonalstellung zum Vorschein kommt, die Hand noch ausgestreckt, weil sie an der verschlossenen Tür gerüttelt hat!«

»*Sie?*«

»Celeste Starr, die in Sylvan Mist ihr Grab gefunden hat.«

»Die Celeste Starr, die ertrunken ist?«

»Vielleicht ist sie versehentlich in unseren Geheimgang geraten, und die Tür ist hinter ihr zugefallen, und ihr Geheimnis kommt erst nach all den Jahren ans Tageslicht.«

»Sie hat einen Abschiedsbrief hinterlassen, bevor sie sich versehentlich eingesperrt hat?«

»Wenn du schon den Advocatus Diaboli spielen willst, dann tu es richtig. Er hat den Brief natürlich gefälscht, nachdem er sie eingeschlossen hat.«

»*Er?*«

Josie zupfte an ihrem Medaillon. »Sagen wir ... Rudy Meyer.«

»*Der* Rudy Meyer hat sie ermordet?« Der Zauber des Geschichtenspinnens war gebrochen, Vivienne kehrte schlagartig in die Realität zurück.

Doch so schnell gab Josie nicht auf. »Du hast doch selbst gesagt, er muss in sie vernarrt gewesen sein. Denk doch nur an die Fotos überall! Das ist eine Art Geständnis.«

Vivienne machte ein zweifelndes Gesicht. »Rudy will, dass die Tat entdeckt wird?«

»Er kann nicht ertragen, was er unserer Stadt angetan hat. Seine Schuldgefühle fressen ihn auf.«

Vivienne griff sich seufzend an den Nasenrücken. »Bei

dir weiß ich manchmal wirklich nicht, ob du es ernst meinst oder einen Witz machst.«

»Je ernster es ist, desto witziger ist es.«

Ja. Vivienne hatte das starke Gefühl, dass Josies an Besessenheit grenzende Lust an Dramen viel mit der Tragik ihres eigenen Lebens zu tun hatte und dem Wunsch, diese Kümmernisse abzuwehren.

Sie verschränkte die Arme und beschloss, offen zu sein. »Diese alberne Suche nach irgendwelchen Geheimgängen … was verbirgt sich wirklich dahinter?«

Josie machte ein langes Gesicht. »Ich möchte den Gedichtband finden, aus dem Celeste in ihrem Abschiedsbrief zitiert hat. Ich glaube, dass er noch immer hier irgendwo ist, und ich muss dieses letzte Zitat haben. Ich dachte, wir könnten heute mal danach stöbern.«

»Na, dann los«, sagte Vivienne mit einer auffordernden Handbewegung in Richtung der Regale. »Zieh an deinen verborgenen Hebeln!«

Innerhalb einer Stunde hatten sie den Band gefunden.

Josie, die in einem Meer antiquarischer Bücher stand, hielt eine gebundene Ausgabe der Gedichte von Oscar Wilde hoch. »Celeste hat vielleicht genau diesen Band benutzt, stell dir das mal vor!«

Vivienne ließ sich in den Ohrensessel fallen. »Schön, dass du die Nadel im Heuhaufen gefunden hast. Kaum zu glauben, mit dir macht sogar das Durchstöbern von Büchern Spaß. Es ist wirklich schwer, sich nicht von deinen Geschichten mitreißen zu lassen, Josie.«

»Das kommt davon, wenn man mit Brüdern aufwächst.

Wir haben immer nur herumgeblödelt, wenn wir nicht auf der Farm arbeiten mussten. In den Kriegsjahren fiel die Schule komplett aus, sodass wir mehr Zeit zum Spielen hatten. Aber spielen ist auch eine Form von Lernen, oder?«

Vivienne hatte einen Kloß in der Kehle. Ihre Mutter hatte dafür gesorgt, dass sie keinen einzigen Tag ihrer exklusiven Schulzeit versäumt hatte, und wofür das Ganze? Für ein Leben im goldenen Käfig als Eigentum eines reichen Mannes.

»Jedenfalls hoffe ich«, brabbelte Josie weiter, »dass Regs kleines Mädchen auch viele Spielkameraden haben wird.«

»Deine Schwägerin hat ein Mädchen bekommen?«

»Bin ich nicht eine furchtbare Tante?« Josie lachte. »Hab dir noch nicht einmal die große Neuigkeit erzählt. Wahrscheinlich interessieren mich Babys nicht sonderlich.«

»Mich schon«, sagte Vivienne. Josies Kopf fuhr herum. »Ich habe mir immer Kinder gewünscht. Vermutlich, weil ich keine Geschwister hatte oder weil ich einem Kind gern das gegeben hätte, was ich selbst nicht bekommen habe.« Ihr Ton klang sachlich, aber um ihren Mund lag ein bitterer Zug.

Josie legte den Kopf schräg. »Du hast also nicht nur auf Howards beträchtliches Vermögen und seinen Einfluss verzichtet und dich von deiner dominanten Mutter gelöst, sondern auch deinen sehnsüchtigen Kinderwunsch aufgegeben?«

Diese umstrukturierte Kurzfassung ihrer Handlungen brachte Vivienne aus dem Konzept.

In Josies Blick lag Verständnis. Sie beugte sich vor und

tätschelte Viviennes Hand. »Ich werde dir so lange vor Augen führen, wie stark du bist, bis du es dir selbst als Verdienst anrechnest.«

Vivienne schossen Tränen in die Augen. Sie stand auf, ging zu dem Rollladenschrank und stellte sich mit dem Rücken zu Josie, eine Hand über dem Telefon. Sie wünschte, sie hätte den Mut, zum Hörer zu greifen und hineinzusprechen.

Vielleicht kannst du mir nicht verzeihen, Mutter, aber allmählich verzeihe ich mir selbst.

»Es ist jedenfalls gut, dass du keine Kinder hast«, fuhr Josie, schelmisch grinsend, fort. »Weil wir uns für den Rest des Tags verwöhnen werden … auf Kosten des Hauses!«

Vivienne saß im Badeanzug im Naturbecken von Chimera Falls. An den bemoosten Fels gelehnt, umspielt von einem Sonnenstrahl, balancierte sie ein Kristallglas Wein auf den Knien und war wunderbar, wohlig, genüsslich betrunken.

Durch die offenen Fenster der Lodge drang das Gedudel des Grammophons. Golden schimmernde Spinnweben spannten sich von Blatt zu Blatt und schwangen in der sanften Brise. In den Baumkronen zwitscherte und summte es; ein einzelner Ast quietschte wie eine schlecht geölte Tür.

Und das nannte sich Winter! Lachhaft.

Josie hatte das Wasserbecken verlassen und sich auf die Picknickdecke zu ihrer Schreibmaschine gesetzt, wo sie abwechselnd wegen der korallenroten Schönheit in schwärmerische Verzückung geriet und Zeilen aus ihrem Brief an

Miles vorlas – und das alles, während sie in einem fort an ihrem Wein nippte. Josies beschwipste Formulierungen waren unzusammenhängend und weniger präzise als sonst, dafür aber auch lustiger. Vivienne tat schon der Bauch weh vor Lachen.

Im kühlen Wasser des Beckens stand die zweite Flasche Wein. Obwohl Josie gern den »besten Tropfen im Land« probiert hätte, hatten sie die Flaschen des Woollcott'schen Weinguts nicht angerührt. Da sie unbegreiflicherweise weder im Weinkeller noch in der Küche einen Korkenzieher gefunden hatten, waren sie mit einem Messer zu Werke gegangen. Jetzt schwammen Korkkrümel in der Flasche, was Vivienne als Frevel empfand, auch wenn es ihr ein merkwürdiges Vergnügen bereitete, die winzigen Bröckchen aus ihrem Glas zu fischen.

In ihrem Wein schwamm eine funkelnde kleine Sonne. Vivienne drehte das Glas ein wenig, sodass sich Regenbogen auf dem goldgesprenkelten Wasser des Beckens brachen. Sie hob ihr Gesicht dem Sonnenschein entgegen, von dem sie in diesem finsteren Wald nie genug bekommen konnte.

»Erzähl mir noch mal, was du in deinem epischen Brief geschrieben hast«, bat sie.

Josie kicherte. »Weiß nicht mehr. Von dem Kasuar-Dreck, den wir für Beuteltiger-Kot gehalten und mit der Schaufel in die Schule getragen haben, damit unser Biologielehrer ihn untersucht?«

»Also, soweit ich mich erinnere, hast du dich dafür ausgesprochen, dass Schauspieler Strumpfhosen tragen sollen.«

Josie legte ein neues Blatt Papier ein. »Ah ja, richtig! Aber die aufgeführten Vorteile gelten nur für Miles im Speziellen, nicht für Schauspieler im Allgemeinen.«

»Und dann bist du von deiner Zeichnung abgelenkt worden.«

Josie griff danach und lächelte. »Genau. Miles wird feststellen, dass er nicht der Einzige ist, der ironische Karikaturen zeichnen kann.«

»Und deine Truppe wird über deine schockierenden Kostümentwürfe für das neue Stück staunen.«

»Quatsch! Strumpfhosen würde ich nur anordnen, wenn Miles eine Rolle übernehmen würde.«

Vivienne wackelte im Wasser mit den Zehen, während sie Josie nachdenklich betrachtete. »Und warum bietest du ihm dann keine an?«

Josie klatschte sich, rau lachend, auf den Schenkel. »*Das* ist die Preisfrage!«

Ohne Josie aus den Augen zu lassen, trank Vivienne einen großen Schluck Wein. »Du schickst deinem Highschool-Schwarm irgendwelche albernen Bildchen, anstatt ihn als professionellen, renommierten Schauspieler zu bitten, die Hauptrolle in deinem Stück zu übernehmen, weil der dafür Vorgesehene völlig ungeeignet ist.«

Josie lachte nicht mehr. »Kannst du dir vorstellen, dass ich Miles anflehe, nach Hause zu kommen und in einem Laientheater ohne Gage aufzutreten?« Der tapfere Versuch, die Frage rein rhetorisch klingen zu lassen, war ihr anzuhören.

»Dass du ihn *anflehst*, kann ich mir nicht vorstellen, nein.«

Verärgert wandte sich Josie ihrer Schreibmaschine zu und hieb unwirsch auf die Tasten ein.

Vivienne nippte an ihrem Wein und wartete auf den Ausbruch, der sich ankündigte.

»Jetzt hör mir mal gut zu! Ich werde Miles nicht schreiben und ihn bitten, mein Stück zu retten! Es muss nämlich nicht gerettet werden! Ich schaffe es ganz allein, mein Stück zu einem Erfolg zu machen, vielen Dank! Bloß weil Niall sich nicht als Zach eignet, heißt das nicht, dass ich mich an den einzigen erfolgreichen Bühnenexport unserer Stadt wenden muss, damit er seinen Part übernimmt! Es ist eine … eine Unverschämtheit von dir, zu glauben, außer Niall komme niemand sonst für die Rolle infrage! Als ob wir bloß Widerlinge und Nieten in dieser Stadt hätten!«

»Ja, das ist eine absolute Unverschämtheit.« Tiefe Grübchen hatten sich in Viviennes Wangen gebildet.

Josie strich in konzentrischen Kreisen über die Schreibmaschinentastatur. »Und die größte Unverschämtheit ist es, davon auszugehen, dass ich die Rolle automatisch mit Miles besetzen würde, selbst wenn er zum Vorsprechen in die Stadt käme.«

»Die größte Unverschämtheit ist es, dass ich davon ausgegangen bin, du würdest Datum, Uhrzeit und Ort des Vorsprechens in dem Brief nennen, den du demnächst zur Post bringst.«

Josie legte wieder ein neues Blatt ein. Ihre Fingerspitzen ließen sich, bereit loszulegen, auf den Tasten nieder. »Du gehst vermutlich auch davon aus, dass ich eine Kopie des

Skripts beifügen werde, damit er den Rollentext studieren kann.«

»Darauf kannst du wetten.«

Josie nickte und begann zu klappern. »Mach dich nützlich und schenk mir nach. Ich muss diesen Brief noch einmal schreiben.«

Grinsend zog Vivienne die Flasche aus dem sandigen Boden. »Bis an den Rand und drüber raus, Milady.«

Das Licht war zu einer goldenen, glitzernden Scheibe geschrumpft, die durch den Wald tiefer sank. Schatten sprossen im Unterholz. Der Gesang der Vögel war schon lange verstummt, und es war frisch geworden.

Vivienne stieg elegant aus dem Becken in das Handtuch, das Josie ihr hinhielt. Irgendwie kippte sie zur Seite und richtete sich, prustend vor Lachen, wieder auf. Vivienne wusste, dass sie völlig betrunken war, und genoss dieses schändliche Gefühl von ganzem Herzen. Es war keine Mutter da, die schnell die Hand über Viviennes Glas legte, wenn der Kellner nachschenken wollte.

»Ich habe es verdient, Spaß zu haben«, lallte sie. »Ich bin nämlich auch ein Mensch – ein Mensch!«

Josie, die genauso unsicher auf den Beinen war, stimmte ihr zu. »Du *bist* ein Mensch, Viv. Du sollst so viel Spaß haben, wie du willst.«

»Noch eine Flasche?«, fragte Vivienne hoffnungsvoll.

»Hab schon eine geholt!« Josie schwenkte die volle Flasche triumphierend durch die Luft.

»Du bist gena… geli… genial!«

»Nein, ich bin ingeeeniös!«

Vivienne packte sie am Arm, beugte sich dicht zu ihr und flüsterte laut: »Willst du etwas wirklich Ungezogenes mit mir machen?«

Josie schien nicht abgeneigt. »Führ mich in Versuchung!«

»Dann auf zum Obsidian.« Vivienne bückte sich schwankend, um die Weingläser aufzuheben. »Wir werden dein neues Theater einweihen!«

Josies riss die glasigen Augen auf. »Au ja, wir machen eine Prostümkobe!«

»Eine *was*?«

»Eine Kostümprobe. Nein, ich meine, eine ... ach, ich weiß nicht, was ich meine. Blöde Wörter.«

»Du bist angeschickert, Josie Monash.«

»Bin ich nicht. Ich bin stücknochtern. Stocknüchtern, meine ich.«

Untergehakt torkelten die beiden Frauen Richtung See. Der Pfad buckelte, als wollte er sie abwerfen. Sie stolperten ins Unterholz oder mussten sich an flechtenbewachsene Stämme klammern, bis der Boden unter ihren nackten Füßen aufgehört hatte zu schwanken. Und jeder Beinahesturz und jedes Straucheln lösten einen neuen Lachanfall aus.

Die letzten Sonnenstrahlen fielen schräg über die Tablelands, als sie am Amphitheater ankamen. Der feuerrote Himmel spiegelte sich im See, der sich scheinbar in das geschmolzene Gestein verwandelt hatte, aus dem er entstanden war. Vivienne fragte sich, ob sie tatsächlich heute Morgen im dicken Nebel hier geschwommen war.

»Vom Nebel zum Feuer«, sagte sie seufzend. »Was für eine beeindruckende Lady!«

Josie schaute verwirrt von den Weingläsern auf, die sie gefüllt hatte. »Wer?«

»Du«, schmeichelte Vivienne.

Nachdem sie zum x-ten Mal an diesem Tag miteinander angestoßen hatten, setzten sie sich in die Mitte des Halbrunds, sodass ihre Schultern unter den Handtüchern sich berührten, und beobachteten das Farbenspektakel. Vivienne neigte den Kopf und lauschte einer Oper, die niemand außer ihr hören konnte. »*Götterdämmerung*«, murmelte sie.

»Göttinnendämmerung«, verbesserte Josie.

Vivienne summte ein opernhaftes Crescendo. Josie, die anfangs gekichert hatte, verstummte schnell. Sie lehnte den Kopf an Viviennes Schulter und sagte bewundernd: »Was für eine wunderschöne Stimme du hast!«

»Sie ist ganz passabel. Ich habe ja auch lange genug Gesangsunterricht genommen.«

»Ganz passabel? Du hast eine tolle Gesangsstimme. Ich frage mich, ob du die Erste bist, die seit Celeste hier singt.«

Vivienne sang weiter. Es schien, als profitiere ihre Stimme von der Natur ringsumher, so voll und melodisch klang sie.

Ihr Sopran erlosch wie die Farben. Josie schenkte noch einmal Wein nach, als die Furchen und Wellen des Himmels sich mit Dunkelgrau füllten und der See sich in einen schwarzen, bodenlosen Abgrund verwandelte. Hinter der dunklen Wand des Regenwalds ging ein leuchtender Vollmond auf. Fledermäuse schwirrten lautlos durch die Dunkelheit.

Vivienne zog ihr Handtuch fröstelnd fester um sich. Sie schlürfte ihren Wein und sprang dann plötzlich auf. »Komm, wir probieren den Schwimmsteg aus!«

Josie lachte, schüttelte aber heftig den Kopf. Vivienne streckte die Hand aus. »Na, komm schon, trink aus, tanz mit mir!«

Josie kippte ihren Wein hinunter und ergriff Viviennes Hand. Die beiden Frauen sprangen auf dem kalten Gras die Stufen hinunter zu dem von Fässern getragenen Schwimmsteg.

Vivienne trat forsch auf die Holzplanken, aber Josie riss sich los. »Im Dunkeln geh ich da nicht rauf!«

Vivienne griff nach ihrer Hand. »Die Intendantin hat Angst vor ihrer eigenen Bühne!«

»Ich habe keine Angst. Aber ich warte lieber, bis alles fertig ist, ich traue den technischen Fähigkeiten meines Bruders nicht so ganz.«

»Angsthase! Angsthase!«

Josie stemmte die Hände in die Seiten. »Bitte komm da runter, Viv. Wir probieren es aus, wenn alles fertig ist. Das ist zu gefährlich in unserem angeheiterten Zustand!«

Vivienne ging lachend noch weiter hinaus. »Schau, es hält! Sei doch nicht so eine Memme!«

Sie hob ihr Gesicht dem Mond entgegen und drehte sich im Kreis. Ein glamouröser Anblick, wie sie annahm.

»Bitte, Viv!«, rief Josie halb ärgerlich, halb flehentlich vom Ufer. »Du bist besoffen und ich auch. Komm zurück! Bitte!«

»Stell dir vor, ich wär Celeste!«

»Viv, *bitte* – das ist nicht komisch! Das ist kein Spiel! Komm zurück!«

»Ich habe so lange keine Musik in mir gespürt. Lass mich tanzen …«

Und Vivienne tanzte auf dem See. Hinter ihr stand der Mond am Himmel und beleuchtete die Szenerie – den Steg auf dem Wasser mit der sich drehenden Silhouette, magisch und zart, wie eine Spieluhrballerina.

Vivienne tanzte.

Und dann tanzte sie auf einmal nicht mehr.

Sie fiel.

Kapitel 22

Der gefallene Stern

Im einen Augenblick tanzte Vivienne wie eine geisterhafte Erscheinung auf dem Kratersee, und im nächsten war sie verschwunden. Als hätte ein Blitz einen Ast getroffen und in die Tiefe geschleudert. Josie war schlagartig nüchtern. Sie stolperte ans Wasser und schrie: »Viv! *Viv!* Komm zurück!«

Kein Laut war zu hören, nichts regte sich an der Wasseroberfläche. Der See hatte Vivienne verschlungen. Josie rannte am Ufer entlang, irgendetwas kreischend, das sie selbst nicht verstand. Panik flutete über sie hinweg, schlug über ihr zusammen.

Die Taschenlampe!

Josie jagte strauchelnd die Stufen hinauf, tastete hektisch nach der Taschenlampe. In ihrem Kopf drehte sich alles, ihr Magen drückte nach oben, sein Inhalt floss schon in ihre Speiseröhre. Sie sprintete wieder Richtung Steg und kam im gleichen Moment unten an, als ein gewaltiges, krächzendes Prusten aus der schwarzen Tiefe an die Oberfläche schoss.

Mit fahrigen Fingern suchte Josie den Knopf an der

Taschenlampe, schaltete sie ein und schwenkte den Strahl über das Wasser.

Vivienne! Sie lebte! Lachend ruderte sie mit Armen und Beinen.

»Komm rein«, trällerte Vivienne. Sie trieb auf dem Rücken, und ihre Haare schimmerten im Mondschein wie Quarz. »Das Wasser ist wärmer als die Luft. Komm schwimmen!«

Josie, der Tränen der Erleichterung übers Gesicht liefen, trat auf den Schwimmsteg. »Ich dachte, du ertrinkst!«

»Ich bin untergegangen wie ein Stein.« Vivienne, den Blick sehnsüchtig auf den Mond gerichtet, seufzte. »Ich wollte sehen, wie tief ich tauchen könnte.«

Josie begann, unkontrolliert zu zittern. »Wie konntest du mir das nur antun?« Sie setzte sich auf die Holzplanken, legte die Arme um die angezogenen Knie und weinte.

Viviennes Lachen erstarb. Sie schwamm zum Steg. »Tut mir leid, dass ich dir Angst gemacht hab, Josie. Das wollte ich nicht.«

Sie stemmte sich aus dem Wasser und stützte die Unterarme unmittelbar vor Josie auf den Steg, sodass ihre Gesichter sich an der Stirn berührten.

»Ich dachte, du wärst dem Fluch zum Opfer gefallen«, heulte Josie. »Ich dachte, der See hätte dich vor meinen Augen verschluckt!« Eine Weile verharrten sie so, Stirn an Stirn – Josie schluchzend, Vivienne Entschuldigungen wispernd.

Plötzlich ruckte Josies Kopf hoch, ihre Tränen versiegten schlagartig. Da war etwas, draußen auf dem See, hinter

Vivienne. Ein Platschen. Von etwas Großem. Wellen breiteten sich aus und rollten auf den Steg zu.

Etwas hatte die glatte Oberfläche des Sees durchbrochen, und Vivienne konnte es nicht sein. Josie packte das kalte Grauen.

Denk nicht an sie, *denk nicht an* sie, *denk nicht an* sie ...

Josie schwenkte die Taschenlampe über Viviennes Kopf und verfolgte die sich kräuselnden Kreise zurück zu ihrem Ausgangspunkt, inständig hoffend, eine Ente, ein Aal, eine Schildkröte sei die Ursache dafür – *alles*, nur nicht Celeste Starr, die aus der Tiefe aufgetaucht war ...

»Josie«, lispelte Vivienne mit leichtem Zungenschlag, »du kannst mir vertrauen, es ist absolut sicher hier im ...«

Wieder ein Plätschern irgendwo weiter draußen. Vivienne registrierte es dieses Mal auch. Angestrengt in die Dunkelheit blinzelnd, schaute sie über die Schulter.

Josie krallte die Finger in Viviennes Arm. »Das ist sie! *Sie ist hier!*« Panik schnürte ihr die Kehle zu. »Komm schnell aus dem Wasser, sonst holt sie dich! Beeil dich!«

Sie zerrte und riss an Viviennes Arm. Die zögerte noch, doch ein weiteres plantschendes Geräusch gab den Ausschlag. In einer geschmeidigen Bewegung schnellte sie aus dem Wasser und auf den Steg neben Josie. »Das sind nur Wasservögel«, flüsterte sie. »Da draußen ist niemand.«

Josie antwortete nicht. Die Taschenlampe in ihrer Hand zitterte, als sie den Lichtstrahl suchend über die dunkle Wasseroberfläche gleiten ließ.

»Enten«, versuchte es Vivienne noch einmal, drängte sich aber fröstelnd näher an Josie.

Da! Was in aller Welt ist das?

Etwas Längliches. Es bewegte sich und sandte kleine Wellen aus und war einen Sekundenbruchteil später verschwunden, obwohl der Taschenlampenstrahl ihm zu folgen versuchte. Josie öffnete den Mund, um zu schreien, aber die Worte blieben ihr im Hals stecken. »Kroook...« Sie schlotterte vor Angst am ganzen Leib.

Vivienne zog sie vom Wasser weg und redete beruhigend auf sie ein. »Alles in Ordnung, Josie. Schau, da ist nichts. Kein Grund zur Panik. Alles gut. Uns ist nichts passiert, siehst du?«

Aber obwohl sie die Augen fest zukniff, konnte Josie das Nachbild, das sich auf ihrer Hornhaut eingebrannt hatte, nicht mehr löschen, das Bild eines uralten Schreckens ...

Ein Krokodil.

Josie hatte Vivienne zur Kälberfütterung mitgenommen. Sie würde ihre eigensinnige Freundin auf gar keinen Fall allein lassen, weil sie sonst schwimmen gehen würde. Davon war Josie überzeugt.

Ein lachsrosa Band erstreckte sich am Horizont, als sie über das gefrorene Gras auf den Weiden zum Kälberstall stapften. Sie sprachen wenig, sahen sich nur gelegentlich an und jammerten über die fatalen entkräftenden Nachwirkungen von altem Wein. Und die ganze Zeit spulte sich vor Josies geistigem Auge ein Horrorfilm ab, eine Erinnerung, die mit jeder Wiederholung surrealer wurde ...

Ein Krokodil.

Obwohl sich die beiden Frauen bis spät in die Nacht

über die Existenz oder, nach Viviennes Ansicht, Nichtexistenz des Krokodils gestritten hatten, verloren sie an diesem neuen, korallenrot angehauchten umwölkten Morgen kein Wort mehr darüber.

Eine völlig verkaterte Vivienne döste friedlich in einer Ecke des Stalls, während Josie ihre Kälber versorgte. Sogar im Schlaf schien Vivienne entschlossen, die Existenz des prähistorischen Monsters, das Josie gesehen hatte, zu leugnen.

Aber hatte sie es tatsächlich gesehen? Im Gras hatten mehr leere Flaschen gelegen, als Josie im Weinkeller stibitzt zu haben meinte. Vielleicht war sie so sinnlos betrunken gewesen, dass ihre Augen ihr einen Streich gespielt hatten? Nein. Sie hatte die Bestie *definitiv* gesehen. Vivienne war schlicht zu dickköpfig, um zuzugeben, dass das Schwimmen im See eine gefährliche Dummheit gewesen war.

Nach der Stallarbeit bestand Vivienne darauf, Owen einen Besuch abzustatten. Ein geschickter Schachzug, wie Josie fand. Sie wusste genau, was ihre Freundin vorhatte – Owen zu bezirzen, um ihn in der Krokodil-Debatte auf ihre Seite zu ziehen. Aber Josie *hatte* das Krokodil gesehen, ob Vivienne es nun wahrhaben wollte oder nicht.

Möglicherweise könnte Owen sie überzeugen.

Die Wellblechhütte ihres Bruders war auf der Hügelkuppe im Schatten eines Silberbaums errichtet worden. Owen stand mit dem Rücken zu den beiden Frauen über einen Sägetisch gebeugt. Neben der Hütte war das Fundament für ein weiteres Haus erstellt worden. Josie war so perplex, dass sie eine Sekunde lang völlig vergaß, weswegen sie und Vivienne eigentlich gekommen waren.

»Du baust ein richtiges Haus?«, rief sie. »Warum hast du mir nie was davon erzählt?«

Owen richtete sich von dem Holzbalken auf und drehte sich, die Säge in der Hand, zu den beiden Frauen um.

Die Hände in die Seiten gestemmt, sah Josie ihn an. »Kommst du überhaupt wieder nach Hause zurück?«

Owen grinste. »Und du?«

Sinnlos, darauf zu antworten – Owen hatte nur Augen für Vivienne. Josie spielte an ihrem Pony herum und gönnte es den beiden, sich aneinander sattzusehen. Obwohl es irgendwie wehtat, von ihrem Lieblingsbruder ignoriert zu werden, bereitete es ihr andererseits auch eine gewisse Freude.

Aber irgendwann war es genug. »Ich habe Durst«, sagte sie, jedes Wort betonend.

Owen bedeutete den beiden Frauen, sich auf die Baumstümpfe an der Kochstelle zu setzen, wo über dem Lagerfeuer ein rustikaler Teekessel hing. Nachdem er sich am Wassertank die Hände gewaschen hatte, brühte er Tee auf.

Josie riss ihm den Becher so hastig aus der Hand, dass ihr der Tee über die Finger schwappte. Himmel noch mal, wenn ihr bloß der Schädel nicht so brummen würde!

»Du wirst nicht glauben, was gestern Abend passiert ist«, begann sie eindringlich. »Viv ist im See geschwommen.«

Owens Blick wanderte zwischen den beiden hin und her. »Und ob ich das glaube! Ich hab es ja selbst schon gesehen. Sie hat einen wunderschönen Schwimmstil.«

Vivienne versteckte ihre brennenden Wangen hinter ihrem Teebecher und überließ das Reden Josie.

»Hast du sie auch schon einmal nach ausgiebiger Verkostung der Weine aus Rudy Meyers Weinkeller schwimmen sehen?«

Ein besorgter Ausdruck huschte über Owens Gesicht, doch dann schmunzelte er. »Mir scheint, du hast eine Freundin gefunden, die eine noch größere Draufgängerin ist als du, Josie.«

»Sie hat einen furchtbar schlechten Einfluss auf mich. Sie wollte mich überreden, zu ihr ins Wasser zu kommen – und ich war noch betrunkener als sie.«

Owen stellte sich die Szene offenbar bildlich vor und schmunzelte erneut. »Jedenfalls bin ich heilfroh, dass ich den Fluch nicht herausgefordert habe, weil ich nämlich … ein Krokodil gesehen habe!«

Owen lachte leise und trank seinen Tee aus. »Du bist der Bestie also mit knapper Not entronnen.«

Josie stampfte mit dem Fuß auf. »Es war ein Krokodil! Ich *schwöre* es!«

Owen wirkte noch belustigter. »Ein Beutelkrokodil?«

Bevor sie dazu kam, ihm irgendwelche Schimpfwörter an den Kopf zu werfen, mischte sich Vivienne ein. »Sie glaubt wirklich, dass sie ein Krokodil gesehen hat«, sagte sie langsam und deutlich.

Owen grinste nicht mehr. Er stellte seinen Becher auf den mit Sägemehl bedeckten Boden und rieb sich über seinen Bart.

Die vielsagenden Blicke, die er mit Vivienne über Josies Kopf hinweg wechselte, flogen so schnell hin und her, dass sie ein Schleudertrauma bekommen hätte bei dem Versuch, ihnen zu folgen.

»Du hast also ein Krokodil gesehen, Josie«, sagte Owen bedächtig.

»Hab schon verstanden«, fauchte sie. »Du glaubst mir nur, weil Viv dir zu verstehen gegeben hat, dass es besser wäre, mir meinen Willen zu lassen. Ich sage dir, da *ist* ein Krokodil in diesem See. Ich *habe* es gesehen, und Clarence Reece wird meine Beobachtung bestätigen!«

Owen und Vivienne wechselten weitere bedeutungsvolle Blicke, und Josie verdrehte die Augen.

Owen lächelte. »Jemand sollte sich am See nach verdächtigen Spuren umsehen. Die Frage ist nur, *wer?*«

Und wieder kam Vivienne ihrer Freundin, die sich über Owens spöttischen Ton ärgerte und schon den Mund aufmachte, zuvor. »Wenn es dir nichts ausmacht, Owen«, flötete sie mit zuckersüßem Augenaufschlag, »es würde mich wirklich beruhigen, wenn ich wüsste, dass es keine Krokodile im See gibt.«

»Und wenn ich doch eins entdecke?«

»Erschieß es«, sagte Josie trocken.

»*Erschießen?*«

Sie verschränkte die Arme. »Ich kann kein Krokodil im See gebrauchen, gerade jetzt, wo ich den Fluch brechen werde! Das wird alles kaputt machen!«

Owen machte ein verständnisvolles Gesicht, was Josie ihm hoch anrechnete. Er sah sie lange an, und sie fixierte ihn so unverwandt, dass ihr die Augen tränten.

Schließlich knackte er mit den Knöcheln und sagte: »Also gut, ich werde den See im Auge behalten. Schon zu meiner eigenen Beruhigung …«

Josie zuckte mit den Schultern. »Wenn du dich dann besser fühlst. Aber häng es nicht an die große Glocke, sonst denken die Leute, *wir* hätten Angst vor dem See.«

»Das will ich auf gar keinen Fall!« Der Spott in seiner Stimme war unüberhörbar.

Josie sprang auf, sie hatte ein volles Tagesprogramm. »Komm, Viv, es wartet eine Menge Arbeit auf uns – Brief zur Post bringen, Hauptdarsteller feuern …«

Vivienne wandte sich Owen zu. Ihre Mundwinkel rutschten zur Seite, als sie sagte: »Josie wird heute eine Ent-Niallisierung durchführen.«

Owen lachte herzlich, was ihm einen vorwurfsvollen Blick seiner Schwester eintrug. Wie schaffte es Owen, so mühelos Viviennes sarkastische Ader herauszukitzeln?

Ein weiteres Mal schauten sich die beiden tief in die Augen. Josie schien vergessen. Tja, zu dumm, dass sie keine Lust hatte, noch mehr Zeit zu vertrödeln, nur damit die zwei sich angaffen konnten. »Komm jetzt, wir müssen los!« Sie zog Vivienne auf die Füße.

Owen stand ebenfalls auf. »Kann ich sonst noch was für euch tun?«

Die Antwort kam scharf und wie aus der Pistole geschossen. »Du kannst Vivienne sagen, dass sie sich nicht mehr aus dem Haus stehlen soll, um schwimmen zu gehen – jetzt, wo ich das Krokodil gesehen habe.«

Owen legte den Kopf schräg. »Wirst du damit aufhören?«

Vivienne lächelte gelassen. »Nein.«

Owen fasste sich wieder an den Bart, und Josie wusste,

dass er nur ein Grinsen verbergen wollte. »Tut mir leid, Jose, ich hab's versucht. Sonst noch was?«

»Der Schwimmsteg ist viel zu wacklig«, blaffte sie. »Den zu reparieren, wäre wichtiger, als dieses völlig unnötige Haus zu bauen.«

Owen salutierte zum Spaß. »Und seid vorsichtig. Ihr wisst doch …«

»Was?«, fragte Josie.

Er sah Vivienne an, als er antwortete: »Man darf einem Krokodil nie zulächeln.«

Josie und Viv flogen regelrecht nach Barrington. Der Roadster jagte in einem Tempo über die holprige Strecke, dass er jeden Moment abzuheben und sich in die tief hängenden Wolken zu katapultieren drohte. Das Röhren des Motors übertönte fast Josies übermütiges Gejauchze. Der Wind peitschte ihr die Haare über den lachenden, weit offenen Mund. Vivienne, die Augen hinter einer großen Sonnenbrille verborgen, lächelte. Sie hielt das Lenkrad fest umklammert, damit sie nicht beide Arme in die Luft warf wie bei einer Achterbahnfahrt.

Auf der Main Street drehten sich alle nach ihnen um, als der Roadster, aus dessen geöffneten Fenstern Gelächter drang, um die große Verkehrsinsel schleuderte.

Man könnte sich direkt an solche Auftritte gewöhnen, dachte Josie, als sie schwungvoll ausstieg.

Der Plan war folgender: Während Vivienne den Brief an Miles zur Post brachte, würde Josie Niall feuern. Das sollte ihrer Schätzung nach nicht länger als zehn Minuten dauern, selbst in Anbetracht von Nialls Überheblichkeit. Anschließend würden sich die beiden Frauen im Café treffen.

Doch nur Laura stand hinter der Süßwarentheke, als Josie den Laden betrat. Ob sie ihr helfen könne, fragte Laura, ohne Josie anzusehen. Warum achteten schüchterne Menschen eigentlich so sehr darauf, Blickkontakt zu vermeiden? *Ich kann dich trotzdem sehen,* hätte Josie am liebsten gesagt, *du bist nicht unsichtbar!*

»Ist Niall da?«

»Mr Jeffries! Josephine Monash möchte Sie sprechen!«

Niall schrie aus dem Hinterzimmer etwas Unverständliches zurück. Lauras Lider flatterten; sie schloss die Augen, gerade so lange, wie es dauerte, etwas hinunterzuschlucken. »Er kommt gleich«, sagte sie und fuhr fort, Papierservietten zu falten.

Josie betrachtete ihre mürrische Hauptdarstellerin. Wie war es möglich, dass sie sich hatte drängen lassen, die Rolle der Celeste mit *Laura* zu besetzen?

Aber war es wirklich so gewesen?

Josie trat dicht an den Ladentisch und fragte leise: »Ist alles in Ordnung, Laura?«

Wieder ein Schlucken, ein Flattern des Blicks. »Ja, danke.«

Josie schaute an ihr vorbei Richtung Hinterzimmer. Niall war nirgends zu sehen. »Ich habe gehört, du wohnst jetzt in der Wohnung über dem Laden. Ein Glück, dass sie zu vermieten war. Aber in eine eigene Wohnung zu ziehen, ist ein großer Schritt, nicht wahr? Ich bin kürzlich auch von zu Hause ausgezogen.«

Laura schaute überrascht auf. Ihre blauen Augen hefteten sich ganz kurz auf die von Josie.

»Meine Mitbewohnerin und ich haben vor Kurzem erst gesagt, dass wir dich gern zu uns zum Essen einladen würden. Ich würde gern mit dir über unser Stück sprechen. Hast du irgendwann diese Woche Zeit?«

Laura nickte kurz, aber nachdrücklich. Dann erschien Niall in der Tür, und sie rückte von Josie weg.

Ein selbstgefälliges Lächeln im Gesicht, trat Niall näher. »Na, willst du nach deinen Hauptdarstellern sehen? Du kannst dir nicht vorstellen, wie oft wir *geprobt* haben …«

Du wirst dich noch wundern, du schmieriger Dreckskerl …

Josie lächelte von einem Ohr zum andern; es machte sie richtig glücklich, ihm eine reinwürgen zu können. »Hoffentlich bist du nicht allzu enttäuscht, Niall, aber die offizielle Besetzungsliste ist erstellt, und du stehst nicht darauf.«

Laura, die hinter Niall stand, hob langsam den Blick und sah Josie unverwandt an.

Niall lachte. »Versuch's nur. Ich bin einstimmig gewählt worden.«

»In einem Laientheater wird nicht per Abstimmung entschieden. Ich als Intendantin habe das letzte Wort, und ich sage, du wirst Zach nicht spielen.«

Niall starrte sie an. Nur das schnelle Blinzeln seiner blassblauen Augen verriet seine Wut. »Das kannst du nicht machen.«

»Irrtum. Ich habe schon jemand anders für Zach.«

»Wen?«

Im Geist scheuchte Josie ihre Freundin die Main Street hinauf. *Beeil dich, Viv – wirf den Brief ein!*

»Das ist … eine Überraschung.«

»Wenn bekannt wird, dass du mir die Rolle weggenommen hast, wird sich niemand trauen, sie zu übernehmen.«

»Denk, was du willst«, erwiderte Josie achselzuckend. »Auf meiner Bühne wirst du Zach jedenfalls nicht spielen.«

Schmeiß den Brief ein, Viv!

Niall stieß ein Lachen aus, das wie ein Peitschenknall klang. »Ich würde dir nicht raten, mich rauszuwerfen.«

»Ich will dich erst wieder auf meinen Versammlungen sehen, wenn du meine Entscheidung akzeptiert hast.«

»Ich werde Freitag da sein.«

»Dann werde ich dich vom Gelände entfernen lassen.«

Niall war mit drei großen Schritten bei ihr. Es ging so schnell, dass Josie kaum Zeit blieb, erschrocken nach Luft zu schnappen. Er blieb wenige Millimeter vor ihr stehen und beugte sich über sie, sodass sein feuchter, nach Pfefferminz und Zwiebeln riechender Atem über ihr Gesicht wehte.

»Jetzt hör mir mal gut zu, Kleine. Du hast gar nichts zu melden, weder in dieser Stadt noch in der Theatertruppe. Wir würden bessere Kritiken bekommen, wenn wir dich los wären. Du nennst dich Intendantin, aber jeder in der Truppe weiß, dass du diesen Titel nicht verdient hast. Du bist nichts weiter als ein Kind, das Theaterdirektorin spielt und mit der ganzen Sache völlig überfordert ist.«

Hör nicht auf die, die dir einreden wollen, das sei ein paar Nummern zu groß für dich, hatte Miles geschrieben. *Es ist dein gutes Recht, diese Geschichte zu erzählen, du tust das Richtige.*

»Genau das ist der Grund, warum du Zach nicht spielen wirst und nie für die Rolle hättest infrage kommen dürfen.« Ihre Stimme zitterte. »Keine Frau wünscht sich so einen Hauptdarsteller in einer Liebesgeschichte. Du bist ein widerwärtiger, brutaler Klotz.«

Sie wandte sich Laura zu, die die Szene leichenblass und mit weit aufgerissenen Augen verfolgt hatte und jetzt Josie anstarrte.

»Ich werde Ernest sagen, dass er dich heute Abend abholen soll, Laura. Es gibt eine Menge zu bereden wegen des Stücks.«

Laura nickte knapp, aber unübersehbar.

Josie stürmte über die Central Avenue zum Café; ihr Herz hämmerte synchron zu ihren Absätzen.

»Hast du zufällig eine Blondine gesehen?«, fragte sie Rhonda, die am Tresen stand. Ihre Stimme bebte immer noch vor rasender, ohnmächtiger Wut. »Hübsch, dünn, mit einem Halstuch.«

Rhonda zuckte gleichmütig mit den Schultern, was Josie noch wütender machte. Sie lief wieder hinaus und knallte die Tür hinter sich zu. Viv musste in der Post aufgehalten worden sein.

Aber dort war sie auch nicht. Die blonde Fremde sei da gewesen, aber schon lange wieder fort, meinte die Posthalterin. Josie stolperte fast über ihre eigenen Füße, so schnell hetzte sie den Weg zurück, den sie gekommen war.

Panik stieg in ihr auf. Zwischen Café und Post konnten sie sich nicht verfehlt haben, und Viv war weder in der Stadtbücherei noch am Auto. Josie blieb mitten auf der Straße stehen, eine Hand um ihr Medaillon geschlossen, mit der anderen die Augen gegen die grelle Mittagssonne beschattend, und schaute sich panisch nach allen Seiten um.

Wo steckst du denn, Viv?

»Josie!«, zischte es vom Bürgersteig her. Rita Caracella winkte sie mit ihrer Brille zu sich. »Ich muss dir was zeigen!«

»Nicht jetzt, Rita, ich hab keine Zeit, ich suche …«

»Deine blonde Freundin, ich weiß. Komm schnell rein.«

Josie folgte ihr in das Antiquitätengeschäft und suchte mit den Augen die vollgestopften Gänge ab, während Rita die Tür hinter ihnen abschloss. Im Schaufenster, dort, wo die Schreibmaschine gestanden hatte – Josies korallenrote Schönheit –, klaffte noch immer eine Lücke, und der leere Platz erfüllte sie mit einem eigenartig prickelnden Gefühl. So lange hatte sie sich die Smith-Corona gewünscht, und jetzt gehörte sie ihr. Und das hatte sie nur Vivienne George zu verdanken.

»Wo ist sie?«

Rita trat dicht neben sie, mit ernsterer Miene, als Josie es je bei ihr gesehen hatte. »Ich wollte Freitagabend mit dir reden.«

»Ja, über die wunderschöne Fremde, die in die Stadt gekommen ist und mir die Schreibmaschine weggeschnappt hat, die du mir versprochen hattest.«

»Tststs«, machte Rita. »Geld ist Geld, mir egal, von wem
ich es bekomme. ›Vielleicht hast du nächstes Mal mehr
Glück, Josephine‹, habe ich mir gesagt, als ich die Scheine
in die Ladenkasse gelegt habe.« Josie wusste, das war eine
Lüge. Sie strahlte und hätte Rita am liebsten umarmt.

Die tat, als würde sie es nicht bemerken. »Aber ja,
stimmt, es geht um diese Frau.«

Josie spannte sich an. »Sie legt Wert auf Privatsphäre,
und sie hat ihre Gründe.«

Rita machte eine wegwerfende Handbewegung. »Es interessiert mich nicht, warum sie sich hier versteckt – der
Klunker an ihrem Ringfinger hat mir genug verraten. Aber
solange sie hier ist, kann sie etwas für unsere Stadt tun.«

»Wie meinst du das?«

»Komm mit.« Rita ging voraus Richtung Hinterzimmer.
Sämtliche Truhen, in denen sie Theaterkostüme, Perücken
und Accessoires aufbewahrte, waren geöffnet; der Übelkeit
erregende Geruch von Mottenkugeln hing schwer in der
Luft. Josie konnte sich nicht sattsehen an all den Schätzen,
die hier ausgebreitet waren, aber dann bemerkte sie, dass
der Vorhang, der diesen Teil des Ladens vom Hinterzimmer
abteilte, sich bewegte und zwei nackte Füße darunter hervorschauten.

»Viv! Hör auf mit dem Versteckspiel, und komm raus!«

Viviennes Stimme drang glasklar hinter dem Vorhang
hervor. »Einen Moment noch bis zu meinem großen Auftritt!«

Was für ein großer Auftritt?

Rita packte Josie am Arm. »Ich war wie elektrisiert, als

deine Freundin das erste Mal meinen Laden betrat. Das exakte Abbild! Als ich sie heute Morgen vorbeigehen sah, wusste ich, dass ich handeln musste. Ich bat sie herein und wollte ihr alles erklären, aber sie wusste bereits Bescheid. Sie kennt dein Stück in- und auswendig. Und sie hat mir erlaubt, sie zu kostümieren! Ich hatte genau das Richtige da, auch die Perücke …«

Josie drehte sich um.

Viviennes schlanke Hand schob sich durch die Vorhänge.

»Schau!«, sagte Rita. »Da ist sie. Sie ist wieder zum Leben erwacht!«

Die Vorhänge teilten sich, und heraus trat, in einem mit Marabufedern besetzten Charmeusemorgenrock, einen Haarkranz aus lauter Sternen auf den langen dunklen Locken, Celeste Starr.

Kapitel 23

Der Sternenkranz

Und wieder brachte Vivienne Josie zum Weinen.

Die Federn an den Ärmeln und den Knöcheln säuselten leise, als sie zu ihr lief und ihre Hände ergriff. »Ich hab's doch nicht böse gemeint! Nur eine kleine Maskerade, aber als ich die Sachen anzog, habe ich wirklich das Gefühl gehabt, ich wäre Celeste! Genau wie gestern Abend!«

Josie heulte noch lauter. Vivienne sah Rita Hilfe suchend an, doch die beobachtete die Szene teilnahmslos.

»Ich zieh mich schnell um«, sagte Vivienne, der das schlechte Gewissen schon Kopfschmerzen bescherte. Sie wandte sich ab und griff nach dem Haarreif auf ihrer schwarzen Perücke.

Josies Hand schoss vor. »Nein! Lass es an.«

Sie wartete, während Josie sich kräftig schnäuzte. »Okay, nachdem ich den ersten Schock verdaut habe, lass mich dich richtig anschauen.«

Vivienne stand ganz still, als Josie sie langsam umkreiste. »Die Frage ist nicht, ob du meine Traum-Celeste bist, sondern ob *du* dazu bereit wärst. Viv, willst du meine Celeste sein?«

Vivienne hatte gehofft, dass sie das fragen würde. Seit Wochen wartete sie darauf, wie ihr jetzt klar wurde, doch sie hatte den Gedanken nie zugelassen. *In einem anderen Leben wäre ich vielleicht Schauspielerin geworden, und das könnte die Rolle meines Lebens sein.*

Aber als sie jetzt tatsächlich gefragt wurde, konnte sie nur an die ungeheuerliche Vorstellung denken, dass sie, Vivienne George, auf einer Laienbühne ein Pin-up-Girl darstellen sollte, das freiwillig in den Tod gegangen war.

Andererseits würde ihr die Rolle der Celeste vielleicht den Weg in ein neues Leben ermöglichen.

Vivienne sah Josie an und die Konstellation ihrer Sommersprossen, die sie mittlerweile so sehr schätzte. Wieder hob sie die Hand und berührte den funkelnden Haarreif. »Ja, ich möchte sehr gern deine Celeste sein.«

Josie, vor Freude johlend, hüpfte auf und ab. »O Viv, *ja!* Mit deiner Stimme und deiner Schönheit und deiner Sensibilität wirst du sie alle vom Hocker hauen!«

Viviennes Wangen glühten. Panik und ein unbeschreibliches Glücksgefühl zugleich erfassten sie. *Ich kann mir tatsächlich ein anderes Leben aussuchen!*

Josie wandte sich Rita zu. »Ich weiß gar nicht, wie ich dir danken soll, Rita! Erst gibst du mir deine gesammelten Artikel über Celeste und jetzt dieses unglaubliche Kostüm! Die Sachen sehen täuschend echt aus.«

Rita hob stolz das Kinn. »Sie *sind* echt. Das ist Celestes Morgenrock, ihr Badeanzug, ihr Haarreif.«

Vivienne George trug die Sachen einer Toten. *Ungeheuerlich, in der Tat.*

Josie strich andächtig über den Morgenrock. »Wie kann das sein?«

»Ich habe den Höchstpreis bezahlt, als Rudy Celestes persönlichen Besitz verkauft hat. Erinnerungsstücke wie diese sind so selten wie Hühnerzähne.«

Vivienne runzelte die Stirn. *Rudy* hatte Celestes Sachen verkauft? Derselbe Mann, der seine Lodge ihr zum Andenken in ein Mausoleum verwandelt hatte? »Ich kann mir gar nicht vorstellen, dass Rudy sich von all diesen Dingen getrennt hat.«

»Hat er aber«, gab Rita spröde zurück. »Und ich habe sie gekauft. So hat er alles zweimal verloren.«

Josie kräuselte die Nase, so verführerisch sie konnte. »Würdest du Vivienne die Sachen eventuell für unser Stück leihen?«

»Aber nur um Celestes willen«, antwortete Rita.

Josie hatte noch eine Bitte. Sie zeigte auf die überall verteilte Kleidung. »Und was ist damit? Willst du als meine Kostümverleiherin und -beraterin fungieren? Ich wüsste niemanden, der besser geeignet wäre.«

»Nur wenn meine Entscheidungen diskussionslos akzeptiert werden.«

»Du allein wirst für Kostüme und Requisiten zuständig sein«, versprach Josie.

Rita nickte kurz. »Also gut, von mir aus. Aber nur …«

»Um Celestes willen«, beendeten Josie und Vivienne lachend den Satz.

Auf der rasanten Fahrt zurück zur Lodge fiel Vivienne ein,

dass weder sie noch Rita die andere Person erwähnt hatten, die vor Josie den Laden betreten hatte. Jene Person, die Vivienne überredet – nein, die ihr *befohlen* hatte, das Kostüm anzuprobieren. Und die, nachdem sie ihre Bewunderung mit einem energischen Pochen ihres Gehstocks ausgedrückt hatte, den Laden wieder verlassen und kerzengerade die Main Street hinaufgegangen war, als Rita sich auf die Suche nach Josie machte.

Vivienne warf Josie auf dem Beifahrersitz einen kurzen Blick zu. Sie hatte sich dem offenen Fenster zugedreht, die Augen geschlossen und genoss lachend die Sonne, während ihr der Fahrtwind die Haare übers Gesicht peitschte. Sie war der Inbegriff fröhlicher Unbekümmertheit.

Was Josie nicht wusste, konnte ihr ihre Sorglosigkeit nicht nehmen. Warum sollte das nicht ihr kleines Geheimnis bleiben, ihres und Ritas und natürlich auch Beryls.

Vivienne begriff jetzt, wie viele Menschen in Barrington in Celestes Geschichte involviert waren. Und es war Viviennes Aufgabe, als ihre Verkörperung und ihr Sprachrohr, diese Geschichte zum Leben zu erwecken.

Josie und Vivienne saßen in der vom Vogelgezwitscher erfüllten schwülen Dämmerung auf der Verandatreppe und warteten auf Laura und ihren Chauffeur. Die beiden Frauen hatten schon eine Flasche Chianti geöffnet, und auf dem Herd köchelte eine von Vivienne zubereitete würzige Kürbissuppe.

Der Anblick des mit rotem vulkanischem Staub bedeckten Roadsters bereitete Vivienne ein diebisches Vergnügen.

Sie fragte sich, ob die Chance bestand, dass Owen noch hereinschneite. Das war zwar unwahrscheinlich, aber hoffen konnte man ja.

»Wie Laura es wohl aufnehmen wird?«, fragte Vivienne. Das Hochgefühl darüber, die Rolle der Celeste bekommen zu haben, verflog allmählich, und Schuldgefühle stellten sich ein.

Josie spielte an ihrem Medaillon herum und antwortete zerstreut: »Suppe mag doch jeder.«

Vivienne knuffte sie und warf ihr einen belustigten Blick zu. »Weißt du was?«, sagte sie unvermittelt. »Vor lauter Aufregung über Celestes Sachen haben wir das Krokodil ganz vergessen.«

»Es gibt kein Krokodil«, entgegnete Josie ruhig.

Viviennes Erwiderung kam wie aus der Pistole geschossen. »Ein Glück! Sobald Laura ordentlich einen sitzen hat, will ich sie nämlich zu einer mitternächtlichen Schwimmrunde im See mitnehmen. Soll das *Krokodil* entscheiden, wer am ehesten nach Celeste schmeckt.«

»Celeste ist nicht von einem Krokodil gefressen worden. Wenn du die Rolle übernehmen willst, musst du die Geschichte schon glauben.«

Etwas an dieser Formulierung störte Vivienne. »Die ›Geschichte‹? Nicht die ›Fakten‹?«

Josie verwuschelte ihren Pony und nippte an ihrem Chianti, bevor sie antwortete. »Ich bin zwar mit Detektivinnen wie Nancy Drew oder anderen etwa aus der Feder von Agatha Christie aufgewachsen, aber ich bin keine Schnüfflerin, sondern Bühnenautorin.«

»Dann also künstlerische Freiheit?«

»Sagen wir, eine hinreichende Wahrscheinlichkeit.«

Vivienne hob ihr Glas an den Mund, trank aber nicht, sondern hielt inne. »Und was ist dann mit den anderen Mädchen passiert?«

»Celestes Kolleginnen? Nach Celestes Tod hat Rudy das Theater dichtgemacht. Sie sind alle fortgegangen und haben irgendwo anders ein neues Leben begonnen.«

»Nein, ich meine, was ist mit den Mädchen von hier passiert?«

»Der Fluch hat sie ereilt.« Josie warf ihr einen merkwürdigen Blick zu. »Darüber haben wir doch lang und breit gesprochen.«

»Also, eigentlich hast du mir so gut wie gar nichts darüber erzählt.«

»Es gibt auch nichts zu erzählen! Sie sind alle auf die eine oder andere Art ertrunken.«

Vivienne sah sie an. »Du willst nicht darüber reden.«

»Ich bin damit aufgewachsen, dass in meinem Umfeld ständig junge Frauen ertrunken sind! Das hat mich traumatisiert!«

»Wie viele waren es?«

»Mit Celeste sieben.«

»Sieben Ertrunkene in, wie viel, vierzehn Jahren?«

»Richtig.« Josies Ton ließ keinen Zweifel daran, dass die Diskussion damit für sie beendet war.

Aber Vivienne ließ nicht locker. »Und jedes Mal Selbstmord?«

»Nein, nicht *jedes* Mal.« Sie sah Vivienne fast flehentlich an. »Du willst doch nicht ernsthaft die schaurigen Einzelheiten hören, oder?«

»Doch, ich bestehe darauf.«

Josie atmete hörbar aus. »Die Erste war Valerie, 1946, nur zwei Jahre nach Celeste. Sie gehörte zu jenen, die vermisst wurden und dann irgendwann als Wasserleiche wieder auftauchten. Die Nächste war Barbara 1948, aber sie hatte einen Abschiedsbrief hinterlassen. Martha ertrank 1949. Sie hatte sich in den Schlingpflanzen im Schilf verheddert und konnte sich nicht befreien. Sie ertrank in Hörweite ihrer Freundinnen. Glenda, 1950, war auch eine Wasserleiche. Danach setzte sich Grandy dafür ein, den Zugang zum See abzuriegeln, was 1951 beschlossen wurde. Keiner durfte mehr in die Nähe des Wassers. Eine Weile schien das Verbot Wirkung zu zeigen, aber dann, 1954, wurde wieder eine Wasserleiche gefunden – Loreen. Und die Letzte, Denise, kam 1955 mit Freundinnen hierher und ging betrunken schwimmen, allen guten Ratschlägen und dem gesunden Menschenverstand zum Trotz …«

Vivienne ignorierte diese deutliche Spitze geflissentlich. »Du kennst alle ihre Namen und die Todesjahre auswendig. Für eine junge Frau muss es ein Albtraum gewesen sein, hier aufzuwachsen …« Josie erwiderte nichts darauf. »Aber keine ist von einem Krokodil zerfleischt worden, oder?«

Josie sah sie scharf an. »Du wirst nicht mehr schwimmen gehen, bis das Krokodil gefangen oder erlegt ist.«

»Das Krokodil, von dessen Existenz niemand etwas wissen soll?«

»Nur so lange, bis mein Stück aufgeführt worden ist.«
Josie kniff die Augen zusammen, als sie Vivienne anschaute.
»Du musst mich für schrecklich egoistisch halten.«

»Nein … Ich denke, dass dir dein Stück alles bedeutet und dir viel daran gelegen ist, Celestes Geschichte richtigzustellen.« Viviennes Stimme und ihre Augen waren sehr sanft. »Aber praktisch ist es schon, weißt du.«

»Was?«

»Dass ein Krokodil genau dann auftaucht, um die Leute vom Schwimmen abzuhalten, wenn du das Obsidian wieder eröffnen willst.«

»Du denkst, ich habe mir das nur ausgedacht, damit nicht noch mehr Frauen im See baden und ertrinken.«

»Na ja, es ist noch nicht so lange her, dass ich die Bergstraße hier heraufgefahren bin, und mir sind unterwegs keine Krokodile begegnet.«

Josie machte einen gedanklichen Umweg. Vivienne sah es ihr an und wartete geduldig auf ihre Rückkehr.

»Stell dir vor«, begann Josie im leidenschaftlichsten Ton, dessen sie fähig war, »dass der See ein Geheimnis birgt, das um jeden Preis bewahrt werden soll. Etwas wie … eine Unterwasserhöhle. Vielleicht ruht dort Celestes Leiche. Und derjenige, der sie dort versteckt hat, muss sichergehen, dass sich niemand in den See wagt.«

»Könnte sie ermordet worden sein?«

»Die Polizei fand keine Anhaltspunkte dafür. Und es gab ja ihren Abschiedsbrief.«

Vivienne dachte an den Beobachter am Ufer, an den Herumtreiber bei der Lodge. »Und wie groß ist die Chance, dass einige von den einheimischen Mädchen ermordet wurden?«

Josie lachte auf. »Wie groß ist die *Chance*? Das ist doch kein Glücksspiel! Die Polizei hat ermittelt, aber nichts Verdächtiges gefunden. Sie sind ertrunken, basta.«

»Aber *du* glaubst das nicht. Du denkst, dass zumindest einige Todesfälle verdächtig sind. Lass mich raten: jene Frauen, die nach ihrem Verschwinden, im Wasser treibend, gefunden wurden. Die Wasserleichen.«

Josies Miene spiegelte ihren inneren Konflikt.

»Ich hab's gewusst!«, rief Vivienne. »Du glaubst, dass jemand nachgeholfen hat!«

Josie widersprach nicht, sie trug immer noch einen Kampf mit sich aus. Obwohl Viviennes Gedanken rasten auf der Suche nach der Lösung des Rätsels, hatte sie den Verdacht, mit Josies mentalem Tempo nicht mithalten zu können.

»Ich könnte mir vorstellen«, begann Vivienne leichthin, »dass ein kühnes Theaterstück, das einen abergläubischen ›Fluch‹ infrage stellt und möglicherweise sogar verspottet, das ganz sicher aber zum Vorteil für die Stadt Kapital daraus schlägt …«

Das dröhnende Brummen des Fords der Monashs war zu hören.

»… dass so ein Stück sich eignen könnte, einen hier ansässigen Mörder zu reizen und vielleicht sogar aus der Reserve zu locken …«

Scheinwerfer schwenkten auf die Lichtung. Der Ford kam knatternd zum Stillstand. Ernest und Laura hatten sich einander zugewandt und unterhielten sich lebhaft, ohne auf die beiden wartenden Frauen zu achten.

Josie war aufgesprungen, den Blick auf ihren Gast geheftet, das Ohr aber Vivienne zugeneigt.

Diese stand ebenfalls auf. »Man könnte ein solches Stück sogar ...« Sie flüsterte die Worte aus dem Mundwinkel, die Augen auf Josies gut aussehenden Bruder gerichtet, der der schwarzhaarigen Schönheit den Wagenschlag aufhielt. »... als perfekt geplante und raffiniert inszenierte Falle betrachten.«

Josie ging lächelnd die Stufen hinunter.

Als Ernest zur vereinbarten Zeit die Verandatreppe hinaufstapfte, um Laura abzuholen und nach Hause zu bringen, betrat er, wie er es später beschreiben sollte, ein Hexenhaus inklusive Kessel und allem, was dazugehörte.

Die drei jungen Frauen saßen, kichernd und in Decken eingemummt, rings um eine Steinzeugschüssel und hatten die Köpfe zusammengesteckt. Nach einem spätabendlichen Bad in Chimera Falls, wo sie sich ungeniert die besten Weine aus dem Weinkeller zu Gemüte geführt hatten, ließen sie sich jetzt den duftenden Glühwein schmecken, den Vivienne zubereitet hatte.

»Ich bleibe hier«, sagte Laura zu Ernest. Josie und Vivienne wechselten einen Blick angesichts der Tatsache, dass sie Laura nicht eingeladen hatten, sondern die junge Frau sich ungefragt in ihre harmonische Zweisamkeit drängte. Später jedoch, als Laura schon schlief, kamen sie überein, dass das eine hervorragende Idee gewesen war. Sie hatten schon lange mit dem Gedanken gespielt, Laura bei sich aufzunehmen.

Und so schickten sie Ernest wieder weg und riefen ihm zum Abschied fröhlich-freche Bemerkungen hinterher. Kopfschüttelnd setzte Ernest zurück und fuhr davon.

Jetzt beherbergte die Lodge also drei Ausreißerinnen.

Vivienne stand am nächsten Morgen als Erste auf und machte sich auf wackligen Beinen auf den Weg zum See, während ihre Gedanken sich träge übereinanderschoben, als sie den gestrigen Abend Revue passieren ließ.

Die drei Frauen hatten sich wunderbar verstanden. Wie sich herausstellte, genügten ein paar Gläser Wein, um die Zunge der heiligen Laura der Schweigsamen zu lösen. Gelacht hatten sie auch, so wie Frauen es nur tun, wenn sie unter sich sind, und so herzhaft, dass ihnen der Bauch wehgetan hatte. Irgendwann hatte Laura zu weinen angefangen und in der tröstenden Umarmung von Josie und Vivienne heftig geschluchzt.

Eine ekelhafte Geschichte kam ans Tageslicht.

Als Laura nach dem Tod ihres nichtsnutzigen Vaters eine Arbeit und eine Unterkunft suchte, hatte sie Nialls angeblich großzügiges Stellen- und Wohnungsangebot angenommen. Anfangs schien ein Traum in Erfüllung gegangen zu sein. Aber Niall war schnell zudringlich geworden, er belästigte sie von morgens bis abends und nicht selten auch in der Zeit dazwischen. Seine bevorzugte Taktik war es, sie in eine Ecke zu drängen, aus der es kein Entkommen gab und sie seinen sexuellen Übergriffen ausgeliefert war. Ein besonderes, perverses Vergnügen bereitete es ihm, in diesen kompromittierenden Situationen ertappt zu werden.

»Aber das Schlimmste«, erzählte Laura, »noch entwürdigender als das Befummeln und Begrapschen und ... andere Dinge, war, dass er schmutzige Fotos von mir machen wollte.«

Ein betretenes, angeekeltes Schweigen trat ein.

»Als ob ich bloß ein Stück Fleisch für ihn wäre.« Sie sprach leise, aber voller Hass. »Als ob ich nur dazu da wäre, seine Bedürfnisse zu befriedigen.«

»Wir werden dafür sorgen, dass er nie, nie wieder in deine Nähe kommt!«, schrie Josie und hieb mit der Faust in die Handfläche.

Laura schien ihr zu glauben, denn sie rückte noch näher heran. Josies draufgängerisches Selbstbewusstsein war wie eine Wärme spendende Feuerschale, die die innere Kälte vertrieb.

»Weißt du was? Du ziehst hierher zu uns«, rief Josie, ohne auf Viviennes stumme Bestürzung zu achten. Vivienne hätte sie gern darauf hingewiesen, dass Laura die relative Sicherheit einer Hauptstraße für eine abgelegene Lodge im Wald aufgeben würde. Eine Lodge, deren Verwalter obendrein Niall war.

Würde er Laura hierher verfolgen? Stellte er eine Bedrohung für sie alle dar? Und wie würde Rudy reagieren, wenn er von seinem verärgerten Verwalter von der mittlerweile dreiköpfigen Flüchtlingsgruppe in Sylvan Mist erfuhr? Vivienne hatte keine Lust, hinausgeworfen zu werden, gerade jetzt, wo sie sich so für das Theaterstück engagierte. Gäbe es doch eine Möglichkeit, Kontakt zu Onkel Felix aufzunehmen! Er würde die Sache sicher regeln.

Vivienne stöhnte. Sie spürte, wie sich Kopfschmerzen anbahnten. Sie durfte sich nicht in diesen endlosen Gedankenschleifen verfangen. Sie musste auf Josies Überzeugung vertrauen, dass Niall kontrollierbar war.

Eigentlich hätte sie dankbar für die neue Mitbewohnerin sein müssen – zu mehreren war man sicherer, wie Felix immer sagte –, aber sie wusste, ihre Zuflucht war nur eine Illusion. Eine vorübergehende Unterkunft, die jemand anders organisiert und bezahlt hatte. Wohin würden ihre Freundinnen gehen, wenn Felix aus dem Ausland zurückkehrte und Vivienne nach Hause holte? Sie hatte es über ihren ausgefüllten Tagen tatsächlich geschafft, die Angst zu ignorieren, die sich in ihren Eingeweiden zusammengerollt hatte und warnend zischte: *Irgendwann wirst du nach Hause gehen, dich der Situation stellen* müssen.

Am Amphitheater angekommen, stellte Vivienne fest, dass Josies »Nachtbeleuchtung« – eine alte Sturmlaterne – erloschen war. In ihrer ausgelassenen Freude über den Abend mit Laura hatten die Frauen völlig vergessen, herzukommen und Petroleum nachzufüllen.

Vivienne trat ins Wasser, die Kälte umschloss ihre Knöchel. Der See breitete sich in schimmerndem, von Nebelschwaden bekränztem Türkis vor ihr aus. Still und unauffällig. Aber als sie dastand und ihre Füße allmählich taub wurden, stieg schlagartig und höchst ungelegen die Erinnerung an den vorletzten Abend in ihr auf, als Josie, starr vor Angst, gekrächzt hatte: »Kroook…«

Das war natürlich völliger Unsinn. Vivienne *wusste* es einfach. Da war kein Krokodil gewesen, nur eine panische junge Frau, die traumatisiert war bis zum Selbstbetrug. Aber Josie hatte keine Handbreit nachgegeben, wie Vivienne sich erinnerte. Sie hatten beide keine Schwester, mit der sie sich als Kinder hätten streiten können, doch das hatten sie an dem Abend reichlich wettgemacht.

Aber wenn es für Josie leichter war, »Krokodil!« zu schreien, als sich ihre größten Ängste einzugestehen, würde Vivienne ihr diese Stütze ganz sicher nicht nehmen. Sollte sie ruhig ihrem Hirngespinst nachjagen. Diese couragierte Person war im Begriff, mit dem Aberglauben aufzuräumen, der vierzehn Jahre lang ihr Leben beherrscht hatte.

Und dennoch hämmerte das Blut in Viviennes Schläfen, als sie ins Wasser watete. Die kalten Ringe rutschten höher, über ihre Waden, ihre Knie, bis zu den Schenkeln, und dann legte sich ein einziger Eisreifen um ihre Taille. Sie zog den Bauch ein und atmete in kurzen Stößen. Am besten schnell und komplett untertauchen, damit der Kälteschock verging.

Als sie die Kante der Unterwasserklippe erreicht hatte, blieb sie leicht schwankend stehen. Ihr schwindelte es, als sie in die unergründliche, nur einen Schritt entfernte Dunkelheit starrte. War es möglich, dass irgendwo dort unten in diesem Kratersee ein Krokodil lauerte? In diesem See seien Boote und Armee-Jeeps versenkt worden, behauptete Josie steif und fest, ohne dass man sie von hier oben sehen könne. Dann könnte sich auch ein Krokodil dort verstecken, das nur darauf wartete, Vivienne in die Tiefe zu zerren …

»So ein Mumpitz«, brummte sie vor sich hin.

Auch wenn sie Celeste Starrs Sternenkranz trug, so würde sie niemals an ihren Fluch glauben.

In prickelnder Vorfreude nach Luft schnappend, schnellte sie in die Tiefe.

Kapitel 24

Die Entmachtung

An diesem Freitagnachmittag war Josie allein am Obsidian. In einer Stunde war die Probe der Barrington Theatre Company angesetzt, und Josie sah sich einem Blutbad gegenüber.

Der Vandale hatte erneut zugeschlagen. Die Stufen des Amphitheaters waren mit Blut bespritzt worden, als ob jemand mit einem Kübel herumgegangen und es wahllos da und dort, überall, hingekippt hätte. Es sah aus wie auf dem Boden eines Schlachthauses. Josie hatte Vivienne und Laura zur Lodge zurückgeschickt, damit sie schleunigst Eimer und Schrubber holten. Während sie wartete, tigerte sie ungeduldig auf und ab und schimpfte über dämliche Witzbolde und Wahrer des Fluchs gleichermaßen. Sie hätte wissen müssen, dass ihr Amphitheater als Nächstes dränkäme!

Immer wieder warf sie nervöse Blicke Richtung Wald und hoffte inständig, dass Vivienne und Laura zurück wären, bevor ihre Truppe in Athols eigens gechartertem Chook Chaser eintraf. Josie machte der Anblick von Blut nichts aus – höchstwahrscheinlich stammte es von einem

Rind, wie auch die Augen auf der Schwelle des Igloo –, aber sie wollte unbedingt vermeiden, dass ihre Truppe kopfscheu gemacht oder eingeschüchtert wurde und am Ende noch ihre Führungsqualitäten und ihre Bemühungen anzweifelte.

Ein ermutigender Gedanke streifte sie: Der Saboteur war offenbar davon überzeugt, dass sie, wenn sie nicht aufgehalten wurde, ihr Ziel – den Fluch zu brechen – erreichen würde, was wiederum ihre Handlungsweise rechtfertigte.

Und so wahr sie hier stand, sie *würde* ihr Ziel erreichen …

Der Lake Evelyn schimmerte golden in seinem dunklen Kranz aus Bäumen, als Vivienne auf der Bühne des Obsidian neben Josie stand, die mit einer wortreichen Einleitung begann.

Sie log wie gedruckt und liebte jedes einzelne kreative Wort. Vivienne, so erklärte sie, sei eine professionelle, erfahrene, gefeierte Sängerin »aus dem Süden«, die freundlicherweise ihre Zeit und ihr Talent dem Laientheater zur Verfügung stelle. Für sie selbst klang das völlig plausibel. Die Mitglieder ihrer Truppe allerdings waren sichtlich unzufrieden. Es gefiel ihnen überhaupt nicht, dass sie beide Hauptdarsteller innerhalb einer Woche verloren hatten, aber was konnten sie dagegen tun? Laura war anwesend, um höchstpersönlich ihren Rücktritt zu bestätigen. Als Josie widerstrebend zum Ende kam, schossen sofort Hände in die Höhe.

Elsie wartete nicht, bis sie aufgerufen wurde. »Wir würden viel lieber über diesen weitaus schockierenderen Vorfall diskutieren!«, schrie sie.

Josies Blick huschte zu den Stufen hinüber, die in aller Eile sauber geschrubbt worden waren und auf denen immer noch Seifenschaum glitzerte – da war nichts Schockierendes zu sehen. Sie schaute auf den See hinaus – kein Krokodil in Sicht. Zu guter Letzt heftete sich ihr Blick auf Laura, die mit wachsamem Ausdruck, aber neuem, ruhigem Selbstbewusstsein neben der Bühne stand. Keiner sollte es wagen, auch nur ein Wort über ihre plötzliche Kündigung im Gemischtwarenladen oder die Gründe dafür zu verlieren.

»Was für ein schockierender Vorfall denn?«, fragte Josie mit Unschuldsmiene.

»Nialls Rauswurf! Er ist unser bester Schauspieler!«

»Ach so, *das*. Niall und ich hatten eine kleine Meinungsverschiedenheit.«

»Worüber?«

»Ich wollte einen anderen Schauspieler. Ich habe die Rolle neu besetzt.«

»Mit wem?«, rief Elsie. »Wir haben auf der Fahrt hierher ausführlich darüber diskutiert und sind uns einig, dass niemand sonst für Zach infrage kommt!«

»Nach allgemeinem Dafürhalten hast du Ernest die Rolle zugeschustert«, warf Peggy West hinterhältig ein und blies Zigarettenrauch aus.

Athols Kopf bewegte sich rasch auf und ab. »Wir wollen deine Autorität nicht untergraben, Boss. Aber du hast uns neulich einen Vortrag darüber gehalten, dass persönliche Probleme auf der Bühne nichts zu suchen haben, und jetzt bist du mit unserem Hauptdarsteller aneinandergeraten und hast ihn gefeuert ...«

Josie spürte, wie Vivienne näher an sie heranrückte. Ihre verlässliche Solidarität war eine Wohltat.

»Ich nehme euch eure Zweifel nicht übel«, sagte Josie. »Ihr werdet mir vertrauen müssen, ich versichere euch, mein Wahnsinn hat Methode. Ich habe den perfekten Zach für uns! Es ist keiner meiner Brüder, es ist überhaupt niemand aus Barrington ...«

Was redete sie denn da? Konnte sie sich in ihren kühnsten Träumen – von denen sie einige hatte – tatsächlich vorstellen, dass Miles Henry die lange, kostspielige, unwahrscheinliche Fahrt in seine Heimatstadt antrat, um für eine Rolle in Josie Monashs Kleinstadttheater vorzusprechen?

Warum denn nicht?

Sie straffte sich. »Ihr werdet ihn nächste Woche kennenlernen. Bis dahin müsst ihr euch gedulden.«

»Nächste Woche!« Peggys scharlachrote Lippen bildeten ein entsetztes, perfektes O. »Und wie sollen wir ohne einen Zach proben?«

Laura trat neben Vivienne und Josie. Alle drei standen jetzt der missmutigen Theatertruppe gegenüber.

»*Ich* werde Zachs Text sprechen«, sagte Laura. »Und wenn einer von euch noch irgendwelche Fragen hat, kann er nach der Probe zu mir kommen. Als Josies neu ernannte Inspizientin werde ich von jetzt an für einen reibungslosen Ablauf der Dinge sorgen.«

Josie fuhr herum und starrte Laura an. *Inspizientin? Du durchtriebenes Weibsstück!*

Als sie sich wieder ihrer Truppe zuwandte, fühlte sie sich so groß wie seit Jahren nicht mehr. »Ihr habt gehört, was die Frau gesagt hat. Wendet euch mit euren Problemen an meine Inspizientin. Und die Magie überlasst ihr mir ...«

Als Kind hatte Josie immer von ihrem eigenen Geheimclub geträumt. Doch daraus war, mangels Interesse von Seiten ihrer Brüder, nie etwas geworden. *Sie* hatten bestimmt, was gespielt und unternommen werden sollte, und Josie war nichts anderes übrig geblieben, als hinterherzuzockeln und mitzumachen.

Jetzt endlich hatte sie ihre eigene Geheimbande, und wer trottete jetzt als Anhängsel hinterher?

Es war der Tag, an dem die Rolle des Zach neu besetzt werden sollte. Josie saß im Igloo an ihrem Regietisch und wartete. Laura, die Gelassenheit in Person, saß neben ihr. Vivienne ging auf der Bühne vor ihnen auf und ab, und Owen, Ernest *und* Reg hatten auf der alten Couch nahe Josie Platz genommen.

Die Tür des Igloo stand weit auf, sodass die Nachmittagssonne hereinflutete, aber es war kalt im Inneren. Vielleicht waren aber auch ihre angespannten Nerven schuld daran, dass sie so fror. Sie rieb sich über die Gänsehaut an ihren Armen, bis es brannte. Ihre Fußspitzen hämmerten in einem wilden Tanz auf den Boden.

Dieser ganze Plan war einfach verrückt. Und obwohl

Josie wusste, dass weder ihre Freundinnen noch ihre Brüder sie auslachen würden, graute ihr vor der bevorstehenden Demütigung.

Er würde nicht kommen.

Er *konnte* nicht nach Hause gekommen sein. Das hätte sich in Windeseile herumgesprochen, und dann wäre es für ihre Truppe ein Kinderspiel gewesen, zwei und zwei zusammenzuzählen: Miles Henry in der Heimat, Josies geheimnisvoller Schauspieler und ihre Ankündigung, die Hauptrolle neu zu besetzen und – *tadaaa!*

Nein, er war ganz bestimmt nicht gekommen.

Wahrscheinlich hatte er ihren Brief geöffnet, schallend über ihre Frechheit gelacht und ihn dann in den Müll geworfen. Und jetzt saß er vermutlich in seiner Wohnung in Sydney, schaute auf die Uhr und grinste höhnisch bei dem Gedanken an das bedauernswerte Farmerskind, das oben im Norden auf ihn wartete.

Miles hätte kommen *müssen*, um Zach zu spielen! Das war er Barrington schuldig. Wie konnte er sie so hängenlassen? Hätte er nicht wenigstens anrufen und absagen können?

Andererseits hatte sie ihn ausdrücklich um Diskretion gebeten. Und das war der Grund, weshalb sie noch nichts von seiner Rückkehr erfahren hatte! Ja, genau. Er hatte nicht gelacht über ihr Angebot, sondern triumphierend die Faust in die Luft gereckt!

»O Josie, hör schon auf damit!«, rief Vivienne von der Bühne herunter.

Josie schaute benommen auf. »Was?«

»Ich kann von hier oben sehen, wie du dir das Hirn zermarterst.«

Josie zupfte ihren Pony zurecht, damit sie das Gesicht hinter ihrer Hand verstecken konnte. Laura schob ihr einen Notizblock und einen Stift hin. »Willst du dir nicht meine Notizen ansehen?«

Josie griff nach dem Block, ließ den Stift aber sofort wieder fallen und fingerte stattdessen nervös an ihrem Medaillon herum. »Wenn er nun nicht kommt?«

»Er wird kommen«, sagte Vivienne.

»Er wird es nicht wagen, *nicht* zu kommen«, bekräftigte Owen.

Nachdem das geklärt war, beschäftigte sich ihr Geheimbund mit den Plänen für den Rest des Nachmittags, als ob das Vorsprechen lediglich ein abzuhakender Punkt auf ihrer Tagesordnung wäre und nicht das Aufreibendste, was Josie in diesem Jahr passiert war.

»Wie wär's, wenn wir uns nach dem Melken im Regent einen Film ansehen würden?«, schlug Ernest vor.

»Was läuft denn?«

»*Seidenstrümpfe*«, antwortete Owen. »Hab ich schon gesehen.«

»Wie wär's mit Abendessen in der Milchbar?«

»Ich kann nicht«, sagte Reg. »Ich muss Daph helfen, Maureen schlafen zu legen. Die Ärmste muss alles ganz allein machen …«

Es ist doch ihr *verdammtes Baby*, wollte Josie schon einwenden, *wer soll es denn sonst machen?* Aber die Worte prallten an den fest aufeinandergebissenen Zähnen ab.

Und dann stand Miles Henry in der Tür, das Skript unter dem Arm und sein unverbesserliches Lächeln auf den Lippen.

»Da ist ja der Mann der Stunde!«, rief Ernest und verstummte, als Laura ihm einen eindringlichen Blick zuwarf.

Josie erhob sich halb. Setzte sich wieder. Stand erneut auf. Ihr Gesicht brannte, ihr Herz galoppierte.

Miles betrat den Raum und musterte die Anwesenden mit seinen haselnussbraunen Augen. Er war älter, kleiner und noch hübscher, als Josie ihn in Erinnerung hatte. Die Quelle munterer Worte war versiegt – ihr Mund klappte auf und zu wie das Maul eines Fischs auf dem Trockenen.

»Bin ich hier richtig?«, fragte Miles. »Ich komme wegen ...« Er tat, als müsse er in seinem Brief nachschauen. »Der ›Entmachtung des Stadtrüpels‹.«

Josie lief feuerrot an. Richtig, das hatte sie geschrieben. Als der Wasserfall und der Wein geflossen waren, hatte es sich clever und witzig angehört.

Miles tippte auf seinen Brief. »Beziehungsweise der ›größten Show, die dieses Land jemals gesehen hat‹.«

»Meine Güte, Josie«, warf Ernest ein. »Du verkaufst dich wirklich nicht unter Wert.«

Warum sollte sie? Aber das war ihr Stichwort. Sie trat vor.

Miles heftete den Blick auf sie, seine Augen leuchteten vergnügt. »Wie geht es dir, Milchmädchen?«

Hätte Josie ein Panzerhemd getragen, wäre der Druck auf ihrer Brust vor lauter Aufregung nicht größer gewesen. Aber sie wusste schon seit Langem, was das bedeutete –

dass es um etwas Wichtiges ging. Sie brauchte bloß den Mund aufzumachen und darauf zu vertrauen, dass die Worte da waren.

»Willkommen, Mr Henry«, erwiderte sie. »Die Konkurrenz für diese Rolle ist extrem groß. Ich hoffe, Sie haben den weiten Weg nicht umsonst gemacht.«

Seine lächelnden Augen glitten tiefer. Und Josies Nase fing an, sich zu kräuseln.

Die Brüder waren aufgestanden und schüttelten ihm nacheinander die Hand. Als ihm die Inspizientin vorgestellt wurde, grinste Miles überrascht und meinte: »Na, wenn das nicht die kleine Laura Adams ist!«

»Einfach Laura, danke«, entgegnete sie kühl und zeigte Richtung Bühne. »Fangen wir am besten gleich an. Wir haben heute Abend noch etwas vor.«

Josie guckte sie, verblüfft über dieses forsche Auftreten, an. Wo war denn das schüchterne, zurückhaltende Mädchen geblieben?

»Na, dann los.« Miles legte sein Skript auf das Klavier. »Wo soll ich hin?«

»Bühnenmitte, bitte.«

Miles drehte sich lächelnd der Bühne zu und sprang leichtfüßig die Stufen hinauf. Vivienne, die sich im Hintergrund gehalten hatte, schaute Josie und Laura an und wartete auf Anweisungen.

»Erst möchte ich dir noch unsere Celeste vorstellen«, sagte Josie.

Miles hatte Vivienne bereits bemerkt und ging mit ausgestreckter Hand auf sie zu. Einen Schritt vor ihr blieb er plötzlich wie angewurzelt stehen und rief: »Ich werd verrückt! Wenn das nicht Howie Woollcotts entlaufene Braut ist!«

Wenn Josie ihrem Vater beim Holzfällen half und die Säge den Stamm durchtrennt hatte, schien ein zerklüfteter Schnitt durch die Zeit selbst zu gehen, ein atemloses Innehalten vor dem krachenden Fall. Der Baum, der sich, in die Höhe wachsend, der Schwerkraft widersetzt hatte, war ihr nun doch erlegen.

Dieser Stillstand war es, den Josie auch jetzt wahrnahm, als sie beobachtete, wie Vivienne den Mund aufriss und ihre Knie nachgaben. Aber kein Warnruf »Baum fällt!« erscholl, niemand brachte sich in Sicherheit. Im Gegenteil, Josie rannte zu ihr, mit ausgestreckten Armen, obwohl sie wusste, dass sie viel zu weit weg war.

Es war Miles, der Vivienne auffing, gerade noch rechtzeitig, bevor sie mit dem Kopf auf der Bühne aufschlug.

Josie jagte die Stufen hinauf, fiel neben Miles auf die Knie und rief verzweifelt Viviennes Namen. Gemeinsam legten sie sie behutsam auf den Boden. Miles stopfte ihr seine Jacke unter den Kopf, Josie fächelte ihr mit einem Skript Luft zu.

»Ich warne dich, wenn du meine Celeste getötet hast …!«

Miles fühlte Viviennes Puls. »Sie ist nur bewusstlos.« Er schaute auf. Sein Gesicht war nur wenige Zentimeter von Josies entfernt; ihre Hände berührten sich. Sie spürte Hitze vom Hals aufwärtssteigen, wandte den Blick ab und strich Vivienne Strähnen aus dem Gesicht.

Owen war ebenfalls heraufgesprintet und nahm Miles' Platz zu Viviennes Rechten ein. »Wasser!«, befahl er. »Kalt. Aus der Kantine.«

Miles lief los, und Owen hob Vivienne hoch und trug sie zu der alten Couch hinunter. Vivienne gab ein paar unverständliche Laute von sich.

Josie war ihm gefolgt, gab den anderen aber zu verstehen, sie sollten Abstand halten.

»Blutarmut«, flüsterte Ernest laut. »Holt der Frau ein Steak!«

Laura versetzte ihm einen kräftigen Rippenstoß, den er durchaus verdient hatte.

Miles stellte ein Glas Wasser neben Owen, der vor der Couch kniete und nur Augen für Vivienne hatte. Miles trat neben Josie und machte ein verlegenes Gesicht. Sie schaute weg, weil sie sonst höchst unpassenderweise herausgelacht hätte. Daran waren nur seine überaus aktiven Augenbrauen schuld!

Vivienne kam langsam zu sich, kämpfte sich erst wie betäubt zurück an die Oberfläche und dann heftiger, mit den Fäusten fuchtelnd.

»Hey!«, sagte Owen beschwichtigend. »Vivi. Alles in Ordnung, es sind nur wir.«

Vivi? Josie runzelte die Stirn. Was sich da zwischen ihrem Bruder und ihrer besten Freundin entwickelte, hatte das Potenzial, diese beiden geliebten Menschen in ein Drama zu stürzen. Und Josie glaubte nicht, dass sie noch mehr gebrochene Herzen in ihrer unmittelbaren Umgebung ertragen konnte.

Owen beugte sich langsam über Vivienne, als hätte er die Absicht, sie hier, vor allen Leuten, zu ...

Josie schob sich energisch an den anderen vorbei. Viviennes Hand, die sich gerade an Owens Kinn legen wollte, fiel wieder herunter. »Josie, bitte sag mir, dass das nur ein Traum war ...«

Josie hätte ihr den Gefallen gern getan.

Vivienne rollte sich auf die Seite und setzte sich benommen auf. Miles zog sich einen Stuhl heran.

»Tut mir wirklich leid«, begann er. »Ich hab nur nicht damit gerechnet, Sie *hier* anzutreffen, wo Sie doch dort unten Gesprächsthema Nummer eins sind.«

Viviennes Gesicht wurde hart. »Was reden die Leute denn?«

»Dass Sie ...« Miles blickte kurz zu Owen. »... mit Ihrem Liebhaber durchgebrannt sind.«

Die allgemeine Empörung war spürbar.

Miles hob die Hand. »Das ist noch nicht das Schlimmste. Manche behaupten, man hätte Sie in eine Zwangsjacke gesteckt, und so, wie die Woollcotts über Ihren angeblichen Nervenzusammenbruch reden ...«

»Das heißt, ich bin entweder verrückt oder verlogen. Es kann nicht sein, dass ich einfach meine Meinung geändert habe.«

»Sie wollten wissen, was die Leute reden.«

Vivienne setzte sich aufrechter hin und hob ihren anmutigen Hals. »Sind Sie ein Bekannter von Howard?«

»Ich kenne ihn natürlich – wer nicht? Ich habe in dem einen oder anderen Club ein paar Worte mit ihm geplaudert. Und wenn ich es mir leisten kann, trinke ich auch gern seinen Wein. Aber ich bin kein Freund Ihres Verlobten. Das ist es doch, was Sie wissen wollen, oder? Ob ich ihm den Aufenthaltsort seiner entlaufenen Braut verrate? Das ist wirklich ein unglaublicher Zufall, aber Sie können beruhigt sein, ich werde Sie nicht ans Messer liefern.«

Josie nickte heftig. Und versteinerte, als Laura sagte: »Doch, das wirst du.«

Alle Köpfe drehten sich ihr zu. »Wenn du diese Rolle annimmst, wirst du Vivienne den Klatschmäulern zum Fraß vorwerfen.«

Sie hatte natürlich recht, das erkannte Josie erst jetzt. Sie fragte sich, wie sie so blind hatte sein können.

»Mit deiner Biografie«, fuhr Laura unbeirrt fort, »und der Publicity, die du unserem Stück bescheren wirst, wird sich Vivienne als Celeste an deiner Seite in allen Zeitungen wiederfinden.«

Vivienne stand unsicher auf. »Das geht nicht, Josie. Ich kann die Rolle nicht übernehmen. Ich will nicht, dass irgendjemand von meinem Aufenthaltsort erfährt. Ich bin noch nicht so weit.«

Miles erhob sich ebenfalls. »Nein, das Problem bin ich. *Ich* werde das Interesse der Medien auf mich ziehen.«

»Genau darum geht es doch! Du bist mein Zugpferd, der Köder für Hugo Bernard. Aber Vivienne *ist* Celeste, sie ist es einfach! Was für ein Albtraum!«, jammerte Josie.

»Albtraum?«, warf Reg ein, der das Ganze amüsiert verfolgt hatte. »Du hast deine Wunsch-Celeste und deinen

Wunschschauspieler für die Rolle des Zach. Von so einem ›Albtraum‹ können die meisten Regisseure nur träumen!«

Vivienne machte ein unglückliches Gesicht. »Ich verzichte auf die Rolle. Ich bin ja nicht mal eine richtige Schauspielerin.«

»Tu das bitte nicht«, bat Josie. »Wir wissen ja nicht einmal, ob Miles für die Rolle taugt.« Es war ihr Ernst damit, aber sie freute sich trotzdem, als sie ihn hinter sich leise lachen hörte.

»Und Laura will Celeste nicht mehr haben.« Es war Laura selbst, die das sagte.

Josie stieß einen gequälten Seufzer aus. »Und *jetzt?*«

Von der Tür kam das durchdringende Klopfen eines Gehstocks. »Du machst einen Berg aus einem Ameisenhaufen, Josephine. So habe ich dich nicht erzogen.«

Alle drehten sich Richtung Tür.

Beryl Frances, den Blick auf ihre Enkelin geheftet, durchquerte majestätisch den Saal.

Josie gab sich zwar verärgert, sehnte sich aber insgeheim nach ihrer Großmutter, die sie so lange nicht besucht hatte. »Nicht jetzt, Grandy, ich hab zu tun.«

Aber da liefen ihre Brüder schon mit ausgestreckten Armen auf Beryl zu, um sie zu küssen. Miles folgte ihnen. »Freut mich sehr, Sie wiederzusehen, Mrs Frances.«

Beryl hielt ihm ihre Wange hin, ohne Josie aus den Augen zu lassen.

Josie und versteifte sich. »Woher weißt du überhaupt von dem Vorsprechen?«

»Rosa war im Café und hat herumerzählt, dass ihr Sohn

nach Hause gekommen ist. Hat zwei Sekunden gedauert, bis ich mir den Rest zusammengereimt habe.«

Miles stöhnte.

Beryl wandte sich ihm zu. »Du denkst vermutlich, du bist hier, um Josephines Stück zu retten. Der edle Ritter auf seinem Schimmel, nicht wahr?«

»Mein Stück muss nicht gerettet werden«, gab Josie gereizt zurück. »Miles wollte sich diese einmalige Gelegenheit eben nicht entgehen lassen.« Aus dem Augenwinkel sah sie ihn von einem Ohr zum andern grinsen.

»Und du?«, wandte sich Beryl an Vivienne. »Warum versteckst du dich hinter Josephine vor der Welt, anstatt dich mit einer neuen Zukunft für dich auseinanderzusetzen? Meine Enkeltochter wird nicht ewig bei dir dort draußen untertauchen.«

»*Grandy!*«, tadelte Josie vorwurfsvoll und ignorierte Viviennes ertappte Miene. »Sie ist noch nicht so weit, sich der Situation zu stellen.«

Beryl tat den Einwand mit einem Kopfschütteln ab. »Sie spielt doch nicht *sich selbst*, Kind. Mit Ritas Perücke auf dem Kopf und einem Künstlernamen wird kein Mensch sie als die vermisste Braut identifizieren.«

Woher zum Teufel wusste sie von Ritas Kostümfundus? Josie hatte manchmal wirklich den Eindruck, dass ihre Großmutter nachts Gehilfen aussandte, die an jedem offenen Fenster lauschten.

Vivienne nickte eifrig. »Das stimmt! Ich könnte einen anderen Namen für die Presse annehmen.«

Für die Presse. In den Zeitungen würde Josies Foto abgedruckt werden, nicht Viviennes. Josie gestattete sich einen Moment der Tagträumerei, sah ihren Namen in fetten Großbuchstaben über einer begeisterten Rezension.

An der Unterlippe nagend, schaute sie Vivienne an und fragte: »Und was für einen Namen sollen wir nehmen?«

Es war Beryl, die antwortete.

»Victoria Bird.«

Kapitel 25

Der Paradiesvogel

Im Anschluss ans Vorsprechen und ans Melken hatte Josie zu einer Party in die Lodge geladen, um die Besetzung der Hauptrollen zu feiern. Der große Tag war in vier Wochen. Im Steinbecken von Chimera Falls hatten Menschen und Flaschen Platz gefunden; die Stimmung war ausgelassen, und das dröhnende Gelächter stieg in die Dämmerung auf, als wollte es das Laubdach über ihnen sprengen.

Josie, die Wortführerin ihrer lauten, alles übertönenden Brüder, redete noch mehr als sonst. Die Anwesenheit ihres alten Highschool-Schwarms schüchterte sie nicht im Mindesten ein. Im Gegenteil, sie war dreister denn je. Ihre geistreichen Rededuelle und ihre großspurigen Geschichten spiegelten ihre abenteuerliche, abwechslungsreiche Kindheit auf dem Land wider.

Vivienne fühlte sich in jeder Beziehung als Außenseiterin. Schweigend saß sie da und nippte an ihrem Wein, während sie dem neckischen Austausch von Erinnerungen zu folgen versuchte und nach Anzeichen dafür suchte, ob hinter dem Schlagabtausch zwischen Josie und Miles etwas anderes steckte als Kameradschaft und Konkurrenzdenken.

Vivienne hätte so gern dazugehört, aber Beryls Worte wollten ihr nicht mehr aus dem Kopf gehen.

Warum versteckst du dich hinter Josephine vor der Welt, anstatt dich mit einer neuen Zukunft für dich auseinanderzusetzen? Meine Enkeltochter wird nicht ewig bei dir dort draußen untertauchen.

Vivienne war zu lange von ihrer Mutter manipuliert worden, als dass sie sich schnell mit Beryl Frances angefreundet hätte. Die Frau war überheblich und hatte die leidige Angewohnheit, Dinge zu sehen, die sie nichts angingen. Man musste ihr allerdings zugutehalten, dass sie Josie mit ihrer herrischen Einflussnahme zu stärken, ihr Mut zu machen versuchte, während Geraldines kalte Distanz und mangelnde Zuneigung darauf ausgelegt waren, Lebensfreude im Keim zu ersticken. *Nur vulgäre Menschen schreien wie Gänse und wollen im Rampenlicht stehen.* Sie hatte ihrer Tochter eingetrichtert, wie wichtig Anstand, Vornehmheit, Eleganz, Raffinesse waren. Aber jetzt dachte Vivienne, wie viel reicher ihr Leben vielleicht gewesen wäre, wenn sie ihre Meinung laut und deutlich ausgesprochen und sich nicht um die Konsequenzen geschert hätte.

Vivienne ließ ihren Blick über dieses gesellige Grüppchen wandern, das so übermütig und ausgelassen feierte, während ihr selbst es nicht gelingen wollte, aus sich herauszugehen. Kein Wunder, dass sie sie langweilig fanden. Sie konzentrierte ihre Gedanken auf Josie, in der Hoffnung, sie auf sich aufmerksam zu machen, damit sie mit einbezogen wurde. Aber ihre stumme Bitte ging unbeachtet unter.

Warum versteckst du dich hinter Josephine vor der Welt, anstatt dich mit einer neuen Zukunft für dich auseinanderzusetzen? Meine Enkeltochter wird nicht ewig bei dir dort draußen untertauchen.

Vivienne erhob sich aus dem Wasser, wickelte sich in ein Handtuch und griff nach ihrem Weinglas. Sie musste etwas erledigen, solange sie diese angenehme Schwere in den Gliedern fühlte. Owen schaute auf, sie spürte seinen Blick auf sich ruhen, als sie zur Lodge zurückging.

In der Bibliothek setzte sie sich an den Rollladenschrank und starrte das Telefon an. Ihr war schlecht. Das gerahmte Foto von Josies Mutter stand auf dem Schreibtisch, neben der korallenroten Schreibmaschine. Den Blick auf Maureen Monash geheftet, setzte Vivienne das Glas an die Lippen und kippte den Wein höchst unschicklich hinunter.

Sie musste nur zum Hörer greifen und die Telefonistin bitten, eine Verbindung zu ihrer Mutter herzustellen. So einfach war das.

Irrtum. Vivienne hatte sich ihr Leben lang nach einer Verbindung gesehnt, bekommen hatte sie sie aber nur selten und nur oberflächlich. Sie schloss die Augen und beschwor den Duft von Arpège, Geraldines Parfüm, herauf, stellte sich den in der Leitung knisternden Klang ihrer kühlen, rauen Stimme vor.

Und dann presste sie tatsächlich den Hörer an die Wange und hörte ihre Mutter in knappem, schneidigem, wachsamem Ton sagen:

»Ja, hallo?«

»Mutter, ich bin's.«

Am anderen Ende der Leitung wurde hörbar der Atem eingezogen.

Sag, dass du mich vermisst hast. Sag, dass du mich liebst.

Ihre Mutter sagte gar nichts.

Die Luft wich aus Viviennes Lunge, und sie schloss die Augen. »Bist du noch da?«

»Ich bin genau da, wo du mich zurückgelassen hast, Vivienne. *Ich* bin nirgendwohin gegangen, schon seit Wochen nicht mehr. Dank meiner unglaublich egoistischen einzigen Tochter bin ich eine gesellschaftlich Geächtete geworden.«

»Es tut mir leid …«

»Es tut dir leid! Tatsächlich! Nun, dann werde ich allen Leuten erzählen, dass es dir leidtut, und alles wird in bester Ordnung sein. Das wird unseren Namen reinwaschen und unseren Ruf wiederherstellen.«

»Was soll ich denn sonst sagen?«

»Wenn dir nach so langer Zeit nichts Besseres einfällt als ›es tut mir leid‹, was hat es dann für einen Sinn, dich nach deinen Beweggründen zu fragen?«

»Ich habe dir doch erklärt, warum ich Howard nicht heiraten kann. Ich war todunglücklich! Aber du wolltest ja nichts davon wissen …«

»Ich wollte dich vor einer bodenlosen Dummheit bewahren! Dich zur Vernunft bringen. Aber nein – du musstest dich ja wie eine bockige, schlecht erzogene Göre benehmen. Jetzt siehst du, was dabei herausgekommen ist. Du hast dir dein Leben kaputt gemacht.«

Wie viel leichter waren die bösartigen Angriffe ihrer

Mutter zu ertragen, wenn sie ihr Gesicht nicht sehen musste.

»Vielleicht auch nicht«, wisperte Vivienne.

»Sprich deutlicher!«

»Ich sagte, vielleicht habe ich es mir auch nicht kaputt gemacht.«

»O doch, das hast du, und meins gleich mit. Du hast deinem Ruf irreparablen Schaden zugefügt.«

»Was hat meinen Ruf nachhaltiger geschädigt – meine Flucht oder die Gerüchte, die Howard und seine Familie über mich verbreiten? Ich hätte den Verstand verloren, hätte einen Liebhaber …«

»Wäre es dir lieber, sie würden dich für eine launische dumme Gans halten, deren Gefühle ausschließlich um sich selbst kreisen und die nicht den geringsten Wert auf Anstand legt oder die Wünsche ihrer Mutter respektiert?«

»Ich bin nicht dein Besitz.«

»Mein *Besitz*? Sei nicht so geschmacklos.«

»Ich habe meinen eigenen Kopf.«

Eine zermürbende Stille trat ein. Vivienne stellte sich das verzerrte Gesicht ihrer Mutter vor. Aber durch das Telefon konnte es ihr nichts anhaben – oder doch?

»Und ich bestimme selbst über mein Leben.«

»Was für ein Leben soll das sein in – *wo* hat die Telefonistin gesagt, kommt der Anruf her?« Ein verletzendes Lachen. »Irgendwo aus der tiefsten Provinz, wo jede Hoffnung stirbt und man nichts mehr zu erwarten hat.«

»Es ist wunderschön hier, und ruhig. Hier kann ich wieder zu mir kommen. Es war wirklich nett von Onkel Felix, dass er das für mich organisiert hat. Sonst hat mir ja niemand geholfen.«

»Den werde ich mir vorknöpfen, sobald er aus Amerika zurück ist! *Er* hat dich doch in diesem Unsinn bestärkt, stimmt's? Das ist das Problem, dass du auf ihn hörst.«

Vivienne knirschte mit den Zähnen. »Ich weiß, dass du enttäuscht von mir bist, aber ich versuche nur, mir mein Leben so einzurichten, wie es *mir* gefällt. Und das gelingt mir ganz gut. Ich habe Freunde gefunden – *echte* Freunde –, die sich um mich kümmern, mir sagen, dass ich mutig bin und es verdient habe, glücklich zu sein. Und ich habe mich einer Theatertruppe angeschlossen und die Hauptrolle ergattert! Ich werde auf einer Bühne schauspielern und singen! Schockiert dich das?«

»Warum sollte es? Alles, was du kannst, hast du *mir* zu verdanken. *Ich* habe deinen Gesangs- und deinen Sprechunterricht und deine Benimmkurse bezahlt, ganz zu schweigen von allem anderen!«

»Möchtest du mich dann nicht auf der Bühne sehen?« Kindliche Hoffnung stieg in ihr auf. »Die Vorstellung findet am ersten Sonntag im Frühjahr statt. Warum kommst du nicht her?«

»Den ganzen weiten Weg für ein zweitklassiges Provinztheater?«

»Den ganzen weiten Weg für *mich*.«

Die Standuhr auf der Treppe verkündete mit volltönenden Schlägen, dass es acht Uhr war. Und nachdem der letzte Schlag verklungen war, hatte Geraldine immer noch nicht geantwortet. Schließlich sagte sie:

»Ich kann nicht, Vivienne, ich habe viel zu viel zu tun. Sieh zu, dass du schnellstens nach Hause kommst, damit du die Dinge wieder in Ordnung bringen kannst.«

Frustration kroch glühend heiß Viviennes Wirbelsäule hinauf. Schluss jetzt mit diesem ständigen Sichverbiegen und diesem unterwürfigen Gehorsam, immer in dem vergeblichen Bestreben, es dieser Frau recht zu machen. *Sag's ihr!*

»Mir reicht's, Mutter.«

Sie hielt den Atem an.

Doch aus dem fernen Salon drang nur gedämpftes Gemurmel – Geraldine hatte offenbar die Hand über die Sprechmuschel gelegt und redete mit jemand anders, vermutlich Anita, ihrer Haushälterin.

»Mir reicht's!«, wiederholte Vivienne, lauter dieses Mal.

Ein Rascheln, als die Hand weggenommen wurde. »Nein, nichts Wichtiges«, sagte ihre Mutter zu Anita. »Ich komme und kümmere mich selbst darum.«

Dann, in den Hörer und in geheuchelt liebenswürdigem Ton, als hätte sie mit einer Bekannten telefoniert: »Einen schönen Abend noch!«

Die Verbindung wurde getrennt.

Als Vivienne sich – weitgehend wieder nüchtern – umgezogen hatte und aus der Lodge trat, stimmten die Rufe der Brachvögel in die misstönende Dschungeloper ein. Ausgelaugt vom Weinen, müde und traurig ging sie über die Veranda.

Auf der untersten Stufe saß Owen und wartete auf sie.

Er musterte sie besorgt, erhob sich dann aber, ohne irgendwelche Fragen zu stellen. Das einzige Anzeichen, dass ihn etwas beschäftigte, war ein kurzes, kräftiges Knacken mit den Knöcheln.

Auf halbem Weg nach Chimera Falls blieb Vivienne abrupt stehen. Owen hielt ebenfalls inne. Sie drehte sich zu ihm und starrte auf seine Brust, die ihren Kopf schon so lange aufzufordern schien, sich an sie zu legen. Warum sonst war sie so breit und stark und befand sich auf exakt der gleichen Höhe wie ihr Kopf?

Sie machte einen Schritt auf ihn zu, bis ihre Nase fast sein Hemd berührte. Owen rührte sich nicht, auch dann nicht, als sie das Gesicht an seine warme Brust schmiegte und den Duft von Erde und Eichenmoos einatmete. Sie spürte, wie sein Atem ihre Lider streifte, und nahm seinen gleichmäßigen, ruhigen Herzschlag neben ihrer Wange wahr.

»Vivi«, flüsterte er. Seine Stimme vibrierte in seiner Kehle. Vivienne hob den Kopf, öffnete die Lippen – und dann knackte ganz in der Nähe ein Ast, es war ein Knall wie ein Schuss. Die beiden fuhren auseinander und blinzelten angestrengt in die Dunkelheit. Viviennes Herz, jäh aus seinen trägen Glücksgefühlen gerissen, klopfte heftig.

»Geh zu den anderen«, sagte Owen. »Ich werd mich mal umsehen.«

Vivienne flüchtete auf die Oase von Lärm und Gelächter zu, ohne auch nur ein einziges Mal zurückzublicken.

Die anderen saßen, in Handtücher gehüllt, rings um ein Lagerfeuer und plauderten. Ihre Unterhaltung glich dem Plätschern träger Wellen. Vivienne setzte sich zwischen

Josie und Laura, legte den Kopf an Josies Schulter und zwang sich, ruhiger zu atmen. Josie tätschelte den Kopf ihrer Freundin, während sie die Gruppe mit ihren Geschichten unterhielt.

Als Owen kurz darauf zurückkam und Vivienne ihn fragend ansah, zuckte er unmerklich mit den Schultern und suchte sich einen Platz ihr gegenüber. Die Intimität seines Blicks war unerträglicher als seine Nähe zuvor. Ihr war klar, wie sie im Feuerschein auf ihn wirken musste – sanft und irisierend wie Perlmuttglas. Begriff er aber auch, dass Liebe, tiefe, zärtliche Liebe, sie möglicherweise zerbrechen konnte?

Sie wandte den Blick ab, entschlossen, Owen nicht mehr anzusehen.

Nach einer Weile drückte Josie aufmunternd ihren Arm und meinte:

»Okay, Leute, Zeit, dass ihr meine Celeste singen hört!«

Vivienne guckte sie verdutzt an, aber zu ihrer eigenen Überraschung machte es ihr nichts aus, ein Lied zum Besten zu geben. Sie konnte damit immerhin beweisen, dass sie den Schneid hatte, Celeste zu sein.

Sie hob das Kinn und entschied sich für die Ballade, die Celeste auf ihrem letzten Spaziergang am Ufer des Sees sang – »Das Lied ist zu Ende (aber die Melodie bleibt für immer)«. Schnell überwand sie ihre Schüchternheit, ihre Stimme gewann an Volumen und Klang, und zum Schluss schmetterte sie aus voller Kehle, während ihr eine einzelne Träne über die Wange lief. Es war eine perfekte Vorstellung. Sie *fühlte* jedes einzelne Wort, und sie wusste, dass es ihrem Publikum genauso ging.

Eine kurze Stille, ein wehmütiges Seufzen, und dann fing Owen an, zu johlen und Beifall zu klatschen, und alle fielen mit ein. Vivienne wischte sich lächelnd den Gefühlstropfen von der Wange, vermied es aber nach wie vor, Owen anzusehen.

»Na, was hab ich euch gesagt?«, rief Josie stolz und zog Vivienne mit einem Arm an sich. »Sie wird dieses Stück zum besten machen, das Barrington jemals gesehen hat! Sie ist mein Singvögelchen.«

»Da fällt mir ein«, sagte Miles. »Warum hast du Wildes Zeile vom ›traurigen Vogel‹ nicht in Celestes Abschiedsbrief aufgenommen?«

»Weil ich die Textstelle ehrlich gesagt nicht finden konnte«, antwortete Josie. »Ich weiß, dass Celeste sie aus *Die Klage um Itys* entnommen hat, aber in unserer Wilde-Ausgabe zu Hause war das Gedicht nicht drin.«

»Und was ist mit der Ausgabe, die wir in der Lodge gefunden haben?«, fragte Vivienne verwundert.

Josie fuhr hoch und klatschte kräftig in die Hände. »Die hab ich vollkommen vergessen! Wartet hier, ich bin gleich zurück!«

Sie rannte zur Lodge. Als sie Minuten später zurückkam, schwenkte sie das Buch über dem Kopf und rief: »Ich hab's, ich hab's, ich hab's! Hört euch das an!«

Sie stellte sich an das prasselnde Feuer und las atemlos und mit glühendem Gesicht vor:

»*»Halt ein, trauriger Vogel, denn sonst flieht des Waldes sylvan'sche Stille vor so wild bewegtem Lied.«*«

Wärme durchflutete Vivienne. *Ja.* Ließe sie all ihren

Schmerz und ihren Kummer einfließen, wäre diese Zeile, mit zarter silbriger Stimme vorgetragen, Ausdruck ganz besonderer Tragik.

Josie und Miles dachten offensichtlich das Gleiche. Ihre lodernden Blicke trafen sich über dem Feuer.

»Das ist es, Milchmädchen. Du hast das Herzstück deines Meisterwerks gefunden.«

Eine weitere Woche war vergangen, angefüllt mit Planen und Proben, mit Weinkellerplünderungen, mit abendlichem Umtrunk bei Chimera Falls und nächtlichen Gesprächen auf dem Fußboden der Bibliothek.

Eigentlich hätte Vivienne gar nicht zum Nachdenken kommen sollen, aber Felix hatte immer noch nichts von sich hören lassen, was sie ausgesprochen herzlos von ihm fand. Sie hatte ihm so viel zu erzählen! Eine schlichte Postkarte – ›ich denke an dich, mein Mädchen, ich bin bald zurück, mach dir keine Sorgen‹ – hätte genügt, ihre quälende Unruhe zu lindern. Sie hatte schon ein paarmal das Telefon in der Hand gehabt, um Geraldine anzurufen und sie ein bisschen auszuhorchen, den Hörer aber jedes Mal aus Dickköpfigkeit und aus Stolz auf ihre neue Selbstständigkeit wieder auf die Gabel geknallt.

Es gab bessere Möglichkeiten, die Angst zu bekämpfen. Durch ihre täglichen Runden im See etwa und mithilfe von Josies ermutigender seelischer Stärke.

Josie dachte anscheinend an alles. Nialls wöchentliche Lebensmittellieferungen hatte sie abbestellt, sodass der Verwalter keinen Grund mehr für Fahrten zur Lodge hatte.

Für ihre Theatergruppe hatte sie eine ziemlich glaubwürdige Geschichte erfunden, weshalb Vivienne sich einen Künstlernamen zugelegt hatte. Und ihre Brüder hatte sie beauftragt, regelmäßige Kontrollgänge am See und am Amphitheater durchzuführen, um den Vandalen abzuschrecken. Und sollten sie dabei zufällig ein Krokodil entdecken, hatten sie Weisung, es »zu versenken«. Vivienne hatte immer wieder aufs Neue ihre Freude an Josies couragierter Unverfrorenheit.

Auf dem Rückweg vom See bot sich Vivienne an diesem Morgen ein seltsames Schauspiel, als sie durch dicht wachsende Farne ging, auf die ein heller Sonnenstrahl fiel.

Auf einem Baumstumpf exakt in der Mitte des Lichtstrahls breitete ein tanzender Vogel seine samtschwarzen Flügel fächerförmig aus wie einen Umhang. Ein auf Puppengröße geschrumpftes Phantom der Oper. Sein dunkles Gefieder schimmerte leicht violett, als er sein Cape über sich schwang; auf seiner Brust leuchtete ein türkisgrünes Dreieck, dessen Farbe sich als Kappe auf dem Kopf und an den Schwanzfedern wiederholte. Wie bei einem aufs Äußerste konzentrierten Stierkämpfer ruckte sein Kopf hin und her, während er stolz die Brust gewölbt und den Schnabel weit aufgesperrt hatte, sodass man das safrangelbe Innere erkennen konnte.

Vivienne ging, halb hinter dem massiven Pfeiler einer Tulpeneiche verborgen, in die Hocke und beobachtete die Szene wie gebannt. Der Vogel ignorierte sie mit einer Arroganz, die gut zu seiner Vorstellung passte. Als sie auf einmal etwas Braunes sah, dass sich nicht weit von ihm entfernt bewegte, begriff sie: Das war das Weibchen, und er vollführte seinen Tanz nur für sie.

Sie wollte die beiden nur ungern verscheuchen, aber ihre Oberschenkelmuskeln brannten inzwischen, dass es kaum auszuhalten war. Und dann vernahm sie ein vertrautes Pfeifen, das sich auf dem Pfad näherte.

Ihre Züge nahmen einen weichen Ausdruck an bei dem Gedanken an den bärtigen Mann, der Sekunden später um die Ecke bog und überrascht zusammenzuckte, als er Vivienne da kauern sah. Sie musste sich das Lachen verbeißen.

Einen Finger an die Lippen gelegt, winkte sie ihn zu sich. Geduckt schlich er näher, schelmisch wie ein kleiner Junge. Er war Josies liebster Spielkamerad gewesen, wie sie wusste, und das stimmte sie noch zärtlicher.

Owen kniete sich neben sie, und sie beobachteten gemeinsam in verzücktem Schweigen den Tanz des Vogels. Nach einer Weile jedoch verlagerte sich Viviennes Aufmerksamkeit auf die Schulter, die gegen ihre drückte, und sie konnte sich auf nichts anderes mehr konzentrieren als auf den Wunsch, ihren Kopf wieder an Owens breite, warme Brust zu legen. Es kam ihr so vor, als würde ihr Atem die ganze Lichtung füllen.

Sie spürte, dass Owen den Kopf wandte und sie ansah, spürte, wie ihre Wange unter seinem Blick zu glühen anfing. Schließlich hielt sie es nicht mehr aus und drehte sich ihm zu.

Aber sie konnte seinem Blick nicht standhalten. Es stand zu viel auf dem Spiel.

Auf einmal hätte sie am liebsten geweint. Ihre Züge englitten. Owen legte bestürzt die Stirn in Falten. Vivienne schloss die Augen, wandte sich wieder dem Vogel zu und konzentrierte sich auf ihre Atmung.

Auch Owen kämpfte mit sich, sie spürte es an der Art, wie er ein Stück von ihr abrückte.

»Was ist das für ein Vogel?«, stieß sie hervor. Sie wollte nicht, dass er ging, auch wenn nicht anzunehmen war, dass er seine Brust noch einmal zur Verfügung stellte, damit sie ihren Kopf daran schmiegen konnte.

»Ein Viktoria-Paradiesvogel«, antwortete Owen mit belegter Stimme. »Er hat seinen Namen nach Königin Viktoria. Bei den Aborigines heißt er ›duwuduwu‹.«

Ein Paradiesvogel! Wie schön. Der Vogel breitete seinen Federnumhang schwungvoll aus. »Er zieht eine ganz schöne Show ab.«

»Das ist sein Paarungstanz.«

Vivienne warf Owen einen kurzen Blick zu. »Wie könnte man das übersetzen, was meinst du?« Es hätte flapsig klingen sollen, um die Verlegenheit des Augenblicks zu überspielen, aber sie hatte sich überschätzt.

Owen schwieg lange. Sie lauschte angespannt. Würde er mit einem saloppen Kommentar antworten oder überhaupt nicht?

Zu guter Letzt sagte er ruhig und ernst: »Wähle mich.«

Vivienne drehte sich zu ihm.

Seine Züge spiegelten seine Emotionen wider. »Wenn du so weit bist und wenn ich dich glücklich mache, dann wähle bitte mich.«

Panik erfasste sie. »Ich … ich weiß nicht, was ich will.«

Ihre Kehle war wie zugeschnürt. »Ich glaube nicht, dass ich *fähig* bin, zu empfinden, was du unter ›Glück‹ verstehst.« Der verräterisch funkelnde Ring an ihrem Finger fühlte sich bleischwer an. »Ich habe mein ganzes Leben lang über jeder Entscheidung gegrübelt und wünschte trotzdem, ich könnte sie alle rückgängig machen.«

»Dann wärst du jetzt aber nicht hier.«

»Ich bin so eine … zaudernde Frau geworden, ich habe den Eindruck, ständig über meinem Leben zu schweben.«

»Ich biete dir einen sicheren Platz zum Landen«, erwiderte Owen rau und drängend.

Ein sicherer Platz zum Landen. Die Worte waren Balsam für ihre Seele. Aber ihre Gedanken beschworen törichterweise halb getrocknete Kuhfladen auf einer Weide herauf, und dann diese Gegend, die ihr so vollkommen fremd war …

»Ich gehöre nicht hierher, Owen. Ich möchte nur eine Zeit lang hier untertauchen. Ich könnte niemals hier leben mit…« Sie konnte das letzte, grausame Wort gerade noch zurückhalten. Und doch knallte es ihm ins Gesicht, sie sah es ihm an: … mit *dir*.

Eine unsagbar traurige Pause entstand.

Vivienne spürte, wie sich ihr Gesicht zu hässlichem, bebendem Bedauern verzerrte.

»Hey«, sagte Owen leise. »Alles in Ordnung, Vivi.«

»Es tut mir so leid.« Nie zuvor hatte ihr etwas so leidgetan. »Wenn du nur wüsstest, wie …« Sie verstummte. Owen durfte nicht wissen, wie unendlich viel er ihr bedeutete.

Er stand auf und strich sich würdevoll über den Bart. »Es war nicht meine Absicht ... Ich wollte nur zu Josie, ich werde nicht lange bleiben.«

Er wandte sich ab.

Das Gefühl von Verlassenheit, das sie überkam, schien sie von innen heraus auszuhöhlen. »Owen, warte!«

Er schaute mit unbewegter Miene zurück. Sie hätte sich gewünscht, dass sein Gesicht die gleichen nackten Emotionen spiegelte, wie ihres es vor wenigen Augenblicken getan hatte.

»Glaubst du an zweite Chancen?«

Die Antwort kam so schnell, dass er vorher nicht einmal mit den Knöcheln knackte. »Mein Vater hat uns immer gelehrt, dass Gott uns so oft aufs Wasser hinausruft, wie es nötig ist.«

Kapitel 26

Eingemauert

Nur noch eine Woche bis zur Vorstellung, die Proben waren in vollem Gange, auf ihrer To-do-Liste waren unzählige Punkte abzuhaken, und sie litt schlimmer denn je unter Schlaflosigkeit – Josie lebte ausschließlich von Adrenalin. Und, wenn das einmal nicht reichte, von Kaffee und Sahne. Unzählige Male am Tag dankte sie ihrem Schicksal für die beiden Frauen, die sie unterstützten, wo sie nur konnten.

Vivienne, mit ihrem trockenen Humor und ihrem unerschütterlichen Glauben an Josie, hatte stets eine witzige Bemerkung oder ein drolliges Lächeln parat. Laura, die den Laden (den *ganzen* Laden, wie es manchmal schien) fest im Griff hatte, stellte mit ihrem zielgerichteten Ehrgeiz die perfekte Ergänzung zu Josies Leidenschaft und Energie dar.

Wie kam es, dass ihr an diesem Wendepunkt ihres Lebens zwei derart fantastische Freundinnen gleichsam in den Schoß gefallen waren? Die Vorsehung hatte es gut mit ihr gemeint.

Der Aufführung von *Der Nachtigall-See* würde nichts im Wege stehen.

Jetzt allerdings stand Josie jemand im Weg.

Sie hatte sich den Roadster geliehen und war auf der schummrigen Straße durch den Wald auf dem Weg in die Stadt, als er plötzlich vor ihr auftauchte.

Niall.

Mitten auf der unbefestigten Piste. Josie widerstand dem Impuls, Gas zu geben und einfach weiterzufahren, obwohl sie ihm zu gern das selbstgefällige Grinsen aus dem Gesicht gewischt hätte. Jetzt bereute sie es bitter, Lauras und Viviennes Angebot, sie bei ihren Besorgungen zu begleiten, abgelehnt zu haben.

Als Niall sich nicht vom Fleck rührte, schnaubte Josie unwirsch, stieß die Autotür auf und stieg aus. »Die Lebensmittellieferungen habe ich doch abbestellt, du hast also keinen Grund mehr, hier herumzulungern.«

»Du befindest dich auf einem Privatgrundstück, *Kleine*. Du hast hier nichts zu suchen.«

»Ich bin Gast der Bewohnerin der Lodge.«

»Wenn ich meinem Boss erzähle, dass sich Hausbesetzer in der Lodge eingenistet haben, fliegt ihr raus.«

Josie lachte. »Nur zu, erzähl Rudy Meyer, dass sein alter Amphitheater-Traum zu neuem Leben erweckt wird! Und beschwer dich, dass der nächste große Star in seiner Lodge wohnt!«, höhnte sie. Sprach sie von Vivienne oder von sich selbst?

Niall feixte dreckig. Josie hätte ihn ohrfeigen mögen!

»Das zeigt nur, wie dumm du bist. Rudy Meyer wird nie etwas von deiner Theaterproduktion erfahren. Selbst wenn die Vorstellung stattfinden sollte ...«

»Sie wird stattfinden, verlass dich drauf!«

Er grinste noch breiter. »Selbst wenn sie stattfinden sollte – glaubst du, dass Rudy das interessiert? Er hat nichts mehr mit der Lodge zu tun. *Ich* bin für Sylvan Mist verantwortlich.«

»Vivienne hat für die Unterkunft bezahlt, also kann sie damit machen, was sie will.«

»Das glaubst *du*. Aber macht nur weiter so, stellt das Haus auf den Kopf, fasst alles an, obwohl ihr kein Recht dazu habt, stehlt Wein, den sich keiner von euch leisten kann. Es wird mir ein Vergnügen sein, euch das Leben zur Hölle zu machen.«

Du schleimiger, schnüffelnder Dreckskerl!

»Ich werde dich anzeigen wegen Belästigung eines zahlenden Gasts. Du hast das Haus betreten, als Viv nicht da war, und überall deine Fingerabdrücke hinterlassen. Du hast mitten in der Nacht an der Tür gerüttelt, um ihr Angst einzujagen.«

»Ich bin der *Verwalter*.«

»Jetzt nicht mehr. Jetzt kümmere ich mich um die Lodge und ihren Gast.«

»Kümmere dich lieber um dich selbst. Sei vorsichtig, Kleine. Wär doch schade, wenn *du* dich auf der Hackbank wiederfinden würdest ...«

Josie, die sich zum Einsteigen geduckt hatte, richtete sich wieder auf. *Er gibt zu, dass* er *es war mit den Kuhaugen und dem Rinderblut?* »Soll das eine Drohung sein?«

Niall ging langsam auf sie zu.

Josie warf sich auf den Fahrersitz und knallte die Tür zu,

schaffte es aber nicht rechtzeitig, das Fenster hochzukurbeln.

Sie blickte starr geradeaus, als Niall sich über das Fenster beugte. Sein Atem aus Zwiebeln und Pfefferminz verpestete das Wageninnere. »Du hältst dich vielleicht für die Chefin dieser Theatertruppe, aber in meiner Lodge hast du nichts zu melden.«

Josie wandte ihm das Gesicht zu und fixierte ihn. »Du bist nichts weiter als ein besserer Hausmeister, aber *ich* bin tatsächlich die Chefin meiner Truppe. Und sowohl der Lodge als auch der Truppe ist es noch nie so gut gegangen, seit du weg bist!«

»Du wirst bald sehen, wer hier der Boss ist, du dumme Gans.«

Josie jagte den Motor hoch. »Im Moment bin ich es, und ich sage dir, hau ab.«

Sie hörte Niall lachen, bevor sich das Fenster schloss. Aber dann schlenderte er gemächlich davon.

»Du verdammter Hurensohn«, zischte sie wutschäumend. »Wenn du mir noch einmal in die Quere kommst, mach ich dich fertig!«

Da sie nach der Auseinandersetzung mit Niall viel zu aufgekratzt war, beschloss Josie, nicht direkt nach Barrington zu fahren, sondern einen Umweg über die Farm zu machen. Sie wollte – *musste* – ihren Vater sehen. Seit Wochen hatten sie keinen Kontakt mehr, sie erspähte ihn lediglich von Weitem über eine Weide oder den Hof am Melkstall hinweg. Er wusste, dass sie regelmäßig kam, um ihre Kälber zu versorgen; es wäre ein Leichtes gewesen, sie dort abzupassen, doch das tat er nicht. Und je länger dieser Zustand anhielt, desto schwerer wurde Josie ums Herz.

Alles war ruhig, als sie die weit ausholende, kieferngesäumte Zufahrt hinauffuhr und wider besseres Wissen hoffte, nicht auf Daphne zu treffen. Sie stellte den Roadster weit vom Haus entfernt ab und schloss die Autotür so sachte wie möglich. Sie wünschte sich nichts weiter als ein paar kostbare Minuten allein mit ihrem Vater, so wie in den guten alten Zeiten.

Josie steckte ihr Medaillon in den Ausschnitt, als sie auf leisen Sohlen zur offenen Küchentür schlich. Ihr Vater saß mit dem Rücken zu ihr am Kopfende des Tischs, vor sich eine Kanne Tee. Eine letzte kleine Ruhepause, bevor er sich wieder an die Arbeit machte.

So ein Glück! Sie würde sich zu ihm setzen und ihm alles erzählen, zum Beispiel, wie erwachsen sie geworden war. Ihr spritziges Geplapper würde jede Verlegenheit im Nu vertreiben, nicht anders, als es früher die Traurigkeit ihres Vaters und ihre eigene überdeckt hatte.

Josie lächelte und machte schon einen Schritt vorwärts, als Gabe seine Teetasse urplötzlich so heftig von sich stieß, dass der Tee über den Tisch schwappte. Dann legte er den Kopf auf seine verschränkten Arme und begann zu weinen.

Josie blieb, wie vom Donner gerührt, stehen, während sie bestürzt auf die zuckenden Schultern ihres Vaters starrte. So hatte sie ihn noch nie erlebt. Er weinte sonst nur hinter der geschlossenen Schlafzimmertür.

Was konnte ihm solchen Kummer bereiten? Doch nur

Josies Aufmüpfigkeit! Sie sollte zu ihm gehen, die Arme um ihn legen und das Gesicht an seinen Hals pressen.

Ich bin wieder da, Pa. Ich werde das Stück nicht aufführen. Es tut mir leid, dass ich dich enttäuscht habe, ich werde nie wieder weggehen.

Sie rührte sich nicht. Gabe weinte leise, und sie stand da, unfähig, nein, nicht willens, einen Schritt auf ihn zuzumachen. Kapitulation war keine gute Voraussetzung für eine Versöhnung. Das würde auch ihr Vater niemals wollen.

Josie drehte sich auf dem Absatz um und eilte zum Auto zurück, bevor ihr Vater sich aufrichten und sie bemerken würde. Den Blick starr geradeaus gerichtet, fuhr sie die Zufahrt hinunter. Sie wollte es nicht im Rückspiegel sehen, falls ihr Vater doch noch in der Küchentür auftauchen sollte.

Unten, ein ganzes Stück hinter dem Viehgitter, trat eine Schreckensgestalt, die ein kleines Bündel an die Brust presste, auf den Weg.

Daphne.

Sie kam zur Fahrerseite, während Josie einen unhörbaren Seufzer ausstieß und das Fenster herunterkurbelte.

»Mir hat niemand gesagt, dass du kommst«, meinte ihre Schwägerin. »Ich hätte ja was gekocht, aber wenn mir niemand was sagt …«

O mein Gott, diese ständigen Rechtfertigungsversuche!

»Ich wollte nur schnell was nachsehen«, erwiderte Josie, ohne zu lächeln. »Ich bin schon wieder weg. Mach dir keine Umstände.«

Nicht ausgenutzt zu werden, passte Daphne anscheinend auch nicht, ihrem mürrischen Gesicht nach zu urteilen.

Josie blickte sich kurz um. »Was machst du eigentlich hier, so weit weg vom Haus?«

Wie aufs Stichwort ertönte ein leises Schniefen aus dem Bündel in Daphnes Armen, das sich zu einem empörten Quäken steigerte, so schrill und durchdringend wie ein Alarmton.

Verzweiflung spiegelte sich auf Daphnes Zügen. Sie wandte sich ab und hüpfte auf der Stelle.

Eine Anwandlung von Mitleid für Daphne – ein höchst alarmierendes Gefühl – gab Josie zu denken. »Ach herrje, das arme Dingelchen!«

Daphne verdrehte die Augen und hopste von einem Fuß auf den andern. »Das geht rund um die Uhr so, sie hört einfach nicht auf zu schreien!«

Maureen Monash schien ganz nach ihrer Tante zu kommen. Josie verkniff sich ein Grinsen.

»Und ich habe so eine schlimme Brustdrüsenentzündung!«

Josie verzog das Gesicht. Sie hatte schon etliche Kühe mit Mastitis gesehen und wusste, wie schmerzhaft das sein musste. *Arme Daph!*

»Der Arzt sagt, ich muss mich ausruhen, aber wie kann ich das? Niemand will mir helfen, alle interessieren sich mehr für dein Stück als für mich. Sogar die Kühe bekommen mehr Aufmerksamkeit! Und was haben die schon den ganzen Tag zu tun? Sie müssen nicht einmal ihre eigenen Kälbchen füttern!«

Josies Mitgefühl endete schlagartig. Hatte Daphne noch nie das klagende Brüllen einer Kuh gehört, der man das Kalb weggenommen hatte?

»Und jetzt machst du einen Spaziergang?«

»Das ist das Einzige, was hilft. Wenn das so weitergeht, sind wir bald pleite, so viel Kolikmittel müssen wir kaufen – und nützen tut es überhaupt nichts!«

Josie blies die Wangen auf, um nicht laut herauszulachen. Daphne machte ein beleidigtes Gesicht.

»Ich weiß nicht, ob Dad es dir erzählt hat, aber ich war als Baby genauso.«

Daphne blickte skeptisch, aber auch neugierig drein.

»Doch, wirklich«, beteuerte Josie. »Du denkst vielleicht, ich mache heute viel Krach, aber du hättest mich damals hören sollen! Dad ist zu jeder Tages- und Nachtzeit mit mir über die Weiden gelaufen, damit ich aufhörte zu schreien. Sonst hätte meine Mum, als sie noch gesund war, keinen Schlaf bekommen, und keine Ruhe gehabt, als sie krank wurde. Nach ihrem Tod ist Dad immer noch mit mir spazieren gegangen, obwohl ich längst viel zu alt dafür war. Er ging jede Nacht mit mir um den halben See.«

»Das hab ich nicht gewusst.« Daphnes Züge waren ungewohnt weich geworden.

»O ja, ich war immer schon furchtbar. Dad hat alles getan, was er konnte. Dann hat Grandy seine nächtlichen Spaziergänge als Vorwand benutzt – einer von vielen Vorwänden –, um ihn uns wegzunehmen. Ein Vater dürfe seine anderen Kinder nachts doch nicht einfach so allein lassen, hat sie gemeint, obwohl die Jungs ja sowieso schliefen. Verantwortungslos und leichtsinnig hat sie ihn genannt ...«

Unvermittelt stieg eine Erinnerung in Josie auf: Als sie einmal nach der Schule vom Milchbus gesprungen war, sah sie ihren Vater auf seinem roten Traktor, wie er mit glasigen Augen, freihändig und rasend schnell den Hügel hinunterbretterte.

Sie blinzelte das Bild fort. »Ich schweife ab. Der Punkt ist, du hast *noch* ein Monash-Mädchen mit einer großen Klappe an der Backe.«

Daphne runzelte die Stirn, verzog die Lippen aber zu einem Lächeln. Josie schmunzelte. »Ich würde dir ja gern sagen, dass sich das mit der Zeit verliert, aber, na ja, du weißt ja ...«

Daphne lachte. Sie *lachte*! »Und, geht Vater Monash nachts immer noch mit dir am See spazieren?«

Josie grinste. »Nein, ich umrunde meinen lauten Verstand auf dem Pfad der Schlaflosigkeit.«

»Oh. Okay.« Der Witz war offensichtlich über Daphnes Kopf hinweggesegelt. »Ich dachte nur ... weil dein Vater manchmal spätnachts noch fortgeht.«

Dass sie Humor hatte, konnte man Daphne jedenfalls nicht vorwerfen. Josies schlechtes Gewissen minderte das aber nicht.

Frag sie, ob Dad leidet. Frag sie, ob er oft am Küchentisch sitzt und weint. Frag sie, ob sie sich auch gut um ihn kümmert.

Aber Josie hätte sich lieber in den Stacheldrahtzaun am Wegesrand geworfen, als Daphne solche Fragen zu stellen.

Aus dem Bündel drang ein Wimmern. Josie sah Daphne mitfühlend an, war aber dankbar für die Gelegenheit, sich zu verabschieden. »Ich muss los, aber hey – wenn du dich jemals in unsere Ecke des Waldes verirren solltest, schau doch auf einen Sprung in Sylvan Mist vorbei.« Josie bereute diese Worte, noch bevor sie den Satz zu Ende gesprochen hatte. Würde sie irgendwann lernen, den Mund zu halten?

Wie um ihrem Anliegen Nachdruck zu verleihen, begann die jüngste Monash-Tochter zu brüllen wie am Spieß.

Josie lächelte. Die kleine Maureen wurde ihr richtig sympathisch.

Wieder einmal marschierten Soldaten über die Main Street.

Ein heiterer kakifarbener Strom junger und nicht mehr ganz so junger Männer ergoss sich aus Ritas Antiquitätenladen. Die Gäste im Pub und in der Milchbar reckten die Hälse, stießen sich gegenseitig an und drängten sich, um die Parade zu verfolgen; von Stolz erfüllte Kommentare drangen auf die Straße hinaus.

Josie, die gerade den Roadster an der Bücherei parkte, als »ihre« Soldaten aus dem Laden marschierten, schaute ihnen seufzend nach. Rita hatte nicht zu viel versprochen, als sie Josie versichert hatte, »alles aufzutreiben, was sie benötigt«. Sie hatte, gerade rechtzeitig für die letzte Kostümprobe, eine ganze Armee eingekleidet. Und eine bessere Werbung, wirkungsvoller noch als die Plakate in der ganzen Stadt, als dieser Aufmarsch auf der Main Street hätte sich Josie nicht wünschen können. Die wenigen Restkarten waren jetzt garantiert verkauft worden.

Josie steuerte geradewegs auf Ritas Laden zu. Als sie die Straße überquerte, ging die Tür auf, und ein letzter Soldat in der Uniform eines Captains trat heraus. Seine Augen lächelten bei ihrem Anblick.

Miles.

Ihr flottes Tempo verlangsamte sich, zögerlich ging sie weiter, als Miles auf sie zukam. Sie konnte den Blick nicht abwenden von dem hübschen Soldaten mit den rötlich-braunen Haaren.

Sie trafen sich auf dem Gehsteig vor dem Café. Die Gäste, die sich nach dem aufregenden Spektakel von eben wieder hingesetzt hatten, standen erneut auf, um das Paar zu beobachten. Gehörte es auch zu Josie Monashs Werbekampagne, Miles Henry mit großen Augen anzuschmachten?

»Was meinst du?«, fragte Miles. »Lässt du mich so in die Schlacht ziehen?«

»Auf keinen Fall«, platzte Josie heraus. »Ich würde dich niemals auch nur in die Nähe meiner Armee lassen.«

Miles' selbstbewusstes Lächeln wurde unsicher.

O Mist! Josies Zehen verkrampften sich in ihren Spangenschuhen. »Du siehst … gut aus. Für die Rolle, meine ich. Aber ich bin froh, dass wir dieser Generation angehören und nicht der unserer Väter. Das wollte ich damit sagen.«

Miles nickte. »Okay, gar keine so schlechte Note. Damit kann ich leben.«

Josie lachte befreit auf; ihre Zehen entspannten sich wieder.

Miles deutete mit dem Kinn auf den Roadster. »Ist die ganze Bande in der Stadt?«

»Nein, nur ich.« Sie betrachtete ihn aufmerksam. Verriet sein Gesicht Anzeichen von Enttäuschung? Es wäre nur normal, wenn ein angesehener, weltgewandter Mann wie Miles sich zu einer wunderschönen, kultivierten Frau wie Viv hingezogen fühlte. Und die meisten leidenschaftlichen Liebespaare im Film oder auf der Bühne empfanden doch sicher auch im wirklichen Leben etwas füreinander – oder?

Aber Miles' Lächeln blieb unverändert liebenswert. »Hast du Zeit? Ich würde dir gern einen Drink spendieren.«

Josie plumpste der Magen in die Kniekehlen. Seit seiner Ankunft in Barrington hatten sie nicht eine Minute für sich allein gehabt. »Ein Milchshake wär nicht schlecht. Heute Abend bin ich mit Kochen dran – wenn's nicht klappt, ist es auch nicht tragisch.«

Miles zog eine Braue hoch. »Eigentlich hatte ich an was Stärkeres gedacht.«

»Oh«, sagte Josie. Mehr brachte sie nicht hervor. Sie hätte die widerspenstigen Wörter, die sich vor ihr versteckten, am liebsten erwürgt.

Als sie an der Seite des Captains den Pub betrat, hoffte sie, die Nachmittagswärme liefere eine hinreichende Erklärung für ihre hochroten Wangen. Die Vorhänge an der Vorderseite des lila Hauses bewegten sich, um Josie zu verstehen zu geben, dass sie von Grandy beobachtet wurde und sie von dieser Observation wissen sollte.

Im ruhigen Biergarten setzten sie sich unter den Leopardenbaum neben der historischen Felswand aus vulkanischem Gestein, an der sich eine grellrosa Bougainvillea emporrankte. Josie schaute sich um und machte oberflächliche Bemerkungen über die hübsche Kletterpflanze, während Miles sie unverwandt ansah. Zu guter Letzt, als sie von ihrer untypischen Schüchternheit genervt war, blickte sie ihm geradewegs ins Gesicht. Wenn sie schon vor Unbehagen sterben würde, dann aus Tapferkeit und nicht aus Verschämtheit.

»Ich könnte mir keine bessere Reklame für mein Stück wünschen, als ein Bier mit Zach Miller zu trinken«, sagte sie. »Danke.«

Sie wurde mit einem breiten Grinsen belohnt, das große Filmstarzähne entblößte. »Du musst dich nicht bedanken, Josie. Du glaubst nicht, wie geschmeichelt …«

In diesem Augenblick kam die Bedienung mit ihrem Bier. Josie funkelte sie erbost an, weil sie sich zwischen Josie Monash und ein Kompliment gedrängt hatte.

Als die Bedienung gegangen war, sah Josie Miles erwartungsvoll an, doch der nahm einen kräftigen Schluck und ahnte offenbar nicht, dass es im Leben wenig gab, was so ärgerlich war wie Leute, die ihre Sätze nicht beendeten.

Miles knallte sein Glas auf den Tisch und seufzte zufrieden. »Nicht übel.« Dann bemerkte er Josies Blick und lächelte. »Ich weiß nicht, wie ich nach dieser Rolle jemals wieder Hamlet in meiner aufreizenden Strumpfhose spielen soll.«

Josie verschluckte sich derart, dass ihr das Bier in die Nase stieg.

Hat er wirklich gesagt, was ich glaube, dass er gesagt hat?

Während sie sich die Seele aus dem Leib hustete, nahm Miles' Grinsen einen verschlagenen Ausdruck an.

Yep. Er hat genau das gesagt.

»Woher weißt du das mit der Strumpfhose?«, krächzte sie schließlich. Es hatte keinen Sinn, es zu leugnen.

Miles trank gelassen einen weiteren Schluck. »Du bist eine entsetzliche Künstlerin, Josie Monash.«

Ihre Gedanken überschlugen sich. Hatte sie angeschickert, wie sie war, eine ihrer schmutzigen Zeichnungen in den Briefumschlag gesteckt?

Sie zuckte mit den Schultern. »Meine Talente liegen eben woanders.«

»Meine auch.« Miles betrachtete sein Glas mit gespielter Ernsthaftigkeit. »Allem Anschein nach.«

Wenn sie noch lange die Zähne so fest aufeinanderbiss, würden sie Risse bekommen. Das kam davon, wenn man mit zu viel teurem altem Wein intus einen Brief schrieb! *Wenn ich das Viv erzähle!*

Josie reckte das Kinn in die Höhe. »Du kannst von Glück sagen, dass Rita für die Kostüme verantwortlich ist.«

Miles strich über die Metallembleme auf seinen Epauletten und die australischen Rising-Sun-Dienstgradabzeichen an den Aufschlägen. »Sie hat wohl einen höheren Rang als du.«

»Sie muss mich irgendwie ausgetrickst haben, obwohl ich mir nicht sicher bin, wie oder warum.« Das Hitzegefühl an ihrem Hals nahm ab. Sie hatte keine Zeit für Verlegenheit, sie musste ihre heimliche Liebe unterhalten. »Ich werde das Gefühl nicht los, dass ich eine Figur in einem viel größeren Kontext bin.«

Miles schien nicht im Geringsten überrascht.

»Versteh mich nicht falsch. Es war Grandy, die mich dazu überredet hat, Celestes Geschichte zu erzählen – was wohl bedeutet, sie will Boden wettmachen. Aber es ist nicht nur Grandy. Da sind auch noch andere, die ihre eigenen Gründe haben, sich für mein Stück zu engagieren …«

Miles beugte sich vor, warf einen schnellen Blick in die Runde und sagte mit gedämpfter Stimme: »Ich hab gehört, *Der Nachtigall-See* wird Josie Monash zum Durchbruch verhelfen. Ursprünglich war die Produktion als Rache an einem hochnäsigen Theaterkritiker gedacht, aber in Wirklichkeit soll sie mit einem grausamen Aberglauben aufräumen!«

Josie schüttelte missbilligend den Kopf. »Das hast du nicht *gehört*, das hab ich dir *geschrieben*.«

»Und dann«, fuhr Miles noch leiser fort, »komme ich nach Hause und stelle fest, dass du ein Ensemble voller Intriganten mit einem geheimen Anführer hattest. Und so leid es mir tut, Josie, aber das warst nicht du.«

Sie lachte. »Das muss dir nicht leidtun. Ich hätte mich niemals für den Unsinn hergegeben, den diese Querulanten ausgeheckt haben.«

»Wer ist es?«

»Ich tippe auf Niall. Er ist ein richtig fieser Typ. Seine neueste Eroberung hat ihn abblitzen lassen, und sein Traum von der Hauptrolle ist auch geplatzt. Und jetzt will er mein Stück mit in den Abgrund reißen.«

Miles warf einen finsteren Blick in Richtung des Gemischtwarenladens. »Er hat sich mal an meine Mutter rangemacht, als sie zusammen zur Schule gingen.«

»*Nein!*«

»Damals hat er es anscheinend bei jeder versucht, die jung und naiv genug war, mit ihm allein zu bleiben.«

»Er hat sich überhaupt nicht verändert, dieser Dreckskerl!«

»Mum erzählt, die Frauen hätten einander vor dem jungen Niall gewarnt, sodass bald keine mehr allein von ihm überrascht wurde, keine mit ihm tanzen, geschweige denn ihn heiraten wollte. Sogar in den Kriegsjahren, als so viele Väter und Ehemänner fort waren, sind ihm die Frauen aus dem Weg gegangen.«

»Die arme Laura hat niemand gewarnt!«, empörte sich Josie. »Warum darf dieser Mensch immer noch hier leben? Warum zum Teufel ist er nicht geteert und gefedert und aus der Stadt gejagt worden?«

Miles nickte energisch. »Für die meisten war er vermutlich ein abstoßender Casanova, den man am besten ignoriert. Im Grunde harmlos, sofern man einen weiten Bogen um ihn macht.«

»Das ist keine Entschuldigung!«

»Meine Sorge ist«, sagte Miles zögernd, »dass Niall später … andere Möglichkeiten und bessere Orte gefunden hat, um Frauen abzupassen.« Er schob sein Glas beiseite und beugte sich noch weiter vor. »Hast du dich nie gefragt, warum er sich um die Stelle als Verwalter bewarb, unmittelbar nachdem Rudy Meyer die Tablelands verlassen hat?«

Josie schnappte nach Luft und beugte sich ebenfalls vor.

»Das war der perfekte Vorwand, um an diesem See herumzulungern!«

Miles nickte. »Überleg doch mal – bis es zum Badeverbot kam, konnte er sich allen, die zum Schwimmen und Picknicken dort hingingen, problemlos nähern.«

»Wäre der Fluch nicht gewesen, hätte er sich vermutlich noch viele andere von uns da draußen geschnappt!«

»Exakt.«

Josie wurde auf einmal bewusst, wie nahe ihr Miles' Gesicht war. Hätte sie ernsthaft geglaubt, dass er mehr für sie empfand als platonische Freundschaft, hätte sie den Blick vielleicht gesenkt und auf seine wunderschönen vollen Lippen geheftet.

Zu spät. Schon passiert.

Heiße Röte flutete in ihre sommersprossigen Apfelbäckchen. Sie lehnte sich zurück und schaute überallhin, nur nicht auf seinen Mund. Sie spürte, dass er ein spitzbübisches Grinsen unterdrückte. Ihr Magen rebellierte vor Nervosität und miteinander kämpfender Sehnsüchte.

Schließlich schob sie ihr beschlagenes Glas neben das von Miles, räusperte sich umständlich und sagte: »Das ist eine sehr ernste Angelegenheit. Wovon genau reden wir hier?«

»Ich trau mich nicht, es auszusprechen.«

»Dann sag ich es. Wir verdächtigen den Kotzbrocken der Stadt, ein Mörder zu sein. Schon ein bisschen lachhaft, oder?«

»Nicht so lachhaft wie die Vorstellung eines Sees als Serienmörder.«

Josie kräuselte die Nase. »Ich hoffe, du hast Mitleid mit

mir! Ich liege in dieser Lodge und versuche zu schlafen, während ich mir vorstelle, wie er draußen im Wald herumlungert und uns beobachtet!«

Miles lachte leise. »Zum Glück bist du nicht mit einer blühenden Fantasie gesegnet!«

»Du hast es gerade nötig. Wer sitzt denn hier und spielt Detektiv mit Josie Monash?«

In diesem Moment senkte er den Blick und guckte auf ihre Brüste.

Josie wäre ihm nicht böse gewesen deswegen – sie hatte schöne, straffe Brüste, die Aufmerksamkeit verdienten –, aber dann bemerkte sie, dass sich sein Blick in Wirklichkeit auf ihre Finger richtete, die zwanghaft an dem Medaillon herumspielten. Sie wartete darauf, dass er wieder aufschaute. Solange sein Blick in der Nähe straffer, Aufmerksamkeit verdienender Schönheit verweilte, bekam sie nämlich keine Luft.

Als Miles endlich aufblickte, hatte er offenbar keinerlei schlechtes Gewissen – er schien nicht zu ahnen, dass Josie seinetwegen fast erstickt wäre. Allem Anschein nach waren seine Gedanken ganz woanders.

»Apropos blühende Fantasie«, sagte sie, mehr um ihrer selbst willen. »Viv und ich haben im Keller von Sylvan Mist eine verschlossene Tür entdeckt. Wir glauben, dass dahinter ein Geheimgang zur Lodge liegt. Ich habe mir überlegt, die Tür aufzubrechen, aber jetzt bin ich fest dazu entschlossen! Der Herr Verwalter hat nichts anderes verdient.« Josie erzählte von Nialls Racheakten als Reaktion auf seinen Rauswurf. »Meine Theorie lautet«, schloss sie,

»dass er die Leute davon abhalten will, an der Lodge oder am See oder an beidem herumzuschnüffeln. Er glaubt offenbar allen Ernstes, ein bisschen Blut und ein paar Schlachtabfälle würden uns abschrecken. Hätte er die Hauptrolle behalten, würde er vermutlich von innen heraus versuchen, die Produktion zu sabotieren.«

Sie beobachtete fasziniert den inneren Konflikt, der sich auf Miles' ausdrucksvollen Zügen spiegelte. So ernst und besorgt, dass sie es nicht weglachen konnte, sagte er: »Bitte sei vorsichtig, Josie.«

So etwas Ähnliches hatte sie schon von Niall gehört, doch das behielt sie lieber für sich. »Wir passen schon auf«, versicherte sie. »Ich hab Vorhänge aufgehängt, damit keiner hereinschauen kann, wir schließen immer alles ab, und wir drei versuchen, immer zusammenzubleiben.«

»Vielleicht solltet ihr euch ein Haus in der Stadt suchen, wenn die Vorstellung vorbei ist.«

»Laura und ich haben uns das schon überlegt.«

»Und Viv?«

»Keine Ahnung, was sie vorhat«, antwortete Josie leichthin. »Irgendwann muss sie ja nach Sydney zurück, sagt sie, und die Konsequenzen ihres Handelns tragen.«

»Sie sollte froh sein, dass sie das ganze Pack los ist. Howard Woollcott ist ein Heuchler und ein Schwein.«

Josies Brauen schossen hoch. »Das musst du mir näher erklären.«

»Er wird immer in Begleitung schöner Frauen gesehen, und daran haben weder seine Verlobung noch das Verschwinden seiner Braut etwas geändert.«

»Du meinst, er ist ein Schürzenjäger?«

»Sein legendärer Ruf eilt ihm voraus. Und er hat mindestens zwei uneheliche Kinder.«

»*Nein!*«

»Doch.«

»Aber davon hat Viv nicht die geringste Ahnung!«

»Sie hat wohl ein sehr behütetes Leben geführt?«

»Das kannst du laut sagen. Ihre Mutter ist ein Drachen, der nicht Feuer, sondern Eis spuckt. Das hat viel damit zu tun, denke ich.«

»Das Schlimmste weißt du noch gar nicht«, sagte Miles langsam.

Josie biss sich kräftig auf die Unterlippe.

Miles holte tief Luft. »Es wird erzählt, dass Vivienne George am Abend vor der Trauung zu Howard nach Rose Bay gefahren ist, um alles abzublasen, aber er war nicht da ...«

Josie machte eine ungeduldige Handbewegung. »Das weiß ich alles schon.«

»Weißt du auch, warum er nicht da war? Er hat die Nacht bei seiner Geliebten verbracht, in dem Penthouse in Potts Point, wo er sie einquartiert hat.«

»Dieser *Scheißkerl!*«

»In der Tat.«

Als ihr die ganze Tragweite dieser Enthüllung bewusst wurde, rief Josie mit vor Entrüstung gefurchter Stirn: »Während die Klatschpresse in Sydney also nur *ein* Thema kannte, nämlich Viv und ihr schockierendes Benehmen, lag Howard am Morgen seiner Hochzeit im Bett einer anderen Frau?«

Miles nickte. »Die ganze Stadt redet darüber.«

Josie knirschte in ohnmächtiger Wut mit den Zähnen. »Das macht das Verhalten der Woollcotts noch verabscheuungswürdiger. Herumzuerzählen, Viv hätte den Verstand verloren! Der Mann hat es *verdient*, gedemütigt zu werden!«

Miles widersprach nicht. »Vivienne sollte ihrem Schicksal danken, dass sie rechtzeitig den Absprung geschafft hat. Howard bringt auch das Gerücht in Umlauf, sie sei mit ihrem Liebhaber durchgebrannt.«

»Das ist nicht wahr!«, entgegnete Josie hitzig und dachte dabei an ihren Bruder, der seit einigen Tagen so still war, und an den Kummer in Viviennes sanften grauen Augen.

Miles zuckte mit den Schultern. »Sie könnte, wenn sie wollte.«

»Irgendwann wird sie das bestimmt tun.« Josie lächelte. »Ich an ihrer Stelle würde mir aus purem Trotz einen Liebhaber nehmen.«

»Machst du das oft?«, fragte Miles todernst.

»Ich hatte noch nie Grund, mir einen Liebhaber zu nehmen.« Miles mochte an einen liberalen urbanen Lebensstil gewöhnt sein, aber jetzt befand er sich hier in Barrington, und sie war Josie Monash.

Miles lächelte. »Irgendwann wirst du das bestimmt tun«, wiederholte er ihre Worte.

Josie lachte, verschluckte sich erneut und musste fürchterlich husten.

»Soll ich dir auf den Rücken klopfen?«, fragte Miles, ganz die personifizierte Unschuld.

Josie spülte ihre Befangenheit mit einem großen Schluck Bier hinunter. »Erzähl mir von Sydney. Ist es so, wie wir es uns vorgestellt haben?«

Sein jungenhaftes Grinsen kam zurück. »Besser.«

»Verdammt. Ich hatte befürchtet, dass du das sagst.«

Miles legte den Kopf schief. »Komisch, dass ich jetzt dort unten deinen Traum lebe, wo du doch immer die Talentiertere warst. Ich habe immer damit gerechnet, dass du auftauchen und mir die Show stehlen würdest.« *Ich werde auf den Theaterbühnen nach dir Ausschau halten, Milchmädchen mit den großen Träumen*, hatte er ihr damals ins Poesiealbum geschrieben.

Josies Augen brannten. Sie heftete den Blick auf die üppige Bougainvillea. »Du bist ein Mann. Für dich war es einfacher wegzugehen.«

»Für die Josie Monash, mit der ich aufgewachsen bin, wäre das Geschlecht kein Hinderungsgrund gewesen.«

»Das war es auch nicht.« Tränen verschleierten ihren Blick, die Felswand und die Blüten verschwammen ineinander. Heftig blinzelnd, wandte sie das Gesicht noch weiter ab.

Miles legte seine Hand fest auf ihre. Ihre mittlerweile verklebten Wimpern waren nutzlos gegen die Tränen geworden. Josie drehte das Gesicht wieder Miles zu und starrte auf die große Hand, die ihre vollkommen verdeckte.

»Und warum bist du dann hiergeblieben?«, fragte er behutsam.

Als sie nicht antwortete, drückte er leicht ihre Hand. In ihrem Bauch zwickte etwas.

Das Herz schlug ihr bis zum Hals und machte das Sprechen mühsam. »Warum sollte ich alles hier aufgeben – meinen Platz in meiner Männerwirtschaft, meine Theatergruppe, meine Kälbchen, meine Großmutter und alle anderen geliebten Menschen?«

»Was könnte mehr wert sein als das alles?«

Meine Kindheitsträume, Bühnenautorin und Theaterregisseurin zu werden! Sie zuckte mit den Schultern. »Spielt keine Rolle, weil ich meinen Vater nicht allein lassen konnte.«

Miles senkte den Kopf, versuchte, ihren Blick aufzufangen. Seufzend schaute Josie auf. Ihr ganzer Körper pulsierte vor Emotionen.

Miles' Lippen verzogen sich zu einem schiefen Lächeln, und in diesem Augenblick glich er wieder dem Jungen, mit dem sie Beuteltiger-Kot eingesammelt hatte. »Er wäre doch nicht allein gewesen. Deine Brüder sind doch auch noch da.«

»Als kleines Mädchen hab ich ihm versprochen, dass ich ihn niemals verlassen würde.« Josie hörte selbst, wie schwach dieses Argument klang.

Miles widerlegte es auch sofort. »Jedes Mädchen verlässt seinen Vater eines Tages. Und jeder Vater muss sein Mädchen gehen lassen.«

Ein Bild tauchte vor Josie auf – ihr Vater, wie er am Küchentisch saß, den Kopf auf die Arme gelegt, und weinte.

»Mag sein. Aber ich wollte das nicht!«

Seine Hand verstärkte ihren Druck. »Du *wolltest* nicht? Oder du *willst* nicht?« Er sah sie so ernst an, dass sie es nicht ertragen konnte.

»Bitte.« Sie zog ihre Hand zurück und legte sie an den Hals. »Stell mir keine weiteren Fragen mehr. Dad braucht mich, und ich hab ihn im Stich gelassen!« Sie sprang auf. »Danke für den Drink. Danke für deine Hilfe, dieses Stück zu einem Erfolg zu machen. Mehr musst du nicht tun, okay? Hilf mir, Celestes Geschichte zum Leben zu erwecken, hilf mir, den Fluch zu brechen! Das ist der einzige Grund, warum du hier bist.«

Miles erhob sich, nickte knapp und schaute ihr nach, als sie aus dem Biergarten stürmte.

Kapitel 27

In Zungen reden

In den letzten vier Wochen hatte Vivienne bei ihren Schwimmrunden im See weder Josies Krokodil noch den unbekannten Beobachter am Ufer oder den Seegeist zu Gesicht bekommen. Was sie gesehen hatte, waren riesige Dschungel-Teppichpythons gewesen, die sich zwischen den Rohrkolben sonnten, Aale, die im flachen Wasser miteinander kämpften, Schnabeltiere, die in der Morgen- und Abenddämmerung herumtollten. Unglaublich, mit wie viel seltsamen, wundervollen Geschöpfen sie diesen See teilte! Wer weiß, vielleicht würden Touristen und Einheimische wieder den Weg hierherfinden, um die Idylle zu genießen, sobald mit der Vorstellung der Fluch gebrochen war.

Sie waren so nah dran ...

Das Obsidian war aus Ruinen auferstanden: Die Badeplattform war erneuert, die Hinweisschilder neu aufgestellt, der Parkplatz hergerichtet, die Toilettenanlage mit neuen Leitungen versehen worden. Und Owens schwimmende Bühne war ein ausgesprochenes Meisterwerk. Laura hatte Armeezelte zu Garderoben für die Schauspieler und die Helfer umfunktioniert, und bei der Probe am heutigen Abend würden ihre neu erworbenen Scheinwerfer zum ersten Mal zum Einsatz kommen.

Ganz Barrington fieberte der Aufführung entgegen, dem seit Jahren größten Ereignis in der Stadt. Vivienne, die inzwischen ohne Scheu durch die Straßen ging, strahlte, weil Josies Name in aller Munde war. Josie hatte nicht zu viel versprochen: Die Einheimischen hatten Victoria Bird, die »gefeierte Schauspielerin aus der Großstadt«, mit offenen Armen aufgenommen.

Vivienne plagte das schlechte Gewissen, weil jeder sich bei ihr bedankte, dass sie als »Star« sich großzügigerweise unentgeltlich einem Laientheater zur Verfügung stellte. Dabei war sie diejenige, die uneigennützige Hilfe erhalten hatte und von überströmender Freundlichkeit profitierte. Seltsamerweise bekam Vivienne mehr Anerkennung für das, »was sie für Josie tat«, als für das Theaterstück selbst. Aber was genau tat sie denn für Josie? Es war doch eher umgekehrt: Josie hatte Vivienne einen Grund gegeben zu bleiben und ihr Möglichkeiten für die Zukunft aufgezeigt.

Celeste Starr mit der ganzen Hingabe und dem ganzen Talent, dessen sie fähig war, auf der Bühne zu verkörpern, war die beste Art, sich bei Josie zu revanchieren.

Nur eine Person schien nach wie vor die Aufführung des Stücks verhindern zu wollen: der geheimnisvolle Vandale. Josie allerdings war davon überzeugt, seine Identität zu kennen. Sie verdächtigte Niall, die makabren Hinterlassenschaften zu deponieren.

Vor zwei Tagen hatten sie eine große Rinderzunge auf

der Verandatreppe der Lodge gefunden, als sie sich am Morgen zu dritt auf den Weg zur Farm machen wollten, um Josies Kälber zu versorgen.

Da lag es, ein rosarotes, aufgewölbtes Ding. Es war klar, was es zu bedeuten hatte.

Vivienne, von Ekel gepackt, hatte Mühe gehabt, die richtigen Worte zu finden. Und obwohl Laura schnell reagiert und die Zunge entfernt hatte, stand Josie einen Moment lang die Angst ins Gesicht geschrieben.

Das war auch der Grund, weshalb Vivienne an diesem Morgen Owen aufsuchen und ihn trotz ihres abgekühlten Verhältnisses um Hilfe bitten wollte. Wer auch immer Josie einzuschüchtern versuchte, wagte sich langsam, aber sicher näher heran – erst das Igloo, dann das Amphitheater, jetzt die Lodge. Und da Josie ihre Brüder niemals um direkten Schutz bitten würde, hatte Vivienne beschlossen, das für sie zu übernehmen.

Leichter Sonnenregen war den ganzen Morgen über den Tablelands niedergegangen, und über der Senke unterhalb von Owens Hügel lag regenbogenschillernder Dunst. Vivienne war mit ihren Gedanken schon bei dem Mann, der auf der Hügelkuppe wohnte. Mit Gabe Monash hatte sie nicht gerechnet.

Er saß am Fuß des Hügels auf einem Felsblock inmitten eines ausgetrockneten Billabongs, wie es schien, der von einem Hain von Paperbark-Eukalyptusbäumen umgeben war. Er hatte ihr halb den Rücken zugedreht und den Kopf gesenkt und hielt eine Mundharmonika in der Hand. Spielte er? Betete er? *Weinte* er? Wie auch immer, das war ein ganz privater Moment, in dem er nicht gestört werden durfte.

Peinlich berührt, trat Vivienne den Rückzug an, ohne auf den dürren Ast am Boden zu achten. Das verräterische Knacken ließ Gabe herumfahren. Ein hoffnungsvoller Ausdruck lag auf seinem Gesicht, der bei Viviennes Anblick sofort verflog. Er hatte sich sicher gewünscht, es sei Josie.

»Mr Monash. Entschuldigung, ich wollte zu Owen.«

Gabe war aufgestanden, trat würdevoll zur Seite und bedeutete ihr mit seinem breitkrempigen Hut weiterzugehen. »Achten Sie nicht auf mich, gehen Sie nur.«

Vivienne durchquerte den ausgetrockneten Bachlauf und verzog schmerzlich das Gesicht bei den Zweigen und Blättern, die unter ihren Füßen knisternd zerbröselten. Sie war im Begriff, etwas Heiliges zu entweihen, sie spürte es einfach. Ihre anerzogene Reaktion war, höflich und schnell vorbeizueilen, aber das war der Mann, der die unverwüstliche Josie Monash großgezogen hatte. *Sag etwas! Mach den Mund auf!*

Sie hielt inne. »Josie vermisst Sie ganz fürchterlich.«

Gabe nickte.

»Aber es ist gut, dass Sie sie in die Welt hinausgehen lassen. Josie kann so viel ... so viel ...« Sie suchte nach den richtigen Worten.

»Magie vollbringen«, ergänzte Gabe ruhig.

»Ja. Und wenn Sie sie gehen lassen, damit sie sich ein eigenes Leben aufbauen kann, wird sie eines Tages zu Ihnen zurückkehren und zufriedener sein, als sie es je gewesen wäre, wenn sie hiergeblieben wäre.«

Gabe setzte seinen Hut auf und steckte die Mundharmonika ein. In seinen dunklen Augen lag ein Schmerz, den verursacht zu haben ihr nicht bewusst war. »Danke. Ich werde daran denken. Auf Wiedersehen.«

Vivienne stapfte unglücklich weiter den Hügel hinauf.

In der Wellblechhütte war Owen nicht. Der Teekessel über dem gelöschten Lagerfeuer war leer. Anscheinend saß der Mann nicht herum und wartete darauf, dass eine Blondine auf seiner sägemehlbestreuten Schwelle aufkreuzte.

Sie schritt das Fundament von Owens neuem Haus ab und versuchte, sich vorzustellen, wo er welchen Raum eingeplant hatte. Würde er sein Heim groß genug bauen für eine fröhliche Frau vom Land mit gebärfreudigem Becken, die ihm viele Kinder schenken würde? Vivienne hasste sie jetzt schon.

An der Vorderseite ließ sie den Blick über die grünen Knautschsamtfalten schweifen, die sich bis zum See erstreckten. Ihr gefiel die Vorstellung, dass Owen von hier oben über ihr Versteck gewacht hatte.

Wäre sie die Hausherrin, würde sie auf vielen Fenstern bestehen, damit sie aus jedem Zimmer auf den See schauen könnten. Sie sah Holzwände in die Höhe wachsen, hörte die Stimmchen von Kindern beim Spielen, stellte sich vor, wie Owen sich ihr näherte, spürte seinen heißen Atem auf ihrem Nacken. Sie hob unwillkürlich die Schultern, als ein prickelnder Schauder ihr die Wirbelsäule entlangrieselte.

In diesem Moment kam Owen den Hügel herauf.

Er blieb wie angewurzelt stehen, als er sie sah. Seine breite Brust dehnte sich aus, zog sich wieder zusammen.

»Goldlöckchen hat hoffentlich nicht meinen Brei aufgegessen«, sagte er.

*Hättest du Goldlöckchen lieber in deinem Bett schlafend
vorgefunden?*

»Ich hab auch keinen deiner Stühle zerbrochen.«

Sie konnte es ihm ansehen, dass sein Gedankengang
ganz ähnlich gewesen war und übers Bett zu den Stühlen
geführt hatte. Sie wurde rot bis zu den Haarwurzeln. Sie
konnte an nichts anderes denken als daran, sich ein Bett
mit diesem großen, kräftigen Mann zu teilen.

»Tee?«, fragte Owen sanft.

»Nein danke.« Vivienne räusperte sich. »Ich möchte
dich um einen Gefallen bitten – für Josie.«

»Gib mir eine Sekunde.« Er kickte sich die Stiefel an der
Tür von den Füßen und zog den Kopf ein, als er seine
Hütte betrat.

Vivienne folgte ihm. Es war sauber und, obgleich spar-
tanisch eingerichtet, heimelig: eine Matratze auf dem Fußboden, ein Tisch und ein Stuhl, ein handgefertigter
Schrank. Der für Owen charakteristische Eichenmoosduft
lag schwer und verführerisch in der Luft. Ihre Nasenflügel
blähten sich unauffällig, als sie ihn gierig einzog.

Owen wollte sich nur rasch umziehen, wie sie eine
Sekunde zu spät erkannte, als er sich aus seinem Hemd
schälte. Sie wandte sich hastig und mit glühendem Gesicht
ab. Jetzt wollte sie nicht mehr den Kopf an diese breite
Brust legen, sondern ihre nackten Brüste an seinen Oberkörper schmiegen. Sie stellte sich vor, wie es sein mochte,
mit gespreizten Beinen über seiner Hüfte zu knien, beide

Hände auf diesem muskulösen Brustkorb, und dann ganz langsam …

O Gott!

Sie fingerte an den Büchern auf dem Tisch herum, während sie aus dem Augenwinkel wahrnahm, wie er in ein sauberes Hemd schlüpfte.

»Ich bin so weit«, sagte er und beobachtete belustigt, wie sie drei flüchtige Blicke riskierte, bevor sie ihn richtig ansah.

»Also?« Er bot ihr mit einer Handbewegung den einzigen Stuhl an. »Wie kann ich Josie helfen?«

Vivienne blieb stehen. Ihr Blick richtete sich über Owens Schulter auf die Matratze, und sie räusperte sich erneut. »Der Kuhschlächter hat wieder zugeschlagen. Dieses Mal hat er eine Rinderzunge auf der Verandatreppe der Lodge hinterlassen.«

Owen dachte kurz nach. »Ich kann mir nicht vorstellen, dass sich Josie davon einschüchtern lässt. Dad hat oft eine Rinderzunge im Kühlschrank, das gilt bei uns hier als Delikatesse.«

Vivienne hätte fast gewürgt bei dem Gedanken an eine Rinderzunge auf einer Servierplatte, konnte sich aber beherrschen. Noch so eine unüberbrückbare Differenz zwischen der Welt, aus der sie stammte, und der von Owen. Sie schluckte kräftig. Das schmerzhafte Ziehen in gewissen Körperpartien, hervorgerufen durch Owens Gegenwart und die Intimität des kleinen Raums, wurde noch stärker.

»Owen, ich glaube nicht, dass sich Josie so kurz vor dem

großen Tag durch irgendetwas, schon gar nicht durch irgendwelche Körperteile von Rindern, von der Aufführung abhalten lässt. Es geht um die Bedeutung dahinter.«

»Sprich weiter.«

»Sie hatte wieder einen Zusammenstoß mit Niall. Als sie ihm klipp und klar die Meinung gesagt hat, hat er ihr gedroht – sie solle vorsichtig sein, sonst werde sie bald herausfinden, wer der Boss sei. Vielleicht hat er nur geblufft, aber ...«

»Das Risiko werdet ihr nicht eingehen! Ich werde mir den Dreckskerl vorknöpfen!«

Vivienne atmete auf. »Josie wird erleichtert sein.«

»Josie wird stinksauer sein! Ich wollte ihn mir schon lange vornehmen, aber sie will ja unbedingt alles selbst in die Hand nehmen und für sich selbst sorgen – und für alle anderen auch.« Es lag kein Tadel in seinem Ton, es war nur eine von Verständnis geprägte Feststellung.

»Wem sagst du das! Sie hat Laura und mich unter ihre Fittiche genommen, kämpft für den guten Ruf ihrer Theatertruppe und gegen den Fluch, der auf dem Amphitheater liegt.«

Owen nickte. »Ich hab dich gewarnt.«

»Und jetzt muss ich dich warnen. Hast du inzwischen erraten, was sie mit dieser Aufführung in Wirklichkeit bezweckt?«

»Da ich ihren Buchgeschmack kenne, würde ich sagen, sie will ein Geheimnis lüften.«

»Etwas ans Licht zerren trifft es besser. Du kannst dir sicher denken, warum?«

»Anerkennung scheint mir das offenkundige Motiv zu sein.«

»Nah dran, aber nein.« Vivienne lächelte. »Sie denkt, sie kann erst von hier weggehen, wenn sie diesem ›Fluch‹ auf den Grund gegangen ist. Sie will den Fluch für Barrington brechen, sagt sie, aber in Wahrheit tut sie es für sich selbst. Sie will erwachsen werden.«

Owen schloss die Hand um die Faust und dachte nach. Vivienne wartete auf das rituelle Knöchelknacken.

Da war es. »Josie will also mit dem Kinderkram aufräumen.«

Vivienne nickte.

»Dann habe ich etwas, das ihr dabei helfen kann.«

Er streckte die Hand nach den Büchern auf dem Tisch aus und streifte dabei ihre Finger, die zu zittern begannen. Sie hatte ihren Ring abgenommen und hoffte, Owen werde es bemerken. Und falls nicht – wie könnte sie ihn darauf aufmerksam machen? Ob Josie ihm erzählt hatte, was für ein Schürzenjäger Howard war und wie er sie hintergangen hatte?

»Gib ihr das. Wildes Gedichte. Das ist die Ausgabe von Sylvan Mist.«

»Die kennt sie schon. Da hat sie die letzte Zeile aus Celestes Abschiedsbrief gefunden.«

Owen nickte. »Ich hab den Band stibitzt, weil ich ihn mit unserem zu Hause vergleichen wollte.« Er reichte ihr ein zweites Buch. »Zeig ihr beide zusammen.«

Vivienne sah ihn verwirrt an. »Sie weiß aber schon, dass Die Klage um Itys in eurer alten Ausgabe gar nicht enthalten ist. Es handele sich um unterschiedliche Editionen, sagt sie.«

»Es ist die gleiche Ausgabe, Vivi.« Er klappte das Buch seiner Familie auf und zeigte ihr, wo, kaum sichtbar, ein paar Seiten sorgfältig herausgetrennt worden waren. »Das Gedicht ist schon vor Jahren herausgerissen worden.«

Kapitel 28

Die Dunkelkammer

Ließe man Josie in einem kahlen Zimmer allein, würde sie sich tagelang mit selbst erfundenen Geschichten unterhalten können, behaupteten die Monash-Brüder. Josie hatte das nie bestritten. Sie wies lediglich auf den unwahrscheinlichen »Ließe man Josie allein«-Teil dieser Aussage hin.

Am Morgen vor dem großen Tag der Show befand sich Josie allein und viel zu lange sich selbst überlassen in der Lodge. Laura traf sich am Amphitheater mit der Bühnencrew, und Viv machte angeblich einen Spaziergang, traf sich aber bestimmt heimlich mit Owen. Was blieb Josie also übrig, als herumzuschnüffeln?

Sie hatte auf der Rückseite des Hauses nach einem verborgenen Eingang zu dem sagenhaften unterirdischen Gang gesucht, der in den abgeschlossenen Raum im Keller führte. Das war natürlich reine Fantasie, aber diese versperrte Tür reizte sie in kaum vorstellbarem Maße. Sie empfand es als Beleidigung, dass ihr der Zutritt verwehrt wurde. Hinzu kam Nialls unverschämte Warnung, vorsichtig zu sein. Falls dieser Mensch einen Weg kannte, unbemerkt in ihren sicheren Rückzugsort einzudringen, wären sie schön blöd, der Sache nicht auf den Grund zu gehen! Türen konnten ersetzt werden, Freunde nicht.

Es gab keine andere Möglichkeit.

Mit der Axt bewaffnet, die sie nach ihrem letzten Zusammenstoß mit Niall von der Farm hatte mitgehen lassen, stapfte Josie in den Keller hinunter. Sie hätte gern ein Gewehr von zu Hause geholt, aber Viv war strikt dagegen gewesen.

Der Gedanke, auf ihre Freundinnen zu warten, kam ihr nicht, als sie vor der verschlossenen Tür stand und sie genau betrachtete. Mit viel Geduld hätte sie vielleicht die Scharniere lösen und sie dann aus den Angeln heben können, aber wenn es ihr gelänge, das Holz rings um das Schloss zu zersplittern ...

Mühelos hob sie die Axt. Sie hatte schon als kleines Mädchen beim Holzhacken geholfen, hatte ihr Leben lang mit größeren, stärkeren Brüdern gerangelt, sie konnte eine schwere Milchkanne schleppen. Sie hatte kräftige Arme, die zupacken konnten.

Sie legte ihre ganze Wut auf Niall, auf Hugo Bernard, auf das Schicksal, das Mütter zu früh aus dem Leben riss oder sie zu lange die Kontrolle über ihre Töchter ausüben ließ, in den ersten wuchtigen Hieb. Wie sich herausstellte, hatte sie noch reichlich Wut für die nächsten Schläge übrig. Jedes Mal, wenn die Axt krachend auf das Holz traf, spürte sie es nicht nur in den Armen und den Bauchmuskeln, sondern auch in den Zähnen, die sie so fest aufeinandergebissen hatte, dass ihr Kiefer einem Schraubstock glich.

Nach dem gefühlt fünfzigsten Axthieb klaffte neben dem Türknauf ein Spalt, der groß genug war, dass sie ihre Hand hindurchschieben und nach dem Riegel auf der Innenseite tasten konnte. Die Tür öffnete sich.

Josie klemmte sich die Taschenlampe unter den Arm, hob die Axt auf, die sie hatte fallen lassen, und betrat einen winzigen dunklen Raum, kaum größer als ein Abort.

Knapp zwei Meter weiter war eine weitere Tür.

»Das darf doch nicht wahr sein!« Josie riss schon die Axt hoch, als ihr der Gedanke kam, erst einmal am Knauf zu drehen.

Er bewegte sich. Die Tür ging problemlos auf. Drinnen erwartete sie ein beißender Geruch nach Chemikalien. Während sie sich mit einer Hand die Nase zuhielt, tastete sie mit der anderen nach der Zugschnur fürs Licht. Blinzelnd schaute sie sich um. Regale und Bänke, große Glasflaschen und Silbertabletts, etwas Merkwürdiges, das wie eine Trockenhaube aussah, ein dünner Draht, der sich quer durch den Raum spannte, ein langes Samtsofa voller Papierrollen.

Das Ganze ähnelte einer Kombination aus Labor und Küche. Ein widerlich riechendes Kabuff, in dem etwas zusammengebraut worden war.

Aber eben nur ein Raum und kein geheimer Zugang zur Lodge.

Von oben hörte sie gedämpfte Stimmen. Laura und Viv waren zurück. Josie lief die Kellertreppe hinauf und legte sich eine Geschichte zurecht: *Stellt euch vor, da spaziere ich mit meiner Axt herum und stürze zufällig in die verschlossene Tür!*

Als sie am Fuß der großen Treppe auf ihre Freundinnen stieß, hatte sie entschieden, die Wahrheit zu sagen: *Wenn ich schon unrechtmäßig hier wohne, möchte ich wenigstens so viel Schaden wie möglich anrichten.*

Doch so weit kam es nicht.

»Wir müssen dir was zeigen«, sagte Vivienne. Sowohl sie als auch Laura machten keinen besonders glücklichen Eindruck.

Vivienne hielt ein pfirsichfarbenes Stoffbündel und ein paar Bücher in der Hand. Laura trug nur einen Ausdruck von Empörung im Gesicht, der allerdings viel spannender war.

»Was denn?«, fragte Josie ihre Inspizientin.

»Wir kommen gerade vom Obsidian. Der Vandale – *Niall* – hat wieder zugeschlagen.«

Josie war puterrot geworden vor Zorn.

»Keine Sorge, das war das letzte Mal«, schob Vivienne hastig hinterher. »Owen wird ihn sich vorknöpfen.«

Josie schnaubte verächtlich. »Als ob wir hier auf seine Hilfe angewiesen wären!« Aber wenn er darauf bestand, sollte sie ihm vielleicht seinen Willen lassen. »Was für ein Teil vom Rind ist es denn dieses Mal?«

Vivienne und Laura wechselten einen Blick. »Es waren keine Schlachtabfälle«, antwortete Laura. »Sondern eine ausgestopfte Puppe mitten auf der Bühne.«

Josie brauchte einen Augenblick, um das zu verarbeiten. »So was wie eine Vogelscheuche?«

»Eine gruselige, ein Abbild von Celeste, mit langen Haaren, einem aus Stöckchen gebastelten Haarreif und einem

Morgenmantel. Und sie war mit Rotangpalmwedeln umwickelt und hatte eine Schlinge um den Hals.«

»Aber das ist noch nicht alles«, murmelte Vivienne, ließ die Bücher fallen und schüttelte das mitgebrachte Bündel auf. »Das hat sie angehabt.« Der wunderschöne Morgenrock war voller Schmutz, Blätter und undefinierbarer Flecken.

Josie stupste ihn behutsam an. »Der sieht zwar teuer aus, aber das ist nicht der von Celeste.«

Vivienne warf ihr einen scharfen, kurzen Blick zu. »Auch wenn er dreckig ist – sagt dir der Stil nichts?«

Josie schaute noch einmal genauer hin. Vivienne hatte so ein Negligé! »Das ist deiner! Glaubst du, er ist hier eingedrungen und hat ihn gestohlen?«

»Nein. Ich hab diesen Morgenrock getragen, als ich in der ersten Woche nach meiner Ankunft zum Baden an den See ging und ihn am Ufer abgelegt habe. Da muss er ihn an sich genommen haben! Niall beobachtet mich seit Wochen beim Schwimmen.«

Josie schauderte. »Mir wird schlecht, wenn ich daran denke.«

»Es kommt noch schlimmer«, sagte Laura. »*Ich* hab den Morgenrock nämlich auch sofort wiedererkannt.«

Josie starrte sie entsetzt an. Laura nickte mit verkniffenem Gesicht. »Niall hat ihn mir gegeben. Ich hab ihn nie getragen, sondern in eine Schublade gestopft, weil ich ihn hässlich fand – entschuldige, Viv. Aber an dem Tag, als Niall diese Fotos von mir machen wollte, ist der Morgenrock wieder aufgetaucht. Ich kam in meine Wohnung, und da hat Niall schon auf mich gewartet, mit Fotoapparat und einem aufgestellten Hintergrund, Musik lief, und auf dem Bett lag dieser Morgenrock. Und er … er hatte schon die Hand vorn an seiner Hose. Und dieser erregte Ausdruck auf seinem Gesicht! Das werde ich nie vergessen. Dieses Grinsen … es war teuflisch.«

»Er ist Abschaum. Widerlicher Abschaum!«, stieß Josie hervor und legte ihr die Hand auf den Arm – ob zu ihrer eigenen Beruhigung oder Lauras, wusste sie selbst nicht.

Ihre Blicke wanderten schnell zwischen ihren Freundinnen hin und her. »Eigentlich müsste ich dankbar sein für den endgültigen Beweis, dass dieses perverse Schwein hinter allem steckt, aber diese Botschaft für euch beide macht mir Angst.«

»Mich macht sie ehrlich gesagt wütend«, knurrte Laura. »Wir werden Constable Jacobs einschalten und Niall anzeigen, dann ist er in der Stadt erledigt.«

»Sollte man meinen«, erwiderte Josie düster. »Aber ich habe erfahren, dass er sich seit Jahren wie ein schamloser Wüstling benimmt, und trotzdem hat ihn noch keiner aufgeknüpft!«

Lauras wunderschöne Augen blitzten zornig. »Das war die Generation unserer Mütter! Nicht unsere. Wir werden nicht zulassen, dass sie ihn decken. Dieses Mal geht es um *mich*, um *mein* Geheimnis, und ich werde nicht schweigen!«

Vivienne knüllte den Morgenrock zusammen. »Ich schlage vor, wir suchen Constable Jacobs umgehend auf, bevor ich das Ding nehme und verbrenne! Was für ein

Glück, dass wir das Geheimnis so kurz vor der Vorstellung gelüftet haben!«

Josie räusperte sich. »Ihr seid nicht die Einzigen, die ein Geheimnis ergründet haben.«

»Oh-oh«, machte Vivienne. »*Den* Blick kenne ich mittlerweile. Was hast du angestellt?«

»Sei nicht sauer, Viv, das kriegen wir wieder hin.«

Vivienne musterte sie: die verschwitzten Haare, die hochgekrempelten Ärmel, die Taschenlampe im Rockbund. »Du siehst aus wie jemand, der fremdes Eigentum zerstört hat.«

»Ich habe unseren Geheimgang gefunden!«

Sie liefen in den Keller hinunter, stiegen vorsichtig über die kaputte Tür und die Axt und schwenkten die Strahlen ihrer Taschenlampen durch die Dunkelheit.

»Wie in einer Gruft.« Laura hielt sich die Nase zu. »Man kann immer noch die Balsamierflüssigkeit riechen.«

Vivienne schnaubte. »Das ist Stoppbad. Das hier ist eine Dunkelkammer.«

»Du bist ein Genie!«, rief Josie. »Ein Geschenk, von dem man lange etwas hat!«

»Quatsch. Wer sich für Fotografie interessiert, weiß sofort, dass das eine Dunkelkammer ist. Sie liegt im Keller, weil es hier am dunkelsten ist, und der Vorraum dient als Schutz vor Lichteinfall. Das hier sind Entwicklungsschalen, und an dem Draht hat er die Fotos zum Trocknen aufgehängt.«

»Er?« Josie sah sie wachsam an.

Vivienne drehte sich überrascht um. »Na, das liegt doch

auf der Hand! Rudy Meyer! Seine Aufnahmen von Celeste sind hier unten entstanden. Aber hast du nicht erzählt, dass Niall während des Kriegs erotische Fotos unterm Ladentisch verkauft hat?«

Mit einiger Mühe rollte sie eine große Papierrolle auf, und zum Vorschein kam ein Bild der Côte d'Azur in höchst unwahrscheinlichen Farbtönen. »Schau, das ist einer der Hintergründe, die er benutzt hat. Die Aufnahme hing im Schlafzimmer, als ich eingezogen bin.« Sie hob die Hand. »Wartet, ich zeig sie euch.«

Vivienne lief nach oben und kam mit einem Armvoll gerahmter Fotos zurück. Eines, eine Schwarz-Weiß-Aufnahme von Celeste, reichte sie Josie und fing dann an, Kartons von einem hohen Regal zu zerren. Vielleicht fanden sich dort weitere Fotografien.

Josie schnürte sich die Kehle zu, als sie die Aufnahme betrachtete. Celeste, die nackten Brüste mit den Händen bedeckend, posierte sitzend vor dem künstlichen Hintergrund der Côte d'Azur. Außer einer goldenen Halskette und einer durchsichtigen Stola trug sie nichts. Ihre langen Haare fielen ihr wild über die Schultern. Sie hatte den Kopf leicht geneigt und blickte mit einem Ausdruck sinnlicher Verlockung in die Kamera.

Und Josie hatte geglaubt, sie hätte alle Bilder von Celeste gesehen. Jetzt erwachte sie wieder zum Leben, ihr helles Lachen, die großen, schelmisch blickenden Augen, ihr spritziger Gang auf den Fußballen.

Wie in aller Welt hätte sie das ahnen sollen? Das war eine andere Celeste als die, die sie für ihr Stück entworfen hatte. Wie viele dieser Aufnahmen mochte es in der Lodge geben? Josie war so mit ihren Vorbereitungen beschäftigt gewesen, dass sie nicht daran gedacht hatte, danach zu fragen.

»Viv, lass uns die Fotos mitnehmen und für die After-Show-Party aufhängen! Was meinst du?«

Vivienne antwortete nicht. Sie stand unnatürlich starr mit dem Rücken zu den beiden Frauen.

»Viv?«

Sie drehte sich um. Ihr Gesicht war so verzerrt, als würde sie gleich losschreien oder losheulen. »Hier drin sind noch mehr Fotos von Celeste.«

Josie machte schon einen Schritt auf sie zu.

»Die willst du nicht sehen«, sagte Vivienne hastig und scheuchte sie mit einer Handbewegung zurück.

»Natürlich will ich sie sehen!«

»Sie sind grauenvoll … obszön und frauenverachtend«, beendete sie den Satz mit einem kummervollen Blick auf Laura.

Josie konnte das nicht aufhalten. Sie griff in den Karton und zog eine Handvoll Fotos heraus. Ihr stockte der Atem schmerzhaft in der Brust, während sich das Bild einer zutiefst gedemütigten nackten Celeste Starr in ihr Gehirn einbrannte.

So etwas hatte sie noch nie gesehen, ja sich nicht einmal vorzustellen vermocht.

Hektisch schob sie das Foto ans untere Ende des Stapels. »O nein!«, entfuhr es ihr, als die nächste Aufnahme Celeste in einer noch erniedrigenderen Pose zeigte, die Augen weit aufgerissen vor Angst. Auch das nächste Foto stellte eine Attacke auf das geistige Auge, auf die Unschuld der Seele dar. Ebenso wie die darauffolgenden Aufnahmen. Josie konnte die Fotos noch so schnell durchblättern – für Celeste gab es kein Entrinnen aus dieser Versklavung.

»Da sind noch andere, schau.« Vivienne hatte einen weiteren Karton vom Regal heruntergenommen.

Josie griff hinein und zog einen Stapel Fotos einer anderen jungen schwarzhaarigen Frau heraus, die ihr irgendwie bekannt vorkam.

»Großer Gott!«, murmelte sie. »Das heißt, er hat noch mehr Opfer gefunden! Aber wer ist sie?«

»Und wer sind *die*?« Vivienne nickte zu dem hohen Regal hinauf, auf dem noch ein halbes Dutzend weitere staubbedeckte Kartons standen.

In düsteres Schweigen versunken, starrten die drei Frauen dort hinauf. Keine verspürte auch nur das geringste Interesse an weiteren Nachforschungen. Kribbelnde Hitze stieg Josie den Nacken hinauf. Kannte sie möglicherweise Frauen in dieser archivierten Sammlung? Waren Mädchen aus Barrington in Rudy Meyers Schlupfwinkel gelockt worden?

Laura, die die ganze Zeit neben Josie gestanden hatte, begann, krampfhaft zu schluchzen. Josie zog sie fest an sich. »Keine Angst, wir werden nicht zulassen, dass Niall dir noch einmal zu nahe kommt«, versprach sie.

»Die Hölle ist leer, alle Teufel sind hier’«, zitierte Vivienne mit leiser Stimme Shakespeare.

Minutenlang sprach keine der drei ein Wort. Jeder war es ein Bedürfnis, den Schutz ihrer Kleidung zu spüren, die uneingeschränkte Beweglichkeit ihrer Gliedmaßen, ihrer nicht geknebelten Münder.

Schließlich riss Vivienne die bleierne Schwere weg. »Rudy Meyer hat von diesem Keller aus ein schmutziges Geschäft mit pornografischen Fotos betrieben.«

Josie nickte finster. »Und Niall hat es entweder damals schon gewusst oder es später als Verwalter herausgefunden. Und seitdem achtet er darauf, dass niemand von diesem grauenvollen Raum erfährt, den er möglicherweise für seine eigenen Zwecke nutzt. Wahrscheinlich kommt er hierher und …« Sie brach ab. »Ich werde dafür sorgen, dass er gehängt, gestreckt und geviertelt wird! Das schwöre ich euch!«

»Kein Wunder, dass sich Celeste umgebracht hat!« Lauras Worte waren ein gequälter Aufschrei. »Wenn ich wüsste, dass Männer solche Aufnahmen von mir anstieren, würde ich auch ins Wasser gehen!«

»Hör auf!«, kreischte Josie. »Bitte sag so was nicht! Ich kann dich ja verstehen, aber ich ertrage es nicht, wenn du so etwas sagst.«

Laura sah sie trotzig an. Tränen glitzerten an ihren Wimpern. »Ich bleibe dabei. Wenn ich das wäre auf diesen Fotos, könnte ich nicht damit leben. Ich kann es Celeste nicht verdenken, dass sie es auch nicht konnte.«

»Niemand gibt Celeste in irgendeiner Weise die Schuld.« Josie legte die Arme um Laura. »Niemand!«

»Die ganze Stadt gibt ihr die Schuld!«, entgegnete Laura heftig und machte sich los. »Seit vierzehn Jahren wird sie für den Fluch verantwortlich gemacht, der auf diesem dämlichen See liegt! Die arme Frau wollte nichts weiter, als allem ein Ende setzen, weil sie keinen anderen Ausweg mehr sah, weil sie dachte, niemand werde ihr glauben oder helfen.«

Vivienne stand stumm, gedankenverloren daneben und schob den Mund von einer Seite zur andern. Josie beobachtete, wie das Grübchen in ihrer Wange mehrmals auftauchte und wieder verschwand. »Was ist los, Viv? Woran denkst du?«

Vivienne schüttelte den Kopf. »Ich werde das Gefühl nicht los, dass irgendetwas nicht stimmt ... ich weiß nur noch nicht, was.«

»Nichts stimmt, gar nichts!«, schoss Josie zurück. »Aber wir werden alles wieder in Ordnung bringen, und zwar diesen Freitagabend! Wir werden Celeste die Würde zurückgeben und obendrein ein Happy End schaffen. Die Liebenden, deren Liebe unter einem schlechten Stern stand, werden endlich auf ewig vereint sein!«

»Das ist einer der Punkte, die mich stören. Warum hat Celeste Zach nicht erzählt, was hier vor sich geht? Warum hat er nicht eingegriffen?«

Josie bedachte sie mit einem befremdeten Blick. »Ich will dir das Stück nicht verderben, Viv, aber Zach ist *gefallen* und war mausetot. Es liegt doch auf der Hand, dass Rudy ihre Trauer und ihren Kummer ausgenutzt hat.«

»Für mich liegt nur eins auf der Hand«, entgegnete Vivienne, »und zwar, dass wir so schnell wie möglich zu Constable Jacobs müssen – jetzt sofort! Das alles hier sind stichhaltige Beweise!«

»Erst nach der Vorstellung.«

Vivienne war empört. »Ich dachte, du wolltest Geheimnisse aufdecken und nicht vertuschen! Erst bittest du deine Brüder, ein Krokodil zu schießen, bevor es jemand zu Gesicht bekommt, dann schrubbst du wie eine Wilde Rinderblut weg, damit niemand was davon erfährt, und jetzt willst du eine von einem Prominenten gegründete Organisation zur Verbreitung pornografischer Fotos unter den Teppich kehren?«

»*Krokodil?*«, wiederholte Laura benommen.

»Eine lange Geschichte.« Josie tätschelte ihr die Schulter.

Dann reckte sie das Kinn in die Höhe und schaute Vivienne herrisch an. »*Nichts* wird der Vorstellung im Weg stehen! Nichts! Morgen werden wir den Fluch brechen, und *danach* werden wir diese dunklen Machenschaften ans Tageslicht bringen.«

Kapitel 29

✳

Das Medaillon

Vivienne war allein im obersten Stock und kämpfte immer noch gegen ihre Empörung an. Auch Stunden nach der grausigen Entdeckung in der Dunkelkammer und Josies Beharren auf einer Strategie der völligen Vertuschung war sie innerlich aufgewühlt und fühlte sich einfach nur hilflos.

Um ihre innere Unruhe loszuwerden, hatte sie angefangen, alle Fotos von Celeste aus den Rahmen zu entfernen. Diese wunderschöne Frau sollte nie wieder Gefangene dieser Lodge sein.

Sie wollte unbedingt, dass die Wahrheit ans Licht kam. Hätte Laura nicht den ganzen Nachmittag an Josie geklebt, hätte Vivienne ihre Freundin vermutlich zur Rede gestellt: *Was genau wird hier eigentlich gespielt?*

Sie wusste, sie hatte kein Recht, Josies taktische Zurückhaltung von Informationen zu kritisieren – schließlich war sie selbst zur Täuschung erzogen worden; wahre Gefühle und Motive durften erst als letzte Option offenbart werden. Aber Josie war die tapferste, furchtloseste Frau, der Vivienne jemals begegnet war. Und jetzt, wo sie wusste, dass es eine Josephine Monash gab, die kein Blatt vor den

Mund nahm, würde es für sie selbst nie wieder eine Rückkehr zu damenhafter Reserviertheit und unerträglicher Höflichkeit geben.

Das war es! Genau das musste sie zu Josie sagen. Das waren die Argumente, die sie anführen musste, um ihren Standpunkt deutlich zu machen.

Sie lief die Treppe hinunter und fand Josie und Laura in der Bibliothek, wo sie sich vergnügt über das korrekte Falten der Programmzettel zankten. Vivienne hielt inne, betrachtete die Szene weiblicher Kameradschaft und sann darüber nach, wie sehr sich die Lodge und ihre Bewohnerinnen verändert hatten. Was nach der Aufführung auch geschehen mochte, wohin es sie selbst auch verschlagen würde – sie hatte schwesterliche Liebe erfahren und den fürsorglichen Schutz eines wahren Freundes.

Der für sie höchst uncharakteristische Drang, Zuneigung zu zeigen, überkam sie. Lächelnd ging sie auf ihre Freundin zu. Josie, die sie jetzt erst bemerkte, blickte, zerstreut grinsend, auf, hob die Hand und zupfte an dem Medaillon an ihrem Hals.

Das Herzmedaillon.

Vivienne blieb wie angewurzelt stehen, sie wurde blass, ihr Lächeln gefror und fiel dann vollständig in sich zusammen …

Das herzförmige Medaillon.

Josie sah sie verwirrt an. »Alles in Ordnung?« Sie hatte aufgehört, an dem Medaillon herumzuspielen, und hielt es jetzt zwischen den Fingerspitzen. Vivienne starrte wie gebannt darauf.

»Hey!« Josie versuchte, Blickkontakt herzustellen. »Was ist denn los?«

Vivienne schüttelte nur den Kopf. Ihr Puls raste.

Auch Laura schaute jetzt auf, eine steile Falte zwischen den Brauen. Josie schickte sich an aufzustehen. »Du siehst aus, als hättest du einen Geist gesehen, Viv. Ist was passiert? Was hast du denn da?«

Vivienne gaffte auf die Fotos in ihren Händen. Jetzt sah sie es. Jetzt endlich sah sie es ...

Das Herzmedaillon.

Die Fotografien fielen ihr aus den Fingern und glitten über den Fußboden.

Vivienne wirbelte herum und flüchtete aus der Lodge.

Vor dem lila Haus auf der Main Street kam der Roadster mit quietschenden Reifen zum Stillstand. Vivienne sprang heraus, schlug die Tür zu, stieß krachend die Gartenpforte auf und stürmte durch das Gewächshaus.

»Mrs Frances!«, schrie sie, als sie über die schmale Brücke über den Teich lief.

Im Salon hörte sie Stimmengemurmel aus einem Radio. Die Hörspielreihe *Blue Hills*, wenn sie sich nicht irrte. Ihre Mutter war auch ein begeisterter Fan der Serie.

Na schön, dann würde sie die hinterhältige alte Fledermaus eben stören!

Als sie den Salon fast durchquert hatte, fiel ihr Blick auf das Foto von Maureen Monash auf dem Pianola. Sie nahm es in die Hand und betrachtete es aufmerksam.

Auch wenn sie sie nie kennengelernt hatte, hätte sie

Josies Mutter überall wiedererkannt. Sie hatten das gleiche kätzchenhafte Gesicht und lachten beide mit weit aufgerissenem Mund. Maureens Bauch wölbte sich – Josie würde nie wieder so still sein wie dort drinnen.

Auch Owen war auf dem Foto, er saß auf Maureens Hüfte, ein süßer kleiner Junge. Vivienne berührte sein Gesicht mit der Fingerspitze. Weder die breite Brust noch der Bart war auch nur ansatzweise zu erahnen, aber die dunklen Augen blickten genauso sanft wie heute. So ein lieber Junge. Würden seine Söhne auch so hübsch sein? Vivienne sah einen dunkelhaarigen, schelmisch grinsenden kleinen Jungen mit ausgestreckten Armen über eine Weide auf sich zulaufen.

Unsanft stellte sie das Foto an seinen Platz zurück, ohne sich die Mühe zu machen, ihre Fingerabdrücke vom Glas zu wischen. Die Frage, die sie hierhergeführt hatte, war gerade beantwortet worden.

Rufend ging sie weiter. Das Radio stand in einem elegant eingerichteten Esszimmer, aber Beryl Frances war nirgends zu sehen. Seltsam, dass Josie freiwillig ein Leben in Wohlstand – zumindest nach Kleinstadtmaßstäben – und die starrköpfige Zuneigung ihrer Großmutter für ein abgelegenes baufälliges Farmhaus und die Gesellschaft von Männern und Rindern aufgegeben hatte. Merkwürdig, dass sie nie hierher zurückgezogen war, obwohl sie die Nähe zu ihrer Theatertruppe als Vorwand hätte nutzen können.

Vivienne machte auf dem Absatz kehrt. Beryl war offensichtlich nicht zu Hause, aber sie konnte sich schon denken, wo sie sie finden würde. Während sie über die Main Street eilte, hatte sie alle Mühe, ihren Ärger im Zaum zu halten.

Ein »Geschlossen«-Schild hing an der Tür zu Ritas Antiquitätengeschäft. *Um diese Uhrzeit? Wohl kaum.*

Vivienne stieß die Tür auf, dass sie krachend aufflog, und ging hinein. Frauenstimmen aus dem hinteren Teil des Ladens drangen an ihr Ohr – die von Beryl Frances war deutlich herauszuhören.

Sie duckte sich und wich den alten Sachen, die von der Decke herabhingen, aus, während sie weiter nach hinten stürmte. wobei sie sich in einem fort ermahnte: *Mach den Mund auf! Lass nicht zu, dass sie auch nur einen Tag länger mit dieser Lüge davonkommen!*

Die Frauen saßen in dem durch den roten Vorhang abgeteilten Hinterzimmer, Beryl in der Mitte vorn. Vivienne hatte sie noch nicht erreicht, als sie rief: »Wie konntet ihr nur!« Ihr Magen rebellierte gegen ihren Mut.

Beryl warf einen hastigen Blick an Vivienne vorbei.

»Nein, Josie ist nicht mitgekommen, aber das ist egal, ich weiß Bescheid!«

Sie trat näher, nahm die anderen zur Kenntnis: Rita Caracella, Elsie Reece und Peggy West. Die mutterlose Tochter Barringtons hatte ihr Leben lang zu diesen Frauen aufgeschaut, ihrem Rat und ihrer Klugheit vertraut, und sie war von allen hintergangen worden.

»Wie konntet ihr nur!«, sagte Vivienne noch einmal, lauter, energischer, beflügelt von dem erregenden Gefühl, sich endlich zu behaupten.

Eine drückende Stille trat ein.

Vivienne richtete ihren Zorn auf Beryl. »Ich kenne die Wahrheit jetzt! Und mir ist klar geworden, welche Rolle Sie dabei gespielt haben, Mrs Frances. Aber ich hatte ja keine Ahnung, dass Sie so viele andere mit hineingezogen haben. Sie haben diese unerschrockene, talentierte junge Frau manipuliert, damit sie diese Geschichte schreibt, ihr aber verschwiegen, was für eine entscheidende Bedeutung *Ihnen* dabei zukommt. Wie konnten Sie ihr das antun?«

Beryl schnalzte mit der Zunge. Vivienne hasste dieses grässliche Geräusch, das für jeden intriganten Schachzug stand, den Beryl gegen Viviennes beste Freundin geführt hatte.

»Wann hatten Sie vor, es ihr zu sagen? Wann wollten Sie sie und diese ganze Stadt über Ihre abscheuliche Lüge aufklären?«

»Nicht *ihre* Lüge, Vivienne.« Eine vertraute Männerstimme.

Sie trat noch einen Schritt vor und spähte um den Vorhang herum.

Miles Henry. Einen Notizblock auf den Knien, saß er im Kreis der Verräter und versuchte nicht einmal, ein zerknirschtes Gesicht zu machen, weil sie ihn hier erwischt hatte.

Ihre Augen und ihr Hals brannten, als wäre sie mit einem giftigen Gas in Berührung gekommen, so groß war der Schock. Was hatte Miles mit dieser Geschichte zu tun? War er von Anfang an eingeweiht gewesen, oder hatte die bösartige alte Hexe ihn erst jetzt in ihrem Netz gefangen?

Miles hob beide Hände, wie um Viviennes vernichtenden, verurteilenden Blick abzuwehren. »Ich bin dir nur einen kleinen Schritt voraus gewesen, Viv. Ich bin genauso empört wie du hierhergekommen.«

»Mag ja sein, aber …« Ihre Stimme versagte. Sie nahm einen neuen Anlauf. »Aber jetzt sitzt du hier in ihrer Mitte!«

Beryl stemmte sich von ihrem Stuhl hoch und hielt sich kerzengerade. Die beiden Frauen standen sich gegenüber, die eine herrisch, die andere außer sich vor Zorn. »Steh nicht geifernd da rum! Wenn du Josephine helfen willst, dann zieh den Vorhang zu und setz dich zu uns!«

DRITTER TEIL

Spiel deine Rolle gut; darin liegt alle Ehre.

Alexander Pope

Kapitel 30

In Miles' Schuhen

Morgen war der große Tag, *Der Nachtigall-See* würde aufgeführt werden. Aber noch war es mitten in der Nacht, und Josie Monash fand keine Ruhe.

In der muffigen Dunkelheit stapfte sie die große Treppe in der Lodge hinauf und wieder hinunter, schlug sich die ausgeschaltete Taschenlampe erst in die eine, dann in die andere Handfläche, während ihre Gedanken sich in einem Kreis ohne Ausweg drehten.

Irgendetwas stimmt nicht mit meinem Stück.

Das war ein vertrauter Refrain für den Abend vor einer Vorstellung: die panische Angst, etwas Wichtiges vergessen zu haben, oder die letzte Kostümprobe könnte zu glatt gelaufen sein, was ein schlechtes Omen für eine gelungene Aufführung war. Das Lampenfieber vor einer Premiere war so vorhersehbar wie die Tränen bei der Dernière. Normalerweise würde sie sich ins Gedächtnis zurückrufen, dass die schweißnassen Hände und das beklemmende Korsett der Angst lediglich Beweis dafür waren, wie viel ihr das Theater bedeutete.

Aber dieses Mal war es anders.

Dieses Mal *wusste* sie einfach, dass mit ihrem Stück etwas nicht stimmte. Eine Katastrophe bahnte sich an, die sie vor ihrer Familie, vor Barrington, vor Miles Henry und auch vor Hugo Bernard als das bloßstellen würde, was sie war: eine armselige Stücke schreibende Amateurin. Eigentlich hätte sie jubeln müssen über Hugo Bernards in letzter Minute eingetroffene Zusage, die Vorstellung zu besuchen, doch stattdessen empfand sie nackte Panik.

Mittlerweile war sie einige Male bis zur Bibliothek gelaufen und kurz davor, ihre schlafenden Freundinnen zu wecken. Warum sollte sie als Einzige wach sein in dieser qualvollen Dunkelheit der Seele? Obwohl sie sich alle Mühe gegeben hatte, sie durch Reden und einen gelegentlichen Stupser wach zu halten, waren diese beiden Verräterinnen problemlos eingeschlafen.

Viviennes Gleichgültigkeit ihrer Schlaflosigkeit gegenüber war umso grausamer, als sie den ganzen Nachmittag unterwegs gewesen war und bei ihrer späten Rückkehr weder eine Entschuldigung noch eine Erklärung für ihre Abwesenheit geliefert hatte, sosehr Josie sie mit ihren Fragen auch löcherte. Lediglich Owens Namen war gefallen: »Wir mussten ein paar Dinge klären.«

Josie hatte misstrauisch die Augen zusammengekniffen. Das klang nicht sonderlich glaubhaft. Die literarische Auflösung der Geschichte von Vivienne und Owen war zwar längst überfällig – aber Vivienne sah nicht aus, als hätte sie sich den ganzen Nachmittag ekstatisch im Heu gewälzt.

Josie stieß ein dumpfes Knurren aus. Es machte sie rasend, dass sich der Schlaf weigerte zu gehorchen.

Wenn sie als kleines Mädchen – und auch später noch – nicht hatte schlafen können, hatte sie so lange nach ihrem Vater geschrien, bis sie dessen gemächliche, zuverlässige Schritte in dem langen Gang und das Knarren der Holzdielen unter seinen Füßen gehört hatte.

»Ich bin ja schon da, mein Küken«, hatte er dann immer gesagt, und wenn der Mond hell genug schien, konnte sie sein abgespanntes, aber nichtsdestoweniger liebevolles Gesicht erkennen.

»Hast du nach mir gerufen?«, fragte sie dann – das gehörte zu ihrem Spiel –, und er antwortete jedes Mal: »Ja, hab ich. Ich wollte bloß wissen, ob du da bist.«

Nicht zurückgelassen zu werden von jenen, die ein anderes, ihr unerschlossenes Reich betraten – sei es das Land der Träume oder das Reich des Todes –, mehr wollte sie nicht.

Ein Tränenschleier legte sich über Josies Augen. Sie würde ihrem Vater nie mehr so nahe sein, jedenfalls nicht, wie es eine unverheiratete, noch zu Hause lebende Tochter war. Nachdem sie vom Leben mit allen seinen Ängsten und Freiheiten gekostet hatte, würde sie nie wieder den Status der verwöhnten Prinzessin einnehmen können, den sie zu lange für selbstverständlich gehalten hatte. Es spielte keine Rolle, dass Daphne im Haus wohnte oder dass sie überhaupt eingezogen war. Josie hätte ihr Elternhaus lange vorher verlassen sollen. Nicht einmal das ständige Tauziehen zwischen ihrer Großmutter und ihrem Vater war noch von Bedeutung.

Die Welt außerhalb von Barrington übte jetzt eine unwiderstehliche Sogwirkung aus.

Josie stapfte erneut die Treppe hinauf, langsamer dieses Mal, weil die Müdigkeit sich endlich an sie klammerte. Es hatte keinen Sinn, wach zu bleiben und sich das Hirn zu zermartern. Was auch immer mit ihrem Stück nicht stimmte, würde durch Mut und Kreativität behoben werden können.

Morgen würde der Fluch gebrochen werden, und dann wäre sie endlich frei.

Sie musste tatsächlich eingeschlafen sein – als Vivienne sie wachrüttelte, war die Bibliothek von hellem Tageslicht erfüllt. Verdammt, sie hatte verschlafen! Benommen guckte sie auf und versuchte, ihrer Freundin die Worte von den Lippen abzulesen:

»… wartet unten auf dich.«

Josie stemmte sich auf die Ellenbogen, wischte sich Spucke vom Kinn und machte ein böses Gesicht. »Was hat sich der Dreckskerl dieses Mal ausgedacht?« Es gab nur ein Körperteil, das noch obszöner als eine Zunge war …

Vivienne zog ihr die Decke weg. Josie bekam eine Gänsehaut in der kühlen Morgenluft und warf einen sehnsüchtigen Blick auf ihr Kissen. Jetzt, wo der große Tag endlich da war, wünschte sie … er wäre es nicht.

»Mach schon«, drängte Vivienne und schnappte sich auch das Kissen. »Er wartet doch!«

Josie blickte noch finsterer drein. »Wie kann er es wagen, heute hier aufzutauchen! Ich fasse es nicht! Den mach ich fertig!«

Vivienne starrte sie verdattert an. »Du hast aber schon gehört, dass ich sagte, *Miles* wartet unten, oder?«

»Anscheinend nicht«, brummte Josie. Sie sprang auf und schaute sich hektisch nach einer Haarbürste um.

»Hier.« Vivienne streckte ihr ihr Lieblingskleid hin. »Ich hab's extra gebügelt.«

»Du kannst bügeln doch nicht ausstehen«, bemerkte Josie und griff nach dem fuchsiaroten Kleid. »Und du hast kein Bügeltuch benutzt. Ich muss das noch mal bügeln. Miles wird warten müssen.«

»Nein! Er kann nicht warten. Los, zieh's an!«

Widerwillig und mit einem bösen Blick Richtung Vivienne streifte Josie sich das Kleid über den Kopf.

Vivienne hatte eine Haarbürste aufgetrieben und fuhr ihr jetzt über den Pony und die gut schulterlangen Haare. Josie trug sie nie offen, weil das die Leute geradezu herausforderte, sie nicht ernst zu nehmen, aber Vivienne ließ nicht zu, dass sie sich die Haare hochsteckte oder zusammenband. Sie fasste Josie bei den Schultern und schob sie energisch zur Tür.

An der Treppe machte sich Josie los und wirbelte herum. »Was zum Teufel soll das, Viv? Ich hasse Überraschungen! Sag mir endlich, was los ist!«

Ein mitfühlender Ausdruck lag in Viviennes taubengrauen Augen, aber auf ihrem Gesicht spiegelte sich Entschlossenheit. Vielleicht hätte sie sich erweichen lassen, doch der volltönende Schlag der Standuhr verhinderte es. »Du musst jetzt wirklich gehen. Sie ... er wartet schon.«

Miles stand in den alten Klamotten, wie er sie als Farmersjunge getragen hatte, auf der Veranda, mit vom Schlaf noch weichen Zügen und zerzaustem Haar. Josies Wangen hatten fast die Farbe ihres Kleids angenommen, als sie ohne viel Federlesens hinausgeschoben wurde. Vivienne schloss die Tür hinter ihr, und eine Sekunde später wurde der Schlüssel herumgedreht.

Josie bedachte die Tür mit einem vernichtenden Blick. Als sie sich wieder zu Miles drehte, grinste er übers ganze Gesicht. Seine schrägen Augen wurden fast von Fältchen verschluckt.

»Ich hab weder Frühstück noch eine Tasse Tee gehabt. Ich warne dich – du solltest einen wichtigen Grund für die frühe Störung haben – dass das Theater aufgrund einer Seuche oder eines Feuers geschlossen werden muss, zum Beispiel.«

Miles zog ein in Wachspapier eingewickeltes Päckchen unter dem Arm hervor. »Frühstück für die Dame!« Zwei goldbraune Croissants lugten aus dem Papier.

Josies Hand schoss vor. »Bitte sag, dass die von deiner Mum sind.«

»Sie würde mir den Kopf abreißen, wenn ich dir Gebäck von jemand anderem mitbringen würde. Machen wir einen kleinen Spaziergang?«

»Wohin denn?«, nuschelte Josie mit vollem Mund. Miles war schon halb die Treppe hinuntergegangen.

Na schön, sie würde mit ihm gehen, bis das himmlisch zarte Croissant aufgegessen war. Aber so schnell, wie sie es in sich hineinstopfte …

Josie hatte damit gerechnet, dass sie zum See gehen würden – der Pfad dorthin war in den letzten Wochen zu einem ausgetretenen Weg geworden. Doch stattdessen wandte sich Miles Richtung Straße. Ein Glück, dass sie mit Essen beschäftigt war, ihr wären nämlich mindestens zehn Dinge eingefallen, die sie hätte sagen können und sofort wieder bereut hätte. Sie streifte ihren Weggefährten, der sich sein Croissant ebenfalls schmecken ließ, mit einem misstrauischen Blick. O ja, Miles hatte das alles hervorragend geplant.

Als sie das von wirbelnden Dunstschwaden eingehüllte Farmland erreichten, leckte sich Josie die Finger ab. Jetzt konnte es losgehen, jetzt war sie bereit, das Gespräch zu dominieren. Miles steuerte auf ein Gatter an der Grenze des Monash-Lands zu. »Da lang. Ich will dir was zeigen.«

»Vorsicht!«, rief Josie, als er nach dem Zaun greifen wollte. »Da ist jetzt Strom drauf.«

Miles riss die Hand zurück, und Josie lachte auf. »Du solltest dein Gesicht sehen!«

Miles sah sie strafend an und legte die Hand fest auf den Zaun. Josie ging, beschwingt und gut gelaunt, weiter; dass Miles auf ihren Scherz hereingefallen war, hatte das Gleichgewicht zwischen ihnen zumindest teilweise wiederhergestellt.

Sie liefen den Hügel hinunter. Tau spritzte von ihren Schuhen weg. Josie registrierte erfreut, dass Miles im Gegensatz zu den meisten anderen Leuten mit ihr Schritt halten konnte.

»Erinnerst du dich an diesen Weg?«, fragte er und blieb stehen.

»Na klar. Den sind wir immer gegangen, wenn wir nach der Schule vom Milchbus gesprungen sind«, antwortete sie und war sehr zufrieden mit ihrer Antwort. Miles schaute sich um, als wartete er auf jemanden oder etwas.

Josie folgte seinem Blick. »Wenn ich mich richtig erinnere, sind wir hier immer von brütenden Regenpfeifern im Sturzflug angegriffen worden.«

Miles unterdrückte ein Grinsen – sie erkannte es an dem schelmischen Funkeln in seinen Augen. »Lauf!«, rief er auf einmal, den Blick himmelwärts gerichtet. »Schnell!«

Schrill rufend, schoss der erste Regenpfeifer über der Weide hinter Josie heran.

Die Hände schützend über dem Kopf, rannte sie los, auf den Bach am Fuß des Hügels zu. Der Vogel flog seine Attacke mit der Zielgenauigkeit eines Bombers. Josie kreischte und rannte noch schneller auf den Bach zu, der von einem Regenwaldrest verborgen war. Miles kam hinter ihr den Hügel heruntergerast und brüllte etwas – oder lachte er? Josie spürte, dass ein zweiter Vogel herabstieß. Sie zog den Kopf ein und fluchte laut, sie wusste selbst nicht, ob sie Miles oder diese elenden Vögel verwünschte.

Endlich hatte sie die rettenden Bäume erreicht. Als Miles bei ihr ankam, ließ sie eine Schimpfkanonade los.

Er grinste. »Das ist schon besser.«

»Was?«, fauchte sie, als ihre Würde wieder einigermaßen hergestellt war.

»Das ist die Josie Monash, die ich kenne.«

»Fluchend wie ein Farmer?« Sie strich ihren zerzausten Pony glatt.

»Deine Brüder fluchen nicht.« Das stimmte. Josie hatte immer die frechste Klappe gehabt. »Ich meine das Mädchen, das mich fast jeden Nachmittag den Regenpfeifern geopfert hat.«

Josie lachte empört auf. »Dann geht es dir nur um Rache?«

Miles trat näher. »Nein, das ist eine Lektion in Geschichte.«

Sie straffte sich. »Auf dem Gebiet schlage ich dich locker. Es gibt nicht viel, was du mir da beibringen könntest.«

Er ging achselzuckend weiter auf den Bach zu, der glitzernd seinem felsigen Bett folgte. »Dann erzähl mir was über diesen Ort hier.«

Sie folgte Miles am Bachlauf entlang, von bemoostem Stein zu bemoostem Stein, und war einer zu schlüpfrig und sie drohte abzurutschen, machte ihr Magen einen kleinen Hüpfer. »Ich schätze, du denkst an unsere Wettbewerbe, wer die meisten Yabbie-Krebse fängt.«

»Und das war meistens ich.«

»Zugegeben. Aber wenn ich mich richtig erinnere, hast du gesagt, Yabbie-Krebse seien ja bloß Kleinkram, dein Traum war, eines Tages einen großen Rotscherenkrebs im Lake Evelyn zu fangen.«

»Davon träume ich immer noch.« Die Braue hochgezogen, sah er Josie an. »Weißt du noch, dass hinter der Biegung ein Schnabeltier gewohnt hat?«

Sie näherten sich einer Stelle, wo der Wasserlauf einen Bogen beschrieb und tiefer war und seltene Blushwood-Beeren sich in einem Becken von schattigem Indigoblau spiegelten.

»Mr Beauman, ja.«

»Ich glaube, dem armen Schnabeltier den Namen des Direktors zu geben, war deine Idee.«

»Sie waren beide gehässig und hatten ein Entengesicht.«

»Und *wir* beide standen im Mittelpunkt des Skandals, als irgend so ein Idiot an der Barrington High uns verraten hat.«

»Und wir haben beide Stockschläge kassiert, weil dieser scheinheilige Drecksack in seiner Eitelkeit gekränkt war.«

Sie ließen den Bach hinter sich und stiegen die Anhöhe auf der anderen Seite hinauf. Josie streifte Miles mit einem schnellen Blick unter ihrem Pony hervor. Er hatte einen sicheren Schritt, den kräftigen Knochenbau und das stoppelige Kinn eines Mannes. Aber seine von dunklen Wimpern gesäumten Augen hatten nichts von ihrem jungenhaften Charme verloren.

Allmählich begriff sie. Wo auch immer dieser Spaziergang hinführen mochte – zuerst galt es, die Höhepunkte ihrer gemeinsamen Kindheit abzuschreiten.

Aber *wieso*?

Josie blieb keine Zeit, romantischen Gefühlen nachzuhängen, denn jetzt hatten sie das »Schlachtfeld« erreicht, das seinen Namen von den Kanonenkugelbäumen entlang der Straße zu McGintys Farm hatte. Am Stamm dieser Bäume wuchsen gedrängt große, schwere, hartschalige Früchte, die Kanonenkugeln ähnelten. Nach dem Krieg hatten die Farmerskinder hier so manche Schlacht nachgespielt.

Miles, eine Hand an der Stirn, drehte sich Josie zu. Sein Blick sagte alles.

»Es tut mir leid!«, rief sie. »Ich hab mich damals tausendmal entschuldigt! Ich bin sogar mit einem handgeschriebenen Entschuldigungsbrief zu dir nach Hause gekommen!«

»›Lieber Miles‹«, deklamierte er, »›duck dich das nächste Mal.‹«

Josie stemmte die Arme in die Seiten. »Zur Strafe musste ich eine ganze Woche lang Owens Arbeiten übernehmen! Ich war ganz schön sauer auf dich, weil du so ein Theater deswegen gemacht hast.«

»Theater? Deinetwegen hatte ich eine Gehirnerschütterung. Deine Brüder haben mich unter den Armen und an den Knöcheln gepackt und nach Hause getragen.«

»Und *ich* hab den ganzen Weg nach Hause *geheult*! Ich dachte, ich hätte dich umgebracht! Es war furchtbar. Ich hab doch immer gedacht, dass ich dich eines Tages hei…«

Josie hustete los.

»Dass du mich eines Tages *was*?« Miles nahm die Hand von der alten Stirnwunde.

»Dass du es mir eines Tages heimzahlen würdest«, beendete sie den Satz beiläufig und warf unbekümmert den Kopf nach hinten.

»Alles klar. Wollen wir weitergehen?« Er ging voraus und winkte ihr, ihm zu folgen, was sie auch tat, aber nicht, ohne ihn mit einem finsteren Blick zu durchbohren.

So ein Schuft!

Sie befanden sich auf einer Art Rundweg zurück zum Lake Evelyn. Was wollte er mit dieser Reise durch die Chroniken ihrer Kindheit bezwecken? Sie an ihre Rivalität erinnern, an eine Josie, die ein frecher Wildfang gewesen war, an eine Vergangenheit, die sich nicht umschreiben ließ?

Der Gedanke tat weh. Sie beschleunigte ihre Schritte und schloss zu ihm auf. »Hast du mich deshalb hierhergebracht? Um mir vor dem größten Augenblick meines Lebens zu zeigen, dass ich trotzdem die vorlaute kleine Monash bleiben werde, die hinter dem Hügel zu Hause ist?«

Miles blieb stehen. »Denkst du das wirklich, Josie?« Keine Spur mehr von verschmitzter Schalkhaftigkeit. In seinen haselnussbraunen Augen konnte sie die stumme Bitte um Geduld lesen. Nicht gerade ihre Stärke. Aber *versuchen* würde sie es …

»Dann komm endlich zur Sache!«, fauchte sie.

Er rang sich ein angedeutetes Lächeln ab. Sie kannte diesen Gesichtsausdruck, hatte ihn vor Prüfungen und Musicals bei ihm gesehen. Er war also nervös.

Sie gingen weiter zu dem von Regenwald umschlossenen See. Josies Stirn bewegte sich unaufhörlich, während sie ihre eigene wachsende Nervosität zu bekämpfen versuchte. Sie empfand sowohl Angst als auch freudige Erregung und wusste nicht, was von beidem schlimmer war.

Miles führte sie auf einem zugewucherten Pfad zum See, der türkisgrün durch den Dschungel schimmerte. Riesige, taunasse Blätter von Pfeilblattgewächsen klatschten ihnen gegen Arme, Beine und Gesicht.

Sie befanden sich auf der gegenüberliegenden Seite des Amphitheaters und der Lodge. Josie war nicht ein einziges

Mal mehr hier gewesen, seit der Fluch ... aufgekommen war. Eigentlich konnte sie sich nicht erinnern, überhaupt einmal auf dieser Seite des Sees gewesen zu sein.

»Hier lang«, sagte Miles mit der Zuversicht desjenigen, der sich gut auskannte. Die Bäume standen eng zusammen, Josie konnte keinen Weg erkennen. Sie rutschten eine schlammige Böschung zum Ufer hinunter, wo eine Würgefeige einen Baumgiganten überwuchert und ins Wasser reichende Wurzeln gebildet hatte. Dazwischen war unter ihrem ausladenden Geäst eine Höhle entstanden, die mit Hirschgeweihfarnen und herabhängenden Schlingpflanzen geschmückt war. Gesprenkeltes Licht fiel herein; glitzernde Wellen plätscherten leise. Jenseits der Höhle dunstiger Sonnenschein.

Josie ging staunend, mit weit aufgerissenen Augen umher. »Das also ist dein geheimer Schlupfwinkel!«

Miles lächelte zwar, war aber sichtlich angespannt. »Ich war neun, als ich das hier entdeckt hab. Und wenn keins der Monash-Kinder Zeit zum Spielen hatte, bin ich hierhergekommen. Ich hab's das Bootshaus genannt.«

»Das Bootshaus«, wiederholte Josie anerkennend. »Hast du denn ein Boot gehabt?«

»Ein kleines Dory. Aber ich bin nicht damit auf den See rausgefahren, weil ich Angst hatte, irgendein zerlumptes Gespenst könnte aus dem Wasser auftauchen und zu mir ins Boot klettern.«

»Wieso hast *du* denn Angst gehabt? Es war doch nur hinter uns Mädels her.«

»Am meisten Angst hatte ich vor meiner Mutter. Dass

sie dahinterkommen könnte.« Miles tippte sich an den Kopf. »Aber du sagst ›war‹ … heißt das …«

»Du musst es mir nicht unter die Nase reiben. Es ist mir schon peinlich genug, dass ich das alles so lange geglaubt habe.«

Sie hatte damit gerechnet, dass er grinsen würde, doch er blieb ernst. »Du kannst doch nichts dafür, dass man dir …« Er machte eine Pause. »… eine sehr überzeugende Geschichte aufgetischt hat.«

»Meine lebhafte Fantasie hat mich empfänglicher dafür gemacht als die meisten anderen.«

»Wir Theaterleute sind bekanntermaßen abergläubisch«, erwiderte er.

»Weil wir in einem Bereich arbeiten, der viel mit eigenartigen Dingen zu tun hat.«

»Mag sein. Aber du und ich, wir wissen *beide*, dass wir damals einen Beuteltiger gesehen haben.«

»Inzwischen glaube ich, dass es wahrscheinlich nur ein Beutelmarder war.«

»Ich weiß, dass ich meinen Augen trauen kann.«

Ich traue deinen Augen auch.

Die kameradschaftliche Stimmung war verflogen. Miles strahlte eine unerbittliche Ernsthaftigkeit aus. Es war, als hielte er sich an ein vorbereitetes Szenario mit festem Ablauf.

Josie sah ihm in die Augen. »Was hat das alles zu bedeuten? Wenige Stunden vor der Aufführung reißt du mich aus meinen Vorbereitungen, um mit mir eine Reise in die Vergangenheit an die Orte unserer Kindheit zu machen. Wozu das Ganze?«

Sie griff nach ihrem Medaillon und schob es an seiner Kette hin und her. Miles heftete den Blick darauf, und etwas wie Schmerz – nein, Kummer – zerfurchte seine Stirn. Kummer weswegen? *Ihretwegen?*

Plötzlich schoss ihr eine neue Theorie durch den Sinn. »Vivienne wollte mich aus der Lodge haben, und Laura wollte mich nicht am Theater haben, und deine Aufgabe ist es, mich abzulenken. Warum haben sich meine Hauptdarsteller und meine Inspizientin gegen mich verschworen?«

»Um dir zu helfen, das zu Ende zu bringen, was du begonnen hast, und den Fluch als das zu entlarven, was er tatsächlich ist.«

Josie verschränkte die Arme. »Entweder du rückst jetzt mit der Sprache raus, oder du bringst mich zum Theater.«

»Ich bin nicht ganz ehrlich zu dir gewesen, Josie.«

»Das scheint mir allerdings auch so«, versetzte sie trocken.

»Ich spreche nicht nur von heute.«

»Oh, auf einmal gibt es ein ganzes Lügenmuster!«

Er warf ihr einen stirnrunzelnden Blick voller unterdrückter Belustigung zu. »Du machst es mir nicht gerade leicht.«

»Warum sollte ich?«

Er schaute nach oben zum Dach des Bootshauses. Josie folgte seinem Blick. Und jetzt?

Als er wieder sie ansah, war das schelmische Funkeln in seine Augen zurückgekehrt. »Meine Aufgabe war es, dich abzulenken ...«

»Meinen Babysitter zu spielen, während der große Coup vorbereitet wird, meinst du.«

Sein leises Lachen kam einem Eingeständnis gleich. »Aber hierher habe ich dich aus einem ganz persönlichen Grund gebracht.«

Verärgerung, Beklommenheit, Frustration – alles hatte sich in Josie zusammengeknäuelt, und jetzt gesellte sich noch eine atemlose Hoffnung dazu, für die sie sich eigentlich schon viel zu alt fühlte.

»Kletterst du mit mir rauf? Ich möchte dir was zeigen.«

»Da rauf?« Sie deutete auf ihr bestes Kleid. »In dem da?«

»Früher hat dich ein Kleid doch auch nicht aufgehalten.«

»Damals war's mir egal, wenn du meine Unaussprechlichen gesehen hast.«

»Aber heute ist es dir nicht mehr egal?« Um seine Mundwinkel zuckte es.

Josie spielte an ihren Ponyfransen herum. »Du gehst zuerst und bleibst über mir.«

»Ich werde nicht hingucken«, versprach Miles und watete bis zu den Schenkeln ins Wasser. »Fang auf dem hier an.« Er stieg auf einen mächtigen Ast, der nicht einmal zitterte unter seinem Gewicht.

»Es war keine Rede davon, dass wir in den See gehen!«, rief sie ihm nach.

Er grinste. »Ich dachte, du glaubst nicht mehr an den Fluch?«

Sie funkelte ihn böse an und folgte ihm dann, erst ins Wasser, danach von Ast zu Ast, immer höher hinauf. »Wäre nicht so gut, wenn wir uns heute ein Bein brechen würden«, schimpfte sie vor sich hin. »Das ist nicht vorgesehen!«

Miles hatte zwischen Hirschgeweihfarnen einen Platz zum Sitzen gefunden, wo er auf sie wartete, ohne ihren Aufstieg zu beobachten.

Josie ließ sich neben ihn plumpsen. »Raus mit der Sprache.« Doch dann schweifte ihr Blick von seinem Gesicht auf den See, der wie ein glitzernder Smaragd vor ihnen lag. »Oh, er ist viel zu schön für diesen elenden Fluch!«

»Ja, das ist er.«

Als sie den Kopf wandte, sah sie Miles' Blick auf sich ruhen.

»Ich bin nicht ganz ehrlich zu dir gewesen, Josie.«

Er hatte diesen Satz einstudiert, sie spürte es. Ihr Magen vollführte einen Salto.

»Inwiefern?«

»Ich habe dir nicht nur geschrieben, weil ich dir gratulieren wollte, dass du dir den Zorn von Mr Bernard zugezogen hast. Ich hatte schon lange nach einem Vorwand gesucht, dir zu schreiben.«

Hatte sie es nicht geahnt, aber ihr Bauchgefühl als Wunschdenken abgetan?

»Und als du mir dann von deinem Stück und von deinen Plänen für die Wiedereröffnung des Obsidian erzählt hast, wollte ich um jeden Preis mit dabei sein. Ich hätte jede Rolle in Josie Monashs Theaterdebüt übernommen, ich hätte mich geehrt gefühlt, wenn ich nur deiner Crew angehört hätte.«

Josie spielte die Entrüstete. »Und trotzdem hast du mich in dem Glauben gelassen, dass du *mir* einen Gefallen tust und mein Retter in der Not bist!«

»Habe ich das?«, fragte er ernst.

Nein, das hatte er nicht. Miles war, ohne zu zögern, gekommen, als sie angedeutet hatte, er solle doch vorsprechen, und hatte weder Kosten noch Mühen gescheut.

»Und warum wolltest du um jeden Preis dabei sein?«, fragte sie schnell. Der letzte noch zu klärende Punkt. »Weil du gewusst hast, wie brisant das Thema ist? Das sähe dem Miles Henry ähnlich, den ich gekannt habe. Du warst bei jedem Unfug dabei.«

»Nein.« Seine Augen und seine Stimme wurden weich wie Samt. »Nein, ich war überall da, wo *Josie* war.«

»Was willst du damit sagen?«

Miles löste ihre Hand von dem Ast, an dem sie sich festhielt, und legte sie etliche Zentimeter weiter wieder auf das Holz. Josie sah ihn unverwandt an.

»Das, was ich in Bäume schnitze, seit ich dreizehn war.« Er nahm ihren Zeigefinger und drückte ihn auf die Rinde. Sie spürte die Narben eingeritzter Buchstaben. Er führte ihren Finger über jeden einzelnen, ohne die Augen von ihr abzuwenden.

Sie formte die Worte mit den Lippen:

Miles Henry
liebt
Josephine Monash

Ihr Atem ging stoßweise, als würde der Sauerstoff knapp. Ihre Augen füllten sich mit Tränen.

»*Niemand* lacht so wie du, Josie Monash.«

»Du magst mein *Lachen*?« Sie gab ein prustendes Schnauben von sich, das ihn vielleicht eines Besseren belehren würde.

Mit tränenverschleiertem Blick schaute sie zu, wie Miles nach ihrer Hand griff und sie an sein Herz drückte. »Ich liebe die Frau, die der Welt so viel Energie und Leidenschaft gibt.«

Sie starrte ihn verwirrt an. »Aber ... du hast mir während unserer Schulzeit immer das Gefühl gegeben, dass ich bloß eine Rivalin im Theaterclub für dich war. Und dann bist du ohne ein Wort weggezogen.«

»Weil ich eine Heidenangst vor dir hatte. Kein Junge war gut genug für dich. Deine kräftigen Brüder haben das immer wieder angedeutet, und du hast es rundweg erklärt. Ich wusste, dass ich nur eine einzige Chance hätte, dein Herz zu erobern, und ich war vor Angst, es zu vermasseln, wie gelähmt. Das war schlimmer als das schlimmste Lampenfieber, das ich je gehabt habe.«

»Ich glaube dir kein Wort.«

»Hast du nicht gelesen, was ich dir in dein Poesiealbum geschrieben habe?«

Gelesen? Sie hatte es auswendig gelernt! »*Ich werde auf den Theaterbühnen nach dir Ausschau halten, Milchmädchen mit den großen Träumen.*‹ Ich dachte, du hättest das geschrieben, um mich zu ärgern: Während du dich aufmachen würdest, deinen Traum zu verwirklichen, würde ich immer noch zu Hause herumsitzen. Aber mir hat der Gedanke, dass du überhaupt nach mir Ausschau halten würdest, so schrecklich gut gefallen ...«

Ein Ausdruck von Zärtlichkeit und Bewunderung lag in seinen Augen. »Für dich würde ich mich überall und jederzeit von meinem Publikum abwenden. *Das* wollte ich damit sagen.«

Von allen Versprechen, die er ihr hätte geben können, hatte er sich für dieses entschieden.

Er zog ihren Arm an sich, und der Rest von Josie folgte nach.

So viele Jahre hatte sie diesen Jungen gepeinigt und sich seinetwegen, aber so nahe war sie ihm noch nie gewesen. Sie konnte die Blutgefäße in seinen Augen erkennen, die feinen Stoppeln auf seinem Oberlippengrübchen. Ihr Blick wanderte von seinen Augen zu den Lippen und wieder zurück. Sie sehnte sich so sehr danach, von ihm geküsst zu werden, dass sie fast keine Luft mehr bekam. Und wie sie jetzt feststellte, mochte sie es überhaupt nicht, auf die Folter gespannt zu werden wie in den Romanen, die sie so liebte ...

»Es gibt nur ein Mädchen, das mich jemals regelrecht umgehauen hat«, sagte Miles, die Lippen hartnäckig Millimeter von ihrem Mund entfernt.

»Wenn du mich jetzt nicht auf der Stelle küsst«, stieß Josie zwischen den Zähnen hervor, »werde ich *dich* von diesem Baum hauen!«

Miles ließ sich nicht erweichen. »Erst hat sie mich mit ihrem berüchtigten starken Arm k.o. geschlagen. Dann hat

sie mich mit ihrem Witz und ihrem Mumm und ihrem un-
beschreiblichen Talent sprachlos gemacht. Und zuletzt hat
sie mich mit einem kurzen Blick auf ihre rosa Unterwäsche
verblüfft.«

»Du bist unverbesserlich.«

Josie löste ihre Hand aus seiner und zog seinen Kopf zu
sich heran.

Kapitel 31

Fünf vor zwölf

Vivienne und Owen saßen auf der Verandatreppe der Lodge, den Blick auf den Pfad in den Regenwald gerichtet, auf dem Miles und Josie jeden Augenblick zurückkommen sollten. Es herrschte eine geradezu unheimliche Stille, die nicht einmal vom Zirpen der Zikaden gestört wurde. Miles blieb sehr viel länger als geplant mit Josie weg, und Vivienne konnte es kaum erwarten, ihre Freundin zu sehen und zu erfahren, wie es gelaufen war.

Aber das nervöse Kribbeln hatte auch noch einen anderen Grund: so nah neben Owen zu sitzen, dass ihre Ellenbogen sich berührten. Doch während sie jeden noch so zarten Ellenbogenkontakt intensiv wahrnahm, machte Owen einen gelassenen, gleichgültigen Eindruck.

Das war einfach nicht fair!

Sie hatte *ihn* zurückgewiesen, ihm zu verstehen gegeben, dass er nicht gut genug für sie war, ihn verletzt – und dennoch war sie es, die leidgeprüfte Seufzer unterdrückte.

Owen legte den Kopf in den Nacken und schaute zu dem völlig regungslosen Baldachin der Bäume hinauf. »Ich weiß gar nicht, wie ich das Josie beibringen soll …«

»Du sollst ihr überhaupt nichts beibringen! Du sollst sie lediglich zu ihm begleiten.«

Owen lächelte. »Ich habe vom Wetter gesprochen.«

Vivienne schaute sich um. Jeder Sonnenstrahl, der sich durch das Laubdach zwängte, schien auf maximale Helligkeit eingestellt zu sein. Und noch nie seit ihrer Ankunft hier oben war es so heiß gewesen. »Was stimmt denn nicht mit diesem herrlichen Tag?«

»Da zieht ein ordentlicher Sturm auf. Und ich rede nicht von deiner Regisseurin.«

»Die einzigen Stürme, die Josie heute Abend dulden wird, sind Beifallsstürme.«

Als Owen schallend lachte, schmunzelte sie innerlich und stupste ihn leicht mit dem Ellenbogen an. »Ihr müsst euch beeilen. Laura will, dass sie um eins wieder da ist, damit sie die Änderungen durchgehen können.«

Owen erwiderte ihren Stupser. »Und wenn Josie die Vorstellung absagt?«

»Und darauf verzichtet, die ganze Geschichte ans Tageslicht zu zerren und Kritikerlob einzuheimsen? Das wird sie sich nicht entgehen lassen, dafür ist ihr Ego zu groß.«

»Überleg mal, wie hochgepustet sie nach dem heutigen Abend sein wird. Danach wird man nicht mehr mit ihr unter einem Dach wohnen können.«

»Nach dem Erfolg ihres Stücks wird keiner von uns noch mit ihr unter einem Dach wohnen.«

Owen drehte sich ihr zu. Zum ersten Mal seit langer Zeit nahm sie Emotionen hinter der stoischen Fassade wahr. »Und wo wirst *du* wohnen?«

Sie zuckte mit den Schultern und zog ihren Ellenbogen an. »Das war ein hübsches Intermezzo, aber jetzt wird es Zeit, mich mit meiner Zukunft auseinanderzusetzen. Josie wird ihre brillante Karriere fern von diesem Berg verfolgen. Laura trägt sich mit dem Gedanken, die Barrington Theatre Company zu übernehmen. Heute nehmen viele wunderbare Dinge ihren Anfang ...«

Owen strich sich über seine Knöchel. »Und finden ihr Ende.«

So wie dieser Augenblick zu zweit. Josie stürmte über den Pfad, Miles zwei Schritte hinter ihr. Vivienne und Owen standen auf.

»Schön, dass ihr euch auch mal wieder blicken lasst«, bemerkte Vivienne.

»Entschuldigung«, sagte Miles mit funkelnden Augen. »Wir haben die landschaftlich schöne Strecke genommen.«

Die landschaftlich schöne Strecke hatte sowohl bei Josie als auch bei Miles offenbar wunde Lippen hervorgerufen.

Josie blieb abrupt stehen, als sie Owen erblickte. »O nein, du auch noch!«

»Ich auch noch«, bestätigte Owen und ging auf sie zu. »Komm, Josie-Posie, da wartet jemand auf dich.«

Sie waren ein seltsames Paar, der große, kräftige Mann und die zierliche, kleine Frau, als sie nebeneinander über die Zufahrt gingen und bald darauf im Schatten verschwanden.

Vivienne sah Miles an, der neben ihr auf der Verandastufe stand. »Was hat sie gesagt?«

Miles schaute immer noch Josie nach, obwohl sie längst

aus seinem Blickfeld verschwunden war. »Sie hat gedroht, mich vom Baum zu schubsen, wenn ich sie nicht endlich küsse.«

Vivienne strahlte. »Hört sich an wie etwas, das nur von unserer Josie stammen kann.«

Miles, die Stirn in Sorgenfalten, wandte endlich den Blick von der Zufahrt ab. »Ich wünschte, ich könnte mitgehen und dabei sein.«

Aber Vivienne wusste, dass es Gespräche gab, die man ganz allein überstehen musste.

Kapitel 32

Die Peripetie

Owen begleitete Josie zum Land der Familie. Sie war ungewöhnlich still, verwünschte nicht einmal die Gewitterwolken, die sich über den fernen Bergen auftürmten. Josie vertraute darauf, dass ihr kluger großer Bruder und ihre beste Freundin schon wissen würden, was das Beste für sie war.

Dennoch wurde sie das bittere Gefühl nicht los, verraten worden zu sein.

Auf der Hügelkuppe blieb Owen stehen und drehte sich zu ihr. Da wusste Josie genau, wer am Fuß des Hügels auf sie wartete. Sie packte Owen am Arm, schluckte krampfhaft und fragte: »*Muss* ich mit ihm reden?«

Owen zog sie an sich. »Du musst die Wahrheit erfahren, Josie. Die ganze Wahrheit. Ich habe dir vor langer Zeit gesagt, dass ich glaube, es geht bei der ganzen Geschichte um dich. Es ist deine Bestimmung, die Dinge ins rechte Lot zu bringen. Und genau das tust du.«

Gabriel Monash, groß und würdevoll, wartete im Schatten der Paperbark-Eukalyptusbäume am versteckspielenden Billabong.

»Mein Küken«, sagte er, als sie näher kam.

»Hör auf, mich so zu nennen. So ruft man kleine Kinder, und ich bin eine erwachsene Frau.«

Gabe deutete auf einen Felsblock ihm gegenüber. »Setzt du dich zu mir?«

Sie setzte sich nicht. »Du hattest etwas damit zu tun, nicht wahr?«

Er legte geduldig den Kopf schief. Die alte Aufforderung: *Nur weiter. Ich höre zu.*

»Celeste. Du hattest etwas mit ihrem Tod zu tun, hab ich recht? Du lässt zu, dass ich mich mit einer netten Lügengeschichte blamiere, um irgendeinen dämlichen Kritiker zu beeindrucken, während du die ganze Zeit die Wahrheit gekannt hast. Du bist in irgendeiner Weise für ihren Tod verantwortlich. Und Grandy weiß davon, stimmt's? Das ist das große schmutzige Geheimnis, das seit vierzehn Jahren über uns hängt. Du bist ein *Mörder*, und Grandy weiß es!« Josie schnappte nach Luft.

Sagte sie das tatsächlich zu dem Mann, den sie über alles liebte und dem sie mehr vertraute als jedem anderen Menschen?

Gabe stieß einen gewaltigen Seufzer aus. »Glaubst du das wirklich?«

»Monatelang habe ich alle Hinweise zusammengetragen und vor deiner Nase zu einem schlüssigen Ganzen zusammengesetzt. Ich habe kein Geheimnis daraus gemacht, dass ich an einem Stück schreibe. Ich habe dir gezeigt, wie viel es mir bedeutet und wie furchtbar es für mich wäre, wenn ich einen Idioten aus mir machen würde. Ich habe euch beiden, dir und Grandy, die Möglichkeit gegeben, die Dinge richtigzustellen, aber du hast es nicht für nötig gehalten.«

»O Josephine ...«

Kummer zerfurchte ihre Stirn. »Warum hast du mich nicht aufgehalten?«

»Ich bin so viele Jahre ein Feigling gewesen, hatte so lange Angst, dich und deine Brüder zu verlieren – ich wusste einfach nicht, *wie* ich dir die Wahrheit sagen sollte.«

»Du? Wo du mir mein Leben lang Integrität vorgelebt hast?«

»Ich habe eine Lüge in die Welt gesetzt, habe zugelassen, dass die ganze Stadt sie verbreitet und ihr alle damit leben musstet. Eine Lüge, die vielleicht unschuldigen Menschen das Leben gekostet hat. So gesehen, bin ich tatsächlich ein Mörder.«

Genug!

Josie ließ sich auf den Felsblock gegenüber Gabe fallen, griff nach dem Herzmedaillon und riss mit einem kräftigen Ruck daran. Die vom jahrelangen Tragen spröde gewordene Kette riss wie ein Bindfaden. Die Faust fest um das Medaillon geschlossen, hielt sie die Kette hoch.

»Sag mir, warum du seit vierzehn Jahren die Halskette einer Ertrunkenen auf dem Nachttisch liegen hast.«

Gabe griff danach und barg das Medaillon in der hohlen Hand.

»Ich weiß, dass es Celeste gehört hat«, sagte Josie. »Ich habe es auf den Fotos in der Lodge wiedererkannt – erzähl mir also nicht noch einmal, dass es meiner Mutter gehört hat!«

»Das habe ich nie behauptet.«

Josie wollte schon widersprechen, machte den Mund aber wieder zu. Das stimmte. Weil das Medaillon all die Jahre neben seinem Bett gelegen hatte, war sie davon ausgegangen, dass es Maureen gehört hatte.

Zorn wallte in ihr auf. »Und warum hast du mich in dem Glauben gelassen?«

»Ich sollte ja nicht wissen, dass du es trägst. Das war dein Geheimnis. Wenn ich abends vom Melken nach Hause kam, hattest du es schon wieder an seinen Platz zurückgelegt.«

»Du hast doch gewusst, wie wichtig es mir war, weil ich mich dadurch meiner Mutter verbunden fühlte. Stattdessen habe ich die Halskette einer toten Schauspielerin getragen! Warum hast du das zugelassen?«

Gabe zuckte zusammen.

»Entweder du sagst mir jetzt die Wahrheit, oder ich gehe, und zwar für immer.«

Seine Züge verkrampften sich, erschlafften, konturierten sich von Neuem. »Ich habe versagt, als es darum ging, den letzten Wunsch deiner Mutter zu erfüllen. Auf ihrem Totenbett wusste sie, dass du zu jung warst, um dich an sie zu erinnern, deshalb musste ich ihr versprechen, dafür zu sorgen, dass du sie nicht vergisst.«

»Ich will nichts über meine Mutter hören, sondern über Celeste!«

»Die Geschichte beginnt mit dir, Josephine. Du musst sie von Anfang an kennen, wenn du die Wahrheit wissen willst.«

Josie grub die Fingernägel in die Handfläche.

Gabe beugte sich vor, stützte die Ellenbogen auf die Knie und legte die Fingerspitzen aneinander. »Deine Mutter erkrankte noch vor deiner Geburt. Maureen war fest entschlossen, durchzuhalten, bis du sicher auf der Welt warst. Danach hatte sie keine Kraft mehr. Als du zwei warst, war sie so ausgezehrt und geschwächt, dass die Ärzte ihr nur noch wenige Wochen gaben. Es vergingen keine vierzehn Tage, als sie in ihrem eigenen Bett für immer einschlief – ich würde nicht sagen, still oder gefügig.«

Heftiger Schmerz pulsierte durch Josie hindurch. Diese Geschichte hatte sie jahrelang nicht mehr gehört, vielleicht nicht mehr, seit sie ein kleines Mädchen gewesen war.

»Nach Maureens Tod habe ich mein Möglichstes getan. Aber das hat nicht gereicht, mit vier kleinen Kindern und einer Farm, die bewirtschaftet werden musste. Und da sind sie auf den Plan getreten.«

»Sie? Wer?«

»Alle Einwohner der Stadt. So hat es sich jedenfalls angefühlt. Unter der Leitung deiner Großmutter wurde alles perfekt organisiert – es lief wie am Schnürchen. Mahlzeiten, die morgens, mittags, abends geliefert wurden, die Wäsche, die gewaschen, das Haus, das geputzt wurde, Freiwillige unter den Müttern, die euch betreuten, während ich arbeiten musste.« Er machte eine kleine Pause. »Alle hatten Maureen Monash gerngehabt, und du als Halbwaise wurdest quasi von allen adoptiert. Elsie Reece ist hergekommen, um deine Windeln zu waschen. Rita Caracella hat dir lustige alte Spielsachen und Bücher gebracht und dir daraus vorgelesen. Athol Harford hat dich und die Jungs in seinem Bus spazieren gefahren. Rosa Henry hielt sich ständig in meiner Küche auf, obwohl sie ja selbst einen kleinen Jungen hatte, den sie immer mitbrachte.«

Josie kamen die Tränen bei dem Gedanken an ihre Großmutter, die ein Heer von Freiwilligen befehligte, und an Miles als Dreikäsehoch, wie er im Haus herumgetappt war. So viele Menschen in dieser Stadt hatten über sie gewacht und für sie gesorgt, ohne dass sie jemals etwas davon erfahren hatte.

»Dann kam der Krieg, und das Leben in den Tablelands hat sich für uns alle dramatisch verändert. Es waren harte Zeiten. So viele Familien kämpften ums Überleben oder wurden auseinandergerissen. Überall herrschte bittere Not. Und ich hatte alle Hände voll zu tun, Milch für eine ganze Armee zu produzieren. Ich habe mich so gut ich konnte allein um euch Kinder gekümmert. Wärt ihr nicht gewesen und wäre der Farmbetrieb nicht lebensnotwendig gewesen, wäre ich auch in den Krieg gezogen ...«

Josie machte eine unwillige Handbewegung. Sie hatte Gabes Minderwertigkeitsgefühle, weil er nicht eingezogen worden war, noch nie gutgeheißen.

Heute jedoch beharrte er auf diesem Punkt. »Hätte ich irgendwo in Europa oder in Neuguinea gekämpft, wäre ich nicht hier gewesen, als Rudy Meyer dieses Theater eröffnet hat, verstehst du? Und ich wäre nie mit hineingezogen worden.«

»In *was* hineingezogen?«

Gabe schloss eine Sekunde lang die Augen und sammelte

sich. »Du hast von Geburt an keine Nacht durchgeschlafen, Josephine. Hast stundenlang gebrüllt, als ob du den Tag nie gehen lassen wolltest. Das war schlimm für Maureen, weil sie dich in ihrem geschwächten Zustand nicht herumtragen konnte und weil sie darunter litt, dich weinen zu hören. Also habe *ich* dich auf den Arm genommen und auf der ganzen Farm herumgetragen, Stunde um Stunde.« Wieder machte er eine Pause. »Ich habe dich bis zu Maureens Tod jede Nacht spazieren getragen … und danach auch. Den Hügel hinauf, am Melkstall vorbei, über die Weiden, auf der Straße zum See hinunter. Wir haben uns hin und her gewiegt, die Lichter am Amphitheater bestaunt, dem Lärm der ausgelassenen Partys in Sylvan Mist zugehört, und manchmal haben wir sogar das Krokodil gesehen.«

»Das *was*?«

»Das Süßwasserkrokodil, das seit Jahren im See lebt. Dasselbe, das du auch gesehen hast.«

Sollte sie jetzt ein schlechtes Gewissen haben, weil sie gelogen hatte? Ganz sicher nicht.

»Hätte Beryl euch mir nicht weggenommen, wären wir vielleicht noch viele Jahre am See entlangspaziert.«

Diesen Teil der Geschichte kannte Josie nur zu gut, diese dürftigen Rechtfertigungen für die Wegnahme der Kinder. Sie sah sich und ihre Brüder in Beryls Auto, die Gesichter an die Heckscheibe gepresst, ihr Vater eine einsame Gestalt, die immer kleiner wurde.

Gabe senkte den Kopf und presste die Hände an die Schläfen. »Ohne euch hatte ich nichts mehr. Mein Leben war trostlos. Und so habe ich den ganzen Tag gearbeitet und bin die ganze Nacht gelaufen. Das Gewicht deines kleinen Körpers nicht mehr im Arm zu spüren, war kaum zu ertragen. Ich habe jede Nacht den See umrundet und gesehen, wie sich die funkelnden Lichter des Obsidian im Wasser spiegelten.«

Josies Kehle war wie ausgedörrt. Sie spürte, dass sie auf die Enthüllung des Geheimnisses zusteuerten, sah, wie sich die Teile langsam zusammenfügten, und wollte doch bis zum Ende geführt werden, Schritt für Schritt.

»Eines Nachts, als ich mich nach meiner Runde wieder auf den Rückweg machte, sah ich diese Frau im See.«

»Die Frau *vom* See«, verbesserte Josie.

»Damals noch nicht. Sie kam aus Adelaide, um in Rudy Meyers Amphitheater aufzutreten. Eine wunderschöne Schauspielerin, das Stadtgespräch in Barrington und bevorzugtes Pin-up-Girl der Soldaten, ihre Fotos erschienen in allen Zeitungen. Aber an jenem Abend strampelte sie im Wasser zwischen den Rohrkolben. In deinen Kostümanweisungen steht, was sie angehabt hat ...«

»Das selbst gefertigte Korsett aus Rotangpalmwedeln und Steinen«, flüsterte Josie wie in Trance.

Gabe schien durch sie hindurchzustarren in die Vergangenheit, zu jener Nacht, die so lange zurücklag.

»Sag mir, dass du nicht dagestanden und zugeschaut hast, wie sie ertrinkt«, wisperte Josie mit dünner, bebender Stimme.

Gabe kehrte schlagartig in die Gegenwart zurück. Er blickte ihr in die Augen, als er antwortete: »Ich habe sie aus dem Schilf und ans Ufer gezerrt und am Boden festgehalten, während sie in wütender Verzweiflung, mit den Fäusten auf mich einschlug.«

Er hatte *sie* gerettet?

Gabe senkte erneut den Kopf. »Als sie völlig erschöpft war vom Weinen und so schlaff wie eine Stoffpuppe, habe ich sie hochgehoben und nach Hause getragen.«

Josie sah ihren Vater verblüfft an. »Aber *warum*?«

»Ich hatte keine andere Wahl. Sie werde sich wieder in den See stürzen, sobald ich fort sei, schwor sie. Ich sagte, ich würde die ganze Nacht hier bei ihr bleiben – ich konnte auf den Schlaf verzichten. Aber sie ließ sich nicht davon abbringen. Wenn nicht in dieser Nacht, werde sie sich in der nächsten ertränken. Was hätte ich denn machen sollen?«

»Sie zur Lodge begleiten. Einen ihrer Freunde oder Rudy Meyer selbst informieren. *Sie* waren für sie verantwortlich, nicht du.«

Gabe stieß ein bitteres Blaffen aus. »Sie hat gesagt, sie werde diese Lodge nie wieder betreten. Nie wieder. Sie hat nur einen Ausweg gesehen, um den Schrecken von Sylvan Mist zu entkommen.«

Josie wusste nur zu gut, was damit gemeint war.

»Zu guter Letzt ließ sie es zu, dass ich sie mit zu mir nach Hause trug, aber erst, nachdem ich ihr feierlich versprochen hatte, niemandem davon zu erzählen und sie nicht daran zu hindern, wieder wegzugehen.« Nach einer weiteren kleinen Pause fuhr er fort: »Ich habe sie in dein Zimmer gebracht und ihr Tee zu trinken gegeben. Als sie kurz darauf vor Erschöpfung einschlief, bin ich in die Küche gegangen und habe überlegt, was ich tun sollte.«

Celeste Starr hatte in *ihrem* Zimmer geschlafen. Josie konnte es nicht fassen.

»Ich habe kein Auge zugetan. Als es hell wurde, ging ich zum Melkstall, und als ich vom Melken zurückkam, habe ich mir gesagt: Sie ist bestimmt fort. Hat sich verflüchtigt wie ein Spuk. Aber sie saß am Esstisch, auf dem Platz deiner Mutter, und hat auf mich gewartet. Ich habe ihr Frühstück gemacht, sie hat gegessen, ohne auch nur ein Wort zu sagen, ist in dein Zimmer zurückgegangen und hat den Rest des Tags verschlafen. Abends hat sie wortlos gegessen, was ich ihr vorgesetzt habe, und sich wieder schlafen gelegt. Ich habe damit gerechnet, dass sie sich in der zweiten Nacht aus dem Haus stehlen würde, aber am nächsten Morgen saß sie wieder am Esstisch auf dem Platz deiner Mutter.«

Josie hatte einen dicken Kloß im Hals.

Der verborgene Wasserlauf unter der Oberfläche ihres Lebens, von dessen Existenz sie schon lange etwas geahnt hatte …

»Inzwischen war in der Stadt bekannt geworden, dass sie verschwunden war. Ich erfuhr erst davon, als der alte Monty mit dem Milchwagen vorbeikam. Sie werde vermisst und sei vermutlich ertrunken, erzählte er.«

»*Vermutlich* ertrunken? Aber sie hat doch einen Abschiedsbrief hinterlassen und ihre Absicht angekündigt!«

»Nein.« Ein tiefer Seufzer. »Den Brief habe *ich* ein paar Tage später heimlich in der Lodge deponiert, damit sie – *er* – glauben sollten, sie sei tot. Damit sie Zeit gewann. Ich hatte Angst, sie würden den Aborigine-Fährtenleser holen, der schon oft geholfen hatte, Soldaten aufzustöbern, die sich während des Dschungeltrainings verirrt hatten. Er hätte sie im Nu gefunden.«

»Du hast Celeste Starr geholfen, ihren eigenen Tod vorzutäuschen?«

»Ja.«

»Aber *wieso*?«

»Nachdem ich erfahren habe, was er ihr angetan hat, und mit eigenen Augen gesehen habe, wie traumatisiert sie war, hätte ich noch viel mehr getan, um ihr zu helfen, von ihm loszukommen.«

»Und dann hast du also ein paar Verse aus deinem Gedichtband von Wilde genommen und einen Abschiedsbrief gefälscht.« Josie sah ihn finster an. »Ich habe die Fotos übrigens gesehen, du brauchst also nicht mehr um den heißen Brei herumzureden. Er hat ihr ihre Würde genommen, sie entmenschlicht.«

Gabe schüttelte verwundert den Kopf. »Ich habe eine Detektivin großgezogen.«

»Das kommt daher, dass man mir mein Leben lang immer etwas verheimlicht hat. Da wird man misstrauisch.«

»Es war nicht *mein* Geheimnis, Josephine«, erwiderte Gabe ungerührt. »Ich hätte es niemals ausgeplaudert und sie dadurch in Gefahr gebracht. Ich hatte ihr mein Wort gegeben, weder ihr Geheimnis noch ihren Aufenthaltsort jemals zu verraten.«

»Weil er sie sonst aufgespürt hätte?«

»Er hatte geschworen, sie werde für immer ihm gehören. Und sie glaubte, dass sie niemals über die Schande und den

Ekel vor sich selbst hinwegkommen würde. Dass er sie mit diesen Fotos erpresste, war die Hölle für sie. Sollte sie ihn jemals verlassen, hatte er gedroht, werde er sie fertigmachen …«

»Aber du konntest sie doch nicht ewig auf der Farm verstecken!«

»Darüber haben wir anfangs nicht nachgedacht. Ich wollte einfach nur, dass ihr nichts zustößt. Und solange alle darauf warteten, dass im See eine Leiche auftauchte, war sie bei mir in Sicherheit. Sie hatte alle Zeit der Welt, und ich war ganz allein. Ihr Kinder wart ja bei Beryl, und ich war schrecklich einsam.«

»Haben wir dich denn nicht besucht?«

Schmerz huschte über sein Gesicht wie der Schatten einer Wolke. »Nicht oft. Nach dem Sonntagsgottesdienst durftet ihr mit zu mir, aber Beryl hat euch bald wieder abgeholt.«

»Und wo war Celeste, wenn wir zu Besuch kamen?«

»Sie hat im alten Monash-Cottage gewartet, bis ihr weg wart. Sie wollte nicht stören.«

Josie klatschte sich auf den Schenkel. »Das Gespenst, das die Jungs gesehen haben! Von dem sie jahrelang geredet haben! Das war *Celeste*?«

»Sie wollte die Jungs nicht erschrecken. Celeste wollte nie irgendjemandem wehtun.«

Zum allerersten Mal sprach er ihren Namen aus, mit einer seltsamen Zärtlichkeit, die ihr einen Stich gab. Doch sie war noch nicht so weit, diesen Punkt anzusprechen. »Und so haben alle in Barrington die Geschichte von ihrem Freitod geglaubt.«

»Das fragst du *mich*, Frau Bühnenautorin?«

Josie hatte so lange auf ihren Wangen herumgekaut, dass sich die Stellen wund anfühlten. »Ich möchte wissen, ob *er* es geglaubt hat. Ob die Polizei es geglaubt hat.«

»Die Ermittlungen haben nichts Gegenteiliges ergeben. Ihre Kolleginnen sind befragt worden, und alle haben ausgesagt, dass sie bedrückt und niedergeschlagen war und getrunken hat. Dann wurde der Abschiedsbrief in ihrer Handschrift gefunden – ich hatte ihr die Verse diktiert – und später ein Teil des Korsetts. Die Wärter an den Schranken auf der Bergstraße wurden ebenfalls befragt, und da Krieg war, waren Straßensperren errichtet und die Pässe von Reisenden kontrolliert worden. Nichts deutete darauf hin, dass sie ins Tal hinuntergefahren war. Sie hörte einfach auf zu existieren. Ohne die Nachtigall von Lake Evelyn hatten die Shows ihren Reiz verloren. Nicht lange nachdem sie verschwunden war, machte Rudy das Amphitheater dicht und die Lodge kurz darauf auch.«

»Während Theater ihretwegen geschlossen wurden, hat sie sich bei dir versteckt?«

»Sich totzustellen, hat ihr das Leben gerettet. Sie hat niemandem damit geschadet.«

Josie bedachte ihren Vater mit einem strafenden Blick. »Celestes Spielchen hat sechs Menschen das Leben gekostet!«

Gabe verzog keine Miene. »Das war kein Spielchen, und sie trifft keinerlei Schuld.«

Schön, dann würde sie schwerere Geschütze auffahren müssen. »Und was ist mit dir? Du hast den Abschiedsbrief in der Lodge hinterlegt und hast Celeste versteckt, während der ganze See und der Wald abgesucht wurden, und dann hast du vierzehn Jahre lang eine Lüge aufrechterhalten! Du hast den Fluch von Lake Evelyn in die Welt gesetzt!«

Er senkte aufs Neue den Kopf. »Du hörst dich an wie Beryl.«

Celeste war also der Grund für den tiefen, dunklen Riss, der sich durch ihre Familie zog.

»Grandy hat geahnt, dass sie sich nicht umgebracht hat.«

»Beryl hat überhaupt nichts geahnt. Sie hat genau wie alle anderen geglaubt, dass sie ertrunken ist. Egal, was sie jetzt auch behauptet – sie hätte die offizielle Version niemals bezweifelt, wenn sie nicht eines Tages hier herumgeschnüffelt und uns überrascht hätte ...«

»Komisch, dass es dir nicht gelungen ist, Grandy auf Celestes Seite zu ziehen. Sie würde niemals eine andere Frau ans Messer liefern. Hat sie denn nicht verstanden, warum du Celeste bei dir aufgenommen hast?«

Gabe kratzte sich am Hinterkopf und lief rot an. »Beryl hat uns ertappt, als wir ... zusammen waren. Celeste war aus deinem Zimmer aus- und in mein Schlafzimmer eingezogen.«

Josie, das Gesicht eine Maske sorgfältiger Ausdruckslosigkeit, blinzelte das Bild, das vor ihrem geistigen Auge entstanden war, schnell weg.

»Danach interessierte es Beryl einen Dreck, warum Celeste ihren Tod vorgetäuscht hatte.« Wieder fiel Josie der zärtliche, fürsorgliche Ton auf, mit dem er Celestes Namen aussprach. Auch wenn es ein Verrat an ihrer Mutter war, so ergab es doch rein gefühlsmäßig Sinn, dass ihr würdevoller, gut aussehender Vater in der wunderschönen, tragischen Celeste Starr eine neue Liebe gefunden hatte. Josie fragte sich, warum keinem von ihnen dieser Gedanke nicht schon längst gekommen war.

»Also«, fasste sie zusammen, »Grandy ist hierhergekommen und hat festgestellt, dass eine andere Frau den Platz ihrer Tochter eingenommen hatte, während sie sich um die Kinder kümmerte. Und nicht irgendeine Frau, sondern jene, die Barrington erst mit ihren knappen Showgirl-Kostümen schockierte und dann die ganze Stadt mit ihrem vermeintlichen Tod durch Ertrinken in eine Tragödie stürzte.« So knapp diese Zusammenfassung auch war – Josie erkannte sofort, dass diese Geschichte sehr viel pikanter war als jene, die *sie* geschrieben hatte …

Verdammt!

»Genau so hat Beryl es gesehen, ja. Sie stellte mich vor ein Ultimatum: Entweder ich lieferte Celeste den Behörden aus, oder sie würde es tun. Beryl war sehr verletzt, verstehst du. Sie behauptete, ich hätte bereits eine Affäre mit Celeste gehabt, als deine Mutter noch am Leben und todkrank war. Sie konnte nicht glauben, dass traumatische Erfahrungen und Einsamkeit uns zusammengebracht hatten.«

»Grandy hat zu deiner Einsamkeit beigetragen, indem sie uns Kinder von dir fernhielt.«

»So etwas Ähnliches habe ich auch zu ihr gesagt. Da meinte sie, ich würde meine Kinder nur über ihre Leiche zurückbekommen.«

»Aber dann hat sie ihre Meinung geändert. Warum?«

Gabe lächelte unsagbar traurig. »Deinetwegen, Josephine. Du hast sie angebettelt, wieder nach Hause zu dürfen. Nachdem sie Celeste und mich zusammen überrascht hatte, brachte sie euch Kinder sonntags nicht mehr zu mir, und das hat dir das Herz gebrochen. ›Papa braucht mich doch‹, hast du andauernd zu ihr gesagt.«

Sie würde jetzt nicht weinen, auf gar keinen Fall!

»Du warst ein Kind, das furchtbar Heimweh hatte. Beryl hat *mich* gehasst, aber für *dich* wäre sie gestorben, Josephine.«

Das hatte Josie immer schon gewusst.

»Als sie deinen Kummer und dein Quengeln nicht mehr ertragen konnte, hat sie sich bereit erklärt, dich für eine Weile zurückzubringen, nur dich und nur unter einer Bedingung …«

»Celeste.«

Er nickte. »Sie durfte keinerlei Kontakt zu dir haben. Dich nicht sehen, nicht mit dir reden, sich nicht mit dir unter demselben Dach aufhalten. Ich willigte ein. Ich wollte dich zurückhaben, mein Küken. Mein kleines Mädchen hat mir gefehlt.«

»Und dann? Ich kam nach Hause, und Celeste ging fort?«

»Nein. Ich habe deine Großmutter belogen. Celeste blieb hier. Ein paar Wochen lang gab es nur uns drei …«

»Ich *erinnere* mich an sie!« Die Worte waren ihr herausgerutscht, noch bevor sie sich den Gedanken vollständig bewusst gemacht hatte. »Ich erinnere mich an Celeste!« Josies Verstand rotierte wie Windmühlenflügel im Tropensturm. »Sie hat mit mir gespielt und mir Tanzschritte beigebracht! Sie hatte so eine eigenwillige Art zu lachen und so einen lustigen, spritzigen Gang auf den Fußballen. Sie hat mir Lieder vorgesungen. Ja, genau, sie hat mir Lieder vorgesungen, und es war wunderschön! Aber warum erinnere ich mich jetzt erst daran?«

Gabe sah sie beschwörend an. »Du hast dich immer an Celeste erinnert. Als du klein warst, hast du deinen Brüdern andauernd von ihr erzählt.«

»Nein, erzählt habe ich immer nur von …«

»Maureen«, beendete Gabe den Satz, während Josie im selben Moment sagte: »*Meiner Mutter.*«

Vater und Tochter starrten einander an. Eine tiefe Traurigkeit schien sein Gesicht nach unten zu ziehen; Fassungslosigkeit verzerrte ihres. »Meine Erinnerungen an meine Mutter sind in Wirklichkeit Erinnerungen an Celeste Starr?«

Gabe griff nach ihrer Hand, aber Josie riss sie zurück und schluckte schwer.

»Du warst viel zu klein, um dich an Maureen erinnern zu können. Oder daran, überhaupt eine Mutter gehabt zu haben. Und du warst auch immer noch viel zu jung, um wirklich zu verstehen, wer Celeste war oder warum sie bei uns wohnte.«

»Aber ich habe mich so sehr nach der Liebe einer Mutter gesehnt, dass ich eine Weile so tat, als wäre Celeste meine Mutter.«

»So tun als ob hast du immer schon gern gespielt. Du hast Celeste kennengelernt und sie auf Anhieb ins Herz geschlossen. Ich hoffe, du kannst mir verzeihen. Aber für ein mutterloses Mädchen war das etwas unendlich Kostbares.«

Jetzt streckte Josie ihm die Hand entgegen. »Du hast gehofft, sie werde tatsächlich meine Mutter werden.«

Gabe blickte auf die kleine Hand, die seine große, von der Sonne gegerbte Pranke festhielt. »Vielleicht wäre sie für immer geblieben, wenn Beryl es zugelassen hätte. Vielleicht hätte ich sie für alle Zeit hier verstecken können.«

»Ausgeschlossen. Irgendwann wäre alles herausgekommen. Sie war zu bekannt.«

»Und das hat Beryl schon gewusst, als ich es mir noch nicht eingestehen wollte. Manchmal denke ich, sie hat Celeste und mir diese wenigen Wochen geschenkt, bevor das Unvermeidliche eintrat.«

Als ob Grandy zu so einer großzügigen Geste fähig wäre! Aber wenn es ihm half, sollte er es ruhig glauben.

»Als die Zeit um war, kam Beryl auf die Farm und hat mir ein Ultimatum gestellt.«

»Deine Kinder oder Celeste.«

Wieder nickte er. »Wenn ich weiter mit ihr zusammenlebte, würde sie die Polizei informieren, sagte sie. Oder aber ich könne Celeste wegschicken und alle meine Kinder zurückbekommen.«

»Hättest du nicht die Tablelands mit uns Kindern und mit Celeste verlassen und irgendwo anders ein neues Leben beginnen können?«

»Beryl hätte euch niemals ohne Weiteres gehen lassen. Und ich konnte die Farm nicht aufgeben. Ich kenne kein anderes Leben und habe mir nie ein anderes gewünscht.«

»Warum seid ihr nicht zur Polizei gegangen und habt die Geschichte mit dem vorgetäuschten Tod gestanden? Und von den Fotos erzählt, von dem Martyrium, das sie durchgemacht hat?«

»Nichts und niemand hätte Celeste dazu bewegen können. Für sie war Celeste Starr in diesem See ertrunken. Auch wenn sie mich noch so sehr liebte, ihre Angst vor *ihm* war größer.«

»O Papa!«

Jetzt weinte er. »Ihr wart meine *Kinder*. Ich konnte nicht ohne euch leben. Maureen hätte mir vielleicht verziehen, dass ich eine neue Liebe gefunden habe, aber sie hätte mir niemals verziehen, wenn ich meinen Kindern den Vater – oder die Großmutter – genommen hätte. Es war Celeste, die zu guter Letzt die Entscheidung traf. Sie begriff, was es für mich bedeuten würde, sich für sie und gegen meine Kinder zu entscheiden. Als Beryl wieder herkam und mir das Messer auf die Brust setzte, stand Celeste auf und …« Ihm versagte die Stimme.

Josie, den Blick ins Leere gerichtet, sah das Foto über ihrem Bett, das sie jeden Abend vor dem Einschlafen betrachtet hatte. Sie erzählte die Geschichte zu Ende.

»Sie stand auf und sagte, es sei Zeit zu gehen. Und du hast sie gehen lassen, weil du wusstest, du hattest kein Recht, sie zu halten. So wie ich Grandy kenne, hatte sie alles bestens vorbereitet, um sicherzugehen, dass es kein Zurück geben würde. Wahrscheinlich hat sie ihr Geld gegeben und die Flucht genauestens geplant. Und dann hast du Celeste bis zum Gatter an der Zufahrt begleitet. Sie blieb noch einen letzten Augenblick dort stehen und schaute zu den fernen Bergen hinüber, in eine ungewisse Zukunft. Sie wirkte so verletzlich, so unendlich traurig und gramgebeugt, aber dieses Mal hast du nichts unternommen, um sie zurückzuhalten ...« Josie sah ihren Vater fragend an. »Ich erfinde das doch nicht, oder? Ich erinnere mich wirklich an sie ... an diese Szene. Wo war *ich* da?«

»Ein Stück weit weg. Beryl war bei dir und hat dich an der Hand gehalten.«

»Mich zurückgehalten trifft es wahrscheinlich besser. Grandy hat auch das Foto gemacht, oder? Und es dir später gegeben. Eine großzügige Siegergeste.«

»Nein, das Foto hat sie *dir* geschenkt.« Tränen liefen Gabe übers Gesicht. »Beryl und ich wollten beide, dass du ein Andenken an Celeste hast, und sei es noch so klein.«

Josie wischte ihm die Tränen ab. »Du hast uns Kinder zurückbekommen, aber die geliebte Frau verloren. Du hast Celestes Geheimnis bewahrt, ihr die Freiheit gegeben, aber seitdem mit einer Lüge gelebt.«

Gabe seufzte. »Und dann ist ein Mädchen nach dem anderen ertrunken.«

Vor lauter Mitgefühl für ihren Vater hatte Josie den zweiten Akt dieser tragischen Geschichte völlig vergessen. Nachahmerinnen, Zufälle, schlechte Schwimmerinnen und Pech hatten allesamt dazu beigetragen, den Fluch zu erschaffen.

Den Fluch, den zu brechen sie sich für heute Abend vorgenommen hatte ...

»O mein Gott – mein Stück!« Keuchend vor Panik,

schoss Josie hoch. »Mein ganzes Stück ist eine Lüge! Ich kann den Leuten – und Hugo Bernard! – diesen dampfenden Kuhfladen doch unmöglich vorsetzen!«

Und ihr Vater saß einfach da, als ginge ihn das alles nichts an! Hatte er auch nur eine Sekunde über die Folgen seiner Last-Minute-Enthüllungen nachgedacht?

»Es ist zu spät, mein Stück ist ruiniert!«, jammerte sie.

»Nein, es ist noch nicht zu spät«, widersprach er.

»Ich kann Miles und Viv, zwei Menschen, die ich so sehr liebe, doch nicht zwingen, auf die Bühne zu treten und etwas so Verlogenes zu spielen! Die abgewandelte Geschichte von Zach und Celeste und dem entkommenen Freitod aus Liebeskummer ist doch absoluter Schwachsinn.«

»Celeste wollte, dass diese Liebeskummer-Fassung erzählt wird und nicht die düstere Realität von Sylvan Mist.«

»Woher willst du das wissen?«

»Weil sie selbst Jahre später diese Geschichte als Serie in *Wordly Woman* veröffentlicht hat, unter dem Pseudonym Victoria Bird. Sie hat mir eine Kopie des ganzen Texts geschickt. Eines der wenigen Male, wo sie Kontakt zu mir aufgenommen hat. Celeste hoffte, diese Geschichte werde uns helfen …«

»Uns helfen? Wem?«

»Barrington. Zu dem Zeitpunkt waren bereits drei Mädchen ertrunken. Celeste litt unter quälenden Schuldgefühlen.«

Und das völlig zu Recht! Oder? Josie wusste selbst nicht mehr, was sie noch denken sollte. »Aber obwohl sie in

Sicherheit war, ist sie immer noch nicht an die Öffentlichkeit gegangen.«

»Sie sagte, sie werde niemals sicher sein vor diesem Mann. Sie glaubte nicht, dass er ihr die Geschichte von ihrem Selbstmord abgekauft hatte, und fürchtete, dass er ihr auf den Fersen war und es nur noch eine Frage der Zeit sei, bis er sie aufgespürt habe.«

Josies Kopf fuhr zurück. »Aber Rudy Meyer ist nach Europa zurückgegangen, nachdem er das Theater und die Lodge dichtgemacht hatte! Und er hält sich immer noch dort auf, das hab ich bei meinen Nachforschungen herausgefunden. Hier in Australien ist Celeste in Sicherheit.«

»Rudy Meyer?« Gabe machte ein verdattertes Gesicht. »Rudy hat Celeste vergöttert! Sie war sein Star.«

Eine Geheimtür öffnete sich in eine verborgene dunkle Kammer. Josie stieß triumphierend die Faust in die Luft. »*Niall!* Wusste ich es doch! Dieser Dreckskerl hat ihre Pin-up-Karten verkauft – natürlich hat er auch diese perversen Fotos gemacht! Und seitdem wacht er mit einer geradezu krankhaften Besessenheit über die Lodge.«

Gabe runzelte die Stirn. »Ich weiß nicht, woher Nialls plötzliches Interesse für Celeste rührt, aber während des Kriegs ist er nicht in ihre Nähe gekommen. Der Mann, der sie terrorisiert hat, war ein Freund von Rudy, ein Fotograf, der in den Kriegsjahren in der Lodge gewohnt hat. Als er die vielen Soldaten in der Stadt sah, hat er schnell erkannt, dass sich mit Pin-up-Karten eine Menge Geld verdienen ließ. Anfangs waren es relativ harmlose Aufnahmen, so wie sie seinerzeit beliebt waren. Bilder, die gute Laune machen sollten, die man gegen Zigaretten und anderes tauschen konnte. Celeste war anfangs begeistert von der Idee, weil sie dachte, die Fotos würden ihre Karriere fördern und das Obsidian bekannt machen. Sie konnte ja nicht ahnen, wie sich die Fotositzungen im Studio dieses Mannes entwickeln würden.«

Josies Verstand begann abzuschalten, weil er nicht mehr aufnahmefähig war. »Und wer war es dann?«

Auch Gabe wirkte erschöpft. »Ich weiß es nicht, Celeste wollte mir seinen Namen nicht verraten. Sie hat gewusst, dass ich den Kerl mit meinen bloßen Händen umbringen würde, wenn ich ihn zu fassen bekäme.«

Josie schüttelte den Kopf und ließ die Schultern hängen. »Bist du *sicher*, dass es nicht Niall war?« Die Enttäuschung in ihrer Stimme war nicht zu überhören.

»Glaubst du, er würde immer noch hier in unserer Mitte leben, wenn ich nicht sicher wäre?«

Seinem Gesichtsausdruck nach zu urteilen – nein.

»Und was weißt du über diesen anderen Mann?«, fragte sie lustlos. Wie gern hätte sie Niall für seine Lügen und seine Belästigungen und seine Nachstellungen an den Pranger gestellt!

»Er war ein Playboy. Rudys Starlets haben sich darum geprügelt, für ihn posieren zu dürfen, und Celeste machte da keine Ausnahme. Bevor sie sich das erste Mal für ihn ausgezogen hat, deutete nichts auf seine dunkle Seite hin …«

Josie gab ein höchst undamenhaftes Geräusch von sich. »Manchmal gibt es eine ganze Menge Hinweise, unübersehbare, eindeutige Hinweise, über die eine ganze Stadt Bescheid weiß, und trotzdem kommen diese perversen Schweine jahrelang ungeschoren davon.«

Aber damit war jetzt Schluss! Sie würde Constable Jacobs aufsuchen und Anzeige gegen Niall erstatten, und zwar gleich nach der Vorstellung heute Abend, nachdem der Fluch gebrochen wäre.

Denn was blieb ihr anderes übrig, als ihr Stück aufzuführen? Auch wenn ihr Vater die Geschichte ihrer Kindheit gerade neu geschrieben, seine zwielichtige Rolle in einer vierzehn Jahre währenden Lüge gebeichtet und ihr Stück ad absurdum geführt hatte – die Show musste weitergehen ...

Kapitel 33

Die Show geht weiter

»Ich muss schnellstens zurück zur Lodge, ich darf keine Zeit verlieren! Die Schlussszene muss geändert werden.« Josie schlug sich die Hand vor den Mund und nahm sie langsam, staunend wieder weg. »Das ist es! *Sie findet nach dem Selbstmordversuch aus Liebeskummer eine neue Liebe und ihre Freiheit!*«

»Sie lebt *in Würde*. Celestes Trauma muss streng geheim bleiben.«

In diesem Punkt wollte sich Josie nicht kampflos geschlagen geben. »Es muss aber wenigstens irgendein bedrohliches Phantom im Schatten lauern, als Symbol für die Angst, die sie in der Lodge ausgestanden hat, für ihre gebrochene Seele. Was für eine Ironie, dass Niall genau der Richtige für diese Rolle wäre!«

Gabe schüttelte energisch den Kopf. »Das ist Celestes Geheimnis«, beharrte er.

Josie nagte an der Unterlippe, während sie nach Wegen suchte, diese Anordnung zu umgehen.

»Also gut«, sagte sie schließlich. »Aber ich muss mir bis heute Abend etwas einfallen lassen. Wenn ich die Aufführung verschiebe, wird Hugo Bernard abspringen, und dann kann ich eine landesweit abgedruckte Rezension vergessen. Aber ich kann unmöglich den dritten Akt bis Vorstellungsbeginn umschreiben! Meine Schauspieler werden improvisieren müssen, und den meisten liegt das überhaupt nicht. Laura wird einen Anfall kriegen, wenn wir alles ändern müssen!«

Das Schweigen ihres Vaters stellte wie immer eine Aufforderung zu Gedankenspielen dar.

»Das kniffligste Problem ist: Wer soll *dich* spielen? Es ist keiner da, der es wert wäre!« Josie wusste, sie drehte durch wie die Räder eines Traktors im Morast, aber das erklärte nicht den seltsamen Gesichtsausdruck ihres Vaters.

»Wenn du mich nicht fragst, werde ich mich nicht aufdrängen.«

Josie lachte ungläubig auf, verstummte aber sofort wieder. »Das kann nicht dein Ernst sein.«

Gabe lächelte. »Ich habe selten etwas so ernst gemeint.«

»Aber du hast noch nie im Leben auf einer Bühne gestanden!«

»Na und? Ich spiele seit vierzehn Jahren eine Rolle, und nicht schlecht, wie du zugeben musst. Ich würde einfach nur mich selbst spielen.«

»Warum willst du das tun?«

»Zum einen für die Einwohner dieser Stadt, als Wiedergutmachung, weil sie nach dem Tod meiner Frau meine Familie zusammengehalten haben. Und zum anderen für dich, Josie – damit du endlich frei bist.«

»Frei? Wovon denn?«

»Von mir.«

Josie schüttelte den Kopf, aber Gabe fuhr unbeirrt fort: »Von mir und deinen Brüdern und der Farm und deinen Kälbern, von der ganzen Stadt.« Er stand auf, kniete sich vor sie hin, ergriff ihre Hand, drehte sie um und legte das Herzmedaillon hinein. »Du wirst hier nicht mehr *gebraucht*, mein Küken. Zeit, flügge zu werden.«

Sie lehnte ihre Stirn an seine. Ihre Tränen tropften schwer und schnell auf die dürren Blätter zwischen ihnen.

»Ich *kann* dich nicht verlassen.«

»Deshalb werfe ich dich ja auch raus.«

Josie sprudelte etwas hervor, das halb Schluchzen, halb Lachen war. »Wo soll ich denn hin?«

»Jedenfalls nicht zu deiner Großmutter. Beryl will dich nämlich auch nicht bei sich haben. Sie und ich werden erst glücklich sein, wenn du diesem Berg den Rücken gekehrt hast.«

Josie lehnte sich ein wenig zurück und starrte ihn an. »Du hast mit Grandy darüber gesprochen?«

Gabe schob ihre Ponyfransen auseinander. Sie ließ es zu, weil sie wusste, dass er ihr gleich einen Kuss auf die Stirn drücken würde.

»Es war deine Großmutter, die die Idee zu diesem Geständnis hatte. Beryl manipuliert uns beide seit Monaten, bis sie uns da hatte, wo sie uns haben wollte.« Es lag keine Feindseligkeit in seiner Stimme. »Sie wartet in Sylvan Mist auf dich, zusammen mit deiner Truppe. Der Schluss muss geändert werden, mehr wissen sie nicht, und sie warten auf ihre Regisseurin, damit sie ihnen die Gründe dafür erklärt.«

Josie sprang erneut auf, mit wild klopfendem Herzen. »Ich muss los, ich muss meine Vorstellung retten!«

Sechs Stunden bis Vorstellungsbeginn
Laura, die als Späherin fungiert hatte, stürmte in die Lodge, wo die Mitglieder der Theatertruppe einen großen Kreis gebildet hatten. »Sie kommen!«

Viviennes Stichwort. Sie stand auf und warf Owen, der neben ihr saß, einen schnellen Blick zu. Owen hob mit einer Geste, als wolle er um Gnade bitten, die Hände. Vivienne schmunzelte und ging ihrer Freundin entgegen.

Josie, einen mordlüsternen Ausdruck im Gesicht, jagte die Verandatreppe hinauf. Als sie Vivienne erblickte, blieb sie abrupt stehen und bezähmte ihre rasende Wut für die Dauer einer innigen Umarmung.

»Viv, sag mir, dass das funktionieren wird! Sag mir, dass mir Grandy nicht die komplette Schau gestohlen hat!«

Grübchen bildeten sich in Viviennes Wangen. »Dir kann niemand die Schau stehlen, Josie Monash.«

Josie deutete mit dem Daumen Richtung Lodge. »Was wissen sie bis jetzt?«

»Dass Celeste nicht ertrunken ist, weil dein Vater sie gerettet hat. Und dass er sie bei sich aufgenommen und daran gehindert hat, weitere Selbstmordversuche zu unternehmen, aber sie wissen nichts von …« Sie brach ab, als Gabe Monash die Stufen heraufkam. »Willkommen, Mr Monash.«

Josies Blicke wanderten zwischen ihrer Freundin und

ihrem Vater hin und her. Sie kniff die Augen zusammen und riss sie dann erfreut wieder auf. »Jawohl, ihr beide seid perfekt!«

Vivienne betrachtete Josies unordentlichen Pony, die rot geränderten Augen, das fleckige Gesicht. »Bist du sehr sauer auf mich?«

»Überhaupt nicht. Ich hab dein Gesicht gesehen, als du gestern in der Bibliothek zwei und zwei zusammengezählt hast. Ich weiß, dass du nichts mit ihren Intrigen zu tun hast.«

Eine grenzenlose Erleichterung überkam Vivienne.

Miles kam heraus. »Wo bleibt ihr denn so lange?« Die Nervosität, die Vivienne an ihm beobachtet hatte, schien sich gelegt zu haben.

Josie trat dicht vor ihn hin. »Dad hat mich rausgeworfen. Jetzt bin ich obdachlos.«

»Du wirst dir dein Essen als Straßenmusikantin verdienen müssen. Und wo willst du jetzt hin?«

Sie sprachen beide in liebevoll neckischem Ton.

»Sie kann gern bei mir wohnen bleiben«, warf Vivienne knochentrocken ein. »Wirklich. Ich bestehe sogar darauf.« Die beiden achteten nicht auf sie. Ihr Mundwinkel hob sich. Owen hätte seine helle Freude an ihrer sarkastischen Spöttelei.

Miles wandte sich Gabe zu. »Hätten Sie nach der Vorstellung ein paar Minuten Zeit für mich?«

Gabe lachte. »Du musst schnell lernen, wenn du dich meiner Tochter als würdig erweisen willst – sie entscheidet selbst, wer sie bekommt.«

Laura, die Hände in die Seiten gestemmt, stürzte aus der

Tür auf die Veranda, wo ein ziemliches Gedränge herrschte, wie sie fand. »Josie, alle warten auf deine Anweisungen. Sie werden allmählich nervös.«

Josie wirbelte herum und war wieder ganz der Profi. »Schaffen wir es?«

»Ich habe auf Hochtouren am Skript gearbeitet – ja, ich glaube, wir kriegen das hin. Wenn du mit ein paar von meinen Vorschlägen einverstanden bist, schaffen wir es. Möglicherweise ist es jetzt sogar besser als ...« Laura verschluckte das Ende des Satzes mit schuldbewusster Miene.

Aber Josie gab sich zahm. »›Besser als‹ ist genau das, was ich hören will!«

Sie lief hinein, die anderen folgten ihr. Vivienne beobachtete staunend, wie sich alle Gesichter Josie zuwandten; ein Ausdruck von Bewunderung lag in aller Augen. So schauten Eltern ihr geliebtes Kind an – oder sollten es zumindest. Und Josie Monash war tatsächlich die Tochter dieser Stadt. Deshalb verwunderte es auch nicht, dass kein Mitglied ihrer Theatertruppe aufgestanden und gegangen war, als Beryl Frances vor einer Stunde die Demontage ihres Stücks angekündigt hatte.

Josie trat vor die alte Dame hin, die sich kerzengerade hielt und als Wortführerin fungierte. Sie standen sich Auge in Auge gegenüber – kräftiges Lila gegen leuchtendes Fuchsiarot.

»Du hast mir meine Aufführung kaputt gemacht«, stieß Josie hervor.

»Du hast den Zugang zu meinem See wieder eröffnet«, konterte Beryl.

»Du hast ihn nur absperren lassen, um Dads Lüge zu vertuschen.«

»Und du hast die Wiedereröffnung nur durchgesetzt, um Anerkennung zu erlangen!«

»Tja, das hat ja wunderbar funktioniert«, bemerkte Josie sarkastisch. »Du hast eine Lachnummer aus mir gemacht!«

»Sei nicht so melodramatisch, Josephine, das steht dir überhaupt nicht. Dein Ziel war es, den Fluch von Lake Evelyn zu brechen, und jetzt ist es so weit.«

Die beiden Frauen maßen sich mit starren Blicken.

Vivienne schaute flüchtig zu Owen hin, der sich nachdenklich den Bart rieb, dann zu Laura, die mit ihrem Bleistift auf ihren Notizblock klopfte, danach zu Miles, der, äußerlich ruhig, weitere Anweisungen erwartete, und zu guter Letzt zu Gabe Monash, der mit verschränkten Armen würdevolle Ruhe ausstrahlte. Sie ließ ihre Blicke über die Einwohner von Barrington wandern, die ihr so ans Herz gewachsen waren: Elsie und Clarence Reece vom Zeitschriftenladen; Peggy West, die zigarettenrauchumwehte Blumenhändlerin; Athol Harford, der geschwätzige Busfahrer; Rita Caracella, die außergewöhnliche Sammlerin; der Constable, der Schlachter, der Bäcker. Alle waren vertreten. Vivienne wusste jetzt schon, dass sie in dieser Stadt bleiben und eine von ihnen werden wollte.

Plötzlich kam Bewegung in die beiden Frauen. Vivienne wandte gerade noch rechtzeitig den Kopf, um zu sehen, wie Josie die Arme um ihre Großmutter warf und sie fest drückte. Die alte Frau schwankte nicht; sie hob die Arme und umarmte ihre Enkelin genauso innig.

Ein allgemeines Räuspern, Gesichter, die sich wegdrehten. Vivienne vermutete, dass allen, nicht nur ihr, Tränen in den Augen standen.

Nachdem sie die zerbrechlichen Schultern ihrer Großmutter ein letztes Mal gedrückt hatte, löste sich Josie von ihr und wandte sich ihrer Truppe zu. »Schön. Wir stehen vor der größten Herausforderung, die wir jemals zu meistern hatten. Der gesamte dritte Akt wird geändert, ihr werdet euren Part ohne vorherige Proben spielen müssen. Aber ich habe euch nicht umsonst in der Kunst des Improvisierens unterwiesen. Ich weiß nicht, ob wir es schaffen werden, aber wir werden es verdammt noch mal versuchen und unser ganzes Herzblut hineinstecken!«

Kapitel 34

Der Nachtigall-See

Fünfunddreißig Minuten bis Vorstellungsbeginn

Josie stand in der Abenddämmerung oberhalb des Obsidian und suchte mit den Blicken die sich rasch füllenden Reihen nach Mr Hugo Bernards Nadelstreifenanzug und seinem silbernen Haarschopf ab.

Das aufgeregte Stimmengewirr der Zuschauer, lauter als ein Auftritt des Schulorchesters, würde ihr normalerweise einen heißen Schauer über den ganzen Körper jagen. Heute jedoch hielt eisige Angst ihr Herz umklammert.

Eigentlich war der Abend zu perfekt, um Angstgefühle aufkommen zu lassen. Die Theatergötter hatten ihr einen Sonnenuntergang beschert, wie er dramatischer nicht hätte sein können: lila angehauchte, scharlachrot geschlitzte Wolken und dazwischen die ersten Sterne wie strahlende Punkte. Die im See sich spiegelnde filmische Szenerie entlockte den Zuschauern hörbare Seufzer, als sie mit Perlenketten und hohen Absätzen, in Abendanzügen und polierten Schuhen die granitenen Stufen hinunterströmten.

Josie hätte keine prachtvollere Kulisse anfertigen lassen können. Wenn sie nach Hause gingen, würden die Theaterbesucher von der Schönheit, der Erhabenheit, der Einzigartigkeit des Obsidian schwärmen. Ganz Barrington war gekommen, sogar aus den Nachbarorten hatten sich Interessierte eingefunden. Der ehrenwerte Herr Theaterkritiker war früh eingetroffen, hatte sich den jungen Platzanweisern zu erkennen gegeben und seinen Logenplatz in der ersten Reihe mit Beschlag belegt.

Da saß er nun, zog seine Lesebrille hervor, strich das Programm über seinem Knie glatt und studierte es, während er seine Pfeife rauchte. Josies Finger krampften sich um das Theaterprogramm in ihrer Hand. »Glaubst du immer noch, dass wir solche Angst vor unserem See haben, du Blödmann?«, stieß sie höhnisch zwischen den Zähnen hervor.

Sie hatte sich geweigert, ihm das bei der Reservierung angeforderte Vorabexemplar des Skripts zuzuschicken, was sich jetzt als wahrer Glücksfall herausstellte. Sollte es ihrer zusammengewürfelten Mannschaft gelingen, den Abend zu einem Erfolg zu machen, würde Mr Bernard im günstigsten Fall nichts von den Dramen, die sich heute hinter der Bühne abgespielt hatten, mitbekommen.

Alles deutete auf diese Variante hin.

Das perfekte Wetter, das ausverkaufte Haus, Beleuchtungs- und Tonproben ohne Zwischenfälle, die spürbare freudige Aufregung der Zuschauer – so viele glückliche Umstände, und dennoch umklammerte die Angst ihr Herz mit eisigem Griff.

Die letzten Stunden waren die hektischsten ihres Lebens gewesen. Josie hatte wie eine Wahnsinnige gearbeitet, um ihren Vater in die Handlung hineinzuschreiben und Celestes Rolle so abzuändern, dass sie weiterlebte – ohne dass ihr schreckliches Geheimnis preisgegeben wurde. Sie rechnete es ihrer Truppe hoch an, dass sie zu allem Ja gesagt hatte. Wie oft hatte sie ihnen eingebläut, Ideen, Vorschläge, Anregungen, Anweisungen einfach zu akzeptieren! Und genau das hatten sie jetzt, am wichtigsten Abend ihres Lebens, getan und ihre Vorstellung gerettet.

Lediglich Constable Jacobs war aus der Reihe getanzt. Nachdem sie alle Änderungen erläutert hatte, war er aufgestanden und hatte erklärt, er werde auf seine Rolle verzichten. »Du behauptest jetzt also, eine junge Frau habe nach einer nicht näher genannten Straftat ihren eigenen Tod vorgetäuscht und dein Vater habe ihr beim Vertuschen geholfen?«

Josie tat einen gereizten Seufzer. »Ich behaupte ja nicht, Celeste habe jemanden verletzt, sei vor ihren Gläubigern geflüchtet oder habe Verträge gebrochen. Ich habe lediglich ein mögliches Szenario ihrer Lebensumstände entworfen. Und auf unserem See lag nie irgendein Fluch.«

»Falls diese Geschichte nicht nur ein Produkt deiner blühenden Fantasie ist, Josephine, solltest du Anzeige erstatten. Und bis dahin …«

»Eins darfst du mir glauben«, fiel Laura ihm ins Wort, »ich werde sehr bald kommen und Anzeige gegen einen perversen Widerling erstatten, der die Frauen in der Stadt seit Jahrzehnten sexuell belästigt.«

Peggy West hob die Hand. »Ich auch!«

»Und ich auch!«, meldete sich Elsie Reece.

Ein betretenes Schweigen entstand. Josie sah den Constable an und nickte Richtung Tür. »Fang schon mal an, die Bleistifte zu spitzen, Mike, du wirst eine Menge Arbeit bekommen. Ich werde deine Rolle streichen.«

»J-jetzt warte doch mal. W-warum willst du den Sergeant so schnell herausstreichen?«, haspelte jemand von der anderen Seite des Kreises.

Josie fuhr herum. *Clarence?* Der so furchtbar unter Lampenfieber litt?

»Ich kenne den Text mittlerweile. *Ich* könnte doch den Sergeant spielen.«

Josie betrachtete ihren alten Freund und seine nervöse Entschlossenheit. *Ich bin so stolz auf dich, ich könnte dich küssen!* Laut sagte sie: »Abgemacht. Begrüßt unseren neuen Sergeant, Leute!«

Es hatte keine überraschenden Rücktritte mehr gegeben, nur harte Arbeit und vollen Einsatz von jedem Einzelnen. Hätten sie mehr tun können? Was für eine Frage! Josie hätte weinen können bei dem Gedanken, was möglich gewesen wäre, hätte sie mehr Zeit gehabt. Hätte ihr Vater sich früher zu seiner Beichte entschlossen, hätte ihre Großmutter ihre Intrigen schneller gesponnen, hätte sie selbst das Rätsel früher gelöst – dann hätte sie möglicherweise das Stück ihres Lebens geschrieben.

In den Zeltgarderoben herrschte die hektische Betriebsamkeit und prickelnde Panik unmittelbar vor einer Vorstellung. Während die einen Aufwärmübungen machten, suchten die anderen fieberhaft nach verlegten Accessoires.

Vivienne, im hauchdünnen Morgenrock, auf dem Kopf den Haarreif aus funkelnden Sternen, war überzeugt, dass die Zuschauer diese erregende, ausgelassene Stimmung hinter den Kulissen spürten. Wie ein Zauber, der durch das Zelttuch hindurchdrang. Während Soldaten und Badenixen in alle Richtungen an ihr vorbeiliefen, stand sie inmitten des Trubels, atmete tief durch und war dankbar, Teil der Theaterwelt sein zu dürfen, eines Universums mit unendlich vielen Rollen, die sie erschaffen oder aus denen sie auswählen konnte, und keine wurde ihr von einer Mutter, einem Ehemann oder von der Gesellschaft vorgeschrieben.

Sie tastete nach dem runden, klobigen Gegenstand im gerüschten Futter ihres Badeanzugs. Josie hatte ihr mit der Begründung, echter Schmuck bringe Unglück auf der Bühne, verboten, ihren Ring zu tragen, aber Vivienne hatte einen Plan: Nach ihrem Debüt würde sie ihn in den See werfen.

Athol Harford, der förmlich strotzte vor Energie, näherte sich mit beschwingten Schritten. Vivienne lächelte. Statt der Safariuniform mit Schulterklappen und langen Socken trug er Rudy Meyers edlen Tweedanzug und sah richtig schick aus. »Bereit, die Herzen der Männer zu brechen, Nachtigall? Nervös?«

Nein, keine Spur. Die euphorische Freude, die sie durchströmte, schien ihr Flügel zu verleihen und sie geradewegs zum Himmel hinaufzutragen. Nach so vielen Jahren vorsichtigen Wohlverhaltens und stiller Angepasstheit würde sie heute Abend diese Bühne erobern und ihre Stimme erklingen lassen.

Ich werde nie wieder in dieses Leben ohne Lieder zurück-
kehren.

Vom Zelteingang schrie Laura mit durchdringender Stimme: »Meine Damen und Herren der Barrington Theatre Company, noch zehn Minuten bis zu eurem Auftritt!«

Athol sprintete davon, einen Zungenbrecher als Sprechübung auf seinen Lippen.

Jemand anders war in den Zelteingang getreten, Vivienne konnte die Wärme seines zärtlichen Blicks auf sich spüren. Das Blut schoss ihr ins Gesicht. Langsam drehte sie sich um und sah Owen in die Augen.

In der fieberhaften, lärmenden Betriebsamkeit wurde sie angerempelt und gestoßen, aber sie stand regungslos, durch ein Band der Stille verbunden mit Owen. Sie hatten nur noch Augen füreinander.

Dann kam er auf sie zu.

Ihre Haut kribbelte vor Freude. Als er vor ihr stehen blieb und sie von Kopf bis Fuß musterte, bemerkte sie seine geweiteten Pupillen, die geblähten Nasenflügel, das tiefe Luftholen. »*Vivi* … Du siehst aus wie …« Er zuckte hilflos mit den Schultern.

»Wie eine Frau, die heilfroh ist, dass sie doch nicht ins Wasser gehen muss?«, beendete sie den Satz schmunzelnd.

»Genau so.«

Sie ließ den Blick von seinen braunen Augen zu den weichen Lippen inmitten der kräftigen Barthaare wandern.

Laura huschte vorbei und gab einen missbilligenden Laut von sich. »Wenn du nicht meiner Besetzung angehörst, hast du in meinem Zelt nichts verloren.«

»Entschuldige«, sagte Owen. »Ich wollte Vivi nur viel Glück wünschen.« Er warf Laura einen zerknirschten Blick zu, doch die Inspizientin war schon weitergestürmt.

Vivienne, den Blick unverwandt auf Owens Gesicht geheftet, sagte: »Ich habe *nur* Glück, seit ich auf diesen Berg gekommen bin.«

Owen nickte.

»Und dir begegnet bin«, fügte sie der Klarheit halber hinzu.

Ihr blieb keine Zeit, sein träges Lächeln zu genießen, weil in diesem Augenblick eine zierliche, kleine Brünette in einem fuchsiaroten Kleid in sie hineinrannte.

»Gott sei Dank!«, rief Josie und packte Viviennes Arm mit beiden Händen. »Ich wollte mich von dir verabschieden, bevor du deinem Leben ein Ende machst!«

Vivienne lachte und nahm Josies Hände in ihre. »Du wirst stolz auf mich sein, versprochen.«

»Und du auf mich!«

Sie umarmten sich. Vivienne schloss die Augen und spürte, wie die falschen Wimpern sachte ihre Haut streiften.

Als sie sich voneinander lösten, fragte Josie:

»Noch ein paar letzte Worte?« Die Hoffnung in ihrem Ton war unüberhörbar.

Vivienne dachte angestrengt nach. Es musste ein wirklich gutes Schlusswort sein, etwas, das sowohl Josie als auch Owen zum Lachen bringen würde. Zärtlich strich sie die Ponyfransen ihrer Freundin glatt, während sie im Geist alle ihre Lieblingsfilme durchging. Und dann plötzlich hatte sie es, es war ein Zitat aus *Alles über Eva.*

»Bitte anschnallen, meine Herrschaften! Ich glaube, es wird eine stürmische Nacht!«

Bis Vorstellungsbeginn waren es noch fünf Minuten, wie Laura verkündete. Rita klaubte die letzten Fussel von Viviennes Kostüm und zupfte es da und dort zurecht. Josie machte sich unterdessen auf die Suche nach ihrem Vater.

Gabe saß still in einer Ecke des Backstage-Zelts und studierte seinen Text. Josie, überwältigt von Zuneigung und Dankbarkeit, lief zu ihm. Er hatte eine letzte Chance auszusteigen verdient.

»Was ist, mein Küken?«

»Ich wollte nur, dass du weißt, du *musst* das heute Abend nicht machen …«

Gabe klappte das Skript zu. »Gott sei Dank! Jetzt kann ich endlich nach Hause und mir eine Tasse Tee gönnen.«

Für den Bruchteil einer Sekunde – selbst das war viel zu lang für Josies Stolz – fiel sie darauf herein. »Tststs«, machte sie kopfschüttelnd. »Hör mal, falls es in der Stadt irgendwelche negativen Reaktionen gibt, werde ich dir den Rücken freihalten. Ich wollte nur, dass du das weißt.«

Gabe lächelte. »Danke, Josephine.«

Miles, ihr unglaublich attraktiver Captain, ging vorbei. Josie streckte die Hand für einen flüchtigen Händedruck aus. Sie würde viele Nächte mit diesem Mann hinter der Bühne verbringen, und sie freute sich auf jede einzelne davon.

Ganz schwindlig vor Glück, wandte sie sich wieder ihrem Vater zu.

Gabe zog etwas aus seiner Hemdtasche. Seine Mundharmonika. »Hättest du etwas dagegen, wenn ich heute Abend darauf spiele? Ich weiß, ich hätte dich früher fragen sollen, aber ich wusste bis zu diesem Augenblick nicht, ob ich wirklich schon so weit bin.«

Josie saß vor Rührung ein Kloß im Hals. Sie räusperte sich und fragte dann: »Und wann, hast du gedacht?«

»In der Schlussszene, wenn ich am See entlanggehe und zu den Sternen hinaufschaue …« Er hob den Kopf. »Nachdem Celeste fort ist, aufgebrochen in die Freiheit.«

»Was willst du denn spielen?«

»›La Vie en Rose‹ hab ich mir gedacht. Eines von Celestes Lieblingsliedern.«

Josie ließ das Bild auf sich wirken. Ihr gefiel sehr, was sie da sah. »Perfekt. Bis dann, Dad.«

Die Beleuchtung war gedämpft worden, das Vorspiel begann. Vivienne stand am Rand der Bühne und wartete auf ihren Auftritt. Der Regenwald hatte sich in eine tiefschwarze Wand verwandelt, Sterne rollten über den Himmel, der tintenschwarze See plätscherte friedlich gegen die schwimmende Bühne, auf der sie ihr Debüt als Nachtigall geben und im Scheinwerferlicht singen würde.

Angestrengt blickte sie in die Dunkelheit und versuchte, einzelne Gesichter auszumachen. Aber sie kannte diese Leute nicht – noch nicht – gut genug, um sie anhand von Frisur, Größe oder Körperbau zu erkennen. Irgendwo mitten unter ihnen saß Owen. Sie würde nur für ihn spielen, fest entschlossen, ihn hinzureißen und zu verzaubern. Und sollte ihr die perfekte Verkörperung von Celeste gelingen, würden alle Zuschauer das Gleiche empfinden wie er.

Eine Person allerdings fehlte heute Abend. War es wirklich so absurd, zu hoffen, ihre Mutter sei gekommen? Ja, es war völlig absurd, sie wusste es selbst. Und dennoch ließ sie ihre Blicke über die Zuschauerreihen wandern, auf der Suche nach der einen Silhouette, die sie überall wiedererkennen würde. Aber sie sah nur eine vage Masse, in der Zigarettenspitzen aufglommen.

Moment mal ...

Da! Jemand versuchte, ganz hinten in das Theater zu schlüpfen. Vivienne konnte den schwachen Lichtpunkt der Taschenlampe des Platzanweisers erkennen, der herbeigeeilt war, um die Nachzüglerin abzufangen. Er war zu groß, als dass es sich um ihre Mutter gehandelt haben könnte, aber Vivienne würde einfach so tun als ob: Das *war* ihre Mutter, und sie hatte den weiten Weg gemacht, um ihre Tochter auf der Bühne zu sehen. Ein zweiter Platzanweiser hatte sich hinzugesellt, offenbar gab es eine Diskussion. Hatte Mutter ihre Eintrittskarte oder ihre Brille vergessen? Oder saß ein anderer Zuschauer auf ihrem Platz?

Das Vorspiel näherte sich seinem Ende. In wenigen Augenblicken musste Vivienne auf die Bühne, kein guter Zeitpunkt, um abgelenkt zu sein. Aber die entstandene Unruhe hielt an, und sie konnte den Blick nicht davon abwenden. Im Schein einer dritten Taschenlampe waren fuchtelnde Arme zu sehen.

Die Frau hatte ihren Platz immer noch nicht eingenommen. Eine Gestalt, die Vivienne eindeutig an ihrer kerzengeraden Haltung und an ihrem Gehstock erkannte, schritt ein. Viviennes Magen verkrampfte sich. *Bringt sie endlich an ihren Platz! Himmel noch mal, wir fangen gleich an – Mutter wird meinen Auftritt verpassen!*

Schon tauchte Laura neben ihr auf und fasste sie am Ellenbogen. »Es ist so weit. Raus mit dir!«

Vivienne griff sich zitternd an den Hals, spürte die Stimmkraft dahinter. Sie straffte sich, hob das Kinn und atmete tief aus.

»Es gibt kein Zurück mehr.«

Sie betrat die Bühne.

Josie hatte sich im Schatten positioniert, damit sie Hugo Bernards Reaktion in Echtzeit beobachten konnte. Sollte er die Absicht haben, die Vorstellung zu zerpflücken, dann wollte sie es hier und jetzt an seinem Gesicht ablesen. Dieser Tag hatte es in sich gehabt, so viele Überraschungen hatte er für sie bereitgehalten: eine erwiderte Liebe, eine neu erzählte Kindheit, das umgeschriebene Ende ihres Stücks, der Beginn ihrer Zukunft. Sollte sich ihr Stück also als Reinfall erweisen, was sich in verlegenem Hüsteln und unruhigem Auf-dem-Platz-Hin-und-Her-Rutschen äußern würde, dann wollte sie es noch heute Abend wissen. Sie würde damit umgehen können, da war sie sich ganz sicher.

Wie gebannt beobachtete sie das Spiel ihres Ensembles in der lauen Nacht, unter einem Sternennetz, das sich über der abgründigen Tiefe des Vulkansees wölbte. Es war wahrhaft göttliches Theater. Ihre bunt zusammengewürfelte Truppe von Laienschauspielern holte das Letzte aus sich heraus. Viviennes klassische Ausbildung in Gesang und Auftreten sowie Miles' souveräne Professionalität verliehen dem Stück eine Note feinster Eleganz.

Josie platzte fast vor Stolz. Sie legte die Handflächen aneinander, die Fingerspitzen unter dem Kinn, und strahlte übers ganze Gesicht. Vergessen war Hugo Bernard. Er *musste* doch die gleiche Faszination empfinden wie sie! Die Vorstellung fesselte sie so sehr, dass sie nicht einmal den Übergang vom verinnerlichten Text zu hastig gelernten Zeilen bemerkte.

Und dann, als sich Celeste in ihrem grauenvollen Rotang-palmwedel-Korsett langsam ins Wasser hinunterließ, schlenderte ein einsamer Farmer mit gesenktem Kopf am Ufer entlang auf sie zu.

Das kollektive Luftschnappen der Zuschauer, das wie eine Rauchwolke durch die Reihen wogte, riss Josie aus ihrer Verzauberung.

Als Gabe Monash sich der im See versinkenden Gestalt näherte, wurde es totenstill. Die Verwirrung war fast greifbar. *Was hatte Gabriel Monash denn hier zu suchen? War er Zeuge von Celestes Selbstmord geworden?*

Aber Gabe schaute nicht tatenlos zu, er handelte. Jetzt rannte er los, stürzte sich ins Wasser, rufend, die Arme ausgestreckt, um die Nachtigall vor dem Ertrinken zu retten.

Die Legende, die sie alle auswendig kannten und zu deren Verbreitung sie beigetragen hatten, wurde vor ihren Augen neu geschrieben. Die Münder weit aufgerissen, reckten und streckten sich die Zuschauer auf ihren steinernen Sitzplätzen, um besser sehen zu können.

Gabe kämpfte, packte die Nachtigall und zerrte sie von dem dunklen Abgrund zurück. Und obwohl Josie wusste, wie diese Szene endete, hämmerte ihr Herz wie wild in ihrer Brust.

Rette sie! Sie grub die Fingernägel in die Handfläche. *Lass sie nicht untergehen! Rette sie!* Josie wusste, ihr Publikum fieberte genauso mit wie sie.

»Heiliger Strohsack!«, hauchte sie. Das war das kraftvollste Stück, das sie jemals für die Bühne geschaffen hatte. Der Traum eines jeden Bühnenautors. Nicht nur ein Schauspiel, nicht nur gespielte Szenen, sondern der Kampf Leben gegen Tod, Hoffnung gegen Verzweiflung.

Und zu guter Letzt trug das Leben den Sieg davon. Der Kampf verlagerte sich näher ans Ufer. Und dann, als er festen Boden unter den Füßen spürte, richtete sich Gabe auf, hob Celeste hoch und trug sie, durch Seerosen watend, an Land. Ihr federbesetzter Morgenrock schleifte im Wasser, ihr Kopf hing schlaff herunter, die langen Haare fielen über Gabes Arm.

Er kniete sich auf den Schwimmsteg und wiegte sie wie ein kleines Kind in seinen Armen, während sie ihre Niederlage herausschluchzte. Schließlich streifte er ihr das Korsett herunter und schleuderte es ins Wasser. Nach einer Weile hob er sie erneut hoch, um sie nach Hause zu tragen.

Das ist wahre Magie, dachte Josie. Ein Hochgefühl, das sich durch die verblüffende Wende der Ereignisse noch verdreifachte: Celeste lebte, und sie liebte Gabriel Monash, der sie vor weiteren Selbstmordversuchen bewahren sollte.

Die Zuschauer saßen in ungläubigem Schweigen.

Schließlich nahm Celeste Abschied von ihrem Retter und tanzte davon, in eine ungewisse Zukunft, aber frei und sprühend vor Leben. Josie registrierte die Veränderung im Publikum: Fassungslosigkeit schlug in Euphorie um, in reine, unverfälschte Freude, wie eine warme Strömung in einem eisigen Gewässer.

Gabe blieb allein zurück. Den Blick zu den Sternen hinauf gerichtet, schritt er über die Bühne und spielte auf seiner Mundharmonika »La Vie en Rose«. Aus der Dunkelheit erhob sich Viviennes Stimme.

Es war das perfekte Finale – eindringlich, sehnsuchtsvoll, erlösend. Die schlichte Mundharmonikamelodie ging unter die Haut und war fesselnder als alles, was Josie sich ausgedacht hatte. Die Reue ihres Vaters und seine Belohnung. Josie wischte sich die Tränen ab. Das war für sie alle die Vorstellung ihres Lebens gewesen.

Die Lichter wurden gedimmt, noch bevor das Lied zu Ende war. Josie machte sich bereit, auf die Bühne zu treten und die stehenden Ovationen entgegenzunehmen.

Am oberen Ende des Amphitheaters entstand Unruhe. Eine Frauenstimme rief etwas. Josie verscheuchte sie unwillig wie einen lästigen Moskito. Aber jetzt schritt jemand den Mittelgang hinunter. Vielleicht jemand, der die Toilette aufgesucht hatte? Die Gestalt näherte sich der Bühne. Josie runzelte in wachsender Panik die Stirn und hob die Hand, wie um nach dem Störenfried zu schlagen.

Jetzt hatte er den Rand der Bühne erreicht. Wer war das? Und warum griff Laura nicht ein?

Als die Scheinwerfer vollends erloschen waren, brach

tosender Beifall los. Die Zuschauer hielt es vor Begeisterung nicht mehr auf ihren Plätzen. Mit singender Seele, erfüllt von unmäßigem Triumphgefühl, lief Josie Richtung Bühne.

Donnernder, nicht enden wollender Applaus erscholl in der Dunkelheit. »Zugabe!«, brüllten die Zuschauer. »Zugabe!«

Josie wusste, dass sie diesen Abend, der nicht vollkommener hätte sein können, für immer im Herzen tragen würde.

Dann stieg die Gestalt – es war eine Frau, wie sie jetzt sehen konnte – die Stufen zur Bühne hinauf, noch bevor Josie sie erreicht hatte.

Ein nachdrückliches dumpfes Klacken, und dann schoss der Lichtstrahl eines einzelnen Scheinwerfers über den See und den Wald, wie ein Meteorit auf dem Weg in den Sternenhimmel. Der Lichtstrahl schwenkte herunter, bis er die Fremde auf der Bühne erfasste, die jetzt nur wenige Meter von Gabriel entfernt stand.

Die Frau war wunderschön. Sie trug ein azurblaues Kostüm und hatte die rabenschwarzen Haare zu einem eleganten Knoten zusammengesteckt. Sie störte sich weder am Scheinwerferlicht noch am Publikum.

Josie, eine Hand über den Augen, starrte blinzelnd zur Bühnencrew hinüber. Sie konnte Miles hinter dem Lichtstellwerk erkennen und wusste instinktiv, dass er genauso überrascht war wie sie, doch er war Profi genug, die Situation zu meistern.

Josie drehte sich zurück zur Bühne, und da zog die Frau

eine silberne Haarnadel aus ihrem Knoten und ließ die Hände sinken. Lange rabenschwarze Haare fielen ihr über den Rücken.

Das vom Scheinwerfer angestrahlte Paar verharrte regungslos und sah sich unverwandt an.

»Celeste …«, stammelte er und konnte es nicht fassen.

»Gabe«, erwiderte sie mit reiner, voller, klarer Stimme. Eine Stimme, die an diesem See seit mehr als vierzehn Jahren nicht mehr vernommen worden war.

Die Nachtigall von Lake Evelyn war zurückgekehrt.

Ein Klacken, und der Scheinwerfer erlosch.

Kapitel 35

Der Clou

Die Zuschauer waren in Aufruhr und forderten lautstark mehr, mehr, *mehr!* Aber die Platzanweiser kannten kein Pardon: Sie lotsten die johlende Meute unerbittlich zur Eingangsebene hinauf und weiter zum beleuchteten Parkplatz.

Die Bühne lag im Dunkeln; es herrschte eine geradezu unheimliche Stille. Gabe und Celeste verharrten immer noch in völliger Regungslosigkeit und hatten nur Augen füreinander. Der Rest der Truppe drängte sich in verblüfftem Schweigen vor der Vorbühne.

Nur einer Person hatte es die Sprache nicht verschlagen.

Beryl war gegen den Zuschauerstrom zum Ufer geeilt. Das Ensemble teilte sich, als sie zur Bühne hinaufstapfte. Alle Blicke richteten sich auf die Matriarchin von Barrington.

»*So* bricht man einen Fluch.«

Da wusste Josie, wer Celeste ausfindig gemacht hatte. Wie lange mochte ihre Großmutter dieses Ass schon im Ärmel gehabt haben? Wochen? Oder gar Jahre?

Das hektische Wogen der Theaterbesucher war abgeebbt.

In der samtigen Dunkelheit konnte man die Stimmen von Gabe Monash und Celeste Starr hören – weich und voller Traurigkeit.

Die gesamte Barrington Theatre Company spitzte die Ohren. *Diese* Show war für sie …

»Du bist zurückgekommen.«

»Zu spät, um die anderen Mädchen zu retten.«

»Du trägst keine Schuld an ihrem Tod …«

»Und doch hat meine Lüge diesen Ort zu einem verfluchten Ort gemacht.«

»Unsere Lüge. Aber jetzt sind wir frei.«

»Du hast das alles für mich gemacht?«

»Nein, ich nicht.«

»Das war ich.« Josie betrat den Schwimmsteg. »Das ist mein Stück. Aber ich habe es nicht für dich getan, sondern für meine Stadt.«

Ein anerkennendes Pfeifen aus den Reihen ihrer Truppe, plätschernder Beifall.

Celeste wandte sich Josie zu. »Du bist eine junge Dame geworden«, sagte sie sanft und wehmütig. »Ich hätte nicht gedacht, dass ich das erleben darf.«

Josie zitterte am ganzen Körper. Das war die »Mutter«, der abends ihr letzter Gedanke gegolten hatte, so lange sie zurückdenken konnte. *Ich hab dich nicht lange für mich gehabt, aber ich hab dich schrecklich lieb gehabt.* Sie hatte das Medaillon dieser Frau um den Hals, nahe ihrem Herzen, getragen, es war ihr Talisman gewesen, der ihr Mut und Kraft verliehen hatte.

Sie kramte die zerrissene Halskette aus ihrer Rocktasche,

starrte sie eine Sekunde lang an und trat dann mit ausgestreckter Hand auf Celeste zu.

»Hier. Die hast du vergessen.« Ihr schroffer Ton verriet etwas von der alten Verzweiflung, dem Gefühl des Verlustes, über das sie nie ganz hinweggekommen war.

Celeste nahm das Medaillon und drehte es in den Fingern hin und her. Eine tiefe Traurigkeit verzerrte ihr schönes Gesicht.

In diesem Moment kam Laura, die geholfen hatte, die Zuschauer aus dem Theater zu treiben, zurück. Sie verstand offenbar als Einzige, dass dies eine höchst private Privatvorstellung war.

Sie klatschte kräftig in die Hände und rief: »Okay, Leute, die Show ist vorbei, die Monashs werden sich zurückziehen und das Ganze klären!«

Im Ernst? Josie guckte sich verdattert um. *Und wie?*

»Und ihr anderen geht jetzt mit dem Rest der Stadt ins Grand und genießt euren Ruhm!«, befahl Laura. »Macht ordentlich einen drauf, ihr habt es verdient!«

Die Barrington Theatre Company brach in lauten Jubel aus.

Vivienne, noch im Kostüm, die nackten Füße und ein marabufedernbesetzter Zipfel des Morgenrocks im Wasser, saß im Dunkeln allein auf dem Schwimmsteg und hielt den sternenbesetzten Haarreif in der Hand.

Das Ensemble und die Crew waren schon lange fort. Laura, Ernest und Miles feierten mit den anderen im Grand. Vivienne würde sie vermutlich später auf der Farm sehen, wo die Party weitergehen würde, aber jetzt wollte sie allein sein und jeden Augenblick dieses unglaublichen Abends noch einmal an sich vorüberziehen lassen.

Der erste Blitz war ärgerlich, so wie wenn im Kino die Lichter noch vor dem Abspann angingen. Der unmittelbar darauffolgende krachende Donner ließ den Steg erzittern. Vivienne presste den Haarreif an sich und rappelte sich eilig auf. Schon klatschten schwere Regentropfen aufs Wasser und hüpften über die Oberfläche wie Kieselsteine.

Sie sprintete die Steinstufen hinauf und duckte sich unwillkürlich, als der nächste Blitz das Amphitheater grell beleuchtete. Sie sah noch die Gestalt, die ganz oben stand, bevor alles wieder in Dunkelheit getaucht wurde, die nach dem gleißenden Blitz noch undurchdringlicher schien.

Vivienne blieb abrupt stehen. Kalte Angst packte sie. »Hallo?« Donnergrollen übertönte ihren Schrei.

»Hallo!«, rief sie noch einmal. »Wer ist da? Antworten Sie doch!«

»Ich bin's nur, Vivi, hab keine Angst.«

»Owen!« Ihr wurde schwindlig vor Erleichterung. Sie merkte jetzt erst, wie fest sie den Haarreif umklammert hatte. Er hatte schmerzhafte Abdrücke in den Handflächen hinterlassen. »Was machst du denn hier?« Vorsichtig ging sie weiter.

»Josie hat mich geschickt, ich soll dich holen. Sie will nicht, dass du allein hier draußen bist. Ich glaube eher, *sie* will nicht allein dort sein.«

Sie lächelte. »Es war so viel los heute, da tut mir die Ruhe richtig gut.«

Wieder zuckte ein sich verzweigender Blitz durch die Nacht, der Donner folgte Sekundenbruchteile später. Vivienne und Owen sahen sich schmunzelnd an.

»Außerdem bin ich eine Außenstehende und werde mich erst später dazugesellen.«

»Josie hat gewusst, dass du das sagen würdest. Ich soll dir ausrichten, dass du, ich zitiere, ›von jetzt an zur Familie gehörst‹.«

»Ehrlich?«

»Du bist die Schwester, die sie sich immer gewünscht hat.«

»Tja, dann bin ich allerdings auch *deine* Schwester«, neckte sie ihn.

»So weit würde ich nicht gehen ...«

Ihr Verlangen war ein Brandpfeil, ihr Mut ein Pulverfass. Würde sie sich trauen? Und ob sie sich trauen würde ...

»Josie ist im Moment sicher vollauf damit beschäftigt, ihre Nachtigall auszufragen. Sie würde uns beide gar nicht vermissen, zumindest nicht für eine ganze Weile ...«

»Meinst du?«

»Ich dachte mir, wir könnten doch zu dir gehen und uns das Gewitter von dort ansehen.«

»Zu mir?«

»Ja. Weißt du, ich würde dein Zuhause gern Vivienne's Landing taufen.«

»Du willst meinem Haus einen Namen geben?«

Ihre Augen glänzten in der Dunkelheit. »Ich möchte es ... einweihen.«

Das Hüpfen seines Adamsapfels war hörbar.

Sie legte ihre Hand auf die breite Brust, die sich unregelmäßig hob und senkte, spreizte die Finger und nahm seine Wärme, seine Kraft, seine Begierde wahr.

»Vivi«, flüsterte er schließlich, und seine heisere Stimme entfachte ein Feuer in ihrer Magengrube, das sich rasend schnell ausbreitete. »Ich liebe dich.«

Ihr ganzer Körper pulsierte, sodass sie kaum ein Wort herausbrachte. »Ich liebe dich auch, Owen.«

In dem kleinen Farmhaus saßen einmal mehr nur drei Personen am Küchentisch: Gabe, Josie und Celeste.

Reg, Daphne und die brüllende Maureen verbrachten die Nacht bei Grandy Beryl, unter dem Vorwand, ihr Zimmer dem Gast zur Verfügung stellen zu wollen. Daphnes Koffer war so überdimensional wie ihr Lächeln triumphierend. Josie konnte sich einen engstirnigen Gedanken nicht verkneifen: *Denkt sie tatsächlich, sie entkommt uns?*

Es war nach Mitternacht. Das dröhnende Krachen des Donners war das Einzige, was das Gespräch jeweils für Sekunden unterbrach. Vierzehn Jahre Lügen und Sehnsucht, Liebe und Verlust konnten nicht in einer einzigen Nacht aufgearbeitet werden. Und wie oft konnten sich zwei Menschen innerhalb weniger Stunden eigentlich entschuldigen? Jemand würde dem bald ein Ende setzen müssen.

Seit Josie Owen zu Vivienne geschickt hatte, kam sie sich wie das fünfte Rad am Wagen vor. Oder wie ein großes Kind, das längst im Bett hätte sein sollen. Es lag auf der Hand, dass Gabe und Celeste manches unausgesprochen ließen, weil sie mit am Tisch saß.

Sie bemühte sich, die fleischgewordene Celeste nicht unhöflich anzustarren, sondern ihre verstohlenen Blicke sorgsam zu dosieren. Im grellen Licht der Glühbirne waren Celestes Fältchen zu sehen, die ersten grauen Haare, die Pigmentflecken. Dass sie nicht nur am Leben, sondern gealtert war wie jede Frau, war vielleicht das Surrealste an diesem ganzen Abend.

Ein Auto röhrte die Zufahrt herauf. Josie sprang auf, sie konnte es kaum erwarten, Vivienne in die Arme zu nehmen. Aber durch die Küchentür schwankten Ernest und Laura, Arm in Arm, mit glasigen Augen und beseligtem Grinsen.

»Wo ist Viv?«

Ernest und Laura lachten laut heraus.

»Als wir sie das letzte Mal sahen, hat sie Owen offensichtlich geholfen, eine verirrte Kuh einzufangen.«

Josie verschränkte die Arme. »Ihr wollt mich wohl für dumm verkaufen!«

»Überhaupt nicht«, beteuerte Laura. »Sie sind den Hügel raufgerannt zu Owen, du hättest sehen sollen, wie brandeilig sie's hatten ...«

Prustend zogen die beiden ab und machten sich auf die Suche nach dem Kochsherry. Die Party war definitiv noch nicht vorbei.

Josie schloss sich ihrem Bruder und Laura an, während Gabe und Celeste in der Küche blieben. Die jungen Leute zogen sich ins Wohnzimmer zurück und spielten lustlos eine Partie Karten.

Plötzlich wurde die gedämpfte Unterhaltung in der Küche

von einem emotionalen Ausruf unterbrochen. Ein Stuhl schabte über den Fußboden, als er hastig zurückgeschoben wurde. Stille.

Josie, Laura und Ernest lächelten einander zu.

Ernest hatte seine Glückszigarre hervorgeholt, klopfte sie auf seine Handfläche, hielt inne und betrachtete sie. Schließlich stand er auf und zündete sie an.

»Ist das dein Ernst?«, fragte Josie. »Nach so langer Zeit?«

»Wenn nicht heute, wann dann, Jose?«

Sie nickte und streckte die Hand nach der Zigarre aus. Laura tat es ihr nach. Und so ging Ernests Glückszigarre reihum. Nur das Grollen des Donners und wenig elegante Hustenanfälle unterbrachen das ehrfürchtige Ritual.

Kein Laut drang aus der Küche. Ob sie leer war?

Laura beugte sich vor und flüsterte: »Sollen wir zur Lodge fahren und dort auf Vivienne warten?«

»Bei dem Wetter gehen wir nicht raus«, sagte Josie. »Viel zu gefährlich.« Sie schüttelte den Kopf, als Ernest ihr die Zigarre anbot. »Erzähl mir lieber, was im Grand geredet wurde! Ich kann's kaum erwarten, die morgige Zeitung in die Finger zu kriegen! Ich will wissen, was du gehört hast, jedes einzelne schmeichelhafte Wort. Lass bitte nichts aus!«

Laura machte ein verzücktes Gesicht. »Die Leute waren voll des Lobes, Josie, das kannst du dir nicht vorstellen …«

Regen prasselte auf das Blechdach der Hütte auf dem Hügel, im grellen Licht der Blitze traten die Konturen scharf hervor, der Donner ließ den Boden erzittern, aber Vivienne's Landing hielt den Naturgewalten stand. Die Frau nahm keine Notiz von dem Unwetter. Sie war sicher und geborgen in diesem bescheidenen Zuhause, wo sie in unendliche Tiefen sank, von Neuem emporstieg und noch tiefer sank, schwer atmend und nie gekannte Skalen singend …

Eine regennasse Gestalt stand am Fuß der Verandatreppe von Sylvan Mist, schaute zu den Balkonen und den dunklen Fenstern hinauf. Die Bäume ringsum buckelten und zitterten, winselten und knackten unter dem Sturm, der gegen sie anrannte.

Der Mann öffnete sachte die Autotür und spähte ins Innere. Er bückte sich nach dem brokatpapierumwickelten Hochzeitspräsent im Fußraum vor dem Beifahrersitz. Die spitzen Ecken des Geschenks hatten das Papier durchstoßen, und in der Mitte prangte ein kleiner staubiger Fußabdruck.

Ein Blitz zuckte über dem Baldachin des Regenwalds und erhellte für Sekundenbruchteile den Mann, der jetzt mit schweren, bedächtigen Schritten die Stufen hinaufstapfte.

An der Tür blieb er stehen und lauschte. Alles war ruhig. Er schob den Schlüssel ins Schloss und drehte den Türknauf. Die Tür öffnete sich widerwillig quietschend.

Ohne Licht zu machen, bewegte er sich sicher zwischen den Möbeln zur Treppe und ging nach oben, wobei er sorgfältig darauf achtete, die Füße nicht auf die knarrenden Stufen zu setzen. Die Tür zur Bibliothek stand offen, und er ging geradewegs hinein.

Nachdenklich betrachtete er die drei länglichen, niedrigen Erhebungen, eine neben der anderen, auf dem Boden in der Mitte des Zimmers. Wieder blitzte es, und da erkannte er, um was es sich handelte: Schlafstellen aus wahllos zusammengesuchten Decken und Kissen. Leer.

Er machte auf dem Absatz kehrt und lief die Treppe ins Schlafzimmer hinauf. Leer. Jetzt durchsuchte er methodisch Zimmer für Zimmer, aber es war niemand da. Zu guter Letzt stieg er in den Keller hinunter, wo er das Licht einschaltete.

Langsam ging er durch den Weinkeller, bemerkte die vielen leeren, fein säuberlich sortierten Flaschen. Er wirbelte herum und lief mit großen Schritten zu der Tür, die mit zwei Schlössern gesichert gewesen und jetzt teilweise zersplittert war, eingeschlagen mit einer Axt, die noch daneben lehnte.

Er atmete sehr langsam und sehr geräuschvoll, als er die Dunkelkammer betrat, um zu sehen, was sie angefasst hatte …

Kapitel 36

Der Hausherr

Vivienne wachte vor Tagesanbruch auf, weil die Gliedmaßen, die sich wie eine wärmende Hülle um ihren nackten Körper geschlungen hatten, sich zurückzogen.

»Ich muss die Kühe melken«, flüsterte Owen. Sein warmer Atem streifte ihren Nacken und bescherte ihr eine Gänsehaut. Vermutlich müsste sie nur sehnsüchtig wimmern, und er würde es nie bis zum Melkstall schaffen.

Sie räkelte sich genüsslich in der Dunkelheit und atmete den Geruch von Schweiß und Sex, Sägemehl und Eichenmoos ein. Sie hörte, wie Owen sich anzog und in seine Stiefel stieg. Als er sich neben sie kniete, um ihr einen Kuss auf die Stirn zu geben, hob sie ihm, sich zur Zurückhaltung zwingend, obwohl ihr Körper eine einzige sinnliche Aufforderung darstellte, den Mund entgegen.

Die Kühe, rief sie sich ins Gedächtnis, weil *sein* Mund keine Zurückhaltung kannte. *Unendlich viele Kühe, die nur auf ihn warten.*

Owen erhob sich. »In meinem ganzen Leben habe ich die Farmarbeit noch nie so sehr gehasst wie jetzt«, sagte er stöhnend.

»Und *ich* war in meinem ganzen Leben noch nie so glücklich.«

Er fiel wieder neben ihr auf die Knie und riss sie an sich. Erfüllt von wildem, unersättlichem Verlangen, warf Vivienne die Arme um ihn.

Die Kühe würden doch noch warten müssen …

Nachdem sich Owen aus der Hütte geschleppt hatte, suchte Vivienne ihre Sachen zusammen. Als sie das Futter von Celestes Badeanzug abtastete, stellte sie fest, dass ihr Ring weg war. Irgendwann im Lauf der Vorstellung hatte sie einen Diamantring verloren, einfach so, wie ein Blatt, das man achtlos wegschnippt.

Sie warf sich Celestes Morgenrock über und lief unter gespenstisch leuchtenden Mammatus-Wolken über die regengetränkten Weiden. Die Spuren des nächtlichen Unwetters waren unübersehbar: ein umgestürzter, zersplitterter Baum, ein Blitzeinschlag, dessen Spannung ein fächerförmiges Muster im Gras hinterlassen hatte, wie ein Geflecht von Blutgefäßen.

In der feuchten Luft kribbelte ihre Haut überall dort, wo Owens Bart sie gerötet hatte. Das hügelige Land erinnerte sie an das rhythmische Auf und Ab ihrer Bewegungen, als sie mit gespreizten Beinen auf Owen gesessen und ihre Lust in den Sturm hinausgeschrien hatte.

Es hätte nicht viel gefehlt, und sie wäre zu Owens Hütte zurückgerannt. Reine Willenskraft trug sie durch den Regenwald und über die Zufahrt zur Lodge. Als Erstes raus aus dem Celeste-Kostüm, und dann in die Küche und

Frühstück für ihre Freundinnen machen. Ob Laura und Josie schon die Zeitung geholt hatten? Oder würden sie alle zusammen in die Stadt fahren?

Prickelnde Vorfreude erfüllte sie.

Josie und Laura hatten auf dem Wohnzimmerfußboden geschlafen und waren genau wie Ernest früh aufgestanden, um die Tiere zu versorgen. Die Welt schien nur aus aufgewühltem Dunst und Mammatus-Wolken mit ihren herunterhängenden, beutelartigen Ausstülpungen zu bestehen.

»Wir füttern die Kälber, und dann fahren wir in die Stadt und holen die Zeitung«, sagte Josie.

Im Kälberstall nahm jede einen Tränkeeimer, und während die Kälbchen am Sauger nuckelten, malten sich die beiden Frauen ganz aufgeregt die Lobeshymnen aus, die sicherlich über die Barrington Theatre Company, das Obsidian und über Josie verfasst worden waren.

Als sie Owen mit großer Verspätung quer über die Weide Richtung Melkstall hetzen sahen, hochrot im Gesicht und sich hektisch das Hemd in die Hose stopfend, wechselten sie einen belustigten Blick.

»Wir sollten Vivienne nicht fragen, ob sie mitkommen will in die Stadt«, sagte Laura.

Josie nickte. »Soll sie sich ausruhen. Wir sehen sie ja dann in der Lodge.«

Hinter dem Roadster parkte ein fremdes Auto vor der Lodge. Vivienne starrte es verdutzt an. Sie kannte niemanden mit so einem Auto. Oder gehörte es Celeste? War sie herübergekommen, um gemeinsam mit ihnen die Kritiken zu lesen? Wahrscheinlich saßen sie alle schon über die Zeitungen gebeugt und klopften sich gegenseitig auf die Schultern. Typisch Josie! Nicht einmal auf ihre Freundin hatte sie warten können …

Lächelnd lief sie die Treppe hinauf und horchte, ob Josies triumphierendes Lachen zu hören war.

Die Haustür stand halb auf, aber dahinter herrschte Stille und düsteres Halbdunkel. Es hatte nicht den Anschein, als ob überhaupt schon jemand wach wäre. Wie immer schlug ihr widerliche stickige Feuchtigkeit entgegen, doch da war noch etwas anderes. Etwas … Vertrautes.

Vivienne verharrte einen Moment, bis sich ihre Augen an das Dämmerlicht gewöhnt hatten. Wieder lauschte sie. Nichts. Kein Laut drang aus der Bibliothek. Laura und Josie hatten sich vermutlich auf den Weg nach Barrington gemacht, aber das erklärte nicht das fremde Auto draußen.

Sie streckte die Hand nach dem Lichtschalter aus. Zaghaft vertrieb das Licht die Schatten.

Als sie sich hastig nach allen Seiten umsah, erschrak sie fast zu Tode. Sie schrie auf und griff sich an den Hals. Das Herz drohte ihr fast aus der Brust zu springen.

Auf dem Ledersofa neben der Treppe saß Onkel Felix und fixierte sie unverwandt.

Sie glaubte zumindest, dass er es war, denn es hätte genauso gut eine Wachsfigur sein können, so völlig regungslos, starren Blicks, saß er da.

»Onkel Felix!« Sie filterte ihre Empfindungen auf der

Suche nach einem kleinen Quäntchen Freude, die sein Besuch hätte auslösen müssen, fand aber nur Bestürzung. »Tut mir leid, dass ich nicht da war. Bist du gerade erst gekommen oder …?«

Er gab keine Antwort, aber jetzt bewegten sich seine Augen, ja sein ganzer Kopf, als er den Blick von ihrem Gesicht tiefer wandern ließ, bis hinunter zu ihren nackten Füßen unter dem von Marabufedern besetzten Saum. Vivienne, spärlich bekleidet in Celestes Kostüm, schaute an sich herunter, lief rot an und raffte den Morgenrock in der Taille fester zusammen.

»Du musst schon entschuldigen – dass ich in diesem Aufzug herumlaufe, meine ich. Das ist ein Kostüm. Ich habe gestern Abend in einer Aufführung mitgespielt, unser Stück hatte Premiere, und anschließend haben wir noch gefeiert. Ich habe mich der hiesigen Theatertruppe angeschlossen, weißt du, und Freunde gefunden …«

Felix ließ sie nicht ausreden. »Willst du deinem lieben alten Onkel nicht einen Kuss zur Begrüßung geben, mein Mädchen?«, fragte er in beleidigtem Ton.

Ehrlich gesagt würde sie lieber darauf verzichten. Der Gedanke, sich Felix zu nähern, nachdem sie mit Owen zusammen gewesen war und ihre Haut den Geruch von Sex ausdünstete, war schlichtweg abstoßend.

Felix rührte sich nicht. Sie machte ein paar Schritte auf ihn zu und blieb dann wie angewurzelt stehen. Auf seinem Schoß lag das Theaterprogramm, das Vivienne als sinnliche Nachtigall von Lake Evelyn auf dem Titel zeigte.

»Oh, du hast eins von unseren Programmen gefunden!

Dann muss ich dir die wundervolle Handlung unseres Stücks ja nicht mehr erzählen. Ist es nicht großartig? Sag mir, dass du es großartig findest!«

Aber ihr Onkel dachte gar nicht daran. Wieder glotzte er sie an, musterte sie von Kopf bis Fuß. »Du siehst genauso aus wie sie«, stieß er mit seltsam gepresster Stimme hervor.

Wie sie? Ach so, ja natürlich – Celeste. Dass ihr das nicht eher eingefallen war! Felix hatte sich während des Kriegs hier aufgehalten, daher verstand es sich von selbst, dass er Celeste gekannt haben musste.

Vivienne machte die letzten Schritte auf ihn zu, beugte sich hinunter, um ihm einen Kuss auf die Wange zu geben, wich aber schnell wieder zurück, als er sie umarmen wollte. Er stank nach Rotwein und dem sauren, schalen Geruch eines Reisenden, der lange unterwegs gewesen war. Jetzt bemerkte sie die leere Flasche – die leeren Flaschen – auf dem Beistelltisch.

»Warum hast du nicht angerufen und gesagt, dass du kommst?« Sosehr sie sich auch bemühte, es wollte ihr nicht gelingen, ihrer Stimme einen natürlichen Tonfall zu geben.

Felix seinerseits war ungewohnt ernst. »Ich wollte mein Mädchen überraschen. Ich dachte, du könntest es kaum erwarten, mich zu sehen, nach so langer Zeit in der Einsamkeit hier oben. Ich dachte, du würdest mir entgegenlaufen und dich an mich klammern und mir danken, dass ich dich nicht vergessen habe …«

Vivienne schluckte ihren Widerwillen hinunter. Noch vor wenigen Monaten hätte sie genau das getan.

»Stattdessen finde ich die Lodge in einem erschreckenden Zustand vor: ungeladene Gäste, etliche fehlende Flaschen teuren Weins, unersetzliche Bilder geschändet. Dinge angefasst, die niemals hätten berührt werden dürfen ...«

Ein kalter Schauer jagte Vivienne über den Rücken. *Was meint er damit?*

»Und meine Nichte ... spurlos verschwunden. Wo warst du letzte Nacht, Vivienne?«

»Die Vorstellung«, stammelte sie. »Unser Stück. Hab ich doch gerade gesagt.«

»Ja, das Stück. Über unsere Nachtigall.« Er tätschelte das Programm auf seinem Schoß. »Unser ertrunkenes kleines Singvögelchen.«

»Aber das ist es ja!«, entfuhr es ihr. »Sie ist nicht ertrunken! Celeste hat überlebt! Sie ...«

»Ist davongekommen, nicht wahr?«, ergänzte er mit triumphierender Miene.

Sie hatte nicht das Gefühl, seinen Triumph teilen zu dürfen. »Freust du dich denn nicht darüber? Ich meine, wo du sie doch gekannt hast«, entgegnete sie, wobei sie darauf achtete, dass ihr Gesicht völlig ausdruckslos blieb.

»Meine Nachtigall ist zu mir zurückgekehrt. Und das habe ich nur meiner Nichte zu verdanken.«

»Nicht nur mir«, wehrte sie leichthin ab. »Wir haben das Rätsel gemeinsam gelöst, wir alle zusammen.«

In Felix' Lächeln lag nichts Herzliches oder Belustigtes. »Warum hast du mein Geschenk eigentlich nicht geöffnet, Vivienne?« Sie folgte seinem Blick zu dem in rotes Brokatpapier eingewickelten Päckchen, das zwischen seinem

Schenkel und der Sofalehne steckte. »Komm her und mach's auf.«

»Das wäre nicht richtig«, sagte sie. »Ich sollte die Hochzeitsgeschenke zurückgeben.«

»Ich bin da. Du kannst es mir zurückgeben.«

Sein seltsames Verhalten, sein zweideutiger Ton, diese ganze merkwürdige Situation hatten etwas Irritierendes. Mehr noch, allmählich bekam sie Angst. Es schien fast, als spiele er mit ihr …

»Nein danke«, entgegnete sie mit ruhiger, aber fester Stimme.

»Ich bestehe darauf.« Er nahm das Päckchen und warf es ihr zu.

Sie schnellte erschrocken vor, um es aufzufangen. Unter dem Papier klirrte Glas.

»Mach es auf«, befahl er.

Sie hielt es mit beiden Händen vor dem Körper. Sie wusste, dass es sich um das Brautporträt handelte, das er fotografiert hatte. Streifen für Streifen riss sie das Papier weg. Nach und nach kam die wunderschöne Braut, die sie hätte sein können, zum Vorschein. Sie hielt unwillkürlich die Luft an. Es war eine wirklich gelungene Aufnahme.

»Es ist ganz reizend«, sagte sie gehorsam. »Vielen Dank.«

Aber es gefiel ihr nicht. Es gefiel ihr überhaupt nicht. Irgendetwas stimmte nicht mit diesem Porträt. War es der auffordernde Blick über die nackte Schulter? Ganz schön kokett für eine Braut der besseren Gesellschaft, wie sie jetzt sah, auch wenn die in der Dunkelkammer entdeckten Fotos sie desensibilisiert hatten. Oder störte sie sich daran, dass sie ihr Bolerojäckchen für die Aufnahme ausgezogen hatte? Sie erinnerte sich, wie Felix ihr so lange gut zugeredet hatte, bis sie seinem Wunsch nachgekommen war, und wie begeistert er ein Bild nach dem anderen geschossen hatte, aber dann auf einmal aus dem Atelier verschwunden war und …

Die Côte d'Azur.

Viviennes Miene blieb unverändert höflich und bewundernd, aber ihre Fingernägel krallten sich so fest um den vergoldeten Rahmen, dass sie fürchtete, das Glas werde gleich zersplittern.

Die Côte d'Azur.

Der glamouröse Hintergrund für das Brautporträt war exakt der gleiche wie für viele Aufnahmen von Celeste, sowohl die harmlosen oberhalb der Kellerdecke als auch die sadistischen darunter.

Celestes Fotograf.

Langsam hob sie den Kopf. Felix blickte ihr in die Augen und grinste.

Sie senkte den Blick wieder auf das Porträt. Jetzt ging ihr Atem kurz und stoßweise. Das flache Keuchen einer Gejagten. Einer Beute.

Onkel Felix ist der Mann, der Celeste zum Selbstmordversuch getrieben hat!

Der Boden unter ihren Füßen schwankte.

Lauf!

Noch einmal hob sie den Blick.

Felix stemmte sich vom Sofa hoch, das Theaterprogramm rutschte von seinem Schoß auf den Fußboden.

Lauf!

Blitzschnell riss sie die Hand hoch und schleuderte ihm das Foto wie eine Diskusscheibe an den Kopf. Im Herumwirbeln registrierte sie das dumpfe Geräusch, als es sein Ziel traf, das Splittern von Glas, einen schrillen Wutschrei.

Vivienne rannte auf das schimmernde grüne Rechteck der offenen Tür zu, dicht gefolgt von einem Jagdhund, der seiner Beute gnadenlos nachsetzte.

Laura und Josie fuhren im Ford der Monashs nach Barrington. Josies Mundwerk stand keine Sekunde still.

»Also, wir holen die Zeitung, und dann drücke ich auf die Tube, und wir rasen zur Lodge, damit wir sie zusammen mit Viv lesen können.«

»So wie du das Gaspedal durchtrittst, bist du mit dem Fuß gleich durch den Boden«, bemerkte Laura, die sich krampfhaft am Rahmen des geöffneten Fensters festhielt.

Josie lachte. »Du solltest mich erst mal in Vivs Auto sehen! Da hebe ich ab wie Sputnik, so brettere ich über die Hügel!«

»Und wenn sie gar nicht in Sylvan Mist ist?«

»Sie ist bestimmt da. Kann mir nicht vorstellen, dass sie den ganzen Tag in Owens muffiger Hütte herumhockt. Solange er das Haus noch nicht fertig hat, bleibt sie bei uns in der Lodge.«

»Aber du wirst Barrington bald den Rücken kehren und reich und berühmt werden. Und ich bin dann wieder obdachlos.«

Die bunten Fahnen und die Hängeblumen entlang der Main Street sausten vorüber.

»Du kannst sicher noch eine Weile in der Lodge wohnen bleiben.«

Laura verzog das Gesicht. »Ich würde nicht eine einzige Nacht allein dort verbringen wollen! Ich bin nicht so mutig wie Viv. Außerdem könnte ich mir das gar nicht leisten, bei der astronomischen Miete, die Mr Brinsley verlangt.«

Josie warf ihr einen scharfen Blick zu. »Wer?«

»Mr Brinsley. Der Eigentümer der Lodge.«

Josie, nach einem Parkplatz Ausschau haltend, fuhr langsamer. »Der *Eigentümer* der Lodge? Wie meinst du das?«

Laura sah sie schräg an. »Rudy Meyer hat die Lodge schon vor Jahren verkauft. Hast du das nicht gewusst?«

Josie schnaubte. »Das heißt, Barrington hat die ganze Zeit gedacht, dass es noch eine Verbindung zu Rudy Meyer gibt, und dabei hat er seit Jahren nichts mehr mit dem Haus zu tun. Wieso hast du mir das nicht erzählt?«

»Hab nicht daran gedacht. Für uns wird sie immer Rudys Lodge bleiben.«

»Bist du dem neuen Eigentümer schon mal begegnet?«

»Nein. Aber ich hab seine Anrufe für Niall entgegengenommen. Er ist ein … seltsamer Mann.«

Josie parkte in eine Lücke direkt vor dem Zeitschriftenladen ein, stellte den Motor ab und zog den Zündschlüssel ab. »Seltsam inwiefern?«

Die beiden Frauen stiegen aus und warfen die Türen zu. Über das Dach des Fords hinweg sagte Laura: »Na ja, charismatisch wie nur was, flirtet auf Teufel komm raus, aber sein Charme hat so was eigenartig Penetrantes. Ich hatte immer das Gefühl, dass er sich auf hinterhältige Weise über mich lustig macht. Er konnte unmöglich wissen, dass ich Nialls Spielzeug war, und trotzdem hatte ich den Eindruck, dass Mr Brinsley ganz genau wusste, wobei er gerade störte. Als ob er seinen Spaß daran hätte …«

Josie runzelte die Stirn und fasste sich mit beiden Händen an den Kopf. Ein Gefühl von Déjà-vu überkam sie, so heftig, dass ihr schwindlig wurde.

Nein, nicht Déjà-vu – ein namenloses Grauen.

Ein lautes Klopfen auf Glas. Hinter der Schaufensterscheibe des Zeitschriftenladens stand Elsie Reece und schwenkte ganz euphorisch eine Zeitung.

Kapitel 37

Die Rettung

Auf der holprigen, rasanten Fahrt zurück zur Lodge versuchte Laura, laut aus Hugo Bernards Besprechung vorzulesen, aber die Zeitung flatterte im Fahrtwind und schlug ihr ins Gesicht.

Und außerdem quietschte Josie: »*Nein, noch nicht!* Erst wenn wir bei Viv sind!«

Laura strich lachend die Zeitungsseiten glatt. »Wollen wir nicht bei den Henrys vorbeifahren und Miles mitnehmen? Wir haben ihm doch versprochen, dass wir den Artikel alle zusammen lesen würden.«

Josie hätte zwar zu gern sein Gesicht gesehen und seine Reaktion beobachtet – er würde sicher stolz auf sie sein und voller Bewunderung –, aber es zog sie nach Sylvan Mist und Vivienne, ihrer Schwester im Herzen.

»Vivienne wartet«, sagte sie mit Bestimmtheit.

Aber Vivienne wartete nicht in der Lodge.

Laura und Josie betrachteten verdutzt das fremde Auto, das hinter dem Roadster geparkt war.

»Was zum Teufel …?«, murmelte Josie. Die beiden Frauen liefen die Verandatreppe hinauf.

Die Haustür stand sperrangelweit offen. Das sah der überaus vorsichtigen Vivienne gar nicht ähnlich.

»Viv?«, rief Josie, bemüht, ihre wachsende Unruhe zu unterdrücken. »Viv, wo bist du? *Vivienne!*«

Der schale Geruch von Rotwein hing in der Eingangshalle. Am Fuß der Treppe stand ein Samsonite-Koffer. Vivienne gehörte er nicht. Ein Herrenjackett war darübergeworfen worden.

»Hallo?«, brüllte Laura nach oben, eine Hand am Treppengeländer. »Ist da jemand?«

Josies Blick fiel auf das große, goldgerahmte Porträtfoto, das inmitten von roten Papierfetzen, Geschenkband, Glassplittern auf dem Fußboden lag.

Sie erkannte das Geschenkpapier wieder: Es stammte von dem Hochzeitsgeschenk, das so viele Monate unangetastet im Fußraum des Roadsters gelegen hatte. Josie hatte immer wieder gebettelt, sie solle es doch aufmachen, aber Vivienne hatte sich stets geweigert.

Warum hatte sie es ausgerechnet heute ausgepackt? Und warum war es zerbrochen?

Sie bückte sich, hob das Foto auf und schüttelte die Glassplitter weg. Das Porträt zeigte Vivienne in einem Brautkleid aus feinster Spitze und Tüll – mit Wiener Nähten, betonter paspelierter Taille und einem tiefen, herzförmigen Ausschnitt. Das passende dezente Bolerojäckchen hielt sie in der Hand. Sie hatte sich halb zur Seite gedreht, wie im Weggehen, und blickte fast erschrocken über die nackte Schulter zurück.

Es war die unbestreitbar glamouröse Aufnahme einer

bildschönen Frau, aber dennoch hatte das Foto etwas Verstörendes. Lag es an der Pose? Fotografen schienen sie zu bevorzugen – Celeste hatte sie auf vielen ihrer Pin-up-Fotos ebenfalls eingenommen.

Die Porträts von Celeste.

Josie betrachtete das Foto noch einmal. Der Hintergrund! Auch Vivienne war vor dem künstlichen Hintergrund der Côte d'Azur fotografiert worden.

Josie wirbelte herum und erkannte an Lauras vor Entsetzen weit aufgerissenen blauen Augen, dass sie das Gleiche dachte.

»Der Fotograf!«

Am Fuß der Verandatreppe hatte sich Vivienne blitzschnell für den nebelverhangenen Pfad zum See entschieden.

Hier war sie im Vorteil. Sie kannte den Weg, den sie bei Regen, bei Nebel und bei Nacht gegangen war, wie ihre Westentasche; das viele Schwimmen und Laufen hatte sie stark und ausdauernd gemacht; sie war dreißig Jahre jünger als Felix, *und* sie war nüchtern.

Sie hatte allerdings nicht damit gerechnet, dass ihm seine Wut ungeahnte Kräfte verleihen würde. Obszönitäten brüllend, war er aus der Lodge gestürzt und hatte die Verfolgung aufgenommen.

Ihre hämmernden Schritte und ihr keuchender Atem konnten weder seine hasserfüllten Verwünschungen ausblenden noch das Krachen im Unterholz, als er ihr unerbittlich nachsetzte. Stöcke knackten unter ihren Füßen, schnellten hoch und zwickten sie in die Waden. Zweige,

Ranken und Luftwurzeln peitschten ihr ins Gesicht und gegen den Oberkörper, sie rutschte auf morastigem Boden aus, stolperte über Wurzeln, aber irgendwie gelang es ihr, auf den Füßen zu bleiben, *weiterzurennen*. Sie schwitzte nicht einmal, stattdessen war ihr Körper mit einer kalten Gänsehaut überzogen. Verzweifelt schluckte sie jeden Tropfen Speichel, um ihre ausgedörrte Kehle zu befeuchten.

Obwohl sie ihm ein gutes Stück voraus war, konnte sie hören, wie er aufholte, wie ihr Vorsprung kleiner wurde.

Sie musste vor ihm den See erreichen, das war ihre einzige Rettung. Schwimmend würde sie es schaffen, ihn abzuschütteln. Dieser Gedanke setzte den letzten Rest Adrenalin frei, den sie noch brauchte. Hinter dem Tunnel aus Würgefeigen, wo der Nebel noch dichter war, verließ sie den Pfad und hetzte zwischen den Bäumen hindurch zu einem ihrer Lieblingsplätze am See, dort, wo sich die Schildkröten tummelten.

Sie hörte, wie Felix hinter ihr vorbeipreschte, hielt aber nicht inne, um zu sehen, ob er umdrehen würde. Jetzt hatte sie das Ufer erreicht. Der Nebel bot ihr die perfekte Deckung, auch wenn er ihr die Sicht nahm.

Sie kletterte über die im Wasser liegenden schlüpfrigen Stämme, stieß sich kraftvoll ab und schwamm auf den nebelverhangenen See hinaus.

Josie riss den Kofferanhänger hoch und zwang sich, den Blick zu fokussieren, der sich in ihrer wachsenden Panik verschleiert hatte.

»Felix Brinsley.«

Sie drehte den Anhänger hin und her und starrte ihn kopfschüttelnd an. Das ergab keinen Sinn. Hieß nicht Vivs Onkel so – Felix?

»Mr Brinsley?«, rief Laura mit schriller Stimme. »Was will der denn hier?«

Josies Blick wanderte zwischen Laura und dem Kofferanhänger hin und her. Ihre Augen wurden immer größer. Wieso war sie nicht früher daraufgekommen? Wie hatte sie nur so schwerfällig, so mit sich selbst beschäftigt, so *dumm* sein können? Josie schüttelte das Jackett aus. Ihre Hände zitterten so sehr, dass sie die Taschen kaum abtasten konnte.

»Was machst du denn da? Was suchst du denn?«

Josie wusste es selbst nicht, sie wusste nur, dass, hätte sie es gefunden, es die Antwort auf *alles* wäre.

Eine braune Rindslederbrieftasche fiel heraus. Josie bückte sich danach, klappte sie auf, sah hastig die Fotos durch – Statussymbole und Zeichen des Wohlstands: eine Yacht, teure Autos, Reisen nach London, Paris, Rom. Und dahinter versteckt drei Aufnahmen von Vivienne George.

Die erste zeigte sie hübsch und jungfräulich in Privatschuluniform, schüchtern in die Kamera lächelnd; die zweite in Tenniskleidung, den Kopf lachend zurückgeworfen, den Rock hochgeweht von einem Windstoß, sodass die langen, nackten Beine gut zu sehen waren. Die letzte Aufnahme, die besonders abgegriffen war, zeigte Vivienne im Badeanzug auf einem Sprungbrett, in gebeugter Haltung unmittelbar vor dem Sprung, nichts von dem Objektiv ahnend, das auf ihren knackigen Po gerichtet war.

Laura kreischte auf, aber Josies Gedanken waren bereits abgedriftet.

Sie hörte sich zu Vivienne sagen: »*Du verhältst dich so merkwürdig fügsam deinem Onkel gegenüber.*« Sie erinnerte sich an Nialls höhnische Worte in der Zufahrt zur Lodge: »*Rudy Meyer wird nie etwas von deiner Theaterproduktion erfahren … Er hat nichts mehr mit der Lodge zu tun …*«

Josie, die sich die Wangen zerbissen hatte, sah Laura an. »Felix Brinsley ist Viviennes Onkel. Sylvan Mist gehört ihm, aber das weiß sie nicht. Er hat sie hierhergeschickt, weil es hier so einsam ist, und geduldig gewartet, bis er endlich mit ihr allein sein und … sich seine abartigsten Wünsche erfüllen kann. Verstehst du? Der Mann, der Celeste ausgebeutet, missbraucht und ihr das Leben zur Hölle gemacht hat, bis sie den Tod als einzigen Ausweg sah, hat sich die Lodge als privates Mausoleum seiner Perversität bewahrt, und jetzt ist er wieder da, und seine eigene Nichte ist sein Opfer.«

Da der Regenwald vom Nebel verschluckt war, hatte Vivienne keine Möglichkeit, festzustellen, ob sie die Mitte des Vulkansees bereits erreicht hatte – oder in welche Richtung sie schwamm. Das Adrenalin und der ungewohnte Einstieg in den See hatten ihren Orientierungssinn gehörig durcheinandergebracht. Gut möglich, dass sie direkt am Ufer im Kreis schwamm.

Sie hielt inne, trat Wasser und lauschte angestrengt. Alles war ruhig.

Der Morgenrock hatte sich mit Wasser vollgesogen und

war schwer geworden. Sie zerrte an den Ärmeln, die wie Seegras an ihr klebten, und schälte sich aus dem Kleidungsstück. Es ging unter, noch bevor sie realisierte, dass sie es losgelassen hatte.

Plötzlich, etwa zehn Meter vor ihr, ein aufgeregtes flappendes Geräusch. Sie schnappte erschrocken nach Luft und ruderte mit Armen und Beinen zurück. Dann erkannte sie, was es war: der Flügelschlag von Vögeln. Ein paar Enten, die auf dem See gelandet waren. *Diese verdammten Viecher!*

Enten bedeuteten aber auch, dass sie näher am Ufer war als gedacht. Und nicht allzu weit vom Obsidian entfernt, wenn sie sich nicht irrte.

Bildete sie es sich nur ein, oder löste sich der Nebel allmählich auf?

Er lichtete sich tatsächlich. Die Sicht wurde von Sekunde zu Sekunde besser. Ihr Magen verkrampfte sich. Sie durfte nicht hier draußen bleiben, wo sie seinen Blicken ungeschützt ausgesetzt war!

So lautlos wie möglich setzte sie sich wieder in Bewegung. Ihre Augen schienen nach allen Seiten gleichzeitig zu huschen, ihr Kiefer schmerzte, so fest hatte sie vor Anspannung die Zähne zusammengebissen.

Vivienne wusste, sie war jetzt auf der Zielgeraden, vielleicht noch zwanzig Meter vom Ufer entfernt. Durch die Nebelschwaden konnte sie die Umrisse der Badeplattform erkennen. Dass sich das Ziel in Reichweite befand, verlieh ihr neue Kräfte. Als würde sie von einem Motor angetrieben. Geschwindigkeit war wieder wichtiger als Geräuschlosigkeit.

Sie musste raus dem See, bevor sich der schützende Nebelschleier vollends hob. Anmutig und kraftvoll pflügten ihre Arme durchs Wasser; ihre fein definierten Muskeln waren wie geschaffen für diese Art der Fortbewegung.

Jetzt konnte sie die Unterwasserklippe erkennen, spürte die Seerosen, die sie wie Quallententakel umwaberten. Gleich würde sie festen Boden unter den Füßen spüren.

Als sie gegen das Hindernis stieß, war ihr erster Gedanke, dass sie gegen den Schwimmsteg des Obsidian geknallt war.

Doch dann schlug ihr eine große, kräftige Faust krachend auf den Kopf.

In Sylvan Mist wich Laura schaudernd und kopfschüttelnd vor Josies Schlussfolgerung zurück.

»Wir müssen ihn aufhalten!«, rief Josie mit wild klopfendem Herzen.

»Aber wie? Wo sollen wir sie denn suchen?«

»Das liegt doch auf der Hand! Die Autos sind noch da, also müssen sie am See sein. Der Kerl weiß, dass sie ihm auf die Schliche gekommen ist, und will sie ertränken!«

Laura schüttelte den Kopf noch heftiger.

Josie packte sie an den Schultern. »Lauf und alarmier die anderen! Ruf auf der Farm an, ruf den Constable an – ruf *alle* an!«

»Was hast du vor? Wo willst du denn hin?«

Josie rannte schon Richtung Tür und schnappte sich im Vorbeilaufen die Schlüssel für den Roadster, die auf dem Piano lagen. »Zum See!«

Laura jagte keuchend und mit großen Sätzen die Treppe hinauf.

Vivienne wehrte sich heftig und mit aller Kraft gegen die Arme, die sie unter Wasser drückten. Ihre Lunge schrie nach Luft, während sie strampelte und paddelte und sich verrenkte, um freizukommen. Die Gier nach Luft, nach Leben, war schmerzhafter und stärker als alles, was sie bisher gekannt hatte. Büschelweise riss sie sich die Haare aus in dem verzweifelten Bemühen, seine Hände von ihrem Schädel zu lösen.

Nicht aufhören, nicht aufhören, nicht aufhören!

Sie durfte nicht sterben, nicht jetzt, wo es so vieles gab, für das zu leben es sich lohnte.

Seine Hand rutschte ab und verhedderte sich in ihren langen Haaren. Vivienne packte sie und biss zu, so fest sie konnte.

Er riss seinen Arm zurück. Ihr Kopf schnellte hoch, sie schnappte keuchend nach Luft, die ihre Lunge aber nicht zu erreichen schien – sie schrien immer noch nach Sauerstoff.

Seine blinde Wut brach sich in einer unverständlichen Flut wüster Beschimpfungen Bahn. Sein angestautes perverses Verlangen entlud sich in einem neuerlichen Ausbruch von Gewalt.

Wieder versuchte er, sie unter Wasser zu drücken. Panisch nach Luft japsend, ruderte sie mit Armen und Beinen, trat nach ihm, bis sie sich einen winzigen Vorsprung erkämpft hatte.

Aber er ließ sich nicht abschütteln. Die Augen traten ihm fast aus den Höhlen, als er die Hände nach ihr ausstreckte, um sie zu packen. Wasser strömte in ihren zum Schreien aufgerissenen Mund, sie verschluckte sich und hustete und schluchzte, als er sie wieder nach unten drückte.

Der Roadster bremste am Rand des Amphitheaters scharf ab. Josie stürzte hinaus und schirmte die Augen gegen die gleißenden Sonnenstrahlen ab, die sich durch die Nebelschwaden brannten und von der Wasseroberfläche reflektiert wurden. Im seichten Uferbereich fand ein Kampf auf Leben und Tod statt. Der Anblick erinnerte an ein Krokodil, das seine Beute durch Drehen um die eigene Achse unter Wasser zieht und ertränkt. Im dunkel aufgewühlten See schwankte das Schilf wie im Sturm; der Schwimmsteg tanzte auf den Wellen.

Josie wollte loslaufen, aber ihre Füße gehorchten nicht mehr – als hätten sie sich in Stein verwandelt. Ihre Lunge, ihre Kehle waren gelähmt vor Entsetzen. Ihr Mund bewegte sich lautlos. *Er soll damit aufhören! Bitte, Viv! Er soll damit aufhören!*

Jetzt schoss Viviennes Kopf hoch, Felix wich ruckartig zurück. Vivienne paddelte davon, schaffte es, ein Stück von ihm wegzukommen.

Aber Felix, Wutgeheul ausstoßend, setzte ihr nach.

Im tieferen smaragdgrünen Teil des Sees waren die Rollen plötzlich vertauscht. Vivienne klammerte sich von hinten an Felix' Hals, hing an ihm wie ein Mühlstein, stützte sich auf ihn, bis sein Kopf unter Wasser glitt.

In der Ferne war das Hupen vertrauter Fahrzeuge zu hören, die Richtung See rasten. Josie erwachte schlagartig aus ihrer Lethargie. Sie konnte ihre Füße wieder spüren und sprintete los.

Ich werde nicht zulassen, dass meine liebste Freundin ein Opfer des Fluchs wird!

Da sie auf ihren kurzen Beinen immer schneller gegangen war, als es sich für eine Frau schickte, jagte sie im Nu die Stufen des Amphitheaters hinunter. Ihr Geschrei war einer Kriegerin würdig. Sie preschte bis zur Kante der Klippe ins Wasser, wo sie stehen blieb und kreischte.

Weiter draußen machte sich Viviennes Gewicht allmählich bemerkbar. Felix konnte kaum noch den Kopf über Wasser halten, bekam kaum noch Luft. Seine Glieder erschlafften. Dann war nur noch sein Scheitel sichtbar.

Nur Vivienne bewegte sich noch. Sie nutzte die Chance. Sie stieß sich von ihm ab, trat ein letztes Mal nach ihm und paddelte zum Ufer zurück.

Josies Geschrei umfing sie und fing sie ein.

Als sie nur noch wenige Meter entfernt war, warf sich Josie ihr entgegen. Vivienne versuchte zu stehen, als sie das flache Wasser erreicht hatte, aber sie konnte sich nicht mehr auf den Beinen halten. Josie, die sie auffing und stützte, ächzte vor Anstrengung. Mühsam schleppten sie sich vom Ufer zur Bühne des Obsidian.

Dort brach Vivienne zusammen. Josie fiel neben ihr auf die Knie.

Autos, immer noch hupend, schleuderten auf den Parkplatz.

Josie hatte Viviennes Kopf in ihren Schoß gebettet. Sie hatte die Augen geschlossen, ihr Gesicht war leichenblass, sie atmete nur noch schwach.

Tränen verschleierten Josies Blick, als sie aufschaute und die geliebten Menschen gewahrte, die die Stufen herunter auf sie zueilten: Owen vorneweg, Gabe dicht dahinter. Ihnen folgten Laura und Celeste, beide mit Decken in den Armen.

Sie hob die Hand, um zu winken, aber ihre Finger wollten ihr nicht gehorchen.

Vivienne fühlte, wie sie in Decken gewickelt und hochgehoben wurde, aber ihre Lider waren so unendlich schwer, es gelang ihr nicht, die Augen zu öffnen und den Mann anzusehen, der sie behutsam in aller Eile die Stufen hinauftrug. Seine Stimme war der Anker, der sie festhielt: »Bleib bei mir, Vivi, bleib bei mir …«

Sie drückte den Kopf kurz an diese breite Brust, um den Duft von Eichenmoos einzuatmen, aber atmen war viel zu anstrengend. Ihr Kopf kippte nach hinten über seinen Arm.

Sie hatte keine Kraft mehr, ihre Muskeln erschlafften. Sie vernahm Stimmen, die von weit her zu kommen schienen. Ein warmes, helles Licht umfing sie. Sie fiel. Sie fiel und fiel, und der Sturz schien kein Ende zu nehmen …

VIERTER TEIL

Viel, viel später fand ich den Pfeil
in einer Eiche stecken, noch unversehrt;
und das Lied fand ich vom Anfang bis zum Ende
im Herzen eines Freundes.

Henry Wadsworth Longfellow

Kapitel 38

Schlussapplaus

Barrington Downs, 1963

Vivienne schwebte in einen blassgrauen Himmel hinauf.

Jetzt ging es wieder abwärts, im rauschenden Wind und mit flatterndem Hahnentritt-Schal. Aus dem Radio dröhnte »When the Stars Begin to Fall«. Sie jauchzte, als der Roadster über eine kleine Brücke hüpfte und auf der anderen Seite des Bachs wieder eine Anhöhe hinaufschoss.

Sie war auf dem Weg in die Stadt, wo im Igloo die Weihnachtspantomime aufgeführt wurde, eine Originalproduktion; für Buch und Regie zeichnete Laura Monash verantwortlich. Vivienne würde das dritte Mal in Folge die Hauptrolle spielen. Ihr vermutlich letzter Auftritt, zumindest für eine ganze Weile …

Auf dem Beifahrersitz saß der Mann, mit dem sie seit vier Jahren verheiratet war. Die Sonne brannte ihr auf die rechte Wange, und Owens Blick, der liebevoll auf ihr ruhte, wärmte ihre linke. Er hatte ihr die Hand auf den Schenkel gelegt, aber von Zeit zu Zeit ließ er sie zu ihrem leicht gewölbten Bauch wandern, und dann löste sich Viviennes Hand vom Lenkrad und legte sich auf seine.

Sie war dem Tod so nahe gewesen, aber jetzt würde sie bald neues Leben schenken.

Auf der Farm war bereits alles für das morgige Weihnachtsessen der Monashs vorbereitet: Neben Owens Rinderbraten in seiner feinen Marinade stand Viviennes Plumpudding mit der traditionellen Silbermünze darin. Wie üblich würde es chaotisch und laut zugehen, und die in erbittertem Wettkampf ausgetragene Spielrunde am Schluss durfte natürlich nicht fehlen. Aber sosehr sich die anderen auch anstrengen mochten – beim Scharadespielen waren Vivienne und Owen unschlagbar.

Ein Mitglied der Familie schaffte es allerdings nur noch selten, zu Weihnachten nach Hause oder überhaupt nach Barrington zu kommen, weil ihre Karriere sie an Theater im ganzen Land, ja sogar auf der ganzen Welt führte. Ohne Josie waren diese Familientreffen nicht mehr die gleichen, und Vivienne hatte manchmal das Gefühl, ein armseliger Ersatz für Barringtons berühmteste Tochter zu sein.

Josie und Miles waren das letzte Mal vor eineinhalb Jahren in den Norden gekommen. Es kam Vivienne wie eine Ewigkeit vor. In ihrem letzten Brief hatte Josie überglücklich damit geprahlt, dass sie und Miles für mindestens sechs weitere Monate in Melbourne engagiert seien, und zwar im renommierten Her Majesty's Theatre. »*Im Moment reißen sich alle um mich!*«

Vivienne hatte gelernt, sich nicht allzu große Hoffnungen zu machen, wenn Josie eine mögliche Pause zwischen Spielzeiten andeutete. Was sowieso nicht oft vorkam.

Im Grunde war es albern, aber Vivienne hätte *alles* gegeben, wenn sie Josie noch einmal vor ihrer bisher größten Herausforderung gesehen hätte – ihrer Rolle als Mutter. Aber das hätte sie Josie gegenüber niemals durchblicken lassen. Die unausgesprochene Monash-Familienregel lautete nämlich, Josie keinen Grund zu der Annahme zu geben, sie werde hier oben gebraucht, wo die Welt dort draußen so lange auf sie gewartet hatte.

Der Roadster sauste an der neu beschilderten Abzweigung zum Lake Evelyn vorbei. Durch den Regenwald konnte man die vor Kurzem fertiggestellten Ferienhäuschen für Urlauber erkennen. Diesen Sommer würde reger Betrieb am See herrschen, der bei Kanufahrern, Schwimmern und Wasserskifahrern gleichermaßen beliebt war. Das einzelne Süßwasserkrokodil erwies sich als skurrile, harmlose Touristenattraktion. Es hatte den Spitznamen »Monster« bekommen. Für Vivienne allerdings war und blieb es »Josies Krokodil«, und sooft sie daran dachte, wie gnädig ihre Freundin es aufgenommen hatte, rehabilitiert worden zu sein, musste sie lächeln.

Doch ihr Lächeln erlosch, wann immer ihre Gedanken zu dem Drama schweiften, das sich am Lake Evelyn abgespielt hatte. Selbst nach fünf Jahren mied sie den See noch immer. Vielleicht würde sie ihn eines Tages wieder aufsuchen, aber im Augenblick war er der Ort, an dem sie einen Teufel ertränkt hatte. Und obwohl die Polizei ihre Ermittlungen eingestellt hatte, musste sie mit ihrem ganz persönlichen Schuldspruch fertigwerden.

Sie hatte es noch nicht geschafft, die beiden Versionen von Felix Brinsley miteinander in Einklang zu bringen: den

Ersatzvater und den sexuell Abartigen, den Mörder, der sie gejagt hatte. Zu guter Letzt war ihm die Frau, die er so lange gehegt und gepflegt hatte, zum Verhängnis geworden.

Genau wie seine Eitelkeit. Wäre Felix Brinsley nicht so stolz gewesen auf seine künstlerischen Fähigkeiten, sein fotografisches Können, hätte er die Dokumentation seiner sadistischen Neigungen möglicherweise vernichtet. Aber er war nicht imstande gewesen, sich von seinen ekelhaften Trophäen zu trennen.

In der Dunkelkammer hatten die Ermittler genügend Beweise für seine Vorliebe für dunkelhaarige Schönheiten, beginnend mit Celeste Starr, gefunden. Alle Aufnahmen waren in Kartons sorgfältig archiviert worden. Auch drei Mädchen aus Barrington befanden sich unter den Opfern: Valerie Rose, Glenda West und Loreen Larson. Nicht alle der im Lake Evelyn Ertrunkenen waren Felix ins Netz gegangen, diese drei jedoch schon.

Vivienne konnte sich denken, wie er vorgegangen war: mit dicken Schmeicheleien und bezwingendem Charme. Sie hatte es sich oft genug vorgestellt. Die junge Frau, die am See spazieren ging, der gut aussehende Mann, der Vögel auf dem Wasser fotografierte. Er grüßte höflich und mit unverhohlener Bewunderung. Wie lange hatte er belanglosen Smalltalk geführt, bevor er damit prahlte, Celeste Starr fotografiert zu haben und einen künftigen Star auf Anhieb zu erkennen? Vivienne konnte ihn hören, seine aalglatte Stimme, seine Anmachmasche …

Ich muss Sie das fragen – wissen Sie eigentlich, wie sehr Sie der wunderschönen Nachtigall von Lake Evelyn ähneln? Nein?

Merkwürdig. Na ja, vielleicht wollen die Leute nicht, dass Ihnen das zu Kopf steigt und Sie anfangen, von Starruhm zu träumen – in der Kleinstadt sind die Menschen manchmal komisch. Aber Sie hätten das Zeug dazu, wissen Sie. Zum Fotomodell, meine ich. Mit Ihrem Gesicht und Ihrer Figur …

O ja, Vivienne kannte seine Verführungskünste nur zu gut.

Und dann waren sie dem kontaktfreudigen Felix blauäugig zur Lodge gefolgt, um sich seine Fotos von Celeste anzusehen und ihre Schönheit und ihren Zauber zu bewundern. Und sich einzubilden, dass sie ihr ähnlich sahen. Ein, zwei Gläser Wein nahmen ihnen ihre Hemmungen, sodass sie schließlich einwilligten, mit ihm in die Dunkelkammer hinunterzugehen.

Was dann kam, war so unerträglich, dass Vivienne nicht daran denken wollte. Aber es gab Tage, da konnte sie an nichts anderes denken.

Felix Brinsley hatte einen Helfer gehabt, einen Mann, der seine Interessen teilte, wie die beiden während des Kriegs festgestellt hatten. Niall Jeffries war fast dreizehn Jahre lang Verwalter der Lodge gewesen und hatte sich als sehr nützlich erwiesen. Er hatte Felix' Gäste heimlich überwacht, dafür gesorgt, dass sich keine Einheimischen in die Nähe der Lodge verirrten, und die Dunkelkammer abgeriegelt, obwohl er wusste, was sich darin verbarg. Eine Zweckgemeinschaft zweier Monster.

Aber der Gerechtigkeit war zumindest teilweise Genüge getan worden. Nach einem öffentlichen Aufschrei der Empörung hatte der Coroner 1959 nach Untersuchung der

Morde an Valerie, Glenda und Loreen empfohlen, Niall Jeffries wegen Beihilfe anzuklagen.

Barrington hatte unermüdlich daran gearbeitet, mit der Vergangenheit abzuschließen: Aus dem Amphitheater war ein Picknickgelände geworden, ein neues Café mit Blick auf den smaragdgrünen See war gebaut und Sylvan Mist dem Erdboden gleichgemacht worden.

Aber die Wunden der Stadt waren noch lange nicht verheilt.

Der Roadster bog um die Ecke in die Main Street, wo Kränze an den Türen der Cottages hingen, bunte Lichterketten die Milchbar und das Grandhotel zierten und in der Sommerhitze Lametta an den Topffarnen vor der Stadtbücherei glitzerte. Aus dem Gemischtwarenladen war ein unscheinbares Kaufhaus geworden. Niall würde seine schmutzige Rolle in Barringtons Geschichte behalten, aber in der Main Street hatte er keine Altlasten hinterlassen.

Sie flitzten am lila Haus vorbei. Daphne, mit Schürze, stand am Gartentor, die Hände in die Seiten gestemmt, und schrie vier kleine bezopfte Mädchen an, die mit Kreide auf dem Gehweg malten. Sie sprangen freudig auf, als sie Tante Viv und Onkel Owen kommen sahen, und brachen in Tränen aus, als das Auto vorbeiraste und nicht einmal ein Fenster heruntergedreht wurde. Daphne guckte den Rücklichtern böse hinterher.

Vivienne steuerte den Roadster auf den für die Mitglieder der Barrington Theatre Company reservierten Parkplatz. Es gab sogar eine eigene Parkbucht für den Chook Chaser. Das innen und außen frisch gestrichene Igloo brummte nur so vor Aktivität. Die hohe Luftfeuchtigkeit wäre erst nach Sonnenuntergang und bei voll aufgedrehten Ventilatoren erträglicher.

Laura Monash, die schon auf der Lauer gelegen hatte, stürzte auf Vivienne zu. Als sie sich umarmten, konnte Vivienne ihre immense Anspannung spüren.

Sie schätzte sich glücklich, Laura als ihre Regisseurin zu haben. Und als Schwägerin! Aber sie waren, lange bevor Laura Ernests Antrag endlich angenommen hatte, schon Schwestern im Herzen gewesen.

»Das wird heute Abend wie eine Bombe einschlagen«, versicherte Laura. Vivienne wusste, dass sie das hauptsächlich zu ihrer eigenen Beruhigung sagte.

»Hundertprozentig«, bestätigte Vivienne. »Wenn wir fertig sind, wird hier kein Stein mehr auf dem andern stehen.«

Laura nickte energisch. »Okay, gut. Danke.« Sie drückte Viviennes Hand so fest, dass sie ihr die Knochen hätte brechen können. »Die andern warten schon auf dich, beeil dich – *lauf*!«

Owen, eine Hand auf ihrem Kreuz, beugte sich zu Vivienne. Sein Atem und sein Bart kitzelten sie am Hals. »Viel Glück, Reisende«, flüsterte er. Ihre geheime Schutzformel gegen abergläubische Ängste.

Mehr brauchte sie nicht. Sie ging nach hinten, wo der Rest des Ensembles, ihre *Spielgefährten*, wartete.

Das Künstlerzimmer glich einem brodelnden Hexenkessel aus Lampenfieber und Sprechübungen. Vivienne stürzte sich hinein.

Eine Oboe erklang; sie gab den Stimmton an. Vivienne bereitete sich hinter dem Vorhang auf ihren Auftritt vor. Sie trug ein Charleston-Kleid in Schwarz und Gold, mit schwarzen Fransen, die ihre Knie streiften, und passendem Federkopfschmuck. Rita hatte sich wie immer selbst übertroffen und beschwor mit ihren exquisiten Kostümen den Geist der Goldenen Zwanziger herauf.

Die Magie des Theaters pulsierte in Vivienne und verhexte jede einzelne Zelle ihres Körpers. Aber ein letztes Ritual musste noch vollzogen werden, bevor sie sich von der magischen Kraft auf die Bühne und ins Rampenlicht zaubern ließ.

Sie schloss die Augen und gestattete sich einen kurzen Moment der Sehnsucht. »Mutter«, hauchte sie. »Siehst du, wie glücklich ich bin? Hörst du, wie stark ich bin?«

Sie würde ihre Mutter niemals unter den Zuschauern entdecken. Geraldine George hatte sich eilig ins Ausland abgesetzt, als der Name ihres Bruders landesweit in allen Schlagzeilen auftauchte, und war nicht mehr zurückgekehrt.

Vivienne empfand Mitleid mit ihr.

Sie hat die besten, die mutigsten Jahre meines Lebens verpasst. Und in den Jahren, die noch kommen, die noch besser sein werden, werde ich in meinem Herzen keinen Platz mehr für einen Geist freihalten …

Der Dirigent klopfte dreimal mit dem Taktstock.

Das Orchester war bereit, ihr Spotlight wartete auf sie.

Die Vorstellung war vorüber, der Zuschauersaal und die Kantine waren aufgeräumt und ausgefegt.

Außer Vivienne war niemand mehr da. Sie schlenderte langsam durch das Theater und löschte ein Licht nach dem andern. Der Lärm der ausgelassenen After-Show-Party im Grand drang nur ganz schwach herüber.

Von allen Theaterritualen war ihr dies das liebste: das Theater als Letzte zu verlassen. Owen wartete auf sie, egal, wie lange es dauerte. Sie liebte diese letzten Minuten des Alleinseins, in denen sie voller Stolz und in Ruhe über ihren Auftritt nachdenken konnte. Ihre alte Angewohnheit des nicht enden wollenden Grübelns hatte sich zu etwas Positivem entwickelt, das sie innerlich bereicherte.

Ihre heutige Vorstellung zählte sicherlich zu ihren besten, und doch reichte sie nicht an ihre Darbietung der Nachtigall heran. Rollen wie diese bekam man einmal im Leben – wenn man Glück hatte.

Am Ausgang blieb sie vor der Wand mit den zahlreichen Kritiken stehen, die Josie nach Hause schickte, damit sie gerahmt und für alle sichtbar aufgehängt wurden. Vivienne kannte jede einzelne auswendig, so oft hatte sie sie schon gelesen und die kessen Porträtfotos betrachtet, und jedes Mal packte sie aufs Neue die Sehnsucht nach ihrer Freundin, die sie schmerzlich vermisste.

Sie löschte das letzte Licht.

Zeit abzuschließen, und dann nichts wie nach Hause und eine Malzmilch vor dem Schlafengehen trinken.

Auf dem Parkplatz lehnte jemand an der Motorhaube des Roadsters. Eine zierliche kleine Gestalt mit A-förmiger Silhouette und Pferdeschwanz.

Vivienne würde sie überall wiedererkennen.

»Du bist wieder da!«

Helles Lachen, das strahlenden Sonnenschein in sich trug. »Überraschung, Viv!«

Heiße Tränen schossen ihr in die Augen. »Aber du hast doch gesagt, du bist in Melbourne engagiert und schaffst es nicht herzukommen«, stammelte sie.

»Glaubst du im Ernst, ich würde es meinem Bruder überlassen, die größte Babyparty, die Barrington je gesehen hat, zu organisieren?«

Owen im Hintergrund lachte leise.

Josie streckte ihr ein Orchideensträußchen hin. »Die hab ich in Grandys Gewächshaus geklaut.«

Vivienne blinzelte. An ihren Wimpern hingen Tränen, aber sie lächelte. »Weißt du eigentlich, wie sehr du mir gefehlt hast?«

»Ich kann es mir ungefähr vorstellen«, erwiderte Josie mit bebender Stimme und warf sich in die weit ausgebreiteten Arme ihrer Freundin, die strahlte wie der Abendstern.

Dank

Schauplatz des Romans ist die fiktive Stadt Barrington in den realen Atherton Tablelands, einer Region, die geprägt ist von landschaftlicher Schönheit, faszinierender Geschichte und Gemeinden, in denen Zusammenhalt und Tradition großgeschrieben werden. Im Zweiten Weltkrieg waren die Atherton Tablelands eine wichtige Militärbasis. Mein Großvater, ein australischer Soldat, der in Papua-Neuguinea diente, war zeitweise hier stationiert.

Als Kind hatte ich das große Glück, meinen Vater oft auf seinen Busrundfahrten durch Far North Queensland begleiten zu dürfen. Eine meiner Lieblingsstrecken war jene durch die Atherton Tablelands mit ihren grünen Hügeln, den Wasserfällen, den pittoresken Cafés und den wunderschönen Seen. Auf der serpentinenreichen Gillies Range Road versuchte mein Dad immer, die Fahrgäste mit Anekdoten, Naturbeobachtungen und Witzen abzulenken, damit ihnen nicht schlecht wurde. Während Dad erzählte, presste ich das Gesicht an die Fensterscheibe und dachte mir meine eigenen Geschichten aus. Diese Abenteuer haben mich und mein Schriftstellerherz geprägt. Es war schon lange mein Wunsch, einen Roman zu schreiben, der auf irgendeine Weise die Schönheit der Atherton Tablelands einfängt.

Beim Schreiben dieses Romans war ich besonders dankbar für das fachliche Wissen der Eacham Historical Society und die Flut von Informationen in ihren zahlreichen Veröffentlichungen. Nichtsdestoweniger sind Handlung und Charaktere frei erfunden, und sachliche oder historische Fehler gehen ausschließlich zu meinen Lasten.

Lake Evelyn hat seine Vorbilder in den Vulkanseen der Region: Lake Eacham (Yidyam), Lake Barrine (Barany) und Lake Euramo (Ngimun). Diese einzigartigen Seen haben große Bedeutung in der Kulturgeschichte der Ngadjon-Jii, dem Aborigine-Stamm, dem sie traditionell gehören. Ein Mythos der Ngadjon erzählt die Entstehungsgeschichte dieser Vulkanseen vor zehntausend Jahren.

Auf keinem dieser Seen liegt ein unheimlicher Fluch, aber es gibt tatsächlich ein Krokodil im Lake Eacham.

Mitten in einer Pandemie, mit vier Kindern, die zu Hause unterrichtet wurden, einen zweiten Roman unter dem Druck eines Fertigstellungstermins zu schreiben, war, gelinde ausgedrückt, eine Herausforderung, zumal ich am »Zweite-Buch-Syndrom« litt. Dass ich es geschafft habe, verdanke ich den unglaublichen Menschen, die mich fortwährend unterstützt haben ...

Meiner außergewöhnlichen Agentin, Mentorin und Freundin Selwa Anthony mit ihren freundlichen Ratschlägen, ihren brillanten Ideen und ihrer rasiermesserscharfen Fähigkeit, Charaktere oder Handlungselemente zu erkennen, mit denen ich meine Probleme habe. Als meine Geschichte abschweifte, sorgte Selwa dafür, dass sie zum Kern zurückkehrte.

Tegan Morrison, meiner wundervollen Verlegerin – danke, dass du mich durch die Veröffentlichung meines ersten und zweiten Romans gelotst hast. Deine Finesse, deine Detailgenauigkeit, deine Großzügigkeit und deine Ermunterungen haben diese Reise zu einem wahren Vergnügen gemacht!

Dem fabelhaften dynamischen Team bei Echo Publishing – Benny Agius, Juliet Rogers, Rosie Outred, Emily Banyard und Lizzie Hayes – danke, dass ihr euch so fürsorglich, kompetent und begeistert um mich und um meine Bücher gekümmert habt. Für immer dankbar bin ich auch allen bei Bonnier Books UK – insbesondere meiner Lektorin Claire Johnson-Creek und meiner Korrektorin Sandra Ferguson –, weil sie das Allerbeste aus meinen Büchern herausgeholt haben!

Meiner geliebten Mummsy – danke, dass du jedes Kapitel gleich nach seiner Entstehung gelesen hast und dann noch einmal alles von der ersten Seite an mit mir zusammen. Aleta, meiner hinreißenden Schwester – danke, dass ich mir deinen zweiten Vornamen für meine Nachtigall stibitzen durfte. Rowan, meinem Bruder – danke, dass du nur deshalb Polizist geworden bist, damit ich dich mit Polizeifragen löchern konnte. Etwaige Fehler bei der Darstellung der Polizeiarbeit habe möglicherweise ich zu verantworten … wäre es nicht so offensichtlich, dass mein elender Bruder mich hereingelegt hat.

Meiner rechthaberischen Beta-Leserin, der freimütigen, lustigen Kate DiGiuseppe – ich kann dir gar nicht genug danken für deine Ermutigungen und deine Unterstützung. Du reduzierst meinen schriftstellerischen Neurotizismus um mindestens 27 Prozent! Tut mir leid, dass ich diesmal keine Kate nach dir benennen konnte, aber immerhin hat eine Milly einen Kurzauftritt bekommen.

Wendy Kenner – danke für deine schriftlichen Erinnerungen an deine Kindheit in den Fünfziger- und Sechzigerjahren in Far North Queensland. Es war ein Privileg, diese unterhaltsamen Geschichten mit ein paar kleinen Details ausschmücken zu dürfen.

Ganz herzlichen Dank an meine wunderbaren Leser, an alle Bibliothekare und Buchhändler für die überwältigende Aufnahme meines Romans *Sterne über Noah Valley*. Eure rührenden Reaktionen bedeuten mir unglaublich viel! Danke für die vielen E-Mails und Nachrichten, die Grußbotschaften und Social-Media-Posts und für die bezaubernden Fotos von meinem Debütroman in der freien Natur. Es kann ziemlich einsam sein, in einer abgelegenen Gegend zu wohnen – zumal in Zeiten des Lockdowns und geschlossener Grenzen –, aber mithilfe eurer Briefe und Bilder konnte ich durchs ganze Land reisen, ja sogar durch die Welt, und durfte begeisterte Bücherfreunde kennenlernen.

In diesem Leben kann ich ihnen zwar nicht mehr danken, aber ich habe vier bemerkenswerten Großeltern in diesem Roman ein Denkmal gesetzt: Amelia Frances und George Dixon aus dem lila Haus in der Monash Street sowie Robert Henry und Eula Beryl von der Farm im grünen Hügelland. Dieses Buch enthält eine starke Hommage an meine Kleinstadtkindheit als Farmerstochter.

Zu guter Letzt und ganz besonders danke ich den fünf Menschen, die in den letzten beiden Jahren mit mir *leben* mussten: Liam, Dash, Aurora, Eleanor und Teddy. Danke, Team Kenny, für eure bedingungslose Liebe und euren unerschütterlichen Glauben an mich. Liam, ich sehe dich heute noch, wie du in den Ferien in unserem Bonnie-Doon-Hotel über meinem Manuskript gesessen hast und dich nicht losreißen konntest, während alle anderen ausgelassen im Pool herumtobten. Den Mut, diesen zweiten Roman in die Welt zu entlassen, habe ich nur, weil du ihn nicht aus der Hand legen konntest …

Autorin

Averil Kenny wuchs auf einer Milchfarm in Australien auf und studierte Erziehungswissenschaften und Journalismus. Wenn sie sich nicht gerade Geschichten ausdenkt, findet man sie in ihrem gelben Lieblingsohrensessel in ihrer Bibliothek mit Blick über den Regenwald, wo sie bei einer Tasse Tee in einem Buch versinkt. Averil Kenny lebt mit ihrem Mann und ihren vier Kindern in Far North Queensland. »Sonne über Lake Evelyn« ist ihr zweiter Roman.

Averil Kenny im Goldmann Verlag:
Sterne über Noah Valley. Roman
Sonne über Lake Evelyn. Roman
(☛ Alle auch als E-Book erhältlich)

Unsere Leseempfehlung

512 Seiten
Auch als E-Book
erhältlich

Goldene Sandstrände, strahlend blauer Himmel und das satte Grün des Regenwalds: Für die Londoner Kinderärztin Tara ist Costa Rica das Paradies auf Erden. Aber seit zehn Jahren ist sie nicht mehr dort gewesen – seit ihre Jugendliebe Alex ihr das Herz gebrochen hat. Erst eine große Familienfeier bringt Tara dazu, ins Land ihrer Träume zurückzukehren. Doch statt sich am Strand zu entspannen, muss sie tief in den Dschungel vordringen, um einen schwer kranken Jungen zu retten. Und der Einzige, der ihr dabei helfen kann, ist ausgerechnet Alex – der Mann, den sie vergeblich zu vergessen versucht …